Excalibur

Herausgegeben von
Melissa Andersson
und
Gerd Rottenecker

Die Chroniken von Thomas Covenant im Droemer-Knaur Verlag:

1. *Der Fluch des Verächters* (Band 70112)
2. *Der siebte Kreis des Wissens* (Band 70113)
3. *Die letzte Walstatt* (Band 70114)
4. *Das verwundete Land* (Band 70117)
5. *Der einsame Baum* (Band 70118)
6. *Der Ring der Kraft* (Band 70119)

Stephen R. Donaldson

DIE CHRONIKEN VON THOMAS COVENANT 5

Der einsame Baum

Ins Deutsche übertragen von
Horst Pukallus

Knaur

Die amerikanische Originalausgabe erschien 1980
unter dem Titel »The One Tree«
bei Ballantine Books, New York

Besuchen Sie uns im Internet:
www.droemer-knaur.de

Deutsche Erstveröffentlichung 2/99

Umschlagkonzept: Melissa Andersson
Umschlaggestaltung: Agentur Zero, München
Umschlagillustration: Peter Goodfellow
Karte: Dieter Jüdt
Satz: Ventura Publisher im Verlag
Druck und Bindung: Clausen & Bosse, Leck
Printed in Germany
ISBN 3-426-70118-9

2 4 5 3

INHALT

Erster Teil:
RISIKO

Zweiter Teil:
VERRAT

Dritter Teil:
SCHEITERN

KARTE

NORDLANDEBENEN
WESTLANDGEBIRGE
SCHWELGEN
STEIN
GRIMMERDHORE
WALD
MAERL
WEISSER FL.
HÜTERSTIEG
GRAUER FL.
SEELENTROST
LLURALLIN
ANDELAIN
SCHWELGEN
HOLZ
RILL
LETZTE
HÜGEL
SCHWARZER FL.
HOLZHEIM
HOCHERHABE
WÜRGERKLUFT
MELENKURION
HIMMELSWEHR
SÜDLANDEBENEN
MITHIL
SPALTFELSEN
UNHEILSWINKEL
KEVINS
BLICK
N
STEINHAUSEN
MITHIL
MEMMENECK
DORIENDOR
KORISCHEW
DAS LAND

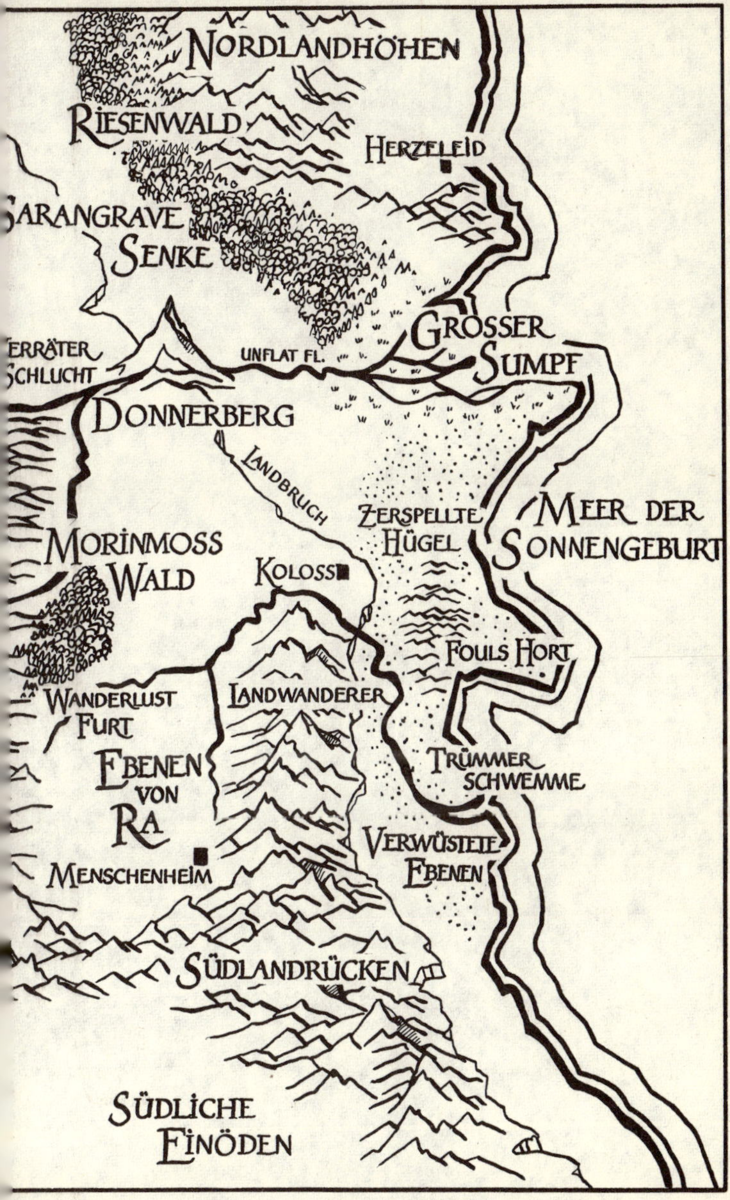

NORDLANDHÖHEN
RIESENWALD
HERZELEID
SARANGRAVE SENKE
GROSSER SUMPF
UNFLAT FL.
SCHLUCHT
DONNERBERG
LANDBRUCH
ZERSPELLTE HÜGEL
MEER DER SONNENGEBURT
MORINMOSS WALD
KOLOSS
FOULS HORT
WANDERLUST FURT
LANDWANDERER
TRÜMMER SCHWEMME
EBENEN VON RA
VERWÜSTETE EBENEN
MENSCHENHEIM
SÜDLANDRÜCKEN
SÜDLICHE EINÖDEN

WAS ZUVOR GESCHAH

Das verwundete Land« erzählt von der Rückkehr Thomas Covenants ins Land – ein Reich der Magie und Gefahr, in dem er in der Vergangenheit einen erbitterten Kampf gegen Sünde und Wahnsinn ausgefochten und gewonnen hat. Indem er sich der Macht der wilden Magie bediente, gelang es ihm, Lord Foul den Verächter, den alten Erzfeind des Landes, zu überwinden und dadurch dem Land den Frieden und sich selbst seine Integrität wiederzugeben.

Für Covenant sind dazwischen zehn Jahre verstrichen, die im Lande jedoch viele Jahrhunderte ausgemacht haben; Lord Foul ist von neuem erstarkt. Davon überzeugt, sich Covenants Ehering aus Weißgold – dem Werkzeug der wilden Magie – bemächtigen zu können, versetzt Lord Foul Covenant ins Land. Covenant gerät erneut auf den Kevinsblick, wo Foul schon einmal prophezeit hatte, Covenant werde das Ende der Welt herbeiführen. Nun wird diese Prophezeiung auf neue, schreckliche Weise bekräftigt.

Begleitet von Linden Avery, einer Ärztin, die nichtsahnend gleichzeitig mit ihm ins Land geraten ist, steigt Covenant zum alten Dorf Steinhausen Mithil hinab; dort macht er zum erstenmal mit der gräßlichen Gewalt Bekanntschaft, die der Verächter gegen das Land gerichtet hat: dem Sonnenübel. Das Sonnenübel ist eine Entstellung der Naturgesetze des Landes; er schlägt es in wahnwitziger, widernatürlich schneller Reihenfolge mit Regen, Trockenheit, krankhaftem Wachstum und Seuchen. Die alten Wälder des Landes sind bereits daran zugrunde gegangen; durch die immer stärkere Einwirkung werden zusehends alle Lebensformen des Landes von Ausrottung bedroht. Die Einwohner des Landes sehen sich zu rituellen Blutopfern gezwungen, um unterm Sonnenübel wenigstens das kärglichste Dasein sichern zu können.

Angesichts der außerordentlichen Härte des Schicksals der Menschen bemüht sich Covenant darum, das Sonnenübel zu begreifen und einen Weg zu finden, wie er dem Land Abhilfe schaffen kann. Geführt von Sunder, einem Bewohner Steinhausen Mithils, nehmen Covenant und Linden den Weg nach Schwelgenstein im Norden, wo die Sonnengefolgschaft ihren Sitz hat, eine Gruppe von Eingeweihten, die sich mit dem Sonnenübel offenbar am besten auskennt und es zu benutzen versteht. Doch die Gefährten werden von Wütrichen verfolgt, seit uralten Zeiten Lord Fouls Diener, deren Aufgabe es ist, Covenants Körper mit einem seltsamen Gift zu verpesten, das ihn am Ende an der Überfülle innerer Kraft und Macht den Verstand verlieren lassen soll. Covenant, Linden und Sunder überstehen die Gefahren des Sonnenübels und die Attacken der Wütriche und setzen ihren Weg unbeirrt nordwärts fort. Als sie sich Andelain nähern, einer einst wunderschönen Region im Herzen des Landes, passieren sie eine andere Ortschaft, Steinhausen Kristall, in der eine Frau namens Hollian wegen ihrer Fähigkeit, die Wechsel des Sonnenübels vorherzusagen, durch ein Mitglied der Sonnengefolgschaft bedroht wird. Die drei Gefährten retten Hollian, und sie schließt sich ihnen an. Sie informiert Covenant darüber, daß Andelain zwar noch immer schön, aber zu einem Ort des Grauens geworden ist. Bestürzt über diese Entweihung, sucht Covenant Andelain allein auf, um sich dem Scheußlichen zu stellen, das dort umgehen soll. Er findet heraus, daß Andelain durchaus keine Stätte des Abscheulichen geworden ist, vielmehr eine Heimstatt der Macht, an der sich die Toten um einen Forsthüter sammeln, der Andelains Bäume schützt. Covenant begegnet diesem Forsthüter, der einst ein Mensch namens Hile

Troy gewesen war, und mehreren seiner einstigen Freunde – den Lords Mhoram und Elena, dem Bluthüter Bannor und dem Riesen Salzherz Schaumfolger. Der Forsthüter und die Toten machen Covenant obskures Wissen und dunkle Ratschläge zum Geschenk, und Schaumfolger bietet ihm die Begleitung einer sonderbaren, ebenholzschwarzen Kreatur mit Namen Hohl an, die von den Urbesen, den Abkömmlingen der Dämondim, geschaffen worden ist und deren Ziele unklar sind.

Covenant will, begleitet von Hohl, wieder zu seinen Gefährten stoßen, die während seiner Abwesenheit jedoch zu Gefangenen der Sonnengefolgschaft geworden sind, und die Suche nach ihnen kostet Covenant beinahe das Leben, zuerst unter den verzweifelten Bewohnern des Dorfes Holzheim Steinmacht, danach den Sonnenübel-Opfern von Steinhausen Bestand. Doch mit der Unterstützung der Wegwahrer gelangt er zu guter Letzt nach Schwelgenstein. Dort lernt er Gibbon kennen, den Führer der Sonnengefolgschaft, und erfährt, daß man seine Freunde in den Kerker geworfen hat, um ihr Blut zur Steuerung des Sonnenübels zu verwenden. Dringend darauf bedacht, seine Freunde zu befreien und genauere Kenntnis der Greuel Lord Fouls zu erlangen, läßt Covenant sich zur Teilnahme an einer Wahrsagung überreden, einem Blutritual, in dessen Verlauf viel Wahres enthüllt wird. Covenants Vision zeigt ihm zwei entscheidende Tatsachen: der Ursprung des Sonnenübels muß darin erblickt werden, daß der Stab des Gesetzes vernichtet worden ist, jenes machtvolle Werkzeug, das früher die natürliche Ordnung des Landes gestützt hat; und daß die Sonnengefolgschaft – durch die Handlungen des Wütrichs, der sich in Gibbons Gestalt verbirgt – in Wahrheit Lord Foul dient.

Covenant setzt die wilde Magie ein und befreit seine Freunde aus Schwelgensteins Kerker; dann fällt er den Entschluß, den Einholzbaum zu finden, aus dessen Holz der ursprüngliche

Stab des Gesetzes hergestellt worden war, denn er hat die Absicht, einen neuen Stab anzufertigen und gegen das Sonnenübel zu verwenden. Die *Haruchai* Brinn, Cail Ceer und Hergrom, Angehörige des Volkes, aus dem die Bluthüter hervorgingen, gesellen sich zu diesem Zweck zu ihm; mit ihnen, Linden, Sunder, Hollian und Hohl schlägt er die Richtung nach Osten ein, zum Meer, in der Hoffnung, dort weitere Mittel und Wege zur Fortsetzung seiner Suche nach dem Einholzbaum zu entdecken. Unterwegs treffen er und seine Gefährten eine Anzahl Riesen, die sich als Sucher bezeichnen. Einer von ihnen, Ankertau Seeträumer, hat eine visionäre Erd-Sicht gehabt, durch die die Riesen auf das Sonnenübel aufmerksam geworden sind, und deshalb haben sie das Land aufgesucht, um diese Gefährdung zu beseitigen. Covenant führt die Sucher zur Wasserkante und nach *Coercri,* dem einstigen Wohnsitz der Riesen des Landes, und dank seines Wissens um ihre Vorfahren gelingt es ihm, sie dazu zu überreden, daß sie ihr Riesen-Schiff in den Dienst seiner Suche nach dem Einholzbaum stellen.

Bevor er das Land verläßt, vollzieht Covenant ein enormes Ritual der Erlösung für die Toten von *Coercri,* die Geister der Riesen, die durch die Art ihres Todes von der Hand eines Wütrichs zu einem Gespensterdasein verdammt worden waren. Schließlich schickt er Sunder und Hollian zurück ins Landesinnere, weil er hofft, daß sie die Dörfer zum Widerstand gegen die Sonnengefolgschaft aufzuwiegeln vermögen, und bereitet sich auf die nächste Phase seiner Suche vor.

ERSTER TEIL
RISIKO

1
STERNFAHRERS SCHATZ

Linden Avery durchquerte an Covenants Seite die Gassen von *Coercri.* Unter ihnen hielt Sternfahrers Schatz, das steinerne Riesen-Schiff, langsam auf die einzige intakt gebliebene Anlegestelle zu Füßen der uralten Stadt zu; doch sie schenkte dem Schiff keine Beachtung. Einige Zeit zuvor hatte sie beobachtet, wie die *Dromond* mit dem Wind näher glitt wie eine Art von unvermutetem Segen – wuchtig und anmutig zugleich, die Segel voll, im Kurs haargenau –, ein Gefährt der Hoffnung für Covenants Suche und ebenso für ihre. Während sie und der Zweifler, begleitet von Brinn, Cail und schließlich Hohl, zum Hafengelände und zu den Molen Herzeleids hinabstrebten, hatte sie Gelegenheit gehabt, den Anblick des riesigen Wasserfahrzeugs in seiner ganzen Schönheit freudig zu genießen. Die Vitalität, die davon ausging, wirkte auf ihre Sinne angenehm.

Aber Covenant hatte vorhin Sunder und Hollian, die beiden Steinhausener, ins Oberland zurückgeschickt, weil er hoffte, es werde ihnen gelingen, in den Dörfern zum Widerstand gegen die Unterdrückung durch die Sonnengefolgschaft anzustiften. Und diese Hoffnung stützte er auf die Tatsache, daß er ihnen Loriks *Krill* mitgegeben hatte, damit sie ihn gegen das Sonnenübel verwendeten. Covenant selbst brauchte diese Klinge, sowohl als Waffe, um auf die wilde Magie, die als Zerstörerin des Friedens galt, verzichten zu können, als auch zur Verteidigung gegen das Geheimnis Hohls, des Dämondim-Abkömmlings. Trotzdem hatte er heute früh den *Krill* weggegeben. Als Linden ihn um eine Erklärung bat, hatte er geantwortet: *Ich bin schon viel zu gefährlich.*

Gefährlich. Das Wort hallte in Linden nach. Auf eine Art und Weise, die außer ihr niemand wahrnehmen konnte, war Covenant krank von einem Übermaß an Macht und Kraft. Seine ursprüngliche Krankheit, seine Lepra, befand sich in latentem Zustand, obwohl er einen Großteil der Selbstdisziplin, die dem Wiederausbruch des Leidens vorbeugte, inzwischen vergessen hatte oder vernachlässigte. Statt dessen jedoch schwoll in ihm das Gift, das ein Wütrich und das Sonnenübel ihm auferlegt hatten. Das Gift, ein irgendwie seelisches Gift, war gegenwärtig nur unterschwellig vorhanden, aber es belauerte ihn wie ein Raubtier, das auf den richtigen Moment wartete, um seine Beute anzuspringen. In Lindens Wahrnehmung zeigte es sich unterm Teint von Covenants Haut so deutlich, als hätte sich ihm durch irgend etwas das Knochenmark schwarz verfärbt. Mit dem Gift und seinem Ring aus Weißgold war er der gefährlichste Mensch, den sie je gesehen hatte.

Sie empfand diese Gefährlichkeit, die in ihm wohnte, als attraktiv. Sie stand für ihre Begriffe für jene Eigenschaft der Stärke, die sie anfangs zu ihm und zur Haven Farm gezogen hatte. Als er sein Leben für Joans Leben darbot, hatte er Joan zugelächelt; und dieses Lächeln hatte mehr von seiner inneren Kraft gezeigt, seiner Fähigkeit, das Schicksal selbst zu meistern, als irgendwelche Drohungen oder Gewalttätigkeiten es getan hätten. Das *Caamora* der Erlösung, zu dem er den Toten Herzeleids verholfen hatte, war eine Demonstration dessen gewesen, was er im Namen seiner vielschichtigen Schuldgefühle, in seinen heftigen Gemütsregungen zu leisten vermochte. Er war ein lebendes Paradoxon, und Linden lechzte regelrecht danach, es ihm gleichzutun.

Trotz des Gifts und seiner Lepra, trotz seiner Selbstverurteilung und seines Grimms war er eine Verkörperung der Lebensbejahung – ein Rückhalt für das Leben und für alle Hingabe an das Land, eine selbsterklärte Opposition zu allem, was der Verächter trieb. Und was war sie? Was hatte sie je in ihrem Leben anderes getan, als vor der Vergangenheit zu fliehen? All ihre Strenge, all ihr Drang nach ärztlicher Tüchtigkeit als Mittel gegen den Tod hatten von Anfang an negative Vorzeichen besessen – waren eine Ablehnung des Erbes der Sterblichkeit gewesen, keine tatsächliche Verinnerlichung der Überzeugungen, denen sie dem Anschein nach diente. Sie glich dem Land unter der Tyrannei der Sonnengefolgschaft und des Sonnenübels – eine Stätte, wo Furcht und Blutvergießen herrschten, nicht Liebe.

Das hatte Covenants Beispiel sie über sich selbst gelehrt. Selbst als sie noch gar nicht verstanden hatte, weshalb er sie so stark anzog, war sie ihm gefühlsmäßig gefolgt. Und nun war ihr klar, sie wollte so wie er sein. Sie sehnte sich danach, für jene Kräfte, die Menschen in den Tod trieben, eine Gefahr zu sein.

Sie musterte ihn, während sie nebeneinander ausschritten, versuchte seine verhärmten, prophetenhaften Gesichtszüge, die Verpreßtheit seiner Lippen und das wirre Knäuel seines Bartes ihrer eigenen Entschlossenheit aufzuprägen wie ein Leitbild. Eine karge Erwartungshaltung ging von ihm aus, die sie mit ihm teilte.

Genau wie sie blickte er der Aussicht auf eine von Hoffnung getragene Seereise in der Begleitung von Riesen guten Mutes entgegen. Obwohl sie erst wenige Tage mit Grimme Blankehans, Ankertau Seeträumer, Pechnase und der Ersten der Sucher verbracht hatte, verstand sie den Anflug inniger Zuneigung bereits vollauf, der sich Covenants Stimme anmerken ließ, sobald er von den Riesen, die er früher gekannt hatte, zu reden anfing. Doch darüber hinaus regten sich in ihr eigener Eifer, eigene Erwartungen.

Fast vom selben Augenblick an, als hier im Land ihre

Wahrnehmung für das Gesunde wie das Kranke erwachte, war sie für sie ein ständiger Quell des Grausens und der Qual gewesen. Ihr erstes akutes Erlebnis dieser Art hatte mit der boshaft begangenen Ermordung Nassics zusammengehangen. Und jenem Vorfall war eine scheinbar endlose Reihe von Erlebnissen mit Wütrichen und Konsequenzen des Sonnenübels gefolgt, durch die sie dicht an die Grenzen ihres Durchhaltevermögens geriet. Die unausgesetzte Drangsal allzu spürbarer Übel – seelischer und körperlicher Leiden, die sie niemals zu heilen imstande sein könnte – hatte sie mit einem Gefühl äußerster Hilflosigkeit erfüllt, weil jeder Blick, jede Berührung auf einen Beweis ihrer Nichtsnutzigkeit hinauslief. Und dann war sie der Sonnengefolgschaft in die Hände gefallen, in die Gewalt des Wütrichs, der in Gibbon stak. Die Prophezeiung, die er in bezug auf sie ausgesprochen, die mörderische Ungeheuerlichkeit, die er in ihr Inneres verstrahlt hatte, waren selbst in die entlegensten Winkel ihrer Seele vorgedrungen und hatten sie übervoll gemacht mit Ekel und Widerwillen, die ununterscheidbar von Selbstabscheu blieben. Daraufhin hatte sie geschworen, die Pforten ihrer Wahrnehmung nie wieder irgendwelchen äußeren Eindrücken zu öffnen.

Doch sie hatte diesen Schwur nicht gehalten. Die positive Kehrseite ihrer krassen Empfindsamkeit bestand aus einer merkwürdigen, aber zwangsläufig damit verbundenen Nützlichkeit. Dieselben Sinne, die sie in solchem Maße stärkstem Unbehagen auslieferten, hatten sie mit der Fähigkeit ausgestattet, mit Landläufer-Gift und Knochenbrüchen fertig zu werden. Diese Befähigung hatte eindringlich an ihre ärztlichen Empfindungen gerührt, ihr wieder eine Wertbestimmung ihrer Identität ermöglicht, die sie verloren zu haben geglaubt hatte, als sie jener Welt entrissen worden war, die sie verstand. Außerdem war sie dazu imstande gewesen, den Gefährten gegen die fürchterlichen Anschläge des Lauerers der Sarangrave-Senke beizustehen.

Aus der Sarangrave-Senke waren die Gefährten zur Wasserkante geflohen, einem Küstenlandstrich, auf den das Sonnenübel keinen Einfluß ausübte. Umgeben von natürlich-gesundem Land, herbstlichem Wetter und Farben von der Unverfälschtheit im Anbeginn befindlichen Lebens sowie in der Gesellschaft von Riesen – insbesondere Pechnases, dessen ununterdrückbarer Humor wie ein Mittel gegen alles Finstere wirkte –, hatte Linden gespürt, wie ihr Fußknöchel durch den nachgerade unheimlichen Effekt des *Diamondraught* unglaublich schnell heilte. Sie hatte die greifbare Schönheit der Welt genossen, mit aller Deutlichkeit miterlebt, wie Covenant den Toten Herzeleids sein Geschenk darbrachte. In lebhaftester Weise hatte sie zu erkennen begonnen, daß ihre besonderen Sinne nicht nur dem Schlechten, sondern auch dem Guten offenstanden – so daß sie bezüglich des Unheils, das Gibbon ihr vorausgesagt hatte, vielleicht doch eine Möglichkeit der Einflußnahme besaß, eine Wahl. Das war ihre Hoffnung. Vielleicht war sie, wenn schon in keiner anderen, wenigstens in dieser Hinsicht dazu imstande, ihr Leben zu ändern. *Bleib getreu!* hatte der Greis, dem sie bei der Haven Farm das Leben gerettet hatte, ihr geraten. *Es gibt auch Liebe in der Welt.* Zum erstenmal flößten diese Worte ihr keine Furcht ein.

Sie wendete kaum einmal den Blick von Covenant, während sie die von Riesen geschaffenen Treppen hinabstiegen. Er wirkte allem gewachsen. Dennoch war sie auch anderer Dinge gewahr. Des klaren Morgens. Der weiten, mit Salz verkrusteten Leere von *Coercri.* Der unversöhnlichen schwarzen Drohung Hohls. Und der *Haruchai* hinter ihrem Rücken. Die Art und Weise, wie sie das steinerne Pflaster der Stadt beschritten, widersprach ihrer charakteristischen Leidenschaftslosigkeit. Sie erweckten den Eindruck, als seien sie regelrecht begierig darauf, zusammen mit Covenant und den Riesen unbekannte Gegenden der Erde zu erkunden. Auf diese Einzelheiten konzentrierte sich Linden, als sie das Gefüge des neuen Lebens zu weben begann, das sie ersehnte.

Doch als die Gefährten am Fuße der Stadt in den ersten direkten Sonnenschein traten, in dem am Hafen die Erste, Seeträumer und Pechnase mit Ceer und Hergrom warteten, fiel Lindens Blick, als zöge ein Magnet ihn an, ruckartig in die Richtung des Meers; Sternfahrers Schatz legte am Hafendamm an. Das Riesen-Schiff war ein zutiefst staunenswertes Fahrzeug. Es ragte hoch über Linden auf, seine Maße beanspruchten den Himmel, während Lindens Blick es zu erfassen versuchte. Der Kapitän, Grimme Blankehans, rief auf dem Achterkastell, das sich deutlich über das übrige Schiff erhob und auf dem sich das Steuerrad befand, seine Befehle, Riesen schwärmten durch die Takelage, um die Segel vollends zu reffen und zu verzurren, und unterdessen legte das Fahrzeug zügig, aber mit aller Genauigkeit in der ausgewählten Buchtung des Hafens an. Durchdachtheit der Konstruktion und seemännische Tüchtigkeit der Besatzung schienen mit der Wuchtigkeit des bräunlichen, gemaserten Granits, aus dem es gebaut war, irgendwie unvereinbar zu sein. Aus der Nähe gesehen, wirkte das bloße Gewicht des nahtlosen Rumpfs und der Masten der *Dromond* wie ein Widerspruch zu ihrer schwungvollen Form, der Ausdehnung der Decks, dem kühn geschnittenen Bug, dem ausgewogenen Gleichgewicht der Spieren. Aber nachdem sich Lindens Wahrnehmung auf die Größe des Schiffs eingestellt hatte, konnte sie erkennen, daß es voll und ganz so war, wie es für Riesen sein mußte. Zwischen den Wanten waren ihre Hünengestalten ein völlig normaler Anblick. Und die Maserung der steinernen Flanken des Schiffs glich Flammen granitenen Eifers.

Der Stein bereitete Linden eine Überraschung. Unwillkürlich

hatte sie die Beschaffenheit des Riesen-Schiffs in Frage gestellt, im Glauben, Granit müsse zu brüchig sein, um den Wogen der Meere standhalten zu können. Während sie sich nun jedoch einen Überblick des Schiffs verschaffte, erkannte sie ihren Irrtum. Dieser Granit wies die leichte, aber unentbehrliche Flexibilität von Knochen auf; seine Art von Lebendigkeit ging weit über die Beschränktheit bloßen Steins hinaus.

Und diese immanente Vitalität zeigte sich auch bei der Besatzung der *Dromond*. Sie bestand aus Riesen; aber auf dem Schiff waren sie mehr als das. Sie waren Artikulation und Funktion eines prachtvollen, von Atem durchströmten Organismus, Hände und Lachen eines Lebens, das sie stets von neuem begeistert erregte. Gemeinsam gaben der Stein und die Riesen Sternfahrers Schatz das Aussehen eines Fahrzeugs, das es mit der mächtigen See aufnahm, weil ganz einfach keine andere Bewährungsprobe seinem ihm innewohnenden Tatendrang genügen konnte.

Die drei Masten, jeder hoch genug für drei Segel, überragten das Achterkastell, auf dem Grimme Blankehans stand, wie Zedern. Im schwachen Seegang schwankte er ein wenig, als wäre er schon mit Brechern unter den Füßen geboren worden, er hatte Salz im Bart, übte mit jedem Blick seiner in tiefen Höhlen befindlichen Augen vollkommene Herrschaft über das Schiff aus. Sein Ruf, mit dem er auf Pechnases Gruß antwortete, hallte von den Mauern und Wällen Herzeleids wider, ließ *Coercri* zum erstenmal seit vielen Jahrhunderten wieder von Worten des Willkommens tönen. Dann brachten plötzliche Tränen den Sonnenschein und das Schiff vor Lindens Augen ins Verschwimmen, als hätte sie nie zuvor Freude gesehen.

Einen Moment später hatte sie ihre Sicht freigezwinkert und schaute Covenant an. Spannung hatte sein Gesicht zu einem Grinsen verzerrt, das auf Zuckungen zurückzugehen schien; aber die Gesinnung, die sich hinter der Grimasse verbarg, war für Linden unverkennbar. Er sah hier das Mittel seiner Suche nach dem Einholzbaum vor sich, sein Werkzeug, um das Überleben des Landes zu erzwingen. Und mehr als das: er sah Riesen, Artverwandte jenes Salzherz Schaumfolgers, den er einst so ins Herz geschlossen hatte. Sie brauchte erst gar nicht danach zu fragen, welches Verlangen und welche Furcht es waren, durch die sein Grinsen so sehr einem Zähneblecken ähnelten. Dank des persönlichen Gegenmittels von Schaumfolgers Gelächter war Covenants früherer Sieg über Lord Foul von allem Makel des Hasses gereinigt worden. Und der Preis jenes Sieges war das Leben des Riesen gewesen. Covenant betrachtete die Riesen an Bord der Sternfahrers Schatz voller Sehnsucht und Erinnerungen; er befürchtete, über sie das gleiche Schicksal wie damals über Schaumfolger zu bringen. Auch das war Linden vollauf klar. Wie seine Halsstarrigkeit war auch ihr Trotz aus Verlust und Schuld entstanden. Sie wußte, was es hieß, den Konsequenzen des eigenen Trachtens zu mißtrauen.

Aber die Ankunft des Riesen-Schiffs beanspruchte ihre ganze Aufmerksamkeit. Wie eine Gischt der Heiterkeit brodelte Lärm vom Schiff herüber. Man warf Pechnase und Seeträumer Taue zu, und die beiden befestigten sie an den lange unbenutzt gebliebenen Pfosten der Hafenmauer. Die Seite der Sternfahrers Schatz schrammte an der Anlegestelle entlang, dann lag das Schiff still, schaukelte nur noch. Sobald die *Dromond* vertäut war, schwangen der Kapitän und die zwei Dutzend Riesen starke Besatzung sich an Tauen und Strickleitern von Bord und sprangen auf den Pier. Sie begrüßten die Erste voller Zuneigung, drückten Seeträumer, schrien vergnügt auf Pechnase ein. Die Erste reagierte würdevoll auf die Bekundungen des Respekts: mit ihrem wie ehernen Haar und dem Pallasch sicherte sie sich bei aller Vertraulichkeit stets Distanz. Pechnase dagegen brachte genug Fröhlichkeit zum Ausdruck, um sogar Seeträumers Haltung stummer Resignation auszugleichen. Wenig später wandten sich die Riesen *Coercri* zu, um die Stadt der Entwurzelten, ihrer in alten Zeiten verschollenen Artgenossen, zu besichtigen.

Linden war umgeben von wettergebräunten, lautstarken Männern und Frauen, doppelt so groß wie sie – wie Eichen gebauten Menschen der See, die dennoch so von Lebhaftigkeit und Wundersamkeit strotzten wie junges Grün. Sie alle staken in der schlichten Kleidung, wie sie ihrer Tätigkeit entsprach – dicken, ledernen Hosen und Joppen aus ineinandergekoppelten steinernen Scheiben –, ansonsten jedoch waren sie in gar keiner Hinsicht langweilig. In Redeweise, Übermut und kernigem Humor legten sie die außerordentlichste, bunteste Vielfalt an den Tag. Mit einem wahren Strudel von Wimmeln und Treiben brachten sie wieder Leben nach Herzeleid.

Ihr dringender Wunsch, die Stadt, die Handwerkskunst ihrer seit langem toten Brüder und Schwestern in Augenschein zu nehmen, war für Linden deutlich spürbar. Und Covenants Augen glänzten, wie um sie zu ermutigen – leuchteten in der Erinnerung an das *Caamora,* mit dem er *Coercri* vom alten Leid erlöst und sich den Titel verdient hatte, den ihm die Erste daraufhin verlieh: Riesenfreund. Doch inmitten des Tumults, den lauten, einzigartigen Scherzen und Lachorkanen, auf die Pechnase sich jederzeit fröhlich einließ, der Fragen, die die *Haruchai* mit typischer Knappheit beantworteten, der Begrüßungen, die Linden verwirrten und angesichts welcher Covenant den Rücken straffte, als wolle er größer sein, suchte die Erste sofort ernst das Gespräch mit Grimme Blankehans und unterrichtete ihn von ihrer Entscheidung, Covenants Suche nach dem Einholzbaum zu unterstützen. Sie äußerte sich über die gebotene Eile, die zunehmende Bösartigkeit des Sonnenübels und die Schwierigkeit, den Einholzbaum zu finden und rechtzeitig genug einen neuen Stab des Gesetzes anzufertigen, um zu verhindern, daß das Sonnenübel der Erde zuletzt das Herz herausriß. Die Exaltation des Kapitäns wich rasch einer nüchterneren Stimmung. Als die Erste sich nach den Vorräten des Schiffs erkundigte, gab er ihr die Auskunft, der Ankermeister, sein Stellvertreter, habe die Vorräte der *Dromond* ergänzt, während man vorm Küstenlandstrich des Großen Sumpfes gewartet hatte. Dann begann er die Besatzung zurück zum Schiff zu rufen.

Mehrere Riesen ließen gutmütigen Einspruch verlauten; sie wollten die Geschichte Herzeleids erfahren. Doch Covenant nickte vor sich hin, als dächte er daran, wie die Sonnengefolgschaft das Sonnenfeuer und das Sonnenübel mit Blut nährten. Folglich kannte Grimme kein Zögern. »Geduld, ihr Faulpelze«, rief er. »Seid ihr Riesen oder nicht, daß ein wenig Geduld euch abgeht?! Geschichten müssen ihre Stunde haben, sollen sie das harte Tagewerk auf See lindern. Die Erste drängt uns zur Eile.«

Sein Befehl an die Mannschaft, wieder an Bord zu gehen, erzeugte in Linden Bedauern. Die Überschwenglichkeit dieser Riesen war das Fröhlichste, was sie seit langem zu sehen bekommen hatte. Und sie dachte, womöglich könne Covenant an einer Gelegenheit interessiert sein, für eine Weile auszukosten, was hier von ihm erreicht worden war; aber mittlerweile kannte sie ihn gut genug, um zu wissen, daß er erst mühsam überzeugt werden mußte, ehe er sich mit irgendeiner Ehre schmücken ließ. Sie trat näher zu ihm, hob ihre Stimme, um sich ihm durch das Lärmen verständlich zu machen. »Berek hat den Einholzbaum auch gefunden, und ohne die Hilfe von Riesen. Wie weit kann der Baum entfernt sein?« Er sah sie nicht an. Sein Blick galt unverändert der *Dromond*. Hinter seinem Bart gab er sich einer Stimmung hin, die halb aus froher Erregung, halb aus banger Erwartung bestand. »Sunder und Hollian werden tun, was sie können«, fügte Linden hinzu. »Und die übrigen *Haruchai*, die du befreit hast, werden auch nicht tatenlos herumsitzen. Die Sonnengefolgschaft hat jetzt schon jede Menge Schwierigkeiten. Wir können's uns leisten, uns etwas Zeit zu lassen.«

Covenants Blick wich nicht vom Schiff, aber sie spürte, wie sich seine Aufmerksamkeit auf sie verlagerte. »Sag mir eins«, bat er, durch die vielfachen Wortwechsel der Riesen kaum vernehmlich. Riesen und *Haruchai* sammelten sich erwartungsvoll längs der Hafenmauer. »Bist du der Meinung, ich hätte versuchen sollen, die Sonnengefolgschaft zu stürzen, solange ich die Chance hatte?«

Die Frage rührte an etwas in Lindens Innerem. Sie ähnelte zu sehr einer anderen Frage, die er ihr möglicherweise gestellt hätte, wäre ihm mehr über sie bekannt gewesen. »Manche Geschwüre müssen herausoperiert werden«, antwortete sie ernst. »Wenn man den Krankheitsherd nicht irgendwie entfernt, muß man den Patienten aufgeben. Glaubst du, die beiden Finger sind dir bloß aus Lust und Laune amputiert worden?«

Seine Brauen zuckten. Nun musterte er sie, als hätte sie ihn auf irgendeine Weise aus seinen persönlichen Sorgen geschreckt, ihn in einer Art auf sich aufmerksam gemacht, die zwischen ihnen keinen Frieden mehr erlauben konnte. »Du hättest es also getan?« Die Muskeln seiner Kehle waren zusammengekrampft, als er die Frage äußerte.

Linden vermochte nicht zu vermeiden, daß sie zurückschrak. *Du hast einen Mord begangen,* hatte Gibbon zu ihr gesagt. *Bist du also nicht schlecht?* Plötzlich hatte Linden das Gefühl, Covenant hätte dem Wütrich zugestimmt. »Ja«, antwortete sie, während sie darum rang, ihre Empfindungen zu verheimlichen. »Wozu hast du denn all diese Macht?« Sie wußte bereits zu gut, wieviel ihr an Macht lag.

»Dafür nicht.« Ringsherum waren die Riesen in Schweigen verfallen, erwarteten von ihm ein entscheidendes Wort. In dieser unvermuteten Ruhe drang seine Entgegnung mit der Heftigkeit eines nachdrücklichen Versprechens hinaus auf die Wellen der See. Aber er achtete nicht auf die Zuhörer. »Ich habe schon einundzwanzig Angehörige der Sonnengefolgschaft umgebracht«, führte er an, ihr nun vollends zugewandt. »Ich werde eine andere Lösung finden.« Sie dachte, er werde weitersprechen; doch da bemerkte er ihre Verlegenheit, und obwohl er die wahre Ursache nicht wissen konnte, wandte er sich sofort an die Erste. »Mir wird wohler sein«, sagte er leise, »wenn wir erst einmal unterwegs sind.«

Die Erste nickte, regte sich jedoch nicht von der Stelle. Statt dessen zog sie ihr Schwert und nahm es wie zu einem Salut in beide Fäuste. »Riesenfreund ...« Zwar sprach sie mit ruhiger Stimme, aber in ihrem Tonfall schwang so etwas wie der Anklang eines Aufrufs mit. »Unserem ganzen Volk hast du ein Geschenk gegeben, das wir dir zu vergelten gedenken. Ich sage dies im Namen der Suche und der Erd-Sicht ...« – sie blickte hinüber zu Seeträumer –, »die uns unvermindert leitet, wenngleich ich beschlossen habe, einen anderen Weg zum selben Ziel einzuschlagen.« Seeträumers Gesicht verkrampfte sich rings um die weiße Narbe, die unterhalb der Augen über seinen Nasenrücken verlief; doch er enthielt sich jeglichen Protests. »Riesenfreund Covenant«, vollendete die Erste ihre Erklärung, »wir stehen zu deiner Verfügung, bis du deine Zwecke erreicht hast.« Covenant blieb stumm, ein Mann, der verstrickt war in Dankbarkeit und Zweifeln an sich selbst. Aber er neigte vor der Ersten der Sucher den Kopf. Diese Geste bewegte Linden inwendig. Sie wirkte, als habe er endlich in sich den Mut zur Annahme von Beistand gefunden; oder wenigstens ein gewisses Selbstwertgefühl, das es ihm gestattete, sie anzunehmen. Aber gleichzeitig war sie froh darüber, den insgeheimen alten Konflikten ausweichen zu dürfen, die er vorhin mit seiner Frage von neuem geweckt hatte. »Laßt uns segeln«, sagte die

Erste, und Linden folgte den Riesen ohne zu zögern an Bord der Sternfahrers Schatz.

Die Seite des Riesen-Schiffs war vor ihr wie eine gewaltige Wand, und als sie Hände und Füße in die dicken Taue der Strickleiter stemmte, die Riesen für sie hielten, schien das Klettern sie in erstaunliche Höhen zu befördern, als wäre das Schiff noch viel größer, als es aussah. Cail klomm ihr nach, um auf sie zu achten, und beiderseits enterten Riesen das Schiff. Sobald sie sich unter die Reling bückte und das Vordeck betrat, vergaß sie jedes Unbehagen. Die *Dromond* empfing sie mit wahrer Bezauberung. Eine solche Sorte Stein war für Linden völlig ungewohnt, und sie konnte ihre Sinneswahrnehmung nicht allzuweit ausdehnen; doch aller Granit innerhalb ihrer Reichweite machte den Eindruck, so vital zu sein wie lebendiges Holz. Halb rechnete sie damit, unter den Flächen des Riesen-Schiffs das Fließen von Säften spüren zu können. Und dieses Empfinden verstärkte sich noch, sobald die Gefährten an Bord kamen. Wegen seiner Höhenfurcht und der halbierten Hand hatte Covenant mit dem Klettern Probleme; doch gleich darauf half Brinn ihm über die Reling. Indem er entweder Covenant oder Linden folgte, erstieg Hohl geschmeidig eine Strickleiter, blieb danach wie eine Statue seitlich auf dem Vordeck stehen, lächelte sein schwarzes, mehrdeutiges Lächeln. Ceer und Hergrom schienen geradezu an den Tauen emporzuschweben. Und mit jedem Paar Füße, das den Stein betrat, verströmte Sternfahrers Schatz mehr rastlose Kraft in Lindens Nerven. Selbst durch ihre Schuhe fühlte sich der Granit zu schwimmfähig und lebenstüchtig an, um jemals von irgendeiner See bezwungen werden zu können.

Sonnenschein erhellte den Hafen, überzog das sachte Schwappen des Wasserspiegels im Hafenbecken neben dem Schiff mit Geglitzer, beschien die Bauten von *Coercri,* als wäre dies der erste wirkliche Morgen seit dem Untergang der Entwurzelten. Auf Grimme Blankehans' Anweisungen machten sich einige Riesen darauf gefaßt, die Vertäuung zu lösen; andere sprangen in die Takelage, turnten mit der Leichtigkeit von Kindern an den schweren Wanten empor. Wieder andere begaben sich unter Deck, begannen sich dort mit den inneren Vorgängen des Schiffs zu beschäftigen, bis Lindens ungeübte Sinne ihnen nicht mehr folgen konnten. Innerhalb weniger Augenblicke fingen die unteren Segel sich im Wind zu kräuseln an; und dann schwamm die Sternfahrers Schatz seewärts.

2
TRÜBSINN

Linden bemühte sich, alles zur gleichen Zeit zu beobachten, während die *Dromond* sich vom Anlegeplatz entfernte und beidrehte, um in offene Gewässer auszulaufen. Sie schaute von einer zur anderen Seite, sah die Riesen die Segel setzen, als würde diese Arbeit nicht durch körperliche Anstrengung, sondern durch magische Beschwörungen verrichtet. Unter ihren Füßen begann das Deck zu schwanken; doch der Seegang war schwach, und das enorme Gewicht des Riesen-Schiffs verlieh ihm Stabilität. Linden spürte keinerlei Unwohlsein. Ihr Blick kreuzte sich mehrmals mit Covenants Blick, und seine Gemütserregung steigerte ihre Aufgewühltheit zusätzlich. Seine Miene war frei von allem Düsteren; sogar sein Bart schien von einer Fülle neuer Aussichten zu knistern. Nach einem Moment fiel ihr auf, daß er Worte in den Wind hauchte.

»Stein und See sind tief im Leben,
sind die Wahrzeichen der Welt:
dauerhaft verharrend, dauerhaft sich regend,
Teilhaber der Kraft, die ewig währt.«

Sie prägten sich ihrem Gedächtnis ein wie ein Akt der Ehrung.

Als sie den Standort wechselte, um nach *Coercri* zurückzublicken, erfaßte der Wind ihr Haar, wehte es ihr übers Gesicht. Sie pflügte die Finger in ihre weizenblonden Strähnen, hielt sie fest; und diese einfache Gebärde rief in ihr mehr Freude an sich selbst hervor, als sie seit langer Zeit verspürt hatte. Der Geruch von Salz würzte die Luft, schien sogar das Sonnenlicht schärfer zu machen, so daß Herzeleid, während es zurückblieb, darin einer Stätte der Wiedergeburt glich. Linden neigte zu dem Gedanken, daß dort vielleicht mehr Dinge wiedergeboren worden waren, als sie zu hoffen gewagt hätte.

Da fing Pechnase zu singen an. Er stand in einigem Abstand, aber seine Stimme ertönte leicht wie Licht über die *Dromond*, erhob sich kräftig aus seiner deformierten Brust, trotzte dem Rauschen der Wogen und dem Knattern des Segeltuchs. Die Melodie ähnelte einem Choral, durchsetzt mit allerlei Betonungen und mit Andeutungen von Harmonie, und die anderen Riesen fielen alsbald ein.

»Kommt, Wasser und Wellen,
breiter Pfad ins Fernhinaus
und Tor zur weiten Welt!
Alle Wege führ'n nach Haus!

Kommt, Wind und Wehen,
des Himmels Atem, der Segel Leben!
Das Tuch entrollt, die Leinen los,
das Herz gelüstet's nach Sturm und Beben.

Kommt, Seefahrt und Forschen,
Entdeckung all der Erde,
Entwirrung von Rätseln,
Schweifen ohne Not und Beschwerde.

Kühnes Wagen und Weltumfahren
bewahren des Lebens Herz vor Unbill und Leid.
Wir sind auf dem Meer zu Gast
und lieben die Ferne, so groß und weit!«

Die Riesen waren freudenvolle, frohgemute Sänger, und ihre Stimmen gaben zum Schwanken der Masten eine kontrapunktische Begleitung ab, während das Anschwellen eines Stakkatos ihren Gesang untermalte, indem die Brise kräftiger in die Segeltuchbahnen fuhr. Die Sternfahrers Schatz schien ebenso mit den Klängen der Musik wie mit Wind zu fahren. Und während der Wind stärker blies, entschwand *Coercri* mit verblüffender Schnelligkeit an den Horizont, und die Sonne schwang sich höher an den Himmel. Grimme Blankehans und die Besatzungsmitglieder tauschten Bemerkungen und Witzeleien aus, als gäben sie um nichts etwas; aber den Augen unterm Bollwerk von Blankehans' Stirn entging nichts. Inzwischen waren auf seine Anordnung hin auch die restlichen Segel gesetzt worden; und die Sternfahrers Schatz glitt mit einer Geschwindigkeit ins Meer der Sonnengeburt hinaus, die der Verheißung ihrer gemaserten Flanken vollauf entsprach. Linden konnte Schwingungen wie ein Schaudern durch den Stein laufen spüren. In den Händen der Riesen verwandelte sogar Stein sich in einen Gegenstand der Geschwindigkeit und des anmutigen Dahinschwebens.

Es dauerte nicht lange, da waren Lindens Sinne von alldem so angefüllt, daß sie sich nicht länger ruhig halten konnte. Sie fühlte sich dazu gedrängt, sich das Schiff genauer anzuschauen, und verließ ihren Standort. Sofort befand sich Cail neben ihrer Schulter. Während sie das Vordeck überquerten, überraschte er sie mit der Frage, ob sie ihre Unterkunft zu sehen wünsche. Sie blieb stehen, um ihn anzublicken. Der undurchdringliche Wall seiner Miene zeigte keinen Anhaltspunkt dafür, wie er mittlerweile zu ausreichender Kenntnis der Verhältnisse an Bord der *Dromond* gelangt sein mochte, um ihr ein solches Angebot machen zu können. Sein kurzes Gewand ließ seine braunen Gliedmaßen stets frei und zu allem bereit; durch seine Frage wirkte er jedoch nicht nur bloß auf alles eingestellt, sondern obendrein, als wüßte er alles im voraus. Doch er beantwortete die stumme Frage in Lindens Blick, indem er erklärte, Ceer und Hergrom hätten bereits mit der Vorratsverwalterin gesprochen und von ihr gewisse grundlegende Auskünfte über das Schiff erhalten. Einen Moment lang verweilte Linden, dachte über die fortgesetzte, weitsichtige Hilfsbereitschaft der *Haruchai* nach. Aber da begriff sie, daß Cail ihr genau das bot, woran sie interessiert war – eine Aufenthaltsmöglichkeit ganz für sie allein, einen Unterschlupf, an dem sie sich an die Eindrücke, die auf dem Riesen-Schiff auf sie eindrangen, gewöhnen konnte, der ihr die Gelegenheit einräumte, über all das viele Neue, das ihr widerfuhr, Klarheit zu gewinnen. Und vielleicht erstreckte die Gastfreundlichkeit der Riesen sich sogar auf so etwas wie Badewasser? *Warmes* Badewasser? Vorstellungen ausgiebigen Wohlergehens gingen ihr durch den Kopf. Wie lange war es her, seit sie das letzte Mal ein warmes Bad genommen hatte? Seit sie sich richtig sauber gefühlt hatte? Sie nickte Cail zu und folgte ihm in die Richtung zum Heck der *Dromond*.

Mittschiffs befand sich ein Aufbau mit flachem Dach, der Achter- und Vordeck voneinander trennte und die ganze Breite des Fahrzeugs maß. Als Cail sie durch eine Schwingtür – geschützt mit einem kniehohen Wellenbrecher – ins Innere der Behausung führte, trat Linden in einen langgestreckten Speiseraum mit einer Kombüse an der einen und Reihen von Vorratsschränken auf der anderen Seite. Der Aufbau besaß keine Fenster, aber Laternen machten ihn innen hell und heiter-gemütlich. Ihr Lichtschein glänzte auf dem Stein des Großmasts, der geradewegs senkrecht durch die Räumlichkeit verlief wie ein Baumstamm unter seinem Blätterdach. Der Mastbaum wies Einmeißelungen auf, die einem schraffierten Muster glichen, fast wie ein Totempfahl, und Linden hätte sie sich gerne näher angesehen; aber Cail durchquerte den Speiseraum, als wäre er mit all seinen Geheimnissen längst vertraut, und sie stieg mit ihm hinaus aufs Achterdeck. Zusammen strebten sie nach achtern. Linden erwiderte Grimme Blankehans' Wink – der Kapitän stand auf dem erhöhten Achterkastell mit dem Steuerrad – und ließ sich von Cail durch eine weitere steuerbords darunter befindliche Schwingtür unter Deck führen. Über eine ebenmäßig gearbeitete, steinerne Leiter gelangte man abwärts. Die Leiter war für Riesen bemessen, aber Linden kam damit ganz gut zurecht. Und sie brauchte nur aufs erste Unterdeck hinabzuklettern. Drunten kamen sie in einen ebenfalls von Laternen erleuchteten Korridor mit etlichen Türen; dahinter lagen, wie Cail erläuterte, für sie, Hohl, Ceer und ihn reservierte Kabinen. Covenant, Brinn und Hergrom waren ähnliche Quartiere an der Backbordseite des Schiffs zugeteilt worden.

Als sie ihre Kabine betrat, stellte sie fest, daß ein Riese den Raum als klein betrachten mußte, aber für sie war großzügig Platz vorhanden. Nah an einer Wand hing eine lange Hängematte; zwei wuchtige Stühle und ein Tisch beanspruchten einen Großteil des Innenraums. Diese Einrichtungsgegenstände waren zu groß für sie: die Sitzflächen der Stühle befanden sich in der Höhe von Lindens Taille, und um in die Hängematte zu gelangen, würde sie auf den Tisch klettern müssen. Doch vorerst störten diese Schwierigkeiten sie nicht. Sonnenschein fiel durch eine offene Luke und erhellte die Kabine, und sie bot ihr eine gewisse Zurückgezogenheit. Sie war froh darüber, sie zu haben.

Aber schon wenige Augenblicke, nachdem Cail gegangen war, um ihr, wie sie ihn gebeten hatte, Essen und Badewasser zu besorgen, machte sich in ihr eine Anspannung bemerkbar, die bislang nur unterhalb ihrer Aufregung zu spüren gewesen war; als die herbe Gegenwart des *Haruchai* aus ihrer Nähe verschwand, schien in ihrem Innern ein Schleier entfernt zu werden. Eine Hand der Finsternis, so schien es, irgendwo tief in der *Dromond* verborgen, streckte einen düsteren Finger nach ihrem Herzen. Bei dieser Berührung zerfielen all ihre Erleichterung, ihre Erwartung und das Gefühl des Neuen wie eine vom Meer überschwemmte Sandburg. Ein alter, halb vergessener Trübsinn begann sich wieder in ihr auszubreiten. Er glich einem Geruch nach Gibbon und nach ihren Eltern. Was hatte sich denn tatsächlich für sie verändert? Welches Recht oder was für einen Grund besaß sie überhaupt, daß sie sich hier aufhielt, wo sie war? Nach wie vor war sie dieselbe Person – eine Frau, deren ganzer Antrieb aus dem Bedürfnis nach Flucht statt nach einer richtigen Lebensführung bestand. Sie wußte nicht, wie sie sich ändern sollte. Und der na-Mhoram hatte ihr ausdrücklich jede Hoffnung versagt. *Geschmiedet wirst du, wie man Eisen schmiedet,* hatte er geäußert, *um die Vernichtung der Erde herbeizuführen. Weil du für das empfänglich bist, was kein anderer im Lande mehr wahrzunehmen vermag, bist du auch dafür empfänglich, geschmiedet zu werden.* Sie würde nie wieder frei sein von seiner begierigen Grausamkeit, der eisigen Bosheit, mit denen er ihr ureigenstes Fleisch besudelt hatte; und ebensowenig von der Art und Weise, wie sie darauf reagierte. Seine Verheißung des Unheils kam ihr nun vollauf wieder zu Bewußtsein, schwoll in ihr, als stiege sie durch den Kiel der Sternfahrers Schatz zu ihr auf, als wäre die gesunde Lebendigkeit der *Dromond* in Wirklichkeit ein Krebsgeschwür, das an den Riesen und ihrem Schiff fraß. Diese Schwärze hatte in ihrem Leben schon vieles zum Unseligen gewendet. Sie stand für ihre Eltern, ihren Vater und ihre Mutter. Und sie war auch jetzt noch da. Sie war in ihrem Innern, und doch atmete sie sie, als befände sie sich auch in der Luft. Ein Schicksal, das sie weder voraussehen konnte noch ertragen würde können, schien auf sie zu lauern, und sie empfand ihre Kabine auf einmal mehr wie eine Zelle im Kerker Schwelgensteins als wie eine von Sonnenschein durchströmte Räumlichkeit inmitten der Gesellschaft von Riesen.

Für etliche ausgedehnte Momente kämpfte sie gegen diese Niedergeschlagenheit an, versuchte die seltsame Art und Weise zu verstehen, in der sie von außen auf sie einzudringen schien. Aber ihre Vergangenheit war zu mächtig; sie beeinträchtigte ihr Wahrnehmungsvermögen. Lange bevor Cail wiederkam, floh sie die Kabine und kehrte an die frische Luft zurück. Mit Händen, die zitterten, klammerte sie sich an die Steuerbordreling, schluckte mehrmals mit großer Mühe, um das kalte Entsetzen zu verdrängen, das ihr die Kehle einschnürte, weil sie es wie ein untragbares Eingehen auf Gibbons Berührung empfand. Allmählich jedoch wich die Finsternis aus ihr; sie konnte sich nicht vorstellen, wodurch das geschah, aber sie hatte instinktiv den Eindruck, daß zwischen ihr und der Quelle ihres Trübsinns einiges an Abstand geschaffen worden sein mußte. In dem Streben, diesen Abstand zu vergrößern, wandte sie sich zur nächsten Stiege, die auf das Achterkastell führte.

Ceer war an ihre Seite gekommen, um auf sie zu achten, solange Cail ausblieb. Es fehlte wenig, und sie hätte sich an ihn gelehnt, ihre Zerbrechlichkeit gegen seine Unerschütterlichkeit gestützt. Aber solche Schwäche war ihr zuwider. Darum bemüht, ihre Verfassung zu mißachten, erklomm sie die Stiege aus eigener Kraft.

Droben fand sie Grimme Blankehans, die Erste, Covenant, Brinn und eine Riesin vor, die das große Steuerrad hielt, das der Steuerung des Schiffs diente. Das Steuerrad war aus Stein und eineinhalbmal so hoch wie Linden; die Riesin jedoch drehte seine Speichen mit einer Leichtigkeit, als wäre es aus Balsaholz. Grimme begrüßte die Auserwählte, und die Erste nickte ihr zu; dennoch hatte Linden unverzüglich das Gefühl, eine Diskussion unterbrochen zu haben. Covenant schaute sie an, als habe er vor, sie nach ihrer Meinung zu fragen. Doch da schloß er den Mund und musterte sie mit erhöhter Eindringlichkeit. Er sprach sie an, ehe sie etwas sagen konnte. »Linden, was ist los?«

Linden schnitt eine Miene des Mißmuts, verärgert und beschämt infolge der Durchsichtigkeit ihrer Emotionen. Offensichtlich hatte sie sich in der Tat in keiner wesentlichen Hinsicht verändert. Und sie konnte ihm noch immer nicht die Wahrheit sagen – nicht hier, unter freiem Himmel und unter den Augen der Riesen. Sie versuchte, seine Frage mit einem Achselzucken abzutun, ihre Miene zu glätten. Aber Covenants Aufmerksamkeit verlor nichts von ihrer Schärfe. »Ich habe an Gibbon gedacht«, meinte sie mit sorgsam gemeisterter Stimme. Mit den Augen bat sie Covenant, die Sache auf sich beruhen zu lassen. »Ich sollte wohl besser an etwas anderes denken.«

Daraufhin milderte sich sein Gesichtsausdruck. Er wirkte wie ein Mann, der die Bereitschaft hegte, so gut wie alles für sie zu tun. Er räusperte sich. »Wir haben über Hohl gesprochen«, sagte er. »Seit er an Bord gekommen ist, hat er sich nicht vom Fleck gerührt. Er ist im Weg. Er behindert das Arbeiten mit den Tauen. Die Matrosen haben ihn gebeten, zur Seite zu gehen – aber du kannst dir vorstellen, wieviel das genutzt hat.« Das konnte sich Linden nur zu gut vorstellen. Immer wieder hatte sie den Dämondim-Abkömmling in seiner vertrauten, lockeren Haltung irgendwo verharren sehen, die Arme leicht gebeugt, den Blick ins Nichts gerichtet, unbewegt wie ein Obelisk. »Also haben sie versucht, ihn wegzurücken. Zu dritt. Aber es war nichts zu machen.« Covenant schüttelte den Kopf, als sei es ihm unbegreiflich, wie jemand schwer oder stark genug sein konnte, um drei Riesen zu widerstehen. »Wir haben darüber beraten, was man tun könnte«, fügte er dann hinzu. »Grimme meint, vielleicht wäre ein Flaschenzug das richtige Mittel.«

Insgeheim seufzte Linden erleichtert auf. Die Dunkelheit wich erneut ein wenig zurück; die Linden gebotene Möglichkeit, sich ein bißchen nützlich zu machen, tat das ihre, um das Dunkel weiter zu verdrängen. »Das wird auch nicht helfen«, antwortete sie. Hohls Absichten waren ihr ein Rätsel; doch sie hatte tief genug in sein Inneres geblickt, um zu wissen, daß er eine dichtere und unbeweglichere Beschaffenheit annehmen konnte als der Granit des Schiffs. »Wenn er sich nicht bewegen lassen will, kann er auch nicht bewegt werden.«

Covenant nickte, als hätte sie seine Erwartungen bestätigt. Die Erste murmelte verdrossen etwas vor sich hin. Blankehans hob die Schultern, dann befahl er der Mannschaft, ihre Arbeit um den Dämondim-Abkömmling herum zu verrichten, so gut es sich machen ließ.

Linden war froh darüber, sich in dieser Runde zu befinden. Ihre Bedrücktheit hatte nun ganz erheblich nachgelassen. Die ungeheure Gesundheit und Lebenstüchtigkeit der Riesen schien wie ein Schild zu wirken, der sie gegen negative Einflüsse abschirmte. Und Covenants Rücksichtnahme beruhigte sie. Sie vermochte wieder zu atmen, als könnten keinerlei Erinnerungen an Tod und Sterben ihre Brust beengen. Sie ging zur Heckreling, setzte sich an einen Pfosten und versuchte, sich in ihrer Stimmung auf das Riesen-Schiff einzustellen. Kurz danach kam Cail und löste Ceer ab. Seine Miene zeigte keine Andeutung eines Vorwurfs wegen des umsonst erteilten Auftrags. Auch für diese Rücksicht war sie dankbar. Sie spürte hinter dem Gleichmut der *Haruchai* eine beeindruckende, starke Kapazität des Urteilfällens. Sie mochte dergleichen nicht gegen sich gerichtet sehen.

Fast unbeabsichtigt kehrte ihr Blick zurück zu Covenant. Aber seine Beachtung galt anderem. Die Sternfahrers Schatz und ihre Besatzung hatte ihn von neuem in ihren Bann gezogen. Die *Dromond* faszinierte ihn so sehr, die von den Riesen entgegengebrachte Freundschaft wühlte ihn in solchem Maße auf, daß dagegen alles andere in den Hintergrund trat.

Er stellte Blankehans und der Ersten Fragen, um sie zum Reden zu veranlassen, und lauschte ihren Auskünften mit dem Eifer eines Menschen, der in all seiner Einsamkeit noch keine Antworten gefunden hatte. Linden folgte seinem Beispiel, schaute und hörte ebenfalls zu.

Blankehans sprach durchaus gern und lang über Leben und Arbeit auf seinem Schiff. Die Besatzung war in drei Schichten eingeteilt, die jeweils dem Kapitän, dem sogenannten Ankermeister und der Lagerverwalterin unterstanden. Aber genau wie ihre Befehlshaber gönnten sich anscheinend auch die Mannschaftsmitglieder, wenn sie dienstfrei hatten, keine richtige Muße. Ihre ausgeprägte Zuneigung zu dem Schiff gestattete es ihnen offenbar nicht, die Sternfahrers Schatz vollauf anderen zu überlassen, und sie verbrachten ihre Freizeit damit, da und dort diese und jene Aufgaben zu erledigen. Doch als Blankehans die verschiedenartigen Arbeiten, die auf seinem Schiff anfielen, zu beschreiben anfing, kam Linden nach einiger Zeit nicht mehr mit. Die Riesen besaßen für jede Art von Tau und jedes einzelne Segeltuch, für jeden Teil des Schiffs und jedes Arbeitsgerät eigentümliche Namen, und sie war nicht dazu imstande, sich eine solche Flut fremdartiger Bezeichnungen zu merken, einige wenige ausgenommen: Morgenbegrüßer war das oberste Segel am Fockmast; Fernschau hieß der Ausguck hoch auf der Spitze des Großmasts; Herzensfreude lautete der Name des großen Steuerrads, das das Ruder bewegte. Doch um sich auch den Rest merken zu können, verstand Linden zuwenig von Schiffen und vom Segeln.

Die Tatsache, daß Blankehans seine Anweisungen an die Besatzung kaum jemals als direkte Befehle formulierte, erhöhte Lindens Verständnisschwierigkeiten. Viel häufiger rief er lediglich eine Bemerkung über den Zustand der Segel, über den Wind oder die See, überließ es dann irgendeinem Riesen, der zufällig an der richtigen Stelle war, entsprechende Maßnahmen zu ergreifen. Infolgedessen erweckte die Handhabung des Schiffs den Eindruck, als geschähe sie nahezu ausschließlich spontan, als wäre sie eine Reaktion auf das Wechselspiel des Windes und ergäbe sich nicht aus Blankehans' Position des Kapitäns, oder wäre gar eine vom lebhaften, vielfältigen Vibrieren der Takelage ermöglichte Theurgie. Linden fand an diesen Vorgängen Gefallen, aber sie eigneten sich nicht gerade dazu, ihr Verständnis der Unmengen sonderbarer Benennungen, die der Kapitän verwendete, zu verbessern.

Nach einer Weile überraschte es sie, zu beobachten, wie Ceer und Hergrom sich in den Wanten des Besanmasts betätigten. Sie kletterten geschickt im Tauwerk umher, halfen den Riesen und lernten dabei von ihnen, entfalteten eine unbefangene Munterkeit, die fast an Frohsinn grenzte. Als sie Cail fragte, was seine Genossen dort trieben, gab er ihr zur Antwort, sie würden einen alten Traum der *Haruchai* wahrmachen. In all den Jahrhunderten vor und nach dem Ritual der Schändung, in denen die Entwurzelten und die Bluthüter sich gekannt hatten, war es nie einem *Haruchai* vergönnt gewesen, den Fuß auf ein Riesen-Schiff zu setzen. Ceer und Hergrom gaben einem Verlangen nach, das ihre Ahnen schon vor mehr als dreitausend Jahren sehnlich verspürt hatten.

Cails kurze Erzählung erzeugte in Linden eine unbestimmte Rührung, als habe sie einen Ausblick auf etwas unvermutetes, okkultes Schönes erhascht. Die Standhaftigkeit und Festigkeit dieser Leute übertraf alles. Bei Covenants vorherigen Aufenthalten im Land hatten die Bluthüter bereits – ohne zu schlafen, ohne eines natürlichen Todes zu sterben – zweitausend Jahre lang den Lords des Großrates ihren Schutz zur Verfügung gestellt gehabt, so unfaßbar stark war der von ihnen geleistete Eid der Treue zu den Lords gewesen. Und heute, Jahrtausende später, bewahrten Cail und seine Gefährten noch immer das Andenken und die Verpflichtungen jener Bluthüter.

Doch die Implikationen einer so kontinuierlichen Hingabe brachten Linden wieder zu sich selbst zurück; und im Laufe des Nachmittags stellte sich ihre trübselige Stimmung von neuem ein. Ihre Sinne paßten sich dem Riesen-Schiff zusehends besser an. Sie konnte die Bewegungen und die Fröhlichkeit der Riesen spüren, die unter Deck beschäftigt waren; wenn sie sich anstrengte, vermochte sie die Anzahl von Personen zu schätzen, die sich im Wohlspeishaus versammelten, dem mittschiffs befindlichen Aufbau. Sie hätte darin einen gewissen Trost finden sollen. Alles, was sie wahrnahm, strotzte von Reinheit und Kraft und war voller Gutmütigkeit. Und doch vertiefte sich die fortwährende Verdüsterung ihrer Gemütsverfassung in dem Maße, wie die Reichweite ihrer sinnlichen Wahrnehmung sich langsam ausdehnte.

Wiederum bereitete das Gefühl, daß ihre Stimmung auf irgendeiner äußeren Ursache beruhte, ihr unüberwindbare Unruhe; sie konnte sich nicht des Eindrucks erwehren, daß sie auf etwas wie einen verhängnisvollen Makel oder irgend etwas Übles im Innern des Schiffs zurückgeführt werden mußte. Doch sie blieb dazu außerstande, dieses Empfinden von ihrer individuellen Reaktion darauf zu trennen. Sie hatte zuviel Zeit ihres Lebens in trübseliger Laune zugebracht, als daß sie allen Ernstes darüber nachzudenken fähig gewesen wäre, die Schuld daran könne irgend etwas außerhalb ihres Inneren haben. Gibbon hatte diese Schwärze in ihr nicht erst geschaffen; von ihm war ihr nur ein Einblick in ihre Bedeutung aufgezwungen worden. Das Vertrautsein mit diesem Zustand machte ihn jedoch keineswegs erträglicher.

Als man dann zum Essen rief, widersetzte sie sich ihrer niedergedrückten Stimmung mit aller Entschiedenheit, um sich nicht auszuschließen. Covenant zögerte nicht im geringsten; und sie hegte die Absicht, ihm – falls nötig – bis an die Grenzen der Erde zu folgen, um die Art von Mut zu lernen, die ihn dazu befähigte, sich unablässig seinem Schicksal entgegenzustemmen. Unter der Oberfläche seines Daseins schlummerte die Lepra, und Lord Fouls Gift wartete praktisch nur auf eine Gelegenheit, um das angestrebte Unheil anrichten zu können. Aber trotz allem wirkte er der Bürde gewachsen, sogar mehr als das; er kannte diese eigenartige Furcht nicht, durch die sie angesichts von Joans Besessenheit, der gräßlichen Verunstaltung Marids, der Greulichkeit des Wütrichs in Gibbons Gestalt regelrecht gelähmt gewesen war. Und genau aus diesem Grund war sie fest dazu entschlossen, ihm zu folgen, bis sie für ihre Probleme eine ähnliche Lösung wie er gefunden hatte. Sie eilte an seine Seite und suchte mit ihm das Wohlspeishaus auf.

Doch während die Abenddämmerung herabsank, nahm ihr Unbehagen weiter zu. Als die Sonne unterzugehen begann, fühlte sich Linden, als werde sie von irgendeiner Gefahr umlauert. Im Speisesaal war sie von vielen Riesen umgeben, deren gewaltiger Appetit von ihrer Vitalität zeugte; sie selbst aber konnte kaum einen Bissen Nahrung durch die kloßige Enge ihrer Kehle zwängen, die die Niedergedrücktheit ihr verursachte, obwohl sie seit dem Morgen nichts gegessen hatte. Dampfende Eintöpfe, Honigkuchen, Trockenobst: selbst solche Dinge wirkten aufgrund ihrer Trübsinnigkeit abstoßend auf sie.

Nach dem Abendessen ordnete Blankehans an, die Segel für die Nacht zu reffen; und damit brach die Zeit zum Geschichtenerzählen an. Die Riesen lechzten richtiggehend nach Geschichten; sie versammelten sich auf dem Achterdeck und in den Wanten des Besanmasts, so daß die Erste und Covenant vom Achterkastell aus zu ihnen sprechen konnten. Die Liebe zu Geschichten, die in ihnen stak, war offenkundig; sie machte sie irgendwie kindlich, verlieh ihnen jedoch gleichzeitig eine einzigartige, leidenschaftliche Form von Tapferkeit. Und

Covenant begab sich nach achtern, als wären derlei Ansprüche der Riesen ebenfalls etwas, mit dem er sich mittlerweile zurechtfand. Linden dagegen war am Ende ihres Durchhaltevermögens. Die Sterne über den Masten wirkten in ihrer immensen Vereinzelung trostlos. Die Geräusche des Schiffs – das Knarren der Taue, das unsichere Flattern des Segeltuchs, wenn der Wind umschlug, das Aufbäumen der Wellen, durch die die *Dromond* auf ihrem Kurs pflügte – klangen wie Vorzeichen des Zorns oder Kummers. Und Linden hatte schon zu viele Geschichten gehört – über die Erschaffung der Erde, Kevin Landschmeißers Verzweiflung, von Covenants einstigem Sieg. Sie war innerlich noch nicht bereit für weitere Geschichten. Statt dessen zwang sie sich dazu, in ihre Kabine zurückzukehren; in die Dunkelheit hinabzusteigen, statt weiterhin zu versuchen, sie zu meiden.

Sie stellte fest, daß in ihrer Abwesenheit die vorherigen, zu großen Möbel durch Stühle und einen Tisch ersetzt worden waren, die ihr größenmäßig besser entsprachen; außerdem war nun eine Trittleiter vorhanden, um ihr den Gebrauch der Hängematte zu erleichtern. Doch nicht einmal diese Beweise fürsorglicher Gastfreundschaft konnten an Lindens innerlicher Verfassung etwas ändern. Unvermindert sickerte ihr aus dem Stein der *Dromond,* so hatte es den Anschein, Trübsal ins Gemüt. Auch als sie die Luke aufriß, den Wind und die Geräusche der See, die unterm Schiff einherrollte, eindringen ließ, blieb die Beeinträchtigung nahezu bösartig hartnäckig bestehen. Als sie den Mut aufbrachte, ihre Laternen zu löschen, konzentrierte sich die Finsternis um so zudringlicher auf Lindens Innenleben, deutete alle Arten von Gehässigkeiten an.

Ich werde verrückt. Trotz seiner besonderen Beschaffenheit begann der Granit rund um Linden auf sie immer mehr wie die Mauern Schwelgensteins zu wirken, gleichgültig und unnachgiebig. Erinnerungen an ihre Eltern nagten in den Randzonen ihres Bewußtseins. *Mord begangen. Werde verrückt.* Das Blut an ihren Händen war ihr ein so ständiger Begleiter wie für Covenant das Blut, das er vergossen hatte.

Linden konnte die Riesen droben singen hören, doch infolge der Geräuschkulisse des Meeres ließen ihre Worte sich nicht verstehen. Aber Linden unterdrückte den Drang, die Kabine erneut zu fliehen und wieder die trügerische Sicherheit der Versammlung auf dem Achterdeck zu suchen. Vielmehr ging sie dem schwachen Geruch von *Diamondraught* nach, der ihr auffiel, bis sie die Flasche mit dem kraftvollen Riesen-Getränk mitten auf dem Tisch entdeckte. Daraufhin jedoch zögerte sie erst einmal. *Diamondraught* war ein wirksames Heil- und Stärkungsmittel, wie sie inzwischen aus persönlicher Erfahrung wußte; aber auch die schlaffördernde Wirkung war ziemlich stark. Sie zögerte, weil sie sich davor fürchtete zu schlafen; sie scheute den Schlaf, weil sie sich sorgte, er könne lediglich eine weitere Art der Flucht vor etwas sein, dem sie sich in Wirklichkeit dringend stellen, das sie meistern mußte. Doch sie hatte diese Stimmungszustände in der Vergangenheit schon oft genug durchgestanden, sie durchgehalten, bis ihr danach gewesen war, zu weinen wie ein Kind – und was hatte ihr das eingebracht? Sie traf eine Einschätzung der *Diamondraught*-Wirkung und trank zwei kleine Schlucke. Dann kletterte sie in die Hängematte, zog eine Decke über ihren Körper, um etwas dem Mißstand abzuhelfen, daß ihre Nerven sich so entblößt anfühlten, und versuchte sich zu entspannen. Noch ehe sie ihre Muskeln zu entkrampfen vermochte, schaukelte das Schwanken der *Dromond* sie in den Schlaf.

Für einige Zeit blieb die Welt ihres Schlummers segensreich leer. Sie schwebte auf weiten, gemächlichen Wogen des Schlafs auf einer Reise vom Nichts ins Nichts dahin, ohne daß irgend etwas sie behelligte. Doch allmählich verwandelte die Nacht sich in jene Nacht im Wald hinter der Haven Farm, und vor ihr brannte das Feuer zur Beschwörung Lord Fouls. Dort lag Joan, besessen durch eine Macht von solcher Grausamkeit, daß sie Linden bis ins Innerste ihrer Seele mit Entsetzen erfüllte. Covenant nahm Joans Stelle ein, und Linden riß sich aus ihrer einer Lähmung ähnlichen Starre, begann den Abhang hinunterzulaufen, um ihn zu retten, lief für alle Ewigkeit den Hang hinab, ohne Covenant jemals erreichen, ohne jemals die unfaßbare Gewalttat vereiteln zu können, die ihm den Dolch in die Brust rammte. Die Klinge bohrte sich weißlich wie ein böser, fürchterlicher Reißzahn in ihn. Als sie endlich doch zu ihm gelangte, sprudelte Blut aus der Wunde – mehr Blut, als sie je im Leben gesehen hatte. Unvorstellbar, daß ein einziger Körper soviel Blut enthalten sollte! Es quoll ihm aus dem Leib, als wäre mit dem einen Dolchstoß eine ganze Schar von Menschen erstochen worden. Linden konnte den Blutstrom nicht stillen. Ihre Hände waren zu klein, um die Wunde zu bedecken. Sie hatte die Arzttasche im Auto gelassen. In fieberhafter Hast zerriß sie ihr Hemd, um die Blutung zu stoppen, machte dadurch sich selbst nackt und schutzlos; doch der Flanell war praktisch sofort mit Blut getränkt, nutzte überhaupt nichts. Blut befleckte ihre Brüste und Schenkel, während sie versuchte, Covenants Leben zu retten, und doch dazu außerstande war. Trotz aller Anforderungen, mit denen sie sich während ihrer Ausbildung auseinandergesetzt hatte, trotz all ihrer Aufopferungsbereitschaft wollte es ihr nicht gelingen, diesem roten Strom Einhalt zu gebieten. Die Wunde vergrößerte sich; binnen kurzem war sie so breit wie Covenants Brustkorb. Ihre Scheußlichkeit zerfraß sein Gewebe wie Säure. Lindens Hände umklammerten unverändert den nutzlosen, blutgetränkten Stoff, noch immer versuchte sie wie wahnwitzig, indem sie Druck ausübte, diesen Quell von Blut zum Versiegen zu bringen; aber die Wunde weitete sich, bis ihre Arme bis zu den Ellbogen darin staken. Rot floß über ihre

Oberschenkel, als sei es das Blutwasser der ganzen Welt. Sie hing mit dem Oberkörper überm Rand der Wunde, die Arme in ihren roten Schlund gestreckt, als gedächte sie dem eigenen Tod entgegenzutauchen. Und die Wunde erweiterte sich fortgesetzt. Bald war sie größer als die steinerne Fläche, auf die Covenant gefallen war, größer als diese Geländemulde mitten im Wald. Da erkannte Linden mit einem Schock des Begreifens, daß die Wunde mehr war als ein Messerstich in Covenants Brust: sie war ein Stich ins Herz des Landes. Die Stichwunde war für sie zur Grube geworden, ihre Ränder bestanden aus durchnäßten Abhängen, und das Blut, das sich über sie ergoß, war das Blut des Landes. Das Land verblutete. Bevor sie nur aufzuschreien vermochte, spülte das Blut sie über den gemeuchelten Leib des Untergrunds davon. Es gab für sie keine Möglichkeit, zu verhindern, daß sie ertrank. Die Turbulenz der Überflutung begann sie beinahe systematisch hin- und herzuschleudern. Die heiße Flüssigkeit verbrühte ihr die Kehle, erstickte ihre Stimme in Hitze. Sie war hilflos und verloren. Ihr vergängliches Fleisch konnte derartige Greuel nicht verkraften, sich ihnen erst recht nicht widersetzen. Es wäre besser gewesen, sie hätte gar nicht versucht, Covenant beizustehen, nie versucht, seine Verletzung zu behandeln. Nie wäre es soweit gekommen, hätte sie sich mit ihrer Erstarrung abgefunden und ihn einfach sterben lassen.

Doch das Rucken ihrer Schultern und das Geklatsche in ihrem Gesicht beharrten darauf, daß sie keine Wahl besaß. Der Rhythmus dieser Einwirkungen gestaltete sich nach und nach irgendwie persönlicher; allmählich zerrte er sie aus dem vom *Diamondraught* vertieften Schlummer. Als sie die Augen aufriß, sah sie Cails Gesicht sich im Mondschein abzeichnen, der durch die offene Luke fiel. Cail stand auf der Trittleiter, die er erstiegen hatte, um Linden zu wecken. Ihre Kehle fühlte sich rauh an, und das Innere der Kabine schien noch von ihren Schreien zu hallen. »Cail!« keuchte Linden. *O mein Gott!*

»Dein Schlaf war unerquicklich.« Cails Stimme war so ausdruckslos wie seine Miene. »Die Riesen sagen, daß solches nicht vom *Diamondraught* bewirkt wird.«

»Nein.« Mühsam stemmte Linden sich hoch, rang um Beherrschung. Alptraumhafte Bilder schossen ihr durch den Kopf; hinter ihnen jedoch hatte die Stimmung des Trübsinns, in der sie sich schlafen gelegt hatte, eine neue Bedeutung angenommen. »Hol Covenant!«

»Der Ur-Lord hat sich zur Ruhe begeben«, antwortete Cail tonlos.

Von Dringlichkeit getrieben, schwang sich Linden über den Rand der Hängematte, zwang Cail dazu, sie aufzufangen und auf den Boden zu stellen. »*Hol* ihn!« Bevor der *Haruchai* irgendwie reagieren konnte, stürzte sie selbst zur Tür. Im von Laternen beleuchteten Gang prallte sie fast mit Seeträumer zusammen. Der stumme Riese näherte sich ihrer Kabine, als hätte er die Schreie gehört. Für einen Augenblick brachte die Ähnlichkeit zwischen ihrem Alptraum und der Vision, die den Riesen der Stimme beraubt hatte, sie zum Stehen – einer so ungeheuerlichen Vision, daß sie das Riesenvolk dazu bewogen hatte, eine Suche nach der Wunde einzuleiten, die die ganze Erde bedrohte. Aber sie hatte keine Zeit. Das Schiff schwebte in Gefahr. Linden rannte an Seeträumer vorbei und tat einen Sprung auf die Leiter. Als sie ins Freie gelangte, trat sie in den Schatten des Achterkastells; der Monduntergang stand bevor. Über Linden hoben sich die Gestalten mehrerer Riesen ab. Linden schnaufte die hohen Stufen empor und sah oben die Lagerverwalterin, einen Riesen, der Herzensfreude hielt, und zwei oder drei andere, die den beiden Gesellschaft leisteten. »Holt die Erste!« verlangte Linden. In dem Bemühen, ihre Furcht zu mäßigen, krampfte sich ihre Brust zusammen.

Die Lagerverwalterin, eine stämmige Frau namens Knolle Windsbraut, die eine Tendenz zum Beleibten aufwies, erregte im allgemeinen einen behäbigen, sturen Eindruck; aber sie zögerte nicht, verlor keine Zeit mit Fragen. »Verständige die Erste«, sagte sie lediglich mit einem Nicken zu einem der umstehenden Riesen. »Und ebenso den Meister.« Der Matrose gehorchte sofort.

Als Linden wieder zu Atem kam, merkte sie, daß Cail neben ihr stand. Sie fragte ihn nicht, ob er Covenant gerufen habe. Die fahle Narbe, die an seinem linken Arm von der Schulter bis zum Ellbogen verlief und vom Sporn eines Landläufers stammte, schien auf Linden zu deuten und keinen Zweifel an seiner Verläßlichkeit zu gestatten. Dann klomm Covenant auch schon die Stiege herauf, in seinem Rücken Brinn. Im Mondschein sah Covenant beträchtlich aufgelöst und benommen aus; aber seine Stimme klang gepreßt, als er den Mund aufmachte. »Linden …?« Mit einem Wink veranlaßte sie ihn zum Schweigen, ballte die Hände zu Fäusten, um ihre unsichere Selbstbeherrschung aufrechterhalten zu können. Covenant wandte sich Cail zu; doch ehe er eine Frage stellen konnte, fand sich Blankehans ein, den Bart nach vorn geschoben wie eine Herausforderung an jede Gefahr, die seinem Schiff drohen mochte. Die Erste folgte ihm dichtauf.

Linden drehte sich ihnen zu, kam allen Fragen zuvor. Ihre Stimme bebte. »Auf diesem Schiff ist ein Wütrich.«

Ihre Behauptung schien die Nacht mit Lähmung zu schlagen. Alles verfiel in beklommenes Schweigen. »Bist du sicher?« erkundigte sich schließlich Covenant. Man hätte meinen können, seine Stimme erzeuge keinen Laut.

Die Erste fiel ihm ins Wort. »Was ist ein ›Wütrich‹?« Ihr eherner Tonfall glich einem erhobenen Schwert. Ein Segel gab in der Vertäuung dumpfe Antwort, als der Wind leicht die Richtung wechselte. Das Deck schwankte. Gedämpft erteilte die Lagerverwalterin einige Anweisungen, man solle das gesetzte Tuch umzurren. Die Sternfahrers Schatz lavierte. Linden balancierte mit der Bewegung des Schiffs, unterdrückte die Mulmigkeit in ihrer Magengegend, konzentrierte sich auf Covenant.

»Natürlich bin ich sicher.« Sie blieb ihrem Zittern hilflos ausgeliefert. »Ich kann ihn spüren.« Die Botschaft ihrer Nerven besaß die heftige Zudringlichkeit eines Blitzschlags. »Zuerst wußte ich nicht, was es ist. Mir war schon früher häufig ähnlich zumute. Bevor wir ins Land gelangt sind.« Der nur halb verdeutlichte Sinn ihrer Äußerungen flößte ihr Unwillen ein – die Ähnlichkeit zwischen ihren alten trübsinnigen Launen und dem Wahrnehmen eines Wütrichs. »Aber ich habe an etwas Falsches gedacht. Ein Wütrich ist auf dem Schiff. Er hält sich versteckt. Deshalb bin ich nicht eher draufgekommen.« Indem ihre Kehle sich von neuem einschnürte, nahm ihre Stimme einen schrilleren Klang an. »Ein Wütrich ist an Bord.«

Covenant trat vor, packte Linden an den Schultern, als wolle er dagegen vorbeugen, daß sie in Hysterie geriet. »Wo ist er?«

Blankehans unterbrach Covenants Frage. »Was ist ein Wütrich? Ich bin Sternfahrers Schatz' Schiffsmeister. Ich muß die Gefahr kennen.«

Linden achtete nicht auf Blankehans. Sie widmete ihre gesamte Aufmerksamkeit Covenant, um bei ihm Kraft zu finden. »Ich kann's nicht sagen.« Und um ihn zu schützen. *Du wirst geschmiedet,* hatte der Wütrich in Gibbon zu ihr gesagt. Sie, nicht Covenant. Aber jeder Angriff auf sie hatte sich als Ablenkungsmanöver erwiesen. »Irgendwo unten.«

Sofort wandte sich Covenant ab, stapfte zur Stiege. »Komm mit!« rief er über die Schulter. »Hilf mir, ihn aufzuspüren!«

»Bist du verrückt?« Aus Überraschung und Bestürzung entrang sich ihr dieser Aufschrei. »Was glaubst du wohl, warum er ausgerechnet *hier* ist?« Covenant blieb stehen, drehte

sich nach ihr um. Aber das Mondlicht machte seine Miene unkenntlich. Linden konnte nur die Ausstrahlung von Vehemenz spüren, die ihm aus Mark und Bein kam. Er hatte sich seiner magischen Macht entsonnen und gedachte sie zu gebrauchen.

»Linden Avery«, sagte die Erste grimmig. »Wir haben keinerlei Kenntnis von einem Wütrich. Du mußt uns mitteilen, worum's sich handelt.«

Lindens Stimme klang flehentlich, als sie sich erneut ausschließlich an Covenant wandte; ohne es auszusprechen, bat sie ihn, sich nicht dieser Gefährdung auszusetzen. »Hast du ihnen nicht alles über das erzählt, was damals in Herzeleid geschehen ist? Vom Riesen-Wütrich, der sämtliche ...?« Ihre Kehle verengte sich wieder, gegen ihren Willen verstummte Linden.

»Nein. Nicht genau.« Covenant tat ein paar Schritte auf sie zu, verharrte vor ihr; angesichts ihrer Furcht gingen nun mildere Emanationen von ihm aus. »Pechnase hat gestern abend diese Geschichte erzählt. Ich habe in *Coercri* vom Riesen-Wütrich gesprochen, aber nicht erwähnt, was darunter zu verstehen ist.« Er kehrte sich der Ersten und Blankehans zu. »Ich habe euch von Lord Foul erzählt. Dem Verächter. Aber mir war nicht bewußt, daß ich euch auch von den Wütrichen berichten muß. Sie sind seine drei höchsten Diener. Sie besitzen keine eigenen Körper, deshalb müssen sie fremde Gestalt annehmen, um etwas ausrichten zu können. Sie unterwerfen sie ihrer Gewalt.« Seine Stimme klang nach Joans Blut; und dem Blut anderer Menschen, die Linden nicht gekannt hatte. »Die Lords der alten Zeiten waren der Überzeugung, Riesen und *Haruchai* könnten von den Wütrichen nicht besessen werden. Aber dann erhielt Herem-*Turiya* ein Stück des Weltübel-Steins. Dadurch hatte er genug Macht, um einen Riesen in seine Gewalt zu bringen. Das war der Riese, den man in *Coercri* sehen konnte ... der die Entwurzelten erschlagen hat.«

»Nun wohl.« Die Erste nickte. »Soviel also wissen wir nunmehr. Doch warum hat dieses scheußliche Wesen sich in unsere Mitte begeben? Sinnt's darauf, unsere Suche zu vereiteln? Wie könnte es hoffen, so etwas zu bewerkstelligen, da wir doch so viele Riesen und *Haruchai* sind?« Ihr Ton verschärfte sich. »Hat's die Absicht, dich seiner Meisterschaft zu unterwerfen? Oder die Auserwählte?«

»Irgend so etwas«, brummte Covenant, ehe Linden ihren Befürchtungen Ausdruck verleihen konnte. Dann wandte er sich wieder an sie. »Du hast recht. Ich werde nicht nach ihm suchen. Aber gefunden werden muß er. Wir müssen ihn irgendwie loswerden.« Covenants gesamte Willenskraft war auf Linden gerichtet. »Du bist die einzige Person an Bord, die ihn aufspüren kann. Wo steckt er?«

Lindens Anstrengungen, ihr Schlottern zu unterbinden, dämpften ihre Stimme. »Irgendwo unten«, wiederholte sie.

Die Erste blickte Blankehans an. »Auserwählte«, gab der Kapitän gefaßt zu bedenken, »der Unterdecks sind's viele, und sie haben gar vielerlei verschiedene Kammern. Ein gründliches Durchsuchen möchte ungemein lange Zeit erfordern. Und wir ermangeln deiner Art von Augen. Wenn dieser Wütrich kein Fleisch besitzt, wie sollen wir ihn entdecken?«

Am liebsten hätte Linden laut herausgeschrien. Gibbon hatte sie berührt. Seine Schlechtigkeit war jedem Teil ihres Körpers eingeätzt; sie würde nie wieder rein davon sein können. Wie sollte sie dazu imstande sein, eine Wiederholung einer solchen Berührung zu verkraften? Doch Blankehans' Frage war gerechtfertigt; und eine Aufwallung von Zorn befähigte sie dazu, sich ihr zu stellen. Das Schiff war gefährdet; Covenant befand sich in Gefahr. Und sie erhielt immerhin eine Gelegenheit, hier zu zeigen, daß sie für Lord Foul und seine

Machenschaften ein Hindernis sein konnte, nicht nur ein Hemmnis für ihre Gefährten. Ihr Versagen in bezug auf Joan, Marid und Gibbon hatte sie Zweifel an sich selbst gelehrt. Aber sie wollte nicht so weit gekommen sein, wie sie jetzt war, nur um die Kapitulation ihrer Eltern zu wiederholen. »Hinuntergehen werde ich nicht«, erklärte sie mit verkrampfter Stimme. »Trotzdem will ich herauszufinden versuchen, wo er sich versteckt.«

Covenant entließ den angehaltenen Atem, als wäre ihr Entschluß ein Sieg. Die Erste und Blankehans kannten kein Zögern. Sie überließen das Steuerrad der Lagerverwalterin und eilten die Stiege hinab; der Kapitän schickte einen Riesen voraus, damit er die gesamte restliche Besatzung wecke. Linden und Covenant schlossen sich langsam an. Brinn und Cail, Ceer und Hergrom bildeten eine Art von Eskorte um sie, während sie die Richtung zum Bug nahmen und den Riesen entgegengingen, die gleich darauf im Salztraumruh unterm Vorderdeck aus ihren Hängematten sprangen und durch die Türen an Deck geeilt kamen. Innerhalb kurzer Zeit hatten sich alle Besatzungsmitglieder versammelt, die für die Weiterführung der regulären Tätigkeiten an Bord der *Dromond* entbehrlich waren, und standen bereit. Pechnase und Seeträumer waren auch darunter. Doch das Verhalten der Ersten erstickte Pechnases gewohnte übermütige Heiterkeit im Keim, und Seeträumers Haltung spiegelte ohnehin nichts als Resignation wider. Im Tonfall gezwungener Knappheit erläuterte Blankehans, indem er seinen erneuerten Riesen-Grimm über die Schlächterei an den Entwurzelten beinahe gewaltsam bändigte, der Mannschaft die Situation und machte klar, was es zu tun galt. »Uns mutet's an«, ergänzte ihn, sobald er fertig war, die Erste, »daß diese Drohung wider Riesenfreund Covenant und die Auserwählte gerichtet ist. Wir müssen alles wagen, um sie zu schützen. Vergeßt nicht, daß Thomas Covenant der

Erlöser unserer verschollenen Volksgenossen ist und über eine Macht Gebot hat, die nie und nimmer diesem Wütrich zufallen darf. Und die Auserwählte ist eine Heilerin von hoher Kunstfertigkeit und großem Verständnis, wiewohl ihre Aufgaben bei unserer Suche erst noch enthüllt werden müssen. Schützt diese beiden und entledigt unser Sucher-Schiff des Übels, das sich eingeschlichen hat.«

Möglicherweise hätte sie noch mehr gesagt. Sie war Schwertkämpferin; ihr Wunsch, im Namen der Entwurzelten den Kampf aufzunehmen, ließ sich deutlich aus ihrer Stimme hören. »Genug davon«, bemerkte jedoch Pechnase auf unbekümmerte Weise. »Sind wir etwa keine Riesen? Wir bedürfen keiner Ermahnungen, um unsere Gefährten zu verteidigen.«

»So sputet euch!« entgegnete die Erste. »Es ist kein leichtes Werk, Sternfahrers Schatz zu durchsuchen.«

Ohne weiteren Verzug teilte Blankehans die Riesen in Zweiergruppen auf und sandte sie unter Deck. Dann drehte er sich nach Linden um. »Wohlan, Auserwählte.« Seine Aufforderung bezeugte eine Entschiedenheit und Festigkeit, als sei er innerlich auf alles vorbereitet. »Leite uns!«

Linden hatte sich bereits über einen Weg Gedanken gemacht, wie der Wütrich aufzuspüren sein könnte, aber ihr war keine andere Methode in den Sinn gekommen, als das Schiff abzuschreiten und zu versuchen, auf diese Weise den Aufenthaltsort des Eindringlings zu ermitteln. »Alles was unterhalb des Steuerrads liegt, könnt ihr außer acht lassen«, sagte sie so nachdrücklich, wie sie konnte. »Dort unten ist meine Kabine. Wäre er mir so nahe gewesen, hätte ich eher gemerkt, was los ist.« Durch eine offene Luke gab der Ankermeister diese Information an die Riesen unter Deck weiter.

Fern hinter der Sternfahrers Schatz begann der Mond zu verschwinden. Linden Avery fing über das Achterdeck zu schlendern an. Sie ging zwischen der einen und der anderen Reling langsam und bedächtig hin und her. Mit jedem Schritt mußte sie ihren unwillkürlichen Abscheu von neuem überwinden, sich bewußt dazu drängen, ihre Sinne der Präsenz des Wütrichs zu öffnen. Ihre Nerven waren sogar durch die Schuhe für den Stein der *Dromond* empfänglich. Der Granit unter ihr zeichnete sich mit der Klarheit eines Lageplans ab; sie konnte spüren, wie drunten die Riesen das Schiff durchkämmten, bis sie aus ihrer Reichweite gerieten. Das Widerwärtige jedoch blieb verborgen, ebenso vage wie verhängnisvoll. Nicht lange, und die Muskeln von Lindens Beinen zeigten eine Neigung zum Verkrampfen. Ihre Nerven zuckten bei jedem Schritt. Gibbon hatte jedem Quadratzentimeter ihres Körpers Furcht vor Wütrichen eingejagt. Aber sie ließ nicht locker. Kurz nach Monduntergang zog die morgendliche Dämmerung herauf, doch die Zeit, die dazwischen verstrich, kam Linden lang vor; als sich die Sonne über den Horizont schob, hatte sie erst die Hälfte des Achterdecks hinter sich gebracht und näherte sich dem Großmast. Sie bebte vor Anstrengung und konnte nicht einmal sicher sein, das Versteck des Wütrichs nicht schon verpaßt zu haben. Als Ceer ihr einen Krug Wasser anbot, blieb sie flüchtig stehen, um zu trinken. Danach jedoch machte sie sofort weiter, hielt ihre Konzentration sozusagen mit beiden geballten Fäusten gepackt, um nicht nachzulassen.

Covenant hatte sich an der heckwärtigen Seite vom Wohlspeishaus auf einen Haufen Trossen gesetzt, der die Größe eines Betts besaß. Brinn und Hergrom standen nahebei. Covenant beobachtete Linden mit stark gefurchter Stirn, emanierte stumm Frust und Hilflosigkeit, seinen Verdruß über die Unzulänglichkeit seines Wahrnehmungsvermögens.

Aus Sorge, ihre Aufmerksamkeit könne schwächer werden, daß sie womöglich versagen, *wieder* versagen würde, beschleunigte Linden ihre Schritte. Bevor sie den Aufbau erreichte, warf eine urplötzliche Zuckung in ihren Beinen sie der Länge nach aufs Deck. Augenblicklich ergriffen Cail und Ceer ihre Arme und richteten sie auf. »Hier!« ächzte Linden. Hitze glühte aus ihren Knien bis in ihre Hüften herauf, Ekel schwoll in ihr empor. Sie vermochte die Beine nicht zu strecken. »Hier unten. Irgendwo.«

Der Ankermeister schrie den unter Deck befindlichen Riesen Lindens Entdeckung zu. Blankehans musterte Linden mit sichtlicher Verblüffung. »Das dünkt mich ein sonderbares Versteck«, meinte er leise. »Hierunter sind vom Deck bis drunten zum Kiel nur Kornbehälter, Vorratstruhen und Wasserfässer. Und allesamt sind sie voll. Derbhand ...« – er sprach vom Ankermeister – »hat am Rande des Großen Sumpfes sauberes Wasser, wilden Mais und vielerlei gute Früchte gefunden.«

Linden war nicht dazu in der Lage, ihn bloß anzuschauen. *Am Rande des Großen Sumpfes,* dachte sie, als drehe es sich um eine Absurdität. Wo all die Verunreinigungen der Sarangrave-Senke ins Meer strömten. Sie biß die Zähne aufeinander, als sie die Finsternis unter ihr sich zusammenballen fühlte wie eine Gewitterwolke. Zuerst ruhte sie lediglich wie eine Ansammlung von Scherben der Bosheit segmentiert tief im Rumpf der *Dromond.* Dann regte sie sich. Wie entfernter, vielfacher Hufschlag dröhnte sie durch den Granit und begann auf irgendeine Art und Weise zu schwärmen. Der Sonnenschein erfüllte Lindens Sicht mit Erinnerungen an Bienen, und sie zog unbeabsichtigt den Kopf ein, duckte sich zusammen. Irgendwo über ihrem Kopf flatterte schlaff unbeachtetes Segeltuch. Die Sternfahrers Schatz war still geworden, erwartete den Angriff des Wütrichs.

Er stieg aufwärts. Unvermittelt hallten aus den Unterdecks Schreie der Überraschung und der Entrüstung. »Er kommt«, röchelte Linden. Sie rang um Atem. Im nächsten Moment flutete ein dunkelgrauer Tumult über den Wellenbrecher aus dem Wohlspeishaus.

Ratten. Große Ratten, Nagetiere mit widerlichen gelben Zähnen und bösartigen Augen, Hunderte von Ratten. Der Wütrich stak in ihnen. Ihre Wildheit schien die Luft mit Zähnen zu bewehren. Sie rasten geradewegs auf Covenant zu. Covenant taumelte hoch. Gleichzeitig warfen sich Brinn und Hergrom zwischen ihn und die Angreifer. Ceer stürmte zu ihrer Unterstützung herbei. Wie Katzen sprangen die Nager die *Haruchai* an. Man hatte den Eindruck, Covenants Verteidiger müßten unter der grauen Flut von Tierleibern verschwinden. Auch Blankehans und Seeträumer traten dem Ansturm sofort entgegen. Ihre Füße erzeugten auf dem Deck einen wahren Trommelwirbel, während sie nach allein Seiten stampften und trampelten. Ringsherum spritzte Blut. Aus dem Aufbau hasteten weitere Riesen heran und griffen ebenfalls ein. Brinn und Ceer mischten sich ins wüste Getümmel, nach ihnen Hergrom. Mit Händen und Füßen hieben und stießen sie auf die Tiere ein, zermalmten etliche Ratten schneller, als Lindens Augen es verfolgen konnten.

Ohne Vorwarnung verspürte Linden die Verdichtung einer gewissen Intensität, als Covenants magische Kraft sich in ihm entzündete. Aber seine Verteidiger waren ihm zu nah. Er durfte die wilde Magie nicht entfesseln.

Einen Moment lang glaubte Linden dennoch, er werde ungeschoren bleiben. Die *Haruchai* wüteten wie Derwische, schleuderten ringsum Ratten beiseite; die Riesen zertraten sie in Massen, lichteten die Reihen des Rudels. Die Luft verwandelte sich in einen Schrei, den nur Linden zu hören vermochte, einen Wutschrei des Wütrichs. In ihrer Furcht um Covenant bildete sie sich ein, ihm zu Hilfe zu eilen. Aber in Wirklichkeit hatte sie sich nicht von der Stelle gerührt, war sie nicht dazu imstande. Die bloße Nähe des Wütrichs wirkte überwältigend auf sie, verletzte ihren freien Willen, bekräftigte alles, was sie in bezug auf sich selbst je zu leugnen bestrebt gewesen war; schon allein dieser Widerspruch belegte sie mit einem Bann. Nur ihr Blick fuhr hinüber zu Covenant, als er torkelte und stürzte, wie ein Rasender an seinem rechten Bein zerrte.

Dann wälzte er sich herum und kam wieder auf die Füße, straffte sich mit einem Ruck; zwischen seinen Händen wand sich eine Ratte. Weißes Feuer brachte das Vieh zum Aufplatzen, ehe er es über Bord warf. Abscheu verzerrte sein Gesicht. Anscheinend bemerkte er das Blut gar nicht, das in der Höhe des Schienbeins seine Hose verfärbte.

Im Wirrwarr des Kampfs war niemandem aufgefallen, daß der Wind vollständig ausgesetzt hatte.

3
RÜCKFALL

Rund um Linden verdunkelte sich das Riesen-Schiff. Das Blut an Covenants Hose gedieh zum Blut seiner Stichwunde, dem Blut in Lindens Alptraum: es überschwemmte die ganze Welt. Sie spürte von neuem den Geschmack des Gifts, das ihm von ihr aus dem Unterarm gesaugt worden war, nachdem Marid ihn attackiert hatte. Eines seelischen Gifts. Es verursachte nicht einfach Krankheit: sondern Schlechtigkeit. Es schmeckte nach dem widerlichen, stinkigen Atem jener seltsamen Gestalt, die ihr in der Nachbarschaft der Haven Farm empfohlen hatte: *Bleib getreu!* Trotz seines abstoßenden Mundgeruchs hatte sie ihm, als sein Herz stehenblieb, das Leben gerettet. Aber Covenant vermochte sie nicht zu retten. Die Dunkelheit war vollkommen, und Linden konnte sich nicht regen.

Da jedoch verschwand der Wütrich. Seine Gegenwart verflüchtigte sich wie eine unsichtbare Seifenblase; Sonnenlicht fiel wieder auf das Schiff, Lindens Sicht kehrte zurück. Covenant stand bewegungslos nah an der Reling in Lindens Blickfeld, so deutlich, als besäße er eine feurige Aura. Sämtliche Ratten, die noch die Glieder rühren konnten, wetzten in seine Richtung. Doch nun trieb Furcht sie vorwärts, nicht mehr der Wütrich. Statt gegen Covenant vorzugehen, stürzten sie sich kopfüber ins Meer.

Linden tat zwei Schritte auf Covenant zu, bevor ihre Knie nachgaben. Die Erleichterung über den Rückzug des Wütrichs ließ ihre Muskeln weich wie Butter werden. Hätte Cail sie nicht aufgefangen, sie wäre zusammengebrochen. Als sie sich weiterschleppte, senkte Covenant den Blick auf sein Bein, sah das

Blut. Sämtliche Umstehenden schwiegen. Das Riesen-Schiff lag völlig still auf der See, als wäre es mitten in der Fahrt erstarrt. Die ganze Atmosphäre schien klamm zu werden, als sich Begreifen in Covenants Gesichtszügen abzeichnete. Seine Augen weiteten sich; seine Lippen raunten Worte des Ableugnens dessen, was er sah; fahrig fuchtelte er mit den Händen, als flehe er zur leeren Luft. Endlich erreichte Linden ihn. Er hinkte zurück zu den zusammengerollten Trossen und setzte sich, beugte sich sofort vor und zog das Hosenbein bis zum Knie hoch. Der Biß der Ratte hatte ihm am Schienbein zwischen den Knochen ein Stück Fleisch herausgerissen. Die Verletzung war klein, blutete allerdings stark. Für jeden anderen hätte die hauptsächliche Gefahr lediglich aus einer Infektion bestanden. Normalerweise hätte Linden eine solche Wunde auch ohne ihre Arzttasche behandeln können.

Aber bevor sie dazu kam, irgend etwas zu unternehmen, bäumte sich Covenants ganzer Leib krampfhaft auf. Die Heftigkeit der Konvulsionen entrang seiner verengten Kehle einen Fluch. Seine Beine ruckten auseinander; die unwillentliche Gewalttätigkeit seiner Muskeln stieß Linden wuchtig zurück. Nur Brinns flinkes Eingreifen verhinderte, daß sich Covenant, als er von dem Haufen Trossen purzelte, den Schädel anschlug.

Einfach unvorstellbar, daß irgendein Gift so schnell wirken wollte! Blut färbte Covenant das Gesicht dunkel, während er nach Luft schnappte. Zuckungen drohten ihm die Bänder in Brust und Unterleib zu zerreißen. Seine Fersen hämmerten auf das Deck. Sein Bart schien sich zu sträuben wie ein Gewächs der Qual. Schon hatte sein Unterarm begonnen, blaurot anzulaufen, als blute darin eine Arterie. Das war die Weise, wie das Gift seine Wirkung in ihm ausübte. Ob nun Stiche von Bienen oder Spinnenbisse es wieder aktiv werden ließen, stets trat der Effekt in seinem Unterarm ein, wo sich ursprünglich Marids Schlangenzähne in sein Fleisch gebohrt hatten. Und jeder

Rückfall erhöhte die damit verbundene Gefahr in entsetzlichem Maße. »Hölle und Verdammnis!« Seine Verzweiflung klang wie Jähzorn. »Haltet euch zurück!« Linden spürte, wie in ihm der Druck wuchs, das Gift seine magische Energie zum Schwellen brachte, aber sie schenkte seiner Warnung keine Beachtung. Ringsum wichen die Riesen unwillkürlich zurück, sich darüber im unklaren, was sich hier abspielte. Doch Brinn und Hergrom hielten Covenant an Schultern und Fußknöcheln fest, darum bemüht, sein Toben zu mäßigen. Cail berührte Lindens Arm, um sie zur Vorsicht zu mahnen. Sie achtete nicht darauf.

In rasender Eile vertiefte sie ihre Sinneswahrnehmung in Covenants Inneres, in der Absicht, das Gift einzuholen, während es sich noch auszubreiten begann, und zu versuchen, die Ausbreitung einzudämmen. Sie hatte ihm schon einmal ähnlichen Beistand geleistet und dabei in Erfahrung gebracht, daß diese neue Dimension von Sensitivität zwei Seiten besaß: sie machte sie so empfindlich, daß sie seine Erkrankung wie ein eigenes Leiden spürte, als hätte das Sonnenübel sie selbst mit einem Unheil geschlagen; aber gleichzeitig befähigte sie sie dazu, ihm zu helfen, seine Widerstandskräfte mit ihrer Lebenskraft zu stärken. Nun drang sie mit ihren Sinnen überstürzt in ihn ein, kämpfte gegen die Virulenz des Gifts an. Seine Vergiftung ließ eine Glut des Bösartigen zu ihr überströmen; aber sie nahm die Zumutung hin. Das Blut pochte durch Covenants Adern, befand sich unterwegs zu seinem Gehirn. Sie mußte es aufhalten. Ohne ihn konnte es keinen neuen Stab des Gesetzes geben, würde die Suche keinen Sinn mehr haben, alle Hoffnung für das Land hinfällig werden, und sie würde niemals wieder die irrsinnige Welt verlassen können. Covenants Anfall marterte sie wie eine Wiederholung jener Beschmutzung durch Gibbon; doch sie zögerte nicht, sie …

Es war bereits zu spät. Selbst wenn sie schon auf jahrelange

Erfahrungen im Gebrauch ihrer veränderten Sinne zum Heilen hätte zurückblicken können, wäre sie gegen diese Art von Gift machtlos geblieben. Es fehlte ihr an Kraft. Erneut versuchte Covenant etwas zu schreien. Dann sprengte die wilde Magie alle Schranken.

Aus Covenants rechter Faust barst ein Blitz weißen Feuers. Er schoß gezackt an den Himmel empor wie ein Aufheulen der Qual und Wut und des Aufbegehrens, zerriß die Luft, als werde Covenants ganze ungeheure Not zur Sonne hinaufgeschleudert. Die Erschütterung warf Linden zurück wie eine Lumpenpuppe. Brinn fiel rücklings gegen die Reling. Mehrere Riesen taumelten. Bevor die Eruption versiegte, brach sie dem Wohlspeishaus große Brocken aus dem Dach und sengte sich von unten bis oben durch zwei der Segel. Sie erfaßte auch Cail. Es gelang ihm jedoch, so aufs Deck zu fallen, daß er Lindens Sturz abfangen konnte. Linden blieb unverletzt. Doch für einen Moment versetzte die gewaltige Wucht der Detonation – die gewaltsame Trennung von Covenants Innerem – sie in vollkommene Benommenheit. Weißglühendes Feuer und Krankhaftigkeit glommen in ihr nach, betäubten ihre Sinne. Es schien ihr, als drehe das ganze Riesen-Schiff sich rund um sie, sie konnte nicht das Gleichgewicht bewahren, nicht den Ekel unterdrücken, der sie durchwallte. Dann jedoch klärte sich, wenn auch anfangs unzuverlässig, ihre Sicht wieder, und ihr Blick fiel auf Hohl. Irgendwann während des Durcheinanders hatte der Dämondim-Nachfahre seinen bevorzugten Standort auf dem Vordeck verlassen und war gekommen, um die Vorgänge mitzuverfolgen. Nun stand er da und betrachtete Covenant mit dem Grinsen eines Unholds, der die Zähne fletschte, als wäre er nun dem Kern seiner geheimen Zwecke nah. Die eisernen Reifen um sein rechtes Handgelenk und seinen linken Fußknöchel – die vom Stab des Gesetzes verbliebenen Reste – glänzten matt auf seiner schwarzen Haut.

Cail half Linden beim Aufstehen. »Du bist mit diesem Gebrechen vertraut«, sagte er. »Was muß getan werden?«

Der energetische Ausbruch schien Lindens Nerven versengt zu haben; sie schrillten in äußerstem Unbehagen. Gluthitze wallte über ihre Haut. Sie entwand sich Cails Griff. Eine weitere Zuckung schüttelte Covenant. Seine Muskeln spannten sich, bis sie wirkten, als müßten sie unweigerlich reißen. Schon war sein Unterarm schwarz geschwollen, heiß vom Fieber. Flammen loderten stoßweise aus seinem Ring. Und jedes Lohen traf Lindens verbittertes Herz. Sie wußte nicht, was sie tun sollte. Nein, das war nicht wahr. Sie wußte es. Bei vorherigen Anfällen dieser Art war er durch *Aliantha,* durch Hollians Künste und einmal durch den Stärkungstrank der Wegwahrer vor dem Tode gerettet worden. Vielleicht half *Diamondraught* genauso. Aber er befand sich bereits in den Klauen des Deliriums. Wie sollte man ihn dazu veranlassen, das Getränk zu schlucken?

Brinn versuchte sich Covenant zu nähern. Ein weißer Energieblitz riß die halbe Takelage vom Großmast, zwang Brinn zum Zurückweichen. Die Hitze glühte auf Lindens Wangen wie Scham. Die Blicke sämtlicher *Haruchai* ruhten auf ihr. Auch die Riesen schauten sie an. Die Erste hielt an ihrem Schweigen fest, als sei es ein Schwert. Alle warteten darauf, daß Linden sagte, was getan werden mußte. Sie wußte einen Weg. Doch sie konnte ihn nicht ertragen. Covenant geistig in ihre *Gewalt* zu bringen – das war die Notwendigkeit, die bestand. Sie mußte versuchen, seinen Geist zu übernehmen, ihn zu zwingen, seine Kraft zurückzuhalten, *Diamondraught* zu trinken. Nach dem, was sie in Joan gesehen hatte? Covenants energetische Ausbrüche hallten noch in Linden nach. »Ich kann's nicht«, knirschte sie, die Zähne zusammengebissen, um nicht zu schreien. Ohne sich willentlich dazu entschlossen zu haben, wandte sie sich ab, um die Flucht zu ergreifen.

Die Erste vertrat ihr den Weg. »Auserwählte.« Der Tonfall der Schwertkämpferin klang hart. »Wir besitzen keinerlei Kenntnis von diesem Leiden. Daß solches Unheil aus dem Biß einer Ratte entstehen soll, übersteigt unseren Verstand. Doch wir müssen Abhilfe schaffen. Selbst wenn er nur irgendein Mensch wäre, wir sähen darin eine Pflicht, ihm zu helfen. Aber ich habe ihm den Namen Riesenfreund gegeben. Ich habe die Suche vollauf in seine Hand gelegt. Er muß Beistand erhalten.«

»Nein.« Linden war randvoll mit Furcht und Abscheu. Das Entsetzen war allzu stark eingefleischt; Gibbon hatte sie es nur zu gut verstehen gelehrt, sie gelehrt, daß sie machtlos war, ihr ganzes Leben nichts gewesen war als eine Lüge. Wider Willen quollen ihr die Tränen aus den Augen. »Er kann selbst damit fertig werden«, sagte sie voller Verzweiflung. Im Blick der Ersten glitzerte es bedrohlich, und Blankehans setzte zu einer nachdrücklichen Äußerung an. Linden trotzte ihnen. »Er kann's. Als wir ins Land gelangt sind, hatte er einen Messerstich in der Brust, und er hat ihn von sich aus geheilt. Von der Sonnengefolgschaft sind ihm die Pulsadern aufgeschnitten worden, und er hat die Verletzungen aus sich heraus geheilt. Er kann so etwas.« Die Worte verwandelten sich in ihrem Mund in Falschheiten, sobald sie sie aussprach. Doch die Alternative war für sie in gräßlichem Maße unerträglich. Beschämt drängte sie sich an der Ersten vorüber in die Richtung zum Wohlspeishaus. Das geballte Unverständnis und der Groll so vieler tapferer, wertvoller Menschen saßen ihr im Nacken. Ihn in ihre *Gewalt* bringen? Wenig hatte gefehlt, und seine magische Kraft hätte sie so heftig durchglost wie Gibbons Berührung. War es das, wie Lord Foul sie schmieden wollte, um eine neue, endgültige Schändung, die Vernichtung der Welt herbeizuführen? Der moralische Druck und das Aufbegehren gegen ihre Haltung jagten sie halb im Laufschritt durch den Speisesaal und aufs leere Vordeck.

Nachbilder der von Covenant verschleuderten Blitze quälten Lindens Sinne noch für längere Zeit. Beinahe den halben Vormittag hindurch hatte sie in der Nähe des Bugs an einen Querbalken der Reling geklammert gestanden, ehe sie merkte, daß das Schiff noch regungslos auf dem Wasser lag. Seine Bewegungslosigkeit beruhte nicht auf dem von Covenant angerichteten Schaden. Vom Großmast hingen nach wie vor nur Fetzen herunter. Unregelmäßige Ausbrüche wilder Magie hatten alle Reparaturversuche sinnlos gemacht. Doch selbst mit vollen Segeln an allen drei Masten hätte die Sternfahrers Schatz nicht wieder Fahrt aufnehmen können. Kein Wind wehte. Nicht einmal die See regte sich noch. Der Ozean war zu einer glatten Spiegelung des Himmels geworden – tief azurblau und flach, leblos wie das Glas eines Spiegels. Die *Dromond* hätte mit der Wasserfläche verschmolzen sein können. Ihre Segel hingen wie Totenhemden an den wie nutzlos gewordenen Rahen; Taue und Segeltuch, zuvor vom Wind so mit Leben erfüllt, baumelten wie beklemmende Gehängsel herab, jeglichen Sinns beraubt. Und die Hitze …! Die Sonne war das einzige, was sich über dem Meer bewegte. Schwüler Dunst stieg von den Decks auf, als verlöre die Sternfahrers Schatz unter der Glut an Substanz, verflüchtige sich allmählich vom Antlitz der Meerestiefen.

Die Hitze brachte den stumpfsinnigen Trott von Lindens Gedankengängen ins Wanken. Halb war sie davon überzeugt, der Wütrich habe ihnen den Wind genommen, diese Flaute sei das Werk Lord Fouls, um das Schiff mitten auf dem Meer festzuhalten, die Fortsetzung der Suche zu verzögern, bis das Gift die seidenen Fäden zerfraß, von denen Covenants Leben früher oder später abhängen mochte. Und was dann? Vielleicht würde er die *Dromond* in seinem Delirium versenken, bevor er starb. Oder vielleicht vermochte er wenigstens eine solche Folge zu verhindern; dann fielen die Suche und der Ring in jemand anderes Verantwortung. Ihre? *Lieber Gott!* lehnte sich Linden kläglich auf. *So etwas kann ich mir keinesfalls aufbürden!* Aber die Logik dieser Schlußfolgerung war unwiderstehlich. Warum sonst hätte Marid einen Angriff auf sie vortäuschen sollen, ehe er auf Covenant losging? Weshalb sonst hätte sich Gibbon darauf verlegen sollen, sie mehr oder weniger zu schonen, mit ihr zu sprechen, sie zu berühren, wenn nicht in der Absicht, sie in ihren eigenen krampfhaften Befürchtungen, den Lehren ihrer Schlechtigkeit zu bekräftigen? Warum sonst hätte der Greis bei der Haven Farm ihr raten sollen: *Bleib getreu?* Warum, wenn nicht sowohl er wie auch der Verächter bereits vorausgesehen hatte, daß Covenants Ring letzten Endes in ihren Besitz übergehen mußte? Was für eine Person war aus ihr geworden?

In mit quälender Spannung erfüllten Abständen durchliefen von neuen energetischen Eruptionen verursachte Erschütterungen den Stein des Schiffs. »Niemals!« schrie Covenant wiederholt. »Niemals geb ich den Ring heraus!« Er brüllte seine Weigerung an den achtlosen Himmel empor. Aus ihm war jemand geworden, den sie nicht mehr berühren konnte. Nach all den Jahren ihrer Flucht empfing sie endlich das Vermächtnis ihrer Eltern. Sie besaß keine Wahl, sie mußte ihn in ihre Gewalt bringen oder sterben lassen.

Als Cail kam, um mit ihr zu reden, wandte sie nicht den Kopf, ließ ihn ihre Einsamkeit und Hoffnungslosigkeit nicht sehen, bis er sie direkt zum Eingreifen aufforderte. »Linden Avery, du mußt handeln!«

Da fuhr sie herum. Cail schwitzte leicht. Nicht einmal sein *Haruchai*-Körper war gegen diese Hitze immun. Aber seine Haltung leugnete jedes Unbehagen. Er wirkte in seiner Selbstsicherheit so unangreifbar, daß Linden es sich nicht verkneifen konnte, ihn anzuschnauzen. »Nein! *Ihr* habt geschworen, ihn zu schützen. *Ich* nicht.«

»Auserwählte.« Cail benutzte ihren Titel mit einem Anflug von Barschheit. »Wir haben getan, was in unserer Macht steht. Aber niemand vermag sich ihm zu nahen. Sein Feuer bedroht jeden, der ihm näher tritt. Brinn hat eine Brandwunde erlitten. Doch das ist ohne Belang. *Diamondraught* wird seine Genesung beschleunigen. Gedenke jedoch der Riesen. Wenngleich sie Feuer und Flamme zu trotzen vermögen, sind sie den Kräften seines weißen Rings schutzlos ausgeliefert. Als die Erste ihm nahe zu kommen trachtete, ist sie um ein Haar über Bord geschleudert worden. Und auch Derbhand, der Ankermeister, hat's gewagt. Als seine Besinnung zurückkehrte, schätzte er sich glücklich, sich lediglich einen Arm gebrochen zu haben.«

Brandwunde, dachte Linden betroffen. *Armbruch.* Sie rang die Hände. Sie war Ärztin; sie hätte sich längst um Brinn und Derbhand kümmern müssen. Doch sogar aus einigem Abstand glich Covenants Verfassung einem Anschlag auf ihre Zurechnungsfähigkeit. Sie hatte gar keine Entscheidung getroffen; ihre Füße wollten schlichtweg keinen einzigen Schritt mehr in Covenants Richtung tun. Sie konnte ihm nicht helfen, ohne ihm Gewalt anzutun. Zu anderem war sie außerstande. Das und sonst nichts war aus ihr geworden. Als sie keine Antwort gab, sprach Cail weiter. »Es ist ein glatter Bruch, den die Lagermeisterin zu behandeln vermag. Nicht diese Geschehnisse sind's, von denen ich reden will. Mein Wunsch ist's, du mögest verstehen, daß wir machtlos sind. Wir vermogen uns ihm nicht zu nahen. Daher liegt's bei dir. Du bist's, die ihm Beistand leisten muß. Wir glauben, daß er wider dich keine Gewalttätigkeit zeigen wird. Von allen Gefährten bist du's, die ihm am nächsten steht – du bist ein Weib seiner Welt. Sicherlich wird er dich selbst in seinem Wahnsinn erkennen und sein Feuer bändigen. Wir haben ersehen, daß du einen Platz in seinem Herzen hast.« *In seinem Herzen?* Fast hätte Linden aufgeschrien. Nichtsdestotrotz sprach Cail in einer Art und

Weise zu ihr, als hätte er sich seine Darlegungen vorher genau zurechtgelegt und setze sie ihr nun in rein sachlicher Pflichtgemäßheit auseinander. »Dennoch mag's sein, daß wir uns irren. Vielleicht wird er auch wider dich gewalttätig sein. Aber du mußt den Versuch wagen. Du besitzt eine Fähigkeit des Sehens, wie kein *Haruchai* oder Riese sie kennt oder verstehen kann. Als dich die Sonnenübel-Erkrankung befiel, hast du erkannt, daß *Voure* das rechte Mittel war, um dir zu helfen. Als dein Fuß gebrochen war und wir seine Verkrüppelung unabwendbar wähnten, hast du selbst uns dabei angeleitet, ihn zu richten und zu schienen.« Trotz der Ausdruckslosigkeit seines Gesichts zeichnete die Forderung in seiner Miene sich durch die Unmißverständlichkeit einer geballten Faust aus. »Du mußt ihn anschauen, Auserwählte! Du mußt den Weg zu seiner Heilung finden!«

»Ich muß?« entgegnete Linden rauh. Cails leidenschaftslose Beharrlichkeit regte sie auf. »Du hast keine Ahnung, was du verlangst. Die einzige Möglichkeit, um ihm zu helfen, besteht darin, daß ich in ihn eindringe und ihn meinem Willen unterwerfe. Wie das Sonnenübel. Oder wie ein Wütrich. Es wäre schon schlimm genug, wäre ich so unschuldig wie ein neugeborenes Kind. Aber in was würde ich mich verwandeln, wenn ich an soviel Macht gelange?« Womöglich hätte sie weitergesprochen, Cail angeschrien: *Und er würde mich dafür hassen! Er würde mir nie wieder vertrauen! Oder sich selbst trauen.* Aber die schlichte Nutzlosigkeit jedes Herumschreiens mit Cail bewog sie zur Zurückhaltung. Ihre Erregung kam ihr völlig zwecklos vor. Cails kompromißlose Miene ließ dergleichen vollauf verpuffen. »Ich bin Gibbon schon zu ähnlich«, sagte sie nur matt und mit leiser Stimme, statt weitere Argumente anzuführen.

Cails Blick wich nicht aus ihrem Gesicht. »Dann wird er sterben.«

Ich weiß. Gott helfe mir. Linden drehte dem *Haruchai* den Rücken zu, legte ihre Arme über die Querbalken der Reling, um zu verhindern, daß sie auf die Knie sank. Ihn in ihre *Gewalt* bringen? Nach einem Moment spürte sie, wie der *Haruchai* zum Achterdeck zurückging. Ihre Hände rangen einander, als drohe ihre Zwecklosigkeit in Irrsinn umzuschlagen. So viele Jahre hatte sie damit zugebracht, sie zur Geschicklichkeit zu erziehen, sie heilen zu lehren, selbst zu lernen, sich auf sie zu verlassen. Nun waren sie zu nichts mehr zu gebrauchen. Sie konnte Covenant nicht einmal noch berühren.

Während des ganzes Tages lag die Sternfahrers Schatz reglos in der Flaute. Die Hitze brannte vom Himmel, bis Linden glaubte, ihr müßten die Knochen im Leibe schmelzen; die Widersprüche in ihrem Innern jedoch vermochte sie nicht zu lösen. Auf dem ganzen Schiff benahmen die Riesen sich seltsam ruhig. Es hatte den Anschein, als warteten sie geradezu mit angehaltenem Atem auf Covenants feurige Ausbrüche, sein zorniges, wirres Gebrüll. Nicht einmal eine Andeutung von Wind bewegte die Segel. Manchmal sehnte sich Linden danach, über Bord zu fallen – nicht um in der Kühle der See zu versinken, obwohl jede Abkühlung für ihre überreizten Nerven ein wahrer Segen gewesen wäre, sondern einfach um die ungebrochene Stille des Wasser zu stören. Durch den Stein des Schiffs fühlte sie, wie sich Covenants Delirium verschlimmerte.

Am Mittag und auch gegen Abend brachte Cail ihr zu essen. Er widmete sich seiner selbstgewählten Aufgabe, als könne kein Konflikt zwischen ihnen etwas an seiner Pflicht ändern, aber Linden aß nichts. Obwohl sie noch immer keinen einzigen Schritt in Covenants Richtung getan hatte, litt sie mit ihm. Dieselbe Folter des Gifts und Wahnsinns, die ihn quälte, marterte auch sie. Das war die Strafe für ihr Versagen – an dem Leid teilhaben zu müssen, das zu bekämpfen sie sich fürchtete. *Du wirst nicht scheitern, wie arg er dich auch bedrängen mag,* hatte der Alte vor der Haven Farm ihr einreden wollen. *Es gibt auch Liebe in der Welt.* Innerlich stöhnte Linden vor sich hin. *Nicht scheitern? Guter Gott!* Und was Liebe betraf, so hatte sie ihr längst entsagt. Sie wußte nicht, wie sie ihrem Leben eine Wende geben sollte.

So endete der Tag, und auch später, als sich der Mond wächsern über die leblose See zu erheben begann, stand Linden noch immer auf dem langen Vordeck und starrte blicklos in die aussichtslose Ferne. Ihre Hände verkrampften sich ineinander, entklammerten sich wieder, als wären sie ein Knäuel Schlangen. Schweiß machte das Haar an ihren Schläfen dunkel, zog schwache Linien durch die Furchen der Verbissenheit in ihrem Gesicht; doch sie achtete auf nichts. Das schwarze Wasser erstreckte sich unter der Nacht ohne jede Bewegung weithin, genau wie die Luft bar jeglichen Lebens. Der Mond glänzte, als wäre er von Überlegungen eigener Art in Beschlag genommen; seine Spiegelung spreizte sich auf der glatten Fläche der See wie eine Totgeburt. Hoch über Linden hingen die Segel schlaff in Falten, ohne nur durch einen Hauch oder die Vorahnung von Wind angetastet zu werden. Immer wieder krakeelte Covenants Stimme in die warme Nacht hinaus. Gelegentlich brachte weißes Aufflammen die Sterne zum Verblassen. Aber Linden ließ sich davon nicht umstimmen, obwohl sie sehr wohl wußte, daß er sich nicht selber heilen konnte. Das Gift des Verächters war seelischer Natur, und Covenant verfügte nicht über Lindens Gespür fürs Gesunde, so daß er seine Magie nicht in den Griff zu bekommen vermochte. Selbst wenn Linden sich seine Kraft angeeignet hätte, um sie so einzusetzen, wie sie es als erforderlich erachtete, wäre sie vielleicht nicht dazu in der Lage gewesen, ihm das Gift auszubrennen, ohne sein Leben aufs äußerste zu gefährden.

Schließlich kam Pechnase zu ihr. Sie hörte dem Rhythmus seiner Schritte seine Entschlossenheit an, unbedingt mit ihr zu reden. Doch als sie ihm das Gesicht zudrehte, erstickte der Anblick ihrer verwüsteten Miene seinen Vorsatz im Keim. Schon nach einem Moment, in seinen verunstalteten Augen einen feuchten Schimmer von Mondschein oder Tränen, trat er den Rückzug an.

Linden nahm an, man werde sie nun in Ruhe lassen. Aber nach einer Weile spürte sie in unmittelbarer Nähe die Gegenwart eines anderen Riesen. Ohne hinschauen zu müssen, erkannte sie Seeträumer an seiner Aura innerer Verpreßtheit. Er war gekommen, um in seiner Stummheit mit ihr zu schweigen. Als einzigem Riesen war ihm etwas zu eigen, das sich mit Lindens Wahrnehmungsvermögen vergleichen ließ, und die eindringliche Traurigkeit seiner Stimmung blieb frei von jedem Vorwurf. Trotzdem empfand sie sein Schweigen nach einem Weilchen als eine Form von Bedrängnis, als wortlose Fragestellung. »Es geht nicht, weil ich mich zu sehr fürchte.« Seeträumers Stummsein ermöglichte ihr das Sprechen. »Es graut mir. Ich verstehe, was Covenant macht. Seine Liebe zum Land ...« Sie beneidete Covenant um diese Leidenschaft, um sein weites Herz, das groß genug war für ein ganzes Land. Sie besaß nichts dergleichen. »Ich würde alles tun, um ihm zu helfen. Aber ich verfüge nicht über diese Art von Macht.« Nun konnte sie mit dem Reden nicht mehr aufhören; sie hatte das unwiderstehliche Bedürfnis, sich zu rechtfertigen. Ihre Stimme wisperte hinaus in die Nacht, als könne ihr Klang weder See noch Luft erreichen. Doch die sanftmütige Präsenz des Riesen ermutigte Linden. »Alles hat mit Besessenheit zu tun. Lord Foul hat Joan besessen gemacht, um dafür zu sorgen, daß Covenant ins Land kommt.« Joans Gesicht hatte einen Ausdruck räuberischer Bosheit getragen, der Linden noch immer verfolgte. Sie konnte die Gier der Frau nach Covenants Blut nicht vergessen.

»Marid war von einem Wütrich besessen worden, um Covenant das Gift zu übertragen. Der na-Mhoram ist von einem Wütrich besessen, der gewährleistet, daß die Sonnengefolgschaft dem Sonnenübel dient. Und dann das Sonnenübel selbst! Foul versucht, das Gesetz des Landes seiner Willkür zu unterwerfen. Er will sich selbst zur natürlichen Ordnung des Landes erheben. Wenn man erst einmal an das Böse zu glauben anfängt, besteht das größte Übel aus dem *Besitzergreifen.* Es ist eine Verleugnung des Lebens ... der Menschlichkeit. Wovon man Besitz ergreift, dem kommt alles abhanden. Nur weil man meint, es aus Mitleid oder irgendwelchen anderen Gründen tun zu müssen, ändert sich nichts daran, was es *ist.* Ich bin Ärztin, kein Wütrich.« Sie bemühte sich, ihre hartnäckige Weigerung zu untermauern; aber ihre Worte waren nicht wahr genug, um diese Wirkung zu haben. »Ich müßte in sein Inneres eindringen. Ihn meinem Willen unterordnen. Ihn in meine Gewalt bringen, damit er *Diamondraught* trinkt und damit aufhört, sich den Leuten zu widersetzen, die ihm helfen wollen. Aber so etwas ist Schlechtigkeit. Auch wenn ich versuche, ihm dadurch das Leben zu retten.« Sie flehte Seeträumer praktisch um Verständnis an. »Während ich in Schwelgenstein war, hat Gibbon mich berührt. Dabei habe ich etwas über mich selbst gelernt.« Der na-Mhoram hatte ihr gesagt, sie sei schlecht. Das war die reine Wahrheit. »In mir ist ein Teil meiner selbst, der es tun will. Ihn unter Kontrolle bringen. Seine Kraft haben. Ich selbst habe keinerlei Kraft, deshalb will ich sie.« *Ich will sie.* Ihr ganzes Leben lang hatte sie nach Macht gestrebt, nach effektiven Mitteln gegen den Tod. Allein zu dem Zweck, über ihr Erbe hinauszuwachsen und wiedergutzumachen. Wäre sie in Schwelgenstein im Besitz von Covenants Macht gewesen, sie hätte im Namen des eigenen Verbrechens mit Freuden Gibbon die Seele aus dem Leibe gerissen. »Das ist es, was mich hindert. All mein Leben lang habe ich darum gerungen, die Existenz von Bösem einfach zu leugnen. Denn sobald es sich zeigt, kann ich ihm nicht widerstehen.« Sie wußte nicht, wie sie dem Gegensatz zwischen ihrer Hingabe an das Leben und ihrem Sehnen nach der dunklen Macht des Todes jemals entrinnen sollte. Der Selbstmord ihres Vaters hatte ihr einen Hunger eingepflanzt, der einmal von ihr befriedigt worden war und dem nochmals nachzugeben sie sich fürchtete. Es gab keine Lösung für den Antagonismus ihrer Sehnsüchte. Auf ihre Weise war Gibbons Berührung nicht schrecklicher gewesen als der Tod ihres Vaters. Die schwarze Schaurigkeit ihrer Erinnerungen brachten Linden ins Beben; sie war den Tränen nahe.

»Dennoch mußt du ihm beistehen.« Die herbe Stimme schreckte Linden auf. Sie fuhr ruckartig herum und sah die Erste der Sucher. Linden war so von den Erläuterungen, die sie Seeträumer gegeben hatte, beansprucht und darin vertieft gewesen, daß ihr die Annäherung der Riesin entgangen war; die Erste betrachtete sie mit ernstem Blick. »Wohl bewußt ist's mir, daß dir die Bürde schwer und grausam ist. Ich ersehe es mit aller Klarheit.« Sie wirkte wie eine Frau, die eben erst wild entschlossen eine Entscheidung gefällt hatte. »Doch die Suche ist in seine Hand gelegt worden. Sie darf nicht scheitern!« Mit einer schwungvollen Bewegung zückte sie ihren Pallasch, hielt ihn, als wolle sie Lindens Zustimmung mit blankem Stahl erzwingen. Bestürzt drückte sich Linden rücklings an die Reling; aber die Erste beugte sich vor und legte dic Waffe zwischen ihnen beiden aufs Deck. Dann straffte sie sich wieder, richtete ihren von Forderungen erfüllten Blick erneut auf Linden. »Besitzt du die Kraft, um meine Klinge zu führen?« Unwillkürlich senkte Linden ihre Augen auf den Pallasch. Das Schwert glänzte hell im Mondlicht und sah unzumutbar schwer aus. »Hast du genug Kraft, um sie nur aufzuheben?« In stummer Verneinung hob Linden ihren Blick wieder in die Miene der Ersten. Die Riesin nickte, als hätte Linden ihr die

Antwort erteilt, die sie erwartet hatte. »So wenig verfüge ich über die Kenntnisse, um Riesenfreund Covenants Leiden bekämpfen zu können. Du bist Linden Avery die Auserwählte. Ich bin die Erste der Sucher. Keiner von uns kann die Bürde des anderen auf seine Schultern nehmen.« Aus ihren Augen schien Mitternacht in Lindens aufwärts gekehrtes Gesicht zu strömen. »Doch so du die Last nicht tragen magst, die dir zuteil geworden ist, dann werde ich, mein Wort darauf, so handeln, wie's für mich im Bereich des Möglichen liegt. Er duldet nicht, daß sich jemand ihm naht. Daher gedenke ich das Leben der Besatzung und das Schiff selbst aufs Spiel zu setzen, um ihn abzulenken. Und während er tobt, werde ich ihm den vom Gift geschwollenen Arm mit diesem Schwert vom Leib abtrennen. Ich kenne keinen anderen Weg, um dieses Übel von ihm zu nehmen – und um uns der Gefahr seiner Macht zu entledigen. Wenn das Glück uns hold ist, wird's uns gelingen, den Blutfluß zu stillen, ehe alles Leben aus ihm entweicht.«

Abtrennen? Plötzliche Schwäche ereilte Linden. Falls die Erste mit ihrem Vorhaben Erfolg hatte …! Vor ihrem geistigen Auge sah sie die gewaltige Klinge auf Covenants Schulter niedersausen wie bei einer Hinrichtung. Und Blut. Dunkles Blut unter dem wachsbleichen Mond; es würde fast direkt aus seinem Herzen geschossen kommen. Wenn man die Blutung nicht im gleichen Moment stoppte, würde nichts ihn noch retten können. Buchstäblich eine ganze Welt lag zwischen Linden und der Ausrüstung, deren es bedurfte, um Transfusionen zu verabreichen, die Wunde zu nähen, sein Herz am Schlagen zu halten, bis sich der Blutdruck normalisierte. Ein solcher Schwertstreich konnte so fatal sein wie der Messerstich, den er vor dem Überwechseln in diese Welt in die Brust erhalten hatte. Lindens Hinterkopf prallte gegen den Querbalken der Reling, als sie auf das Deck sackte; einen Moment lang wütete Schmerz in ihren Schädelknochen. *Abtrennen?* Ihm waren bereits zwei Finger durch Chirurgen amputiert worden, weil man auf seine Art von Krankheit keine andere Antwort gekannt hatte. Und wenn er überlebte ... Linden stöhnte auf. Ach, wenn er überlebte, wie sollte sie ihm je wieder in die Augen schauen können, während er wußte, daß sie nichts unternommen, daß sie in ihrer Feigheit dabeigestanden und zugesehen hatte, wie man ihm den Arm abhieb? »Nein.« Sie bedeckte das Gesicht mit den Händen. Ihr mutloses Fleisch sträubte sich gegen das, was sie sagte. Aber Covenant würde Grund haben, sie zu hassen, wenn sie den Versuch der Ersten duldete; und erst recht mußte er sie hassen – für immer! –, wenn sie ihm das Leben um den Preis seiner persönlichen Unabhängigkeit und Integrität rettete. War sie wirklich so machtgierig? »Ich werde es versuchen.«

Cail erreichte ihre Seite. Er half ihr auf die Beine. Als sie sich auf seine Schulter stützte, schob er ihr eine Flasche in die Hand. Der schwache Geruch verdünnten *Diamondraughts* stieg ihr in die Nase. Matt und fahrig hob sie die Flasche an den Mund und trank. Beinahe sofort spürte sie, wie das Getränk seine typische Wirkung ausübte. Lindens Pulsschlag erfüllte ihre Muskeln mit neuem Leben. Der Kopfschmerz linderte sich zu einem dumpfen Pochen im Ansatz des Nackens. Der Mond schien, als sich ihre Sicht klärte, heller zu leuchten. Linden leerte die Flasche, als wolle sie ihr Kraft aussaugen – irgendeine Kraft, irgend etwas, das für sie eine Unterstützung gegen die Virulenz des Gifts sein mochte. Dann zwang sie sich dazu, sich in die Richtung zum Achterdeck in Bewegung zu setzen.

Hinterm Wohlspeishaus gelangte sie in den Lichtschein von Laternen. Sie waren am Dach des Aufbaus aufgehängt und beiderseits des Decks aufgestellt worden, um es den Riesen und *Haruchai* zu ermöglichen, Covenant aus relativ sicherem Abstand zu beobachten. Die Lampen erzeugten ein gelbliches Licht, das die schroffe Nacht unter anderen Umständen behaglicher gemacht hätte. Doch ihre Helligkeit erleuchtete oben die Fetzen von Segeln und Wanten. Und in der Mitte des Lichtkreises, den sie warfen, waren all das Blut und die toten Ratten weggebrannt worden. Von wilder Magie hinterlassene Narben kennzeichneten den Stein, wiesen wie Finger des Vorwurfs auf Covenants Starre und Qual. Sein Anblick war nahezu zuviel für Linden. Vom Kopf bis zu den Füßen sah er zerschlagen aus, als hätte man mit Keulen auf ihn eingedroschen. Seine Augen waren geweitet und stier; nicht einmal eine restliche Spur von bewußtem Verstand oder geistiger Klarheit ließ sich noch darin erkennen. Das krampfhafte Knirschen und Schnappen seiner Zähne hatte ihm die Lippen aufgerissen. Seine Stirn glitzerte klatschnaß von Schweiß. In seinem jetzigen Zustand glich sein Bart, der ihm vorher etwas das Aussehen eines Forschers und Entdeckers gegeben, ihm ein Flair des Prophetischen verliehen hatte, einer Vergegenständlichung seiner Lepra. Und sein rechter Arm … Gräßlich schwarz, entsetzlich angeschwollen, zuckte und krallte er neben ihm herum, gefährdete Covenant selbst und seine Freunde mit jeder Konvulsion. Der stumpfsilberne Reif seines Eherings schnürte seinen zweiten Finger ein wie blinde Grausamkeit, die sich in sein wehrloses Fleisch grub. Und an seiner Schulter war der Ärmel des T-Shirts bis zum Reißen gedehnt. Die Schwellung strahlte regelrecht Fieber aus, als wären seine Knochen zu Verhärtungen des Gifts geworden. Diese Emanation traf Lindens Gesicht wie Schwälle von Wärme, obwohl sie erst am Rande des Laternenscheins stand. Vermutlich wäre Covenant bereits gestorben, hätte er nicht den Druck des Gifts zu einem Teil durch seinen Ring ableiten können. Diese Erleichterung war anscheinend alles, was seine Erkrankung noch in für seinen Körper verkraftbaren Grenzen hielt.

Linden winkte Cail unsicher zu, gab ihm zu verstehen, er solle zurückbleiben. Ihre Hände zitterten wie kranke Vögel.

Cail zögerte; aber Brinn sagte etwas zu ihm, und er fügte sich Lindens Wunsch. Die Riesen bewahrten Abstand, hinter ihren zusammengebissenen Zähnen den Atem angehalten. Gleich darauf stand Linden allein in dem Helligkeitskreis, als hätte sie die Randzone einer ungeheuren Gefahr betreten. Sie betrachtete Covenant. Die Schrammen auf dem Deck bewiesen unanfechtbar, daß sie sich ihm nicht weit genug nähern konnte, um ihn anzufassen. Doch das hatte keinerlei Bedeutung. Keine Berührung von Händen war dazu imstande, seiner Marter entgegenzuwirken. Es kam darauf an, daß Linden ihn mit ihrer Seele erreichte. Ihn unter ihre Kontrolle nahm, seinen Widerstand so lange unterdrückte, daß man ihm *Diamondraught* einflößen konnte; ihn in ihre Gewalt bekam. Oder ihm seine Kraft entzog, falls sie stark genug war für so etwas. Lindens Gespür fürs Gesunde machte einen derartigen Versuch möglich. Doch Covenant strotzte von unfaßbaren Kräften und befand sich im Delirium; und nichts in Lindens gesamtem Dasein berechtigte sie zu der Hoffnung, mit ihm unmittelbar um die Beherrschung seines Rings streiten zu können. Falls ihr Versuch mißlang, konnte es sein, daß er sie im Verlauf der Auseinandersetzung umbrachte. Und falls sie Erfolg hatte … Linden beschloß, ihre Bemühungen auf seinen Geist zu richten. Sie hatte den Eindruck, das sei das kleinere Übel.

Zittrig focht sie gegen die Mulmigkeit in ihrem Bauch an, nötigte ihre bangen Füße zu zwei Schritten weiter ins Licht. Dreien. Dann blieb sie stehen. Sie ließ sich auf den Stein nieder, setzte sich, zog die Knie wie zum Schutz an die Brust. Die stille Luft fühlte sich in ihren Lungen an wie drohende Erstickung. Ein jämmerliches Stimmchen im Hintergrund ihres Bewußtseins winselte um Gnade oder Flucht. Aber Linden hatte nicht die Absicht, jetzt noch einen Rückzieher zu machen. Ihr Entschluß stand fest. Indem sie ihrer Anfälligkeit trotzte, ihrer

Furcht vor Bösem, Besessenheit und Versagen, öffnete sie Covenant ihre Sinne.

Sie begann an seinen Füßen, weil sie hoffte, sich gewissermaßen in seinen Körper einschleichen, seine Abwehrhaltung unterlaufen zu können. Doch schon der erste Kontakt war so, daß sie fast geflohen wäre. Seine Krankheit übersprang die Kluft zu ihren Nerven wie mörderische Glut, drohte ihre Selbstbeherrschung zu erschüttern. Für einen Moment erstarrte sie vor Grauen. Aber da kehrte ihr alter Eigensinn zurück. Durch ihn war sie geworden, was sie war. Wenn sie keine Medikamente, kein Skalpell benutzen konnte, mußte sie eben verwenden, was ihr an Hilfsmitteln zur Verfügung stand. Sie kniff die Augen zusammen, um sich durch Covenants Qual nicht ablenken zu lassen, und ließ ihre Wahrnehmung sein Bein hinauf in die Richtung seines Herzens gleiten.

Sein Fieber schwoll in ihr, während ihre Sinne sich vorwärtstasteten. Ihr Pulsschlag wummerte; ihre Haut spürte Paresen; die Eisigkeit abgestorbener Nerven brannte in ihren Zehen, Krämpfe gingen davon durch die Füße in ihre Waden aus. Der Abgrund seines Gifts zog sie an wie ein Strudel. Schwärze verdüsterte die Nacht, trübte den Schein der Laternen ringsherum. Macht – sie wollte Macht. Lindens Lungen teilten mit Covenant das Beben seiner Lungenflügel. In ihrem Herzen fühlte sie das Fressen, das an seinem Herzen nagte, den Herzmuskel schwächte, den Herzschlag schlaff machte. Ihre Schläfen fingen zu schmerzen an. Covenant war bereits ein menschliches Wrack, und seine Erkrankung und die Kraft, die ihn ihm hauste, bedrohte auch Linden mit Zerrüttung. Sie konnte das Entsetzen, das unter der Oberfläche ihrer Gedanken pulste, nur mit Mühe unterdrücken, und es kostete sie erhebliche Anstrengung, den Selbsterhaltungstrieb zurückzudrängen, der verlangte, daß sie von diesem unheilvollen Irrsinn abließ. Und doch tastete sie sich weiter durch Covenant, beobachtete das Gift, suchte nach einer Möglichkeit, sich Covenants Geist zu bemächtigen.

Plötzlich krampfte ihn eine Konvulsion zusammen. Die gemeinsame Reaktion warf Linden auf das Deck. Sie spürte, wie er mitten im Chaos seines Delirierens nach seiner magischen Kraft griff wie nach einem letzten Halt. Linden war ihm so vollständig ausgeliefert, daß jeder energetische Ausbruch sie durchlohen mußte wie eine gewaltige Stichflamme. Verzweiflung bestärkte Lindens Entschlossenheit. Sie gab alle Zurückhaltung auf, verlagerte ihre Sinne schlagartig in seinen Kopf, versuchte in sein Gehirn einzudringen. Für einen Augenblick geriet sie in ein Wirbeln wilder Magie, während Covenant um sich schlug und sein innerer Druck einer neuen magischen Explosion entgegenschwoll. Ein wahnwitziger Wirrwarr von Bildern durchtrudelte Linden: die Zerstörung des Gesetzesstabes; Männer und Frauen, die man wie Vieh verbluten ließ, um das Sonnenfeuer zu nähren; Lena und Vergewaltigung; ein mit beiden Fäusten geführter Dolchstoß, mit dem er einen Mann getötet hatte, den Linden nicht kannte; das Aufgeschlitztwerden seiner Handgelenke. Und Kraft – weißes Feuer, das über Mitglieder der Sonnengefolgschaft hereinbrach, Santonin und die Steinmacht in Asche verwandelte, unter den Gefolgsleuten Bluternte hielt. *Macht.* Linden konnte Covenant nicht bändigen. Er schüttelte ihre Bemühungen ab, als bestünde ihr gesamtes inneres Wesen und all ihre Willenskraft aus nichts als brüchigem altem Laub. In seinem Wahnsinn reagierte er auf ihre Präsenz, als wäre sie ein Wütrich. Sie schrie auf ihn ein. Aber ein wüster Ausbruch seines Rings schleuderte sie zurück.

Eine Zeitlang lag sie da wie inmitten von Böen aus Mitternacht. Covenants Verwirrung flackerte in ihr nach – Männer und Frauen wie Vieh hingeschlachtet, Schuld und Delirium, wilde Magie, geschwärzt vom Gift. Die Wucht seiner Gegenwehr brachte ihren ganzen Körper ins Glühen. Sie wollte schreien, vermochte sich jedoch gegen die Krämpfe, in denen ihre Lungen zuckten, nicht durchzusetzen.

Nach und nach wich das Wüten, bis es sich auf ihren Kopf beschränkte; und die Dunkelheit ringsum begann Gestalt anzunehmen. Sie saß halb aufrecht, gestützt von Cails Armen. Undeutlich sah sie vor sich die Erste, Blankehans und Pechnase kauern. Der Lichtschein einer Laterne erhellte die angespannte Besorgnis in ihren Mienen. Als sie mühselig ihren Blick auf die Riesen richtete, atmete Blankehans erleichtert auf. »Stein und See!« stieß Pechnase gequetscht hervor. »Bei der Macht, die ewig währt, Auserwählte! Du bist ein zähes Weib. Eine geringere Gewalt hat Ankermeister Derbhands Arm an zwei Stellen gebrochen.«

Er wußte, daß ich es war, meinte Linden zu antworten, merkte nicht, daß sie keinen Ton herausbrachte. *Er hat nicht zugelassen, daß ich Schaden erleide.*

»Die Schuld ist mein«, sagte die Erste grimmig. »Ich habe dich zu diesem Wagnis gedrängt. Dich trifft keinerlei Vorwurf. Nun liegt's nicht mehr in unserem Vermögen, ihm irgendwie Beistand zu leisten.«

Lindens Mund versuchte angestrengt, Wörter zu formen. »Vorwurf …?«

»Er hat sich unnahbar gemacht. Wir sind nun auf Leben oder Tod hilflos.«

Unnahbar …? Linden rang mit der Macht, die sie umgab, mühte sich ab, um einen Blick auf Covenant zu werfen. Die Erste nickte Blankehans zu. Der Riese rückte beiseite und gab Lindens Blickfeld frei. Als sie Covenant sah, wäre ihr fast ein Aufheulen entfahren. Er lag zusammengekrampft und starr auf dem Deck, als würde er nie wieder dazu fähig sein, sich zu bewegen, die Arme an seine Seiten gepreßt, unsägliche Not auf den Lippen wie in Totenstarre. Aber er war durch das

Leichentuch wilder Magie, das ihn umhüllte, kaum noch zu erkennen. Gleißender Silberglanz bedeckte ihn wie ein großes Netz vollständig. Innerhalb dieses Kokons rang sein Brustkorb um Atem, schlug noch immer schwächlich sein Herz. Das Gift breitete sich im rechten Arm weiter aus, zehrte fortgesetzt an seinem Leben. Linden hätte keine besondere Art der Sicht gebraucht, um zu ersehen, daß nichts auf der Sternfahrers Schatz diese neue Abwehr zu durchdringen vermochte. Das energetische Netz war so unüberwindbar wie Leprose.

So hatte er im Delirium auf Lindens Versuch reagiert, ihn unter ihren geistigen Einfluß zu bringen. Weil sie versucht hatte, seinen Verstand zu kontrollieren, war er dazu übergegangen, sich außerhalb aller Hilfeleistung zu stellen. Er hätte nicht unerreichbarer sein können, wäre er erneut in eine völlig andere Welt übergewechselt.

4

DER NICOR AUS DER TIEFE

Hilflos bemerkte Linden, wie schockhafte Benommenheit sie befiel. Rückstände von Covenants Lepra schienen in ihr zu schwellen, sie zu betäuben. Hatte *sie* ihm *das* angetan? Brinn beschäftigte sich damit, unanfechtbar festzustellen, daß keine Kraft und kein Werkzeug, die er aufzubieten vermochte, Covenants energetische Umhüllung durchbrechen konnte; aber sie beachtete den *Haruchai* so gut wie nicht. Das war ihre Tat. So war es gekommen, weil sie versucht hatte, ihn in ihre Gewalt zu bringen. Und weil er sie vor der vollen fürchterlichen Wirkung seiner Magie bewahrt hatte. Brinns Gestalt verschwamm und verschwand, indem Tränen Lindens Blick trübten. Sie konnte Covenant nur noch als einen Streifen heißen Silberglanzes im gemaserten Lichtschein der Laternen erkennen. War das der Grund, aus dem Lord Foul sie auserwählt hatte? Damit sie Covenants Tod verursachte? Ja. Sie hatte so etwas schon früher getan. Sie zog sich in ihre Taubheit zurück, als bedürfe sie ihrer, verdiene sie. Aber die Hände, die sie an den Schultern faßten, waren sanft und beharrlich zugleich. Behutsam bestanden sie auf Lindens Aufmerksamkeit, riefen sie aus ihrem inneren Sumpf zurück. Sie zeugten von Freundlichkeit und ließen sich nicht abweisen. Als Linden ihre Sicht freizwinkerte, schaute sie in Pechnases klare Augen. Er saß vor ihr und hielt sie an den Schultern. Aufgrund der Deformation seines Rückgrats befand sich sein entstelltes Gesicht fast in Lindens Augenhöhe. Seine Lippen lächelten verzerrt. »Genug, Auserwählte«, sagte er leise und in mitleidigem Tonfall. »Dein Gram bewirkt nichts. Es ist so, wie die Erste erklärt hat. Du hast keine Schuld.« Für einen Moment drehte er den Kopf seitwärts. »Und auch du nicht, Gemahlin«, sagte er zum Schatten der Ersten. »Du hast diese Folgen nicht voraussehen können.« Er wandte sich wieder an Linden. »Noch lebt er, Auserwählte. Er lebt. Und solange er lebt, dürfen wir hoffen. Halte an dieser Hoffnung fest! Solange wir leben, ist's der Sinn unseres Lebens, immerfort zu hoffen.«

Ich … Linden wollte sprechen, Pechnases Mitgefühl ihren Kummer offenbaren. Aber die Worte, die ihr in den Sinn kamen, waren zu schrecklich, als daß sie sie hätte aussprechen können.

Pechnases Hände griffen etwas fester zu, richteten Linden ein wenig höher auf. »Wir vermögen diesen Glanz, der ihn umgibt, nicht zu begreifen. Uns ermangelt's an deiner Art zu sehen. Du mußt uns Anleitung geben.« Seine Sanftmütigkeit rührte sachte an Lindes Herz. »Ist diese Kraft etwas, das man fürchten muß? Oder hat er sie womöglich aufgeboten, um sein Leben zu bewahren?«

Pechnases Äußerungen lenkten Lindens Blick hinüber zu Covenant. Er war durch seinen energetischen Schild kaum sichtbar. Aber sie sah Hohl. Der Dämondim-Abkömmling stand in Covenants Nähe; jede Andeutung eines Grinsens war aus seiner schwarzen Miene gewichen. Er verhielt sich wie gewohnt; keine außenstehenden moralischen Erwägungen konnten seine geheimen Zwecke ändern. In herkömmlichem Sinne war er nicht einmal richtig lebendig. Aber er konzentrierte sich auf Covenants zermarterte Gestalt, als stünde er mit ihm gemeinsam auf dem Prüfstein eines grausamen Schicksals.

»Nein.« Lindens Stimme drang rauh und heiser aus ihrer inneren Leere. »Das Gift ist noch in ihm. Er liegt im Sterben.«

»Dann müssen wir Mittel ersinnen …« – Pechnases Ton drängte sie erneut zur Aufmerksamkeit –, »um diese Kraft zu beseitigen, auf daß ihm geholfen werden mag.«

Linden drohte sich aus erbittertem Widerspruch der Magen

umzudrehen. *Hast du denn nicht aufgepaßt?* hätte sie am liebsten geschrien. *Ich habe versucht, ihn in meine Gewalt zu bekommen. Das ist mein Werk.* Doch ihr Zorn war nutzlos; das Mitgefühl des Riesen ließ ihn verebben. Lindens restliche Bitterkeit fand ihren Ausdruck in nur einem Wörtchen. »Wie?«

»Ach, Auserwählte.« Pechnases Lächeln glich einem Achselzucken. »Das mußt du mir mitteilen.«

Linden fuhr zusammen, schloß die Augen. Unbewußt schlug sie die Hände vors Gesicht. Hatte sie noch nicht genug Unheil angerichtet? Wollte der Riese, daß sie auch noch das Messer hielt, das Covenant umbrachte? Doch Pechnase ließ nicht locker. »Uns fehlt's an deiner Art des Sehens«, wiederholte er mit ruhiger Überzeugungskraft. »Du mußt uns unterweisen. Gedenke der Hoffnung! Eindeutig ist's, daß wir diese Hülle nicht durchdringen können. Nun wohl, dann müssen wir sie mit Umsicht und Klugheit angehen. Was ist das für eine Kraft? Was begibt sich in seinem Geist, das ihn dazu treibt, sich mit einer solchen Wehr zu beschirmen? Auserwählte.« Nochmals faßten seine Hände fester zu, hoben Linden halb auf die Füße. »Wie vermöchten wir uns an ihn zu wenden, auf daß er unsere Hilfeleistung duldet?«

»An ihn wenden ...?« Pechnases Frage entlockte Linden ein Keuchen der Bitternis. Ihre Arme sanken herab, offenbarten ihre Entrüstung. »Er liegt im Sterben! Er ist taub und blind von Gift und Delirium! Glaubst du, man kann einfach zu ihm gehen und ihn bitten, er möchte mit seinem Widerstand Schluß machen?«

Angesichts ihres Grimms hob Pechnase die Brauen; doch er ließ sich nicht beeindrucken. Ein Lächeln milderte seine Gesichtszüge. »So ist's recht«, sagte er durch sein schiefes Grinsen. »Wenn du zum Zorn fähig bist, bist du auch fähig zur Hoffnung.« *Hoffnung?!* wollte Linden ihm entgegenschleudern; aber er kam ihr zuvor. »Nun wohl. Du siehst keinen Weg, wie wir uns an ihn wenden könnten. Jedoch gibt's andere Fragen, auf die du uns Antworten erteilen kannst, wenn du magst.«

»Was willst du von mir?« fauchte sie ihm ins Gesicht. »Willst du mir klarmachen, daß es meine Schuld ist? Ja, es ist meine Schuld. Er muß mich für einen Wütrich gehalten haben oder so ähnlich. Er deliriert ... leidet gräßliche Schmerzen. Das letzte, was er vor seinem Rückfall mitgekriegt hat, war der Angriff der Ratten. Woher hätte er wissen sollen, daß ich versuche, ihm zu helfen? Er hat mich nicht erkannt – das heißt, erst als es zu spät war. Es ist wie ...« – einen Moment lang suchte sie nach einem Vergleich – »wie hysterische Lähmung. Er fürchtet sich so sehr vor seinem Ring ... so ungeheuer davor, daß Lord Foul an ihn gelangen könnte. Und er ist Leprotiker. Wegen seiner teilweise abgestorbenen Nerven ist er der Ansicht, daß er die Kraft nicht beherrschen kann. Daß das mit seinen Nerven nicht machbar ist. Selbst ohne das Gift ist er dauernd voller Furcht. Er weiß nie, wann er irgend jemand umbringt.« Die Worte sprudelten nun geradezu aus ihr hervor. Im Hintergrund ihres Bewußtseins erlebte sie noch einmal, was geschehen war, ehe Covenant sie von sich schleuderte. Während sie sprach, taumelten unvollständige Erinnerungsbilder vor ihrem geistigen Auge dahin. »Und er hat gewußt, was ihm zustößt. Er hatte ja schon Rückfälle. Als das Gift ihn wieder packte, war wahrscheinlich Furcht das einzige, was er noch empfunden hat. Er wußte, er war wehrlos. Nicht gegen uns – gegen sich selbst. Gegen Foul. Als ich versucht habe, von ihm Besitz zu ergreifen, war er übervoll mit magischer Kraft. Was hätte er anderes tun können? Er hat sich widersetzt. Und dann ...« – für einen Augenblick stockte sie gequält, aber der Andrang ihrer Worte war zu stark – »dann hat er gemerkt, daß ich es war. Beinahe hätte er mich getötet. Fast wäre das geschehen, vor dem er sich am schrecklichsten fürchtete.« Linden bot alle Selbstbeherrschung auf, um nicht aus Schaudern zu schlottern anzufangen. »Deshalb hat er sich abgeschottet. Sich abgeschirmt. Nicht um uns fernzuhalten. Sondern um sich einzuschließen.« Mit einer bewußten Anstrengung heftete sie ihren Blick auf Pechnase. »Es ist völlig ausgeschlossen, sich irgendwie an ihn zu wenden. Du kannst dich hinstellen und auf ihn einbrüllen, bis es dir das Herz zerreißt, er wird dich nicht hören. Er versucht euch zu schützen.« Ihre Erbitterung verlief sich, und ihre Stimme sank herab. »Uns«, fügte sie ermattet hinzu. *Mich.*

Rings um sie verbreitete sich Schweigen in der stillen, flauen Nacht. Die Sternfahrers Schatz lag reglos auf der See, als habe das Ausbleiben des Windes sie erstickt. Die Riesen bewahrten eine solche Ruhe, als ränne ihnen ihre Vitalität ins leblose Meer. Ihre Äußerungen hingen in der Luft wie Nichtigkeit, schienen aller Hoffnung zu widersprechen. Linden sah kein Ende des Schadens, den sie ihren Gefährten zugefügt hatte. Doch als Pechnase erneut den Mund öffnete, versetzte seine Hartnäckigkeit Linden in Staunen. »Linden Avery, ich habe deine Worte vernommen.« Kein Zittern, ja nicht einmal eine Andeutung von Verzweiflung beeinträchtigte die Festigkeit seiner Stimme. Er sprach, als hätte sein Leben als Krüppel ihn gelehrt, nichts als unüberwindbar anzusehen. »Dies Übel ist eine Herausforderung, die unserer würdig ist. Bei meinem Herzen, mein Verstand scheut den Gedanken, daß so viele Riesen so traurig dastehen sollen! Wenn Worte eine solche Macht haben, dann sind wir gehalten, sie noch einmal zu erwägen. Nun denn, Auserwählte. Du hast gesagt, daß Riesenfreund Covenant danach trachtet, uns zu schützen, und daß er uns, so wir zu ihm sprechen, nicht vernehmen wird. Nun wohl. Was wird er vernehmen? Welche Sprache kann uns ihm verständlich machen?« Linden wand sich; Pechnases Beharrlichkeit bekräftigte ihr Versagen fortwährend aufs neue. »Worauf richtet sich sein Streben?« ergänzte der Riese mit gleichmäßiger Stimme. »Was ist das Bedürfnis oder Verlangen, das in ihm am stärksten ist? Vielleicht mag's sein, er ersieht, wenn wir seinem Herzen eine Antwort geben, daß wir unbeschadet sind – daß wir seinen Schutz nicht brauchen –, und er läßt von seiner Kraft ab.«

Linden starrte Pechnase an. Seine Ausführungen verblüfften sie; und sie antwortete völlig unwillkürlich, ohne überlegen zu müssen. »Der Einholzbaum. Die Suche.« Noch immer wirkten Covenants Gedankenbilder in ihr nach. Pechnases Gefaßtheit verhalf Linden zu den richtigen Antworten. »Er weiß nicht, was er sonst tun soll. Er braucht einen neuen Stab des Gesetzes. Und wir machen keinerlei Fahrt ...« Als er das hörte, grinste Pechnase. Eine ansatzweise Ahnung rüttelte Linden auf. Sie beugte sich überstürzt vor, packte den Riesen vorn am Wams. »Der Einholzbaum?! Aber er liegt im Sterben. Ihr wißt nicht einmal, wo dieser Baum steht.«

Wie zur Entgegnung leuchtete es in Pechnases Augen. »Es könnte sich machen lassen«, sagte irgendwo nahebei die derbe Stimme der Lagerverwalterin. »Ich habe das Lot geworfen. Dieses Meer ist tief genug für *Nicor.*«

Mit einem Kichern verbreiterte sich Pechnases Grinsen. Seine heilsame Aura flößte Linden zusehends neue Zuversicht ein, die sie selbst nicht so recht zu begreifen vermochte. »Sieh, Auserwählte«, sagte er. »Hoffnung. Wir können nicht zu Covenant sprechen, um ihm mitzuteilen, daß wir wohlauf sind. Aber wir vermögen Sternfahrers Schatz fortzubewegen. Mag sein, er wird die Fortbewegung fühlen und dadurch besänftigt.«

Fortbewegen ...? Lindens Lippen formten Wörter, die sie nicht aussprechen konnte. *Das ist doch Quatsch.*

Gleichmütig wandte Knolle Windsbraut sich an sie. »Vor Anbruch der Morgenfrühe kann ich nicht beginnen. Es bedarf der Helligkeit. Und es mag dauern, bis wir Erfolg haben ...

falls überhaupt. Wird der Riesenfreund noch so lange durchhalten können?«

»Er …« Linden focht gegen die Drangsal an, die ihr die Kehle zuschnürte. *Die Sternfahrers Schatz fortbewegen?* ging es ihr immer wieder durch den Kopf. *Ohne Wind?* »Ich weiß es nicht. Kraft hat er genug. Vielleicht … vielleicht hält das, was er macht, das Gift zurück. Er hat sein Bewußtsein allem verschlossen. Kann sein, daß er auch das Gift eingedämmt hat. Wenn es so ist …« Sie bemühte sich um eine klare Aussage. »Er wird leben, bis das Gift sein Herz erreicht. Oder bis er verhungert.« *Die Sternfahrers Schatz fortbewegen?*

Auf einmal begann Blankehans Anweisungen zu rufen. Ringsherum verfielen Riesen plötzlich wieder in Tatendrang, als hätte eine neue Zweckbestimmung sie dem Leben zurückgegeben. Ihre Füße verbreiteten im Stein der Decks neue Tatkraft, während sie an ihre Aufgaben eilten. Einige gingen unter Deck und zu den Vorratsschränken; eine größere Anzahl jedoch schwang sich in die Wanten und machte sich daran, die Segel aufzurollen. Sie arbeiteten an allen drei Masten gleichzeitig, reparierten die Beschädigungen am Großmast, während sie an Heck und Bug das Segeltuch aufgeiten und festschnürten. Linden beobachtete sie, als hätte die Wirre in ihrem Kopf sich in äußerlichen Wahnsinn verwandelt. Die Riesen hatten vor, das Schiff fortzubewegen. Und deshalb strichen sie die Segel? Pechnase war der Ersten und Windsbraut bereits nach vorn gefolgt; Blankehans befand sich im Bereich des Achterkastells. Und Seeträumer, der in Lindens Nähe stand – insgeheimen Verdruß in den Augen –, konnte nicht sprechen. Linden fühlte sich wie ein verlassenes Kind, als sie sich an Cail wandte. Doch statt ihr Auskünfte zu erteilen, bot er ihr eine Schüssel mit Essen sowie erneut eine Flasche mit verdünntem *Diamondraught* an. Linden nahm beides, weil sie nicht wußte, was sie anderes tun sollte.

Mit wohlüberlegtem Vorsatz kehrte sie bedächtig zurück in den Laternenschein rings um Covenant, setzte sich mit dem Rücken ans Wohlspeishaus; dort war sie ihm so nah, wie ihre Nerven es gerade noch ertragen konnten. Ihre Eingeweide bebten noch immer unter dem Eindruck seiner Erkrankung, aber sie zwang sich dazu, ihm nahe genug zu bleiben, um seine magisch-energetische Hülle beobachten und eventuell sofort handeln zu können, falls das Phänomen verschwand. Und nahe genug, um Hohl im Auge zu behalten. Das auffällige Interesse des Dämondim-Abkömmlings an Covenants Verfassung hatte nicht nachgelassen; aber seiner obsidianschwarzen Gestalt ließ sich nichts von seinen etwaigen Absichten ansehen. Mit einem Seufzer lehnte sich Linden an den Stein und zwang sich zum Essen.

Was sollte sie anderes tun? Sie bezweifelte, daß dieser energetische Schirm mir nichts, dir nichts einfach verschwinden würde; er wirkte so absolut wie Covenants Qual. Und Hohl starrte diese Hülle unentwegt an, als rechne er damit, der Zweifler werde jeden Moment durch den Boden der Welt ins Nichts fallen.

Später schlief Linden ein.

Sie erwachte im ersten trüben Glanz des stillen Morgengrauens. Ohne Segel sahen die Masten über ihr, die sich skeletthaft gegen den im Aufhellen begriffenen Himmel abzeichneten, wie ihrer Blätter, ihrer Lebendigkeit beraubte Äste aus. Unter ihr ähnelte die Sternfahrers Schatz eher einem Fels, der auf dem Wasser trieb – einer steinernen Platte, durch das Ersterben jeglichen Windhauchs festgehalten zwischen Himmel und Wasser. Und auch Covenant war dem Tode näher: seine Atmung war merklich flacher und unregelmäßiger geworden. Seine energetische Abschirmung umschloß ihn eng, als bestünde sie aus den Binden, in die man einst Mumien zu wickeln pflegte.

Auf dem Achterdeck waren keine Riesen zu sehen; nur auf dem Achterkastell befanden sich zwei: Ankermeister Derbhand und eine Riesin am Steuerrad. Auch in den Wanten war niemand, obwohl Linden glaubte, eine Gestalt erspähen zu können, die im Fernschau saß, dem Ausguck hoch oben auf dem Großmast. Ausgenommen Linden selbst, Covenant und Hohl, Brinn, Cail, Hergrom und Ceer hielten sich alle anderen vorn auf. Durch den Stein spürte Linden rege Aktivitäten.

Für eine Weile konnte sie sich nicht entschließen, was sie anfangen sollte. Ihr Wunsch, zu erfahren, was die Riesen trieben, gab ihr Unruhe ein. Andererseits wußte sie, daß sie an Covenants Seite gehörte. Offenkundig jedoch war es ihr nicht möglich, irgend etwas für ihn zu tun, und ihre Nutzlosigkeit zermürbte sie. Sein Geist war genauso wie seine Kraft ihrem Zugriff entzogen. Bald war sie innerlich zu angespannt, um länger an ihrem Platz zu bleiben. Sie schloß einen Kompromiß mit sich und erklomm das Achterkastell, um Derbhands gebrochenen Arm zu untersuchen.

Der Ankermeister war für einen Riesen ziemlich hager, und sein altes Gesicht war von für Riesen gleichfalls untypischer Melancholie zerkerbt. Die charakteristische Gutgelauntheit seines Volkes war in ihm durch habituelle Griesgrämigkeit zersetzt worden. Die Falten seiner Wangen glichen Mißbildungen. Dennoch erhellte sich seine Miene, als er Linden kommen sah, und das Lächeln, das er sich abrang, als er hörte, daß sie seinen Arm zu untersuchen wünschte, war immerhin aufrichtig. Er trug den Arm in einer Schlinge. Als Linden das Tuch zur Seite schob, sah sie, daß man den Unterarm ordentlich geschient hatte. Indem sie die Haut mit den Fingern betastete, stellte sie fest, daß ihr von Cail über die Verletzung korrekt berichtet worden war: die Bruchstellen waren glatt und saßen sauber aneinander. Die Knochen hatten schon zu heilen begonnen. Zufrieden nickte Linden und wollte wieder zu Covenant gehen. Doch Derbhand hielt sie auf. Sie blickte ihn forschend an. Seine Melancholie war zurückgekehrt. Einen Moment lang schwieg er, während er sie musterte. »Knolle Windsbraut will versuchen, *Nicor* zu rufen«, sagte er dann. »Das ist ein gefahrvolles Unterfangen.« Ein Zucken seiner Brauen verriet, daß er selbst sich mit seiner Gefährlichkeit auskannte. »Es möchte sich ergeben, daß es dringlich und sofort eines Heilkundigen bedarf. Windsbrauts Aufgabe ist's, Sternfahrers Schatz zu heilen – ihr selbst jedoch droht die größte Gefahr. Magst du nicht deinen Beistand antragen?« Er nickte in die Richtung zum Bug. »Gewiß täten die *Haruchai* dich in aller Eile verständigen, sollte Riesenfreund Covenant deiner bedürfen.«

Sein ernster Blick bewegte Linden. Die Riesen hatten die Fürsorge und Unterstützung, die sie ihr entgegenbrachten, bereits auf mancherlei Weise gezeigt. Nachdem sie sich den Fußknöchel gebrochen hatte, war sie von Seeträumer durch die ganze Sarangrave-Senke getragen worden. Und Pechnase hatte mehr als einmal versucht, ihr zu verdeutlichen, daß es in der Welt noch andere Arten des Lächelns gab als jenes fatale Lächeln, wie Covenant es Joan gewidmet hatte. Folglich begrüßte Linden die Gelegenheit, irgendeine Gegenleistung erbringen zu können. Und was Covenant betraf, war sie, wie die Dinge gegenwärtig standen, eindeutig von keinem Nutzen. Hohl verkörperte allem Anschein nach für ihn keine Bedrohung. Linden wandte sich an Cail. »Ich verlass' mich auf dich«, sagte sie. Seine knappe Verbeugung, mit der er ihre Äußerung bestätigte, ermutigte sie. Die Ausdruckslosigkeit seiner Gesichtszüge, so konnte man meinen, bedeutete das Versprechen, daß man seinesgleichen unter Ausschluß jeglicher Versäumnisse und Unzulänglichkeiten vertrauen durfte. Als sie das Achterkastell verließ, fühlte sie in ihrem Rücken, wie Derbhand aus Erleichterung nochmals ein wenig lächelte.

Linden überquerte zügig das langgestreckte Achterdeck, ging durchs Wohlspeishaus und zum Bug des Schiffs. Dort geriet sie in ein lebhaftes Gedränge und Gewimmel von Riesen. Die Mehrheit beschäftigte sich mit Verrichtungen, die sie nicht begriff; doch Pechnase bemerkte ihre Ankunft und trat an ihre Seite. »Du bist hier willkommen, Auserwählte«, versicherte er heiter. »Es könnte sein, daß du gebraucht wirst.«

»Das hat Derbhand auch gesagt.«

Pechnases Blick ruckte nahezu schmerzlich nach achtern, fiel wieder auf Linden. »Er spricht aus eigener Erfahrung.« In seinen mißgestalteten Augen entstand etwas wie eine Widerspiegelung der Traurigkeit des Ankermeisters. »Denn einst – vor vielleicht einigen kurzen Menschenaltern – fuhr Derbhand auf einem anderen Schiff, und auf demselben Schiff fuhr seine Gemahlin Meerschaum als Lagermeisterin. Ach, das ist eine Geschichte, die des Erzählens wert ist. Doch ich will sie in aller Kürze wiedergeben. Dies ist nicht die rechte Zeit für eine solche Geschichte. Und mich dünkt's, dich bewegen andere Fragen. Kurzum …« Unvermittelt schnitt er eine Grimasse des Unmuts. »Stein und See. Auserwählte! Es grämt mein Herz, eine derartige Geschichte erzählen zu sollen, ohne daß ich ihr volles Maß auszuschöpfen vermöchte. Ich mag nicht glauben, daß jemand, der sich kurzer Reden bedient, sich fürwahr des Lebens freuen kann.« Doch da weiteten sich seine Augen, als verdutze ihn die eigene Aufgewühltheit, und er setzte wieder die gewohnte Miene auf. »Nichtsdestotrotz, ich beuge mich der Zeit.« Er vollführte vor Linden etwas ähnliches wie einen Salut, als lache er über sich selbst. »Also, in kurzen Worten, Derbhand und sein Schiff befuhren ein Meer, das wir Seelenbeißer heißen, dieweil's launisch und unberechenbar ist, und kein Schiff befährt es, ohne dafür diesen oder jenen Preis zu entrichten. Dort kam eine Flaute über das Schiff, so wie wir nun hier eine erdulden müssen. Viele Tage lang trieb das Schiff still auf dem Meer, und kein Lüftchen regte die Segel. Eine Verknappung von Trinkwasser und Nahrung entstand. Daher beschloß man, den Versuch zu wagen und *Nicor* zu holen. Als Lagermeisterin oblag diese Aufgabe vornehmlich Meerschaum, denn sie zählt zu den Fertigkeiten und Künsten, welche Lagermeister zu erlernen haben. Sie war eine Riesin, die jedermanns Herz erwärmte, und ...« Er unterbrach sich erneut, zog den Kopf ein und fuhr sich mit der Hand über die Augen. »Ach, kurz, Pechnase, kurz«, sagte er gedämpft. Als er wieder aufblickte, rang er sich trotz seiner Tränen ein verzerrtes Lächeln ab. »Auserwählte, ihr unterlief mit der Schlinge ein Mißgeschick. Und selten geschieht's, daß selbst ein Riese aus dem Rachen eines *Nicor* wiederkehrt.«

Linden erwiderte seinen Blick mit Beklemmung in der Kehle. Sie wollte etwas sagen, aber sie hatte keine Ahnung, wie man einen Riesen trösten konnte. Sie war seinem Lächeln nicht gewachsen.

Vor dem Fockmast hatte unterdessen die Besatzung unter Knolle Windsbrauts Anleitung die Herstellung dreier großer Gegenstände abgeschlossen. Es handelte sich um eine Art von korbähnlichen Kanus – Boote aus mit Leder überzogenen Holzrahmen, jedes groß genug, um zwei Riesen Platz zu bieten. Die Seiten waren hoch und nach innen gewölbt, so daß jedes Boot zu drei Vierteln die Form einer Hohlkugel besaß. Eine Anzahl von Trossen und Eisenringen verband die Gebilde miteinander; deshalb konnten sie nur zusammen angehoben und bewegt werden. Auf Windsbrauts Anordnung trug man die Boote nach vorn und warf sie über den Bug ins Wasser. Pechnase berührte Lindens Schulter und führte sie an einen Standort, von dem aus sie die Boote überschauen konnte. Sie trieben wie gewichtslos auf der spiegelglatten See. Im nächsten Moment scholl die barsche Stimme der Lagerverwalterin übers Vorderdeck. »Ein Wagnis ist's, *Nicor* anzulocken, und niemand soll allein auf Befehl daran teilhaben. Sollte nur ein *Nicor* sich einfinden, mag's dennoch sein, daß er ein übelgesinntes Vieh ist und uns feindlich begegnet. Sollten viele *Nicor* kommen, wird dies Meer sich in einen Schauplatz der gröbsten Unbill verwandeln. Und sollte mir kein Erfolg beschieden sein …« Schroff hob sie die Schultern. »Der Versuch muß gemacht werden, sei's zum Wohl oder zum Übel. So hat die Erste gesprochen. Ich bedarf der Unterstützung dreier von euch.«

Ohne Zögern traten mehrere Riesen vor. Seeträumer wollte sich auch melden; aber die Erste schritt dagegen ein. »Die Erd-Sicht muß uns erhalten bleiben«, sagte sie. Rasch wählte Windsbraut drei Besatzungsmitglieder aus. Die anderen Riesen fingen an, ein Tau, das so dick war wie Lindens Oberschenkel, aus seinem Behältnis am Fockmast abzurollen. Diese Trosse führten sie den Booten zu. Die Lagerverwalterin schaute zu Blankehans und der Ersten hinüber, ob sie noch irgend etwas zu sagen hätten. »Hab acht, Knolle Windsbraut!« sagte die Erste jedoch nur. »Ich mag dich nicht verlieren.«

Gemeinsam sprangen Windsbraut und ihre drei Helfer über Bord. Mit der Mühelosigkeit alter Gewohnheit schwammen sie zu den Booten, nahmen die Trosse mit. Als sie die Vertäuung erreichten, die die drei Boote verband, schoben sie die Trosse durch einen zentral angeordneten Eisenring. Anschließend zogen sie sie zum vordersten Boot, das die Spitze eines nach Osten gerichteten Dreiecks bildete. Windsbraut erhob sich mit einem wuchtigen Stoß ihrer Beine aus den Fluten und schwang sich über den Rand ins Boot. Es schaukelte unter ihrem Gewicht, blieb jedoch auf dem Wasser. Sie hielt das Boot im Gleichgewicht, als ein zweiter Riese zustieg. Dann nahm sie von den Riesen, die noch im Wasser schwammen, die dicke Trosse entgegen. Daraufhin trennten sich diese beiden Riesen; jeder schwamm zu einem der zwei seitlichen Boote. Windsbraut und ihr Helfer zerrten unterdessen ein Stück der Trosse, die von der Sternfahrers Schatz herüber verlief, durch den eisernen Ring in ihr Boot. Als sie mit der verfügbaren Länge zufrieden war, begann sie am Ende der Trosse eine große Schlinge zu knüpfen. Sobald die beiden anderen Riesen in ihre Boote geklettert waren, gaben sie ihre Bereitschaft zu verstehen. Ihre Stimmen bezeugten innere Anspannung; aber der eine grinste wild, und die Riesin im dritten Boot konnte es sich nicht verkneifen, in die Richtung des Schiffs eine übertriebene Verbeugung zu machen, und brachte ihr Boot mit ihren Faxen ins Schwanken. Knolle Windsbraut reagierte mit einem Nicken. Indem sie ihr Körpergewicht verlagerte, neigte sie den Rand des Boots bis dicht über den Wasserspiegel. In dieser Stellung setzte sie ein Objekt, das aussah wie eine unten offene Trommel, aufs Wasser. Ihr Helfer sorgte dafür, daß das Boot das Gleichgewicht bewahrte, so daß trotz der Schräglage kein Wasser einlief. Pechnase straffte sich erwartungsvoll; doch Windsbrauts sture Miene deutete in keiner Hinsicht an, daß sie sich mit etwas von außergewöhnlichem Rang abgab. Aus ihrem Gürtel zog sie zwei mit Leder umwickelte Stäbe und begann ohne weitere Umstände das Trommelfell zu schlagen, trommelte einen komplizierten, unregelmäßig strukturierten Rhythmus ins Meer hinaus. Durch den Stein des Schiffs spürte Linden, wie der Trommelschlag den Kiel unterquerte, sich verbreitete wie ein Aufruf.

»Pechnase ...« Sie fühlte noch immer Covenant, obwohl die Riesen, die sich zwischen ihr und ihm befanden, die Wahrnehmung abschwächten. Seine Präsenz glich einer schmerzhaften Stelle zwischen ihren Schulterblättern. Doch Windsbraut beanspruchte ihre Aufmerksamkeit. Die Aussicht auf Gefahr machte Linden nervös. Sie verspürte das Bedürfnis, Stimmen zu hören, Erklärungen zu erhalten. »Meine Güte, was treibt sie dort eigentlich?«

Der verkrüppelte Riese sah sie an, als müsse er sich erst der Bedeutung ihres mißmutigen Tonfalls vergewissern. »Sie ruft *Nicor*«, antwortete er gleich darauf mit leiser Stimme. »Die *Nicor* der Tiefe.« Diese Auskunft verhalf Linden zu keinerlei Aufschluß. Aber ehe sie eine bessere Antwort erfragen konnte, sprach Pechnase weiter. »Nur selten zeigen die *Nicor* sich ohne Verzug. Wahrscheinlich werden wir für eine Weile harren müssen. Derweilen will ich dir die Geschichte erzählen.« Hinter Linden hatte die Mehrzahl der Besatzung inzwischen den Bug geräumt. Lediglich die Erste, Blankehans, Seeträumer und zwei oder drei andere Riesen waren noch da; der Rest hatte die Webeleinen erklommen. Gemeinschaftlich hielten sie Ausschau an den gesamten Horizont. »Auserwählte«, erkundigte Pechnase sich gedämpft, »hast du je von der Schlange des Weltendes vernommen?« Linden schüttelte den Kopf. »Nun, gleichwohl.« Ein Anflug lebhaften Interesses klang in seinem Tonfall mit, Ausdruck seiner Liebe zu Geschichten. Windsbrauts Trommelschlag dröhnte unverändert in seinem komplizierten Rhythmus weiter. Während er dumpf in die leblose Luft, die anwachsende Hitze und die See hinaushallte, nahm er so etwas wie die Natur einer Klage an, eines Beklagens von Einsamkeit, eines Rufs nach Gefährtenschaft. Unermüdlich hob die Riesin die Arme und ließ sie fallen. »Es heißt bei den *Elohim*, deren Wissen wundersam ist und voller sehr schwieriger Widersprüchlichkeiten …« – Pechnase lachte aus nur ihm verständlicher Belustigung auf –, »daß in der urzeitlichen Ewigen Jugend des Kosmos, lange bevor die Erde ihren Platz einnahm, die Sterne an all dem Himmel so viele an Zahl waren und so dicht gesät wie Sand am Meer. Wo wir heute eine Vielfalt lichter Wesen sehen, da gab es damals ein Vielfaches dieser Vielfalt, und der Kosmos glich vom einen zum anderen Ufer einem Meer von Sternen, die vom Ausmaß ihrer heutigen Vereinzelung noch nichts ahnten, denen ein solcher Anlaß zum Kummer als unvorstellbar galt. Sie waren das leibhaftige Volk des Himmels, uns so wenig vergleichbar wie Götter. Gewaltig und warm in ihrer hellen Schönheit tanzten sie zu den Klängen ihrer Musik und waren's so zufrieden.« Erregung ging durch die Riesen am Fockmast, verebbte jedoch bald. Ihre scharfen Augen hatten in der Ferne etwas erspäht; doch es war wieder verschwunden. »Weitab jenseits des Himmels aber wohnte ein Wesen anderer Art. Die Schlange. Während langer Zeit hatte sie friedlich geschlafen, doch als sie erwachte – wie sie am Anbeginn eines jeden neuen Zeitalters erwacht –, da verspürte sie ungeheuren Hunger. Jede Schöpfung geht einher mit Untergang, so wie Leben nicht von Tod zu trennen ist. Und die Schlange war die Vernichtung. Getrieben von ihrer Gier, begann sie Sterne zu verzehren. Es mag sein, daß die Schlange inmitten all der vielen Sterne nicht groß war, doch ihre innere Leere war unermeßlich, und indem sie den Himmel durchstreifte, verschlang sie ganze Fluten von Licht, fraß weite Breschen der Vereinsamung in des Himmels Helligkeit. Lange, lange Zeit hindurch wand sie sich dahin, gefräßig und unersättlich, nährte sich von allem, was in ihre Reichweite kam, bis der Himmel so spärlich bevölkert war wie eine Wüste.« Während Linden lauschte, begann sie die Ursachen der Liebe, die diese Riesen Geschichten entgegenbrachten, in Ansätzen zu verstehen. Pechnases leises Erzählen spann der Stille von Himmel und See ein Gewebe von Bedeutung ein. Derartige Geschichten trugen zum Verständnis der Welt bei. Die Grundstimmung von Pechnases Geschichte war schwermütig; aber ihre Schwermut blieb ohne Folgen. »Doch die verschlungenen Sterne waren Wesen, die uns so wenig wie Götter glichen, und keine Schlange, kein Verhängnis vermochte von ihrer Macht zu zehren, ohne dafür einen Preis zu entrichten. Nachdem sie sich maßlos vollgefressen hatte, überkam Unlust und Trägheit die Schlange. Wiewohl sie keinen Schlaf finden konnte – denn das

Zeitalter, an dessen Ende sie von neuem in Schlummer versinken durfte, war noch nicht vorüber –, empfand sie ein überaus starkes Verlangen nach Ruhe. Daher rollte sie sich zusammen und versank in Untätigkeit. Und während die Schlange ruhte, wirkten in ihrem Innern die Kräfte der Sterne. Auswüchse von Stein und Erde, Wasser und Luft drangen aus ihrer Haut, und diese Gewächse mehrten und vervielfachten sich immer mehr, bis die Erde, wie wir sie mit unseren Füßen betreten, Gestalt angenommen hatte. Und weiter wirkten der Sterne Kräfte fort, gestalteten die Oberfläche der Erde, schufen die Meere und das Land. Und dann entstand auf der Erde das Leben. Sie gebar all die Völker der Erde, die Tiere des Landes, die Geschöpfe der Tiefe, brachte alle Wälder und grünen Auen vom einen zum anderen Pol hervor. So entstand aus Vernichtung neue Schöpfung, ganz so wie der Tod neuem Leben weicht. Das ist der Grund, Auserwählte …« – Pechnase sprach mit festerer Stimme weiter –, »warum wir leben und trachten, weshalb wir danach streben, den Sinn unseres Daseins zu erkennen. Und so ist es wohl eingerichtet, denn wiewohl wir kaum mehr als ein Zwinkern der Augen der Ewigkeit sind, vermögen wir, derweil wir leben, die Wege zu beschreiten, die uns gut dünken, zu schaffen, was uns schaffenswert deucht, und der Gemeinsamkeit zu pflegen, so wie's einst die Sterne taten, ehe der Schlange Heimsuchung sie ereilte. Aber diese Frist muß vorübergehen. Die Schlange schläft nicht. Sie ruht nur aus. Die Zeit wird kommen, da sie aufgeschreckt wird oder sich aus eigenem Ermessen erhebt. Dann wird sie diese Schale aus Stein und Wasser abschütteln und von neuem durch den Kosmos streifen, um ihren Hunger vollends zu stillen, bis dies Zeitalter endet und sie in Schlummer verfallen kann. Deshalb heißt sie die Schlange des Weltendes.« Damit verstummte Pechnase.

Linden schaute ihn an, sah ihn zur Lagerverwalterin hinüberspähen, als sorge er sich um die Grenzen von Windsbrauts

Kraft. Aber die Lagerverwalterin erlahmte nicht. Während ihr Helfer das Gleichgewicht des Boots bewahrte, schlug sie unentwegt auf dem Trommelfell weiter ihren Rhythmus, rief in die Tiefen der See um Antwort. Rings um die Trommel kräuselten sich Wellenringe und verliefen sich rasch auf der glatten Stille der Wasserfläche. Langsam heftete Pechnase seinen Blick wieder auf Linden; doch er schien sie nicht zu sehen. Seine Gedanken weilten noch bei der Geschichte. Allmählich jedoch besann er sich auf Lindens Gegenwart. Als sein Blick sie wieder erfaßte, lächelte er belustigt. »Auserwählte«, fügte er leichtmütig hinzu, als wolle er die Bedeutsamkeit seiner Äußerung mildern, »es wird erzählt, daß die *Nicor* Sprößlinge der Schlange sind.«

Diese Eröffnung erneuerte Lindens Unruhe. Zum erstenmal erhielt sie eine Andeutung dessen, was die Riesen taten, wie sie das Schiff zu bewegen beabsichtigten. Vielleicht war diese Geschichte nur ein Mythos; aber sie erklärte den Zweck, zu dem die Besatzung der *Dromond* sich in eine solche Aktivität gestürzt hatte. Eine Ahnung von Gefahr lenkte Lindens Aufmerksamkeit in die Weite, richtete ihre Sinne wachsam auf die See. Sie konnte kaum glauben, was sie vermutete. Hatten die Riesen wirklich vor, *Nicor* zu fangen …? Bevor sie dazu kam, Pechnase zu fragen, ob sie ihn richtig verstanden habe, drang durch den Stein der Sternfahrers Schatz eine Wahrnehmung entfernten Brausens wie von schneller Bewegung in ihre Füße. Im nächsten Augenblick erscholl von den Masten herab ein Schrei.

»Nicor!«

Linden fuhr herum. Sie blinzelte hinauf und sah einen Riesen nach Süden deuten. Dem ersten Ruf folgten weitere, bestätigten ihn, Linden suchte steuerbords den Horizont ab. Aber sie vermochte nichts zu erkennen. Sie hielt den Atem an, als könne sie dadurch ihre Sicht verbessern. Mehr mit den

Füßen als den Ohren bemerkte sie, wie Windsbraut den Rhythmus des Trommelschlags änderte. Und auf diesen Wechsel erfolgte eine Antwort. Schwingungen dumpf dröhnender Schläge trafen den Kiel der *Dromond.* Etwas hatte Windsbrauts Ruf gehört und antwortete.

Urplötzlich bäumte sich der Horizont auf, als sich aus dem bislang so ruhigen Wasserspiegel ein Flutschwall wie eine Bugwelle erhob. Die See schwoll empor, als schösse unmittelbar unter der Oberfläche ein ungeheurer Schädel dahin. Die Woge befand sich noch in weiter Entfernung, näherte sich jedoch dem Schiff mit verblüffender Geschwindigkeit. Während sich die Woge nach beiden Seiten ausbreitete, stieg sie immer höher, bis sie gewaltig genug wirkte, als müsse sie das Riesen-Schiff überspülen. Der Rhythmus von Windsbrauts Getrommel wandelte sich etwas zum Fieberhaften, als verlege sie sich auf eindringliches Beschwören. Die Antwort des *Nicor* jedoch unterzog sich keiner Änderung, deutete mit nichts an, daß er die Riesin verstand. Doch von ihm gingen Anzeichen einer solchen Stärke aus, daß Linden davon die Knie zitterten. Nun konnte sie im Wasser einen dunklen Umriß unterscheiden, der sich wand wie eine Schlange, und jede Windung des Körpers zeugte von enormer Kraft. Als der *Nicor* in Wurfweite des Schiffs gelangte, reichte seine Bugwelle bis zur Höhe der Reling. *Er wird uns rammen,* dachte Linden mit der Klarheit naher Panik.

Da tat die Lagerverwalterin einen Schlag auf das Trommelfell, der laut hallte und es zerriß; und die Kreatur tauchte. Der langgestreckte Leib jagte unter der Flutwelle hindurch, überholte sie, als der *Nicor* in die Tiefe entschwand. Einen Moment später prallte die Woge mit einer Wucht gegen das Schiff, die die *Dromond* ins Schwanken brachte. Linden torkelte, von der Reling zurückgeworfen, gegen Cail. Die Sternfahrers Schatz schaukelte auf der See wie ein Spielzeugschiff. An Cail geklammert, um auf den Beinen zu bleiben, während das Wanken des Riesen-Schiffs nachließ, schaute Linden über Bord und sah den kolossal langen Leib des *Nicor* noch immer unterm Kiel dahingleiten. Das Geschöpf war mehrmals so lang wie die Sternfahrers Schatz. Die Boote tanzten wild auf den Wellen, die vom Rumpf der *Dromond* zurückschwallten, aber die vier Riesen in ihnen ließen sich nicht beeindrucken, blieben weiterhin in Bereitschaft. Windsbraut hatte von ihrer beschädigten Trommel abgelassen. Sie stand jetzt aufrecht im Boot, die ins Ende der Trosse geknüpfte Schlinge in beiden Fäusten; ihre Augen beobachteten das Wasser. Wieder erscholl ein Ausruf. In einigem Abstand backbords des Schiffs durchbrach der *Nicor* die Wasserfläche. Für einen Moment war sein Kopf sichtbar, seine Schnauze glich einem Schiffsschnabel, Schaum strömte aus seinen riesenhaften Kiefern. Dann tauchte die Kreatur erneut unter und schwamm durch einen weiten, westwärtigen Bogen. Auf der Sternfahrers Schatz ergab sich gespanntes Schweigen. Linden spürte nichts als das stets gegenwärtige Weh von Covenants Not und die schnellen, einem Trommelwirbel ähnlichen Schwingungen des *Nicor*. Sie verlor die vom *Nicor* aufgeworfenen Wellen aus den Augen, als er hinterm Wohlspeishaus in der Richtung des Hecks außer Sicht geriet. Sämtliche Riesen in den Wanten verfolgten den Weg des Geschöpfs; aber niemand gab einen Laut von sich. Lindens Finger gruben sich in Cails Schulter, bis sie glaubte, ihre Knöchel müßten sich lockern. Die Schwingungen des Geschöpfs begannen Covenants Qual aus ihrer Wahrnehmung zu verdrängen.

»Hab acht!« Die Plötzlichkeit des Rufs stach in Lindens Gehör.

»Er kommt!« Augenblicklich verließen die Riesen die Wanten. Blankehans und der Ankermeister brüllten Anweisungen. Die Mannschaft sammelte sich auf Deck, machte sich auf eine

Kollision gefaßt. Ein Dutzend Matrosen beim Taubehälter legte die Trosse um eine Anzahl von Rollen.

Ein durchdringender Schrei der Lagerverwalterin erreichte das Schiff. »Wie kommt er?!«

Ein Riese sprang an den Bug, um zu antworten. »Er kommt genau recht!«

Linden blieb keine Zeit zu irgend etwas anderem, als sich an Cail festzuhalten. Im gleichen Moment begann sich der Kiel des Riesen-Schiffs zu heben. Die Sternfahrers Schatz neigte sich vorwärts, als die Bugwelle des *Nicor* das Heck traf. Die Kreatur schwamm unter dem Kiel des Schiffs entlang. Gleichzeitig stürzte sich Windsbraut ins Wasser. Sie zog die Trosse mit sich und tauchte dem *Nicor* entgegen. Linden sah die Riesin mit kräftigen Stößen abwärts verschwinden. Für einen Moment voller atemberaubender Spannung schien Windsbraut im Wasser allein zu sein. Dann schoß der Schädel des *Nicor* unterm Schiff hervor. Das Geschöpf sauste direkt auf Windsbraut zu. Wellen nahmen den Beobachtern die Sicht, während der *Nicor* sich der Riesin näherte. Lindens Hand krallte sich in Cails hartes Fleisch, bis sie seine Knochen spürte. Durch Wasser und Stein schien der *Nicor* zu ihr heraufzubrüllen. Sie hörte ihm seinen seelenlosen Hunger an, sein Unverständnis dessen, was ihn aus der Tiefe gelockt hatte. Neben Linden rangen Pechnases Hände mit der Reling, als wäre sie ein lebendiges Etwas. Plötzlich ruckte die Trosse heftig an und begann sich abzurollen. Sie fuhr an den Booten vorüber und rauschte mit einem Zischen ins Meer, als bestünde sie aus Feuer. »Jetzt!« schrie die Erste. Unverzüglich verließen Windsbrauts Helfer ihre Boote. Dabei drehten sie sie um. Mit nach unten gekehrten Öffnungen und Luft im Innern schwammen sie nun wie Bojen, trugen zwischen sich die Vertäuung und den Eisenring, durch den die Trosse fegte. Der lange, dunkle Leib des *Nicor* wand sich zwischen den im Wasser befindlichen Riesen ostwärts.

Man warf ihnen Leinen zu; doch sie achteten nicht darauf. Ihre volle Aufmerksamkeit galt der Stelle, wo man Windsbraut zuletzt gesehen hatte. Als sie in einiger Entfernung von den Booten auftauchte, brach an Bord des Riesen-Schiffs gewaltiger Jubel aus. Sie schwenkte die Arme, um ihre Unversehrtheit anzuzeigen. Dann begann sie auf die *Dromond* zuzuschwimmen.

Wenige Augenblicke später standen sie und ihre Helfer triefnaß vor der Ersten. »Wir haben's vollbracht«, keuchte Windsbraut; sie konnte ihren Stolz nicht verbergen. »Die Schlinge hängt am Maul des *Nicor.*«

Die Erste widmete ihr ein Lächeln wie von Eisen. Doch sofort wandte sie sich an die Riesen, die beiderseits der Trosse und bei deren Behältnis bereitstanden. Die Trosse surrte unablässig um die Rollen. »Das Tau ist nicht endlos«, sagte sie mit fester Stimme zu ihnen. »Laßt uns beginnen!« Zehn Riesen reagierten mit Grinsen, Nicken und halblauten Versicherungen ihrer Tüchtigkeit. Sie spreizten die Beine, stemmten sie aufs Deck, beugten die Rücken. Auf Blankehans' Kommando ergriffen sie die Rollen und warfen sich dagegen. Das Kreischen der schlagartig festgezurrten Trosse schrillte übers Deck. Rauch stob aus den Rollen. Es riß die Riesen ein, zwei Schritte nach vorn, als sie das Abrollen der Trosse anzuhalten versuchten. Unter ihnen sackte der Bug ab, als nicke das Schiff; und dann setzte sich die Sternfahrers Schatz in Bewegung. Das Schrillen der Trosse schwoll an. Blankehans rief nach Verstärkung. Zehn weitere Riesen packten Rollen und boten ihr ganzes Körpergewicht und alle Kräfte gegen die Zugkraft des *Nicor* auf. Muskeln verkrampften sich, Sehnen traten hervor, als wären sie aus Bein, zu beiden Seiten der Trosse ertönte Gekeuche. Linden fühlte die Anstrengung der Riesen und befürchtete, daß nicht einmal sie einer derartigen Belastung gewachsen sein könnten. Nach und nach aber verstummte das grelle Geräusch der Trosse in dem Maße, wie ihr Abrollen sich verlangsamte. Die *Dromond* gewann an Geschwindigkeit. Als die Trosse schließlich stillstand, pflügte die Sternfahrers Schatz so schnell durchs Meer, wie der *Nicor* sie zu ziehen vermochte.

»Wohlgetan.« Blankehans' Augen glommen unter seinen wuchtigen Brauen. »Nun laßt uns an Tau einholen, was wir noch erlangen können, ehe der *Nicor* den Wunsch verspürt, zurück in die Tiefe zu tauchen!« Während sie aus Mühsal wüste Knurrlaute ausstießen, begannen die Riesen an der Trosse zu reißen. Ihre Füße schienen sich am Granit des Decks festzusaugen, als verschmölzen Schiff und Besatzung zu einem einzigen, straffen Organismus. Armlänge um Armlänge holten sie das Tau ein. Noch mehr Besatzungsmitglieder eilten zu ihrer Unterstützung herbei. Die *Dromond* näherte sich dem *Nicor* an.

Langsam löste Linden ihren krampfhaften Griff von Cails Schulter. Als sie ihn ansah, hatte sie den Eindruck, er war sich ihrer Anwesenheit gar nicht bewußt. Hinter der Ausdruckslosigkeit seiner Miene beobachtete er die Riesen mit eindringlicher Schärfe, die beinahe an Vergnügen grenzte, fast als teile er Lindens Staunen.

Am Bug achteten Matrosen auf die Trosse. Die Bojen hielten den Führungsring, durch den das Tau verlief, über Wasser; die Bewegungen der Trosse im Ring zeigten jede Richtungsänderung des *Nicor* an, so daß man unverzüglich die Riesin am Steuerrad informieren und sie dafür sorgen konnte, daß die Sternfahrers Schatz auf dem Kurs der Kreatur blieb. Aber die Bojen dienten zudem einem anderen, wichtigeren Zweck: sie konnten vorwarnen, falls der *Nicor* tauchte. Sollte das Geschöpf plötzlich und schwungvoll in die Tiefe tauchen, mochte der Bug des Schiffs unter die Wasseroberfläche gekippt werden, bevor es gelang, die Trosse loszulassen. Möglicherweise würden Besatzungsmitglieder über Bord gehen, wenn die Riesen das Tau fahrenließen. Die Bojen jedoch konnten die

Riesen früh genug warnen, so daß es gegebenenfalls möglich war, die Trosse rechtzeitig und ohne irgendeine Gefährdung zu lösen. Für ein Weilchen schwelgte Linden zu sehr in Verwunderung, um an irgend etwas anderes zu denken. Dann aber entsann sie sich erschrocken Covenants.

Sofort und in äußerster Hast tastete sie mit ihren Sinnen hinüber zum Achterdeck. Zuerst war es ihr gar nicht möglich, sich durch den immensen Kraftaufwand der Riesen zu fühlen. Sie glichen geballter Anstrengung und blockierten Lindens Wahrnehmung. Aber dann schaffte sie es, die Dimensionalität der *Dromond* wieder zu meistern, und sie spürte, daß Covenant noch so auf dem Deck lag, wie sie ihn verlassen hatte – starr in seiner silbrigen Umhüllung zusammengekrampft, durch eigene Handlung unerreichbar und seinem Verhängnis ausgeliefert. Heftige Bestürzung beunruhigte Linden, als sie daran dachte, daß die von den Riesen ergriffene Maßnahme vielleicht schon keinen Sinn mehr besaß. Sie wehrte sich gegen diese Vorstellung, konnte jedoch ihre Furcht nicht unterdrücken. Einen solchen Fehlschlag hätten die Riesen nicht verdient.

Im folgenden Moment wechselte der *Nicor,* indem er die See aufpeitschte, ruckhaft seine Richtung. Die Sternfahrers Schatz legte sich auf die Seite, als hätte sie unter Wasser einen Stoß gegen den Rumpf erhalten. Eilends riß die Riesin auf dem Achterkastell Herzensfreude herum. Die *Dromond* richtete sich auf.

Nun wandte sich der *Nicor* in die Gegenrichtung. An ihrem Bug mitgezogen, schrägte sich die Sternfahrers Schatz zur anderen Seite. Wasser schwappte mit der Wucht eines Hammerschlags an die Reling und Linden entgegen. Das Naß zerspritzte knapp vor Lindens Gesicht und wogte zurück. »Laßt Leine ab!« brüllte Blankehans. Die Riesen gehorchten, und die Trosse rutschte mit Gequietsche um die Rollen, schrammte mit lautem Sirren über den Bug. Auf dem Achterkastell drehte die Riesin das Steuerrad; das Riesen-Schiff folgte dem *Nicor* erneut. »Mehr!« befahl Blankehans. »Halt!« Auf diesen letzteren Zuruf klemmten die Riesen die Trosse wieder fest, brachten sie mit einem Ratschen zum Halt. Linden merkte, daß sie das Atmen vergessen hatte. Ihr Brustkorb schmerzte dumpf. Noch bevor sie ihr Gleichgewicht wiedererlangte, sackte die *Dromond* zurück aufs Heck. Dann stieß ein Ruck Linden fast das Deck unter den Füßen weg. Der *Nicor* hatte für einen Moment verharrt, seine Kräfte gesammelt, war danach mit verdoppelter Wildheit weitergesaust. In dem Moment, als der *Nicor* das Schiff zu schleppen aufgehört hatte, waren sämtliche Riesen an den Rollen rückwärts getaumelt. Einige kamen zu Fall. Jetzt zerrte die Trosse, weil der *Nicor* wieder schwamm, an ihren Armen. Doch sie waren aus der Balance geraten, konnten die Trosse nicht festhalten. »Laßt Leine ab!« schnauzte Blankehans erregt. Die Matrosen versuchten zu gehorchen. Diesmal jedoch gelang es ihnen nicht, alle gleichzeitig die Trosse zu lockern. Einer kam der Aufforderung um einen Sekundenbruchteil zu spät nach. Die ganze Körperkraft des *Nicor* riß ihn nach vorn. Anscheinend hatte er eine Hand am Tau. Bevor er loslassen konnte, krachte er mit Kopf und Rumpf gegen die Bugreling. Der Anprall löste ihn von der Trosse. Er sackte rücklings nieder, blieb verkrümmt und reglos liegen.

Rund um Linden erklangen Schreie und Rufe, ohne daß sie ihnen Beachtung geschenkt hätte, während Blankehans die Matrosen anwies, die Trosse erneut festzuklemmen. Lindens Aufmerksamkeit galt vollständig dem hingestreckten Riesen. Sein Schmerz schrie ihr nachgerade ins Gesicht. Sie sprang von Cails Seite, setzte über die Trosse hinweg, die bugwärts zischte, als wäre sie gegen alle Gefahr gefeit, hastete zu der gefällten Gestalt. All ihre Instinkte waren mit einem Schlag hellwach und klar geworden. Sie sah die gebrochenen Knochen des Riesen, als würden sie sich in Umrissen aus Licht abzeichnen, fühlte sein gerissenes Gewebe und die inneren Blutungen, als hätte ihr eigenes Fleisch diese Schäden erlitten. Er war schwer verletzt. Aber er lebte noch. Sein Herz schlug noch mühselig; mit feuchtem Gurgeln drang Luft aus seinen von Rippenstümpfen durchstochenen Lungen. Vielleicht konnte er gerettet werden.

Nein. Die Verletzungen waren zu arg. Er benötigte all das, was nur eine moderne Klinik hätte bieten können – Transfusionen, chirurgische Eingriffe, Streckverbände. Linden dagegen verfügte über nichts als ihre zu Heilzwecken ausnutzbare Sinneswahrnehmung.

Hinter ihr verstummte das Jaulen der Trosse, als die Riesen sie wieder in den Griff bekamen. Sofort versuchten sie, die verlorene Länge zurückzugewinnen. Die Sternfahrers Schatz stob vorwärts.

Aber noch schlug das Herz des Riesen. Er atmete. Er hatte eine Chance. Ein Versuch war die Mühe wert. Ohne Zögern kniete sich Linden neben ihn, verscheuchte alles andere aus ihrem Bewußtsein. Sie drang mit ihren Sinnen in den Riesen ein, machte sich daran, sein im Schwinden begriffenes Leben zu bewahren. Sie stärkte seinen Pulsschlag mit ihrem, widmete sich dann den schlimmsten seiner inneren Verletzungen. Sein Schmerz durchströmte Linden, doch sie wehrte sich dagegen, von ihm überwältigt zu werden. Seine Hilfsbedürftigkeit überwog jeden Schmerz. Außerdem ermöglichte er es ihr, seine Verletzungen zu untersuchen, als lägen sie offen vor ihr. Als erstes befaßte sie sich mit den Lungen. Gebrochene Rippen hatten sie an mehreren Stellen durchbohrt. Nachdrücklich schloß sie das Gewebe um die Knochen, damit die Lungen sich nicht mit Blut füllten. Anschließend beschäftigte sie sich mit den anderen Körperschäden. Die Eingeweide des Riesen waren perforiert worden, aber darin bestand nicht die ernsteste

Gefahr. Andere Organe bluteten stark. Linden verlagerte ihre Tätigkeit auf sie, bemühte sich um …

»Auserwählte.« Cails Stimme schreckte sie aus ihrer Konzentration. »Brinn ruft dich. Der Ur-Lord hat sich zu regen begonnen.« Die Worte schlugen Linden mit eisigem Entsetzen. Unwillkürlich zuckte ihre Wahrnehmung in die Richtung des Achterdecks. Cail hatte recht. Covenants energetischer Kokon hatte zu flackern angefangen, pulsierte einem Desaster entgegen. Im Innern wand sich Covenant, als läge er im Todeskampf. *Aber der Riese …!* Das Leben wich aus ihm. Linden konnte es entweichen fühlen, als bilde es um ihre Knie eine regelrechte Lache. Wie die Wunde in ihrem Alptraum. *Nein!*

In ihrem Flackern ballte sich Covenants magische Kraft zu einem abermaligen Ausbruch zusammen. Die entscheidende Bedeutung dieser Akkumulation ließ sich am Übermaß an Not in seiner Aura unmißverständlich erkennen. Covenant bereitete sich darauf vor, sein weißes Feuer freizusetzen, es völlig nach außen zu leiten. Damit wäre die letzte Barriere zwischen ihm und dem Gift dahin. Ohne ihn zu sehen, erkannte Linden, daß seine gesamte rechte Seite, von der Hand bis zur Schulter, von der Hüfte bis zum Hals, vom Gift auf groteske Weise verquollen war. Einer mußte draufgehen: Covenant oder der Riese. Während Linden auf dem Deck kauerte, vor Unentschlossenheit wie gelähmt, mochten möglicherweise beide sterben. *Nein!* Sie konnte es nicht ertragen. Es war für sie untragbar, daß einer von beiden sterben sollte. »Windsbraut!« Ihre Stimme brach, als sie den Namen rief. Doch sie scherte sich nicht darum, wie abgehackt ihre Stimme übers Vordeck krächzte, wartete nicht auf Antwort. Cail rüttelte an ihrer Schulter; sie ignorierte ihn. *Covenant!* Inwendig raste sie, als sie ihre Sinne wieder in den besinnungslosen Riesen senkte. Die Verletzungen, die ihn am schnellsten umbringen konnten, befanden sich *da* und *dort* – zwei betroffene Stellen, die zu stark bluteten, um ohne weiteres überlebt werden zu können. Womöglich arbeiteten seine Lungen weiter, aber sein Herz würde nicht mitmachen. Infolge des beträchtlichen Blutverlusts drohte es bereits zu versagen. Mit nüchtern-kühler Genauigkeit sah Linden, was sie tun mußte, um ihn am Leben zu halten. Ihre Wahrnehmung in seinem Leib konzentriert, beeinflußte sie seine Nerven und Muskeln, bis die tiefere der zwei Blutungen sich auf ein schwaches Sickern beschränkte. Da kam Knolle Windsbraut zu ihr, kniete sich an die andere Seite des Riesen, Linden gegenüber. Covenant war dem Tod geweiht. Seine magische Kraft sammelte sich, staute sich an. Aber Linden erlaubte sich keine Schwäche. Ohne in ihrer Konzentration zu ermatten, packte sie Windsbrauts Hand, setzte den Daumen an einer bestimmten Stelle an den Bauch des Riesen und ließ fest zudrücken. *Dort!* Der Druck preßte die zweite lebensgefährliche Blutung weitgehend ab.

»Auserwählte.« Cails Tonfall kam einem scharfen Peitschenhieb gleich.

»Du mußt auf diese Stelle drücken!« Lindens Stimme klang hysterisch wild, aber das war ihr gleichgültig. »Beatme ihn, damit er nicht an seinem Blut erstickt.« Sie hoffte, daß bei diesen Riesen zu den Fertigkeiten und Kenntnissen der Seefahrt auch so etwas wie Mund-zu-Mund-Beatmung gehörte.

In überstürzter Hast kehrte sie zurück zu Covenant. Das Vordeck schien kein Ende zu nehmen. Die Riesen, die sich an der Trosse abplagten, blieben einer nach dem anderen hinter ihr zurück, als mäßen ihre gebeugten Rücken, ihre angespannten Muskeln – der Preis, den sie um Covenants willen zu zahlen bereit waren –, schon die Länge der Geschichte ihrer Verspätung. Die Sonne schien den Matrosen ins Gesicht. Jenseits vom Wohlspeishaus verlangsamte sich das Flackern von Covenants Energie, während er auf die Krise zusteuerte. Wie aus dem Nichts erschien Hergrom vor Linden, hielt ihr die Tür zum

Speiseraum auf. Sie tat einen Satz über den Wellenbrecher, lief durch den Saal. Ceer öffnete ihr die Tür am anderen Ende. Mit einer Aufwallung von Übelkeit spürte sie, wie sich in Covenants rechter Körperseite weiße Glut unter immer stärkerem Druck zusammenballte, ein letztes Aufgebot gegen das Gift. In seinem Delirium verleitete blinder Instinkt ihn dazu, die magische Energie nach innen zu richten, als könne er sich das Gift mit Feuer ausbrennen. Als müsse eine solche Maßnahme ihn nicht auch das Leben kosten.

Linden blieb keine Zeit, um nur den Versuch zu unternehmen, ihn unter ihre Kontrolle zu bringen. Sie sprang aufs Achterdeck, schnellte nahezu kopfüber auf ihn zu, schlitterte an Hohls Füßen vorbei und prallte gegen Covenant, so daß eine etwaige Eruption auch sie betroffen hätte. Im selben Augenblick, als sie sich in diese Gefahr stürzte, senkte sie ihre Sinne so tief in sein Inneres, wie sie konnte. *Covenant! Nicht!* Sie hatte so etwas noch nie versucht, sich noch nie dazu gezwungen gesehen, durch das Bindeglied ihrer Perzeption etwas mitzuteilen. Doch nun, getrieben von ihrer Verzweiflung und der Drangsal der Gefahr, stieß sie zu ihm vor. Tief unterhalb der Schichten seiner Not hörten die in Rückzugsgefechte verwickelten Reste seines Bewußtseins sie. Innere Bollwerke fielen, als er ihr nachgab. Feuer prasselte aus seiner rechten Hand, verringerte seinen innerlichen Druck. Flammen lohten aus ihm und verflackerten, ohne irgendeinen Schaden anzurichten.

Ein Schwindelgefühl schien Linden ihrer Körperlichkeit zu entheben. Sie taumelte auf die Füße, torkelte gegen Cail. Ihre Lippen äußerten Worte, die er kaum verstehen konnte. »Gib ihm *Diamondraught!* Soviel wie möglich.«

Benommen schaute sie zu, wie Brinn der Empfehlung nachkam. Linden wollte zurück zum Vordeck. Doch ihre Glieder fühlten sich so butterweich an, daß sie sich nicht zu rühren vermochte. Das Deck schien rings um sie in Drehung zu geraten. Sie mußte erst mehr Kraft aufbieten, als sie noch zu besitzen glaubte, um Cail auffordern zu können, sie zu Windsbraut und dem verletzten Riesen zurückzubringen.

Während des Sonnenuntergangs verließ die Sternfahrers Schatz die windstille Zone. Wellen begannen das Schiff zu schaukeln, Wind fuhr ins Segeltuch, und die ermattete Besatzung brach in frohes Geschrei aus. Mittlerweile war die Hälfte der Trosse, die die *Dromond* mit dem *Nicor* verband, eingeholt worden. Blankehans wandte sich an die Erste. Schwungvoll zog sie ihren Pallasch und durchtrennte die Trosse mit einem Streich. Andere Riesen klommen in die Wanten und fingen die Segel zu setzen an. Bald schwamm die Sternfahrers Schatz in kräftigem Wind zügig der östlichen Nacht entgegen.

Unterdessen hatte Linden für den verletzten Riesen alles getan, was sich tun ließ. Sie hegte die Überzeugung, daß er mit dem Leben davonkommen werde. Als seine Besinnung so weit wiederkehrte, daß er in ihre erschöpfte Miene aufblicken konnte, lächelte er. Das war Linden Beweis genug. Sie überließ ihn Windsbrauts Obhut. Sie raffte zusammen, was in ihr noch an ausgelaugtem Mut vorhanden war, und stolperte das weitläufige Vordeck entlang zurück nach achtern, um sich um Covenant zu kümmern.

5
VATERKIND

Im Laufe der Nacht traten wie zum Ausgleich für die vorherige Flaute Sturmböen auf. Sie rüttelten ungestüm an der *Dromond* und trieben sie vorwärts, bis sie sich schwerfällig wie ein ermüdeter Schwertwal nach Osten durch die Fluten zu kämpfen schien. Aber dieser Eindruck täuschte. Die Masten waren lebendig von Segeltuch, Tauen und Riesen, und die Sternfahrers Schatz kreuzte die aufgewühlten Wasser mit der Zielstrebigkeit einer Ripptide.

Vier Tage lang beunruhigte eine Reihe kleinerer Gewitter die Region, gönnte der Mannschaft des Schiffs wenig Ruhe. Doch Linden nahm das Wechselspiel von Wind, Regen und Stille kaum zur Kenntnis. Unbewußt gewöhnte sie sich an die Umgebung, das Singen der Wanten, den Rhythmus des Bugs in der See, das Stampfen des Steins, das vielfältige Schwanken der Laternen und Hängematten. In undurchschaubaren Abständen ehrten die Riesen sie mit spontanen Feiern, würdigten das, was sie getan hatte; ihre Herzlichkeit füllte Lindens Augen mit Tränen. Ihre Aufmerksamkeit jedoch galt anderen Dingen. Das geringe Maß an Kraft, das sie aus kurzen Perioden unruhigen Schlafs und lustlos verzehrten Mahlzeiten bezog, verwendete sie darauf, über Thomas Covenant zu wachen. Sie wußte nun, er würde überleben. Obwohl sich noch nicht ersehen ließ, wann er wieder zu Bewußtsein kommen mochte, übte der *Diamondraught* in ihm seine Wirkung aus – drängte gleichzeitig Gift und Fieber zurück und stärkte ihn. Schon am ersten Tag war die Schwellung aus seiner rechten Körperseite und dem Arm gewichen, und nur ein dunkler, schwarz-gelb getupfter Bluterguß war geblieben, während man keine Anzeichen einer dauerhaften Schädigung erkennen konnte. Aber noch erwachte er nicht. Und Linden sah davon ab, sein Innenleben nochmals anzutasten, weder um sich näher über seine Verfassung zu informieren, noch um die Rückkehr seiner Besinnung zu fördern. Sie befürchtete, die Krankheit könne an seinem Verstand nagen, ihren Tribut von seiner geistigen Gesundheit eintreiben; doch sie scheute sich davor, die Wahrheit herauszufinden. Wenn sein Geist so gut gesundete wie sein Körper, hatte sie keinen Grund, seine innere Integrität zu verletzen, und hätte dafür keine Entschuldigung. Und wenn sein Geist sich zersetzte, dem Wahnsinn verfiel, dann würde sie mehr Kraft benötigen, als ihr jetzt zur Verfügung stand, um diese Prüfung durchzustehen.

Unverändert stak in ihm das Gift. Um Lindens willen hatte er sich bis dicht an den Rand der Selbstvernichtung gebracht. Und sie hatte ihn aus Rücksicht auf einen Verletzten in dieser Situation zusätzlich gefährdet. Andererseits aber hatte sie ihn von jenem Rand zurückgerissen. Irgendwie hatte er sie trotz seines Deliriums und drohenden Todes erkannt – und ihr vertraut. Das genügte. Wann immer der fortwährende Zustand seiner Besinnungslosigkeit und Hilflosigkeit ihr Duldungsvermögen überstieg, suchte sie den verletzten Riesen auf, um sich mit ihm zu befassen.

Sein Name lautete Nebelhorn, und seine Widerstandskraft gab ihr Anlaß zu einem unbestimmten Staunen. Lindens nervöse Erschöpfung, ihre innere Angespanntheit und Verkrampfung, das Brennen ihrer rot umränderten Augen in der salzigen Luft ließen den Riesen gesünder als sie wirken. Am zweiten Tag des stürmischen Wetters hatte seine Kondition sich so weit gefestigt, daß man versuchen konnte, seine gebrochenen Rippen einzurichten. Sie leitete Windsbraut und Seeträumer beim Strecken seines Oberkörpers an, bog Nebelhorns in Mitleidenschaft gezogene Knochen von den Lungen in ihre normale Stellung zurück, damit sie heilten, ohne ihn zu verkrüppeln. Er ertrug den Schmerz mit verzerrtem Grinsen und einer Flasche *Diamondraught;* und als er zu guter Letzt einschlief, konnte Linden hören, wie er merklich leichter atmete.

Die Lagerverwalterin lobte den Erfolg der Maßnahme lediglich mit einem barschen Nicken, als hätte sie von der Auserwählten nichts anderes erwartet. Ankertau Seeträumer dagegen hob Linden von den Füßen und drückte sie fest an sich; seine Begeisterung lief beinahe auf Neid hinaus. Das Spannen seiner eichenharten Muskeln verriet Linden, wie sehnsüchtig der Bruder des Kapitäns nach Heilung lechzte – Heilung der Erde und des eigenen Leids. Die Narbe unter seinen Augen glänzte fahl und wie in Trübsal. Voller Verständnis und Mitgefühl erwiderte sie seine Umarmung. Dann verließ sie Salztraumruh, wo Nebelhorns Lager stand, und begab sich wieder zu Covenant.

Am dritten Tag des Schlechtwetters kam er spätabends allmählich zu sich. Er war zu schwach, um den Kopf zu heben oder zu sprechen. Er wirkte sogar zu schwach, um nur zu begreifen, wer er war, wer Linden war, was sich mit ihm ereignet hatte. Doch er war hinter der Stumpfheit seines Blicks fieberfrei. Das Gift wiederum war nur noch latent. Linden stützte seinen Kopf auf und fütterte ihn mit so viel von dem Essen und Trinken, das Cail zuvor für sie gebracht hatte, wie er verzehren konnte. Danach sank er unverzüglich in einen deutlich natürlicheren Schlaf. Anschließend zog sich Linden zum erstenmal seit Tagen in ihre Kabine zurück. Sie war ihr ferngeblieben, als wäre sie noch voller Alpträume; aber sie wußte, daß die Finsternis gewichen war, zumindest vorerst. Sie bettete ihren abgeschlafften Körper in die Hängematte und schlief sich aus.

Während des folgenden Tages erwachte Covenant in unregelmäßigen Abständen, ohne die Besinnung vollends wiederzuerlangen. Jedesmal wenn er die Augen öffnete, den Kopf zu heben versuchte, fütterte sie ihn; und jedesmal sank er fast sofort zurück in seine Träume. Aber Linden bedurfte nicht einmal ihres heilerischen Sinns, um zu sehen, daß seine Kräfte, während sein Körper sich an Schlaf und Nahrung stärkte, wieder zunahmen. Und das bereitete ihr eine seltsame Erleichterung. Sie fühlte sich auf irgendwie symbiotische Weise mit ihm verbunden, hatte das Gefühl, daß die Pforten der Wahrnehmung und Ungeschütztheit, die sie ihm aufgetan hatte, nie mehr geschlossen werden konnten. Seine Genesung tröstete sie in mancherlei Hinsicht mehr, als sie zu überblicken vermochte. Diese Tatsache verstieß gegen ihren lebenslangen Wunsch nach Unabhängigkeit, widersprach ihrer strengen Entschlossenheit, ihr Leben nach keinen anderen Maßstäben als ihren eigenen zu führen. Hätte sie jemals gestattet, jemandes Not und Leidenschaften gegenüber derartig empfänglich zu sein, wie wäre es ihr gelungen, trotz des Erbteils ihrer Eltern durchzuhalten? Dennoch konnte sie sich nicht dazu durchringen, sich frei von diesem so paradox konfliktreichen und doch selbstsicheren Mann zu wünschen. Ihn gesunden zu sehen lockerte die Knoten in ihrem Innern.

Am nächsten frühen Morgen fütterte sie ihn abermals. Sobald er wieder schlief, stieg sie aufs Achterdeck und stellte fest, daß das schlechte Wetter sich verzogen hatte. Steter Wind blies die Sternfahrers Schatz nachgerade unbeschwert über die See. In der Höhe wölbten sich die Segel unterm ungetrübt blauen Himmel wie Schwingen. Blankehans grüßte Linden vom Achterkastell herab mit einem Ruf, der einem Jubeln glich; dann erkundigte er sich nach Covenants Befinden. Linden gab ihm kurz angebunden, beinahe verdrossen Auskunft, nicht weil die Frage sie irgendwie bekümmert hätte, sondern weil sie nicht wußte, wie sie mit der unerwünschten

Gefühlsbetontheit ihrer Antwort fertig werden sollte. Etwas in ihr wollte vor Freude über den Wind, den klaren Sonnenschein und das Tanzen der Wellen lachen. Die *Dromond* sang unter ihr. Trotzdem hatte sie unerwartet das Empfinden, Tränen nahe zu sein. Ihre nicht recht faßbaren inneren Widersprüche verwirrten sie. Sie war sich nicht länger sicher, wer sie eigentlich war.

Als sie übers Achterdeck ausschaute, sah sie Pechnase in der Nähe der Stelle, wo Covenant in seinem energetischen Kokon gelegen hatte. Hohl stand noch immer dort herum – er hatte sich seit Covenants Rettung nicht im geringsten geregt –, aber Pechnase beachtete ihn nicht. Auf der Schulter trug der mißgestaltete Riese eine unregelmäßig geformte steinerne Platte. In der anderen Hand hielt er einen großen Kessel aus Stein. Teils von Neugier getrieben, teils von einem immer spürbareren Drang nach einem Gespräch, ging Linden zu ihm, um zu sehen, was er tat. Pechnase hegte allem Anschein nach ein besonderes Verständnis für verwirrte Gemüter. »Ach, Auserwählte«, empfing er sie, als sie sich näherte; doch sein Blick bezeugte, daß er abgelenkt war, und Konzentration furchte seine Stirn. »Du siehst mich bei meinem Handwerk.« Er lächelte ihr trotz seiner Beanspruchung zu. »Gewißlich hast du das Tun an Bord von Sternfahrers Schatz mitverfolgt und daraus ersehen, daß ein jeder Riese den Erfordernissen des Schiffs dient. Und ohne Zweifel hast du auch bemerkt, daß ich eine Ausnahme bin. Pechnase ersteigt keine Wanten, er steht nie an Herzensfreude. Er arbeitet nicht in der Schiffsküche, nicht an Segeln oder Leinen. Welchen Zwecken also dient er inmitten dieser wackeren Mannschaft?« Sein Ton deutete Humor an; seine hauptsächliche Aufmerksamkeit galt jedoch etwas anderem. Er setzte Steinplatte und Kessel ab, begutachtete zuerst die von der wilden Magie verursachten Schrammen auf dem Deck, danach den Schaden im Dach des Aufbaus. Um auf das Dach zu gelangen, kletterte er eine Leiter hinauf, die schon vorher bereitgestellt worden sein mußte. »Nun«, sprach er weiter, während er den beschädigten Granit untersuchte, »ein jeder kann mit Leichtigkeit ersehen, daß ich für derlei Arbeit nicht tauge. Mein Wuchs ist nicht dergestalt, daß mein Platz hinter Herzensfreude sein könnte. Ich kann mich nur langsam regen, sei's an Deck oder andernorts. In der Küche ...« – er lachte freimütig auf – »entspricht meine Größe schwerlich den Herden und Tischen. Einen Riesen wie mich haben die Erbauer von Sternfahrers Schatz fürwahr nicht vorausgesehen. Und was Segel und Leinen anbetrifft ...« Mit einem Nicken der Befriedigung, die entweder mit seinen Erkenntnissen bezüglich des Dachs oder mit seinen Gedankengängen zusammenhing, kehrte er zurück zu dem Kessel. »Mit dergleichen mangelt's mir an Geschicklichkeit.« Er griff in den steinernen Topf, rührte den Inhalt mit einer Hand um, klaubte dann eine braune Masse heraus, die schal roch und wie teilweise erhärteter Teer aussah. »Auserwählte«, sagte er, indem er diese Masse mit beiden Händen knetete, »aus gutem Grund ruft man mich Pechnase. Das hier ist mein ›Pech‹, das allein die Hände einiger weniger Riesen und niemand anderes ohne üble Folgen antasten dürfen, denn eine jede Hand, die nicht aus Riesen-Fleisch ist und von Riesen-Kunst geleitet wird, möchte sich gar in Stein verwandeln. So verdanke ich meinen Namen meinem Handwerk.« Erneut erklomm er die Leiter. »Sieh an«, rief er, als gäbe seine Tätigkeit ihm Frohsinn ein. Er begann sein Pech, als wäre es Ton, in die Bresche an Wand und Dachkante des Aufbaus zu füllen. Mit Nachdruck formte er das Pech, bis er die Lücke so beseitigt hatte, daß die Füllung die ursprünglichen Umrisse von Wand und Dachkante vollkommen wiederherstellte. Dann stieg er herunter, und kehrte zur Steinplatte zurück. Seine kraftvollen Finger brachen davon ein Stück in der Größe seiner Handfläche ab.

Seine Augen leuchteten. Er lachte heiter vor sich hin und erstieg von neuem das Dach. Mit ausholender Geste, als hätte er ein großes Publikum zu unterhalten, schob er das abgebrochene Stück in das zähe, in die Lücke gefügte Pech. Zu Lindens Verblüffung kristallisierte das Bruchstück die teerähnliche Masse. Sie verwandelte sich fast augenblicklich in Stein. Im Zeitraum von nur zwei, drei Sekunden verschmolz das Pech mit den Rändern der Bresche. Die Wand machte einen so vollauf intakten Eindruck, als hätte sie nie eine Beschädigung davongetragen. Linden konnte keine Nahtstelle oder Unebenheit entdecken, anhand der sich der neue vom alten Stein hätte unterscheiden lassen. Ihr Gesichtsausdruck entlockte Pechnase ein Prusten der Erheiterung. »Sieh und sei belehrt!« Er lachte vergnügt. »Meine krumme, mißratene Gestalt gibt schlechten Aufschluß über den Geist, der darin wohnt!« Prahlerisch breitete er mit bedenklicher Waghalsigkeit die Arme aus. »Ich bin Pechnase der Kühne!« johlte er. »Schaut mich an und verspürt Ehrfurcht.«

Die Riesen ringsherum ließen sich von seinem Übermut anstecken. Sie nahmen an seiner Lustigkeit Anteil, vergnügten sich an seinem komischen Auftritt. Da drang die Stimme der Ersten durch die Vielfalt von Scherzen und witzigen Bemerkungen. »Freilich bist du kühn«, sagte sie. Im ersten Moment mißverstand Linden ihren Tonfall. Man konnte meinen, die Erste tadele Pechnases Leichtsinn. Doch ein rascher Blick korrigierte diesen Eindruck. In den Augen der Ersten glomm ein Gemisch aus sanftmütiger, zärtlicher Freude und dunkler Erinnerung. »Und wenn du nicht sogleich von deiner hohen Warte herabsteigst«, ergänzte sie, »wird man dich alsbald Pechnase den Gestürzten heißen.«

Wieder erhob sich lautes Gelächter aus den Reihen der Mannschaft. Pechnase mimte einen Verlust des Gleichgewichts und taumelte die Leiter herab, aber seine Miene spiegelte eine solche Fröhlichkeit wider, als könne er sich nur schwer vom Tanzen zurückhalten.

Gleich darauf widmeten sich die Riesen wieder ihren Aufgaben; die Erste entfernte sich; und Pechnase gab sich damit zufrieden, seine Tätigkeit in sachlicherer Stimmung fortzusetzen. Er reparierte das Dach in kleinen Abschnitten, damit das Pech nicht durchsacken konnte, ehe er die Erhärtung auslöste; und als er fertig war, sah das Dach so heil und ganz aus wie die Wand. Anschließend nahm er sich die ins Deck gesengten Schrammen vor. Er beseitigte sie, indem er sie mit Pech zuschmierte und es glättete, bis das Deck eben war, die Masse dann an jeder bearbeiteten Stelle mit einem Bröckchen der Steinplatte zum Erhärten brachte. Obwohl er schnell arbeitete, befleißigte er sich der Präzision eines Chirurgen.

Linden saß an die Wand des Aufbaus gelehnt und schaute ihm zu. Zunächst faszinierten seine Leistungen sie; allmählich jedoch änderte sich ihr Gemütszustand. Der Riese ähnelte Covenant, war begabt mit einer ungewöhnlichen Kraft, zu seltsamer Heilung fähig. Und Covenant war die Frage, auf die sie keine Antwort wußte. In nahezu perverser Beziehung empfand sie die mit ihm verbundene Fragestellung als die gleiche, die sie schon in anderer Art beschäftigt hatte. Warum war sie hier? Warum hatte Gibbon zu ihr gesagt: *Geschmiedet wirst du, wie man Eisen schmiedet, um die Vernichtung der Erde herbeizuführen?* Weshalb hatte er sie danach einer solchen Marter ausgesetzt, um sie davon zu überzeugen, daß er die Wahrheit sprach? Ihr war, als befasse sie sich schon ihr Leben lang mit diesen Fragen, ohne sie beantworten zu können.

»Ach, Auserwählte.« Pechnase hatte seine Arbeit beendet. Nun stand er mit in die Hüften gestemmten Armen vor ihr, in seinen Augen Spiegelungen von Lindens Verunsicherung. »Seit ich dich erstmals im greulichen Schlick der Sarangrave erblickte, habe ich dich nicht leichteren Mutes werden sehen. Deine Seele wandert von Dunkelheit zu Dunkelheit, und ihr dämmert kein Morgenlicht. Beglückt dich nicht die Rettung Riesenfreund Covenants und Nebelhorns, großartige Taten, die kein anderer als du zu vollbringen vermocht hätte?« Er schüttelte den Kopf und legte die Stirn in Falten. Dann trat er unvermittelt näher und setzte sich neben Linden an die Wand. »Unser Volk kennt einen Sinnspruch ... Wer hätte in dieser weisen, versonnenen Welt keine Sinnsprüche?« Er musterte sie mit ernstem Blick, obwohl seine Mundwinkel zuckten. »›Durch eine geschlossene Tür fällt kein Licht.‹ Magst du nicht zu mir sprechen? Keine Hand außer der deinen kann diese Tür auftun.«

Linden seufzte. Pechnases Angebot rührte sie; aber sie war so voll von Dingen, von denen sie nicht wußte, wie sie sie formulieren sollte, daß sie sich kaum dazu in der Lage fühlte, darunter eine Wahl zu treffen. »Sag mir, daß es einen Grund gibt«, bat sie nach einem Moment des Schweigens.

»Einen Grund?« wiederholte Pechnase ruhig.

»Manchmal ...« Linden suchte nach einer Möglichkeit, ihr Problem in Worte zu fassen. »Ich bin durch Covenant hierhergelangt. Entweder ist das zufällig geschehen, oder ich habe mit ihm irgend etwas zu tun. Für ihn.« Sie erinnerte sich an den Greis vor der Haven Farm. »Ich weiß es nicht. Das alles ergibt für mich keinen Sinn. Aber manchmal, wenn ich unten bei ihm sitze und ihn betrachte, flößt mir der Gedanke, er könnte sterben, Entsetzen ein. Er hat so vieles, das ich brauche. Ohne ihn existiert kein *Grund* für meine Anwesenheit. Ich hätte nie gedacht, ich würde mich ...« Sie strich sich mit der Hand übers Gesicht, senkte sie wieder, ließ Pechnase mit voller Absicht soviel ihres Äußeren sehen, wie er konnte. »... ohne ihn so unvollständig fühlen. Aber es geht um mehr als das.« *Ich will nicht, daß er stirbt!* dachte sie, und ihre Kehle verengte sich. »Ich habe keine Vorstellung, wie ich ihm helfen soll. Jedenfalls nicht richtig. Was Lord Foul und die Gefahr für das Land angeht, hat er recht. Jemand muß das tun, was er versucht, damit nicht die ganze Welt zum Tummelplatz der Wütriche wird. Soviel ist mir klar. Aber was für einen Beitrag kann ich leisten? Ich kenne diese Welt nicht so gut wie er. Ich habe die Dinge nie *gesehen,* dank deren er das Land so zu lieben gelernt hat. Ich habe das Land nie *heil* gesehen. Immerhin habe ich versucht, behilflich zu sein.« Sie unterdrückte das alte Weh der Nutzlosigkeit. »Mein Gott, ich habe mich sogar bemüht, mich mit all dem abzufinden, was ich sehen kann, während offenbar niemand sonst es wahrnimmt, und dabei kann es genausogut sein, daß mir bloß der Verstand abhanden kommt. Aber ich habe keine Ahnung, wie ich an seinem Einsatz für das Land teilhaben soll. Mir fehlt ganz einfach die Macht, um irgend etwas zu *tun.*« Macht, ja. Ihr Leben lang hatte sie nach Macht gestrebt. Doch ihr Wunsch nach Macht war in Finsternis entstanden und mit ihr inniger vermählt, als jede Hochzeit des Herzens und freien Willens es sein konnte. »Mir bleibt nichts anderes übrig, als dafür zu sorgen, daß er am Leben bleibt, und zu hoffen, daß er's nicht satt wird, mich hinter sich herzuschleppen. Ich glaube, ich habe mit meinem Leben nie etwas anderes angefangen, als mich immer nur zu *wehren.* Ich bin nicht Ärztin geworden, weil ich möchte, daß Menschen leben. Sondern weil ich den Tod hasse.« Ihr war danach, jetzt weiterzureden. Im Sonnenschein, den warmen Stein unter sich, Wind im Haar, Pechnases Sanftmut an ihrer Seite, fühlte sie sich geneigt, sich ihre Geheimnisse von der Seele zu reden. Aber sobald sie schwieg, ergriff der Riese das Wort.

»Auserwählte, ich habe dich vernommen. In dir sind Zweifel, Furcht und auch Besorgnis. Allerdings haben sie sehr wohl einen anderen Namen, den du nicht aussprichst.« Er veränderte seine Haltung, straffte sich, soweit die Verkrümmtheit seines

Rückens es zuließ. »Ich bin ein Riese. Ich will dir eine Geschichte erzählen.« Linden antwortete nicht. Sie fand, daß noch nie irgend jemand mit der Art von Mitgefühl wie Pechnase zu ihr gesprochen hatte. »Es mag sein«, fügte er nach einem Moment hinzu, »dir ist zu Ohren gekommen, daß ich Gemahl der Ersten der Sucher bin, deren Name Seidensommer Glanzlicht lautet.« Wortlos nickte Linden. »Dahinter nun verbirgt sich eine Geschichte, die des Erzählens wert ist. Auserwählte, zuvor mußt du begreifen, daß wir Riesen kein sonderlich fruchtbares Volk sind. Eine Familie mit gar drei Kindern ist bei uns eine außerordentliche Seltenheit. Daher sind unsere Kinder uns kostbar – wahrlich, Kinder sind der Schatz aller Riesen, selbst solche wie ich, die kränklich und mißgestaltet geboren werden, ganz als seien sie ein böses Omen der Erd-Sicht. Doch wir sind auch ein langlebiges Volk. Unsere Kinder sind noch Kinder, wenn sie ein solches Alter wie du erreicht haben. Deshalb dürfen unsere Familien darauf hoffen, für die Dauer von Zeitspannen in Gemeinsamkeit zu leben, die weniger nach Jahren als eher nach Jahrzehnten zählen. So ist das Band zwischen Eltern und Kindern während Geschlechterfolge um Geschlechterfolge sowohl traut wie auch dauerhaft, so groß von Bedeutung für unser Dasein wie eine Ehegemeinschaft. Das mußt du wissen, um voll und ganz verstehen zu können, wie meine Sommerseide zweifach verwaist ist.« Er äußerte seine Worte im Sonnenschein sorgsam und bedächtig, als wären sie wertvolle Kleinode. »Ihr erster Verlust war ungemein bitterlich. Das Leben Schaumig Gischtschwalls, ihrer Mutter, entwich auf dem Kindbett – allein für sich ein Ereignis von trauriger Sonderlichkeit, denn wiewohl unsere Fruchtbarkeit gering ist, sind wir doch ein zähes Volk, und ein solches Unheil geschieht selten. Daraus ergab es sich, daß meine Sommerseide von Geburt an der Liebe ihrer Mutter, einer Liebe, die ein jeder aufs stärkste zu schätzen weiß, ermangeln mußte. Folglich suchte sie mit verstärkter Kraft – einer Kraft, die manche aus Not erklären – an Bonke Knorrigfaust Halt, ihrem Vater. Bonke Knorrigfaust nun war Schiffsmeister eines Riesen-Schiffs mit dem stolzen Namen Wellentänzer, und sein Sehnen nach dem Salz der See zog ihn oftmals in die Ferne und fort von seinem Kind, das zu solch einer Gewandtheit und Lieblichkeit heranwuchs, daß jedermanns Herz bei seinem Anblick wahrhaft schmerzliche Freude empfand. Desgleichen war es sein Andenken an Schaumig Gischtschwall, seine verschiedene Gemahlin. Deshalb nahm er schließlich sein Töchterlein Glanzlicht mit sich auf seine Fahrten, und sie gedieh zu einem jungen Weib, derweil unter ihren Füßen das Deck schwankte und Salz ihr Haar zierte wie Edelstein. Zu jener Zeit …« – Pechnase warf Linden einen kurzen Blick zu, ehe er ihn wieder in die Weite des Himmels und seine Geschichte lenkte – »verrichtete ich mein Handwerk an Bord der Wellentänzer. Dort lernte ich Glanzlicht kennen, bis ihr Antlitz das Licht in meinen Augen war und ihr Lächeln das Lachen in meiner Kehle. Sie jedoch schätzte mich wenig. War sie denn etwas anderes als ein Kind? Welche Bedeutung hätte ein Krüppel, wenngleich keines hohen Alters, für sie haben sollen? Sie lebte in der Freude ihres Vaters und der Liebe des ganzen Schiffs und kannte mich nur als einen von etlichen Riesen, die sich in ihres Vaters engerem Umkreis befanden. Ich aber war's damit zufrieden. Das war mein Los. Ein Weib – und um so mehr eine Maid – mag einen Krüppel in Mitleid und Freundlichkeit ansehen, vielleicht gar in Freundschaft, doch nie mit Begehren. Doch es kam die Zeit – wie sie vielleicht für alle Schiffe einmal kommen muß –, da geriet die Wellentänzer durch ein mißliches Geschick in den Seelenbeißer. Ich nenn's ein unglückseliges Geschick, Linden Avery, denn so lautet meine Überzeugung. Der Seelenbeißer ist ein tückisches Meer, und keine Karte hat je seine wahre Geschichte erzählt. Bonke Knorrigfaust aber ging hart mit sich ins Gericht. Er wähnte, er habe in der Schiffsführung schwer gefehlt, und in dem Maße, wie die Fährnisse wuchsen, denen wir uns unversehens ausgesetzt sahen, wuchs auch sein gegen sich selbst gerichteter Grimm. Auf dem Seelenbeißer nämlich herrschte die Jahreszeit der Stürme, und wechselnde Winde wühlten die Wasser auf, rissen an der Wellentänzer, als wollten sie das Schiff zur gleichen Zeit in alle Himmelsrichtungen werfen. Kein Segel war noch von Nutzen, und so trieb die *Dromond* Heck voran südwärts, dem Ort der Riffe und des Verderbens entgegen, den man als Seelenbeißers Zähne kennt. Ohne Abhilfe oder Hoffnung schwammen wir auf die Zähne zu. Als wir uns dieser Gegend näherten, ließ Knorrigfaust in seiner Verzweiflung Segel setzen. Doch gelang's nur drei Segel zu setzen, und nur Morgenbegrüßer hielt dem Sturm stand. Die anderen flatterten alsbald in Fetzen an den Rahen. Morgenbegrüßer aber war unsere Rettung, wiewohl Knorrigfaust nichts dergleichen wahrhaben mochte, denn er wähnte sich allzu tief in die Ungunst des Schicksals verstrickt und sah kein anderes als das ärgste Ergebnis all seiner Entscheidungen voraus. Im Unwetter von Wind um Wind umhergezerrt, wehte der Sturm uns in Seelenbeißers Zähne.« Pechnases Erzählung machte auf Linden tiefen Eindruck: ihr schien jenseits des Sonnenscheins ein Gewitter heraufzuziehen, sich unmittelbar außerhalb der Sicht zusammenzuballen wie ein unvorhergesehenes Schrecknis.

»Dennoch blieb uns das Glück in gewissem Umfang treu. Unser Glück war's, daß Morgenbegrüßer dem Wetter widerstand. Und es war ein Glück, daß es uns nicht bis ins Maul der Zähne trieb. Dort nämlich, inmitten zerklüfteter, wüster Riffe auf allen Seiten, wäre die Wellentänzer mit Gewißheit in Trümmer geborsten. Wir liefen jedoch nur auf das äußerste Riff – prallten dagegen und hingen fest, lagen schräg auf dem Riff, während der Seelenbeißer in seinem Wüten mit aller Gewalt seiner Fluten wider uns anrollte. In just diesem Augenblick fuhr ein Gegenwind in den Morgenbegrüßer. Seine Kraft hob uns von jenem Riff, trieb uns in einer rückläufigen Strömung ab, bevor das Segel riß. Auf diese Weise entkamen wir der unmittelbaren Bedrohung durch Seelenbeißers Zähne. Doch war der Schaden schon geschehen. Aus der Schlagseite der Wellentänzer ersahen wir, daß das Riff dem Schiffsrumpf ein Leck beigebracht hatte. Ein Schiff aus Stein vermag mit einer solchen Beschädigung nicht lange zu schwimmen. Wir hatten Pumpen, aber was sie leisteten, genügte nicht. Knorrigfaust rief mir seine Weisungen zu, doch konnte ich sie kaum vernehmen und daher seine Absicht nicht ergründen. Was bedurfte ich in einer solchen Stunde Weisungen? Der Wellentänzer Stein war gebrochen, und des Steins Wiederherstellung war meine Aufgabe. Ich säumte nicht länger, als ich brauchte, um Pech und Härtestein an mich zu nehmen, dann begab ich mich schnurstracks hinunter.« Pechnases Tonfall klang nun lebhaft scharf, unterstrich das Eindringliche seiner Schilderung, statt die Beschreibung ausschließlich den Worten zu überlassen. »Ich suchte das Leck, doch vermochte ich mich ihm nicht zu nahen. Obschon das Loch nicht größer war als meine Brust, überstieg die Wucht, mit der das Wasser in den Rumpf schoß, bedingt durch der *Dromond* Gewicht und des Seelenbeißers Tosen, meine Kräfte. Es gelang mir nicht, mich ans Leck zu stellen. Noch viel weniger konnte ich mit meinem Pech ans Werk gehen. Schon stand mir im Rumpf der Wellentänzer das Wasser bis an den Leib. Ein solcher Tod unter Deck, am Rande von Seelenbeißers Zähnen, wollte mir mißfallen, zumal's durch meinen Tod nichts zu gewinnen gab. Aber dieweil ich noch ohne Sinn oder Hoffnung danach trachtete, mich dem Leck zu nähern, erkannte ich auf einmal, welche Bedeutung Knorrigfausts Weisungen besaßen. Zu meinem äußersten Erstaunen versiegte plötzlich der Fluten Hereinschwallen. Und statt dessen erblickte ich Bonke Knorrigfausts Brust, die das Leck bedeckte. Getrieben vom unsäglichen Maß seines Selbstzürnens oder unvergleichlichem Mut, war er ins Wasser gesprungen und zum Leck getaucht, um mir mit dem eigenen Fleisch die Möglichkeit zu verschaffen, mein Werk zu verrichten. Diese Gelegenheit nahm ich wahr. In schrecklicher Hast versah ich den Bruch mit Pech und Härtestein, vermeinte so in meiner Verzweiflung und Torheit, es möchte mir gelingen, das Leck zu beseitigen, bevor Knorrigfaust der Atem ausging. Ich wähnte, wäre ich nur schnell genug, möchte er wohl zur rechten Zeit an die Luft zurückkehren.« Pechnases Stimme klang immer verpreßter, und Linden schaute ihn an. Tief in seinem Innern erlebte der Riese den damaligen Vorfall noch einmal. Er hatte die Hände zu Fäusten geballt. »Narr!« schalt er sich. Im nächsten Moment jedoch schöpfte er tief Atem und lehnte sich rücklings an die Wand des Aufbaus. »Während diese Erwartung allzu töricht war, tat ich, was zum Wohle der *Dromond* und meiner Gefährten getan werden mußte. Mit Pech und Härtestein behob ich das Leck. Und indem ich das tat, schmiedete ich Knorrigfaust an den Rumpf der Wellentänzer. Mein Pech faßte seine Brust mit steinernem Griff und hielt ihn fest.« Pechnase stieß ein Seufzen aus. »Riesen tauchten nach ihm. Aber sie vermochten ihn nicht vom Granit zu lösen. Er starb ihnen in den Händen. Und als die Wellentänzer endlich vollends der Gefahr entrann und in klarem Wetter segelte, so daß man mit geringerem Wagnis tauchen konnte, hatten die Fische der See ihn seines Fleischs bis aufs Gebein entledigt.« Mühselig wandte er sich Linden zu, ließ sie den Kummer sehen, der in seinem Blick lag. »Ich will dir nicht verheimlichen, daß ich mich überaus schuldig an Bonke Knorrigfausts Tod fühlte. Du bist mir über, denn du hast Nebelhorn gerettet und auch Riesenfreund Covenant nicht umkommen lassen. Für eine Frist, die weit übers Ende dieser Fahrt der Wellentänzer hinaus währte, konnte ich's nicht ertragen, den Gram des Verlusts in Glanzlichts Gebaren mitanzusehen.« Langsam entkrampfte sich sein Gesichtsausdruck wieder. »Und doch erwuchs aus dem Samen von ihres Vaters Tod und meiner Teilhabe an seinem Ableben seltsame Frucht. Nach ihrer vollständigen Verwaisung nahm ich in ihren Augen einen besonderen Platz ein – denn hatten ihr Vater und ich nicht gemeinsam die Errettung vieler Riesen bewirkt, denen ihre Zuneigung galt? So betrachtete sie mich von da an nicht so, wie ich mich sah – als Krüppel, der mit Schuld beladen war –, sondern als den Mann, der ihres Vaters Tod einen Sinn verliehen hatte. Und unter ihren Augen lernte ich meine Schuld zu überwinden. Indem sie ihren Vater verlor, ging sie auch seiner Sehnsucht nach dem Salz der See verlustig. Daher wandte sie der Seefahrt den Rücken. Nichtsdestotrotz stak noch Strebsamkeit in ihr, geboren aus dem herzenstiefen Raub, den das Schicksal an ihr begangen hatte, denn wenn der Geist nicht gänzlich stirbt, so lehren schwere Verluste Männer wie Weiber starkes Verlangen, sowohl für sich wie auch für andere. Und ihr Geist starb nicht, wenngleich ihr Sinn sich verdüsterte und seither bisweilen zum Launischen neigt, so daß sie von unserem Volk abhebt wie Eisen von Stein.« Pechnase musterte Linden nun eindringlich, als wäre er unsicher in bezug auf ihre Fähigkeit, zu begreifen, was er äußerte. »Sie richtete ihr Verlangen auf die Kunst des Schwertkämpfens.« Sein Ton war ernst, aber er konnte nicht ein Lächeln in seinen Augen verbergen. »Und auf mich.«

Linden stellte fest, daß sie der vielschichtigen Aufmerksamkeit seines Blicks nicht standzuhalten vermochte. Vielleicht hörte sie wirklich nicht richtig und verstand den Grund nicht, aus dem er ihr die Geschichte erzählt hatte. Aber was sie gehört hatte, machte sie tief betroffen. Die selbstmörderische Tat Knorrigfausts kontrastierte auf schmerzliche Weise mit ihren eigenen Erfahrungen. Und er warf schroffes Licht auf die Unterschiede zwischen der Ersten und ihr – zwei Töchter, die Tod verschiedener Art geerbt hatten. Darüber hinaus verwandelte Pechnases Bereitschaft, seine Vergangenheit ehrlich und offen zu betrachten, die Heimlichkeiten von Lindens Lebensgeschichte in eine Schande. Wie er besaß sie Erinnerungen an Verzweiflung und Narrheit. Doch er war dazu imstande, sich zu erinnern und damit zurechtzukommen, zudem mit mehr Würde, als sie sich in ihrem Fall ausmalen konnte. Ihre Erinnerungen waren noch immer zu mächtig ... Pechnase wartete darauf, daß sie etwas sagen würde. Aber sie war dazu nicht fähig. Es war alles zuviel für sie. All die Dinge, die sie brauchte, drängten sie zum Aufstehen, lenkten ihre Schritte beinahe unwillentlich in die Richtung von Covenants Kabine.

Sie hatte keine klare Vorstellung davon, was sie zu tun beabsichtigte. Aber Covenant hatte Joan vor Lord Foul gerettet. Er hatte Linden vor Marid gerettet; vor na-Mhoram-Wist Sivit; vor dem Gibbon-Wütrich; vorm Sonnenübel-Fieber und vor dem Lauerer der Sarangrave. Und doch blieb er allem Anschein nach hilflos, wenn es darauf ankam, sich selbst zu schützen. Sie mußte von ihm einige Erklärungen erhalten. Eine Darstellung, die all dem, was sie durchmachte, einen Sinn geben konnte. Und vielleicht brauchte sie eine Chance, sich zu rechtfertigen. Ihre Unzulänglichkeit hatte ihn beinahe das Leben gekostet. Sie verspürte das Bedürfnis, darin sicherzugehen, daß er sie verstand. Mit steifen Bewegungen stieg sie ins oberste Unterdeck hinab und schlug den Weg zu Covenants Kabine ein. Aber bevor sie sie erreichte, öffnete sich die Tür, und Brinn trat heraus. Er nickte ihr ausdruckslos zu. Seitlich an seinem Hals sah man die im Verheilen begriffene Verbrennung, die er durch Covenant erlitten hatte. »Der Ur-Lord wünscht mit dir zu sprechen«, sagte er. Seine angeborene Unerschütterlichkeit und Lindens verkrampfte Unsicherheit waren einander vollkommen fremd. Um ihn nicht merken zu lassen, wie Schwäche sie zu überwältigen drohte, eilte sie sofort in die Kabine. Aber drinnen blieb sie erst einmal stehen, beschämt durch die jämmerliche Zerrüttung ihrer Nerven. Covenant ruhte in der hohen Hängematte; seine Schlaffheit und die Blässe seiner Stirn waren Beweise seiner noch immer vorhandenen Mattigkeit. Doch Linden sah auf den ersten Blick, daß die Farbe seiner Haut eine Entwicklung zum Besseren anzeigte. Puls und Atmung zeichneten sich durch Gleichmäßigkeit aus. Der Sonnenschein, der durch die offene Luke fiel, spiegelte sich hell in seinen Augäpfeln. Seine Genesung schritt gut voran. In ein oder zwei Tagen würde er aufstehen können. Das Grau in seinem verwühlten Haar wirkte ausgeprägter, so daß er nun älter aussah. Das wilde Wuchern seines Barts verdeckte die wie gemeißelten Umrisse seiner Lippen und die Spannung in seinen abgehärmten Wangen nicht im geringsten.

Für einen Moment blickten sie einander an. Dann zwang die Peinlichkeit ihres Unbehagens Linden zum Fortschauen. Sie wollte zur Hängematte gehen und in ihrer Eigenschaft als Ärztin auftreten – seinen Puls fühlen, Arm und Schienbein untersuchen, seine Temperatur schätzen –, als könnte sie sich nicht auf andere Weise über seine Verfassung Klarheit verschaffen. Aber ihre Verlegenheit hielt sie zurück. »Ich habe mich mit Brinn unterhalten«, sagte Covenant plötzlich. Seine Stimme klang brüchig; doch sie umfaßte eine beträchtliche emotionale Breite des Ärgers, Verlangens und Zweifels. »Im Erzählen sind die *Haruchai* besonders gut. Aber ich habe von ihm erfahren, was sich aus ihm herausholen ließ.«

Sofort spürte Linden, wie sie sich versteifte, als müsse sie eine Feindseligkeit abwehren. »Hat er dir gesagt, daß ich dich beinahe hätte sterben lassen?« Sie erkannte die Antwort in der Verkniffenheit rings um Covenants Augen. Linden wollte es dabei bewenden lassen, aber der Druck, der nun in ihr anschwoll, erwies sich als zu stark. Was hatte Brinn ihm über sie eingeredet? Sie wußte nicht, wie sie sich dem entziehen könnte, was jetzt bevorstehen mußte. »Hat er dir erzählt«, fügte sie in harscher Strenge hinzu, »daß ich dir hätte helfen können, sofort als du gebissen worden bist? Bevor das Gift richtig zu wirken anfing? Aber daß ich's nicht getan habe?« Er machte Anstalten, sie zu unterbrechen; sie duldete es nicht. »Hat er erwähnt, daß ich's mir nur anders überlegt habe, weil die Erste auf die Idee kam, dir den Arm abzuschlagen? Dir gesagt, daß ich …« – ihre Stimme gewann an Barschheit – »versucht habe, deinen Geist in meine *Gewalt* zu bringen? Und daß das es war, wodurch du dich gezwungen gefühlt hast, dich abzuschirmen, so daß wir überhaupt nicht mehr an dich rankamen? Daß man deshalb einen *Nicor* rufen mußte?« Unvermutete Wut schnarrte durch ihre Kehle. »Hätte ich das nicht getan, wäre Nebelhorn nicht verletzt worden. Hat er dir das erzählt?«

Covenants Gesicht war zu einer Grimasse des Grimms oder Mitgefühls verzerrt. Als sich Linden mit einem Ruck zusammenriß, mußte er sich erst räuspern, bevor er sprechen konnte. »Natürlich hat er mir das erzählt. Er hat's mißbilligt. Die *Haruchai* haben für gewöhnliche menschliche Gefühle wenig Sympathie übrig. Er meint, für mich müßte alles andere geopfert werden.« Sein Blick schweifte wie aus Schmerz flüchtig zur Seite. »Bannor war auch so einer, ich hätte ständig mit ihm herumschreien können. Er war sich in allem so absolut sicher.« Covenants Blick fiel wieder auf Linden. »Ich bin froh, daß du Nebelhorn geholfen hast. Ich möchte nicht, daß meinetwegen noch mehr Leute sterben.«

Daraufhin richtete Lindens Zorn sich gegen ihn. Seine Stellungnahme kam dem sehr nahe, was sie sich gewünscht hatte; aber seine Angewohnheit, immerzu für alles rings um ihn Verantwortung und Schuld nur auf sich zu nehmen, erbitterte sie. Es hatte den Anschein, als leugne er ihr ganz normales Recht, ihre Handlungen selber zu bewerten. Die *Haruchai* konnte sie wenigstens verstehen. Aber sie hatte ihn nicht aufgesucht, um ihn anzuschnauzen. In gewisser Hinsicht war es nur das Ausmaß seiner Wichtigkeit, das sie so mißmutig machte. Sie wollte ihn anfeinden, weil er ihr soviel bedeutete; und weil sie sich davor fürchtete.

Covenant jedoch schien kaum zu bemerken, daß sie sich noch in der Kabine befand. Sein Blick haftete nun am Stein über ihm, und innerlich rang er mit seinen persönlichen Vorstellungen von dem, was sich mit ihm ereignet hatte. Als er den Mund von neuem auftat, klang seine Stimme aus Sorge gequält. »Es wird schlimmer.« Er hatte die Arme auf die Brust gelegt, als wolle er die vom Dolchstoß zurückgebliebene Narbe bedecken. »Foul unternimmt, was er kann, um mich zu lehren, was Macht ist. Das ist der ganze Zweck des Gifts. Die körperlichen Folgen sind zweitrangig. Die Hauptsache ist seelischer Natur. Jedesmal wenn ich ins Delirium verfalle, zerfrißt das Gift meinen Widerstand weiter. Es ist der Teil in mir, der sich wehrt, der für ihn so gefährlich ist. Das ist der Grund … der Grund für alles. Warum der Wütrich uns in Steinhausen Mithil in Schwierigkeiten gebracht hat. Warum wir immer wieder angegriffen worden sind. Weshalb Gibbon das Risiko eingegangen ist, mir während der Wahrsagung die Wahrheit zu enthüllen. Einen Teil der Wahrheit.« Unvermittelt bewegte er sich in seiner Hängematte, hob die rechte Hand. »Schau her!« Als er die Hand zur Faust ballte, sprühte aus den Fingerknöcheln weißes Feuer. Er ließ es so grell leuchten, daß es Linden blendete, dann erlöschen. Mit einem Keuchen entspannte er sich wieder in seiner Hängematte. »Ich brauche keinen Anlaß mehr.« Er bebte. »Das ist jetzt leichter für mich als das Aufstehen. Ich bin eine Zeitbombe geworden. Er macht mich gefährlicher, als er selbst ist. Wenn ich explodiere …« Innere

Aufwühlung verzog seine Miene. »Wahrscheinlich werde ich jeden töten, der noch irgendwie eine Chance hat, etwas gegen ihn auszurichten. Diesmal war's schon fast soweit. Vielleicht passiert es das nächste Mal … oder beim übernächsten Mal …« Die Drangsal beherrschte ihn ganz; aber noch immer sah er Linden nicht an, als fürchte er, das Verhängnis könne, wenn er sie anschaute, auf sie übergreifen und auch sie zum Untergang verurteilen. »Mit mir geschieht das gleiche, was Kevin ins Unheil gestürzt hat. Was dazu führte, daß die Bluthüter ihren Eid brachen. Was das Ende der Entwurzelten bedeutete. Ich werde zu dem, was ich hasse. Wenn ich so weitermache, werde ich euch alle umbringen. Aber ich kann's nicht aufhalten. Begreifst du das nicht? Ich verfüge nicht über deine Wahrnehmung. Ich kann nicht *erkennen,* was nötig ist, um das Gift zu bekämpfen. Körperliche Angelegenheiten … meine Handgelenke … oder meine Brust … das ist etwas anderes. Für so etwas sind meine Nerven noch gut genug. Aber ich habe nicht dein Gespür für Krankes und Gesundes. Und wahrscheinlich ist das auch der eigentliche Sinn des Sonnenübels. Die Erdkraft soll zurückgedrängt werden, damit ich nicht geheilt werden, nicht sehen kann, was du siehst. Alle anderen hier haben diese Gabe ja schon verloren. Du hast sie, weil du von außerhalb kommst. Du bist nicht vom Sonnenübel beeinflußt worden. Und ich hätte diese Gabe auch, wäre ich nicht …« Er verkniff sich, was er zu sagen beabsichtigt hatte. Doch seine innere Anspannung brach sich Bahn wie unwiderstehliche Angst, und zum Schluß konnte er nicht anders, er wandte sich Linden in seiner Qual zu. Sein Blick war trostlos, gehetzt; seine blutunterlaufenen Augen glichen Wunden der Erkenntnis. Die Tiefe seiner Furcht vor sich selbst packte Linden wie ein Würger an der Gurgel, so daß sie nicht einmal zum Sprechen in der Lage gewesen wäre, wenn sie gewußt hätte, wie sie ihn trösten sollte. »Deshalb muß ich den Baum finden. Ich *muß.*

Ehe ich zu gefährlich werde, um weiterleben zu dürfen. Ein neuer Stab des Gesetzes ist meine einzige Hoffnung.« Sein Tonfall war durchzogen von unheilschwangeren Anklängen. Er hatte seine eigenen Alpträume – so scheußlich und unabwendbar wie Lindens Träume. »Wenn wir's nicht rechtzeitig schaffen, wird das Gift sich voll durchsetzen, und keiner von uns wird übrigbleiben, um sich noch darum zu scheren, was mit dem Land geschieht, und erst recht nicht, um zu *kämpfen.«*

Linden starrte ihn an, entgeistert angesichts der Bedeutung dessen, was er äußerte. Bisher hatte er stets davon gesprochen, einen neuen Stab des Gesetzes für das Land zu brauchen – oder für sie, um sie ihrem eigenen Leben in ihrer Welt wiederzugeben. Sie hatte das wahre Ausmaß seiner persönlichen Zwangslage gar nicht begriffen. Im Hintergrund all seiner Hingabe rang er nichtsdestoweniger auch um einen Weg zur eigenen Rettung. Deshalb war die Bewegung des Schiffs, sobald die Riesen den *Nicor* in der Schlinge hatten, zu ihm vorgedrungen; dadurch war seine grundlegendste Hoffnung neu belebt worden: der Einholzbaum. Die Aussicht auf Wiedergutmachung des Schadens, der durch die von ihm verursachte Vernichtung des ursprünglichen Stabes entstanden war; und darauf, der Logik seines Gifts zu entkommen. Kein Wunder, daß er so entsetzlich aussah. Linden begriff nicht, wie er durchhielt.

Anscheinend jedoch mißverstand er ihr Schweigen. Er hob den Blick wieder zur Decke der Kabine. Seine Stimme besaß aus Bitterkeit einen ausdruckslosen Klang, als er weitersprach. »Deshalb bist du hier.« Linden zuckte zusammen, als hätte er sie geschlagen. Aber er sah es nicht. »Der Alte … den du vor der Haven Farm getroffen hast. Dem du, wie du sagtest, das Leben gerettet hast.« Das war die Wahrheit. Und er hatte zu ihr gesprochen. Doch sie hatte Covenant nie sämtliche Äußerungen des Alten verraten. »Er hat dich wegen deiner Augen ausgewählt. Und weil du Ärztin bist. Du bist die einzige in diesem ganzen Schlamassel, die sehen kann, was mit mir vorgeht, gar nicht davon zu reden, daß nur du irgendwas dagegen unternehmen kannst. Und Foul …« Sein Tonfall verdüsterte sich. »Falls Gibbon die Wahrheit gesagt hat. Dich nicht bloß erschrecken wollte. Dann hat Foul dich ausgesucht, weil er sicher ist, dahingehenden Einfluß ausüben zu können, daß du versagst. Er glaubt, du würdest dich einschüchtern lassen. Darum hat Gibbon dich angefaßt. Deshalb ist Marid zuerst auf dich losgegangen. Um dein Versagen vorzubereiten. Damit du mir nicht hilfst. Oder etwas Falsches machst, wenn du's versuchst. Er weiß, wie angreifbar ich bin. Wie lange habe ich gebraucht, um …« Plötzlich verschärfte sich der Ton seiner Stimme zu nichts als entschiedener Auflehnung. »Weil du dich nicht vor mir fürchtest! Würdest du dich vor mir fürchten, wärst du nicht hier. Nichts von allem wäre dir zugestoßen. Es wäre alles anders. Hölle und Verdammnis, Linden!« Er brüllte mit all den unzureichenden Kräften seiner Genesung. »Du bist die einzige Frau in der Welt, die mich nicht betrachtet, als wäre ich so etwas wie ein verkörpertes Verbrechen! Verdammt noch mal, ich habe *Blut* vergossen, um dir zu ersparen, was ich konnte. Einundzwanzig Menschen habe ich getötet, um dich aus Schwelgenstein zu befreien! Trotzdem gibst du mir keine Gelegenheit, dich zu verstehen. Zum Teufel, was glaubst du …«

Seine Heftigkeit riß Linden aus ihrem Schweigen. Sie unterbrach ihn, als wäre sie auf ihn wütend; aber ihr Zorn ging in eine andere Richtung. »Ich will nicht, daß mir etwas *erspart* bleibt. Ich will *Gründe* für das, was geschieht. Du erzählst mir, warum ich hier bin, aber es sagt mir überhaupt nichts. Das alles hat nichts mit mir zu tun. Ich bin eine Ärztin von außerhalb des Landes. Na und? Berenford ist auch Arzt, aber ihm ist so was nicht passiert. Ich brauche eine einleuchtendere Begründung. *Warum ich?*«

Einen Moment lang warf Covenants Blick Widerspiegelungen des Sonnenscheins auf sie. Aber anscheinend drangen ihre Worte allmählich zu ihm durch, schienen ihn Muskel um Muskel zurückzudrücken, bis er wieder völlig schlaff in seiner Hängematte ruhte. Er wirkte erschöpft. Linden befürchtete, er könne nicht noch einmal die Kraft aufbringen, sie zum Verlassen der Kabine aufzufordern. Doch dann überraschte er sie, so wie er sie schon in der Vergangenheit häufig überrascht hatte. Selbst nach all der Zeit, die sie ihn bereits kannte, war sie nicht dazu fähig, richtig einzuschätzen, wie seine Art des Denkens sich vollzog. »Du hast natürlich recht«, sagte er leise, sprach halb versonnen wie zu sich selbst. »Niemand kann einem anderen etwas ersparen. Ich habe so viel Macht ... daß ich dauernd vergesse, sie ist für das, was ich eigentlich will, gar nicht zu gebrauchen. In Wirklichkeit reicht sie nie aus. Macht ist nur eine kompliziertere Form von Hilflosigkeit. Ich müßte es besser wissen. Ich habe so etwas Ähnliches ja schon einmal mitgemacht. Ich kann dir nicht sagen, warum ausgerechnet du.« Er wirkte zu müde oder zu niedergeschlagen, um nur den Kopf zu heben. »Ich weiß ein wenig über die Nöte und Bedürfnisse, die jemanden in eine Situation wie diese bringen können. Aber ich habe keine Ahnung von deinen Nöten oder Bedürfnissen. Ich *weiß nichts* über dich. Du bist hierfür ausgewählt worden, weil du bist, wer du bist, aber von Anfang an hast du dich über dich ausgeschwiegen. Von dir hängt mein Leben ab, und ich habe nicht die leiseste Vorstellung, was es ist, wovon es abhängt. Linden ...« Er redete ihr zu, ohne sie anzusehen, als habe er Sorge, sein Blick könne sie vertreiben. »Bitte hör auf, dich nur immer zu verteidigen! Gegen mich brauchst du dich nicht zu wehren! Du könntest mir helfen, dich zu verstehen.« Bedächtig schloß er angesichts des Risikos, das er einging, seine Augen. »Wenn du magst.«

Erneut wollte sie sich weigern. Die Gewohnheit des Fliehens

stak zu tief in ihr. Aber sein Wunsch stimmte genau mit dem überein, was sie bewogen hatte, ihn aufzusuchen. Ihr Verlangen nach Aussprache war zu stark, um weiterhin mißachtet werden zu können. Doch die aufgeworfene Fragestellung war so persönlicher Natur, daß sie sie nicht direkt angehen konnte. Hätte sie nicht Pechnases Geschichte gehört, vielleicht wäre sie überhaupt nicht dazu imstande gewesen. Pechnases Beispiel hatte sie jedoch für dieses Wagnis abgehärtet. Er besaß den Mut, seine Vergangenheit von neuem zu erleben. Und seine Geschichte, die Geschichte um den Vater der Ersten …

»Manchmal habe ich diese trübsinnigen Stimmungen«, sagte sie, obwohl sie sich noch gar nicht zum Anfangen bereit fühlte. In ihrer Nähe stand ein Stuhl; aber sie blieb verkrampft stehen. »Ich habe sie schon, seit ich ein Mädchen war. Seit mein Vater gestorben ist. Als ich acht war. Sie sind wie … Ich weiß nicht, wie ich sie beschreiben soll. Sie sind, als würde ich ertrinken und könnte nichts tun, um mich zu retten. Als könnte ich in alle Ewigkeit schreien und niemand würde mich hören.« *Machtlos.* »Als wäre das einzige, was ich noch tun kann, einfach zu sterben und die Sache hinter mich zu bringen. Genauso habe ich mich zu fühlen angefangen, als wir aus *Coercri* ausgelaufen sind. Es hat sich angestaut wie immer, und ich weiß nie, warum's dazu kommt, wenn's auftritt, oder warum's später wieder verschwindet. Aber diesmal war's anders. Für mich hat's sich gleich angefühlt – aber es war etwas anderes. Oder vielleicht stimmt's, was du gesagt hast … als wir auf dem Kevinsblick waren. Daß hier die Dinge unseres Innenlebens nach außen verlagert sind, so daß wir ihnen begegnen, als wären sie jemand anderes. Was ich gefühlt habe, war der Wütrich. Es kann sein, es gibt also wirklich einen Grund, aus dem ich hier bin.« Nun konnte sie mit dem Sprechen nicht mehr aufhören, obwohl ein eigentümliches Schütteln ihre Brust gepackt hatte. »Vielleicht besteht tatsächlich ein Zusammenhang dazwischen, wer ich bin und was Foul will.« Die Erinnerung an Gibbons Berührung veranlaßte sie beinahe zum Würgen; doch sie krampfte ihre Kehle zusammen und unterdrückte den Ekel. »Vielleicht ist das, wie ich bin, die Ursache meiner Unbeweglichkeit. Meiner Zaghaftigkeit. Ich habe mein gesamtes Leben damit verbracht, zu beweisen, daß ich nicht so bin. Aber es sitzt zu tief. Mein Vater ...« Hier hätte sie um ein Haar einen Rückzieher gemacht. Noch nie hatte sie jemandem soviel ihres Inneren entblößt. Nun jedoch war ihr Streben nach Erlösung zum erstenmal stärker als ihr alter Abscheu. »Er war ungefähr in deinem Alter, als er starb. Er sah dir sogar ein bißchen ähnlich.« Und dem Greis, dessen Leben sie bei der Haven Farm gerettet hatte. »Nur ohne Bart. Aber er war vollkommen anders als du. Er war *bemitleidenswert.*« Die plötzliche, heftige Bösartigkeit, mit der sie das Wort hervorstieß, raubte ihr für einen Augenblick den Atem. Seine Kläglichkeit war es, an was sie immer hatte glauben wollen – um sie verächtlich verwerfen zu können. Aber es war nicht einmal die Wahrheit. Trotz seines jämmerlichen Daseins war ihr Vater stark genug gewesen, um Lindens ganzes Wesen nachteilig zu beeinflussen. In seiner Hängematte wirkte Covenant, als müsse er der Versuchung widerstehen, sie anzuschauen; aber er verzichtete darauf, sie mit seinem Blick in Verlegenheit zu bringen. Geballte Emotionen gaben ihrer Stimme einen harten Klang, als Linden weitersprach. »Wir haben ein paar Kilometer vor einem öden kleinen Kaff gewohnt, ähnlich wie die Ortschaft, wo du wohnst. In einem dieser wackligen, eckigen Fachwerkhäuser. Seit meine Eltern eingezogen waren, war es nicht gestrichen worden, und es begann richtig runterzukommen. Mein Vater züchtete Ziegen, Gott weiß, woher er das Geld hatte, um Ziegen zu *kaufen,* ehe er überhaupt anfangen konnte, welche zu züchten. Jede Erwerbstätigkeit, die er ausübte, war mieser als die vorherige. Seine Vorstellungen von einer stolzen, unabhängigen Existenz bezogen sich aufs Verkaufen von Staubsaugern an Haustüren. Als das nicht klappte, versuchte er's mit Enzyklopädien. Dann mit Wasserreinigungsgeräten. Wasserreinigern! Im Umkreis von fünfzig Kilometern besaß jeder einen eigenen Brunnen, und das Wasser war sowieso gut. Und jedesmal, wenn wieder eine Karriere in die Binsen ging, schien er kleiner zu werden. Irgendwie einzuschrumpfen. Er hielt sich für einen abgebrühten Individualisten. Einen Mann, der seinen eigenen Weg geht. Sich vor niemandem beugt. Guter Gott! Wahrscheinlich ist er auf den Knien rumgerutscht, um an das Geld für die Ziegen zu gelangen. Er hatte irgendwas mit Milch und Käse im Kopf. Zuchtmaterial und Fleisch. Gleichzeitig hatte er vom Ziegenzüchten nicht mehr Ahnung als ich. Er legte sie einfach an Leinen und ließ sie rund ums Haus grasen. Es dauerte nicht lange, und wir wohnten in hundertfünfzig Meter Umkreis in Dreck und Ziegenscheiße. Die Reaktion meiner Mutter bestand daraus, alles zu essen, was ihr in die Hände fiel, dreimal in der Woche in die Kirche zu gehen und mich zu bestrafen, wenn ich meine Kleidung verschmutzte. Als ich acht war, hatten die Ziegen auf unserem Grundstück den letzten Grashalm ausgemerzt und begannen auf Land zu fressen, das jemand anderem gehörte. Natürlich sah mein Vater das keineswegs als tragisch an. Der Eigentümer hatte selbstverständlich was dagegen. An dem Tag, als mein Vater zur Gerichtsverhandlung erscheinen sollte, hatte er – wie ich später erfahren habe – meiner Mutter noch immer nichts davon gesagt, daß wir in derartigen Schwierigkeiten steckten. Also nahm sie das Auto und fuhr zur Kirche, und er konnte nicht zum Gericht – außer zu Fuß, das hatte aber keinen großen Sinn, es waren dorthin um die vierzig Kilometer. Das war im Sommer, deshalb war ich nicht in der Schule. Ich war draußen beim Spielen, wie üblich hatte ich mir die Kleider verschmutzt, deshalb bin ich schließlich nervös geworden. Meine Mutter kam erst Stunden später zurück, aber in dem Alter hatte ich noch kein richtiges Zeitempfinden. Ich wollte irgendwo sein, wo ich mich sicher fühlen konnte, deshalb ging ich auf den Dachboden. Unterwegs habe ich ein Spiel gespielt, das ich mir schon lange angewöhnt hatte, es bestand daraus, die Treppe hinaufzugehen, ohne daß sie knarrte. Das gehörte dazu, was bewirkte, daß ich mich auf dem Dachboden so sicher fühlte. Niemand konnte hören, wenn ich hinaufschlich.« Die damalige Szene war ihr noch immer so lebhaft in Erinnerung, als sei sie ihrem Gedächtnis mit Säure eingeätzt worden. Aber sie betrachtete sie wie eine Zuschauerin, mit der Strenge, die sie so viele Jahre lang in sich genährt hatte. Sie wollte nicht das kleine Mädchen sein, nicht seine Emotionen durchleben. Ihre Augen glichen in ihren Höhlen heißen Murmeln. Ihre Stimme war scharf und präzise wie ein Skalpell geworden. Nicht einmal die Verspannung, die in ihrem verkrampften Rücken aufstieg, konnte sie zu einer einzigen Regung veranlassen. Sie stand so starr da, wie es möglich war, leugnete mit all ihren Instinkten sich selbst. »Als ich die Tür öffnete, sah ich auf dem Dachboden meinen Vater. Er saß in einem halb zerbrochenen Schaukelstuhl, und rings um ihn war am Boden alles rot. Ich habe gar nicht kapiert, daß es Blut war, bis ich sah, daß das ganze rote Zeug aus Schnitten in seinen Handgelenken kam. Von dem Geruch wäre mir fast schlecht geworden.« Covenants Blick ruhte nun auf ihr, seine Augen waren aus Bestürzung geweitet; aber Linden mißachtete seinen Blick. Ihre gesamte Anstrengung und Aufmerksamkeit richtete sich darauf, heil durchzustehen, was sie zu erzählen hatte.

»Er schaute mich an. Im ersten Moment erkannte er mich anscheinend gar nicht. Oder vielleicht meinte er zuerst, meine Anwesenheit sei bedeutungslos. Aber dann raffte er sich aus dem Schaukelstuhl auf und fing an, mit mir zu schimpfen. Ich konnte ihn überhaupt nicht verstehen. Später habe ich mir zusammengereimt, was er hatte. Er befürchtete, ich könnte seinen Selbstmord noch verhindern. Ans Telefon gehen. Irgendwie Hilfe holen. Obwohl ich erst acht war. Also knallte er die Tür zu und schloß mich mit sich ein. Dann warf er den Schlüssel aus dem Fenster. Bis dahin hatte ich gar nicht gewußt, daß es oben einen Schlüssel *gab.* Er mußte schon immer im Schloß gesteckt haben, aber er war mir nie aufgefallen. Sonst hätte ich mich jedesmal eingeschlossen, wenn ich mich auf dem Dachboden aufhielt, dadurch hätte ich mich noch sicherer gefühlt. Auf jeden Fall, nun war ich dort oben bei ihm und mußte zuschauen, wie er starb. Ich brauchte ein Weilchen, um voll und ganz zu begreifen, was eigentlich geschah. Aber sobald ich es verstand, geriet ich in Entsetzen.«

Entsetzen, wahrhaftig. Das war ein zu schwacher Ausdruck für ihr Grauen. Hinter Lindens harter Selbstbeherrschung kauerte ein kleines Mädchen, dessen Herz man in Scherben zerbrochen hatte. »Ich habe geschrien und geweint, aber das hat nichts genutzt. Meine Mutter war noch in der Kirche, und wir hatten keine Nachbarn, die so nah wohnten, daß jemand mich gehört hätte. Und meinen Vater machte ich damit nur noch wilder. Er hatte es ohnehin aus Gehässigkeit getan. Daß ich weinte, brachte ihn vollends außer sich. Falls ich je eine Chance hatte, ihn umzustimmen, damit habe ich sie verdorben. Vielleicht war's in Wirklichkeit das, was ihn so in Wut versetzt hat. Einmal fand er sogar noch genug Kraft, um aufzustehen und mich zu schlagen. Er hat mich dabei völlig mit Blut bespritzt. Dann habe ich's damit versucht, ihn anzuflehen. Ich sei sein kleines Mädchen. Er solle mich nicht verlassen. Ich habe zu ihm gesagt, ich wolle an seiner Stelle sterben. Es war mir sogar ernst damit. Achtjährige haben eine Menge Phantasie. Aber das hat auch zu nichts geführt. Ich war ja bloß eine Belastung für ihn, die er am Hals hatte. Wenn er nicht Frau und Tochter zu versorgen gehabt hätte, wäre ihm nicht so oft alles schiefgelaufen.« Lindens Sarkasmus war so schroff wie eine Grobheit. Jahrelang war sie abzustreiten bemüht gewesen, daß ihre Gefühle eine solche Kraft besaßen. »Seine Augen sind immer glasiger geworden. Ich war vollkommen verzweifelt. Ich versuchte noch, ihn mit Zorn unter Druck zu setzen, ich steigerte mich in einen richtigen Anfall hinein und sagte, wenn er stürbe, hätte ich ihn nicht mehr lieb. Das hat ihn irgendwie getroffen. Das letzte, was ich von ihm hörte, war: ›Du hast mich ja sowieso nie geliebt.‹« Und das war der Schlag gewesen, der sie für immer ans Kreuz ihres Entsetzens genagelt hatte. Auf der ganzen Welt gab es keine Worte, um ihn zu beschreiben. Aus den gesprungenen Dielen des Bodens und den verwahrlosten Wänden war eine Flut von Finsternis über sie hereingebrochen. Sie war nicht gegenwärtig; Linden vermochte nach wie vor klar zu sehen. Doch sie schwoll in ihrem Bewußtsein empor, wie beschworen durch das Selbstmitleid ihres Vaters – als wäre er, wie er damals dort mit ausgebreiteten Gliedmaßen in dem Schaukelstuhl im Sterben gelegen hatte, über sich selbst hinausgewachsen, sich durch pure Zurückweisung zu einer machtvollen Gestalt erhöht und die schwarze Bosheit der Alpträume herbeigerufen, damit sie sein Sterben bezeugten. Linden haftete in der zähflüssigen Mitternacht seiner Verdammnis, aus der sich für sie keinerlei Rettung fand.

Und während sie darin versunken war, hatte sich sein Gesicht vor ihren Augen verändert. Sein Mund verzerrte sich, als müsse ihm ein Schrei entfahren; aber es wäre kein Schrei geworden – sondern Gelächter. Ein Triumph bösartigen Vergnügens, ohne Einschränkung und lautlos. Sein Mund hatte ihren Blick angezogen und unverrückbar festgehalten, sie gebannt. Er war die gräßliche Höhle, der Schlund, woraus die Finsternis quoll, sie fortgesetzt mit Schrecken überschwemmte.

Du hast mich ja sowieso nie geliebt. Mich nie geliebt. Nie geliebt! Eine nunmehr von der schauerlichen Böswilligkeit der Berührung Gibbons nicht zu unterscheidende Finsternis. Vielleicht hatte sie sich den Anblick nur eingebildet, war er lediglich ein Produkt ihrer kindlichen, offenen Verzweiflung gewesen. Das machte keinen Unterschied aus. Er hatte sie mit Machtlosigkeit belegt, und sie würde nie wieder davon frei sein.

»Lange danach ist er gestorben. Und lange *danach* kam meine Mutter nach Hause. Inzwischen war ich viel zu abgetreten, um noch zu wissen, wie mir geschah. Stunden sind vergangen, ehe sie uns genug vermißt hat, um endlich zu merken, daß der Dachboden abgeschlossen war. Dann mußte sie erst Nachbarn holen, damit sie ihr beim Öffnen der Tür halfen.« Es bereitete ihr Mißmut, zu sehen, wieviel Betroffenheit sich in Covenants Gesicht widerspiegelte. Sie wollte nichts dergleichen von ihm. Es schwächte ihren Selbstschutz. In ihrem Mund kostete sie noch den ehernen Geschmack der Wut. Sie konnte nicht länger verhindern, daß ihre Stimme zitterte. Aber sie vermochte jetzt nicht mehr aufzuhören. »Ich bin die ganze Zeit hindurch bei Bewußtsein gewesen – während jeder einzelnen Minute –, aber ich war nicht dazu imstande, irgend etwas zu tun. Ich lag bloß am Boden, bis man schließlich die Tür aufbrach und mich ins Krankenhaus schaffte. Dort bin ich zwei Wochen geblieben. Das war die einzige Zeit, an die ich mich entsinnen kann, in der ich mich völlig sicher gefühlt habe.« Da plötzlich verstärkte sich das Beben in ihren Gelenken dermaßen, daß sie unmöglich weiter stehen konnte. Covenants Blick glich einem stummen Aufschrei des Mitgefühls. Linden tastete sich zu dem Stuhl, setzte sich. Ihre Hände wollten nicht das Zucken einstellen. Sie klemmte sie zwischen die Knie, während sie ihre Erzählung beendete. »Meine Mutter hat an der ganzen Sache mir die Schuld gegeben. Sie mußte die

Ziegen und das Haus dem Mann verkaufen, der meinen Vater verklagt hatte, nur um die Beerdigungskosten und die Krankenhausrechnungen bezahlen zu können. Wenn sie in eine ihrer Orgien von Weinerlichkeit verfiel, beschuldigte sie mich sogar, ihren teuren Ehemann umgebracht zu haben. Aber meistens machte sie mich einfach für die gesamte Situation verantwortlich. Sie mußte Wohlfahrtsunterstützung beantragen – weiß Gott, sie konnte keine Arbeit annehmen, das hätte sie ja daran hindern können, in die Kirche zu rennen –, und wir mußten in eine schäbige kleine Wohnung im Ort ziehen. Irgendwie war's eben meine Schuld. Verglichen mit ihr war eine Achtjährige im Schockzustand wie eine lebenstüchtige Erwachsene.«

Die langjährige Bitternis ihres Lebens wäre womöglich noch weiter aus ihr hervorgeströmt, hätte vielleicht die angestaute Verbitterung etwas gemildert; aber Covenant kam ihr zuvor. »Und du hast ihr nie verziehen«, sagte er mit vor Schmerz und Kümmernis gepreßter Stimme. »Du hast beiden niemals verziehen.«

Seine Worte kränkten sie. War das *alles*, was er ihrer komplizierten Geschichte, aus der Tatsache, daß sie sich dazu durchzuringen fähig gewesen war, sie ihm zu erzählen, entnommen hatte? Im nächsten Moment stand sie wieder auf den Beinen und an seiner Hängematte, schnauzte zu ihm hinauf. »Da hast du verdammt *recht*, ich habe ihnen nie verziehen! Wie ich bei ihnen aufgewachsen bin, war mir nichts anderes bestimmt, als auch durch so einen blödsinnigen Selbstmord zu enden!« Um eine Dienerin des Verächters zu werden. »Mein ganzes Leben lang habe ich darum gekämpft, zu beweisen, daß sie alles *falsch* gemacht haben!«

Die Muskeln rings um seine Augen kniffen sich zusammen; sein Blick ähnelte einer blutigen Wunde. Aber er blieb unnachgiebig. Die herben Linien seines Mundes, die Hagerkeit seiner

Wangen erinnerten sie daran, daß er vertraut war mit den Verlockungen des Freitods. Und er war ein Vater, der Frau und Kind aufgrund keiner anderen Schuld als einer Krankheit verloren hatte, die er niemals hätte abwenden können. Dennoch lebte er. Er focht um sein Leben. Immer wieder hatte sie mitangesehen, wie er sich von Verhaltensweisen und Auffassungen abkehrte, die der Haß diktierte. Und trotz all dessen, was sie ihm erzählt hatte, zeigte er sich ihr gegenüber nicht kompromißbereit. »Ist es das, warum du glaubst, Menschen sollten einander keine Geheimnisse anvertrauen? Weshalb du nicht wolltest, daß ich dir von Lena erzähle? Weil du befürchtet hast, ich könnte etwas sagen, das du nicht zu hören wünschst?«

Daraufhin hätte sie am liebsten auf ihn eingeschrien wie ein außer Rand und Band geratenes Kind; aber sie blieb dazu außerstande. Wieder hielt ihre tiefere Wahrnehmung alles Guten und Gesunden sie zurück. Sie konnte ihre Augen nicht der Qualität seiner Betrachtungsweise verschließen. Noch nie hatte ein Mensch sie so wie er gesehen. Erschüttert wich sie zurück zum Sessel, sackte gegen die steinerne Rücklehne. »Linden«, begann Covenant erneut, so sanft wie es ihm in seiner rauhen Mattigkeit möglich war; aber sie unterbrach ihn.

»Nein.« Sie empfand plötzlich Entmutigung. Er würde nie verstehen. Oder verstand bereits viel zu gut. »Nicht deshalb. Ich habe ihnen nicht verziehen, und es ist mir gleich, wer darüber Bescheid weiß. Es hat mich durchgebracht, als ich nichts anderes hatte. Ich halte ganz einfach nichts von derartigen Bekenntnissen.« Ihr Mund zuckte. »Das mit Lena zu wissen ist für mich nicht wichtig. Du warst damals anders. Du hast für deine Tat gebüßt. Was mich angeht, ändert sie nichts. Aber für dich. Jedesmal wenn du dich der Vergewaltigung bezichtigst, machst du sie wieder wahr. Du bringst sie in die Gegenwart zurück. Du erneuerst deine Schuld. Mit mir ist's das gleiche. Wenn ich über meine Eltern spreche. Obwohl ich erst acht war und mich mein Lebtag lang abgemüht habe, damit ich eine andere werde.«

Daraufhin klammerte sich Covenant an den Rand der Hängematte, streckte sich in seiner Schwäche Linden ein wenig entgegen. »Du siehst das verkehrt herum«, antwortete er, als lege er es auf einen Streit an. »Du machst das mit dir. Du bestrafst dich für etwas, das zu verhindern gar nicht in deiner Macht stand. Du kannst dir selbst nicht vergeben, deshalb weigerst du dich, irgend jemand anderem zu verzeihen.« Lindens Blick ruckte in seine Augen; Aufbegehren und Erkenntnis verwirrten sich so in ihr, daß sie keinen Laut über die Lippen brachte. »Machst du nicht das gleiche, was Kevin getan hat? Belastest du dich nicht mit Selbstvorwürfen, weil du nicht jeder Bürde in der Welt gewachsen bist? Bringst du nicht in Gedanken deinen Vater um, nur weil du die Qual der Hilflosigkeit nicht ertragen kannst? Vernichtest du nicht, was du liebst, weil du es nicht retten kannst?«

»Nein.« *Doch. Ich weiß es nicht.* Covenants Äußerungen wühlten sie allzu tief auf. Obwohl er nicht über ihre Art von sinnlicher Wahrnehmung verfügte, war er dazu befähigt, in ihr Inneres zu reichen, ihr ans Herz zu greifen. Die Wurzeln der Schreie, die sie um ihren Vater ausgestoßen hatte, schienen aus ihr hervorzuwuchern; und durch Covenant begannen sie sich zu winden. »Ich habe ihn nicht geliebt. Es kann unmöglich so gewesen sein. Hätte ich ihn geliebt, ich wäre nicht zum Weiterleben imstande gewesen.«

Zu gerne wäre sie jetzt davongelaufen, hätte nach irgendeiner Möglichkeit gesucht, mit der sie ihre Einsamkeit schützen und bewahren konnte. Aber sie blieb. Sie war schon zu oft geflohen. Während sie zu Covenant hinaufstarrte, als wisse sie auf seine vielschichtige Einfühlsamkeit keine Antwort, nahm sie vom Tisch eine Flasche mit *Diamondraught,* gab sie ihm und ließ ihn trinken, bis er genug davon im Leib hatte, um einzuschlafen.

Anschließend bedeckte sie ihr Gesicht mit den Händen und zog sich in sich selbst zurück. Der Schlaf linderte die Starre von Covenants Gesicht, erhöhte seine Ähnlichkeit mit ihrem Vater. Er hatte recht; sie selbst war es, der sie nicht verzeihen konnte. Aber noch immer hatte sie ihm nicht verraten, warum nicht. Die Finsternis hauste nach wie vor in ihr, und sie hatte nicht bekannt, zu was sie sich ihrer bedient hatte.

6
DER QUESTSIMOON

Linden wollte nicht schlafen. Aus dem Hintergrund ihrer Gedanken stierten von Zeit zu Zeit Nachbilder ihres Vaters sie an, als hätte sie ihr Erlebnis im Rückblick zu genau betrachtet und sich die Sehnerven versengt. Ihr Trauma war nicht ausgetrieben. Vielmehr hatte sie lediglich den zu ihrem Schutz geschaffenen Unterdrückungsmechanismus geschwächt, der ihre Erinnerungen in Schach gehalten hatte. Nun waren die Schreie einer Achtjährigen ihr gegenwärtiger, als sie es im Laufe vieler Jahre gewesen waren. Sie versuchte den Schlaf fernzuhalten, weil sie die Gier ihrer Alpträume fürchtete.

Aber was sie bewirkt hatte, indem sie mit Covenant sprach, bereitete ihr auch eine seltsame, halbe Erleichterung, eine teilweise Milderung ihrer inneren Angespanntheit. Die Aussprache war zuwenig gewesen, aber immerhin etwas – eine Tat, für die sie vorher noch nie den Mut aufgebracht hatte. Diese Einsicht festigte Lindens Gemüt etwas. Vielleicht war es leichter möglich, sich wiederaufzurichten, als sie bisher gedacht hatte. Zu guter Letzt kehrte sie in ihre Kabine zurück und schwang sich in die Hängematte. Danach schien die Schaukelbewegung der Sternfahrers Schatz Linden langsam und sachte, während die Wellen vorüberrauschten, aus dem Schiffsrumpf zu heben, bis sie versunken war in der Weite und Tiefe der See.

Am folgenden Tag fühlte sie sich stärker. Sie suchte Covenant mit einer gewissen bangen Erwartung auf, um ihn zu untersuchen, weil sie sich fragte, was er, unterm Strich gesehen, von den Dingen halten mochte, die sich zwischen ihnen zugetragen hatten. Doch er begrüßte sie, unterhielt sich mit ihr, nahm ihre Untersuchungsmaßnahmen in einer Weise hin, hinter der eindeutig die Absicht stand, Linden zu zeigen, daß er seine Einwände und Fragen, wie sehr sie dadurch auch provoziert worden sein mochte, nicht als Gegenbeschuldigungen gemeint hatte. Sein Benehmen ließ in merkwürdiger Art durchblicken, daß er so etwas wie Verwandtschaft mit ihr empfand, die Neigung eines Leprotikers zu allen Verwundeten und Verwaisten. Das überraschte Linden, aber gleichzeitig war sie darüber froh. Als sie seine Kabine verließ, hellte das Verschwinden eines unbewußten Stirnrunzelns ihre Miene auf.

Am nächsten Morgen zeigte sich Covenant an Deck. Er blinzelte ins ungewohnte Sonnenlicht, trat aus der backbords gelegenen, seegeschützten Tür unterm Achterkastell und kam zu Linden. Sein Gang war unsicher, infolge der Unvollständigkeit seiner Erholung schwächlich; seine Haut war aus lauter Hinfälligkeit bleich. Aber Linden konnte erkennen, daß seine Genesung gut voranschritt.

Die unerwartete Tatsache, daß sein Bart verschwunden war, verblüffte sie. Seine bloßen Wangen und der Hals schienen in der Helligkeit in regelrechter Ungeschütztheit zu glänzen. Sein Blick bezeugte Verunsicherung, Verlegenheit. Linden hatte sich bereits so an seinen Bart gewöhnt gehabt, daß sie sein Aussehen ohne ihn beinahe als jugendlich empfand. Seine offenkundige Verlegenheit jedoch blieb ihr unverständlich, bis er sich im Tonfall inneren Konflikts äußerte. »Ich habe ihn weggebrannt«, sagte er. »Mit meinem Ring.«

»Gut.« Der Nachdruck ihrer Antwort entgeisterte Linden selbst. Aber sie hatte schlichtweg Behagen an seiner gefährlichen Macht. »Er hat mir nie gefallen.«

Unbeholfen berührte Covenant seine Wange, versuchte mit gefühllosen Fingern die Ausdehnung der entblößten Haut zu erfassen. Dann schnitt er eine wehmütige Miene. »Mir auch nicht.« Er senkte den Blick, als habe er vor, mit einer VBG anzufangen, aber er schaute Linden wieder ins Gesicht. »Aber das macht mir Sorgen. Es beunruhigt mich, daß es so leicht für mich ist, so etwas zu tun.« Die Muskulatur seines Gesichts wölbte sich wie im Gedenken an die Beschränkungen, die früher die wilde Magie im Zaum gehalten hatten, sie nur in höchster Verzweiflung und im Zusammenwirken mit einer anderen Kraft, die als Auslöser diente, ausbrechen ließ. »Ich hab's getan, weil ich versuchen will, die Kontrolle an mich zu bringen. Das Gift … Ich bin innerlich so völlig durcheinander. Ich muß lernen, mich damit zurechtzufinden.« Während er sprach, schweifte sein Blick aufs offene Meer hinaus. Es erstreckte sich unruhig und tiefblau bis an die Horizonte, ein unendlich kompliziertes Ganzes, so wie Covenant. »Aber es nutzt alles nichts. Ich kann mit dem Feuer erreichen, was ich will – solange ich's nur ganz schwach anwende. Aber ich spüre immer den gesamten Rest in mir, er ist jederzeit bereit zum Emporbrodeln. Das ist, als wäre man gleichzeitig verrückt und geistig gesund. Als könnte ich das eine nicht ohne das andere sein.«

Während sie seine sorgenvolle, verkrampfte Miene musterte, entsann sich Linden daran, was er gesagt hatte. *Deshalb muß ich den Baum finden.* Und wie er es gesagt hatte. *Ehe ich zu gefährlich werde, um weiterleben zu dürfen.* Ihn quälte eben jene Gefährlichkeit, die ihn für Linden so unwiderstehlich machte. Einen Moment lang hätte sie gerne die Arme um ihn geschlungen, ihn an sich gedrückt, um den Schmerz ihres Verlangens zu lindern. Doch sie bewahrte Zurückhaltung; sie war sich des Ungenügenden ihrer Offenheit allzu deutlich bewußt. Sie hatte Covenant genug erzählt, um ihn zu der Annahme zu verleiten, sie hätte ihm alles gesagt. Aber sie hatte ihm nichts von ihrer Mutter verraten; von der brutalen, unwiderruflichen Tatsache, die sie daran hinderte, die Person zu werden, die sie sein wollte. Seiner würdig.

Seit dem Tag, an dem sich das stürmische Wetter verzog, hatte Grimme Blankehans die Sternfahrers Schatz unter Anstrengung durch eine wirre Folge launischer, wechselhafter Winde gelenkt, das Schiff unausgesetzt laviert, um übers ruhelose Meer einen Weg nach Osten zu finden. Die Riesen taten ihre Arbeit vergnügt, als überwöge die Freude an ihrer Geschicklichkeit und dem Schiff so gut wie jede vorstellbare Müdigkeit. Und Ceer und Hergrom halfen regelmäßig in den Wanten mit, glichen ihren kleineren Körperbau und die geringere Reichweite ihrer Arme durch ihre Kraft und Schnelligkeit aus. Nichtsdestotrotz machte die *Dromond* relativ langsame Fahrt. Tag um Tag vertiefte dieser Umstand das Stirnrunzeln der Ersten. Er verdüsterte die geballte Enttäuschung, die wie ein Schatten unter der Oberfläche von Seeträumers Gesicht lag. Und während Covenants Gesundheit allmählich wiederkehrte, zogen sich die Knoten seiner inneren Verkrampftheit immer enger. Getrieben von seiner Furcht vor Gift und Versagen, dem Gedanken an die ungezählten Menschen, die ihr Leben zur Verstärkung des Sonnenübels lassen mußten, begann er auf den Decks hin und her zu wandern, als versuche er, das Riesen-Schiff kraft seines Willens anzutreiben.

Doch nach drei Tagen mühseligen Segelns, ständigen Lavierens durch den verwickelten Irrgarten der Winde, schlug das unzuverlässige Wehen in einen stetigen Wind um, der aus Südwesten kam. Blankehans reagierte auf den Wechsel mit einem lautstarken Hallo. Riesen schwärmten in die Wanten, um das Segeltuch neu auszurichten. Die Sternfahrers Schatz drehte um einiges nach Backbord bei, warf den Bug herum wie ein aufs Austoben versessenes, von der Leine befreites Tier und strebte rasch ostwärts. Gischt sprühte an ihren Seiten auf, als wäre sie ein Ausfluß des marmorierten Granits – eines Steins, dessen Form und Muster geschaffen worden war, um im geschwinden Durcheilen der See schwelgerische Erfüllung zu finden. Binnen kurzem lief das Riesen-Schiff wie in unbändiger Freude durch die Wogen.

»Wie lange wird's so bleiben?« erkundigte sich Covenant bei der Lagerverwalterin, die in seiner Nähe stand.

Windsbraut verschränkte die Arme auf ihrem wuchtigen Busen und richtete ihren Blick auf die Segel. »In dieser Gegend der Erde«, gab sie zur Antwort, »sind derlei launenhafte Winde wie jene, denen wir just entronnen sind, recht selten. Diesen Wind, der uns nun antreibt, nennen wir *Questsimoon*. Den Schweifherzwind. Wir werden Ödeiland sichten, ehe er nachläßt.« Obwohl sie in gleichmütigem Ton sprach, glänzten ihre Augen angesichts der weißen Wölbungen des Segeltuchs, des lebhaften Schwellens der Segel.

Und sie behielt recht. Der Wind blieb stetig, wehte so gleichmäßig aus Südwesten, daß Blankehans am Abend keine Veranlassung sah, die Segel reffen zu lassen. Vollmond war zwar seit einigen Nächten vorüber, und die Sterne spendeten der Fahrt der *Dromond* nur schwaches Licht; aber der Kapitän entsprach der bedingungslosen Vorrangigkeit der Suche nach dem Einholzbaum, indem er das Schiff mit unverminderter Geschwindigkeit weitersegeln ließ. Der Wind in der Takelage, das Wanken und Schwanken des Decks, das dauernde Platschen und Rauschen des Wassers, vergleichbar mit einem Atem längs der Seiten des riesigen Fahrzeugs, versetzte die Sternfahrers Schatz unter Lindens Füßen ins Schwingen. Immerzu fühlte sie die *Dromond* nun durch die Wellen atmen, ein Zauberwerk des Steins und der Kunstfertigkeit, vital wie das Timbre des Lebens. Und der gerade Kurs, den der *Questsimoon* ermöglichte, erlaubte der Besatzung, sich von den vorangegangenen Strapazen zu erholen. Das Tempo verlieh der Ersten ein Aussehen rauher Zufriedenheit, erleichterte Blankehans' Tätigkeit, bis er ab und zu sogar wieder wie ein verspielter Behemoth auf Pechnases Scherze und Herumalbern einging. Gelegentliches Grinsen Ankermeister Derbhands überraschte sogar seinen alten Gram, und die Heilung seines Arms bereitete ihm offensichtliche Freude.

Aber keine Geschwindigkeit der *Dromond* oder Wohlgelauntheit der Riesen konnte Covenants wachsende Spannung und Unruhe besänftigen. Bisweilen hatte es den Anschein, daß ihm die gute Stimmung an Bord zuträglich war, die Gischt am Bug der *Dromond,* die herbe, lebendige Frische des Windes ihm bekamen. Manchmal wirkte er wie ein Mensch, der sich jahrelang nach der Gesellschaft von Riesen gesehnt hatte. Aber solche kleinen Annehmlichkeiten konnten ihn nicht mehr aufrecht halten. Er hatte es schlichtweg zu eilig. Immer wieder überquerte er in seiner Sorgenfülle das Deck, um sich zu Linden zu gesellen, wo sie gerade sein mochte, sie unbeholfen in eine Unterhaltung zu verwickeln, als sei es ihm unrecht, sich allein seinen Gedanken zu widmen. Trotzdem redete er kaum über die Erinnerungen und Nöte, die ihn am vordringlichsten beschäftigten, so dicht unter der Oberfläche seines Wesens lagen, daß sie sie beinahe durch seine Stirnknochen erkennen konnte. Statt dessen sprach er von weniger naheliegenden Angelegenheiten, Fragen und Zweifeln, stellte über sie besorgte Überlegungen an, darum bemüht, einen Zustand inneren Bereitseins für seine Zukunft zu weben.

»Kann sein«, sagte er unvermittelt während eines ihrer Gespräche, »ich habe mich tatsächlich für Joan verkauft.« Er hatte sich schon früher derartig geäußert. »Freiheit bedeutet keineswegs, daß man sich aussuchen kann, was einem widerfährt. Aber man kann sich aussuchen, wie man darauf reagiert. Und das ist es, worum es bei diesem ganzen Kampf gegen Foul geht. Um gegen ihn – oder *für* ihn – etwas tun zu können, muß man eigene Entscheidungen treffen. Deshalb unterwirft er uns nicht einfach seiner Macht, eignet sich den Ring nicht mit Gewalt an. Er muß das Risiko eingehen, daß unsere Entschlüsse zu seinen Ungunsten ausfallen. Das gleiche gilt für den Schöpfer. Das ist das Paradoxon des Bogens der Zeit. Und des Weißgolds. Macht hängt von der Fähigkeit zum Entscheiden ab. Von der Notwendigkeit der Freiheit. Würde Foul uns bezwingen, uns unter seine Herrschaft bringen, gäbe der Ring ihm nicht die Macht zum Ausbrechen. Aber würde der Schöpfer versuchen, durch den Bogen der Zeit auf uns Einfluß auszuüben, käm's dahin, daß er den Bogen zerbricht.« Covenant sah Linden nicht an; sein Blick musterte die aufgewühlten Wellen, als nähme er eine VBG vor. »Vielleicht habe ich, als ich an Joans Stelle getreten bin, meine Freiheit aufgegeben.« Linden hatte für ihn keine Antwort, und es mißfiel ihr, ihn in solchen Zweifeln zu sehen. Insgeheim jedoch war sie froh, weil er wieder gesund genug war, um sich mit den Fragen auseinanderzusetzen, die ihm keine Ruhe ließen. Und sie brauchte seine Versicherung, sie könne dazu in der Lage sein, Entscheidungen zu treffen, die zählten.

Bei einer anderen Gelegenheit richtete er seine Aufmerksamkeit auf Hohl. Der Dämondim-Abkömmling stand noch genauso in der Nähe vom Wohlspeishaus auf dem Achterdeck wie in dem Moment, als Covenant dort zusammengebrochen war. Seine schwarzen Arme hingen leicht angewinkelt an seinen Seiten, als wären sie im Prozeß des Lebendigwerdens so eingerastet; und die Mitternacht seiner Augen starrte leer geradcaus, wic um zu bekräftigen, daß alles vergänglich und nichtig sei, was sich an Bord des Riesen-Schiffs abspielte. »Warum …?« sann Covenant bedächtig. »Warum hat ihm deiner Meinung nach der verfluchte *Zorn* nichts anhaben können? Von ihm ist einfach alles abgeglitten. Aber die Gefolgschaftsmitglieder konnten ihn mit ihren *Rukh* verbrennen. Er hat ihnen gehorcht, als es darum ging, ihn in den Kerker zu sperren.«

Linden hob die Schultern. Hohl war ein Rätsel. Die Art, wie

er auf sie reagierte – erst hatte er sich vor Schwelgenstein vor ihr verbeugt, dann von ihren Begleitern fortgeschleppt, als sie hilflos im Griff des Sonnenübel-Fiebers stak –, gefiel ihr nicht. »Vielleicht war der *Zorn* nicht gegen ihn persönlich gerichtet«, mutmaßte sie. »Oder können die …« Sie suchte nach dem Namen. »Können die Urbösen dafür verantwortlich sein? Vielleicht haben sie ihn gegen alles schützen können, was rings um ihn geschieht – so was wie das Sonnenübel oder den *Zorn*. Aber nicht gegen etwas, das *direkt* gegen ihn gerichtet wird.« Covenant lauschte wachsam, deshalb stellte sie weitere Vermutungen an. »Möglicherweise wollten sie ihm nicht die Macht geben, sich selbst richtiggehend zu verteidigen. Wäre er dazu fähig, würdest du ihm dann vertrauen?«

»Ich traue ihm so oder so nicht«, sagte Covenant gedämpft. »In Holzheim Steinmacht hätte er ohne weiteres zugeschaut, wie man mich umbringt. Ganz zu schweigen von den Sonnenübel-Opfern in der Umgebung von Steinhausen Bestand. Und er hat Schlächtereien …« Er ballte die Hände zu Fäusten, als er sich an das Blut erinnerte, das Hohl vergossen hatte.

»Dann weiß Gibbon womöglich mehr über ihn als du?« sagte Linden in einer Anwandlung unbestimmter Befürchtungen.

Das einzige Mal, daß seine Fragen sie zum Zusammenzucken brachten, ergab sich, als er auf den Kevinsblick zu sprechen kam. Wieso hatte sich Lord Foul, fragte er, nicht auch an sie gewandt, als sie beide ins Land versetzt worden waren? Der Verächter hatte ihm eine boshafte Ankündigung des Untergangs für ihn und das Land gemacht. Sie entsann sich noch genau der Äußerung, so wie Covenant sie ihr wiederholt hatte: *Dich erwartet Verzweiflung, die jedes Maß übersteigt, das dein kleines sterbliches Herz zu erdulden vermag.* Aber zu ihr hatte Lord Foul nichts gesagt. Sie war auf dem Kevinsblick von ihm völlig unbeachtet geblieben. »Er hat's nicht nötig gehabt«, meinte Linden bitter. »Er hat schon alles über mich gewußt, was er wissen mußte.« Der Gibbon-Wütrich hatte enthüllt, wie genau der Verächter sie kannte.

Covenant betrachtete Linden, als hätte er in der Tat gewisse Bedenken; und sie begriff, daß er diese Möglichkeit bereits in Betracht gezogen hatte. »Vielleicht nicht«, widersprach er. »Vielleicht hat er nicht mit dir geredet, weil's nicht seiner Absicht entsprach, daß du hierhergerätst. Es kann sein, es kam für ihn überraschend, daß du versucht hast, mich zu retten, und du bist ganz einfach mitgerissen worden. Wenn das stimmt, warst du kein Bestandteil seines ursprünglichen Plans. Und alles, was dir Gibbon gesagt hat, war gelogen. Ein Trick, um davon abzulenken, daß du eine Gefahr für Foul bist. Dir vorzutäuschen, du hättest keine Chance. Während die Wahrheit vielleicht ist, daß für Foul die größte Bedrohung von dir ausgeht.«

»Wieso?« wollte Linden erfahren. Seine Interpretation behagte ihr nicht. Niemals würde sie die Begleiterscheinungen von Gibbons Berührung vergessen können. »Ich besitze keinerlei *Macht.*«

Covenant schnitt eine irgendwie unredliche Grimasse. »Du hast deine besondere Wahrnehmung fürs Gesunde. Vielleicht kannst du mich am Leben halten.«

Am Leben halten, raunte Linden bei sich. Den gleichen Einfall hatte sie gegenüber Pechnase zum Ausdruck gebracht und dadurch keine Erleichterung gefunden. Doch wie sonst sollte sie darauf hoffen können, den Lauf ihres Lebens zu ändern? Sie hatte eine greuliche Erinnerung an das Gift in Covenant, die immer stärkere Bedrängnis seiner Marter. Vielleicht würde es ihr möglich sein, indem sie sich dieser einen Aufgabe verschrieb – die durchaus in die Zuständigkeit einer Ärztin fiel –, ihren Hunger zu stillen und die Finsternis zu verdrängen.

Der Schweifherzwind blies fünf Tage lang mit der Beständigkeit von Stein. Da die Segel so wenig Beachtung erforderten, widmeten sich die Riesen den vielfältigen anderen Arbeiten, die an Bord des Schiffs anfielen: sie beseitigten jeden Ansatz von Salzkruste; ersetzten verschlissene Leinen und abgenutztes Gerät; ölten nicht in Gebrauch befindliches Segeltuch und gelagerte Trossen ein, um sie vor Wettereinflüssen zu schützen. Mit diesen kleineren Erledigungen befaßten sich die Riesen mit dem gleichen hingebungsvollen Enthusiasmus, den sie bei den anstrengenderen Anforderungen zeigten, die die *Dromond* an sie stellte. Blankehans jedoch beobachtete Besatzung und Schiff, spähte übers Meer aus, zog seinen Sternhöhenmesser zu Rate, studierte seine pergamentenen Karten, als rechne er jeden Moment mit Gefahr. Oder als müsse er sich beschäftigen, fand Linden, als sie ihn aufmerksamer betrachtete.

Es kam kaum einmal vor, daß sie ihn das Achterkastell verlassen sah, obwohl weder Derbhand noch Windsbraut die Sternfahrers Schatz weniger wacker als er geführt hätten. Gelegentlich bemerkte Linden, wenn sein Blick über sie hinwegglitt, ohne sie zu sehen, einen Anflug von Hoffnung oder Bangen in seinen abgründigen Augäpfeln. Sie hatte den Eindruck, daß er sich mit einer Idee trug, von der kein anderer an Bord etwas ahnte.

Fünf Tage lang wehte der Schweifherzwind; und als er am fünften Tag spätnachmittags nachließ, erscholl vom Fernschau herab ein Ruf, der bewirkte, daß alle Augen sich nach Osten wandten. »Ödeiland!« Und backbords vom Bug sah man die schwarzen, wie verbrannten Felsen der Insel liegen. Aus der Entfernung schien sie nicht mehr als ein dunkler Fleck inmitten des von der Sonne bespiegelten Blaus der See zu sein. Doch während der Wind die Sternfahrers Schatz von Süden her näher trieb, konnte man die tatsächliche Größe der Insel allmählich besser erkennen. Mit ihren hohen Felsspitzen aus

Eruptivgestein und kahlen Tälern, dem nackten Stein, spärlich gesäumt von nur der hartnäckigsten Art von Vegetation, ähnelte die Insel einem Steinhügel oder Grenzzeichen furchterregenden Charakters, zur Abschreckung himmelwärts aufgetürmt. Vögel kreisten darüber wie über etwas Totem. Linden empfand beim Betrachten der zerklüfteten Felsen eine Regung von böser Vorahnung.

Im gleichen Moment erhob Blankehans seine Stimme übers Riesen-Schiff. »Hört mich an!« rief er; sein Tonfall zeugte von Sehnen und Zagen, klang und hallte mit einer Verlorenheit wie der Wind. »Hier verlassen wir die sichere See und gelangen ins Gebiet und in den Herrschaftsbereich der *Elohim.* Seid gewarnt! Sie sind lieblich und gefährlich, und niemand kann ihre Taten zuvor ermessen. Wenn's ihr Wille ist, wird das Meer selbst sich wider uns erheben.« Dann gab er leise seine Anordnungen, ließ die Sternfahrers Schatz beidrehen, so daß sie die Insel mit direkt in den Wind gerichtetem Heck umschiffte, geradewegs nordostwärts schwamm.

Lindens unangenehme Vorgefühle verstärkten sich. Die *Elohim,* wiederholte sie insgeheim. Was mochte das für ein Volk sein, das die Grenze seines Territoriums mit soviel schwarzem Stein kennzeichnete? Indem der Ausblick auf die Insel sich von Süden nach Osten verlagerte, schob Ödeiland sich zwischen sie und die Sonne, so daß die Insel sich in Umrissen roter Pracht dagegen abhob. Da schien der Fels ein gewisses Leben anzunehmen, glich der kraß verkrampften Faust eines Ertrinkenden, geballt gegen die verhängnisvolle See. Doch als die Sonne hinterm Horizont versank, entschwand Ödeiland in der Abenddämmerung.

In der Nacht wich der *Questsimoon* einer Folge verschiedener Seitenwinde, die die jeweilige Schicht der Besatzung beinahe ununterbrochen in Trab hielt, weil die Segel jedem Lavieren angepaßt werden mußten. Am nächsten Tag jedoch waren diese Brisen vorüber, und die Sternfahrers Schatz segelte wieder zügig weiter. Und als Linden, sobald es von neuem tagte, aus ihrer Kabine an Deck eilte, um nachzusehen, warum die *Dromond* so ruhig schaukelte, stellte sie fest, daß die Riesen vor einem vorgeschobenen Küstengebirge Anker geworfen hatten. Der Bug des Schiffs wies direkt auf eine kanalartige Wasserstraße, die wie ein Fjord zwischen schroffen Gipfeln lag. Nur durch diese Schlucht eingeschnitten, erstreckten sich die Berge nach Norden und Süden, soweit Linden zu sehen vermochte, bildeten eine gänzlich unzugängliche Küste. An beiden Seiten trat das Küstenland zurück in die Ferne, als weiche es dem Ansturm der See. Infolgedessen wirkten die Klippen, vor denen die *Dromond* ankerte, wie nach vorn gereckte Kiefer, zu schnappen bereit, was immer sich ihrem Schlund näherte. Die Morgenfrühe war frisch; hinterm salzigen Wind und dem Sonnenschein, der längs des Kanals glitzerte, schmeckte die Luft nach Spätherbst. Aber die Berge sahen zu kalt für Herbst aus. Ihre grimmigen Pässe und Felstürme waren bewachsen mit Immergrün, das dem Granit ringsherum einen grauen Farbton zu entleihen schien, als wechsle dies Land übergangslos und fast ohne Veränderungen von Sommer in Winter über. Allerdings besaßen nur die höchsten Gipfel Andeutungen von Schnee.

Die Riesen hatten sich am Achterkastell zu versammeln begonnen. Linden gesellte sich zu ihnen. Blankehans' Äußerung – *lieblich und gefährlich* – war ihr nicht aus dem Kopf gegangen. Und sie hatte schon andere seltsame Anspielungen in bezug auf die *Elohim* gehört. Covenant und Brinn, Pechnase und die Erste waren bereits dort, und Seeträumer folgte Linden beinahe an Cails Fersen aufs Achterkastell. Derbhand und die Lagerverwalterin standen mit den übrigen Riesen *und Haruchai* auf dem Achterdeck und harrten dessen, was es zu hören geben werde. Nur Hohl war sich der bedeutungsschwangeren Stimmung, die herrschte, allem Anschein nach nicht bewußt. Er blieb reglos beim Wohlspeishaus stehen, der Küste den Rücken zugekehrt, als sei sie für ihn ohne Belang.

Linden erwartete, die Erste werde das Wort ergreifen, aber es war Blankehans, der sich an die Versammlung wandte. »Meine Freunde«, sagte er mit einer weiträumigen Geste, »ihr schaut das Land der *Elohim.* Vor uns liegt unser Weg in ihr Land. Der Wasserlauf, dessen Mündung ihr dort seht, trägt den Namen *Raw.* Er ist ein Nebenfluß des Stromes *Callowwail,* der jener Stätte entspringt, welchselbige die *Elohim* ihren *Clachan* heißen – Quell und Ursprung von *Elemesnedene* selbst. Diese Berge sind die *Raw*-Schroffen und bewahren *Elemesnedene* vor Eindringlingen. So bleiben die *Elohim* in ihrem Frieden behütet, denn es gibt keinen anderen Weg ins Landesinnere als den *Raw.* Und vom *Raw* kehrt kein Wesen oder Gefährt ohne die Gunst jener zurück, die über *Raw, Callowwail* und *Woodenwold* die Herrschaft haben. Ich habe von den *Elohim* gesprochen. Sie sind heiter und feinsinnig, herzlich und klug. Sollten sie in ihrem Wissen oder ihrer Macht Grenzen haben, so sind diese Grenzen unbekannt. Wer vom *Raw* wiedergekehrt ist, hat keine solche Kenntnis mitgebracht. Und von jenen, die nie wiedergekommen sind, kann man keine Geschichten erzählen. Sie sind aus dem Dasein verschwunden und haben keine Spuren hinterlassen.«

Blankehans legte eine Pause ein. »So hat Schaumfolger aber nicht von ihnen geredet«, erhob Covenant in das Schweigen hinein Einspruch. Die Erinnerung machte seinen Tonfall scharf. »Er hat sie die ›märchenhaften‹ *Elohim* genannt, ›ein lustiges Völkchen‹. Bevor die Entwurzelten die Wasserkante erreichten, haben sich hundert von ihnen entschlossen, seßhaft zu werden und sich bei den *Elohim* niederzulassen. Wie gefährlich können die *Elohim* denn da wohl sein? Oder haben sie sich auch verändert …?« Unsicher verklang seine Stimme.

Der Kapitän drehte sich nach Covenant um. »Die *Elohim* sind, was sie sind. Sie wandeln sich nicht. Und Salzherz Schaumfolger hat sie wahrheitsgetreu beschrieben. Jene unseres Volkes, die du die Entwurzelten nennst, waren uns bekannt als die Verschollenen. Auf ihren stolzen Schiffen wagten sie sich hinaus in die weite Welt und kamen niemals wieder. Während der nächsten Geschlechterfolge ist nach ihnen gesucht worden. Die Verschollenen hat man nicht gefunden, jedoch Spuren ihrer Irrfahrt entdeckt. Bei den *Bhrathair* lebt noch eine Handvoll unseres Volkes, Nachfahren jener kleinen Anzahl von Riesen, die dort verblieben, um im Kampf gegen die Sandgorgonen der Großen Wüste Beistand zu leisten. Und bei den *Elohim* vernahm man Geschichten, die sich um jene fünf mal zwanzig Verschollenen rankten, die's vorzogen, sich in *Elemesnedene* niederzulassen. Salzherz Schaumfolger aber sprach als ein Abkomme jener, welche wohlbehalten wieder aus dem Schlund des *Raw* zum Vorschein kamen, weil die Gutwilligkeit der *Elohim* es so wollte. Was geschah mit den fünfmal Zwanzig, die blieben? Riesenfreund Covenant, ohne Zweifel waren sie gewißlicher verloren als die Verschollenen, denn sie verloren sich selbst. Zweimal einhundert Jahre später gab's von ihnen allen nichts mehr als Geschichten aus dem Munde der *Elohim*. Nie und nimmer haben fünfmal zwanzig Riesen binnen einer solchen Frist am Alter sterben können, und doch waren sie dahin. Und keine Kinder entsprangen ihrer Mitte. Keine, obwohl unserem Volke Kinder und Kinderzeugen so lieb sind wie das Leben. Nein.« Der Kapitän straffte seine Schultern, lenkte seinen Blick hinüber zur Schlucht des *Raw*. »Ich habe gesagt, daß die *Elohim* gefährlich sind. Ich habe nicht behauptet, daß sie willentlich danach trachten, irgendeinem Leben oder der Erde Schaden zuzufügen. Aber in ihren Geschichten beschreiben sie sich selbst als das Bollwerk der letzten Wahrheit, und selbige

Wahrheit hüten sie mit Mitteln, die einen jeden, der sie schaut, aufs äußerste verwundern und erstaunen. An Bord der Sternfahrers Schatz habe ich allein schon den *Raw* befahren und ihn unversehrt wieder verlassen. In meiner Jugend fuhr ich auf einer anderen *Dromond* mit meinen Gefährten an diese Küste. Wir kamen heil davon, hatten aber von den *Elohim* – trotz unserer Geschenke und geschickten Unterhandelns – nichts gewonnen als die Gunst ihres guten Willens. Daher spreche ich aus eigener Erfahrung. Ich erwarte nichts Übles. Eingedenk des Weißgolds, der Erd-Sicht …« – er sah eindringlich Seeträumer an, gab ein wenig von der inneren Bewegung preis, der ihn seit einiger Zeit antrieb – »und der Bedeutsamkeit unserer Suche nach dem Einholzbaum vertraue ich darauf, daß wir freundlich empfangen werden. So übergroße Macht jedoch, wie sie den *Elohim* zu Gebote steht, ist allzeit eine Gefahr. Und sie wenden ihre Macht an oder geizen damit, ohne sich dazu herabzulassen, für das eine oder andere ihre Beweggründe zu enthüllen. Sie sind jenseits all dessen übersinnlicher Natur, was ein Sterblicher zu fassen vermag. Von Zeit zu Zeit bedienen sie sich ihrer Kräfte, um Geschenke zu machen. Ein solches ist die Gabe der Sprachenkundigkeit, ein Geschenk, das unser Volk bereits vor vielen, vielen Geschlechterfolgen von ihnen erhalten hat und welchselbiges noch heute unvermindert ist und unverdorben. Und ein Geschenk ist's, dessen wir auch heute bedürfen. Aber die *Elohim* gewähren keine Geschenke ohne Gegenleistung. Selbst ihr Wohlwollen muß erhandelt werden – und in diesem Erhandeln gleichen wir Blinden, denn die Eigenschaften, die einen Gegenstand oder eine Geschichte in ihren Augen mit Wert ausstatten, bleiben uns verhohlen. An kostbaren Steinen und edlen Metallen haben sie keinen Bedarf. An Wissen kennen sie keinen Mangel. Viele Geschichten erregen bei ihnen nur die allergeringfügigste Anteilnahme. Und doch war's eine Geschichte, dank der es gelang, von ihnen die Gabe der Sprachen zu erhalten – die bei uns Riesen hochgeschätzte, beliebte Geschichte um Bahgoon den Ungezogenen und Thelma Zweifaust, die ihn bändigte. Und meine Gefährten und ich vermochten damals der *Elohim* Wohlgefallen zu erlangen, indem wir ihnen das Knüpfen eines einfachen Knotens zeigten – eine unter uns so verbreitete Belanglosigkeit, daß wir kaum jemals von uns aus darauf verfallen wären, darin eine vermittelnswerte Kunst zu sehen. Dennoch erblickten die *Elohim* darin einen Wert. So ergab's sich, daß wir in Verwunderung und Staunen von *Elemesnedene* Abschied nahmen – und in der Überzeugung, einer großen Gefahr entronnen zu sein, denn ein Volk von höchster Macht, das solche Freude an einem Knoten findet, für den es keine Verwendung hat, ist mit Gewißheit gefährlich. Sollten wir den *Elohim* Anlaß zum Verdruß geben, wird der *Raw*, so dünkt's mich, unsere Gebeine niemals mehr ans Licht der Sonne spülen.«

Während Blankehans sprach, verspürte Linden immer merklichere Beunruhigung. Einiges davon übertrug sich von Covenant auf sie; seine Aura beträchtlicher Gereiztheit war für sie deutlich wahrnehmbar. Bestürzung und Angst betonten die Verhärmtheit seiner Augen, unterstrichen die strenge Zerfurchung seines Gesichts. Auf das, was ihm von Schaumfolger über die *Elohim* berichtet worden war, hatte er seine dringende Hoffnung gestützt; nun mußte er sich fragen, wie er von ihnen das Wissen erschachern konnte, das er haben mußte. Was mochte er besitzen, das für sie von Wert sein könnte?

Aber neben dem Druck, den sie von ihm ausgehen spürte, hatte Linden bereits eine Spannung in sich selbst entstehen gefühlt. Sie hatte an ein Geschenk für sich gedacht, eine Wiederaufrichtung, um die sie gern ersuchen würde. Wenn es den *Elohim* möglich gewesen war, dem Volk der Riesen die Gabe der Sprachen zu machen, konnten sie bestimmt auch andere Bedürfnisse erfüllen. Aber wie Covenant – und Blankehans – wußte sie nicht, was sie dafür zu bieten hatte.

»Genug«, sagte in diesem Moment die Erste. Obwohl sie keine Bewegung nach ihrem Schwert, dem Rundschild auf ihrem Rücken oder dem an ihren Gürtel geschnallten Helm tat, vermittelte sie den Eindruck, auf Kampf gefaßt zu sein. Ihr korsettähnliches Panzerhemd, die Hose aus geringelter Kette sowie die Beinschienen glänzten im frühmorgendlichen Licht wie in Bereitschaft. »Wir sind nun zur Genüge gewarnt. Hältst du's für ratsam, daß wir Sternfahrers Schatz hier vor Anker lassen? Sicherlich kann ein Langboot uns den *Raw* hinauftragen.«

Ihre Frage bewog den Kapitän erst einmal zum Überlegen. Als er antwortete, klang seine Stimme bedachtsam. »Für die Suche wär's ohne Sinn, bliebe Sternfahrers Schatz unbehelligt, während du, Riesenfreund Covenant und die Erd-Sicht dem Verderben anheimfallen.« *Und ich möchte nicht zurückbleiben,* fügten seine Augen stumm hinzu.

Entschieden nickte die Erste. Ihr Blick ruhte auf den *Raw*-Schroffen; plötzlich begriff Linden, daß die Schwertkämpferin nichts von Blankehans' persönlichem Wünschen ahnte. »So laßt uns segeln.« Einen Moment lang zögerte der Kapitän. Einander widerstreitende Gefühle hielten ihn noch zurück; die Gefährdung des Schiffs war verstrickt mit seinen anderen Nöten. Dann jedoch warf er den Kopf zurück, als entblöße er das Gesicht einem Wind der Erregung; und aus seiner Kehle drangen Anweisungen, die Lachen glichen.

Sofort stürzte sich die Mannschaft an die Arbeit. Man lichtete die Anker; die gelockerten Segeltücher zog man straffer. Sobald man das Steuerrad bewegte, neigte sich der Bug des Schiffs, als nicke er, und die Sternfahrers Schatz begann Fahrt in Richtung auf den Schlund des *Raw* aufzunehmen. Während er Herzensfreude dem Ankermeister überließ, begab sich Blankehans nach vorn, um vom Vordeck aus auf die Sicherheit der *Dromond* zu achten. Covenant schloß sich ihm an, gedrängt von der eigenen Ruhelosigkeit. Brinn, Hergrom und Ceer begleiteten ihn, gefolgt von sämtlichen Riesen, die keine Aufgaben zu verrichten hatten.

Statt ihnen nachzugehen, wandte sich Linden an die Erste. Ihre besondere Wahrnehmung verhalf Linden zu größerem Überblick, und sie empfand diese Tatsache auch als höhere Verantwortung. Die Schwertkämpferin spähte voraus ins Maul des *Raw*, als wäge sie die eherne Festigkeit ihrer Entscheidung gegen die Klippen ab. »Blankehans hat vor«, sagte Linden ohne irgendeine Vorbemerkung zu ihr, »die *Elohim* um etwas zu bitten.«

Ein Moment verstrich, ehe die Erste den Inhalt der Bemerkung verstand. Dann aber fiel ihr Blick auf Linden. »Hast du davon Kenntnis?« erkundigte sie sich streng.

Mit einem Anflug von Barschheit zuckte Linden die Achseln. Sie hätte die Absichten in Blankehans' Gedankengängen nicht ermitteln können, ohne seine Privatsphäre zu verletzen. »Ich kann's in ihm sehen. Aber ich weiß nicht, worum's sich dreht. Ich dachte, vielleicht wüßtest du Bescheid.«

Die Erste schüttelte den Kopf, während sie versuchte, die von Linden erhaltene Information einzuschätzen. »Es steht mir nicht zu, nach seines Herzens Geheimnissen zu fragen. Doch ich danke dir für die Mitteilung. Was sein Begehr auch sein mag, er darf sein Heil nicht aufs Spiel setzen, um die Gewährung zu erfeilschen.«

Linden nickte und überließ die Sache der Ersten, dann eilte sie vom Achterdeck und nach vorn. Als sie das Vordeck erreichte, sah sie die *Raw*-Schroffen beiderseits des Schiffs an den Himmel aufragen. Die Sternfahrers Schatz schwamm ziemlich schnell im Wind, obwohl nicht mehr als die Hälfte ihrer Segel gesetzt waren; und die Klippen schienen näher zu kommen, als streckten sie sich der *Dromond* entgegen, um sie zu verschlingen. Linden suchte sich einen Platz am Bug und beobachtete den *Raw* so weit voraus, wie es möglich war, hielt nach irgendwelchen Anzeichen von Felsen oder Untiefen Ausschau; doch das Wasser wirkte bis zu einer Flußbiegung, die vor ihnen lag, tief und klar. Nach ihrem Aufgang hatte sich die Sonne über der Bergkette südwärts erhoben, so daß der Kanal sich im Schatten befand. Infolgedessen sah das Wasser so hart und grau aus wie ein winterlicher Gießbach der Berge. Die Wasserfläche spiegelte die granitenen Klippen wider, nicht den hohen, tiefblauen Himmel. Linden vermochte sich nicht des Eindrucks zu erwehren, die Sternfahrers Schatz segle in einen Abgrund.

Die *Dromond* machte stete Fahrt. Blankehans ließ die Segel stärker reffen. Nichtsdestoweniger schwamm das Schiff mit auffälliger Schnelligkeit dahin, als werde es von der Schlucht eingesaugt. Nun war die Sternfahrers Schatz ihrem Schicksal auf Gedeih und Verderb ausgeliefert. Mit diesem Wind hinter sich würde das Schiff niemals wenden und die Rückfahrt antreten können. Das Riesen-Schiff glitt immer tiefer in den Schatten, bis nur noch auf die obersten Segel und den Fernschau Licht fiel. Bald aber entzogen die Felsen auch ihnen den Sonnenschein, und die *Dromond* schien in Dunkelheit zu versinken. Indem sich Lindens Augen der Düsternis anpaßten, konnte sie die grauen Wände der Schlucht deutlicher erkennen. Der Granit sah aus, als wäre er gekränkt und nicht zum Verzeihen geneigt, wie wenn man ihn, um diese Wasserstraße zu schaffen, auf widernatürliche Weise gespalten hätte, und warte jetzt in rigider Ungeduld auf irgendein Aufbäumen der Erde, das es ihm erlauben würde, sich wieder überm Wasser zu schließen, sein hartes Herz gegen erneute Zudringlichkeiten zu versiegeln. Linden, die ihn mit ihren speziellen Sinnen begutachtete, merkte genau, wie verärgert diese Berge waren;

wie beleidigt. Nur die urtümliche Langsamkeit ihres Lebens verhinderte, daß ihr Groll sich in normal ersichtlichen Formen niederschlug.

Und noch immer bewegte sich die *Dromond* mit wirklich unheimlicher Geschwindigkeit vorwärts. Die Klippen kanalisierten den Wind hinter dem Riesen-Schiff, und indem sich das Flußbett des *Raw* verengte, nahm der Wind von achtern an Stärke zu. Blankehans traf unter diesen Verhältnissen die Maßnahme, die Segel häufig losmachen und wieder reffen zu lassen. Doch als Linden zurückschaute, in die Richtung der offenen See, sah sie die Mündung des Wasserwegs in der Entfernung sichtlich schrumpfen. Wenig später verschwand sie ganz außer Sicht, als die Sternfahrers Schatz dem Verlauf des *Raw* in seine Biegung folgte. Aber trotz Biegung und Verengung des Kanals gelang es Blankehans und Derbhand, das Schiff in der Mitte, wo das Wasser am tiefsten war, zu halten.

Abgesehen vom Erteilen der erforderlichen Weisungen – Rufe, die von den Felswänden widerhallten und hinter der *Dromond* hin- und herdröhnten wie bittere Warnungen, hilfloser Zorn – legten die Riesen ein eher gedämpftes Verhalten an den Tag. In der allgemeinen Konzentration an Bord des Schiffs war selbst Pechnases Redseligkeit zum Erliegen gekommen. Lindens Beine und Rücken verspannten und versteiften sich aufgrund ihrer verkrampften Haltung. Die Klippen ragten gut dreihundert Meter über ihren Kopf empor, und indem sich die Schlucht verschmälerte, wirkten sie, wie sie so überm Riesen-Schiff standen, als lauschten sie auf den einen Laut, der sie aus ihrer uralten Erstarrung erlösen, in Wut und Vergeltung zusammenkrachen lassen konnte. Die Sternfahrers Schatz legte fünf Kilometer zurück, als werde sie gegen ihren Willen von dem dunklen Wasser landeinwärts gezogen. Die einzige Helligkeit in der Schlucht stammte vom Widerschein des Sonnenlichts auf den nördlichen Gipfeln. Für einige Augenblicke schien das nasse, graue Schweigen einen Unterton aufzuweisen, als Covenant zerstreut einige Verwünschungen vor sich hinf murmelte, in seiner Zermürbung etwas Dampf abließ. Doch gleich darauf verstummte er, als demütige ihn die Art, wie der Granit ihm sein Ohr lieh. Die Felswände schoben sich in schwerfälliger Wucht einander immer näher. Nach weiteren fünf Kilometern war der Kanal so eng, daß die Sternfahrers Schatz nicht einmal, wenn der Wind in die Gegenrichtung umgeschlagen wäre, noch zu wenden und in offene Gewässer umzukehren vermocht hätte. Linden bemerkte, daß sie im Dämmerlicht der Schlucht Schwierigkeiten mit dem Atmen hatte. Es erinnerte sie zu sehr an andere Arten der Finsternis und Trübnis. Die Omenhaftigkeit Ödeilands kam ihr wieder zu Bewußtsein. Machtlos gelangte Linden, ob es ihrem Willen entsprach oder nicht, an eine Stätte der Macht.

Dann durchschwamm die *Dromond* eine weitere Flußbiegung; und unerwartet verbreiterte sich der *Raw* zu einer weiten Lagune, die zwischen den Bergen einem natürlichen Hafen glich. Jenseits der Lagune erweckten die *Raw*-Schroffen den Eindruck, als hätten sie sich zumindest dort einmal schließen wollen, wäre es ihnen jedoch nicht gelungen, so daß zwischen den Klippen ein Einschnitt ebenen Geländes entstand. Aus der Mündung dieses Tals ergoß sich ein rascher, lebhafter Strom, der die Lagune speiste: der *Callowwail*. Seine Ufer waren dicht mit Bäumen gesäumt. Und auf diese Bäume hinter der Talmündung fiel Sonnenschein. Die Lagune selbst jedoch war sonderbar still. Die schwarzen Tiefen der Bergwurzeln absorbierten alles Jähe, erlegten dem Fließen des Wassers Sanftheit auf. Auch die Luft wirkte nun friedlich. Linden atmete die klaren, süßsauren Gerüche des Herbstes ein, als lechzten ihre Lungen nach der sonderbaren Art, wie hier die Luft zweckbestimmt, absichtsvoll schmeckte, als sei sie dem Dunkel von Schlucht und *Raw* durch Kräfte entrungen worden, die sie nicht im entferntesten verstehen konnte.

Auf einen Zuruf Blankehans' drehte Derbhand das Steuerrad, wendete die Sternfahrers Schatz, bis ihr Bug wieder auf den Kanal wies, so daß sie, wenn der Wind wechselte, bereit war zur Rückfahrt. Dann ließ man sämtliche Anker zu Wasser. Unverzüglich machten sich einige Riesen daran, eines der mitgeführten Langboote aus seiner Vertäuung unterhalb der Reling des Achterkastells zu lösen. Ganz wie die *Dromond* bestand auch das Langboot aus gemasertem Stein und besaß eine schnittige Form. Nachdem sie die Ruder bereitgelegt hatten, wasserten die Riesen das Gefährt.

Mit einem abschließenden Aufseufzen, das nach dem Schwinden gemeinsamer Spannung klang, begann sich der Rest der Mannschaft wieder zu regen, als handle sie in Trance. Die friedliche Atmosphäre verblüffte und erleichterte sie. Linden fühlte sich ein wenig wie unter einem Bann, als sie Covenant nach achtern folgte. Aufgrund der Düfte in der Luft wußte sie, daß die Gehölze jenseits der Talmündung überreichlich prachtvoll waren an Farben. Nach der Fahrt über den *Raw* verspürte sie den sehnlichen Wunsch, die Bäume dort zu sehen. Die Erste schnupperte aufmerksam. Pechnase befand sich am Rande lauten Vorsichhinlachens. Seeträumers Miene hatte sich aufgehellt, als wäre die Wolke der Erd-Sicht vorübergehend aus seiner Seele geweht worden. Sogar Covenant dachte anscheinend im Moment an keinerlei Gefahr: seine Augen brannten wie angefachte glühende Kohlen der Hoffnung. Nur die *Haruchai* zeigten auf die Stimmung keine Reaktion. Sie benahmen sich, als könne nichts sie aus der Ruhe bringen. Oder als sähen sie den Effekt der Luft auf ihre Gefährten – und trauten der Sache nicht.

Blankehans betrachtete das Tal mit ineinander verschlungenen, verknoteten Händen. »Habe ich's nicht gesagt?« meinte er leise. »Lieblich und gefährlich.« Er gab sich mühsam einen Ruck und wandte sich an die Erste. »Laß uns nicht zaudern. Schlecht stünd's uns, an diesem Ort mit unseren Absichten zu säumen.«

»Sprich du für dich, Schiffsmeister!« entgegnete Pechnase mit leuchtendem Gesicht. »Mir tut's wohl, hier zu stehen und eine solche Luft zu genießen.«

Die Erste nickte, als teile sie die Meinung ihres Ehemanns. »Es ist fürwahr, wie du gesagt hast«, bestätigte sie dann jedoch Blankehans. »Wir vier werden gemeinsam mit Covenant, der Auserwählten und ihren *Haruchai* aufbrechen und diese *Elohim* aufsuchen. Rate Ankermeister Derbhand zur Vorsicht, daß er keinem Wesen, das sich ihm hier durch Zufall nahen mag, Veranlassung zum Unmut gibt!« Der Kapitän neigte zum Zeichen der Zustimmung den Kopf und wollte sich zum Achterkastell entfernen. Aber die Erste hielt ihn zurück, indem sie ihm eine Hand auf den Arm legte. »Auch dir will ich zur Umsicht raten«, sagte sie gelassen. »Wir müssen Bedacht mit dem walten lassen, um was wir mit diesem Volk verhandeln. Es ist mein Wunsch, daß ohne mein Einverständnis keine Angebote unterbreitet, keine Gaben erbeten werden.«

Sofort verhärtete sich Blankehans' Miene. Zuerst dachte Linden, er werde sich weigern, die Ermahnung zu verstehen. Aber er entschied sich für eine andere Art der Weigerung. »Mein Leben ist mein. Ich gedenke Verhandlungen zu führen, wie sie mir belieben.«

Covenant musterte die beiden Riesen mit Mutmaßungen in seinem Blick. »Hile Troy war der gleichen Auffassung«, sagte er im Tonfall gekünstelter Nonchalance. »Bis jetzt hat's ihn mehr als dreitausend Jahre gekostet.«

Die Erste ignorierte Covenant und ließ sich von Blankehans nicht beeindrucken. »Nein. Es ist nicht dein. Du bist Sternfahrers Schatz' Schiffsmeister, der Suche zugehörig und ihr verschworen. Ich wünsche dich nicht zu verlieren.«

Aufsässigkeit furchte Blankehans' Stirn, betonte die Art, wie seine wuchtigen Brauen die Augen überschatteten. Doch einen Moment später gab er nach. »Ich habe deine Worte vernommen.« Innere Konflikte machten seine Antwort barsch. Er drehte sich um und ging Derbhand seine Befehle erteilen.

Die Erste betrachtete seinen Rücken, während er sich entfernte. Als er fort war, wandte sie sich an Linden. »Achte wachsam auf ihn, Auserwählte! Berichte mir, was du siehst! Ich darf ihn nicht verlieren.«

Nicht verlieren, klang es in Linden nach. Das Nicken, mit dem sie antwortete, besaß keinen wirklichen Sinn. Wenn Blankehans in Gefahr schwebte, dann ebenso sie.

Während sich der Kapitän mit Derbhand verständigte, befestigte man über dem gewasserten Langboot eine Strickleiter. Sobald Blankehans fertig war, eilten Ceer und Hergrom ins Boot hinunter, um die Strickleiter zu halten. Seeträumer stieg hinab und setzte sich ans vorderste Paar Ruder. Ein knappes Nicken der Ersten schickte Pechnase hinterdrein. Dann drehte sie sich nach Covenant und Linden um und wartete auf die beiden. Linden verspürte von Covenant eine Emanation starker Verlegenheit. »Mit Leitern komme ich nicht so gut zurecht«, murmelte er peinlich berührt. Die fahrigen Gebärden seiner Hände zeugten sowohl von ihrer Gefühllosigkeit wie auch seiner alten, eingefleischten Höhenfurcht. Aber dann zuckte er die Achseln. »Ach, na und? Brinn kann mich jederzeit auffangen.« Mit verkrampften Schultern trat er an die Reling. Vorsichtshalber kletterte Brinn dem Zweifler voraus. Die Arme beiderseits Covenants an der Strickleiter, gewährte er dem Ur-Lord beim Hinabsteigen die Sicherheit einer Hängematte. Vage überlegte Linden, ob es überhaupt eine Gefahr geben mochte, der die *Haruchai* sich nicht gewachsen zeigten. Daß sie Lindens Schwäche verurteilten, hätte keine Überraschung sein dürfen.

Als Linden an die Reihe kam, folgte sie Cail nach unten. Pechnase stützte Linden, als sie auf den Boden des Bootes sprang, das leicht schwankte. Vorsichtig nahm sie Covenant gegenüber Platz. Im nächsten Augenblick ertönte von der *Dromond* ein Schrei der Verblüffung und Warnung. Hohl schwang sich behend über die Reling, stieg die Strickleiter so mühelos hinab wie ein geborener Seemann. Doch sobald er sich im Langboot befand, verfiel er wieder in seine übliche Reglosigkeit. Die Erste und Blankehans folgten ihm unverzüglich, wohl weil sie Ärger erwarteten. Aber Hohl reagierte nicht auf sie. Die Erste schaute Covenant an; er antwortete lediglich mit einem Achselzucken, das besagte, er fühlte sich für Hohl nicht verantwortlich. Die Erste schnitt eine böse Miene, als habe sie Lust, Hohl über Bord zu werfen; doch sie setzte sich nur mißmutig in den Bug des Langbootes. Blankehans übernahm das andere Ruderpaar. Die beiden Brüder ruderten das Boot zusammen zum Ufer in der Nähe der *Callowwail*-Mündung hinüber.

Unterwegs machte sich Linden darüber Gedanken, was sie tun könne, um Covenants gereizte Härte zu mildern oder ihn abzulenken. »Du hast Hile Troy schon einmal erwähnt«, sagte sie, weil ihr nichts Neues zu Hohl einfiel. »Den Forsthüter von Andelain. Aber du hast mir nie erzählt, was es mit ihm auf sich hat.«

Covenant vermochte allem Anschein nach nicht den Blick von den *Raw*-Schroffen zu wenden. »Ich war nicht dabei.« Vielleicht mochte er sich auch nicht über das auslassen, dem Lindens Frage galt. »Soviel ich mitgekriegt habe, hatten er und Mhoram versucht, mit Caerroil Wildholz, dem Forsthüter der Würgerkluft, eine Vereinbarung zu treffen. Troys Armee stak zwischen dem Heer eines der Riesen-Wütriche Fouls und der

Würgerkluft in der Klemme. Damals pflegte der Forstwärter jeden umzubringen, der den Nerv hatte, seinen Wald zu betreten. Troy wollte seine Armee retten, indem er den Riesen-Wütrich und seine Truppen in die Würgerkluft lockte. Er und Mhoram versuchten, mit Caerroil Wildholz freien Durchmarsch für die eigenen Truppen auszuhandeln. Caerroil Wildholz machte klar, daß für seine Unterstützung ein Preis entrichtet werden müsse. Troy stellte keine Fragen. Er sagte nur, er sei mit jedem Preis einverstanden.« Covenant verzog das Gesicht zu einer Grimasse und sah Linden an. »Der Preis war Troys Leben. Er ist in so etwas wie einen Forsthüter-Gesellen verwandelt worden. Seitdem führt er das Dasein, das Caerroil Wildholz ihm bestimmt hat.« Covenants heißer Blick erinnerte Linden daran, daß er ein Mann war, der bereits mehrfach sehr hohe Preise gezahlt hatte. Wenn es sein mußte, würde er sie noch einmal zahlen.

Kurz darauf lief das Langboot auf den Kiesstrand, der die Lagune säumte. Ceer und Hergrom sprangen aus dem Gefährt, um es festzuhalten, während die anderen ausstiegen. Blankehans und Seeträumer zogen das Boot aufs Trockene; unterdessen klomm Linden zu dem Streifen mit Gras bewachsenen Untergrunds hinauf, über den man zu den Bäumen gelangte. Hier war die Wirkung der Luft offenbar noch stärker; sie glich einem frischen, gemächlichen Ausatmen des Tals, das jenseits der Lagune lag. Die würzigen herbstlichen Düfte bereiteten Lindens Nase einen wahren Nervenkitzel. Ein Blick zurück brachte das Riesen-Schiff in ihr Blickfeld. Gegen die dunklen Höhen der *Raw*-Schroffen wirkte es klein. Mit festgezurrten Segeln, die Masten und Rahen im Dämmerlicht kahl, ähnelte es auf dem stillen Wasserspiegel der Lagune einem Spielzeug.

Covenant stand in Lindens Nähe. Seine starre Miene des Mißmuts verbarg nicht den Aufruhr in seinem Innern: Gift; Macht; im Lande starben Menschen; Zweifel. Das alles gab zusammengenommen eine unbeständige Mischung ab, die immerzu kurz vor einer Entladung brodelte. Linden fragte sich, ob er tatsächlich die Bereitschaft besaß, alles einschließlich sich selbst hinzugeben, um den Einholzbaum ausfindig machen zu können. Ja, sie merkte, er war zu allem bereit. Aber wenn man den *Elohim* nicht trauen durfte …? Blankehans unterbrach ihre Überlegungen. Er kam mit Pechnase, der Ersten und Seeträumer den groben Kiesstrand herauf. Oben angekommen, deutete er auf die Bäume. »Dort liegt *Woodenwold«*, sagte er mit gepreßter Stimme. »Unser Weg führt uns am *Callowwail* entlang. Ich gebe euch den Rat, nichts anzurühren. Schädigt nichts! An dieser Stätte trügt aller äußere Anschein. Mag sein, *Woodenwold* ist gleichfalls eine Wohnstatt der *Elohim,* nicht anders als *Elemesnedene* selbst.«

Covenant spähte düsteren Blicks in die gewiesene Richtung. »Wie weit ist's noch? Wann gelangen wir zu diesen *Elohim?«*

»Wir ›gelangen‹ nicht zu ihnen.« Die Antwort des Kapitäns klang scharf. »Vielmehr werden sie sich uns zeigen, wenn's ihnen beliebt. Im Falle wir nicht ihren Unmut wecken.« Covenant erwiderte Blankehans' festen Blick. Einen Moment später nickte der Zweifler, verkniff sich seinen insgeheimen Ärger. Niemand rührte sich vom Fleck. Es war, als hielte die Luft alle zurück, dränge sie dazu, all dies Sanfte einfach hinzunehmen und zufrieden zu sein. Da jedoch setzten sich Ceer und Hergrom in Bewegung; die Gruppe schüttelte die seltsame Stasis ab. Die Erste und Blankehans schlossen sich den beiden *Haruchai* an, gefolgt von Linden und Covenant, Cail und Brinn, Seeträumer und Pechnase. Und zum Schluß kam Hohl, schritt aus, als wäre er blind und taub. In dieser Aufreihung näherten sie sich dem *Callowwail* und den Ausläufern des *Woodenwold.* Sobald sie die Bäume erreichten, fanden Hergrom und Ceer einen natürlichen Pfad, der am Flußufer entlangführte. Gleich darauf durchquerte die Gruppe den Wald, wanderte entferntem Sonnenlicht entgegen. *Woodenwold* hatte einen dichten Stand, Eiche und Platanen wuchsen nebeneinander, Weiden gediehen zwischen Eschen und Ahorn, alten Pappeln und jungen Mimosen. Im Schatten der *Raw*-Schroffen teilten sie die Stimmung der mürrischen Felsen: ihre Braun- und Grüntöne waren durchsetzt mit Grau und Grimm. Aber wo Sonnenlicht sie beschien, schimmerten sie sofort in kraftvollem herbstlichem Glanz. Die Gefährten gerieten mit dem Überschreiten der Schattengrenze vom Grau in eine wahre Pracht. Im Sonnenschein ähnelte *Woodenwold* einem Feuerwerk von Farben – flammendes Rot und Orange sah man, leuchtendes Gelb, Rostrot und warme Brauntöne. Laub umtanzte die Füße der Gefährten, während sie dahinzogen, umwand ihre Beine mit bunten Girlanden, so daß sie mit jedem Schritt Glut und feurige Schönheit aufzuwirbeln schienen. Linden bewegte sich inmitten ihrer Begleiter, als entferne jeder Meter, den sie zurücklegte, sie weiter von ihrer Sterblichkeit.

Die Gruppe bewältigte die Anforderungen des Marsches ohne größere Mühe, während die Berge beiderseits in die Ferne rückten, dem Tal Platz machten. Der *Callowwail* gluckerte im Verein mit dem Frohsinn der Blätter rechts und links der Gefährten. Der Fluß war nicht breit, aber seine Tiefen wimmelten von Leben und dem vom Sonnenschein hervorgerufenem Geflimmer. Sein Wasser glänzte wie etwas Neugeborenes. Die Helligkeit des Mittags glomm mit lichten Strahlen und Goldflitter auf jedem Ast, jedem Stück Gras.

Linden meinte, sie könne ringsherum das Läuten von Glöckchen hören. Es kam leise-lauschig aus der Ferne, erfüllte den Wald mit dem Zauber von Musik. Von ihren Begleitern jedoch bemerkte anscheinend keiner das Geläute; und man ließ ihr keine Gelegenheit zum Stehenbleiben und Fragen. Es hörte sich an, als unterhielten sich die Bäume miteinander, tönten und modulierten ihr Tönen, bis es fast in für Linden verständliche Worte überging, doch entglitt ihr Sinn jedesmal, wenn sie die Bedeutung zu erfassen versuchte, in Musikklänge. Das Glöckchenläuten war so lieblich wie das Raunen der Blätter; trotzdem machte es Linden auf unklare Weise nervös. Der intuitive Eindruck beunruhigte sie, daß es notwendig sei, diese Klimpersprache zu verstehen.

Voraus lichtete sich *Woodenwold*, die Bäume traten auseinander. Nach Norden und Süden erstreckte sich der Baumbestand weiter, begrenzte das Vorgebirge der *Raw*-Schroffen; längs des *Callowwail* jedoch wich *Woodenwold* einer von der Sonne in goldgelben Schein getauchten Aue, über die gesamte Talsohle ausgedehnt. Zwischen den Gefährten und den durch die Entfernung von rotbläulichem Dunst verschleierten Bergen lag eine weite Geländemulde, bewachsen mit wie goldenem Gras, sonst durch nichts gekennzeichnet als den Lauf des *Callowwail*, dessen Bett sich von seiner Quelle in sanft gekurvten Biegungen aus dem Nordosten herüberwand. Unter den letzten Bäumen blieb Blankehans stehen. »Die *Elohim* nennen dies die *Maidan* von *Elemesnedene*«, sagte er und deutete auf die Aue. »An ihrem Mittelpunkt befindet sich der *Clachan* selbst, Bronn und Springquell des *Callowwail*. Doch ohne den guten Willen und die Führung durch die *Elohim* werden wir den *Clachan* nie und nimmer finden. Sollte es ihnen gefallen, sich uns nicht zu zeigen, würden wir die *Maidan* nicht anders durchstreifen, als wäre sie fürwahr ein Irrgarten, und zu guter Letzt müßten dort unsere Gebeine zurückbleiben und zu der Gräser Gedeihen beitragen.«

Die Erste sah ihn aus verengten Lidern an. »Wozu rätst du uns?«

»Mein Rat lautet«, gab Blankehans zur Antwort, »hier zu verweilen und zu warten, ob das Volk der *Elohim* uns mit Wohlwollen empfängt. Wir stehen auf seiner Erde und sind in seiner Hand. Von hier aus vermögen wir, falls wir nicht willkommen geheißen werden, vermutlich ungeschoren zum Schiff umzukehren, um nach einer anderen Hoffnung Ausschau zu halten.«

Die Erste erwiderte darauf etwas; aber Linden hörte sie nicht. Das Glöckchenläuten war unvermittelt lauter geworden, füllte ihr die Ohren. Wieder erinnerte das Klingen Linden an eine fremde Sprache. *Hört ihr ...?* meinte sie ihre Begleiter zu fragen. *Hört ihr auch Glöckchen bimmeln?* Mehrere Sekunden verstrichen, bis sie merkte, daß sie nicht laut gesprochen hatte. Die Musik, so kam es ihr vor, drang in ihr Bewußtsein, ohne ihre Ohren zu durchlaufen.

Dann war die Gruppe plötzlich nicht mehr allein. In einer gespenstischen Verdichtung, die der trägen Magie der Träume zu entspringen schien, gaukelte das Läuten um den Stamm einer nahen Esche; und aus dem Holz löste sich eine Gestalt. Sie trat nicht aus der Nachbarschaft des Baums, hatte sich nicht etwa im Dunkel von Rinde und Schatten verborgen gehalten; vielmehr kam sie aus dem Innern der Esche zum Vorschein, als wandle sich der Baumstamm in eine neue Form um. Gesichtszüge erschienen, während die Gestalt an Sichtbarkeit gewann: Augen wie Chrysoberyll, feine Brauen, eine zierliche Nase und ein weicher Mund. Gertenschlank und aufrecht, stolz und anmutig flink, auf den Lippen ein würdevolles Lächeln und in den Augen das Leuchten freundlicher Begrüßung, näherte sich die Frau wie eine Inkarnation der Seele jener Esche, in der sie sich vorhin aufgehalten zu haben schien; und ihr Hervortreten hinterließ im Holz keinerlei Anzeichen vorheriger Anwesenheit oder jetziger Abwesenheit. Ein Kleid wie von feinstem Zindeltaft umhüllte ihre Glieder.

Linden starrte hinüber. Ihre Begleiter schraken vor Überraschung zusammen. Die *Haruchai* balancierten auf den Ballen ihrer Füße. Covenants Mund öffnete und schloß sich ohne seinen Willen. Blankehans jedoch trat der Frau entgegen, die auf die Gruppe zukam, und verbeugte sich vor ihr, als sei sie der höchsten Verehrung würdig. Sie verharrte vor den Gefährten. Ihr Lächeln strahlte Macht von solcher Größe und Reinheit aus, daß Linden kaum hinschauen konnte. Diese Frau war ein Wesen, das außerhalb der besonderen Wahrnehmung Lindens stand. »Es erfreut mich«, sagte die Frau leise, »daß euch in solchem Maß an unserem Wohlwollen gelegen ist.« Ihre Stimme klang ebenfalls wie Musik; aber sie erklärte nicht das Klingeln in Lindens Kopf. »Ich bin Daphin.« Auf Blankehans' tiefe Verbeugung reagierte die Frau mit einem Nicken. »Ihr seid Riesen. Wir haben bereits Riesen gekannt.« Noch immer verwirrten die Glöckchen Linden, so daß sie nicht ganz sicher war, was sie eigentlich vernahm. Daphin wandte sich an Brinn. »Euch kennen wir nicht. Vielleicht wird die Geschichte eures Volkes bei uns auf Interesse stoßen.« Das Läuten erklang lauter. Daphins Blick ruhte jetzt direkt auf Linden. Es war Linden unmöglich, sich dem Geklingel in ihrem Kopf zu verschließen. Doch als sie hörte, was Daphin zu ihr sagte, wäre ihr vor Schreck fast ein Keuchen entfahren. »Du bist die Sonnenkundige.« Bevor Linden darauf reagieren oder antworten konnte, hatte die Frau sich schon Covenant zugedreht. Er starrte sie in einem Staunen an, das einer offenen Wunde glich. Im selben Augenblick schwand Daphins Lächeln. Die Glöckchen lärmten wie in Überraschung oder Furcht. »Du nicht!« sagte sie mit Entschiedenheit.

Während die Gefährten sie noch entgeistert anstarrten, verflüchtigte sie sich auf einmal, als schmölze sie ins Gras, und war unversehens verschwunden, ohne auf der weitflächigen Aue eine Spur ihres Kommens oder Gehens hinterlassen zu haben.

7
ELEMESNEDENE

Linden drückte die Hände auf ihre Ohren, und das Läuten klang leiser – aber nicht dank ihrer Hände, sondern weil die Gebärde ihre Anstrengungen unterstützte, die Töne aus ihrem Bewußtsein zu verdrängen oder wenigstens zu mißachten. Linden schwitzte in der feuchtwarmen Luft des Mittags. Die Sonnenkundige? Vorzeichen naher Panik verzerrten ihr Gesicht. Die *Sonnenkundige?*

Covenant stieß wiederholt unterdrückte Flüche aus. Sein Ton entsprach irgendwie dem Weiß seiner hervorgetretenen Fingerknöchel. Als Linden ihn anschaute, sah sie, daß er die Stelle im Gras anstarrte, wo Daphin verschwunden war, als wolle er sie mit seinem magischen Feuer versengen. Die *Haruchai* hatten sich nicht geregt. Blankehans hatte aus Verwunderung oder Unbehagen den Kopf zurückgebogen. Seeträumer musterte Linden eindringlich, offenbar zu begreifen bemüht. Pechnase stand neben der Ersten, als stütze er sich an ihr. Der Blick der Ersten ruckte mit der Schärfe eines Messers zwischen Linden und Covenant hin und her. Hohls schwarze Miene sah nach heimlicher Erregung aus. »Sonnenkundige?« meinte die Erste gepreßt. »Was bedeutet ›Sonnenkundige‹?«

Linden tat einen Schritt auf Covenant zu. Sie hatte das Gefühl, daß seine Flüche ihr gälten. Das vermochte sie nicht zu ertragen. »So etwas bin ich *nicht.*« Ihre Stimme besaß im Sonnenschein einen wie entblößten Klang, bar aller Musik, die ihr Schönheit verliehen hätte. »Du weißt, daß ich so was nicht bin.«

Covenants Mienenspiel begann nachgerade zu wüten. »Hölle und Verdammnis! Natürlich bist du's! Hast du denn eigentlich überhaupt noch nichts kapiert?!«

Sein Tonfall ließ Linden zurückzucken. Daphins *Du nicht!* bildete in ihm einen Knoten der Erbitterung, den Linden so deutlich erkennen konnte, als zeichne er sich auf seiner Stirn ab. Er war nicht dazu imstande, etwas am Sonnenübel zu ändern. Und seinetwegen hatten die *Elohim* die Begrüßung abgebrochen. »Was ist eine ›Sonnenkundige‹?« fragte die Erste mit strenger Geduld noch einmal.

Covenant antwortete, als schnauze er sie an. »Jemand, der das Sonnenübel beeinflussen kann.« Seine Miene spiegelte Selbstüberdruß wider.

»Sie werden uns nicht empfangen.« Vor Kummer klang Blankehans' Stimme kindlich schwach. »Ach, ihr *Elohim!*«

Linden suchte nach einer Möglichkeit, Covenant antworten zu können, ohne Streit mit ihm anzufangen. *Ich habe keine Macht.* Schweiß rann ihr in die Augen, brachte ihre Sicht ins Verschwimmen. Die Spannung unter ihren Begleitern fühlte sich für sie unnatürlich an. Dieser Zorn, diese Trauer, so hatte es den Anschein, verletzte die ausgedehnte Geruhsamkeit des *Woodenwold* und der *Maidan.* Doch dann reichte ihr Gespür tiefer. *Nein,* dachte sie. *Nein, so ist es nicht.* Irgendwie war eben die Friedlichkeit des Tals – so empfand sie es – die Ursache dieser heftigen Gefühlsregungen. Die Luft ähnelte einem Aroma, das zu stark war, um etwas anderes als unangenehm zu sein. Aber die Ausweitung ihrer Wahrnehmung machte Linden wieder für das Glöckchenläuten empfänglich. Oder es näherte sich wieder. Das Klingen drängte sich ihrem Bewußtsein zudringlich auf. Pechnases Stimme klang in ihren Ohren, sobald er den Mund öffnete, als werde sie künstlich gedämpft. »Mag sein, ihr Willkommen ist uns nicht versagt. Schaut!«

Linden blinzelte ihr Blickfeld rechtzeitig genug frei, um vor sich zwei Gestalten aus dem Erdboden aufwallen zu sehen. Zügig verwandelten sie sich aus Gras und Erde in menschliche Umrisse. Die eine Gestalt war Daphin. Ihr Lächeln war verschwunden; an seine Stelle war sachliche Ruhe getreten, die Bedauern ähnelte. Ihr Begleiter jedoch zeigte ein Lächeln, das auf ein Schmunzeln hinauslief. Es handelte sich um einen Mann, dessen Augen so blau waren wie Hyazinth, die gleiche Farbe wie sein Gewand besaßen. Wie Daphins Kleid war auch sein Gewand kein von Hand angelegtes Kleidungsstück, sondern eine Art von Bekleidung, die er in und aus sich selbst geschaffen hatte. Mit gewissenhafter Eleganz zupfte er die Falten zurecht. Der Schimmer in seinen Augen mochte auf Freude oder Spott zurückzuführen sein. Die Begleitmusik der Glöckchen verwischte den Unterschied. »Ich bin Chant«, sagte der Mann unbekümmert. »Ich bin gekommen, um Wahrheit zu finden.« Sowohl er wie auch Daphin betrachteten Linden. Die Direktheit dieser Begutachtung, das Durchdringende ihres Charakters legten jede einzelne Faser ihrer Natur bloß. Im Vergleich dazu war ihre besondere Sinneswahrnehmung eine niedrige, grobschlächtige Fähigkeit. Diese beiden Personen übertrafen alle Vorstellungen Lindens. Sie reagierte mit gefühlsmäßiger Ablehnung. Entschlossen gab sie sich einen Ruck und drängte das Läuten in den Hintergrund ihres Bewußtseins. Die *Elohim* erforschten sie, wie Gibbon ihr Inneres erforscht hatte. *Bist du nicht schlecht? Nein. Nicht, solange die Finsternis keine Macht hat.*

»Ich bin keine Sonnenkundige.« Ungläubig hob Chant die Brauen. »Wenn hier jemand ›sonnenkundig‹ ist, dann er.« Linden wies hinüber zu Covenant, versuchte die Augen der *Elohim* von sich abzuwenden. »Er hat den Ring.«

Das Paar blieb unbeeindruckt. Daphins Miene verlor nichts von ihrer klaren Erlauchtheit; doch Chants Lächeln deutete einen gewissen insgeheimen Fanatismus an. »Wir haben an

Unwahrheit keinen Gefallen ...« – seine Stimme klang seidenweich –, »und deine Worte sind offenkundig unwahr. Leugne nicht, daß du bist, was du bist. Derlei mißfällt uns. Statt dessen erkläre uns, warum dieser Mann sich im Besitz deines weißen Rings befindet.«

»Das ist nicht ihr Ring«, fuhr Covenant sofort dazwischen. »Es ist meiner. Es ist immer meiner gewesen.« Im Angesicht der *Elohim* klangen seine Äußerungen nichtswürdig und zänkisch.

Chants Lächeln vertiefte sich, erfaßte Linden wie eine Drohung. »Auch das ist unwahr. Du bist nicht der Sonnenkundige.«

Covenant setzte zu einer gereizten Entgegnung an. Aber Daphin kam ihm zuvor. »Nein«, widersprach sie gelassen. »Der Ring ist sein. Tief im Innern trägt er sein Mal.«

Daraufhin schaute Chant seine Begleiterin an; aus Erleichterung sackten Linden die Schultern herab. Es entlastete ihr Gemüt enorm, daß Chant seinen Blick von ihr genommen hatte. Chant zog eine verdrossene Miene, als verstöße Daphins Widerspruch gegen eine stillschweigende Übereinkunft. Daphin jedoch wandte sich an Linden. »Dennoch liegt hierin ein Rätsel. Unser aller Vision sieht dieselbe Wahrheit – daß Sonnenkundigkeit und Ring allein einem Wesen zugehören, das auf Suche zu uns kommen wird. Angelegenheiten von größter Bedeutsamkeit sind davon betroffen. Und unsere Visionen lügen nicht. *Raw*-Schroffen und *Woodenwold* lügen nicht. Wie lautet die Erklärung, Sonnenkundige?«

Linden fühlte in Covenant eine geballte Verkrampfung, als wäre sein magisches Feuer dicht vor einem Ausbruch. »Was soll ich nach eurer Meinung denn tun?« maulte er. »Ihn weggeben?«

Chant ließ sich nicht dazu herab, ihn nur anzusehen. »Solche Macht steht dir schlecht. Schweigen wäre ziemlicher. Du stehst inmitten solcher, die dir über sind. Gestatte der Sonnenkundigen zu sprechen!«

Covenant knurrte einen Fluch. Linden spürte seine erbitterte Wut und entwand sich dem Bann der *Elohim,* drehte sich ihm zu. Sein Gesicht war von Gehässigkeit verdüstert. Wieder wirkte seine Vehemenz widernatürlich – als wäre sie eine Reaktion auf die Luft, nicht seine Situation oder die *Elohim.* Dieser Eindruck löste in Linden unabweisbare Dringlichkeit aus. Hier überwog irgend etwas die Wichtigkeit ihrer Weigerungen. Intuitiv verlieh sie ihrer Stimme einen helleren Klang, so daß Covenant sie hören mußte. »Ohne ihn wäre ich nicht hier.« Dann begann sie angesichts der Verantwortung, die sie unausgesprochen auf sich genommen hatte, zu schlottern.

Im folgenden Moment ergriff Pechnase das Wort. »Friede, meine Freunde«, sagte er. Sein mißgestaltetes Gesicht bezeugte für ihn gänzlich untypische Besorgtheit. »Weit sind wir gefahren, um das Wohlwollen der *Elohim* zu erlangen. Viel mehr als nur unser Leben steht auf dem Spiel.« Seine Stimme beschwor sanftmütig. »Gebt keinen Anlaß zu Mißfallen.«

Covenant musterte Linden, als versuche er, die Natur ihrer Unterstützung und der Anerkennung ihrer Verantwortung zu durchschauen. *Hörst du Glöckchen?* wollte sie ihn plötzlich dringend fragen. Falls er sie hörte, ließ er sich nichts anmerken. Aber was er in ihr sah, übte auf ihn sowohl eine kritische wie auch ermutigende Wirkung aus. Mit bedächtigem Vorsatz bändigte er das Schwellen der Magie in seinem Innern. »Verzeihung«, sagte er zu den *Elohim,* ohne Linden seine Aufmerksamkeit zu entziehen. »Der Grund, warum wir hier sind ... Die Sache drängt. Ich kann die Belastung nicht so gut verkraften.«

Die *Elohim* achteten nicht auf ihn; unverändert interessierten sie sich ausschließlich für Linden. Aber die Klangfarbe des Unmuts wich aus der Musik. »Vielleicht ist unsere Vision unvollständig gewesen«, sagte Daphin. Ihre Stimme trällerte wie Vogelsang. »Vielleicht steht eine Vereinigung bevor. Oder ein Tod ist zu erwarten.«

Vereinigung? dachte Linden überstürzt. *Tod?* Sie spürte, wie in Covenant die gleichen Fragen aufkamen. *Was meint ihr damit?* wollte sie sich erkundigen. Doch Chant lächelte wieder sein bedrohliches Lächeln. »Uns ist wohlbekannt«, sagte er unvermittelt, indem er nach wie vor nur zu Linden sprach, als stünde sie rangmäßig über ihren sämtlichen Begleitern, »daß eure Suche von großer Dringlichkeit getrieben wird. Wir sind kein Volk, das die Hast liebt, doch ebensowenig wünschen wir euch aufzuhalten.« Er drehte sich seitwärts und deutete mit vornehmer Gebärde längs des *Callowwail.* »Möchtet ihr uns nach *Elemesnedene* begleiten?«

Linden brauchte einen Moment, um sich zu einer Antwort durchzuringen. Zuviel auf einmal geschah. Seit sie Covenant zum erstenmal begegnet war, hatte sie sich ständig nach ihm gerichtet. Sie war nicht darauf eingestellt, für ihn oder sonst irgendwen Entschlüsse zu fassen. Aber sie hatte keine Wahl. In ihrem Rücken setzten die Emotionen ihrer Gefährten sie unter Druck: Blankehans' gespannte Erwartung, das angestrengte Schweigen der Ersten, Pechnases Sorge, Covenants heftige Zweifel. Sie bewahrten alle Zurückhaltung, überließen das weitere Linden. Und sie hatte ihre eigenen Gründe, aus denen sie sich hier befand. Sie verzog das Gesicht und nahm die Rolle auf sich, die man ihr zugeschoben hatte. »Schönen Dank«, sagte sie förmlich. »Deshalb sind wir gekommen.«

Chant verneigte sich, als habe sie sich ihm huldvoll gezeigt; aber Linden konnte sich nicht des Eindrucks erwehren, daß er im geheimen über sie lachte. Dann wandten die beiden *Elohim* sich ab und entfernten sich; indem sie so flott ausschritten, als wäre ihnen die gleiche leichte Zusammensetzung wie der Luft zu eigen, strebten sie durch das gelbe Gras dem Mittelpunkt der *Maidan* entgegen. Linden schloß sich an, Cail an ihrer

Seite; die übrigen Gefährten folgten. Sie hätte sich gerne mit ihnen verständigt, um irgendwelche Ratschläge zu erhalten. Aber sie fühlte sich zu bloßgestellt, um zu reden. Indem sie in geringem Abstand hinter Chant und Daphin blieb, versuchte sie, sich ein Vorbild an der zähen Zuversicht der *Haruchai* zu nehmen. Unterdessen hielt sie ins umliegende Gelände der *Maidan* Ausschau, weil sie hoffte, irgend etwas beobachten zu können, das ihr womöglich dazu verhalf, einen *Elohim* zu erkennen, der keine menschliche Gestalt besaß. Doch sie hatte von Chant und Daphin keine Anzeichen bemerkt, bevor die zwei sich ihnen zeigten; und auch jetzt vermochte sie nichts zu unterscheiden als das starke herbstliche Gras, darunter die Lehmerde sowie die Reinheit des *Callowwail*. Dennoch nahm ihr Gefühl des Entblößtseins zu. Nach einer Weile entdeckte sie, daß sie die Hände unbewußt zu Fäusten geballt hatte. Mühsam lockerte sie ihre Finger, betrachtete sie. Linden konnte kaum noch glauben, daß sie jemals ein Skalpell oder eine Spritze in der Hand gehalten hatte. Als sie die Hände sinken ließ, baumelten sie an den Handgelenken wie fremde Gegenstände. Linden wußte nicht, wie sie mit der Wichtigkeit fertig werden sollte, die die *Elohim* ihr offenbar beimaßen. Sie verstand die feine, klare Bedeutungsträchtigkeit der Glöckchen nicht zu enträtseln. Während sie Daphin und Chant nachlief, war ihr zumute, als werde sie in Treibsand gelockt. Ein sonderbarer Gedanke kam ihr in den Sinn. Mit keinem Wort waren die *Elohim* auf Hohls Anwesenheit eingegangen. Noch immer begleitete der Dämondim-Abkömmling die Gruppe wie ein Schatten. Aber Chant und Daphin hatten in keiner Weise auf ihn reagiert. Linden wunderte sich darüber, fand jedoch keine Erklärung.

Früher als erwartet gelangten sie in Sichtweite der *Callowwail*-Quelle – die Dunstwolke einer Fontäne, die wie ein Ornament in der Mitte der *Maidan* stand. Je weiter sie sich ihr näherten, um so deutlicher hob sie sich von ihren Sprühnebeln ab. Sie schoß wie ein Geysir aus einem hohen Kegel von Kalktuff. Ihr Wasser zerstob in der Höhe in Schleier und Regenbogen, fiel zu Füßen des Buckels auf den Erdboden und sammelte sich dort, um den Fluß zu bilden. Das Wasser sah so erbaulich aus wie Kristall, glich dem Flitter märchenhafter Verheißungen; der Travertin jedoch, den es abgesetzt hatte und fortwährend befeuchtete, wirkte dauerhaft und unnachgiebig. Der Höcker aus Kalkablagerung schien in sich zusammengezogen zu sein, als könne er durch nichts in der Welt bewegt werden. Die verwirbelten und gerillten Oberflächen seiner Seiten – geformt und zerfurcht durch ganze Zeitalter der Gischt und des Sprühwassers, mit den uralten Schneckenverzierungen des Wassers versehen – gaben ihm ein Aussehen schlüpfrigen Zerfließens, änderten allerdings nichts an seinen grundsätzlichen inneren Eigenschaften. Daphin und Chant winkten den Gefährten zu, daß sie ihnen folgen sollten, durchquerten leichtfüßig das Rinnsal unter der Fontäne und erstiegen so unbeschwert, als wären sie tatsächlich aus nichts als Luft, die Schräge des nassen steinernen Kegels. Droben verschwanden sie ohne jede Vorankündigung, als hätten sie sich mit einem Schlag selbst in Kalktuff verwandelt. Linden blieb stehen und starrte hinauf. Ihre Sinne vermochten die *Elohim* nicht mehr wahrzunehmen. Das Läuten war kaum noch zu hören.

Hinter ihr räusperte sich Blankehans. *»Elemesnedene«,* sagte er heiser. »Der *Clachan* der *Elohim.* Nie hätte ich gedacht, daß ich einen solchen Anblick noch einmal erleben dürfte.«

Covenant widmete dem Kapitän einen verdrossenen Blick. »Was machen wir jetzt?«

Zum erstenmal, seit die Sternfahrers Schatz vor der *Raw*-Mündung Anker geworfen hatte, lachte Blankehans. »Wir tun desgleichen wie unsere Gastgeber. Wir treten ein.«

Linden wollte ihn nach dem Wie fragen, überlegte es sich jedoch anders. Nachdem nun das Schweigen gebrochen war, erachtete sie eine andere Frage als wichtiger. »Hört einer von euch Glöckchen läuten?«

Die Erste warf ihr einen scharfen Blick zu. »Glöckchen?« Pechnases Miene kam einer Widerspiegelung der Verständnislosigkeit gleich, die die Erste zeigte. Seeträumer schüttelte den Kopf. Brinn hob auf eine Weise die Schultern, die eine Verneinung andeutete. »Die *Elohim* sind kein Volk, das die Musik liebt. Nie habe ich bei ihnen Glöckchen, ja niemals Gesang vernommen. Und in all den Geschichten, die unter uns Riesen über *Elemesnedene* erzählt werden, findet sich keinerlei Erwähnung von Glöckchen.«

Insgeheim stöhnte Linden auf. Wieder einmal war sie allein mit dem, was sie wahrnahm. Hoffnungslos wandte sie sich nach Covenant um. Sein Blick ruhte nicht auf ihr. In der Art, wie er die Fontäne anstarrte, glich er der Verkörperung einer Gewitterwolke. Seine Linke drehte den Ring um den äußeren Finger seiner Halbhand. »Covenant?« fragte Linden.

Er ging nicht auf sie ein. »Sie glauben, ich bin zum Scheitern verurteilt«, knirschte er statt dessen durch die Zähne. »So was kann ich nicht gebrauchen. Ich habe nicht so lange durchgehalten, um mir so was anzuhören.« Jede Linie seines hageren, trotzigen Gesichts sprach von totaler Ablehnung jedes Gedankens an Scheitern. Aber dann setzte sich seine Entschlossenheit wieder durch. »Also los! Du bist die Sonnenkundige.« Sein Ton strotzte von Schärfe und Bitterkeit. Im Interesse der Suche fand er sich mit den Rollen ab, die die *Elohim* verteilt hatten. »Du solltest zuerst gehen.«

Sofort fühlte sich Linden geneigt, zu widersprechen, zu versichern, sie sei nichts dergleichen wie eine Sonnenkundige. Möglicherweise konnte das ihn trösten oder zumindest den Grimm mildern, der in ihm brodelte. Aber erneut riet ihre

Empfindung des Entblößtseins ihr zum Schweigen. Statt zu antworten, kehrte sie sich der Erhebung und dem Rinnsal zu, atmete tief ein, hielt den Atem an. Indem sie Cail einen halben Schritt vorausging, trat sie ins Wasser. Im selben Augenblick fuhr ein heißes Kribbeln durch ihre Waden, erfüllte ihre Füße. In der ersten Sekunde schrak sie fast zurück. Doch da übermittelten ihre Nerven ihr, daß die Erscheinung harmlos war; sie verursachte lediglich eine rein äußerliche Gänsehaut, schadete jedoch nicht im geringsten. An ihren zwangsweisen Mut geklammert, watete Linden durch das Bächlein und stieg auf den alten Intaglio des Kalkgesteins. Sie erklomm den Kegel, Cail an ihrer Seite. Plötzlich schien rings um sie irgendeine Energieform aufzulohen, als wäre Linden eine glühende Kohle, in ein Pulverfaß geworfen. In ihrem Kopf läuteten von neuem Glöckchen; ihr Klingen spielte auf allen Seiten einen Kotillon. In Lindens Blut platzten Blasen aus Glaukonit und Granat; die Luft wallte, als entströme sie einem Rauchgefäß; die Welt trudelte.

Im nächsten Moment stolperte Linden in ein Wunderland. In fassungslosem Staunen rang sie um Atem. Wasser und Kalktuff hatten sie an einen völlig anderen Ort versetzt – eine Stätte von geisterhafter Bewunderungwürdigkeit. Über ihr schillerte ein weiter Himmel ohne Sonne oder Mond oder klar begrenzten Horizont, aber trotzdem von leuchtender Helligkeit und warm. Das Licht schien Sonnenlicht und Mondschein in sich zu vereinen. Es besaß die suggestive Vergänglichkeit der Nacht und das Spezifische des Tages. Und in seinem Zauber enthüllte sich in ungestümer Folge ein Wunder nach dem anderen. In der Nähe wuchs ein einsamer junger Baum ganz in Silber. Obwohl noch nicht hoch, war er so stattlich wie ein Prinz; und seine Blätter umtanzten das Astwerk, ohne es zu berühren. Wie Flocken kostbaren Metalls bildeten die Blätter um den Baum ein Helldunkelmuster, glitzerten und glänzten, indem sie wirbelten. Auf der anderen Seite versprühte eine Fontäne Strahlen aus Farben und Licht. Sie spritzten aufwärts und zerfielen in lautlosen Regen, ehe die Fontäne sie wieder aufnahm. Eine pelzige, einem Schimpansen ähnliche Gestalt hüpfte vorüber, schien zu stolpern, und als sie auf den Boden plumpste, verwandelte sie sich in ein üppiges Gestreu von Blumen. Blüten entfalteten sich auf dem grünleuchtenden Gras, die wie Pfingstrosen und Ritterstern aussahen. In der Höhe flogen wie fleischgewordenes Trillern Vögel. Sie schwirrten im Kreis, sausten aufeinander zu, verschmolzen unvermittelt miteinander, um in der Luft zu einer Feuersäule zu werden. Einen Moment später zersprang sie in Funken, die sich ihrerseits zu Edelsteinen verfestigten – Rubinen und Alexandriten, Saphiren und Porphyren, wie ein Schwaden Sterne; und die Edelsteine schwebten davon, unversehens zu Schmetterlingen geworden. Ein Hügel drehte sich langsam um sich selbst, nahm der Reihe nach, während er sich bewegte, verschiedenerlei geheimnisvolle Umrisse an. Und das waren nur die Zauberhaftigkeiten im näheren Umkreis. Zuhauf boten sich weit und breit weitere Sehenswürdigkeiten: große Statuen aus Wasser; ein Teich, dessen Oberfläche ein Gewebe aufwies wie ein Teppich; Sträucher, die eine endlose Vielfalt anmutiger Formen durchliefen: aneinandergereihte Ausdehnungen von Marmor, die sich von Nichts zu Nichts erstreckten; Tiere, die sich als Vögel in die Lüfte erhoben und als Schnee wieder herabgetrieben kamen; malachitene Silhouetten mit schnellen Schwingen zogen grazile Kreise; es gab Sonnenblumen, so groß wie Riesen, mit übereinander angeordneten, ophitfarbenen Blütenblättern. Und überall ertönte die Musik von Glöckchen: Zimbeln, die ein Carillon klimperten, zu musikalischen Bildern des Klingelns verwobenes Geläut, nach allen Seiten verstreutes Klingen; die mit Metall und Kristall gesprochene Sprache von *Elemesnedene*. Lindens Sinne konnten unmöglich alles auf einmal aufnehmen; zu sehr verwirrte das Schauspiel, so daß sie nur ein Keuchen nach dem anderen von sich zu geben vermochte. Als das silberne Bäumchen nahebei sich in eine menschliche Gestalt umbildete, sich als Chant entpuppte, schrak sie zurück. Sie konnte kaum glauben, daß das wahr war, was sie sah. *Diese …? O mein Gott!* Wie zur Bestätigung ihrer Schlußfolgerung kam ein Schwarm Stare auf den Boden geflattert und verwandelte sich in Daphin. »Hölle und Verdammnis!« hörte sie plötzlich hinter ihrem Rücken Covenant raunen, und da erst bemerkte sie ihre Gefährten. Als sie sich umwandte, erkannte sie, daß sie inzwischen allesamt gefolgt waren – die Riesen, die *Haruchai,* sogar Hohl. Aber die Stelle, die sie verlassen hatten, war nicht mehr zu sehen. Quelle und Fontäne des *Callowwail,* der Kalksteinhügel und die *Maidan* existierten hier nicht. Die Gefährten standen auf einer kleinen, von lauter Wundersamkeiten umgebenen Anhöhe. Für einen Moment blieb Linden noch gänzlich entgeistert. Aber dann packte Covenant sie mit seiner Halbhand am Unterarm, klammerte sich geradezu an sie. Ohne sie anzuschauen, versuchte er eine Frage zu formulieren. »Was …?« Sein Griff gab ihr einen Halt, mit dessen Hilfe es ihr gelang, sich zusammenzureißen.

»Die *Elohim«,* sagte sie bloß. »Das sind die *Elohim.«*

Blankehans nickte, als wäre er in seinem Übermaß an Erinnerungen und Hoffnung völlig sprachlos. Pechnase lachte stumm. Seine Augen schwelgten im Anblick von *Elemesnedene.* Die Miene der Ersten dagegen war grimmig; die Schwertkämpferin war sich zu deutlich dessen bewußt, daß die Gruppe keine Rückzugsmöglichkeit besaß und ganz darauf angewiesen war, die *Elohim* nicht zu verärgern. Und Seeträumers Augäpfel über seiner alten Narbe wirkten verwaschen wie von starken Gegensätzen, als wäre das leicht erregbare Entzücken der Riesen in Konflikt mit seiner Erd-Sicht geraten. »Willkommen in unserem *Clachan«,* sagte Chant. Er hatte sein Vergnügen am Staunen der Gefährten. »Vergeßt alle Sorge! Hier erübrigt sich alles dergleichen. Wie dringlich eure Bestrebungen auch sein mögen, *Elemesnedene* ist kein Ort, den zu schauen irgendein Sterblicher bereuen müßte.«

»Wir werden's nicht bereuen«, versicherte die Erste vorsichtig. »Wir sind Riesen und verstehen den Wert des Wunderbaren zu würdigen. Doch unsere Eile ist eine Bürde, die wir nicht scheuen dürfen. Ist uns gestattet, von der Drangsal zu sprechen, die uns zu euch gebracht hat?«

Ein schwaches Runzeln furchte Chants Stirn. »Eure Hast erweist unserem Willkommen nur geringe Ehre. Wir sind keine Riesen oder andere Kinder, daß es gangbar wäre, unser Tun so in Frage zu stellen. Des weiteren ...« – er richtete seinen hyazinthblauen Blick auf Linden – »wird niemand zum *Elohim*-Fest zugelassen – der Versammlung, in der wir beraten, in der wir über Gaben sprechen und sie in Erwägung ziehen –, der nicht zuvor von uns der Prüfung unterzogen worden ist. Wir erkennen die Wahrheit in euch. Ergründet werden muß jedoch der Geist, in dem ihr dieser Wahrheit anhängt. Seid ihr mit der Prüfung einverstanden?«

Prüfung? fragte sich Linden. Sie wußte nicht, wie sie der Forderung in Chants Blick standhalten sollte. Unsicher wandte sie sich nach Blankehans um. Er zeigte auf ihre stumme Frage ein Lächeln. »Es ist so, wie ich's in Erinnerung habe. Es besteht kein Grund zur Furcht.« Covenant wollte offenbar etwas sagen, unterließ es jedoch. Seine eingezogenen Schultern verrieten deutlich genug, daß er sich Gründe vorstellen konnte, aus denen jede Art von Prüfung zu fürchten sei.

»Der Riese entsinnt sich recht.« Daphins Stimme klang nach friedlicher Vermittlung und Ermutigung. »Man sagt bei uns, daß das Herz Geheimnisse hütet, die des Erwähnens nicht wert sind. Uns steht nicht der Sinn nach Zudringlichkeit. Wir begehren lediglich eine Aussprache mit euch, so daß wir im Auf und Ab eurer Worte den Geist eurer Wahrheit zu ermessen vermögen. Komm!« Während sie lächelte wie ein Sonnenaufgang, trat sie vor und nahm Lindens Arm. »Magst du mich nicht begleiten?« Linden zögerte. »Sei getrost, was deine Begleiter angeht«, fügte die *Elohim* hinzu. »In deinem Namen sind sie in unserer Mitte so wohl aufgehoben, wie ihre verschiedenen Nöte es zulassen.«

Die Ereignisse vollzogen sich zu schnell. Linden wußte nicht, wie sie sich verhalten sollte. Sie konnte nicht all das zur Kenntnis nehmen, was ringsherum an Sehenswürdigkeiten und Wundervollem geboten war, vermochte nur mit Mühe das Glöckchengeläut so weit aus ihrem Kopf auszuschließen, daß es ihren Verstand nicht benommen machte. Auf derartige Entscheidungen war sie nicht vorbereitet. Doch sie hatte ihr Leben damit zugebracht, Entschlüsse zu fassen und sich den Konsequenzen zu stellen. Und die Erlebnisse im Lande hatten sie von neuem die Wichtigkeit ständigen Weitermachens gelehrt. *Weitermachen! Laß die Dinge auf dich zukommen! Sieh, was geschieht!* Beinahe unvermittelt gab sie Daphins leichtem Druck an ihrem Arm nach. »Ich komme. Du kannst mich fragen, was du willst.«

»Ach, Sonnenkundige!« Die *Elohim* lachte hell. »Ich werde dich nichts fragen. Du wirst mich fragen.«

Nichts? Linden verstand die Entgegnung nicht. Und Covenants Blick brannte ihr im Nacken, als beteilige sie sich daran, wie die *Elohim* ihn demütigten. Er hatte einen harten, schweren Weg zu seiner Macht zurückgelegt und eine derartige Behandlung nicht verdient. Aber Linden gedachte nicht zurückzustecken. Sie hatte sein Leben um Nebelhorns willen riskiert. Nun setzte sie seinen Stolz aufs Spiel, obwohl die zornige Verwirrung, die von ihm ausging, sie schmerzte. Sie nahm Daphins Berührung in Kauf und strebte die Anhöhe hinunter. Währenddessen begannen sich andere Formen ringsum in menschliche Gestalten umzuwandeln: weitere *Elohim* zeigten sich, kamen anscheinend, um an der »Prüfung« ihrer Gäste teilzuhaben. Zwar war Linden inzwischen auf solche Erscheinungen gefaßt, aber es verblüffte sie trotzdem, zu sehen, wie Büsche, Springquellen, im Dahingaukeln begriffene Ansammlungen von Edelsteinen sich so unerwartet in vertrautere Wesensformen verwandelten. Als Cail sich wie zum Schutz an ihre andere Seite begab, fand Linden in seiner Gegenwart spürbaren Trost. Er war so verläßlich wie Stein. Inmitten der wilden Modulationen des *Clachan* konnte sie seine Festigkeit gut gebrauchen.

Sie hatten den Fuß des Abhangs noch nicht erreicht, da ertönte plötzlich scharf Chants Stimme. »Nein!« Sofort blieb Daphin stehen. Nachdrücklich drehte sie Linden mit sich um, ihren Begleitern zu. Chant schaute Linden an. Sein Blick zeichnete sich durch die durchdringende Kraft eines Propheten aus. »Sonnenkundige.« Im Klimpern der Glöckchen, das an Warnungen erinnerte, klang seine Stimme wie von fern. »Du mußt allein mit Daphin gehen. Jeder deiner Gefährten muß für sich geprüft werden.«

Allein? Alles in Linden bäumte sich auf. Das war zuviel verlangt. Wie sollten solche Einschränkungen Cail betreffen? Er war ein *Haruchai*. Und sie brauchte ihn. Die Heftigkeit, mit der sie sich plötzlich an seine Anwesenheit klammerte, verdutzte Linden selbst. Sie war ohnehin so allein … Sie sammelte allen Mut zu einem Einspruch. Doch Cail kam ihr zuvor. »Die Auserwählte steht unter meiner Obhut«, sagte er mit der leidenschaftslosen Ablehnung einer Mauer. »Ich werde sie begleiten.«

Seine Kompromißlosigkeit erregte Chants Aufmerksamkeit. Die unbekümmerte Eleganz des *Elohim* steigerte sich zum Hochmut. »Nein!« wiederholte er. »Deine Obhut entbehrt hier jeglicher Bedeutung. Hier bist du an nichts gebunden. Du wirst, so wie die Sonnenkundige, allein der Prüfung unterzogen.«

Covenant trat vor. Die Erste vollführte eine Geste der Abwehr, um ihn zur Umsicht zu mahnen. Er beachtete sie nicht. »Oder?« knurrte er unterdrückt.

»Oder«, ahmte Chant seinen Tonfall in verhaltenem Spott nach, »er wird an die Stätte der Schatten verbannt, von der niemand wiederkehrt.«

»Hölle und Verdammnis!« schnauzte Covenant. »Nur über meine …«

Ehe er den Satz beenden konnte, verfielen die vier *Haruchai* in schlagartiges Handeln. Unter dem Drang einer gleichzeitigen, gemeinsamen Eingebung warfen sie sich zum Angriff vorwärts. Brinn sprang mit beiden Füßen gegen Chants Brust. Ceer und Hergrom stürzten sich auf zwei andere *Elohim*, um sie außer Gefecht zu setzen. Cail stieß mit dem Fuß nach Daphins Bein, um sie zu Fall zu bringen. Ihr Vorgehen blieb ohne jeden Erfolg. Chant verflüchtigte sich, als Brinn ihn ansprang. Der *Haruchai* tat einen Satz durch ihn hindurch, ohne etwas zu berühren. Dann verwandelte sich Chant in ein Gewirr von Ranken, die Brinn umschlangen und festhielten. Daphin breitete Schwingen aus und erhob sich flink über Cails Tritt. Bevor er reagieren konnte, ergoß sie sich als zähe Masse auf ihn und hemmte seine Bewegungen, bis er sich nicht mehr zu regen vermochte. Und die von Ceer und Hergrom attackierten *Elohim* zerflossen augenblicklich zu Treibsand, in dem sie im Handumdrehen feststaken. Die Riesen beobachteten das Geschehen lediglich. Blankehans' Miene bezeugte Schrecken; er war vollständig unvorbereitet auf diesen Ausbruch von Gewalt gewesen, der die vordergründige Sanftheit und Schönheit von *Elemesnedene* mit so übergangsloser Plötzlichkeit heimsuchte. Seeträumer machte Anstalten, den *Haruchai* zu Hilfe zu eilen; aber die Erste und Pechnase hielten ihn zurück.

»Nein.« Covenant stand zwischen den Riesen wie ein drohendes Feuer, wandte sich mit wilder Magie in jedem Muskel seines Körpers an die *Elohim.* Jetzt beherrschte seine Erregung die Anhöhe. »Verachtet mich ruhig«, sagte er mit leiser Stimme, die gefährlich wie eine Natter klang. »So was war schon oft da. Aber die *Haruchai* sind meine Freunde. Ihr werdet ihnen nichts tun.«

»Diese Entscheidung obliegt nicht dir!« entgegnete Chant. Diesmal jedoch war er es, der trotzig und zänkisch wirkte.

»Chant.« Daphins Stimme drang ruhig aus dem Brei, der Cail umgab. »Besinne dich! Es ist genug! Keinem weiteren Zweck wäre gedient.«

Einen Moment lang antwortete Chant nicht. Aber das Glöckchenläuten nahm einen drängenden Ton an; und auf einmal zeigte er sich wieder in menschlicher Gestalt. Gleichzeitig floß Daphin von Cail herab, und die beiden anderen *Elohim* standen aus dem Treibsand wieder als Menschen auf. Die *Haruchai* waren unversehrt. »Sonnenkundige«, sagte Chant, während er Linden ansah, als wolle er sie mit seinem Blick durchbohren, »diese Wesen stehen unter dem Schutz deines Namens. Sie sollen daher keinen Schaden erleiden. Aber ihre Ungehörigkeit übersteigt jedes erträgliche Maß. *Elemesnedene* kann derlei nicht dulden. Wie lautet dein Wille?«

Fast hätte sich Linden an der Schärfe der Erwiderung verschluckt, die ihr auf den Lippen lag. Es wäre ihr am liebsten gewesen, Chant restlos herunterzumachen und sämtliche *Elohim* zu beschämen. Sie brauchte Cail an ihrer Seite. Hinter der Gleichgültigkeit von Cails Miene erkannte sie den ganzen immensen Umfang seiner Empörung. Die Dienste der *Haruchai* verdienten mehr Respekt, als man ihnen hier entgegenbrachte. Doch Linden fühlte sich dazu gehalten, Vorsicht walten zu lassen. Die Gefährten hatten zuviel zu verlieren. Sie durften sich keine offene Auseinandersetzung mit den *Elohim* leisten.

Sie fällte ihre Entscheidung ohne Rücksicht auf die verborgenen Gefahren des *Clachan.* »Schickt sie zurück auf die *Maidan!* In der Nähe der Fontäne. Sie sollen dort auf uns warten. Unbehelligt.«

Covenants Miene lohte Linden hitzigen Protest entgegen; aber dann schnitt er eine Grimasse der Resignation. Doch nichts davon bedeutete einen Unterschied. Chant hatte bereits genickt. Unverzüglich entfernten sich die *Haruchai* von der Anhöhe. Sie bewegten sich keineswegs aus eigener Kraft. Der Grund unter ihren Füßen floß rückwärts, als würden sie im Stehen auf einer Woge abgetrieben. Und unterwegs verschwanden sie, als ob sie sich auflösten. Aber ehe sie vollends aus dem Blickfeld gerieten, fing Linden noch einen durchdringenden Blick Cails auf – einen so vorwurfsvollen Blick, als fühle er sich von ihr hintergangen. Als er fort war, klang seine Stimme in ihr nach. »Wir trauen diesen *Elohim* nicht.«

Chant schnob. »Mag er von Vertrauen sprechen, wenn er ein geringerer Narr geworden ist. Unsere Angelegenheiten sind ihm über, deshalb gelten sie ihm in seiner Anmaßung wenig. Er darf sich glücklich schätzen, daß er die Folgen unseres Mißfallens nicht zu tragen hat.«

»Euer Mißfallen.« Mühselig beherrschte sich Linden. »Ihr sucht ständig Vorwände, um euer Mißfallen zu zeigen.« Cails letzter Blick hatte sie tief verletzt; und die Tragweite dessen, was sie gerade getan hatte, verursachte ihr ein Zittern. »Wir sind in gutem Glauben zu euch gekommen. Die *Haruchai* sind der *Inbegriff* der Vertrauenswürdigkeit. Sie haben eine solche Behandlung nicht verdient. Ich werde von Glück reden können, wenn sie mir jemals verzeihen. Und *euch* werden sie ganz bestimmt nicht verzeihen.« Die Erste machte eine Gebärde, um zur Mäßigung zu mahnen. Aber als Linden sie mißmutig ansah, erkannte sie in den Augen der Ersten grimmige Befriedigung. Blankehans wirkte bekümmert; Seeträumer dagegen nickte, und Covenants Gesichtszüge zeugten von heftiger Entrüstung und Beifall.

»Um Vergebung.« Binnen eines Augenblicks hüllte sich Chant in Höflichkeit und Gelassenheit wie in ein zweites Gewand. »Das Willkommen, das ich euch bereitet habe, war unziemlich. Wiewohl ihr's nicht wißt, ist's meine alleinige Absicht, ebenjenem Zweck dienlich zu sein, der euch zu uns geführt hat. Gewährt mir Vergebung. Ringträger, willst du mit mir kommen?«

Die Aufforderung verblüffte Covenant. »Versuch mich nur zu hindern!« knirschte er dann.

Um seine Einwilligung zu nutzen, wandte sich Linden an Daphin. »Ich bin bereit.«

Daphins Haltung verriet weder Konflikt noch Hochnäsigkeit. »Du bist sehr huldvoll. Ich bin hoch erfreut.« Erneut ergriff sie Lindens Arm und geleitete sie aus der Nähe ihrer Gefährten. Als sich Linden umschaute, sah sie, wie ihre sämtlichen Begleiter sich in verschiedene Richtungen entfernten, jeder zusammen mit einem *Elohim*. Für einen Moment hatte sie ein vages Gefühl der Unvollständigkeit, als fehle irgend etwas; doch sie schrieb es der Abwesenheit der *Haruchai* zu und ließ sich von Daphin durch die Wunder von *Elemesnedene* davonführen. Bald allerdings entzog sie der *Elohim* ihren Arm. Sie wollte nicht, daß Daphin ihre Reaktionen spürte. Trotz all der Wundersamkeiten empfand Linden den *Clachan* plötzlich als kalten und freudlosen Ort, an dem Geschöpfe inzüchtiger Abkunft und krauser Gesinnung einen Überschwang mimten, ohne daran selbst inneren Anteil zu haben. Und doch schien *Elemesnedene* ihr überall und in jeder Beziehung unrecht zu geben. Soweit sie sehen konnte, wimmelte es von verspielten und mutwilligen Inkarnationen: in Teichen schimmerten wahre Regenbogen von Leuchtfischen; Nebel aus Myriaden von Eiskristallen schwebten einher; es gab Blumen, deren jedes

Blättlein, jedes Blütenblatt glänzte, als wären sie prunkvolle Pokale. Und jede dieser Verkörperungen war ein *Elohim*, der Transformationen durchlief, deren Sinn Linden unverständlich blieb. Der ganze *Clachan* erweckte den Eindruck eines einzigen, mit überreichlichen Möglichkeiten ausgestatteten Vergnügungszentrums. Aber wer sollte damit unterhalten werden? Daphin schritt aus, als befasse sie sich ausschließlich mit ihren Überlegungen, nahm anscheinend nichts von allem zur Kenntnis, was rundum geschah. Und jedes Phänomen hatte offenbar vereinzelten, selbstgenügsamen Charakter. Die Abläufe waren in keiner erkennbaren Hinsicht aufeinander abgestimmt und zur wechselseitigen Beobachtung gedacht. Vollführte man das gesamte Schauspiel aus keinem anderen Beweggrund als schlichter Freude an Spaß und Spiel? Ihr Unvermögen, auf diese Fragen Antworten zu finden, beunruhigte Linden. Wie die Sprache der Glöckchen blieben auch die *Elohim* ihr unbegreiflich. Sie hatte es sich angewöhnt, sich auf die Erweiterung der Sinne, die ihr vom Land verliehen worden war, zu verlassen; hier jedoch erwies sich diese Fähigkeit als ungenügend. Wenn sie eine fontänenartige Wolke aus Federn oder ein formveränderliches Gebilde aus Ophit sah, wußte sie nur deshalb, daß es sich um einen *Elohim* handelte, weil sie schon genug derartige Inkarnationen mitangesehen hatte. Sie war nicht dazu imstande, in der Gavotte der Schmetterlinge oder dem Knospen flüssiger Schößlinge das Treiben bewußten Lebens zu erkennen, so wenig wie sie Chant und Daphin in der Erde zu ihren Füßen wahrgenommen hatte. Und sie konnte nicht hinter Daphins schöne Fassade schauen. Der geistige Inhalt dessen, was sie sah und hörte, befand sich außerhalb ihrer Reichweite. Nur die allgegenwärtige Fülle von Macht war für sie deutlich erkennbar – eine grundlegende Gewaltigkeit, anscheinend jedem Gefüge oder Gesetz der Existenz überlegen. Was oder wer die *Elohim* auch sein mochten, sie überforderten

Linden bei weitem. Dann fing Linden sich Gedanken über den Zweck der angekündigten »Prüfung« zu machen an, und sie fragte sich, ob dahinter die Absicht stecken konnte, in Erfahrung zu bringen, wieviel Wahrheit sie zu erkennen fähig, ob sie der Rolle würdig war, die die *Elohim* ihr beimaßen. Falls es sich so verhielt, hatte sie in diesem Test bereits versagt. Aber sie wehrte sich dagegen, sich abschrecken zu lassen. Covenant wäre in seiner verbissenen Zielstrebigkeit niemals zu beirren. Wann immer sie ihn anblickte, sah sie ihn in einer Aura der Gefährlichkeit und alter Halsstarrigkeit, von der Bereitschaft strotzen, sich mit dem Schicksal selbst anzulegen, um das Land zu retten, das er liebte. Nun gut. Sie wollte ihm in nichts nachstehen. Indem sie sich mit Strenge wappnete, richtete sie ihre Überlegungen auf die Prüfung. *Ich werde dich nichts fragen,* hatte Daphin gesagt. *Du wirst mich fragen.* Jetzt ergaben diese Äußerungen für Linden mehr Sinn. Mit Fragen würde sie womöglich mehr von dem preisgeben, was in ihr vorging, als mit Antworten. Aber sie fand sich mit dem Risiko ab und überlegte, wie sie an Informationen gelangen könne, während sie möglichst wenig ausplauderte. Es dauerte einen Moment, bis sie trotz der ununterbrochenen Geräuschkulisse der Glöckchen eine klare Frage zu formulieren vermochte. »Wohin gehen wir?« erkundigte sie sich dann in ihrem ärztlich-professionellen, gänzlich sachlichen Tonfall.

»Gehen?« meinte Daphin unbefangen. »Wir ›gehen‹ nirgendwohin. Wir lustwandeln lediglich.« Linden schaute sie an. »Dies ist *Elemesnedene* selbst. Hier gibt es keinen anderen Ort, an den wir ›gehen‹ könnten.«

Linden beharrte auf ihrer vorgegebenen Verständnislosigkeit. »Es muß doch einen geben. Wir laufen ja. Meine Freunde sind woanders. Wie werden wir zu ihnen zurückkommen können? Wie gelangen wir zu dem *Elohim*-Fest, das du erwähnt hast?«

»Ach, Sonnenkundige.« Daphin lachte gedämpft. Ihr Lachen klang an dieser Stätte, die weder Mond noch Sonne kannte, nach einem Mondaufgang. »In *Elemesnedene* sind alle Wege eins. Wir werden deine Begleiter wiedersehen, wenn die Zeit zu einem solchen Wiedersehen gekommen ist. Und es ist nicht notwendig, zur Teilnahme am *Elohim*-Fest irgendeinen bestimmten Ort aufzusuchen. Es wird am Mittelpunkt stattfinden, und in *Elemesnedene* ist der Mittelpunkt überall. Wir schreiten von einer zur anderen Mitte, und die Mitte ist auch da, wo wir nun sind.«

Ist es das, was mit den Riesen geschehen ist, die sich entschlossen hatten, bei euch zu bleiben? Nur mit knapper Not konnte Linden verhindern, daß sie ihren Gedanken laut aussprach. *Haben sie hier umherzulaufen angefangen und sich nie wiedergefunden, bis sie gestorben sind?* Aber sie behielt ihre Überlegung für sich. Sie hätte damit zuviel von ihrer Beunruhigung und ihrem Argwohn offenbart. Statt dessen entschied sie sich für ein anderes Vorgehen. »Na ja«, sagte sie in gleichmäßigem Ton, als zähle sie Symptome auf, »jedenfalls bin ich den ganzen Tag lang gelaufen und jetzt müde. Ich muß mich ein bißchen ausruhen.« Das war schlichtweg unwahr. Obwohl sie seit dem Verlassen der Sternfahrers Schatz weder gegessen noch Ruhe gefunden hatte, fühlte sie sich so frisch, als wäre sie eben erst nach einer zufriedenstellenden Mahlzeit von gutem Schlaf aufgestanden. Irgendwie erfüllte bereits die Atmosphäre des *Clachan* alle körperlichen Bedürfnisse. Linden machte die Bemerkung lediglich, um festzustellen, wie Daphin darauf reagieren würde.

Allem Anschein nach entging der *Elohim* die Unwahrheit von Lindens Äußerung nicht; aber sie verzichtete diplomatisch darauf, ihr direkt zu widersprechen. »In *Elemesnedene* gibt es keine Müdigkeit«, sagte sie, »und Lustwandeln bereitet Freude. Ebenso jedoch bereitet es Freude, zu sitzen oder zu verweilen.

Hier ist ein erholsamer Platz.« Sie deutete auf den nahen Hang eines niedrigen, mit Gras bewachsenen Hügels. Auf der Hügelkuppe stand eine große, ganz und gar mit Schmetterlingsschwingen besetzte Weide; und am Fuß des Hügels lag ein stiller Sumpf, über dessen Oberfläche Farben glitten, als wäre sie ein flüssiges Gemälde des *Clachan* selbst. Daphin betrat den Hang und setzte sich, glättete anmutig rings um sich ihr Gewand.

Linden folgte ihr. Sobald sie bequem im üppigen Gras saß, formulierte sie ihre nächste Frage. »Ist das ein Mann oder eine Frau?« fragte sie, indem sie auf den Sumpf zeigte. Neben Daphins Schönheit klangen ihre Worte stets grobschlächtig; aber Linden unternahm keinen Versuch, diesen Eindruck zu mildern. Es mißfiel ihr, das Unzureichende ihrer Wahrnehmung zu bekennen; aber sie vermutete, daß ihr bisheriges Verhalten die *Elohim* längst auf diese Beschränkungen aufmerksam gemacht hatten.

»Morgenlicht?« meinte Daphin und betrachtete das von Farben durchwallte Wasser. »Du würdest ihn einen Mann nennen.«

»Was macht er?«

Daphin richtete ihre apfelgrünen Augen auf Linden. »Sonnenkundige, was ist das für eine Frage? Sind wir nicht in *Elemesnedene?* In dem Sinne, wie dein Wort gemeint ist, ›macht‹ man hier nichts. Dies ist kein Tun mit einem Zweck, wie du einen Zweck verstehst. Morgenlicht vollführt Selbstbetrachtung. Er verleiht dem Wahren seines Wesens Ausdruck, wie er es sieht, und so erkundet er seine Wahrheit, schaut stets neue Wahrheit und verleiht ihr Ausdruck. Wir sind die *Elohim*. Um gewisser Kenntnisse willen widmen wir unsere Aufmerksamkeit anderen Orten. Das ›Machen‹, von dem du sprichst, ist viel leichter auf der Oberfläche der Erde zu beobachten als in ihrem Herzen. Alle Wahrheiten jedoch sind in uns, und deshalb suchen wir in uns selbst nach diesen Wahrheiten.«

»Dann schaust du nicht zu?« meinte Linden, die ein merkwürdiges Desinteresse in Daphins Tonfall bemerkte. »Ihr beachtet euch gegenseitig gar nicht? Das da …« – sie wies auf Morgenlichts feuchte Darbietung – »hat nicht den Sinn, irgend etwas mitzuteilen?«

Daphin wirkte leicht überrascht. »Wozu sollte das vonnöten sein? Ich bin selbst das Herz der Erde, so wie er. Warum sollte ich nach seiner Wahrheit trachten, während ich freimütig nach meiner eigenen Wahrheit forschen mag?«

Diese Antwort kam Linden zunächst einmal ganz folgerichtig vor; dennoch frappierte sie die Selbstgenügsamkeit, die dahinter stak. Wie sollte irgendein Wesen so vollendet sein können? Daphin saß hier in ihrer Lieblichkeit und inneren Gefaßtheit, als hätte sie sich noch nie eine Frage gestellt, auf die sie nicht schon die Antwort kannte. Ihre persönliche Erscheinung hatte eine Ausstrahlung wie Andeutungen von Sonnenschein, und wenn sie sprach, war ihre Stimme voller Mondlicht. Linden traute ihr nicht. Aber jetzt begriff sie das Staunen und Entzücken, diese Bewunderung, die an Vergötterung grenzte, die Blankehans sich diesem Volk entgegenzubringen angewöhnt hatte. Doch ihrer bangen inneren Unruhe vermochte sie nicht Herr zu werden. Die Glöckchen ließen ihr keinen Frieden. Immer näherte ihr Klingen sich dicht einer Bedeutung; aber Linden konnte ihren Sinn nicht ergründen. Unwillkürlich spannten ihre Nerven sich stärker. »Darüber denkt Chant aber anders. Er glaubt, seine Wahrheit wäre die einzige, die's gibt.«

Daphins klarer Blick blieb unverändert. »Mag sein, es verhält sich so. Doch was schadet's? Er ist nur ein *Elohim* unter vielen.« Nach einem kurzen Moment des Überlegens sprach sie weiter. »Aber er ist nicht immer so gewesen. Er hat in sich eine

Stätte des Schattens entdeckt, die er erforschen muß. Alle Lebenden haben in sich ein gewisses Maß an Dunklem, und darin liegt vieles verborgen. Sicherlich ist diese Dunkelheit gefährlich, so wie jeder Schatten, der das Licht belauert. Wir jedoch sehen darin keinen Notstand. Sind wir denn nicht allem ebenbürtig? Nichtsdestotrotz ist jener Schatten in Chant zu einflußreich geworden. Weil er soviel wagt, neigt er zur Ungeduld mit jenen, die den Schatten, welche ihre eigenen Wahrheiten werfen, noch nicht geschaut oder betreten haben. Und andere beschreiten diesen Weg mit ihm.« Nun ließ sich Daphin ein ganz neuer Eifer anmerken; sie schien im inneren Licht einer klaren Zielstrebigkeit zu strahlen. »Sonnenkundige, du mußt das folgende verstehen. Wir sind die *Elohim,* das Herz der Erde. Wir stehen im Mittelpunkt all dessen, was lebt, sich regt, was ist. Wir leben in Frieden, weil es niemanden gibt, der uns etwas anzuhaben vermöchte, und wäre es unser Wille, in *Elemesnedene* zu weilen und die Erde bis ans Ende der Zeit altern zu sehen, niemand könnte ihn uns streitig machen. Kein anderes Wesen, kein fremdes Erfordernis kann über uns ein Urteil fällen, so wie die Hand nicht über das Herz urteilen kann, das ihm Leben gewährt. Doch *weil* wir das Herz sind, scheuen wir nicht die Bürde der Wahrheit in uns. Wir haben gesagt, daß unsere Vision uns das Kommen von Sonnenkundigem und Ringträger angekündigt hat. Wir erblicken Anlaß zur Sorge darin, daß beide getrennte Wesen sind. Es ist von größter Bedeutsamkeit, daß Sonnenkundiger und Ringträger eins sind. Nichtsdestoweniger war die Ankunft bekannt. In den Bergen, die unseren *Clachan* umgeben, haben wir jenes Sonnenübel geschaut, das euch zu eurer Suche bewogen hat. Und in den Bäumen von *Woodenwold* haben wir euer Eintreffen gesehen. Doch wären diese Kenntnisse unser ganzes Wissen gewesen, wir hätten euch lediglich wie andere Besucher empfangen, allein mit Freundlichkeit und Neugier. Aber so gering ist unser

Wissen keineswegs. Wir haben in uns selbst diesen Schatten auf dem Herzen der Erde bemerkt, und er hat unseren Sinn gewandelt. Wir haben gelernt, das Sonnenübel auf neue Weise zu betrachten – und der Gefahr, die der Erde droht, anders zu begegnen, als es unserer Gewohnheit entspricht. Du hegst Zweifel an uns. Vielleicht werden deine Zweifel bestehenbleiben. Es mag gar sein, daß sie wachsen, bis du beinahe Widerwillen gegen uns empfindest. Doch ich sage dir, Sonnenkundige, daß du uns falsch beurteilst. Es ist ungebührlich und unschön, daß du überhaupt über uns urteilst. Wir sind das Herz der Erde und werden nicht beurteilt.«

Daphin sprach mit Nachdruck, aber ohne Streitbarkeit. Vielmehr suchte sie in der Art und Weise Verständnis, wie Eltern ein Kind zu gutem Benehmen anhalten mochten. Ihr Ton beschämte Linden. Gleichzeitig jedoch lehnte sie sich dagegen auf. Daphin forderte von ihr, daß sie die Verantwortung ihres Unterscheidungsvermögens für ihr Handeln aufgab; und so etwas hatte sie ganz und gar nicht vor. Diese Verantwortung war der Grund, weshalb sie hier war, und sie hatte sie sich mittlerweile verdient. Da schwoll der Klang der Glöckchen in ihr empor wie die Mißbilligung von ganz *Elemesnedene*. »Was *seid* ihr?« erkundigte sie sich mit gepreßter Stimme. »Das Herz der Erde. Der Mittelpunkt. Die Wahrheit. Was soll das alles heißen?«

»Sonnenkundige«, antwortete Daphin, »wir sind das Würd der Erde.« Sie sprach deutlich, aber der Ton, in dem sie *Wyrd* sagte, verwirrte Linden; es klang wie *Würde* oder *Wort*.

Wyrd? dachte Linden. *Wird? Das was wird? Oder Wort? Oder beides.* Während Linden noch schwieg, begann Daphin eine Geschichte zu erzählen. Darin ging es um die Erschaffung der Erde; und Linden merkte bald, daß es sich um die gleiche Geschichte handelte, die ihr Pechnase erzählt hatte, während man den *Nicor* rief. Aber es war ein auffälliger Unterschied vorhanden. Daphin sprach nicht von einer Schlange. Stattdessen verwendete sie jenen verwaschenen Laut, *Würd*, der dem Anschein nach *Wird* oder *Wort* heißen konnte. Das Würd jedenfalls war in der Morgendämmerung der Zeitalter erwacht und hatte die Sterne zu verzehren begonnen, als gedächte es den gesamten Kosmos zu verschlingen. Nach einiger Zeit war das Würd satt gewesen und hatte sich zusammengerollt, um zu ruhen, auf diese Weise die Erde geformt. Und die Erde würde so bleiben, bis es sich zum Weiterfressen entschloß. Bis auf die eine Abweichung war es genau die gleiche Geschichte, die Linden von Pechnase gehört hatte. Konnte es sein, daß sie von den Riesen mißverstanden worden war, die sie ursprünglich aus *Elemesnedene* mitbrachten? Oder erzählten die *Elohim* ihren Gästen verschiedene Versionen? »Sonnenkundige«, beendete Daphin ihre Erzählung, als antworte sie auf diese Fragestellung, »wir sind das Würd der Erde – wir stammen unmittelbar von ihrer Schöpfung ab. Aus ihr sind wir erstanden, und in ihr haben wir unser Wesen. So sind wir das Herz, der Mittelpunkt und die Wahrheit, und deshalb sind wir, was wir sind. Wir sind alle Antworten, so wie wir alle Fragen sind. Aus diesem Grund darfst du über die Antwort, die wir euren Nöten geben werden, nicht urteilen.«

Linden hörte die *Elohim* kaum noch. Implikationen wirbelten durch ihren Verstand. Eingebungen lärmten gegen die Grenzen ihres Begreifens wie mit dem Dröhnen von Sturmglocken an. *Wir sind das Würd der Erde.* Farben durchstrudelten Morgenlicht, als wären ihre Präsentationen eine Metapher des *Clachan*. Eine von lauter Schmetterlingen wie belaubte Weide. Selbstbetrachtung. Macht. *Guter Gott!* Inmitten der unhörbaren Aufdringlichkeit der Glöckchen konnte sie kaum einen klaren Gedanken fassen. *Die Elohim …! Sie sind Erdkraft. Das Herz der Erde. Verkörperte Erdkraft.* Linden vermochte nicht mehr in ordentlicher Reihenfolge zu denken.

Hoffnungen und Einsichten jagten einander. Dies Volk konnte alles tun, was es wollte. Diese Leute *waren* alles, was sie zu sein wünschten. Sie konnten jedes Geschenk gewähren, ob aus Überzeugung oder nur aus Lust und Laune. Sie konnten ihr geben, was sie suchte. Was Blankehans ersehnte. Und Covenant … Sie waren die Antwort auf Lord Foul. Das eine Mittel gegen das Sonnenübel. Sie … »Daphin«, setzte Linden an. Welche geheime Entgegnung hatten die *Elohim* bereits beschlossen, um sie den Gefährten zu geben? Aber das Glöckchenläuten übertönte alles. »Ich kann nicht richtig denken«, schimpfte sie gegen ihren Willen los. »Was, zum Teufel, sind das für *Glöckchen?«*

In diesem Moment zog sich Morgenlicht, indem er seine Sumpf-Inkarnation aufgab, zu menschlicher Gestalt zusammen. Er war groß und stattlich, besaß grau gesträhntes Haar und einen nach innen gekehrten Blick. Sein Gewand trug er ähnlich wie Chant, nämlich als wäre es ein Ausdruck seiner Selbsterkenntnis. Er kam den Hang herauf und schenkte Linden ein freundliches Lächeln. *Wir müssen uns sputen,* sagten die Töne in Lindens Kopf so deutlich wie gesprochenes Wort, während er sich näherte, *bevor diese Sonnenkundige unsere Unterhaltung zu genau zu verstehen lernt.*

Als werde sie von Musik emporgetragen, stand Daphin auf, streckte Linden eine Hand entgegen. »Komm, Sonnenkundige!« sagte sie völlig unbefangen. »Das *Elohim*-Fest harrt deiner.«

8
DAS ELOHIM-FEST

Zum Donnerwetter, was war das? Linden konnte sich nicht regen. Die Klarheit, mit der die lautlosen Glöckchen gesprochen hatten, brachte sie außer Fassung. Linden starrte Daphins ausgestreckte Hand an. Ihr war, als könne sie den Sinn der Geste nicht begreifen. Fieberhaft versuchte sie, die Bedeutung der Musik zu verstehen. *Wir müssen uns sputen …* Hatte sie das tatsächlich vernommen – oder sich in ihrer Verwirrung nur eingebildet? *Zu genau zu verstehen lernt.* Ihr vom Land verliehenes Wahrnehmungsvermögen war auf etwas gestoßen, das ihr vorenthalten hätte bleiben sollen. Die Sprecher der Glöckchensprache hatten nicht gewollt, daß sie mitbekam, worüber sie sich verständigten. Linden rang um Konzentration. Aber sie war nicht dazu imstande, sich in die Kommunikation hineinzuhören. Obwohl das Läuten um so gedämpfter klang, je nachdrücklicher sie es zu erfassen versuchte, verschwand es nicht ganz. Im Hintergrund ihres Bewußtseins tönte es weiter wie eine Konversation feinen Kristalls. Doch es blieb Linden unzugänglich. Je stärker sie sich abmühte, es zu verstehen, um so mehr klang es nach Glöckchen und sonst nichts.

Daphin und Morgenlicht betrachteten sie, als könnten sie ihre überstürzten Gedankengänge ohne weiteres erkennen. Linden brauchte Ruhe, Zeit zum Überlegen. Aber die Augen der *Elohim* wichen nicht von ihr. Lindens Bestürzung wuchs, und sie begriff eine Notwendigkeit – nämlich sowohl den Umfang wie auch die Beschränktheit ihres mentalen Hörens zu verhehlen. Wenn sie diese Glöckchensprache nicht verstehen sollte, durfte sie sich, um davon einen Nutzen zu haben, nicht anmerken lassen, was sie zur Kenntnis erhielt. Sie mußte an Geheimnissen herausfinden, was sie nur konnte. Hinter Daphins anscheinmäßiger Offenheit verheimlichten die *Elohim* ihre wahren Absichten. Und Covenant und Lindens übrige Gefährten waren, ob sie es wußten oder nicht, vollständig auf Linden angewiesen. Ihnen fehlte ihr Gehör.

Die Musik war nicht völlig verstummt. Also hatte sie sich nicht völlig verraten. Noch nicht. Sie blinzelte Daphin an, versuchte ihre Verwirrung zu überspielen. »Ist das alles?« fragte sie ungläubig nach. »Seid ihr damit fertig, mich zu prüfen? Ihr wißt ja noch gar nichts über mich.«

Daphin lachte unbekümmert. »Sonnenkundige, dein ›Prüfen‹ ist wie das ›Machen‹, von dem du mit solcher Verstocktheit redest. Für uns hat das Wort eine andere Bedeutung. Ich habe alles in Betracht gezogen und all die Wahrheit ergründet, die ich über dich wissen muß. Nun komm!« Erneut streckte sie ihre Hand aus. »Habe ich nicht gesagt, daß deiner das *Elohim*-Fest harrt? Dort wird Infelizitas auftreten und weitere Einsichten enthüllen. Und dort werden auch die Fragen gestellt und Antworten erteilt, für die ihr solche Entfernungen zurückgelegt habt. Ist's nicht dein Wunsch, an dieser Versammlung teilzunehmen?«

»Doch«, erwiderte Linden, indem sie ihr Unbehagen unterdrückte. »Genau das ist mein Wunsch.« Aufgrund der besorgniserregenden Folgerungen, die sich aus den Glöckchen ergaben, hatte sie ihre Hoffnungen vergessen. Aber ihre Freunde mußten gewarnt werden. Sie mußte einen Weg finden, wie sich die Gefahren, die hinter dem lauerten, das sie nicht wahrnehmen konnten, von ihnen abwenden ließen. Linkisch ergriff sie Daphins Hand, und die *Elohim* half ihr beim Aufstehen. Daphin an ihrer einen und Morgenlicht an der anderen Seite – wie zwei Wächter –, stieg sie den Hang hinab.

Es mangelte Linden hier an jeder Orientierung; aber sie

stellte Daphins Führung nicht in Frage. Statt dessen konzentrierte sie sich darauf, ihre Gedanken hinter einer Maske der Strenge zu verbergen. Ringsherum waren die zahllosen Wunder von *Elemesnedene* zu sehen. Herausgeputzte Bäume und lohende Sträucher, in der Farbe von Götterblut getönte Fontänen, wie Gobelins mit Bildern geschmückte Tiere: überall boten die *Elohim* Wunderbares dar, als hätte es damit nichts Besonderes auf sich, als wäre das alles nur ein Nebenprodukt oder der Abfall ihrer Selbstbetrachtung. Nun jedoch empfand Linden jede einzelne dieser gleichgültigen Zaubereien als unheilvoll, als Beweise von Gefahr und Hinterhältigkeit. In ihrem Kopf schellten die Glöckchen. Sie versuchte krampfhaft, eine Bedeutung herauszuhören, aber ihr Klang besagte ihr nichts. Für einen Moment von messerscharfer Intensität war ihr zumute wie zu dem Zeitpunkt, als sie zum erstenmal Schwelgenstein betreten hatte: gefangen im Zwang von Santonins Kraft, all dessen, was ihrem Leben jemals Gestalt oder ihrem Willen eine Richtung gegeben hatte, restlos beraubt. Hier war der Zwang subtiler; dennoch war er von so beklemmender Wirkung wie Weihrauch, er haftete an allem wie eine allgemeine Muffigkeit, die sich auf die Atmung legte. Falls es den *Elohim* in den Kram paßte, sie nicht mehr fortzulassen, würde sie ihr Leben in *Elemesnedene* beschließen müssen.

Aber zweifelsfrei war dies nicht Schwelgenstein, und die *Elohim* hatten nichts mit Wütrichen gemein; Daphins Lächeln vermittelte keine Andeutung irgendeiner hintergründigen Bösartigkeit, und ihre Augen besaßen die Farbe junger Blätter im Frühling. Und während sie an ihnen vorbeistrebte, gaben all die Wundergebilde ihre Selbstversunkenheit auf, um sich ihr und der Sonnenkundigen anzuschließen. Indem sie zu menschlicher Gestalt umschmolzen, sich dazu verdichteten oder zurechtstrudelten und -wirbelten, begrüßten sie Linden, als wäre sie Erbin irgendeiner seltsamen Herrscherwürde, dann reihten sie sich hinter ihr auf und folgten in Schweigen und Geläut zum Schauplatz des *Elohim*-Fests. Gehüllt in Kleider, Überwürfe und Umhänge, Gewänder aller Art aus Taft, Jakonett und Organdy, als wären sie die Festprozession einer Feierlichkeit, schlossen sie sich Linden an, wie um ihr eine Ehre zu erweisen. Linden fühlte das Zauberhafte des *Clachan* von neuem seine Wirkung auf sie ausüben, sie von ihrem Argwohn ablenken.

Doch während sich die *Elohim* hinter ihr sammelten, verlor die Landschaft, die zurückblieb, ihre besonderen Eigenheiten, verkam zu einer schwach gewellten Ödnis unter einem Himmel, der aus Mondstein zu sein schien. Ohne die Aktivitäten der *Elohim* war *Elemesnedene* auf seine Weise so kahl und leblos wie eine Wüste.

Voraus befand sich die einzige herausragende Landmarke, die Linden im gesamten *Clachan* aufgefallen war – ein weiter Kreis aus toten Ulmen. Wie sie so himmelwärts wiesen, ihre Äste ängstlichen Schildwachen glichen, umschrieben sie eine Stelle, die sie schon vor Äonen zugrunde gerichtet haben mußte. Lindens Sinne konnten die natürliche Beschaffenheit des Holzes erkennen, die saftlose Zersetzung in ihrem Innern, den schwarzen, unvordenklichen Tod in ihren erhobenen Gliedern. Allerdings vermochte sie nicht zu ersehen, wieso natürliche Bäume am Wohnsitz der *Elohim* keine Lebensfähigkeit besaßen. Während sie sich den Ulmen näherte, begleitet von Daphin, Morgenlicht und einer schillernden Gefolgschaft anderer *Elohim*, sah sie, daß sie einen breiten, flachen, völlig bloßen Hügel umstanden, der von gedämpftem Licht glomm, perlig wie der Glanz von Molchlaich. Irgendwie machte der Hügel den Eindruck, die Quelle der gesamten Helligkeit in *Elemesnedene* zu sein. Oder vielleicht war dieser Effekt darauf zurückführbar, wie sich der Himmel über der Erhebung verdunkelte und herabzuhängen schien, so daß Hügel und Himmel eine Art von Angelpunkt bilden, um den die abgestorbenen Ulmen wie in erstarrtem Reigen aufgereiht standen. Als Linden den Kreis der Bäume durchquerte, hatte sie das Gefühl, ins Zentrum einer übersinnlichen Manifestation zu treten. Von allen Seiten trafen immer mehr *Elohim* ein. Sie glitten in ihrer eigentümlichen Leichtigkeit heran wie Sinnbilder all dessen, was der Erde Herrlichkeit verlieh; und für einen Moment erfüllte ihr Anblick Lindens Kehle mit Beklemmung. Sie konnte die Konflikte nicht beilegen, die dies Volk in ihr hervorrief, wußte nicht, wo die Wahrheit lag. Aber für diesen einen Augenblick war sie sicher, nie wieder irgend jemanden zu sehen, der über eine solche Gabe zur Schönheit verfügte. Aber dann lenkte die Ankunft ihrer Gefährten, die aus verschiedenen Richtungen außerhalb des Kreises kamen und die Erhebung erklommen, ihre Aufmerksamkeit ab. Blankehans hielt den Kopf hoch erhoben, und Verzückung erhellte seine Miene, als hätte er seine kostbarsten Erinnerungen noch einmal durchleben dürfen. Von der anderen Seite kam Pechnase. Als er in seiner Nähe die Erste ebenfalls zurückkehren sah, grüßte er sie mit einem liebevollen Zuruf, der Linden Tränen in die Augen trieb; für einen Moment empfand sie alles als makellos und unschuldig. Sie zwinkerte das Verwaschene der Tränen fort und erspähte Seeträumers Hünengestalt, die sich soeben hinter der Hügelkuppe zeigte. Wie die Erste teilte er Blankehans' Begeisterung offensichtlich nicht. Die Haltung der Ersten war grimmig und beherrscht, als hätte sie im Laufe ihrer »Prüfung« einen anstrengenden Sieg errungen. Seeträumers Gesicht dagegen besaß sogar einen Ausdruck akuter Not, als habe er eine Gefahr erkannt, die seine Stummheit ihm zu erklären verwehrte. Durch die bedrohlichen Andeutungen in seinen Augen in Bestürzung versetzt, blickte Linden über den Hügel aus, hielt nach Covenant Umschau. Für ein Weilchen war er nirgends zu sehen. Aber dann kam er um die Anhöhe auf sie zu.

Er bewegte sich, als wären all seine Muskeln bis zum äußersten angespannt und im Zerfransen begriffen; die innere Verkrampfung machte seine Emanationen regelrecht schrill. In irgendeiner Hinsicht mußte seine Überprüfung ihm viel abverlangt haben. Trotz seiner Zermürbtheit, seiner weiß hervorgetretenen Fingerknöchel flößte sein Anblick Linden Erleichterung ein. Nun war sie nicht mehr allein. Unbeholfen näherte er sich ihr; seine Augen waren in ihrem Ausdruck von Verstocktheit scharf wie Scherben aus Marienglas. Als Covenant mit seinen aufgewühlten Gefühlen näher trat, wich Lindens Erleichterung einer Aufwallung von Schrecken und Erbitterung. Einige Schritte hinter ihm folgte Chant; er schmunzelte, als sähe er sich in der Rolle eines Viehtreibers. *Was hast du mit ihm angestellt?* hätte sie Chant am liebsten angeschrien. Covenant blieb vor ihr stehen. Er hatte die Schultern eingezogen. »Bist du in Ordnung?« fragte er mit gepreßter Stimme nach.

Linden tat die Vordergründigkeit der Frage mit einem Achselzucken ab. *Was hat Chant mit dir gemacht?* Sie sehnte sich danach, ihre Arme um ihn zu schlingen, aber sie wußte nicht wie. Niemals wußte sie, wie sie ihm helfen sollte. Grimmig nahm sie sich zusammen, suchte nach einer Möglichkeit, ihm mitzuteilen, was sie herausgefunden hatte, ihn zu warnen. Doch ihr fielen keine Worte ein, die harmlos genug gewesen wären. »Ich wollte, ich könnte mit dir darüber reden«, sagte sie daher lediglich im Ton vorsätzlich gekünstelter Nonchalance, indem sie ein begrenztes Risiko einging. »Cail hatte nicht unrecht.«

»Diesen Eindruck habe ich auch.« Seine Stimme klang barsch. Schon seit dem Anfang des Zusammentreffens mit den *Elohim* stand er am Rande der Gewalttätigkeit. Jetzt strotzte er nur so von drohenden Eruptionen. »Chant hat mich zu überreden versucht, daß ich ihm meinen Ring geben soll.« Linden starrte ihn entgeistert an. Ihr Gespräch mit Daphin hatte sie nicht auf die Eventualität vorbereitet, daß man mit ihren Gefährten rauher umsprang. »Er hatte zu dem Thema jede Menge zu sagen«, ergänzte Covenant. Hinter seiner Rauheit war er wahrhaft wild vor Bedrängnis. »Diese *Elohim* halten sich ja für den Nabel der Welt. Ihm zufolge spielt sich alles, was irgendwie wichtig ist, ausschließlich hier ab. Der Rest der Welt ist nur ein Schatten, den *Elemesnedene* wirft. Foul und das Sonnenübel sind bloß Symptome. Das wirkliche Übel würde irgendwo anders stecken – wo, das hatte er nicht die Güte zu verraten. Es geht ihm um irgendeine Finsternis, die das Herz der Erde bedroht. Er will meinen Ring. Er will die wilde Magie. Damit er gegen das Übel vorgehen kann.« *Er braucht sie nicht,* wollte Linden einwenden. *Er ist verkörperte Erdkraft.* Aber sie war sich darin unsicher, wieviel von ihren Erkenntnissen sie enthüllen durfte. »Als ich abgelehnt habe, meinte er, das sei auch egal.« Chants Miene drückte eine herrische Bestätigung von Covenants Darstellung aus. »Er findet, ich zähle nicht. Nach seiner Ansicht bin ich schon geschlagen.« Covenants Kiefer mahlten auf der immanenten Bitternis seiner Worte, ehe er sie ausspie. »Es ist völlig gleichgültig, was mit mir geschieht.«

Linden wand sich, als wäre sie selbst betroffen. »Nun weißt du«, sagte sie, um ihm ihr Verständnis zu zeigen, »wie mir Tag für Tag zumute ist.«

Aber ihr Versuch schlug fehl. Covenant legte die Stirn in Falten. Seine Augen stachen wie Splitter. »Es ist nicht nötig, mich daran zu erinnern.« Die Riesen hatten sich hinter seinem Rücken gesammelt. Man sah ihren Gesichtern an, während sie lauschten, daß sie nichts verstanden. Covenant jedoch war vor Bitterkeit nahezu außer sich und merkte nicht, was für eine

Kränkung er Linden entgegenschleuderte. »Was glaubst du denn, wozu du hier bist? Jeder erwartet, daß ich scheitere.«

»Ich nicht!« schnauzte sie zurück; plötzlich war es ihr gleich, ob sie damit womöglich ihrerseits ihn verletzte. »So habe ich's nicht gemeint.«

Ihre Vehemenz mäßigte ihn. Er schaute sie an, verhärmt durch Erinnerungen und Furcht. Als er wieder den Mund aufmachte, hatte er ein gewisses Maß an Selbstbeherrschung zurückgewonnen. »Entschuldigung. Ich komme hier ziemlich schlecht zurecht. Es gefällt mir überhaupt nicht, so gefährlich zu sein.«

Linden nahm seine Entschuldigung mit steifem Nicken an. Was hätte sie anderes tun sollen? Hinter seiner Erregung war Covenants Zielbewußtheit hart wie Diamant geworden. Aber Linden wußte nicht, was er vorhatte. Wie weit wollte er gehen?

Mit einem Gebaren, als wäre er aus Stein, wandte sich Covenant nach den Riesen um. Barsch begrüßte er sie. Die Augen der Ersten konnten nicht verhehlen, daß sie sich um ihn sorgte. Von Pechnase ging freundschaftliches Mitgefühl aus, das in bezug auf seine »Prüfung« nichts verriet; Blankehans jedoch wirkte perplex, als könne er Covenants Bericht und Lindens Einstellung absolut nicht mit den eigenen Erlebnissen vereinbaren. Erneut fragte sich Linden, was für ein Handel das sein mochte, den er – für sie unverkennbar – mit den *Elohim* machen zu können hoffte.

Immer mehr *Elohim* fanden sich ein; inzwischen waren es so viele, daß sie das Innere des Kreises ausfüllten, den die Ulmen bildeten, und bis in die halbe Höhe der Erhebung standen. Ihre Bewegungen erzeugten ein Rascheln, das sich fast wie Raunen anhörte, aber sie schlenderten allesamt aneinander vorüber, ohne ein Wort zu sprechen. Sie waren so ruhig und gefaßt wie während ihrer Riten der Selbstbetrachtung. Nur das Glöckchenläuten legte die Schlußfolgerung nahe, daß eine Kommunikation stattfand. Mißmutig versuchte Linden abermals, in dem Klingen einen Sinn zu entdecken. Doch es blieb fremdartig und unverständlich, wie eine fremde Sprache, deren Klang vertraut war, aber nicht die Bedeutung. Da erregte die Ankunft eines weiteren *Elohim* Lindens Aufmerksamkeit. Zuerst bemerkte sie ihn nicht, als er den Kreis betrat. Weder seine reine, helle Haut noch sein cremefarbenes Gewand unterschieden ihn wesentlich von der vornehmen Versammlung. Aber als er sich näherte – irgendwie ziellos den Hügel umrundete –, zog er Lindens Blick an wie ein Magnet. Sein Anblick jagte ihr ein Schaudern über den Rücken. Er war der erste *Elohim,* den sie sah, der sich in kläglicher Erscheinung zeigte.

Er hatte ein Äußeres angenommen, als sei er von Härten abgehärmt und ausgelaugt worden. Seine Gliedmaßen ließen in ihrer Hagerkeit das Zusammenspielen der Muskeln sehen; seine Haut besaß die bleiche Straffheit von Narbengewebe; das Haar hing ihm in ungekämmten silbernen Strähnen auf die Schultern. Seine Stirn, die Wangen und Augenwinkel wirkten allesamt, als wären sie mit den Werkzeugen der Mühsal und des Bangens gemeißelt worden. Rings um das verschwommene Gelb seiner Augen waren die Höhlen so düster wie alte Reue. Und er bewegte sich mit der Steifheit eines Menschen, den man gerade geprügelt hatte. Er beachtete die Versammelten nicht, sondern bahnte sich einen Weg durch die Reihen der anderen *Elohim,* die ihm ihrerseits ebensowenig Beachtung schenkten. Linden starrte ihm nach; spontan riskierte sie eine weitere Frage. »Wer war denn *das?«* erkundigte sie sich bei Daphin.

»Er ist Findail der Ernannte«, antwortete Daphin, ohne Linden oder den Mann anzusehen.

»Der ›Ernannte‹?« wiederholte Linden. »Was soll das heißen?«

Ihre Gefährten lauschten aufmerksam. Obwohl sie nicht

über Lindens Sinne verfügten, war ihnen Findails Auftreten nicht entgangen. Inmitten so zahlreicher eleganter *Elohim* trug er an seinem Gram, als sei er ein von einer Folterung zurückgebliebenes Mal. »Sonnenkundige«, sagte Daphin leichthin, »ihm ist eine beklagenswerte Last aufgebürdet. Er ist der Ernannte, weil er den Preis unserer Weisheit zu begleichen hat. Wir sind ein Volk, das durch seine Kraft der Vision vereint ist. Ich habe bereits davon gesprochen. Die Wahrheiten, die Morgenlicht in sich findet, sind auch in mir. Dadurch sind wir stark und können unserer Sache sicher sein. Aber in einer solchen Stärke und Sicherheit liegt auch Gefahr. Eine Wahrheit, die einer sieht, mag einem anderen verborgen bleiben. Wir reden nicht leichtfertig in aller Offenheit über ein derartiges Versagen, denn wie könnte einer der unseren zu einem anderen äußern: ›Meine Wahrheit ist größer als deine?‹ Und niemand in der ganzen Welt vermöchte sich mit uns zu messen. Doch in unserer Wahrheit lassen wir Vorsicht walten. Deshalb setzen wir, wann immer auf Erden ein Notstand eintritt, der unser Eingreifen verlangt, einen aus unserer Mitte zum Ernannten ein, dem's obliegt, unserer Weisheit Ausdruck zu verleihen. Seine Aufgaben sind verschieden, ganz nach der Art dessen, was es zu tun gilt. Es mag ein Zeitalter geben, in dem der Ernannte unsere Einheit in Frage stellt, uns auffordert, gründlicher nach der Wahrheit zu forschen. Ein anderes Zeitalter mag anbrechen, da's ihm zufällt, unserer Einheit Erfüllung zu gewährleisten.« Für einen Moment nahm Daphins Ton unheilschwangere Anklänge an. »In allen Zeitaltern jedoch muß er den Preis des Zweifels entrichten. Findail wird wider die verhängnisvolle Bedrohung der Erde sein Leben wagen.« *Wider die verhängnisvolle Bedrohung der Erde?* Diese Vorstellung machte Linden betroffen. Wie das? War Findail wie Covenant – nahm er die Bürde eines ganzen Volkes auf sich? Und was war der Preis? Was hatten die *Elohim* gesehen, für das sie sich verantwortlich fühlten – und zu dem sie doch keinerlei Erläuterungen abgeben wollten? Was wußten sie über den Verächter? War er Chants Schatten? Lindens Blick folgte Findail. Doch während sie noch mit ihrer Verwirrung rang, überkam eine Änderung die Versammlung. Sämtliche *Elohim* hörten sich zu regen auf, und Daphin lächelte erwartungsvoll. »Ah, Infelizitas kommt, Sonnenkundige«, sagte sie leise. »Das *Elohim-Fest* beginnt.« *Infelizitas?* fragte Linden stumm. Aber die Glöckchen gaben keine Antwort. Die *Elohim* hatten sich alle nach links gewandt. Als Linden in dieselbe Richtung schaute, sah sie zwischen den Ulmen eine Gestalt aus Licht kommen. In ihrem Helligkeitsschein hoben sich die Ulmen in schwarzen Umrissen ab. In würdevollem, stattlichem Gang wie jemand, der ein Rauchgefäß schwenkt, betrat die Gestalt den Kreis, durchmaß die Versammlung und erstieg die Hügelkuppe. Droben verharrte sie und drehte sich den Gefährten zu. Es handelte sich um eine hochgewachsene Frau, deren liebliche Schönheit von so durchsichtigem Glanz war wie das Leuchten in einem Edelstein. Ihr Haar schimmerte. Ihr geschmeidiger Körper erzeugte ein Schillern wie ein See im Mondschein. In ihr Gewand waren Diamanten gewoben, und zusätzlich schmückten es Rubine. Sie zeichnete sich in einer Aura der Pracht gegen die Bäume und den Himmel ab. Das also war Infelizitas; sie stand auf der Erhebung wie die Krönung aller Wunder von *Elemesnedene*. Ihr Blick schweifte souverän über die Gefährten, blieb auf Linden haften, fand und erwiderte ihren Blick. Sobald sie diese Augen auf sich ruhen fühlte, drohten Lindens Knie nachzugeben. Sie verspürte das Verlangen, vor dieser erhabenen Gestalt Demut zu zeigen. Auf eine solche Frau konnte man gar nicht anders als mit Unterwürfigkeit reagieren. Blankehans befand sich bereits auf den Knien, und die anderen Riesen folgten seinem Beispiel. Covenant jedoch blieb aufrecht stehen; er glich einer aus hartem Bein und Unnachgiebigkeit beschaffenen Statue. Und kein *Elohim* erwies Infelizitas über das allgemeine, wie gebannte Schweigen hinaus irgendwelche Ehrerbietigkeiten. Nur die Musik der Glöckchen klang nach Verehrung. Linden drückte ihre Knie durch und bemühte sich, vor der Übermächtigkeit des Blicks dieser Frau zu bestehen. Dann schaute Infelizitas fort; und Linden wäre nun fast aus Erleichterung niedergesackt. Infelizitas hob die Arme und wandte sich mit einer Stimme an die Versammelten, die an das Klingen zarten Kristalls erinnerte. »Ich bin gekommen. Laßt uns beginnen!«

Ohne weitere Ankündigung nahm das *Elohim*-Fest seinen Lauf. Der Himmel verfinsterte sich, als bräche über *Elemesnedene* eine unerklärliche Nacht herein, enthüllte ein Firmament ohne Sterne. Aber die *Elohim* erhielten Licht von Infelizitas. Im dadurch entstandenen Zwielicht umgaben sie den Hügel wie ein lebendiger, farbenprächtiger Mantel. Und ihr Glitzern lohte Infelizitas' emporgestreckten Armen entgegen. Chromgrüne und karmesinrote Lichter, Smaragdgrün und mit Gefunkel durchsetztes, davon intensiviertes Weiß loderten zu Flammen auf und in die Höhe. Ein Regenbogen aus Flammen erhob sich über den Hügel. Und während sie sich verstärkten, begann ein Wind zu wehen.

Er zerrte an Lindens Hemd, fuhr ihr durchs Haar wie die eisigen Finger eines Gespenstes. Sie klammerte sich um Halt an Covenant, aber irgendwie verlor sie ihn. Sie war allein in dem zu Glut entfachten Glänzen und dem Wind, der sie bedrängte, bis sie taumelte. Die Finsternis vertiefte sich in dem Maße, wie die Lichter heller flammten. Linden konnte die Riesen nicht sehen, keinen der *Elohim* berühren. Alle materielle Substanz von *Elemesnedene* war zu Wind geworden, und der Wind kreiste um die Erhebung, als ob Infelizitas ihn heraufbeschworen hätte, er von ihr durch die schlichten Worte, mit denen sie das *Elohim*-Fest eröffnete, hervorgerufen worden wäre. Linden torkelte erneut, fiel; aber es wehte den Boden unter ihr fort. Über ihr stiegen Feuerzungen aus *Elohim*-Glut himmelwärts. Sie trudelten empor wie Funken einer Lohe im Herzen der Erde, vom Wind an den Himmel getragen. Die sternenlose Dunkelheit verwandelte sich in eine Art von Sturzbach der Pracht. Und Linden war, während sie hilflos im Wind dahinwankte, als müsse sie den Feuerzungen aufwärts folgen. Und indem sie so abzuheben schien, begann ihr mißlich glutloses Fleisch zu schweben. Unter ihr lag die Erhebung wie eine Grube aus Mitternacht am Grunde des feurigen Strudels, dessen Flammen nichts verzehrten. Sie ließ den Hügel unter sich zurück, trieb im hellen Emportrudeln der Funken nach oben. Wie gedämpfte Glöckchen tönten rings um Linden Flammen. Und noch immer wehte der Wirbelwind sie hinauf an den Himmel.

Dann plötzlich schien die Finsternis zu tatsächlicher Nacht zu werden, und der Wind trug sie einem Sternenhimmel entgegen. Im Licht der Feuerzungen sah sie sich und die *Elohim* wie eine Wasserhose aus der Fontäne des Kalktuffhügels aufsteigen und in die Höhe kreisen. Drunten im Dunkel breitete sich die *Maidan* aus, geriet außer Sicht, während sie weiter an Höhe gewannen. *Woodenwold* umschloß die Lagune; die Berge umringten *Woodenwold*. Und weiter stieg Linden in der Feuersäule empor, trieb rasch, wie unmöglich schon die bloße Vorstellung auch sein mochte, den Sternen entgegen. Sie atmete nicht, besann sich nicht aufs Atmen. Vor Ehrfurcht war sie innerlich gänzlich aus den Fugen, ein Stück Dunkelheit, inmitten der Gesellschaft von blendendhellen Leuchterscheinungen. Die Horizonte der lichtlosen Erde wichen zurück in die Ferne, während sie scheinbar endlos den Sternen entgegenschwebte. Aus dem absoluten Mittelpunkt der Erdkugel streckte sich eine Nabelschnur aus Feuer wie in der immerwährenden Drehung der Ewigkeit.

Und dann war auf einmal nichts von Linden noch übrig, an dem sie hätte festhalten können. Sie war ein glanzloses Staubkorn unter makellosen Edelsteinen, und die Abgründe in ihr und rund um sie waren ebenso bodenlos wie unfaßlich: Nichts, so kalt wie Sterben, leer wie Tod. Inmitten der Herrlichkeit dieses Himmels existierte Linden überhaupt nicht. Seine einsame, überwältigende, großartige Schönheit entzückte ihre Seele und beraubte sie gleichzeitig aller Fassung. Sie empfand Ekstase und Zerschmetterung, als wären das die letzten Gefühle, die sie haben durfte. Und als sie aus dem Gleichgewicht kam, stolperte und mit dem Gesicht aufs Erdreich der Erhebung fiel, weinte sie aus einer Trauer, der sie keinen Namen zu geben vermochte.

Doch allmählich drang ihr die harte Faktizität des Untergrunds ins Bewußtsein, und ihr Schluchzen mäßigte sich zu stillen Tränen des Verlusts, der Erleichterung und des ehrfürchtigen Staunens. Nahebei stöhnte Covenant. In ihrer Schwäche sah sie ihn nur verschwommen. Er befand sich auf Händen und Knien, ganz und gar gegen den Himmel zusammengekrampft. Seine Augen widerspiegelten gehetzt ein aus lauter Sternen gewobenes Verhängnis. »Lumpen«, keuchte er. »Wollt ihr mir das Herz im Leibe brechen?«

Linden versuchte eine Hand nach ihm auszustrecken. Aber sie konnte sich nicht rühren. In ihrem Geist sprachen die Glöckchen. Während die *Elohim* rings um die Anhöhe langsam wieder menschliche Gestalt annahmen, von neuem ihren Himmel erhellten, ergab sich in ihrer lautlosen Verständigung ein Augenblick der Klarheit. *Ist er fürwahr der Ansicht, daß das unsere Absicht ist?* meinte eine Folge von Glöckchentönen.

Ist sie es nicht? entgegnete eine andere. Danach jedoch ging das Läuten erneut in die Metall-, Kristall- und Holzklänge der verschiedenen Tonlagen über – umfaßte alles an Kommunikation, verriet nichts. Linden schüttelte den Kopf, darum bemüht, sich nochmals hineinzuhören. Doch als sie ihre Verwirrung überwunden und ihre Sicht geklärt hatte, sah sie Findail den Ernannten vor sich stehen.

Mit eckigen Bewegungen beugte er sich zu ihr herab, half ihr auf die Beine. Sein Gesicht glich einer Totenmaske des Bedauerns und der Zermarterung. »Sonnenkundige.« Seine Stimme klang schwerfällig, als wäre sie lange außer Gebrauch gewesen. »Es ist unsere Absicht, dem Leben der Erde so wohl zu dienen, wie wir's vermögen. Jenes Leben ist auch das unsere.«

Aber Linden rang noch immer innerlich um Klarheit. Sie hatte den Eindruck, daß seine Worte nichts besagten; und ihre Gedanken lösten sich von ihnen, wandten sich anderem zu. Findails so gekränkte, gelbliche Augen waren die ersten, die sie in *Elemesnedene* sah, die aufrichtig wirkten. Lindens Kehle war wund vom Gram der Sterne. Sie war dazu außerstande, lauter als in einem heiseren Flüstern zu sprechen. »Warum wollt ihr ihm etwas antun?«

Sein Blick blieb fest. Doch ihm zitterten die Hände. »Wir haben nicht den Wunsch, ihm etwas anzutun«, erwiderte er so leise, daß sonst niemand es hören konnte. »Wir trachten allein danach, das Unheil zu verhindern, das er andernfalls anrichten müßte.« Damit wandte er sich ab, als könne er das andere, was er noch zu sagen hatte, nicht ertragen.

In Lindens Nähe richteten sich die vier Riesen wieder auf. Ihre Mienen bezeugten Entgeisterung, Erschütterung durch das Miterlebte. Seeträumer half Covenant beim Aufstehen. Die *Elohim* scharten sich erneut um die Seiten der Anhöhe. Linden hatte die Glöckchen wieder verstanden. *Daß das unsere Absicht ist?* Sie mußte mit Covenant und den Riesen reden, zu dem, was sie mitbekommen hatte, ihre Stellungnahme erfahren. *Ist sie es nicht?* Welchen Schaden glaubten die *Elohim* abwenden zu können, wenn sie Covenant erniedrigten oder ihm irgend etwas antaten? Und weshalb waren sie diesbezüglich geteilter Meinung? Woraus bestand der Unterschied zwischen Daphin und Chant?

Aber Infelizitas wartete droben auf der Hügelkuppe. Ihre Glanzlichter ähnelten einem helldunklen Kokon, als könne sie jeden Moment daraus hervortreten und die Gäste des *Elohim*-Fests in äußerstes Staunen stürzen – eine Gestalt, die sich nicht ignorieren ließ. Entschieden richtete sie ihren Blick in Lindens Augen und wandte ihn nicht mehr ab. »Sonnenkundige.« Infelizitas sprach wie das Leuchten ihrer Gewandung. »Das *Elohim*-Fest hat begonnen. Was sich begeben hat, war ein Ausdruck unseres Wesens. Weise wäre es von dir gehandelt, es in deinem Herzen zu bewahren und es zu verstehen anzustreben. Doch ist es nun vorüber, und wir sehen uns den Zwecken gegenüber, die euch zu uns geführt haben. Komm!« Sie winkte anmutig. »Laß uns diese Dinge beraten!« Linden gehorchte, als wäre sie durch Infelizitas' Geste um ihren Willen gebracht worden. Allerdings bereitete es ihr unverzüglich Erleichterung, zu sehen, daß ihre Gefährten sie nicht im Stich zu lassen gedachten. Covenant trat an ihre Seite. Die Riesen strebten hinter ihr nach vorn. Gemeinsam suchten sie sich einen Weg durch die umstehenden *Elohim* und erklommen die Anhöhe. Unterhalb der Hügelkuppe blieben sie stehen. Infelizitas' Körpergröße und die zusätzliche Erhöhung durch ihren Standort bewirkten, daß sie sich mit Blankehans und Seeträumer in Augenhöhe befand; aber nach wie vor galt ihre Aufmerksamkeit in der Hauptsache Linden. Linden fühlte sich unter ihrem unheimlichen Blick völlig nackt; doch sie klammerte sich an ihre Entschlossenheit und bewahrte eine aufrechte Haltung. »Sonnenkundige«, begann Infelizitas erneut, »der Riese Grimme Blankehans hat gewißlich, was er an Kenntnissen von *Elemesnedene* bereits besitzt, mit dir geteilt. Daher weißt du, daß wir unsere Geschenke nicht ohne Gegenleistung gewähren. Vieles besitzen wir, das überaus gefährlich ist und nicht ohne Verstand vergeben werden darf. Und Wissen oder Macht, die nicht wahrhaft erworben werden, verschleißen sich rasch. Wenn sie sich nicht gar wider die Hände wenden, die sie halten, verlieren sie ihren Wert. Und zu guter Letzt haben wir wenig Grund, Eindringlinge aus den äußeren Gegenden der Welt zu schätzen. Hier brauchen wir niemanden. Deshalb ist's unsere Gewohnheit, für das, was man uns an Wünschen anträgt, einen Preis zu verlangen – und die Gabe zu verweigern, wenn der Bittsteller keinen Preis, der uns wohlgefällt, zu entrichten vermag. Du jedoch bist die Sonnenkundige, und die Dringlichkeit eurer Suche ist offen ersichtlich. Darum mag ich von dir und deinen Begleitern keine Gegenleistung fordern. Wenn das, dem euer Wunsch gilt, in unserer Macht steht, werden wir's gewähren, ohne euch dafür etwas abzuverlangen.«

Ohne euch …? Linden starrte zu Infelizitas auf. In ihrem Bewußtsein schwoll das Schellen der Glöckchen an, brachte ihre Gedanken durcheinander. Alle *Elohim,* so konnte man meinen, konzentrierten sich auf sie und Infelizitas. »Du darfst sprechen.« Infelizitas' Tonfall zeugte nur ganz geringfügig von Ungeduld.

Innerlich stöhnte Linden auf. *Guter Gott!* Sie drehte sich nach ihren Begleitern um, suchte nach irgendeiner Eingebung. Nun hätte sie wissen müssen, was sie sagen sollte, sie hätte darauf vorbereitet sein sollen. Aber sie war auf Drohungen gefaßt gewesen, nicht auf Geschenke. Infelizitas' Angebot und die Glöckchen verwirrten sie vollständig. Doch als sie den Eifer in Blankehans' Miene sah, stutzte Linden. Alle seine Zweifel waren hinfällig geworden. Sofort nahm sie die Gelegenheit wahr. »Ich bin hier fremd«, sagte sie so ruhig wie möglich, ohne Infelizitas anzuschauen. Sie brauchte ein wenig Zeit, um sich zu fassen. »Laß Blankehans zuerst sprechen!«

Sie spürte, wie Infelizitas' Blick, als gleite ein großes Gewicht von ihr, auf den Kapitän fiel. »So sprich, Grimme Blankehans!« sagte die *Elohim* in huldvollem Ton.

Neben Blankehans versteifte sich die Haltung der Ersten, als könne sie nicht recht glauben, daß der Kapitän sich keiner Gefahr aussetzte. Aber sie vermochte ihm das Nicken ihrer Einwilligung nicht zu verweigern. Pechnase beobachtete seinen Kapitän voller Erwartung. Seeträumers Blick war verschleiert, als trübe irgendeine innere Sicht die Aufmerksamkeit für seinen Bruder. Hoffnung spiegelte sich wie Sterne unter Blankehans' wuchtigen Brauen, als er vortrat. »Du ehrst mich«, sagte er; seine Stimme war rauh. »Mein Wunsch betrifft nicht mich selbst. Ich äußere ihn für Ankertau Seeträumer, meinen Bruder.« Da erwachte Seeträumers Aufmerksamkeit schlagartig. »Ohne Zweifel ist euch sein schweres Schicksal klar ersichtlich«, fügte Blankehans hinzu. »Die Erd-Sicht martert ihn, und diese Qual hat ihn seiner Stimme beraubt. Doch ist's seine Erd-Sicht, die unsere Suche leitet, auf die wir uns begeben haben, um ein großes Übel in der Erde zu bekämpfen. Das Geschenk, das ich erbitte, ist das Geschenk seiner Stimme, auf daß er uns besser zu leiten vermag … und auf daß seinem Leid Linderung zuteil werde.« Er verstummte ziemlich unvermittelt, und man sah ihm an, daß er sich weitere, flehentlichere Worte versagte. Sein Herzschlag pochte in den angespannten Strängen an seinem Hals, als er seine Riesen-Leidenschaft zum Schweigen zwang, während Infelizitas ihren Blick auf Seeträumer heftete. Seeträumer antwortete nur mit einer Miene der Hilflosigkeit und eines unvermuteten Verlangens. Seine eichenartige Gestalt brachte die Heftigkeit seines Sehnens nach Worten überdeutlich zum Ausdruck, nach einem Weg, wie sich die ungeheure Bürde seiner Erd-Sicht etwas erleichtern ließe – oder um sich über die »Prüfung« äußern zu können, der man ihn unterzogen hatte. Er wirkte wie jemand, der in der Düsternis seines unseligen Schicksals in der Ferne ein Licht erspähte, das Rettung verhieß.

Aber Infelizitas brauchte nur einen Moment, um über ihn nachzudenken. Dann wandte sie sich wieder an Blankehans. »Freilich kann deinem Bruder die Stimme zurückgegeben werden«, erklärte sie mit leichtem Desinteresse. »Doch weißt du nicht, worum du ersuchst. Seine Stummheit entsteht aus der Erd-Sicht wie der Tag von der Sonne herrührt. Um das Geschenk zu gewähren, das du erbittest, müßten wir zwangsläufig die Augen seiner Erd-Sicht blenden. Das werden wir nicht tun. Wir wollten ihn auf deine Bitte nicht erschlagen. Ebensowenig werden wir diese Missetat an ihm begehen.« Mit einem Ruck weiteten sich Blankehans' Augen. Einwände türmten sich in ihm empor, Bestreben und Bestürzung rangen um Mitteilung. »Ich habe gesprochen«, sagte jedoch Infelizitas mit solcher Endgültigkeit, daß er zurückprallte. Die flüchtige Aufhellung in Seeträumers Miene verwandelte sich in Asche. Er haschte nach der Schulter seines Bruders, um sich zu stützen. Aber Blankehans reagierte nicht. Er war ein Riese; allem Anschein nach konnte er nicht verstehen, wie eine Hoffnung, die er mit solcher Entschlossenheit genährt hatte, mit so wenigen Worten zunichte werden sollte. Er tat nichts, um den Gram zu verbergen, der seine Gesichtszüge verzerrte.

Bei diesem Anblick fing Linden aus plötzlichem Zorn an zu zittern. Anscheinend übertünchten Anmut und Feingeisterei der *Elohim* eine von Arroganz geprägte Mitleidlosigkeit. Sie war Infelizitas zu glauben außerstande. Diese Leute waren verkörperte Erdkraft. Wie sollten sie nicht dazu fähig sein ...? Nein. Es fehlte ihnen nicht an der Fähigkeit. Sie wollten nicht. Nun zögerte Linden nicht mehr, sich Infelizitas zu stellen. Covenant versuchte etwas zu Linden zu sagen, aber sie beachtete ihn nicht. Den Blick nach oben gerichtet, sprach sie mit heftigem Nachdruck den Wunsch aus, den sie zu erbitten beabsichtigt hatte. »Wenn's so ist, wirst du mir wahrscheinlich antworten, daß du auch gegen Covenants Gift nichts unternehmen kannst?« In ihrem Rücken spürte sie, wie ihre Gefährten vor Überraschung und Besorgnis erstarrten, entgeistert über ihre unerwartete Forderung, bestürzt wegen ihrer unverhohlenen Erbitterung. Aber auch darauf achtete sie nicht, ihr war nur daran gelegen, in ihrem Zittern Infelizitas' Blick standhalten zu können. »Ich bitte euch erst gar nicht, etwas gegen seine Lepra zu tun. Dahinter steckt viel zuviel. Aber das Gift! Es bringt ihn um. Es macht ihn gefährlich für sich selbst und für alle in seiner Umgebung. Das ist wahrscheinlich das Schlimmste, was Foul ihm je angetan hat. Willst du mir erzählen, daß ihr *daran* nichts ändern könnt?«

Die Glöckchen läuteten, als wären sie beleidigt oder beunruhigt. *Sie vergeht sich in unziemlicher Weise gegen unser Willkommen,* sagte eines.

Mit gutem Grund, antwortete ein anderes. *Unser Willkommen ist nicht freundlich gewesen.*

Der Weg, den wir zu beschreiten haben, sagte ein drittes, *ist zu reich an Fährnissen, um der Freundlichkeit zu pflegen. Ihm darf nicht gestattet werden, die Erde zu vernichten.*

Linden hörte gar nicht hin. Ihre ganze Wut galt Infelizitas, während sie darauf wartete, daß die hochgewachsene Frau auf ihre mehr oder weniger deutlichen Vorwürfe einging oder sie leugnete. »Sonnenkundige.« Wie zur Warnung klang Infelizitas' Tonfall nun härter. »Ich sehe das Gift, von dem du sprichst. Es ist in ihm offenkundig, so wie das Übel, das du Lepra nennst. Doch wir kennen dagegen keine Abhilfe. Es ist Macht – vorhanden auf Gedeih und Verderb – und zu tief mit seinem Wesen verflochten, als daß es daraus entwirrt zu werden vermöchte. Wolltest du, daß wir ihm die Wurzeln seines Lebens ausreißen? Macht ist Leben, und für ihn sind Gift und Lepra die Wurzeln. Der Preis eines solchen Beistands wäre auf immer der Verlust aller Macht.«

Linden wandte sich nun wie in unversöhnlicher Konfrontation an Infelizitas. Ihr Grimm ließ all ihren alten Widerwillen gegen menschliches Unvermögen von neuem emporbrodeln. Sie vermochte es nicht zu ertragen, so nutzlos zu sein. Hinter ihr wiederholte Covenant ihren Namen, darum bemüht, sie auf sich aufmerksam zu machen, um sie zu warnen oder zur Zurückhaltung zu ermahnen. Aber sie hatte genug von allen Ausflüchten und Halbwahrheiten. Die leicht erregbare Gewaltsamkeit, die unter der Oberfläche von *Elemesnedene* lauerte, erfaßte und durchströmte sie: »Na gut!« schnauzte sie, als wolle sie Infelizitas dringend davon abhalten, weiter so nachsichtig zu sein, obwohl sie genau wußte, daß die *Elohim* ihr das Lebenslicht so leicht ausblasen konnten, wie man eine Kerze auspustete. »Lassen wir das! Ihr könnt also nichts gegen das Gift tun.« Ein höhnisches Lächeln verzog ihren Mund. »Ihr könnt Seeträumer nicht seine Stimme zurückgeben. Na schön, wenn ihr's sagt, wird's wohl so sein. Aber ich weiß etwas, was ihr, gottverdammt, *sehr wohl* tun könnt.«

»Auserwählte«, rief die Erste, um sie zur Vorsicht zu mahnen. Aber Linden ließ sich nicht beeindrucken.

»Ihr könnt für uns gegen den Verächter kämpfen.« Lindens Ansinnen verschlug den Riesen die Sprache. Covenant fluchte unterdrückt vor sich hin, als wäre ihm ein solches Anliegen nie in den Sinn gekommen. Doch ihre aufgewühlte Leidenschaft erlaubte es Linden nicht, an dieser Stelle aufzuhören. Infelizitas hatte sich nicht gerührt. Möglicherweise war nun auch sie aus der Fassung geraten. »Ihr sitzt hier in eurem *Clachan«*, sprach Linden weiter, indem sie ihre Worte wählte wie Beweisstücke einer Anklage, »und laßt die Zeit verstreichen, als könne nichts Böses und keine Gefahr auf der ganzen Welt eure geheiligte Selbstbetrachtung je behelligen, während ihr durchaus etwas *tun* könntet! Ihr seid Erdkraft! Ihr *besteht* aus Erdkraft. Ihr wärt dazu imstande, das Sonnenübel zu beheben, das Naturgesetz des Landes wiederherzustellen, Lord Foul zu schlagen, würdet ihr euch bloß der nötigen *Anstrengung* unterziehen! Schau dich doch an!« Linden meinte jetzt Infelizitas persönlich. »Du stehst da oben, damit du ganz bestimmt auf uns hinabblicken kannst. Und vielleicht hast du dazu sogar das Recht. Vielleicht ist verkörperte Erdkraft eine solche Macht, daß wir sozusagen ganz natürlich klein und unwichtig für dich sind. Aber wir versuchen wenigstens, etwas zu unternehmen!« Blankehans und Seeträumer waren gekränkt worden. Covenant hatte man erniedrigt. Man beging Verrat an der ganzen Suche. Linden schleuderte ihre Sätze Infelizitas wie Wurfspeere entgegen, darum bemüht, eine Schwachstelle in ihrer abweisenden Haltung oder wenigstens einen wunden Punkt ihres Gewissens zu treffen. »Foul ist darauf aus, das Land zu vernichten. Und wenn ihm das gelingt, wird er damit nicht etwa einen Schlußstrich ziehen. Er will die *ganze* Erde. Bis jetzt sind kleine, unwichtige Sterbliche wie wir seine einzigen Gegenspieler. Wenn schon aus keinem anderen Grund, solltet ihr zumindest, weil ihr euch sonst *schämen* müßt, zu dem Versuch bereit sein, die Verwirklichung seiner Pläne zu verhindern!«

Während ihr die Worte ausgingen, sie nicht allzu redegewandt, sondern eher beklommen verstummte, erhoben sich rund um den Hügel Stimmen, äußerten Rufe des Ärgers, der Betroffenheit und des Mißfallens. Chants Stimme ließ sich am durchdringendsten vernehmen. »Infelizitas, das ist untragbar!«

»Nein!« widersprach Infelizitas nachdrücklich. Ihre Ablehnung brachte die Protestbekundungen der *Elohim* zum Verstummen. »Sie ist die Sonnenkundige, und ich werde duldsam sein.« Diese Erklärung, mit der Linden nicht gerechnet hatte, entzog ihr gewissermaßen den Boden unter den Füßen. Sie schwankte innerlich; Verblüffung dämpfte ihren Zorn. Der ständige Hintergrund des Glöckchengeläuts schwächte ihren inneren Halt. Sie war kaum noch dazu imstande, Infelizitas' Blick zu erwidern, als die hochgewachsene *Elohim* sich erneut an sie wandte. »Sonnenkundige«, sagte sie in einem Tonfall, der eine Andeutung von Kummer oder Bedauern umfaßte, »was du Erdkraft nennst, ist unser Würd.« Wie Daphin verzerrte ihre Aussprache das Wort, so daß es ebensogut *Würde* oder *Wird* oder *Wort* lauten konnte. »Du siehst darin etwas von allgewaltiger Macht. Fürwahr, deine Annahme ist gerechtfertigt. Doch bist du so weithin über die Erde gereist, ohne die Hilflosigkeit der Macht verstanden zu haben? Wir sind, was wir sind – und was wir nicht sind, können wir niemals werden. Jener, den du den Verächter heißt, ist ein Wesen von vollkommen anderer Art. Gegen ihn sind wir machtlos. So ist unser Würd. Und zudem ist *Elemesnedene* für uns der Mittelpunkt …« – das äußerte sie wie einen nachträglichen Einfall –, »so wie es der Mittelpunkt der Erde ist. Wir scheren uns nicht um das, was außerhalb seiner Grenzen geschieht.«

Du lügst! wollte Linden schreien. Der Widerspruch loderte heiß in ihr, verlangte danach, ausgesprochen zu werden. Doch jetzt war Covenant an ihre Seite getreten. Seine Halbhand packte ihre Schulter wie mit Klauen, grub sich hinein, als wolle er sie niederdrücken. »Sie sagt die Wahrheit.« Er sprach zu Linden, schaute jedoch hinauf zu Infelizitas, als habe er endlich den für seine Absichten geeigneten Weg entdeckt. Linden spürte in ihm einen Grimm, der ihrer Rage gleichwertig war, der ihn mit Knochenhärte erfüllte. »Die Erdkraft ist keine Antwort auf die Verächterei. Sonst wäre Kevin niemals zum Ritual der Schändung getrieben worden. Er war ein Meister, was das Gesetz des Landes und die Erdkraft betraf, aber das waren eben nicht die Dinge, die er brauchte. Auf diese Weise hat er das Land nicht retten können. Das ist der Grund, weshalb das Land uns braucht. Wegen der wilden Magie. Sie stammt von außerhalb des Bogens der Zeit. Genau wie Foul. Sie kann Wirkungen ausüben, zu denen die Erdkraft nicht ausreicht.«

»Dann verhält's sich so.« Blankehans' Stimme übertönte Covenants letztes Wort. Der unverhohlene Schmerz des Verlusts in seinem Ton verlieh ihm eine Würde, die seiner Statur entsprach; und er redete, als fälle er über die *Elohim* ein Urteil. »In allen Teilen der Erde erzählt man sich Sagen und Geschichten von *Elemesnedene.* Die *Elohim* schildert man als ein Volk von märchenhafter Großartigkeit und Wunderbarkeit, der gewaltigsten und unschätzbarsten Wunder. Unter den Riesen werden diese Geschichten oft und mit Freuden erzählt, und jene, denen hier die Gunst eines Willkommens gewährt worden ist, betrachten sich als glücklich. Uns jedoch ist nicht das Willkommen geboten worden, von dem die Welt mit solcher Sehnsucht spricht. Auch hat man uns nicht die Gaben zukommen lassen, an denen die Welt dringliche Not hat, wenn sie überdauern soll. Vielmehr hat man unsere Gefährten, die *Haruchai,* von uns getrennt, und wir sind gedemütigt worden. Was das Ersuchen um Geschenke anbetrifft, so hat man uns in die Irre geführt. Ihr habt uns Geschenke ohne Gegenleistung verheißen, doch nicht zu unserem Nutzen, dieweil ihr uns abschlägig bescheidet und euch nicht umstimmen laßt. *Elemesnedene* hat sich auf betrübliche Weise verändert, und ich verspüre nicht den Wunsch, diese Geschichte hinaus in die Welt zu tragen.«

Linden lauschte aufmerksam. Covenants Einstellung erschreckte sie. Glaubte er etwa, Chant hätte den Ring ohne jede Veranlassung von ihm haben wollen? War er völlig taub für die Glöckchen? *Er spricht wahr,* sagte eines. *Wir haben uns gewandelt.*

Nein, entgegnete ein dunkleres Schellen. *Diese Sterblichen sind lediglich überheblicher als andere.*

Nein, widersprach das vorherige Läuten. *Wir sind es, die überheblicher geworden sind. Hätten nicht in vergangenen Zeiten wir den Preis auf uns genommen? Nun aber erwarten wir, daß er ihn uns abnimmt, auf daß er uns erspart bleibt.*

Sofort mischte sich ein drittes Läuten ein. *Du vergißt, er selbst ist die Gefahr. Wir haben den einzigen Weg zu beschreiten beschlossen, der sowohl ihm wie auch der Erde Hoffnung gibt. Noch mag es sein, daß der Ernannte den Preis zu entrichten hat.*

Nichtsdestotrotz nahm das *Elohim*-Fest weiter seinen Gang, als existierten gar keine Glöckchen. »Grimme Blankehans«, sagte Infelizitas ungnädig, »du hast freimütig gesprochen. Nun schweig!« Aber dank seiner wiedergewonnenen Würde ließ Blankehans sich von ihrem Verweis nicht beeindrucken. Infelizitas schaute erneut Linden an. »Bist du zufriedengestellt, Sonnenkundige?« fragte sie.

»Zufrieden?« wiederholte Linden. »Bist du ver…?«

Covenants Griff brachte sie zum Schweigen. Seine Finger preßten ihre Schulter, forderten Zurückhaltung. »Nein«, sagte er zu Infelizitas, ehe sich Linden ihm entziehen, ihm seine Unvernunft ins Gesicht schreien konnte. »Das alles ist zweitrangig. Das ist es nicht, weshalb wir hier sind.« Seine Stimme klang, als habe er abermals eine Möglichkeit gefunden, sich aufzuopfern.

»Sprich weiter, Ringträger!« sagte Infelizitas ruhig. Das Licht in ihrem Haar und ihrer Tracht wirkte, als sei sie auf alles vorbereitet, was Covenant vortragen könnte.

»Es ist wahr, daß die Erdkraft kein Mittel gegen den Verächter ist.« Er sprach mit schneidender Schärfe, wie Eis. »Aber mit dem Sonnenübel ist's eine andere Sache. Das ist eine Frage der Erdkraft. Wenn man es nicht beseitigt, wird es der Erde das Herz zerfressen.« Er schwieg. Gelassen wartete Infelizitas. Auch Linden wartete. Ihr Mißtrauen gegen die *Elohim* vereinte sich nun mit Angst. Unwillkürlich erschreckte Covenants Vorhaben sie. »Ich möchte einen neuen Stab des Gesetzes machen.« Die Risiken, deren er sich bewußt war, ließen seine Stimme nun brüchig klingen. »Um etwas zu haben, womit ich kämpfen kann. Wir müssen den Einholzbaum finden.« Langsam gab er Lindens Schulter frei und trat zur Seite, als wolle er sie aus der unmittelbaren Nähe seiner Gefährlichkeit bringen. »Mein Wunsch ist, daß du uns mitteilst, wo er sich befindet.«

Sofort fingen die Glöckchen zudringlich an zu läuten. *Nicht, Infelizitas,* drängte eines. *All unsere Hoffnung wäre dahin.*

Infelizitas' Antwort kam kristallklar. *Das ist auch meine Absicht. Es versteht sich von selbst. Ich werde es nicht tun.* Ihre Augen jedoch verrieten nichts von der insgeheimen Verständigung. Sie musterten Covenant in aller Offenheit, beinahe mit Wohlwollen. »Ringträger«, sagte sie bedächtig, »du bedarfst dieses Wissens nicht. Es ist deinem Geist bereits eingegeben worden.«

»Das stimmt«, bestätigte Covenant mit gleicher Bedächtigkeit, gleichermaßen gefaßt. »Und zwar von Caer-Caveral. ›Das Wissen ist in dir, wiewohl du's nicht ersiehst‹, hat er gesagt. ›Doch wenn die Zeit gekommen ist, wirst du die Mittel entdecken, um mein Geschenk zu erschließen.‹ Aber ich habe keine Ahnung, wie ich das tun könnte.« Das Läuten tönte nun ganz gedämpft, erinnerte an angehaltenen Atem. Doch Linden erkannte die Bedeutung. Dies war der Moment, auf den sie gewartet hatten. In plötzlichem Begreifen unternahm sie den Versuch, Covenants Absicht zu vereiteln. Gedanken durcheilten sie zu schnell, um in Worte gekleidet werden zu können: *Sie wissen, wo der Baum ist, was du vorhast, ist genau das, was sie wollen. Verstehst du denn nicht? Foul ist uns hier zuvorgekommen!* Aber ihre Bewegungen waren zu langsam, Schwäche hemmten sie. Ihr Herz schien zwischen zwei Schlägen stillzustehen; kein Atem dehnte ihre Lungen. Sie hatte sich ihm kaum zugedreht, da sprach er schon weiter, als sei er sich vollauf darüber im klaren, daß er sich dem Verderben auslieferte. »Ich möchte von euch dies Wissen für mich erschlossen haben. Ich wünsche, daß ihr meinen Geist aufschließt.«

Droben auf der Kuppe der Erhebung lächelte Infelizitas.

9
DAS GESCHENK DES FORSTHÜTERS

Im folgenden Augenblick erreichte Linden ihn mit solcher Vehemenz, daß er den Hang mehrere Schritte weit hinabtaumelte. Sie packte sein Hemd und rüttelte mit aller Kraft an ihm. »Tu's nicht!«

Covenant rang ums Gleichgewicht. Seine Augen lohten wie Vorzeichen wilder Magie. »Was ist los mit dir?« schnauzte er Linden an. »Wir müssen wissen, wo der Baum steht.«

»Nicht mit dieser Methode!« Linden hatte zuwenig Kraft, sowohl ihre Stimme wie auch ihre Muskeln waren zu schwach. Sie hätte ihn, wenn möglich, gewaltsam an seinem Vorgehen gehindert; aber nicht einmal ihre Leidenschaft war stark genug. »Du brauchst es nicht zu tun! Sie wissen, wo der Baum ist. Sie können's dir ganz einfach *sagen!*«

Grob packte er Lindens Handgelenke, befreite sich aus ihrem Zugriff. Das Anschwellen von Gift und magischer Kraft in ihm machte seine Fäuste unwiderstehlich. Nah vor dem Schlitz in seinem T-Shirt, zurückgeblieben von dem Messerstich, hielt er ihre Hände aneinander, und sie konnte sich nicht losreißen. »Ich glaube dir.« Sein Blick war gequält. »Diese Leute wissen wahrscheinlich alles. Aber sagen wollen sie uns nichts. Was, meinst du, soll ich tun? Sie anwinseln, bis sie's sich anders überlegen?«

»Covenant!« Sie schalt und flehte gleichzeitig. »Ich kann hören, was sie untereinander reden.« Jetzt brachen sich die Worte aus ihrem Innern Bahn. »Sie verfolgen irgendeinen geheimen Zweck. Foul ist uns hier zuvorgekommen. Du darfst nicht zulassen, daß sie von deinem Geist Besitz ergreifen.«

Diese Argumente rüttelten Covenant auf. Er gab Lindens

Handgelenke nicht frei; aber sein Griff lockerte sich, als sein Kopf hochruckte und er zu Infelizitas hinaufstarrte. »Ist das wahr?«

Infelizitas wirkte nicht im mindesten ungehalten. Wieder ließ sie sich durch Linden nicht provozieren. »Die Sonnenkundige ist der Meinung, der Verächter wäre über uns gekommen und hätte uns seinen Bestrebungen unterworfen. Dem ist nicht so. Aber wir verfolgen in dieser Sache eigene Pläne. Soviel ist wahr.«

»Dann sag mir«, knirschte Covenant, »wo der Einholzbaum ist!«

»Es ist nicht unser Brauch, überflüssige Gaben zu gewähren.« Infelizitas' Tonfall schloß jeden Widerspruch, jeden Überredungsversuch aus. »Wir haben unsere Entscheidung aus Gründen getroffen, die uns gerechtfertigt dünken. Wir sind die *Elohim,* und unsere Entschlüsse stehen außerhalb deines Urteilsvermögens. Du hast mich gebeten, das in dir verborgene Wissen zu erschließen. Diese Gunst bin ich dir zu gewähren bereit – sie und keine andere. Du magst sie annehmen oder verwerfen, ganz wie das Maß deines Zweifels es dir vorschreibt. Solltest du eine andere Möglichkeit zu nutzen wünschen, so halte woanders danach Umschau. Richte an die Sonnenkundige die Frage, weshalb nicht sie in deinen Geist eindringt, um das Wissen zu offenbaren, nach dem du trachtest! Sie besitzt dazu die Fähigkeit.«

Linden schrak zurück. *Eindringen …?* Erinnerungen an Covenants letzten Rückfall durchzuckten sie. Unterdrückte finstere Gier erwachte in Linden. Sicherlich war das ein Mittel, um zu verhindern, zu was die *Elohim* ihn zu verleiten beabsichtigten. Aber ihre Bemühungen hatten ihn fast das Leben gekostet. Linden fühlte sich von Gefahr umlauert. Schaudern brannte auf ihrer Haut wie Scham. Die Widersprüche drohten sie in einer Falle zu fangen. Das war es, warum sie auserwählt worden war, weshalb Gibbon sie berührt hatte. Sie entwand sich Covenants erschlafftem Griff, drehte sich nach Infelizitas um und schleuderte ihr die einzige Antwort entgegen, die sie wußte – die einzige Antwort, die es ihr ermöglichte, ihre Machtgier zu bändigen: »Es ist *Schlechtigkeit,* jemandes Geist unter Kontrolle zu nehmen!« Stimmte es letztendlich doch, daß die *Elohim* schlecht waren? Infelizitas hob zum Zeichen der Mißbilligung die Brauen, verzichtete jedoch auf jeden Kommentar.

»Linden.« Covenants Stimme glich einer Kandare zwischen seinen Zähnen. Seine Hände streckten sich nach Linden, wandten ihm ihr Gesicht wieder zu. »Es ist mir egal, ob wir denen trauen können oder nicht. Wir *müssen* herausfinden, wo der Einholzbaum ist. Und falls sie noch irgend etwas anderes im Sinn haben …« Er lächelte säuerlich. »Für ihre Begriffe zähle ich gar nicht. Was glaubst du, wieviel von diesem Benehmen ich noch ertragen kann? Nach allem, was ich durchgemacht habe?« Sein Ton verriet deutlich genug, daß er diese Einstellung der *Elohim* absolut nicht verkraften konnte. »Ich habe das Land einmal gerettet, und ich werde es noch einmal tun. Das werden sie mir nicht nehmen können.«

Als Linden seine Empfindungen ersah, erlahmte sie innerlich. Zuviel von seinem Groll richtete sich gegen sie – gegen den Gedanken, daß sie die Sonnenkundige war, die Notwendigkeit, sich beweisen zu müssen, weil man ihm unterstellte, sich etwas anzumaßen. Die Glöckchen schellten nun innerhalb von Lindens Erfassungsbereich, aber sie hörte kaum zu. Es geschah wieder, alles geschah wieder, es gab nichts, das sie tun konnte, es würde immer wieder geschehen. Sie war für Covenant so nutzlos, wie sie es für ihre Eltern gewesen war. Und sie würde ihn verlieren. Sie schaffte es nicht einmal, zu ihm sagen: *Ich habe keine Macht. Begreifst du denn nicht, daß ich aus dem Grund nicht in dich vordringen möchte, weil ich dich schützen will?* Statt dessen ließ sie zu, daß die erstarrten Gefilde in ihrem Herzen das Wort ergriffen. »Du hast dir das in den Kopf gesetzt, weil du dich beleidigt fühlst. Es ist wie mit deiner Lepra. Du denkst, du kannst quitt werden, indem du dich opferst. Du betrachtest dich als das universelle Opfer.« *Du hast mich ja sowieso nie geliebt.* »Das ist die einzige Art, wie du zu leben verstehst.«

Linden sah ihm an, daß sie ihn gekränkt hatte – und daß sein Schmerz keinen Unterschied bewirkte. Je mehr sie ihn verunglimpfte, um so mehr verhärtete sich seine Unnachgiebigkeit. Der wortlose, heiße Blick, auf den sich seine Antwort beschränkte, machte ihn unnahbar. Nach seinen Maßstäben hatte er keine andere Wahl. Wie sollte er sich über sein Schicksal erheben können, außer indem er sich ihm stellte und sich selbst dagegen in die Waagschale warf? Als er ihr den Rücken zukehrte, um Infelizitas' Angebot anzunehmen, versuchte sie ihn nicht noch einmal zu hindern. Ihre Benommenheit hätte auf Trauer beruhen können.

»Riesenfreund Covenant«, sprach die Erste ihn an. »Sei mit dem, was du beginnst, auf der Hut! Ich habe die Suche in deine Hände gelegt. Wir dürfen nicht scheitern.«

Covenant beachtete sie nicht. »Ich bin bereit«, sagte er mit spröder Stimme zu Infelizitas. »Bringen wir's hinter uns!«

Ein Läuten scholl über den Hügel – ein Geschelle dringlichen Ersuchens oder des Widerspruchs. Diesmal konnte Linden die Herkunft feststellen. Es kam von Findail. *Bedenke, Infelizitas, es ist mein Leben, das du aufs Spiel setzt! Wenn dieser Weg falsch ist, muß ich die Folgen tragen. Gibt es keine andere Möglichkeit?*

Und Infelizitas bereitete Linden erneut eine Überraschung. »Sonnenkundige«, meinte die *Elohim*, als wolle sie ihrer Allgewalt entsagen, »was ist dein Wunsch? Wenn es dein Wille ist, werde ich den Ringträger abweisen.« Covenant stieß ein

Fauchen aus, als zische er einen Fluch durch die Zähne; doch Infelizitas begnügte sich nicht damit, ihn in dieser Art und Weise zu übergehen. »Die Verantwortung jedoch müßte dir zufallen«, fügte sie unerbittlich hinzu. »Du hättest das Versprechen zu leisten, seinen Ring an dich zu nehmen, bevor er die Erde ins Verderben stürzt – Ringträger und Sonnenkundige in dir zu vereinen.« Covenant emanierte verzweifelten Zorn, den Infelizitas zu mißachten beliebte. »So du dich nicht mit diesem Versprechen binden magst, muß ich seine Bitte erfüllen.«

Ich danke dir, Infelizitas, kam ein irgendwie förmliches Läuten von Findail.

Aber Linden war zu durchschauen außerstande, worauf Findail Bezug nahm. Die Bedeutung von Infelizitas' Vorschlag brachte sie innerlich ins Schleudern. Darin lag eine noch stärkere Versuchung als in der Macht des Besitzergreifens: er bot ihr Macht, ohne sie mit den Gefahren der Finsternis zu konfrontieren. Covenants Verantwortung auf ihren Schultern? Nein, es dreht sich um mehr als das: die Verantwortung für die gesamte Suche, für das Überdauern der Erde, die Überwindung Lord Fouls. Hier bot man ihr eine Chance, wie sie Covenant vor sich selbst schützen konnte – wie sie ihm etwas zu ersparen vermochte, so wie er so oft darum bemüht gewesen war, ihr etwas zu ersparen. Doch da erkannte sie die verborgene Fußangel. Falls sie sich auf den Vorschlag einließ, hätte die Expedition keine Aussicht mehr, den Einholzbaum zu finden – es sei denn, sie täte, was zu tun sie sich bisher geweigert hatte: wenn sie in Covenants Geist eindringen würde, um Caer-Caverals verstecktes Wissen zu ergründen. Alles lief immer wieder darauf hinaus. Die Stärke ihrer unterdrückten Sehnsucht nach derartiger Macht verursachte Linden Übelkeit. Aber sie hatte ein solches Vorgehen bereits verworfen, hatte ihr ganzes Leben damit zugebracht, solche Dinge von sich zu weisen. Sie schüttelte den Kopf. »Ich kann ihm nicht vorschreiben, was er tun soll«, sagte sie lasch, versuchte zu glauben, daß sie eine Entscheidung des Bejahens traf, sich selbst und Covenant gegen folgenschwere Versuchungen absicherte. Jedes Wort jedoch, das sie äußerte, klang nach nichts als wiederholter Verweigerung. Der Gedanke an Covenants Nöte griff ihr ans Herz. »Er muß seine eigenen Entschlüsse fassen.« Dann mußte sie die Arme um ihren Brustkorb schlingen, um sich gegen Covenants enorme Erleichterung, Findails turbulentes Glöckchenläuten der Bestürzung, die besorgte Betroffenheit ihrer Freunde abschirmen zu können – und Infelizitas' Ausstrahlung ungeduldigen Eifers.

»Komm!« sagte die *Elohim* sofort zu Covenant. »Laß uns beginnen!« Und ihre innere Stimme ergänzte: *Wir wollen, wie es unsere Absicht war, die Hand des Schweigens an ihn legen.* Unwillkürlich drehte sich Linden, sah Infelizitas' und Covenants Aufmerksamkeit aufeinander gerichtet, als wäre einer vom anderen mit einem Bann belegt worden. Der Glanz der *Elohim* glich dem Wahrzeichen eines durch größte Geschicklichkeit errungenen Triumphs. Und Covenant stand mit gestrafften Schultern und hocherhobenem Kopf da, an das Kreuz seines allumfassenden Verhängnisses gestemmt. Hätte er gezögert, um zu lächeln, Linden hätte zu schreien angefangen.

Während ihr Gewand langsam wehte und wallte wie ein Wogen von Juwelen, stieg Infelizitas von der Hügelkuppe. Ihre Kräfte wirkten so sehr wie eine Funktion ihrer Existenz, als wäre sie dafür geboren worden. Wie wohltuender abendlicher Lufthauch näherte sie sich Covenant und verharrte vor ihm. Als sie ihre Hand an seine Stirn legte, zerriß ein Laut der Qual die stille Luft über der Erhebung.

Ein schrilles Aufheulen, das sich wie mit Fangzähnen ins Gehör grub, brach aus Covenants Brust. Er sackte auf die Knie. Alle Muskeln in seinem Gesicht und an seinem Hals krampften sich zusammen. Seine Hände fuhren an die Schläfen hoch, als drohe ihm der Schädel zu bersten. Konvulsionen ließen ihn hilflos auf die Seiten seines Kopfes einschlagen. Fast wie eins sprangen Linden und die Riesen auf ihn zu. Aber bevor sie zu ihm gelangen konnten, verwandelte sich sein Heulen in ein Kreischen wilder Magie. Weiße Flammen schossen in sämtliche Richtungen. Infelizitas wich zurück. Der Fels der Anhöhe erbebte. Linden und Pechnase fielen hin. Zu Dutzenden nahmen die *Elohim* andere Gestalt an, um sich zu schützen. Die Erste riß ihr Schwert heraus, als hinge davon ihr Gleichgewicht ab. Sie schrie wutentbrannt auf Infelizitas ein; aber im Röhren von Covenants Glut war ihre Stimme überhaupt nicht zu hören. Linden raffte sich auf Hände und Knie hoch, und da bot sich ihr ein Anblick, bei dem ihr das Blut in den Adern zu stocken schien.

Dies Feuer war anders als jedes, das sie je gesehen hatte. Es fuhr nicht aus Covenants Ring, nicht aus seiner Halbhand, die auf seine Schläfe eindrosch. Es entsprang direkt seiner Stirn, als zerstöbe ihm das Hirn in Silberglut. Zuerst flackerten und lohten die Flammen nach allen Seiten, als verschleuderten sie Covenants wahnsinnige Pein ringsum auf den Hügel. Doch da durchtönte ein Tumult von Glöckchen die Luft, sie läuteten in einem Klang der Beschwörung, verliehen dem Willen der *Elohim* Gewalt; und das Feuer begann sich zu verändern. Allmählich verwandelte es sich in einen heißen Glanz, so schroff und weiß, als wäre alles Leid der Welt darin verschmolzen. Instinktiv bedeckte Linden ihre Augen. Eine derartig grelle Helligkeit hätte sie blenden müssen. Aber das war nicht der Fall. Obwohl sie ihr ins Gesicht gloste, als schaue sie in den Hochofen der Sonne, blieb das Licht erträglich. Und in seiner klaren Mitte entstanden Bilder. Eines nach dem anderen zeigten sie sich inmitten des Gleißens.

Ein kleines Mädchen, ein Kind in blauem Kleid, vielleicht vier oder fünf Jahre alt, stand mit dem Rücken an einen dunklen Baumstamm gepreßt. Obwohl kein Ton zu hören war, schrie es in unverhohlenem Entsetzen, weil sich vor seinen bloßen Beinen eine Klapperschlange wand. Dann verschwand die Schlange, hinterließ im hellen Fleisch am Schienbein des Kindes zwei fatale rote Bißwunden. Covenant wankte ins Bild. Vom Kopf bis zu den Füßen sah er mißbraucht und mitgenommen aus. Blut rann ihm aus einer unbehandelten Verletzung seiner Lippen von der Stirn. Er nahm das Mädchen in die Arme, versuchte es zu trösten. Beide sprachen, aber das Bild blieb stumm. Covenant klaubte ein Taschenmesser heraus, klappte es auf. Mit dem Schnürsenkel eines seiner Stiefel band er das Bein ab. Dann hielt er das Mädchen in fester Umarmung und setzte das Messer am betroffenen Schienbein an. In diesem Moment wechselte das Bild. Klingen schlitzten Covenant die Handgelenke auf, erst das eine, dann das andere, zogen auf ihnen Striche des Todes. Blut strömte. Er kniete hilflos in einer Lache roter Leidenschaft, während Mitglieder der Sonnengefolgschaft ihre *Rukh* schwangen und ihn mit kupferroter Glut zu ihrer Wahrsagung nötigten. Dem schloß sich ein wahres Chaos von Bildern an. Linden sah das Land in seiner Verwüstung unter dem Sonnenübel liegen. Aus einem Reich der Sonne und des Regens verdorrte das geschundene Erdreich zu einer Wüste; dann verfärbte das rötliche Eitern einer Sonne der Seuchen die Wüste. Und zur gleichen Zeit widerfuhren all diese Dinge Joans Fleisch, während sie besessen und gefesselt in Covenants Haus auf dem Bett lag. Nachgerade jede Art von Krankhaftigkeit schüttelte sie, bis Linden meinte, sie müsse über diesem Anblick den Verstand verlieren. Die Vision zitterte von Covenants Wut und Abscheu, und wilde Magie lohte auf. Wie eine weiße Fackel flammte heftige Weißglut zwischen den blutroten *Rukh,* sie züngelte über Covenants aufgeschlitzte Handgelenke, stoppte den Blutstrom, schloß die Wunden. Dann erhob er sich, aufgerichtet durch Zorn und Flammen, und seine Kraft fuhr zwischen die Gefolgsleute und wütete unter ihnen, fällte sie wie Garben. Doch während die weiße Flamme einer Detonation entgegenschwoll, änderte sich die Natur ihres Lichts, es leuchtete sanfter. Covenant stand auf der Oberfläche eines Sees, vor ihm brannte im Wasser eine feurige Säule, trug ihm den *Krill* zu und in die Hände. Der See hielt ihn aufrecht, als wirke er auf ihn wie ein Segen, wandelte seine Wüstheit in ein Licht der Hoffnung um; denn es gab noch Erdkraft im Land, und wenigstens dieser See, anders als andere, widerstand dem Sonnenübel.

Wieder wechselte der Charakter der Glut. Nun floß sie in Rinnsalen aus Phosphoreszenz von der hochgewachsenen Gestalt eines Mannes. Er war in reinweißen Zindeltaft gekleidet. Seine Hand umfaßte als Stab einen knorrigen Ast. In seiner Haltung gelangten Würde und Kraftfülle zum Ausdruck; jenseits seiner Stattlichkeit und ernsten Hingebung jedoch besaß sein Gesicht weder Augen noch Augenhöhlen. Als er sich an Covenant wandte, erschienen weitere Gestalten. Ein Mann in blauer Robe mit verschmitztem Lächeln und heitergelassenen Augen. Eine ähnlich bekleidete Frau, deren leidenschaftsfähige Gesichtszüge Andeutungen von Liebe wie von Haß zeigten. Ein Mann, der Cail und Brinn ähnelte, selbstsicher und kompetent wie ein Richter. Und ein Riese, der Salzherz Schaumfolger sein mußte. Covenants Tote. Bei ihnen stand Hohl, seine schwarze Makellosigkeit wie ein Mantel, der sein Herz verbarg. Die Gestalten der lautlosen Vision sprachen zu Covenant. Gunst und Bürde ihres Erscheinens warf Covenant auf die Knie. Der Augenlose – der Forsthüter – trat vor. Bedächtig streckte er seinen Stab aus und rührte damit an Covenants Stirn. Im selben Augenblick ging und tönte ein Glimmern wie eine Melodie aus Flammen über die Anhöhe; und sofort versank ganz *Elemesnedene* in Dunkelheit. Nacht wölbte sich durch die Vision – eine vertraute, weil bestirnte

Nacht. Langsam begann sich das Kartenwerk der Sterne zu drehen.

»Siehst du's, Blankehans?« rief die Erste heiser.

»Ja!« antwortete er. »Diesem Kurs kann ich bis an die Enden der Erde folgen.«

Für eine Weile wiesen die Sterne den Weg zum Einholzbaum. Danach senkte sich der Gesichtskreis der Vision in der gezeigten Richtung abwärts aufs Meer. Inmitten der Wogen sah man eine Insel. Sie war klein und kahl, ragte wie ein Steinhügel aus dem Rollen der See, Kennzeichen für nichts. Keine Spur irgendeines Lebens milderte die Trostlosigkeit ihrer felsigen Ufer. Doch die Bedeutung der Vision war klar: das war der Standort des Einholzbaums.

Ein jämmerliches Klagen scholl über den Ozean. Covenant heulte, als habe er Ausblick auf ein unseliges Ende seines Schicksals erhalten. Der Laut drang bis in Lindens Innerstes. Sie rappelte sich auf, versuchte sich mit ihren unzureichenden Kräften anzutreiben, vorwärtszudrängen. Covenant kniete am Untergrund, Energie loderte aus seiner Stirn, als werde er mit Nägeln aus einem Feuer seines Hirns gekreuzigt. Einen Moment lang konnte sich Linden nicht gegen den Lichtschein durchsetzen: er hielt sie auf Abstand, als wäre er eine materielle, zähe Ausströmung Covenants. Aber da erklangen sämtliche Glöckchen gleichzeitig. *Vollbracht!* Einige zeugten von einem wilden Siegesgefühl. Andere drückten tiefes Bedauern aus.

In derselben Sekunde begann die auf jene vom Meer zerfurchte Insel gerichtete Vision zu verblassen. Nach und nach erlosch die Helligkeit, wich dem natürlichen Licht von *Elemesnedene,* und Linden konnte sich von der Stelle bewegen. Schritt um Schritt näherte sie sich Covenant. Reste der Vision schienen auf ihrer Haut zu brennen, in ihrem Haar zu knistern wie Elektrizität; aber sie ließ sich nicht aufhalten. Als die energetische Ballung sich vollends verflüchtigte, die Atmosphäre so reglos und still zurückblieb wie eine Einöde, kauerte sich Linden vor den Zweifler. Er kniete in schlaffer Haltung am Erdboden, hockte zurückgelehnt auf den Fersen, die Arme unbewußt auf die Knie gestützt. Anscheinend nahm er nichts ringsherum wahr. Sein Blick starrte durch Linden hindurch wie der eines Blinden. Sein Mund hing offen, als wäre er jedes Worts, jedes Klagelauts beraubt worden. Seine Atmung ging zittrig und mühsam. Lindens Sinne sahen in den Muskeln seiner Brust einen Schmerz, als wären sie auf dem Streckbett von Infelizitas' Einwirkung gerissen.

Aber als Linden eine Hand nach ihm ausstreckte, krächzte er auf wie ein wunder, im Verschmachten begriffener Rabe. »Rühr mich nicht an!« Die Worte klangen deutlich. Sie wiederholten unter den Ohren aller *Elohim* den alten Warnruf seiner Leprose. Doch in seinen Augen war das Licht seines Geistes erloschen.

ZWEITER TEIL
VERRAT

10
FLUCHT VOR DEN ELOHIM

Das Schellen der Glöckchen war Linden inzwischen klar verständlich; sie gab jedoch nichts mehr um das, worüber sie sich unterhielten. Ihre ungeteilte Aufmerksamkeit galt Covenants leeren Augen, seinem erschlafften, stieren Gesicht. Falls er sie überhaupt noch sah, besagte ihr Anblick ihm nichts. Er reagierte nicht, als sie ihn am Kopf faßte, ihm ihren von Entsetzen erfüllten Blick aufzuzwingen versuchte. Die Riesen drangen mit lautstarken Fragen auf sie ein, um zu erfahren, was mit Covenant geschehen war; doch sie schenkte ihnen keine Beachtung. Mit verzweifelter Anstrengung konzentrierte sie sich auf ihre Sinneswahrnehmung, darum bemüht, die ausdruckslose Hohlheit seiner Augäpfel zu durchdringen, seinen Verstand zu erreichen. Sie hatte keinen Erfolg: in seinem Kopf verlor sich ihr Blick im Finstern. Covenant glich einer gelöschten Kerze, und sein altes, krampfhaftes Gebot war das bißchen Qualm, das noch vom ausgeglühten Docht aufstieg: »Rühr mich nicht an!«

Linden begann in der Dunkelheit zu versinken. Irgendwo mußte er noch ein wenig seiner selbst bewußt sein, andernfalls wäre er nicht dazu in der Lage gewesen, seine Selbstverachtung zu artikulieren. Aber dies Überbleibsel seines Bewußtseins befand sich außerhalb von Lindens Reichweite. Die Finsternis schien Lindens eigenes geistiges Licht aufzusaugen. Sie fiel in eine Leere, die so ewig und abgründig war wie die kalte Kluft zwischen den Sternen. Wild entwand Linden sich Covenants Innenwelt.

Blankehans und Seeträumer standen mit der Ersten hinter Covenants Rücken. Pechnase kniete neben Linden, seine großen Hände umschlossen ihre Schultern in beinahe flehentlicher Geste. »Auserwählte.« Seine gedämpfte Stimme drang schmerzlich durch das Fliehen letzter Schwaden von Dunkelheit in Lindens Sicht. »Linden Avery. Sprich doch zu uns!«

Lindens Atemzüge keuchten in rauhen Stößen. Sie bekam zuwenig Luft. Die unbestimmte Helligkeit, die in *Elemesnedene* herrschte, drohte sie zu ersticken. Ringsherum zeichneten sich bedrückend die Reihen der *Elohim* ab, skrupellos wie Urböse. »Ihr habt's von vornherein so geplant gehabt«, knirschte Linden zwischen zwei Keuchern. »Das war's, was ihr die ganze Zeit hindurch wolltet.« Ihr schwindelte von ihrem Übermaß an Not und Grimm. »Ihn kaputtmachen.«

Die Erste atmete mit einem heftigen Fauchen ein. Pechnases Hände krampften sich mit unwillkürlichem Ruck zusammen. Er sprang auf, als könne er mit seiner Überraschung nur im Stehen fertig werden, zog Linden mit sich hoch. Blankehans schaute sie nur an. Seeträumer stand mit an seinen Seiten erstarrten Armen dabei, bezähmte sich in der Drangsal seiner Erd-Sicht.

»Genug«, antwortete Infelizitas. Ihr Ton war schroff wie Packeis. »Ich werde die Unverschämtheit solcher falschen Urteile nicht länger dulden. Das *Elohim*-Fest ist beendet.« Sie wandte sich ab.

»Halt!« Hätte sie nicht Halt an Pechnase gehabt, Linden wäre auf den bloßen Erdboden gesackt, wie um zu flehen. All ihre noch vorhandene Kraft floß in ihre Stimme. »Du mußt ihn wiederherstellen! Gottverdammt, du kannst ihn doch nicht in diesem Zustand lassen!«

Infelizitas blieb stehen, drehte sich jedoch nicht um. »Wir sind die *Elohim*. Unsere Entscheidungen stehen außerhalb deiner Einwände. Gib dich zufrieden!« Graziös stieg sie weiter den Hang hinab. Plötzlich fuhr Seeträumer auf, stürzte ihr hinterdrein. Die Erste und Blankehans schrien ihm etwas nach, aber es gelang ihnen nicht, ihn zurückzuhalten. Um seine ungewisse, kurze Hoffnung gebracht, fand sein Schmerz kein anderes Ventil. Doch Infelizitas hörte oder spürte seine Annäherung. »Halt, Riese!« heischte sie, ehe er sie erreichte. Er prallte zurück, als wäre er hinter ihrem Rücken gegen eine unsichtbare Mauer gerannt. Die Gewalt ihres Befehls warf ihn der Länge nach nieder. In beeindruckender Entrüstung wandte sie sich stattlich nach ihm um. Er lag gedemütigt auf dem Bauch; aber seine Lippen bleckten feindselig die Zähne, seine Augen glichen Schreien. »Bestürme mich nicht mit deinem Argwohn!« sagte Infelizitas bedächtig, »oder ich werde dich lehren, daß deine stumme Erd-Sicht im Vergleich mit dem Zorn von *Elemesnedene* wie Honig und Wohltat ist.«

»Nein!« Allmählich kehrte Leben in Lindens Glieder zurück; aber noch immer mußte sie sich an Pechnase stützen. »Wenn du jemandem drohen willst, dann drohe mir! Ich bin es, die dich anklagt.« Infelizitas musterte sie, ohne etwas zu erwidern. »Ihr habt das alles genau geplant«, fügte Linden hinzu. »Ihr habt ihn erniedrigt, herabgesetzt, ihn beleidigt, ihn wütend gemacht, damit er sich darauf einläßt, daß du sein Inneres antastest, in der Erwartung, du würdest es nicht wagen, ihm irgendwie zu schaden. Und dann hast du seinen Verstand ausgelöscht. Und nun ...« – sie faßte jeden Rest ihrer Vehemenz zusammen – *»gib ihn ihm wieder!«*

»Sonnenkundige«, sagte Infelizitas im Tonfall eisiger Geringschätzung, »du spottest deiner und bist doch dafür blind.« Verächtlich verließ sie den Hügel und entfernte sich aus dem Kreis der abgestorbenen Bäume.

An allen Seiten wandten sich die übrigen *Elohim* ebenfalls ab, zerstreuten sich, als wären Linden und ihre Begleiter für sie nicht mehr von Interesse.

Mit einem erstickten Schrei wandte Linden sich Covenant zu. Für einen Moment wilder Erregung hegte sie die Absicht, sich seinen Ring zu greifen, um die *Elohim* zum Nachgeben zu zwingen. Aber Covenants Anblick ließ sie erlahmen. Die Erste hatte ihn aufgerichtet. Er starrte durch Linden und alles rings um sie herum hindurch, als hätte sie, hätte alles für ihn zu existieren aufgehört; sein sinnentleertes Verslein klang nach einem unbeabsichtigten Bittgang. »Rühr mich nicht an!«

Ach, Covenant! Natürlich konnte sie nicht einfach seinen Ring nehmen. So etwas konnte sie ihm nicht antun, und wenn aus keinem anderen Grund als dem, daß genau das es war, was die *Elohim* wollten. Oder ein Bestandteil dessen, was sie wollten. Gequält bäumte sich Lindens Gemüt auf, aber ihre Entschlossenheit war bereits wieder zu Nichtsnutzigkeit zerfranst. Tränen kamen ihr; sie konnte nur mit knapper Not einen Weinkrampf unterdrücken. *Was haben sie mit dir gemacht?*

»Ist es fürwahr so?« raunte die Erste an den verwaschenen Himmel. »Haben wir dies Wissen um einen solchen Preis für ihn erlangt?«

Benommen nickte Linden. Ihre Hände vollführten fahrige Gesten. Sie hatte sie zu den Händen einer Ärztin ausgebildet, aber nun war sie kaum noch dazu imstande, eine Lust zum Erwürgen irgend jemandes niederzuringen. Covenant war ihr genommen worden, so gewiß, als hätte man ihn umgebracht – ermordet wie Nassic, mit einer Klinge, die noch heiß war von Grausamkeit. Linden hatte das Gefühl, sie müsse, wenn sie sich jetzt nicht regte, nicht handelte, das Weitere irgendwie in die Hand nahm, verrückt werden. Ringsum blieben die Riesen still, als wären sie durch ihren Kummer wie gelähmt. Oder durch den Verlust Covenants, seiner Zielstrebigkeit. Kein anderer als er konnte der Suche ihren Sinn wiedergeben. Diese Verantwortung gab Linden die Entschlußkraft, die sie brauchte. Angetrieben von eingefleischtem Trotz, schlurfte sie den Hang hinunter, um festzustellen, ob Seeträumer Verletzungen erlitten habe.

Er war gerade dabei, sich hochzuraffen. Seine Augen waren weit und voller Fassungslosigkeit, wirr von Erd-Sicht. Er torkelte, als wäre sein Gleichgewichtssinn völlig dahin. Als Blankehans an seine Seite eilte, klammerte er sich an die Schulter des Kapitäns, als wäre sie der einzige feste Halt in einer im Zusammenstürzen begriffenen Welt. Aber Lindens Wahrnehmung entdeckte keinerlei Anzeichen ernster körperlicher Beeinträchtigungen. Der emotionale Schaden jedoch war schwer. Irgend etwas in ihm war durch die geballte Kraft der »Prüfung«, der man ihn ausgesetzt, die Zerstörung der Hoffnung, die sein Bruder für ihn gehegt hatte, sowie Covenants grauenvolle Verfassung aus der Verankerung gerissen worden. Er war in Nöten, für die man ihm jede Abhilfe verweigert hatte; und er trug die Bürde seiner Erd-Sicht, als wüßte er, sie würde ihn das Leben kosten. Auch das war etwas, das Linden nicht heilen konnte. Sie vermochte es lediglich zur Kenntnis zu nehmen und Flüche zu murmeln, die keine Wirkung besaßen.

Die Mehrzahl der Glöckchen waren mittlerweile in den Hintergrund gewichen; zwei jedoch blieben nahebei. Sie waren in eine Diskussion verstrickt: Befriedigung gegen Bedauern. Der Inhalt der Unterhaltung war Linden zugänglich, doch sie verspürte gar nicht länger den Wunsch, die Worte der Glöckchensprache zu verstehen. Sie hatte schlichtweg die Nase voll von Chant und Daphin. Doch die zwei *Elohim* kamen über den Hügel auf sie zu, und es erwies sich als unmöglich für Linden, sie zu ignorieren. Sie waren ihre letzte Chance. Als sie sich an sie wandte, richtete sie ihre Bitterkeit direkt in Daphins makellos grünen Blick. »Ihr hättet das nicht zu tun brauchen. Ihr hättet uns einfach sagen können, wo der Einholzbaum ist. Es wäre nicht nötig gewesen, seinen Geist zu vergewaltigen. Und ihn dann in so einem Zustand zu lassen.«

In Chants harten Augen lag ein Ausdruck der Gleichgültigkeit. Seine innere Stimme strotzte von Erleichterung. Von Daphins Bewußtsein dagegen strahlte ein trauriger, sanfter Ton aus, als sie Lindens Blick erwiderte. »Sonnenkundige, du verstehst unser Würd nicht. In deiner Sprache gibt es dafür ein Wort, das eine ungefähr ähnliche Bedeutung besitzt. Es heißt ›Ethik‹.« *Herrgott noch mal!* brauste Linden innerlich in grämlicher Ablehnung auf. Aber sie beherrschte sich. »Dank unserer Macht«, sprach Daphin weiter, »stehen uns viele Wege offen, die kein Sterblicher zu beurteilen noch uns auf ihnen zu folgen vermag. Manche sind angenehm, andere jedoch schrecklich. Diesmal haben wir einen Weg gewählt, der eine Gleichgewichtigkeit von Hoffnung und Unseligem bietet. Hätten wir allein an uns gedacht, wäre ein Weg größerer Hoffnung von uns beschritten worden, dieweil die Nachteile nicht uns, sondern ausschließlich euch zugefallen wären. Doch wir haben beschlossen, den Preis mit euch zu teilen. Wir setzen unsere Hoffnung aufs Spiel. Und damit auch das, was uns noch kostbarer ist – das Leben und des Lebens Sinn. Wir gehen das Wagnis ein, zu vertrauen. Deshalb haben einige unter uns ...« – es erübrigte sich, Chant beim Namen zu nennen – »darauf gedrängt, einen anderen Weg einzuschlagen. Denn wer seid ihr, daß wir mit euch das Wagnis von Vertrauen und Leben eingehen sollten? Doch an unserem Würd ist nicht zu rütteln. Niemals stand uns danach der Sinn, irgendwelchem Leben Schaden zuzufügen. Da wir keinen Weg der Hoffnung fanden, der nicht auch ein Weg des Unheils war, haben wir den Entschluß gefaßt, einen Weg der Gleichgewichtigkeit zu begehen und den Preis mit euch zu gleichen Teilen zu tragen. Maße dir nicht an, über uns zu urteilen, während du so wenig um die Bedeutsamkeit deiner eigenen Handlungen weißt! Es ist nicht unsere Schuld, daß Sonnenkundige und Ringträger als zwei verschiedene Wesen zu uns gekommen sind.«

Ach, verdammt! sagte sich Linden. Sie verspürte keinerlei

Lust, sich bei Daphin danach zu erkundigen, welchen Preis die *Elohim* zum Ausgleich für Covenants seelische Auslöschung auf sich nahmen. Sie konnte sich kein gleichwertiges Opfer vorstellen. Und die Tonlage der Glöckchen verriet ihr, daß Daphin keine eindeutige Antwort geben würde. Linden mochte nicht noch mehr von ihren geringen Kräften für Auseinandersetzungen oder zwecklose Beschwerden verschwenden. Sie wollte nichts anderes, als den *Elohim* endlich den Rücken zuwenden, Covenant von hier wegbringen.

»Fürwahr, es ist höchste Zeit«, sagte Chant wie in Beantwortung einer dementsprechenden Äußerung. »Läge die Entscheidung in meiner Hand, längst hätte ich durch eure Verbannung aus *Elemesnedene* deine freche Zunge zum Schweigen gebracht.« Sein Tonfall war gelassen; aber seine Augen glänzten von unterdrücktem Vergnügen und Gehässigkeit. »Erlaubt's euch euer Stolz, nun zu gehen, oder wünschst du weitere Torheiten auszusprechen, ehe ihr euch verabschiedet?«

Chant, derlei steht dir übel, schalt Daphin deutlich.

Ich kann es nun halten, wie ich mag, antwortete er. *Sie können uns nun nichts mehr verwehren.*

Linden zog in unbewußter Verkrampfung die Schultern ein, um die aufdringlichen Glöckchenstimmen aus ihrem Bewußtsein zu verscheuchen. In diesem Moment jedoch trat die Erste vor. Eine ihrer Hände umfaßte den Griff des Schwerts. Während des gesamten *Elohim*-Fests hatte sie sich gezügelt; doch sie war eine ausgebildete Schwertkämpferin, und ihre Miene zeigte nun einen ehernen, finsteren Ausdruck von Gefahr und Kampf. *»Elohim,* eine Frage bleibt noch zu beantworten!« Linden musterte die Erste verdutzt. Sie hatte das Gefühl, daß der Suche nichts anderes geblieben war als Fragen; trotzdem wußte sie nicht, was die Erste meinte. Die Erste sprach, als erprobe sie ihre Klinge an einem unbekannten Gegner. »Hättet ihr vielleicht die Güte, uns zu enthüllen, was aus Hohl geworden ist?«

Hohl? Im ersten Augenblick sank Lindens Mut vollends. Zuviel war schon geschehen. Der Gedanke an noch eine Heimtücke überforderte sie. Aber sie hatte gar keine Wahl. Wenn sie nicht in Bewegung und am Handeln blieb, die Verantwortung annahm, wie sie gerade kam, mußte sie endgültig zusammenbrechen. Ihr Blick schweifte über den Hügel; aber ihr war bereits klar, daß es nirgends eine Spur von dem Dämondim-Abkömmling zu sehen gab. In plötzlicher, wirrer Erinnerung fiel ihr auf, daß Hohl an dem *Elohim*-Fest nicht teilgenommen hatte. Seit die Gefährten getrennt worden waren, um einer »Prüfung« unterzogen zu werden, hatte sie ihn nicht mehr gesehen. Nein – er war bereits seit dem Hinauswurf der *Haruchai* verschwunden. Seitdem hatte seine Abwesenheit sie fortwährend unbewußt beunruhigt; aber sie war nicht dazu imstande gewesen, die Ursache ihres vagen Gefühls der Unvollständigkeit zu ergründen. Linden zitterte, als sie sich an Chant wandte. *Sie können uns nun nichts mehr verwehren,* hatte er Daphin so klar wie Musik mitgeteilt. Linden hatte angenommen, er bezöge sich damit auf Covenant; doch jetzt sah sie in seiner verhohlenen Schadenfreude einen anderen Sinn. »*Das* war's also, was ihr gemacht habt.« Einsicht durchlohte sie. »Deshalb habt ihr Cail provoziert – darum habt ihr ständig Streit mit uns gesucht. Um uns von Hohl abzulenken.« Und Hohl war mit seinem üblichen unterschiedslosen Desinteresse in die Falle gegangen. Aber da überlegte sie noch einmal. *Nein. Das stimmt nicht.* Hohl hatte sich dem *Clachan* in einer gewissen Erregung genähert, als sei die Aussicht, ihn betreten zu dürfen, für ihn erfreulich. Und die *Elohim* hatten ihn von Anfang an ignoriert, ihre gegen ihn gerichteten Absichten verheimlicht. »Zum Teufel, was habt ihr mit ihm vor?«

Chants diebisches Vergnügen war nun offenkundig. »Er war für uns eine Gefahr. Seine finsteren Erschaffer haben ihn in die Welt gesetzt, damit er uns schadet. Er war eine Beleidigung unseres Würd, mit großer Bosheit und Gerissenheit ausgeschickt, um uns am Beschreiten unseres Weges zu hindern. Dergleichen werden wir niemals dulden, so wie wir euren törichten Wünschen nicht nachgegeben haben. Er befindet sich in unserer Gefangenschaft. Wir haben seine Gefangennahme im verborgenen angestrebt ...« – nun sprach er, als müsse er lachen –, »um dem verrückten Zorn eures Ringträgers zu entgehen. Nunmehr ist diese Bedrohung abgewendet. Euer Hohl ist unser Gefangener, und weder närrisches Flehen noch lächerliche Empörung Sterblicher vermögen seine Freilassung zu erwirken.« Seine Augen glänzten. »So ist das Ärgernis vergolten, das ihr uns zu bereiten versucht habt. Bedenke die Gerechtigkeit unserer Maßnahmen und sei still!«

Linden konnte es nicht länger aushalten. Zur Täuschung setzte sie eine ernste Miene auf, um sich nicht zu verraten, dann sprang sie Chant an. Er hielt sie mit einer lässigen Gebärde auf Abstand, und sie taumelte zurück. Sie prallte gegen Covenant, und er fiel auf den harten Untergrund, tat nichts, um sich abzufangen. Sein Gesicht schlug in den Dreck. Die Riesen regten sich nicht. Chants Geste hatte sie handlungsunfähig gemacht. Die Erste bemühte sich, ihren Pallasch zu ziehen. Seeträumer und Blankehans versuchten Chant anzugreifen. Aber sie konnten sich kaum rühren. Linden kroch zu Covenant, zog ihn hoch. »Bitte.« Zwecklos bettelte sie ihn an, als hätte Chants Gewalt sie um den Verstand gebracht. »Entschuldige. Wach auf! Sie haben Hohl gefangengenommen.«

Aber er hätte ebensogut blind und taub sein können. Er machte nicht einmal Anstalten, seine schlaffen Lippen vom Schmutz zu säubern, der an ihnen klebte. Sinnentleert reagierte er nur auf innere Regungen, die mit ihr, den Riesen und den *Elohim* in absolut keinem Zusammenhang standen.

»Rühr mich nicht an!«

Die Arme um Covenant geschlungen, drehte sich Linden Daphin zu, um ein letztes Mal an ihr Mitgefühl zu appellieren. Tränen liefen ihr übers Gesicht. Doch Chant kam ihr zuvor. »Es ist genug«, sagte er streng. »Nun geht!«

Im selben Augenblick kehrte er die volle Statur seines Volkes heraus. Seine Haltung zeugte von Gewichtigkeit und Unversöhnlichkeit. Linden entfernte sich von ihm, ohne sich zu bewegen; aber während die Distanz zwischen ihnen wuchs, schien er in Lindens Blickfeld immer größer zu werden, so daß sich ihre Sinne verwirrten und ihr war, als stiege sie rücklings in die Höhe. Einen Moment lang leuchtete Chant wie die Sonne, sengte Lindens gesamtes Aufbegehren fort. Dann glich er der Sonne selbst, und Linden erhaschte einen Ausblick auf blauen Himmel, bevor das Wasser der Fontäne sie umschloß wie ein Übermaß an Tränen. Auf den steilen Seitenflächen des Kalktuffkegels verlor sie fast die Balance. Covenants Körpergewicht zerrte an ihr, und sie drohten beide erneut zu fallen. Aber sofort eilten Cail und Brinn durch die Sprühnebel zu ihrer Unterstützung heran. Das Wasser in ihren Haaren schimmerte, als wären sie – oder Linden – noch im Prozeß des Übergangs zwischen *Elemesnedene* und der außerhalb befindlichen *Maidan* begriffen. Durch die Plötzlichkeit des Wechsels war Linden schwummrig zumute. Sie mußte in der Helligkeit des Sonnenscheins um ihr Gleichgewicht ringen, während die *Haruchai* ihr und Covenant die Schräge hinunterhalfen, dann durch das Rinnsal, in dem sich das Wasser sammelte, auf trockenen Erdboden führten. Die *Haruchai* sagten nichts, ließen sich keine Überraschung anmerken; aber aus der Berührung ihrer harten Hände schrie ihre stumme Angespanntheit Linden regelrecht entgegen. Sie war es gewesen, die sie weggeschickt hatte.

Linden empfand die Sonne als unnatürlich grell. Ihre Augen hatten sich bereits an das verwaschene Licht in *Elemesnedene* gewöhnt gehabt. Mit Nachdruck rieb Linden ihr Gesicht, versuchte Wasser und Lichtempfindlichkeit loszuwerden, als lege sie Wert darauf, jede Andeutung von Tränen oder Weinen aus ihrer Miene zu entfernen. Aber da packte Brinn ihre Handgelenke. Er stand vor ihr wie der Inbegriff einer Anklage. Ceer und Hergrom stützten zwischen sich Covenant. Auch die vier Riesen waren jetzt aus der Mulde rings um die Fontäne zum Vorschein gekommen. Sie standen in halb benommener Gemütsverfassung im hohen, gelblichen Gras der *Maidan,* als wären sie gerade einem Traum entronnen, der kein Alptraum hätte werden dürfen. Die Erste umklammerte mit beiden Fäusten ihren Pallasch, aber die Waffe besaß keinen Nutzen. Pechnases Deformiertheit schien sich verstärkt zu haben. Seeträumer und Blankehans gingen mit steifen Bewegungen nebeneinander, verbunden durch gemeinsamen Schmerz. Doch Brinn ließ nicht zu, daß sich Linden umdrehte. »Welcher Harm ist dem Ur-Lord zugefügt worden?« wollte er mit ausdrucksloser Stimme wissen.

Linden wußte keine Antwort auf seinen vorwurfsvollen Blick. Sie spürte, daß ihre geistige Gesundheit in Frage stand. »Wie lange waren wir drinnen?« stellte sie ihrerseits eine irrelevante Gegenfrage und kam sich selber dabei wie eine Irre vor.

Brinn verwarf die Bedeutung ihrer Frage mit einem leichten Kopfschütteln. »Nur für die Dauer weniger Augenblicke. Kaum hatten wir unsere Bemühungen aufgegeben, nochmals in den *Clachan* einzudringen, da seid ihr zurückgekehrt.« Seine Fäuste hielten Linden unerbittlich wie Handschellen fest. »Welcher Harm ist dem Ur-Lord zugefügt worden?«

O mein Gott! stöhnte Linden bei sich. Covenant aufs schwerste beeinträchtigt. Hohl gefangen. Gaben verweigert. Nur für wenige Augenblicke?! Doch es stimmte; seit Lindens letztem Blick hinauf, bevor sie *Elemesnedene* betrat, hatte sich die Sonne kaum weiterbewegt. Daß so viel Leid in so kurzer Zeit geschehen sein sollte! »Laß mich los!« Ihre Forderung klang wie die Klage eines einsamen, furchtsamen Kindes. »Ich muß nachdenken.«

Zunächst ließ Brinn nicht von ihr ab. Doch da kam Pechnase an Lindens Seite. Seine entstellten Augen redeten Brinn in Lindens Namen gut zu. »Gib sie frei!« sagte er in holprigem Ton. »Ich werde deine Fragen beantworten, so wohl ich's vermag.«

Langsam lockerten sich Brinns Finger; und Linden sank ins Gras. Sie kauerte sich zusammen, verbarg ihr Gesicht an den Knien. Altvertraute Schreie hallten in ihr wider, Schreie, die noch lange, nachdem ihr Vater verblutet war, niemand hatte hören können. Wie unfreiwilliger Selbstvorwurf quollen ihr Tränen aus den Augen. Die Stimmen ihrer Begleiter tönten über Lindens Kopf hin und her. Pechnase begann die Ereignisse in *Elemesnedene* zu schildern; aber schon bald verdroß das Verlangen nach Ausführlichkeit seine Riesen-Gefühle, und er schweifte in ziellose Rebellion gegen das Geschehene ab. Die Erste übernahm die Aufgabe. Kurz und knapp umriß sie, was sie über Covenants »Prüfung« wußte, dann beschrieb sie das *Elohim*-Fest. Ihre Darstellung fiel lakonisch und aufs Wesentlichste beschränkt aus; ihr Tonfall bezeugte unmißverständlich, daß sie, genau wie Pechnase, ein starkes Bedürfnis nach einer ausführlichen, förmlichen Erzählung verspürte. Aber die *Maidan* – unweit von den *Elohim* – war nicht der geeignete Ort für lange Geschichten; und die Erste unterdrückte ihr Empfinden mit aller Strenge. Sie berichtete, wie der Standort des Einholzbaums enthüllt worden war und welchen Preis Covenant für die Vision hatte zahlen müssen. Danach kam sie umgehend zum Schluß. »Hohl haben die *Elohim* zu ihrem

Gefangenen gemacht. Ihrem Wort zufolge ist er für sie eine Gefahr, eine Drohung, durch jene, die ihn geschaffen haben, von jenseits des Meeres gegen sie gesandt. Seine Freilassung lehnen sie ab. Es mag sein, daß sie ihm bereits das Leben genommen haben.«

Damit verstummte die Erste; und Linden erkannte, daß es darüber hinaus nichts zu sagen gab. Sie konnte auf keine Inspiration hoffen, die sie ihrer Bürden entledigte. Als wüßte sie, was sie dachten, beobachtete Linden, wie Ceer und Hergrom unerschrocken noch einmal den Kalksteinhöcker der Fontäne erstiegen und versuchten, *Elemesnedene* von neuem zu betreten. Aber der Zugang blieb ihnen versagt; er war den Gefährten verschlossen worden, und sie konnten nichts mehr tun. Doch als die beiden *Haruchai* auf die *Maidan* zurückkehrten, schienen die Oberflächen des Wassers von ihrer Halsstarrigkeit zu glänzen; und mit einem inwendigen Aufstöhnen begriff Linden, sie würde sich auch mit ihnen auseinanderzusetzen haben. Sie hatten ihr die Abschiebung aus *Elemesnedene* nicht verziehen. Linden versuchte aufzustehen; für eine ganze Weile blieb sie jedoch dazu außerstande. Die Last der notwendigen Entscheidungen hielt sie nieder. Wer war sie, daß sie den Versuch wagen könnte, Covenants Platz an der Spitze der Sucher einzunehmen? Der Gibbon-Wütrich hatte ihr ein Ende des Verderbens und Untergangs verheißen. Aber Lindens Gefährten stellten Überlegungen an, wie sich der Weg zurück in den *Clachan* erzwingen oder durch irgendwelche Tricks erschleichen ließe. Obwohl Linden war, als müsse sie verrückt werden, hatte sie gleichzeitig den Eindruck, als einzige bei klarem Verstand zu sein. Und sie hatte ihre Rolle schon akzeptiert. Wenn sie nicht einmal sich selbst treu sein konnte, den gefaßten Entschlüssen, den Menschen, die ihr etwas bedeuteten, dann mußte alles, was bisher geschehen und erduldet worden war, ohne Sinn bleiben. An ihre alte Sturheit geklammert, unterbrach sie die Unterhaltung ihrer Begleiter, indem sie aufstand. »Hier können wir nichts mehr ausrichten«, sagte sie gedämpft. »Laßt uns gehen!«

Die anderen verfielen in Schweigen, als hätte sie sie schokkiert. Sie schauten sich gegenseitig an, über Linden befremdet – ihre Bereitschaft, Hohl aufzugeben, oder ihr Bestreben, ihnen Anweisungen zu erteilen. Die Erste hatte ihr Schwert eingesteckt, aber jeder ihrer Muskeln brachte ihren Drang nach Kampf zum Ausdruck. Blankehans und Seeträumer hatten ihre Niedergeschlagenheit überwunden und sich erneut in Zorn hineingesteigert. Sogar Pechnase zeigte sich begeistert kämpferisch. Und die *Haruchai* standen zu allem bereit da, als suchten sie nur noch die richtige Stelle, um Gewalt anzuwenden.

»Rühr mich nicht an!« antwortete Covenant. Mit dem Abgrund hinter seinen Augen sah er aus wie ein Blinder. Er wiederholte seine Warnung, als wäre sie der einzige Beweis dafür, daß er noch einen letzten Rest von Bewußtsein besaß.

»Es ist mein Ernst.« Aus Verzweiflung war Lindens Zunge schwer wie Blei; aber sie wußte, wenn sie jetzt nachgab, würde sie nie mehr etwas anderes als nur noch auf der Flucht sein. »Wir können nichts für Hohl tun. Laßt uns aufs Schiff zurückkehren!«

»Auserwählte.« Die Stimme der Ersten klang scharf wie das Eisen ihrer Klinge. »Wir sind Riesen. Was auch seine Zwecke sein mögen, dieser Hohl ist unser Gefährte. Wir lassen keinen Gefährten leichtfertig im Stich.« Linden wollte widersprechen; doch die Erste unterbrach sie. »Außerdem haben wir vernommen, daß er Riesenfreund Covenant von den Toten Andelains zur Seite gestellt worden ist. Von einem Riesen der Verlorenen, Salzherz Schaumfolger, dem Reinen der *Sur-jheherrin*. Als die *Elohim* Covenants Geist auftat, haben wir ihn gesehen. Eines solchen Geschenks mögen wir nicht entsagen. Wiewohl wir ihn nicht begreifen, sind wir der Ansicht, daß die Gaben, die seine Toten Covenant zukommen ließen, wertvoll und notwendig sind. Hohl muß befreit werden!«

Linden verstand. Die *Elohim* hatten eine Saat der Eventualität gesät, und ihre Frucht war nun in den Blicken von Lindens Gefährten ersichtlich: daß sie Covenants Ring nehmen und benutzen sollte. Linden schüttelte den Kopf. Das wäre ein Verstoß gegen seine Integrität, so kraß wie jede Art von Vergewaltigung. Sein Ring war für ihn Gefahr und Hoffnung, und sie gedachte ihn ihm auf keinen Fall wegzunehmen. Seine Macht bedeutete ihr viel zuviel. Und sie hatte andere Gründe, um ein solches Vorgehen abzulehnen. Covenants Zustand war etwas, das noch warten konnte, zumindest bis die Gefährten diese Gegend unbehelligt verlassen hatten; Hohls Stituation dagegen vertrug kein Warten. Was der Dämondim-Abkömmling brauchte, war nicht das, was es zu sein schien. »Nein«, sagte Linden rundheraus zur Ersten. Wenigstens in dieser Hinsicht wußte Linden, wer sie war. »Darüber kannst du nicht entscheiden.«

»Ich bin die Erste ...«, begann die Schwertkämpferin.

»Die Entscheidung hätte bei Covenant gelegen«, betonte Linden ernst, bot alle Willenskraft auf, um sich durchzusetzen, »aber er ist jetzt zu so was nicht in der Verfassung. Damit bleibe nur ich übrig.« Aus Furcht, die *Elohim* könnten sie belauschen und daraufhin Maßnahmen ergreifen, traute sie sich nicht, ihre wirklichen Beweggründe zu erklären. Gewiß waren die *Elohim* dazu imstande, alles zu hören, was sie wollten, alle Absichten aufzudecken, an deren Kenntnis ihnen lag. Folglich erfand Linden Gründe und trug sie vor, als wüßte sie genau, wovon sie redete. »Du bist dafür einfach nicht zuständig. Er ist so wichtig, weil er von außerhalb kommt. Er ist nicht von dieser Welt. Wie das Weißgold. Mit dir ist das nun einmal nicht der Fall. Wir wären ja überhaupt nicht hier, wenn irgend jemand anderes das gleiche tun könnte. Du kannst seinen Platz nicht einnehmen.« Linden entfaltete allen Starrsinn. »Ich werd's tun, ob ich's kann oder nicht. Und ich sage, wir ziehen ab! Laßt Hohl sich selber um sich kümmern! Wir wissen ja nicht mal, weshalb man ihn Covenant mitgeschickt hat. Vielleicht ist *dies* der Grund. Womöglich sollte er von vornherein nur nach *Elemesnedene,* um dort zu tun, wofür man ihn geschaffen hat. Ich weiß es nicht, und es ist mir auch gleich. Wir haben hier erledigt, was wir zu erledigen hatten. Und ich will nicht, daß Covenant hier noch länger bleibt. Die *Elohim* sind hinter seinem Ring her. Und der Teufel soll mich holen, wenn ich zulasse, daß wir hier herumstehen, bis sie ihm noch mehr Leid zufügen!«

Die Erste reagierte mit einem finsteren Stirnrunzeln des Befremdens, als wäre Lindens Geistesklarheit zu einem Gegenstand offener Zweifel geworden. Brinn jedoch kannte keinerlei Zweifel. »Wir wissen nichts von all diesen Fragen«, entgegnete er mit einer Stimme wie von Stein. »Wir sind zur Unwissenheit verurteilt worden, als wir danach trachteten, unser dem Ur-Lord gegebenes Wort zu halten.« Der Vorwurf blieb indirekt, aber es lag auf der Hand, was er meinte. »Wir wissen nur, daß ihm Harm zugefügt worden ist, während er unter unserem Schutz hätte stehen sollen. Und Hohl ist sein, ihm zugeteilt als Hilfe bei seiner Suche nach dem Einholzbaum. Allein aus diesem Grund müssen wir dem Dämondim-Sproß Beistand leisten.« Unerschütterlich sprach er weiter. »Ferner bist du selbst in unseren Augen zu einer Frage geworden. Als du aus Schwelgenstein befreit worden warst, hat Hohl dir Ehrerbietung erwiesen. Er ist es gewesen, der darauf bedacht war, dich der Gefahr des Glutgesteins zu entziehen und dir Abhilfe von der Sonnenübel-Krankheit zu verschaffen. Und mag's nicht sein, daß er es war, der in der Sarangrave die *Sur-jheherrin* wider den Lauerer zu Hilfe gerufen hat – in deinem Namen?

Ermangelt's dir gänzlich am Wunsch, jenen zu dienen, die dir gedient haben?«

Bei seinen Worten war Linden danach zumute, laut aufzuschreien. Sie glichen Salz in den Wunden ihres Versagens. Doch sie hielt an ihrer Entschiedenheit fest; die Willensanstrengung ließ ihre Fingerknöchel weißlich hervortreten. »Ich verstehe, was du sagst.« Ihre Stimme zitterte, verlassen von all der stumpfen Gemütsruhe, die sie sich während so langer Zeit einzutrichtern versucht hatte. »Aber ihr könnt nicht mehr hinein. Wir sind ausgesperrt. Und es ist sowieso unmöglich, die *Elohim* umzustimmen. Covenant ist der einzige, vor dem sie sich gefürchtet haben, und das Problem haben sie jetzt auch gelöst.« Hätte Covenant etwa in diesem Moment seine sinnlose Warnfloskel wiederholt, Linden wäre zusammengeklappt. Aber er bewahrte gnädiges Schweigen, völlig aufgegangen im Ausbleiben seiner Gedanken. »Jede Minute, die wir hier noch vertrödeln, kann ihnen der Einfall kommen, irgendwas noch Schlimmeres anzustellen.«

Die Herausforderung in Brinns Blick wich nicht. »Dann heile ihn!« gab er, sobald Linden fertig war, zur Antwort, als wären ihre Einwände nichtig. »Gib ihm seinen Verstand wieder, auf daß er, was Hohl anbetrifft, selbst entscheiden kann!«

Da dachte Linden, sie könne nicht mehr. Sie hatte schon zuviel durchgestanden. Sie sah ihr Zurückweichen vor Covenant, während er im Zustand seines Gift-Rückfalls gelegen hatte, in Brinns Augen abermals zum Anklagepunkt werden. Und Brinn wußte auch, daß sie sich geweigert hatte, Covenant vor Infelizitas' Machenschaften zu schützen. Die Erste hatte diese Tatsache in ihrem Ereignisbericht nicht verschwiegen. Für einen Moment konnte Linden, weil ein Schuldgefühl ihr die Kehle beengte, nicht sprechen. Doch das Vergangene war unabänderlich; und gegenwärtig hatte niemand das Recht, sie zu verdammen. Brinn vermochte nicht tief genug in Covenants

Inneres zu schauen, um über ihre Entscheidungen befinden zu können. Es oblag ihr, Covenants Verfassung einzuschätzen – und diesbezüglich zu unternehmen, was sie für richtig erachtete. Sie verbiß sich so gewaltsam in ihre Selbstbeherrschung, daß ihr davon die Schädelknochen weh taten. »Nicht hier und nicht jetzt«, sagte sie. »Was er hat, ist wie Amnesie. Es besteht eine Chance, daß es von selber heilt. Aber falls nicht, falls ich also tatsächlich etwas dagegen machen muß, dann will ich das Risiko nicht *hier* eingehen, wo die *Elohim* sich in alles einmischen können.« Und während Hohls Zeit knapp werden könnte. »Wenn ich nicht alle Vorsicht walten lasse …« Ihre Stimme versagte, als sie sich der Dunkelheit hinter Covenants Augen entsann. »Vielleicht lösche ich aus, was noch von seiner Seele übrig ist.« Brinn zuckte nicht einmal mit den Wimpern. Sein Blick sagte unmißverständlich, daß er in diesem Argument nichts anderes sah als noch eine Weigerung, Covenants so unwürdig wie Lindens vorherige Ablehnungen. Der Verzweiflung nahe, wandte sich Linden wieder an die Erste. »Ich weiß, was ich tu. Vielleicht habe ich schon zu oft versagt. Es mag ja sein, daß keiner von euch mir noch trauen kann. Aber ich bin bei gesundem Verstand.« Selbst in ihren eigenen Ohren klang ihre Verstockheit nach dem weinerlichen Gequengel eines Kindes. »Wir müssen fort. Zurück zum Schiff. Wir müssen verschwinden!« Mit aller Entschlossenheit hielt sie sich vom Herumschreien ab. *Begreift ihr denn nicht?* hätte sie am liebsten geschimpft. *Das ist die einzige Möglichkeit, um Hohl zu helfen!* »Laßt uns sofort aufbrechen!«

Die Erste erwog in ihrem Innern, was sie gehört hatte. Sowohl Blankehans wie auch Seeträumer schauten geflissentlich zur Seite, anscheinend nicht dazu bereit, in dieser Meinungsverschiedenheit Stellung zu beziehen. Pechnase jedoch beobachtete Linden, als erinnere er sich an Nebelhorn. Und als die Erste antwortete, lächelte er, daß es wirkte wie das Entzünden einer Kerze in einem stockfinsteren Zimmer. »Nun wohl«, sagte die Erste barsch. »Ich will mich in dieser Sache deinem Willen fügen. Obschon ich wenig über dich weiß, bist du doch die Auserwählte. Und ich habe in dir sonderbare Beweise der Kraft erblickt, als man sie am wenigsten vermutet hat. Wir werden an Bord der Sternfahrers Schatz zurückkehren.« Unvermittelt wandte sie sich an die *Haruchai.* »Ich erhebe keinen Anspruch, auf eure Entscheidung einen Einfluß zu besitzen. Doch ich ersuche euch, uns zu begleiten. Hohl befindet sich außerhalb eures Beistands. Und der Riesenfreund sowie die Auserwählte bedürfen jedweder Unterstützung.«

Brinn neigte ein wenig den Kopf zur Seite, als lausche er einer stummen Beratung. »Unser Dienst ist dem Ur-Lord und im Namen des Ur-Lords auch Linden Avery angediehen«, erklärte er schließlich. »Wiewohl's uns nicht behagt, daß Hohl im Stich gelassen werden soll, wollen wir uns deinen Worten nicht verschließen.«

Daß Hohl im Stich gelassen werden soll. Linden stöhnte auf. Jedes Wort, das der *Haruchai* sprach, legte ihr ein neues Verbrechen zur Last. Mehr Blut an ihren Händen, obwohl sie einen Eid geschworen hatte, jedes Leben zu retten, das sich retten ließ. Vielleicht hatte Brinn recht. Vielleicht war ihr Entschluß bloß eine weitere Weigerung. Oder etwas Schlimmeres. *Bist du nicht schlecht?* Doch sie fühlte sich plötzlich zu schwach, um noch mehr zu sagen. Ihre Sicht verschwamm vom Sonnenschein wie von Schweiß. Als Cail ihr seinen Arm bot, hatte sie keine Wahl, sie mußte daran Halt suchen. Sie war nicht mehr dazu fähig, sich aus eigener Kraft aufrecht zu halten. Während sie sich den Gefährten anschloß, die den Rückweg antraten – wieder längs des *Callowwail,* in der Richtung zum *Woodenwold* und dem Ankerplatz der Sternfahrers Schatz –, war sie halb blind vom Sonnenlicht, aus Schwäche und aufgrund der drangsalhaften Notwendigkeit, letzten

Endes im Recht zu bleiben. Die *Maidan* schien sich vor ihr in endlose Fernen zu erstrecken. Nur das immer vernehmlichere Rauschen des Flusses kennzeichnete ein Vorankommen, gab darüber Aufschluß, daß das Gras nicht war wie in *Elemesnedene,* nicht eigenschafts- und grenzenlos. Cails Hilfe war für Linden ebenso bitter wie unentbehrlich. Sie vermochte die Nachsichtigkeit von Cails Hilfsbereitschaft nicht richtig zu durchschauen. Womöglich war es diese sonderbare Eigentümlichkeit der *Haruchai* gewesen, die Kevin Landschmeißer zum Ritual der Schändung getrieben hatte. Wie anders hätte er, wenn ihm solche Männer wie die Bluthüter zu Diensten gestanden hatten, seinen Selbstrespekt bewahren sollen?

Der *Callowwail* warf in turbulenten Bruchstücken das Blau des Himmels an ihn zurück. Linden klammerte sich auf ihre Weise an ihren Selbstrespekt, indem sie über Hohl nachdachte, sich an alles zu erinnern versuchte, was er getan hatte. Er war völlig passiv geblieben, als er in der Sarangrave-Senke wegen der durchgedrehten Landläufer in Treibsand geriet. Trotzdem hatte er einen Weg gefunden, um wieder zu den Gefährten zu stoßen. Und man konnte doch wohl davon ausgehen, daß er seine eigenen, unbekannten Gründe gehabt hatte, als er das Risiko einging, *Elemesnedene* aufzusuchen?

Allmählich klärte sich Lindens Blickfeld. Nun konnte sie voraus die wunderbare Herbstlandschaft von *Woodenwold* den Horizont säumen sehen. Bald würden sie und ihre Begleiter zwischen den Bäumen sein. Und bald …

Ein urplötzliches, krawallartiges Läuten der Glöckchen brachte Linden ins Torkeln. Ohne Cail als Stütze wäre sie niedergestürzt. Die *Elohim* hatten, seit ihre Besucher von ihnen aus dem *Clachan* gewiesen worden waren, Schweigen bewahrt; doch jetzt zeugten die Glöckchen in Lindens Kopf von Entrüstung und Verzweiflung, zeterten in Weh und Wut. Pechnase kam, unterstützte Cail dabei, Linden auf den Beinen zu halten. »Auserwählte?« fragte er leise und eindringlich. »Was ist dir?« Sein Tonfall entsprach der Beklommenheit und Blässe ihres Aussehens.

»Hohl«, keuchte Linden durch das lautlose Lärmen der Glöckchen. Ihre Stimme klang so schwächlich und losgelöst, als könnte sie gar nicht ihr gehören. »Er versucht zu fliehen.« Im nächsten Moment schreckte eine Detonation, die einem Donnerschlag ähnelte, die Gruppe auf. Der wolkenfreie Himmel verdüsterte sich; gegeneinander gerichtete energetische Ausbrüche verdunkelten die Sonne. Ein ausgedehntes Zittern, vergleichbar mit dem anfänglichen Grollen eines Erdbebens, durchlief den Untergrund. Die Riesen riefen durcheinander. Darum bemüht, im Gleichgewicht zu bleiben, bildeten die *Haruchai* zum Schutz einen Kreis um Linden und Covenant. Als Linden sich umblickte, in die Richtung der *Callowwail*-Quelle spähte, sah sie, daß das Wasser in Flammen stand. In heller, lodernder Glut verbreitete ein heißer Schwall von Energie Flammen flußabwärts. Ihre Stoßwelle lohte heftig wie die offene Tür eines Schmelzofens. Beiderseits des geschwinden Feuers kräuselte sich die *Maidan*, geriet ins Fließen, als begänne sie zu verdunsten. Und inmitten der Hitze konnte Linden eine dunkle Gestalt schwimmen sehen. Hohl! Er schwamm wie besessen den *Callowwail* hinab, als folge ihm Säure. Seine Schwimmbewegungen bezeugten rasende Hast, doch fielen sie praktisch mit jedem Moment schwächer aus. Die Flammen fraßen an seinem Fleisch, zehrten an seinem schwarzen Wesen. Es hatte den Anschein, als löse er sich in der feurigen Strömung auf. »Helft ihm!« Hohls Notsituation entrang Linden einen Aufschrei. »Sie bringen ihn um!«

Die *Haruchai* handelten, ohne zu zögern. Ihre Zweifel an Linden konnten ihre Begabung zum sofortigen Eingreifen nicht beeinträchtigen. Ceer und Hergrom stürmten vorwärts, sprangen kopfüber in den Fluß und tauchten, schwammen unter Wasser zur Mitte der Flammen. Für einen Augenblick befürchtete Linden, sie könnten verbrennen. Doch das Feuer berührte die *Haruchai* nicht. Es brannte nur am Pech von Hohls ebenholzschwarzer Erscheinung und ließ das Fleisch der *Haruchai* unversehrt. Sobald sie ihn erreichten, warf er seine Arme über ihre Schultern; und unverzüglich hatte man den Eindruck, daß seine Kraft ihr Nachlassen einstellte, ganz als ob er zusätzliche Stärke von den *Haruchai* bezöge. Indem er plötzlich alle Kräfte zusammenfaßte, stieß er die beiden senkrecht unter die Wasseroberfläche. Mit geballter Anstrengung stemmte er sich hoch und setzte seine Füße auf ihre Schultern. Von ihnen aus tat er einen Satz aus dem *Callowwail.* Die Flammen versuchten ihm zu folgen; doch nun rannen sie wie Wasser an seiner geschmeidigen Haut hinab, verliefen sich im Sonnenschein. Er war ihrem unmittelbaren Wirkungsbereich entkommen. Und die Sonne verströmte ihr Licht auf ihn wie einen Balsam. Auf der gesamten *Maidan* war die Luft von widernatürlichem Zwielicht getrübt; nur auf Hohl schien die Sonne mit voller Helligkeit, behob die Narben der Zersetzung, die ihm die *Elohim* beigebracht hatten. Er breitete die Arme aus, wandte seine Augen himmelwärts und ließ sich von der Sonne wiederherstellen. Unterdessen läuteten die Glöckchen in heftig empfundener Niederlage wüste Drohungen, aber nichts geschah. Die Glut im Fluß war inzwischen verpufft. Ceer und Hergrom durchbrachen zusammen den Wasserspiegel, ohne Schaden davongetragen zu haben, und klommen ans Ufer, gesellten sich zum Rest der Gruppe, die Hohl beobachtete.

Langsam senkte der Dämondim-Abkömmling seine Arme; und indem er sie sinken ließ, entstand über der *Maidan* wieder mittägliche Helligkeit. Im nächsten Moment stand er da, wie er gewöhnlich dazustehen pflegte, in einer Haltung mitten zwischen Entspanntheit und Bereitschaft, ein andeutungsweises Lächeln auf den Lippen, das nichts Bestimmtem galt. Er schien die Gefährten sowenig wie bisher zur Kenntnis zu nehmen, achtlos gegenüber Beistand oder Rettung zu sein. »Um Vergebung«, sagte die Erste in stillem Staunen zu Linden. »Ich hab's versäumt, des dunklen Dranges zu gedenken, der ihn dazu treibt, dir zu folgen.«

Linden äußerte sich nicht, war zunächst sprachlos aus Erleichterung über die ihr widerfahrene Ehrenrettung. Sie hatte keine Ahnung, ob Hohl ihr folgte oder Covenant; und es war ihr auch gleichgültig. Für sie zählte, daß sie recht behalten hatte. Aber die Gefährten durften nicht bleiben, wo sie sich befanden. Zahlreiche Glöckchenstimmen waren gleichzeitig mit dem Verflackern der Flammen verstummt. Andere dagegen verrieten höchsten Grimm und neigten ganz und gar nicht zu einem Rückzug; die Bedrohung, die Linden von ihnen ausgehen spürte, veranlaßte sie zum Drängen. »Kommt, wir müssen weiter! Einige *Elohim* haben Lust, es noch einmal zu versuchen. Sie möchten uns nicht fortlassen.«

Blankehans widmete ihr einen scharfen Blick. »Nicht?« Seine frohen Erinnerungen an die *Elohim* waren bereits zu stark getrübt worden. Aber er war ein Riese und verstand zu kämpfen. »Stein und See!« schalt er. »Sie werden uns nicht hindern können. Wenn's sein muß, werden wir den *Raw* durchschwimmen und Sternfahrers Schatz hinter uns herschleppen.«

Die Erste nickte beifällig. »Dennoch spricht die Auserwählte wahr«, sagte sie nichtsdestoweniger. »Wir müssen fort.« Schwungvoll hob sie Covenant auf ihre Arme und verfiel in Laufschritt, nahm die Richtung zum *Woodenwold*-Wald. Ehe Linden nur den Versuch machen konnte, sich ihr anzuschließen, hob Seeträumer sie vom Boden und trug sie am *Callowwail*-Ufer entlang hinterdrein. An seinen Seiten liefen Cail und Ceer. Brinn und Hergrom überholten, um die Erste und Covenant zu eskortieren. Allen jedoch rannte Blankehans voraus, der sich anscheinend nach seinem Schiff zurücksehnte. Pechnases deformierter Rücken behinderte ihn, aber er war dazu imstande, das Tempo der Ersten mitzuhalten. Als letzter kam Hohl angetrabt, mit einer Leichtigkeit, als wäre er jemand, der sein Lebtag nichts anderes als Laufen betrieben hatte. Die Gefährten liefen in den *Woodenwold,* als könnten sie – wie Linden – an ihren Fersen Glöckchen klingen hören. Aber aus dem Bedrohlichen des Läutens ergaben sich keine konkreten Maßnahmen. Möglicherweise gelang es *Elohim* wie Daphin, jene anderen, die Chants Einstellung teilten, zu mäßigen. Und die Gefährten vermochten den Abstand rasch zu vergrößern. Sie ließen mit solcher Geschwindigkeit immer mehr Bäume hinter sich, eilten so schnell zum Ankerplatz des Riesen-Schiffs, als gierten sie regelrecht nach Hoffnung.

Schließlich gelangten sie in den Schatten der *Raw*-Schroffen, und schlagartig nahm *Woodenwold* ringsherum einen gräulichen, wie von Bitternis zernagten Charakter an. Die rauhen Berge schienen die Bäume um Herbstschönheit und Ruhe zu bringen. Aber Linden verlor nicht den Mut; die Lagune war nah. Als Seeträumer sie zwischen die hohen Wände des Tals trug, sah sie die Sternfahrers Schatz unverändert auf dem glatten Gewässer ankern, die steinernen Rahen wie in einer Geste des Trotzes gegen Berge und Zwielicht emporgereckt. Das Langboot lag noch, wo die Gruppe es zurückgelassen hatte.

Blankehans begann Derbhand bereits Anordnungen zuzuschreien, bevor er und Seeträumer das Boot die halbe Entfernung zur *Dromond* hinübergerudert hatten; seine Rufe hallten von den steilen Klippen wider, und die Echos schienen Riesen in die Wanten zu zaubern. Zum Zeitpunkt, als Linden die gemaserte Seite des Riesen-Schiffs erkletterte und sich aufs Achterdeck begab, begann das entfaltete Segeltuch schon zu flattern. Westwärtiger Wind wehte zwischen den Bergen.

Riesen holten eilig das Langboot an Bord, lichteten die Anker. Blankehans suchte das Achterkastell auf, rief unterwegs Anweisungen. Zügig kam Leben in die Sternfahrers Schatz. Mit einem Heben ihres Bugs und einer Vielfalt von Aktivitäten überall auf dem Schiff legte sich die *Dromond* in den Wind, der ihre Segel blähte, und begann mühelos in die Schlucht des *Raw* einzudringen.

11
WARNUNG VOR SCHLANGEN

Noch ehe die Sternfahrers Schatz die Hälfte der Entfernung zum offenen Meer zurückgelegt hatte, verstärkte sich der Wind zu stürmischem Blasen, das wie ein Gebrüll von den Höhen der *Raw*-Schroffen herabfuhr. Es trieb die *Dromond* vorwärts, als hätten die *Elohim* in ihrem Zorn beschlossen, die Sucher ein für allemal aus ihrem Reich zu scheuchen. Aber Blankehans überließ das Schiff nicht der Willkür des Windes. Während der Nachmittag verstrich, gestalteten sich die Klippen und Biegungen der *Raw*-Schlucht düsterer, bitterer und gefährlicher. Deshalb ließ er die Segel reffen und das Riesen-Schiff vorsichtshalber nur maßvolle Fahrt machen. Die Gefährten erreichten das Ende der Schlucht erst kurz vor Sonnenuntergang.

Dort mußte die Sternfahrers Schatz einen langen Kampf durchstehen, um sich von den Felsen der Küste zu entfernen. Der Wind aus der Schlucht des *Raw* stand im Konflikt mit den entlang der Küstenlandschaft vorherrschenden Winden; und dadurch gelangte die *Dromond* in ein wahres Labyrinth von Turbulenzen. Blankehans lavierte durch die Böen, versuchte dem Wechselspiel der Winde stets einen Zug voraus zu sein; er und die Mannschaft steuerten das Schiff vor den südlichen Ausläufern der *Raw*-Schroffen mal in diese, mal in jene Richtung.

Rasch vertiefte sich die Abenddämmerung zur Nacht, verwandelte den felsigen Küstenstreifen in Schwärze, nur noch erkennbar dank des Schimmerns der See und des schwachen Sternenscheins; denn der Mond war nicht zu sehen. Für Linden, die in bezug auf den Ablauf der Tage und Nächte den

Überblick verloren hatte, war das Fehlen des Mondes unheilvoll und schauderhaft. Sie fühlte sich zu glauben imstande, die *Elohim* hätten ihn zur Vergeltung vom Himmel gerissen. In der Dunkelheit sah sie keinen Weg, wie das Schiff sich dem Wirrwarr der Winde entziehen könnte. Mit jedem Mal schlug der Wind heftiger um, hatte sie den Eindruck, und jedes weitere Lavieren schien die *Dromond* näher an die zerklüfteten, verhängnisvollen Klippen der Felsküste zu tragen.

Aber Blankehans besaß große Erfahrung und außerordentliche Schläue, was das Durchschauen des Gewirrs der Luftströme betraf, und schließlich fand er doch den Weg, der das Riesen-Schiff in die Sicherheit der offenen See hinausbeförderte. Indem sie sich den letzten Fallstricken der *Elohim* entwand, segelte die Sternfahrers Schatz nach Süden. Für den Rest der Nacht blieb die Küstenlandschaft backbords noch finster sichtbar. Am nächsten Morgen jedoch ließ Blankehans das Steuer um ein paar Strich nach Südwesten drehen, und die Landspitze begann im Meer zu versinken. Im Laufe des Nachmittags zeigte sich vorübergehend eine andere Landzunge. Danach jedoch gab es in keiner Richtung noch irgend etwas anderes zu sehen als den Anblick, wie der Sonnenschein in einem Brokatmuster über den weiten, grünen Ozean glitt.

Während sie durch die *Raw*-Schlucht und danach von der *Raw*-Mündung geflohen waren, hatten sich die Riesen mit aller Kraft gegen den Wind und die unbekannten Absichten der *Elohim* ins Zeug gelegt, in Befolgung der Befehle des Kapitäns ihre zur Handhabung des Schiffs erforderliche Arbeit unbewußt in gespanntem Schweigen verrichtet. Doch nun, da Blankehans verschnaufte und das Schiff zuversichtlich in einen makellosen schönen Abend schwamm, lockerte sich auch die Stimmung der Mannschaft wieder. In der abendlichen Dämmerung versammelten sich die Riesen, um die Geschichte der in *Elemesnedene* stattgefundenen Ereignisse zu hören, die

Pechnase mit all der Leidenschaft und Überschwenglichkeit erzählte, wie die Riesen sie so schätzten. Und Blankehans beschrieb genau, was er über den Standort des Einholzbaumes erfahren hatte. Dank der unfehlbaren Sternbilder, die in Covenants Vision zu sehen gewesen waren und an denen sich die Suche nun orientieren konnte, rückte die Möglichkeit ihres Scheiterns mehr oder weniger in den Hintergrund. Langsam stellte sich an Bord der Sternfahrers Schatz ein Großteil der gewohnten guten Laune wieder ein. Linden war froh über diese Aufheiterung. Die Riesen hatten sie verdient, und Linden beobachtete sie mit dem selbstlosen Wohlwollen einer Ärztin. Aber sie teilte sie nicht mit ihnen. Covenants Zustand überwog den Drang zur Hoffnung, den sie gefühlsmäßig von den Riesen übernahm.

Die *Haruchai* mußten sich praktisch ununterbrochen um Covenant kümmern. Er blieb, wo und in welcher Haltung man ihn ließ. Im Stehen oder Sitzen, in Bewegung oder in Ruhe verblieb er in seiner Verfassung der Geistlosigkeit, bar jeglichen Willens, aller Absichten oder Wünsche. Nichts außer den dürftigsten Instinkten lebte noch in ihm. Wenn er gerade niemanden als Stütze zur Seite hatte, bewahrte er im Schlingern des Schiffs das Gleichgewicht; wenn man ihm Nahrung in den Mund schob, kaute und schluckte er. Aber nichts verringerte die bodenlose Kluft hinter seinem Blick. In unregelmäßigen Abständen sprach er so klar, als läse er ein an seine Stirn geschriebenes Schicksal ab. Doch er reagierte nicht, wenn man ihn anfaßte.

Zuletzt sah sich Linden veranlaßt, Brinn zu bitten, Covenant in seiner Kabine unterzubringen. Das ganze Elend seines Leids lastete uneingeschränkt auf ihren Schultern, und sie war noch nicht ausreichend darauf vorbereitet, diese Last zu tragen. Sie hatte sich die Überzeugung angeeignet, daß es schlecht war, von jemandem Besitz zu ergreifen – aber ihr fiel keine Methode ein, wie sich ihm helfen ließe, ohne etwas zu tun, das darauf hinauslief. Sie klammerte sich an die Hoffnung, Ruhe und Frieden könnten zu seiner Erholung führen. Aber sie stellte keinerlei Besserung fest. Nun, sie hatte sich geschworen, im Notfall nicht davor zurückzuschrecken, ihn zu heilen, ganz egal, um welchen Preis. Sie hatte sich diese Bürde nicht ausgesucht, sowenig, wie sie auf die Rolle der Sonnenkundigen versessen gewesen war; aber es widerstrebte ihr, sich zu drücken. Nach den Ereignissen in *Elemesnedene* fühlte sie sich jedoch bitterlich ausgelaugt. Noch immer konnte sie ihre Wut über die Art und Weise, wie man Covenant dort zu Schaden gebracht hatte, nicht verdrängen. Intuitiv ahnte sie, daß die Gemütslage, in der sie den Versuch unternahm, Covenants innere Leere zu beseitigen, von entscheidender Bedeutung sein mußte. Wenn sie in zorniger Stimmung in ihn eindrang, würde sie, war ihr Empfinden, mit Zorn empfangen werden; und Covenants Grimm besaß die Macht, die Sternfahrers Schatz in Trümmern auf den Grund des Meeres zu schicken. Deshalb hielt Linden bis auf weiteres von Covenant Abstand und bemühte sich um innere Gelassenheit.

Aber sie merkte bald, daß ihre überreizten Nerven, wenn sich Covenant nicht in der Nähe befand und ihre Aufmerksamkeit beanspruchte, lediglich auf eine andere Person ansprachen, die Grund zur Sorge bot: Ankertau Seeträumer. Sein von Pein zerfurchtes Gesicht verbreitete unbeabsichtigt seinen Gram übers gesamte Riesen-Schiff. Er wirkte, als litte er Qualen der Erkenntnis, als hätte er eine Einsicht errungen, die er sogar auszusprechen gefürchtet hätte, wäre er nicht ohnehin seiner Stimme beraubt gewesen. Wenn er unter seinesgleichen trat, versiegte ringsum die Unterhaltung, das Lachen erstickte, als ginge von ihm eine Einsamkeit aus, gegen die es kein Mittel gab. Und er war sich dessen bewußt, welchen negativen Einfluß sein stummes Weh ausübte. Nach einiger Zeit vermochte er die Situation nicht länger auszuhalten. Er versuchte, sich von seinen Kameraden abzusondern, ihnen die Unannehmlichkeit seiner Gegenwart zu ersparen. Das jedoch duldete Pechnase nicht. Der mißgestaltete Riese drückte seinen Freund, als wolle er Seeträumer dazu bewegen, von den anderen Riesen Trost anzunehmen. Und Blankehans und Derbhand standen dabei, drängten Seeträumer ebenfalls, sich von ihnen helfen zu lassen. Ihre Fürsorge trieb Seeträumer Tränen in die Augen, aber Erleichterung zeigte sich in ihnen nicht.

»Was hat ihn so getroffen?« meinte die Erste mit leiser, kummervoller Stimme zu Linden. »Sein Unglück übersteigt jedes Maß.«

Doch Linden wußte keine Antwort. Ohne gegen seine Persönlichkeit zu verstoßen, konnte sie in Seeträumer nichts anderes erkennen als die Ungeheuerlichkeit seines Ringens um Mut. Sie hätte alles dafür gegeben, einen gleichartigen Kampf in Covenant beobachten zu können.

Drei Tage lang, während die *Dromond* stetig, in leichtem Winkel zum Wind, Fahrt nach Südwesten machte, blieb Linden ihm fern. Die *Haruchai* pflegten ihn in seiner Kabine, die sie mied. Sie redete sich ein, sie lasse lediglich noch Zeit für eine etwaige spontane Behebung seines Zustands. Aber sie kannte die Wahrheit: sie zögerte, weil sie fürchtete und verabscheute, was sie tun mußte, falls die Heilung nicht von selber eintrat. In ihrer Vorstellung sah sie ihn in seiner Kabine genauso sitzen, wie er in seinem verödeten Innern saß, und mit hoffnungsloser Stimme die Litanei seiner Verlassenheit herunterleiern.

Im Verlauf dieser drei Tage herrschte auf der Sternfahrers Schatz die übliche Routine. Die generelle Windrichtung blieb; trotzdem wechselte sie oft genug in gewissem Umfang, um die Besatzung auf Trab zu halten. Die übrigen Teilnehmer der Suche beschäftigten sich auf ihre Weise. Die Erste verwendete beträchtliche Zeit darauf, ihr Schwert zu schärfen und ihre Kampfausrüstung zu säubern, als sähe sie jenseits des Horizonts Gefechte bevorstehen. Und mehrmals begaben sie und Pechnase sich unter Deck, um sich ein wenig Muße füreinander zu gönnen.

Blankehans wirkte halb fiebrig, als könne er keine Ruhe finden. Wenn ihn nicht die Befehlshabe übers Schiff beanspruchte, führte er mit dem Ankermeister und Windsbraut ausgedehnte Diskussionen über den Kurs, den die *Dromond* nehmen sollte. Doch Linden durchschaute ihn klar genug, um zu erkennen, daß es keineswegs der Weg der Suche war, was ihn so rastlos machte, sondern Seeträumers Leid.

Brinn bekam Linden selten zu sehen; er wich kaum jemals von Covenants Seite. Ceer und Hergrom dagegen halfen auf dem Riesen-Schiff aus, wie sie es schon vorher getan hatten; und Cail folgte Linden wie ein Wächter überallhin. Welche Gefühle die *Haruchai* ihr auch entgegenbringen mochten, sie zeigten sich nicht in ihren Mienen, beeinträchtigten nicht Cails willige Umgänglichkeit. Nichtsdestotrotz spürte sie, daß man nicht nur aus Sorge um sie auf sie achtgab, sondern auch, damit sie nicht irgendwie irgendeinen Schaden auf ihre Umgebung herabbeschwor.

Manchmal meinte Linden, Hohl sei der einzige Teilnehmer der Suche, den *Elemesnedene* nicht verändert hatte. Er stand auf dem Vordeck an der Reling, haargenau an der Stelle, wo er stehengeblieben war, als er das erste Mal an Bord ging. Die Riesen mußten alle Arbeiten um ihn herum verrichten; er ließ sich nicht dazu herbei, davon Kenntnis zu nehmen, daß er sie behinderte. Seine schwarzen Gesichtszüge offenbarten nichts. Erneut fragte sich Linden, welche denkbare Gefahr die *Elohim* in dem Dämondim-Abkömmling erkannt haben mochten, wenn doch anscheinend sein einziger Zweck darin bestand, ihr und Covenant zu folgen. Aber sie blieb ratlos.

Während die Sternfahrers Schatz die offene See befuhr, fühlte sich Linden in wachsendem Maße wie verloren zwischen all den Dingen, die sie nicht begriff. Sie hatte sich die Bürde der Entscheidung aufgeladen; doch es mangelte ihr an den Erfahrungen, der Überzeugung und der Kraft – der Macht –, die Covenant dazu befähigt hatten, sie zu tragen. Sie spürte ihn ständig wie einen dumpfen Schmerz im Hintergrund ihres Bewußtseins, wie eine unbehandelte Wunde. Nur Lindens hartnäckige Treue zu sich selbst hielt sie davon zurück, sich in die Privatsphäre ihrer Kabine zu verdrücken – sich dort zu verstecken wie ein kleines Mädchen mit verschmutztem Kleid – und die Verantwortung anderen zufallen zu lassen.

Am Morgen des fünften Tages, nachdem die Sternfahrers Schatz aus der *Raw*-Schlucht entwichen war, erwachte Linden in einer Stimmung verstärkten Unbehagens, als wäre ihr Schlaf von Alpträumen heimgesucht worden, an die sie sich nicht entsinnen konnte. Am äußersten Rand ihrer Wahrnehmung störte eine unbestimmte Beunruhigung sie, zu weit abseits, um erfaßt oder verstanden werden zu können. Sie befürchtete unerfreuliche Neuigkeiten, als sie sich bei Cail nach Covenant erkundigte. Aber der *Haruchai* wußte von keiner Veränderung zu berichten. Sorgenvoll verließ Linden ihre Kabine, suchte das Achterdeck auf.

Während sie über das Deck ausschaute, nahm ihr Gefühl des Unbehagens weiter zu. Im Osten leuchtete die Sonne mit besonderer Helligkeit, als bestünde sie stolz auf eigener lichter Klarheit; dennoch schien die Luft so still zu sein, als habe man es mit einem bösen Omen zu tun. Trotzdem wirkte alles, als sei es in Ordnung. Windsbraut übte mit rauher Selbstsicherheit auf dem Achterkastell den Befehl aus. Überall an Bord widmeten sich Mitglieder der Besatzung rege ihren Tätigkeiten, um die *Dromond* gegen die Launen des Windes auf Kurs zu halten.

Die Erste, Blankehans und Seeträumer waren nirgends zu

sehen. Pechnase jedoch befand sich nahe beim Besanmast an der Arbeit, rührte im Inhalt eines großen steinernen Bottichs. Er blickte auf, als sich Linden näherte, und fuhr merklich zusammen, als er sie sah. »Auserwählte«, sagte er, indem er sich sehr um Aufgeräumtheit bemühte, aber nur mit teilweisem Erfolg, »wüßte ich nicht über die Speisen Bescheid, welche du ebenso wie wir genießt, ich wollte wohl glauben, du hättest Übles verzehrt und dir sei unwohl. Es heißt, Sonne und Meer täten das ihre zu Gesundheit und Eßlust – und dennoch hast du das kränkliche Aussehen einer Siechen. Bist du unpäßlich?«

Linden schüttelte den Kopf. »Irgendwas ... ich weiß nicht, was es ist. Ich fühle irgendein Unheil kommen. Aber ich kann nicht sagen, was ...« Weil sie nach einer Möglichkeit suchte, um sich abzulenken, schaute sie in den Bottich. »Ist das wieder dein Pech? Wie machst du es?«

Daraufhin lachte Pechnase, und seine Heiterkeit klang jetzt natürlicher. »Ja, Auserwählte, fürwahr, das ist mein Pech. Das Gefäß ist aus Dolomit gefertigt, auf daß es nicht damit verschmilzt, anders als der Stein des Schiffs. Was jedoch die Herstellung des Pechs anbetrifft ... Ach, davon zu sprechen erbrächte nichts. Du bist weder Riesin noch Pechmeisterin. Und die Kraft des Pechmachens ersteht, wie jede andere, aus dem Wesen des Kundigen, der sie anwendet. Alle Macht ist ein Ausdruck ihres Besitzers. Sie hat keinen anderen Ursprung als das Leben selbst – und den Wunsch selbigen Lebens, sich Ausdruck zu verleihen. Doch es muß auch eine Ausdrucksweise geben. Ich vermag dir wenig mehr als das zu sagen, daß dieses Pech die bevorzugte Ausdrucksweise meiner Kraft ist. Das gesprochen, bist du durch meine Worte schwerlich klüger als zuvor.«

Linden zuckte über seine umständlichen Ausflüchte die Achseln. »Was du wirklich sagen willst«, meinte sie leise und nachdenklich, »ist doch, daß die Macht der wilden Magie aus

Covenant selbst kommt, nicht seinem Ring, oder? Daß der Ring bloß … bloß ihr äußerer Ausdruck ist?«

Pechnase nickte. »Fürwahr, das glaube ich. Das Mittel jedoch, das gilt's zu bedenken, beeinflußt die Natur dessen, dem man Ausdruck verleihen kann. Mit meinem Pech vermag ich gebrochenen Gliedmaßen keine Heilung zu bescheren, sowenig wie ein Heiler des Fleisches Stein so wie ich miteinander zu verschmelzen versteht.«

»Das paßt zusammen«, sagte Linden, sann halb bei sich selbst. »Zumindest mit dem, was Covenant über den Stab des Gesetzes redet. Darüber, wie er war, bevor er vernichtet worden ist. Er festigte das Gesetz des Landes durch die eigene Natur. Man konnte ihn nur zu gewissen Dingen benutzen.« Der deformierte Riese nickte erneut; aber Linden dachte schon weiter. »Und was ist mit den *Elohim*?« fragte sie und wandte sich ihm direkter zu. »Sie brauchen keine Hilfsmittel. Sie *sind* Macht. Sie können verwirklichen, was sie wollen, wie sie wollen. All das, was sie uns erzählt haben – der ganze Quatsch über Seeträumers Erd-Sicht, Covenants Gift und daß Erdkraft keine Antwort auf die Verächterei ist –, war nichts als gelogen.« Urplötzlich kehrte ihr Zorn zurück. Ehe sie es verhindern konnte, zitterte sie, zeichneten sich die Knöchel an ihren Fäusten weiß ab.

Pechnase musterte sie aufmerksam. »Sei nicht so hastig in deiner Bewertung dieser *Elohim*.« Seine entstellten Gesichtszüge schienen sowohl Seeträumers Schmerz wie auch Covenants Leid widerzuspiegeln, als hätte er selbst beides erlitten; doch er verwarf ihre vordergründigen Aussagen, weigerte sich, das zu sein, was er durch sie sein sollte. »Sie sind, wer sie sind – ein hochgestelltes, überaus sonderliches Volk –, und ihre Macht wird beeinträchtigt und getrübt durch ihr ebenbürtige Grenzen.« Linden gedachte zu widersprechen, aber er kam ihr mit einem Wink zuvor, mit dem er sie aufforderte, sich neben ihm rücklings an den Mast zu setzen. Er ließ sich behutsam nieder, lehnte seinen verkrüppelten Rücken an den Stein. Als sich Linden zu ihm gesellte, spürte sie durch den Mast das Vibrieren der Segel in ihren Schulterblättern. Irgendwie kamen ihr diese Schwingungen auf obskure Weise sorgenschwanger und nicht geheuer vor. Sie zitterten durch ihre Nerven wie Vorboten von etwas Unvorhersehbarem. Die Sternfahrers Schatz wälzte sich mit beunruhigend unregelmäßigem Rhythmus durchs Meer. »Auserwählte«, sagte Pechnase, »ich habe dir nicht von der Prüfung berichtet, welcher mich die *Elohim* unterzogen haben.« Überrascht sah Linden ihn an. In der Geschichte, die er am ersten Abend nach dem Verlassen der *Raw*-Schlucht der Mannschaft erzählt hatte, war er über seine persönlichen Erlebnisse im *Clachan* mit ein paar Nebenbemerkungen hinweggegangen. Nun erkannte Linden, daß er seine Gründe dafür gehabt hatte, die diesbezüglichen Einzelheiten zu verschweigen – und daß er seine Gründe hatte, weshalb er jetzt zu erzählen wünschte. »Als man uns in *Elemesnedene* trennte«, sagte er leise, als wolle er nicht, daß jemand ihn hörte, »kam ich in die Obhut eines *Elohim*, der sich Starkin nannte. Dieser *Elohim* war ein ebensolches Wunderwesen wie all die anderen – weder mehr noch weniger –, und daher schloß ich mich ihm bereitwillig an. Inmitten der entzückenden und staunenswerten Sehenswürdigkeiten dieses Volkes fühlte ich mich, als wäre ich in den wahrlichsten märchenhaften Mittelpunkt all der Sagen versetzt worden, die an jener Stätte ihren Ursprung nahmen. Wir Riesen haben die *Elohim* stets in ehrfürchtigem Ansehen gehalten, das an Vergötterung grenzte, und ich habe den Geschmack selbiger Ehrfurcht auch in meinem Munde kennengelernt. Wie vor mir Grimme Blankehans, fand ich zu dem Glauben, im wundersamen Reich der *Elohim* sei jede Gabe, jedwede Gunst, jede Art von Wiedergutmachung und Wiederaufrichtung fürwahr zu erlangen.« Die grotesken Züge seines Gesichts zeugten von lebhafter Erinnerung, während er sprach; doch sein Ton verriet ruhige Gewißheit, leugnete jede Annahme, er könne irgendeine Unerfreulichkeit durchgemacht haben. »Da wandte sich Starkin für ein kurzes Weilchen von mir ab«, erzählte er weiter, »und damit begann meine Prüfung. Denn als er sich mir von neuem nahte, hatte er seine Gestalt gewandelt. Er stand als gänzlich anderes Wesen vor mir. Er hatte sein Gewand, seine geschmeidigen Gliedmaßen und das eigene Antlitz abgelegt – sogar seine Körpergröße verändert –, und zeigte sich mir nun in Gestalt und Gewandung eines Riesen.« Pechnase stieß ein gedämpftes Seufzen aus. »In jeder Beziehung hatte er sich völlig makellos neu geschaffen. Er war ich. Nicht etwa ich, so wie du mich hier siehst, sondern so, wie ich in Träumen sein könnte. Ein Pechnase von unüberschatteter Geburt und vollkommenem Wuchs. Aufrecht und hochgewachsen stand er vor mir, auf daß mir an diesem Anblick nichts entgehe, ganz und gar ohne Fehl und Tadel, schön nach der Art der Riesen. Er war ich, so wie selbst meine liebe Seidensommer Glanzlicht mich in ihrem Mitgefühl wohl haben mögen wollte. Wer hätte einen solchen Riesen nicht geliebt oder ihn begehrt? Auserwählte ...« Pechnase betrachtete Linden mit klarem Blick. »Dieser Anblick war für mich voller Pein. Schon vielerlei hatte ich in meinem Leben gelernt, aber niemals, mich anzuschauen und meine Häßlichkeit zu beklagen. Bei meiner Geburt war durch das Schicksal ein Scherz mit mir getrieben worden – ein Scherz, dessen Grausamkeit mir Starkin nun enthüllte.« Linden verspürte eine heftige Aufwallung von Weh. Nur die schlichte Friedlichkeit von Pechnases Ton und Augen machte es ihr möglich, ihre Entrüstung zu bändigen. Wie hatte er das nur ausgehalten? »Das war eine Prüfung«, sagte Pechnase wie in Beantwortung dieser Frage, »die mich bis in die Tiefen meines Herzens erforschte. Doch zu guter Letzt erkannte ich das Wahre. Wiewohl ich vor mir selbst stand, mich in aller Schönheit erblickte, nach der's mich hätte gelüsten können, war's nicht ich, der dort stand, sondern Starkin. Dieser Riese war unverkennbar ein anderer als ich, denn seine Augen vermochte Starkin nicht zu verändern – er hatte goldene Augen, die leuchteten, aber dem, was sie schauten, keine Herzenswärme spendeten. Meine Augen blieben meine Augen. Starkin konnte sich selbst nicht so wie ich mich betrachten. Auf diese Weise bestand ich schadlos die Prüfung, die er für mich ersonnen hatte.«

Linden musterte ihn mit schmerzlichem Mitgefühl und sah ihm an, daß er die Wahrheit sagte. Die Prüfung hatte ihm Pein bereitet, aber er war dazu imstande gewesen, sie ohne Folgen durchzustehen. Und seine Eigenschaft der Unerschütterlichkeit vermittelte Linden eine gewisse innere Festigkeit, ermöglichte es ihr, jenseits ihres Ärgers den wesentlichen Punkt seines Berichts zu erkennen. Er versuchte ihr seine Auffassung zu erläutern, daß die *Elohim* nur das sein konnten, was sie waren, und sonst nichts – daß jede Macht durch ihre Natur abgegrenzt war und damit auch begrenzt. Keine Macht konnte die Regeln sprengen, die ihre Existenz gewährleisteten. Lindens Groll ließ nach, während sie Pechnases Gedankengängen folgte. *Wirklich keine Macht?* lautete die Frage, die sie Pechnase gerne gestellt hätte. *Nicht einmal wilde Magie?* Covenant schien zu buchstäblich allem fähig zu sein. Welche vorstellbaren Grenzen konnte sein weißes Feuer haben? War etwas denkbar, wodurch es Foul letztendlich doch gelingen mochte, ihn zur Hilflosigkeit zu verurteilen? *Die Notwendigkeit der Freiheit,* dachte Linden. *Falls er tatsächlich seine Seele verkauft hat …* Doch als sie ihre Frage in Worte zu kleiden versuchte, stellte ihr Gefühl der Beunruhigung sich in ganzer Stärke wieder ein. Es drängte sich ihrem Pulsschlag auf; plötzlich begann das Blut ihr in den Schläfen zu pochen. Irgend etwas war geschehen. Anspannung krampfte ihr in beklemmendem Maße die Brust zusammen, während sie unsicher ihre sinnliche Wahrnehmung ausdehnte. »Um Vergebung, Auserwählte«, sagte Pechnase gequält. »Ich sehe, meine Geschichte hat deinen Mut nicht gehoben.«

Linden schüttelte den Kopf. »Das hat damit nichts zu tun.« Die Entgegnung kam aus ihrem Mund, ehe sie wußte, was sie sagte. »Wo ist Hohl?« Der Dämondim-Abkömmling war fort. Sein Platz nahe der Reling war leer. »Was ist mit ihm?«

»Darauf weiß ich schwerlich Auskunft zu geben«, erwiderte Pechnase, angesichts ihrer Reaktion verdutzt. »Ein Weilchen nach Sonnenaufgang strebte er bugwärts, als habe irgendein Zweck ihn zum Leben erweckt. Zum Fockmast ist er gegangen, und ihn hat er mit einer Verbeugung und einem Lächeln begrüßt, dessen ich nur ungern gedenke. Danach jedoch ist er wieder in seine altgewohnte Reglosigkeit versunken. Er steht noch immer am Fockmast. Hätte er sich gerührt, sicherlich wären wir von jenen, die ihn beobachten, davon in Kenntnis gesetzt worden.«

»Das ist richtig«, bemerkte Cail. »Ceer wacht über ihn.«

»Das ist doch wohl ein Witz«, meinte Linden gedämpft und erhob sich. »Das muß ich gesehen haben!« Pechnase schloß sich ihr an, als sie die Richtung zum Wohlspeishaus und Vordeck nahm. Dort sah sie Hohl genau so, wie von Pechnase beschrieben: er stand eine Armlänge von der gekrümmten Fläche des Mastbaums entfernt. Seine Haltung war die gleiche wie immer: die Ellbogen an den Seiten leicht angewinkelt; die Knie gerade genug gespannt, um im spürbaren Schaukeln des Schiffs das Gleichgewicht zu behalten; den Rücken gestreckt. In Lindens Sicht jedoch erregte er einen absichtsvollen Eindruck. Er stand vor dem Mast, als wären sie zwei alte Kameraden, unmittelbar davor, sich zu begrüßen. »Was, zum Teufel …?« murmelte Linden.

»Fürwahr, wäre dieser Dämondim-Sproß dem Ur-Lord nicht durch einen Riesen beigegeben worden«, sagte Pechnase mit einem Auflachen, »ich wollte meinen, er gedächte die Jungfernschaft unseres Fockmasts zu rauben.« Darauf erscholl unter den umstehenden Besatzungsmitgliedern lautes Gelächter, breitete sich wie in einer lustigen Bruderschaft nach oben in die Wanten aus, während man die Äußerung für jene wiederholte, die sie nicht gehört hatten. Aber Linden hörte nicht hin. Ihre Ohren hatten andere Laute aufgefangen – ein gedämpftes Geschrei unter Deck. Als sie ihr Gehör schärfte, erkannte sie Blankehans' rauhes Organ. Er rief Seeträumers Namen. Nicht in Zorn oder Schmerz, sondern aus Fassungslosigkeit. Und Sorge.

Im nächsten Moment kam Seeträumer aus einer Luke gesprungen und stürmte vorwärts, als habe er vor, sich auf Hohl zu stürzen. Blankehans folgte ihm; aber Lindens Aufmerksamkeit galt wie gebannt nur dem stummen Riesen. Er wirkte wild und visionär, wie ein Prophet oder ein Irrsinniger; und die Narbe in seinem Gesicht zeichnete sich in fahler Schroffheit ab, verlieh seinen Augen zusätzliche Eindringlichkeit. Die Muskeln an seinem Hals traten hervor von Schreien, die er nicht auszustoßen vermochte. Ceer, der die Absicht des Riesen mißverstand, warf sich zwischen ihn und Hohl, vollauf bereit, den Dämondim-Abkömmling zu verteidigen. Doch als Seeträumer in der nächsten Sekunde angriff, richtete sich seine Gewalt nicht gegen Hohl, sondern den Fockmast. Mit vollem Gewicht und allem Schwung rannte er gegen den Mast. Der Anprall erzeugte im Stein ein spürbares Zittern. Die Wucht schleuderte Seeträumer aufs Deck. Sofort raffte er sich auf und attackierte den Mast nochmals. Wie ein Ringer schlang er die Arme um den Mastbaum und zerrte daran, als wolle er ihn herausreißen. Seine leidenschaftliche Anstrengung entfaltete eine solche Wüstheit, daß Linden einen Moment lang glaubte, er würde Erfolg haben. Blankehans packte Seeträumer hinterrücks und versuchte, ihn vom Mast wegzuziehen. Aber er konnte Seeträumers grimmige Umklammerung nicht lockern. Ceer und Hergrom schickten sich an, dem Kapitän beizustehen. Eine matte, traurige Stimme hielt sie zurück. »Genug!« Sie schien direkt aus der Luft zu kommen. »Es ist nicht mein Wunsch, solche Not zu verursachen.« Seeträumer ließ vom Mast ab. Hohl straffte sich. Aus dem Stein des Masts begann eine Erscheinung zu fließen. Indem sie ihr Versteck aufgab, nahm sie menschliche Gestalt an. Es handelte sich um einen *Elohim*. Er trug ein elegantes cremefarbenes Gewand, verhehlte jedoch nicht die kantige Hagerkeit seiner Gliedmaßen, noch die narbige Bleichheit seiner Haut. Unter den ungepflegten silbernen Strähnen seines Haars wies sein Gesicht eine Zerfurchung und Grämlichkeit wie von fortgesetzten bedrückenden Erlebnissen auf. Rings um seine gelben Augen waren die Höhlen dunkel wie altes Blut. Mit einem insgeheimen Aufkeuchen erkannte Linden in ihm Findail den Ernannten. Sobald seine Gestaltwerdung vollendet war, wandte er sich an Seeträumer. »Vergib mir!« bat er im Tonfall eingefleischten Kummers. »Weil's mir an Klarheit über die Tiefe deiner Erd-Sicht mangelte, trachtete ich danach, mich vor dir zu verbergen. Ich hegte keinerlei Absicht, zum Argwohn Anlaß zu geben. Doch da ich jemand bin, der aus seiner Heimstatt in *Elemesnedene* fortgesandt worden ist, um euch zu begleiten, war mein Weg durch die See eine schmerzliche und deshalb langsame Sache. Mein Entschluß, mich zu verstecken, beruhte auf einem Fehlurteil, wie nur allzu deutlich die Schnelligkeit beweist, mit der du mich entdeckt hast. Bitte glaube mir, daß ich nichts Übles im Sinn führe!« Alle auf dem Vordeck starrten ihn an; aber niemand antwortete. Linden war völlig entgeistert. Sie konnte Pechnase nicht sehen; er stand hinter ihr. Aber Blankehans' Miene spiegelte genau das wider, was sie selbst empfand. Und

Seeträumer hockte zusammengekauert auf dem Deck, die Hände vor dem Gesicht, als habe er soeben die Art seines Todes vorausgeschaut. Nur die *Haruchai* ließen sich keine Reaktion anmerken. Anscheinend rechnete Findail aber gar nicht mit irgendwelchen Entgegnungen. Er verlagerte seine Aufmerksamkeit auf Hohl. »Zu dir jedoch sage ich nein!« Sein Ton klang nun schärfer. Mit starrer Geste deutete er auf die Mitte von Hohls Brust, so daß die Muskeln an seinem Arm wie geschwollen hervortraten. »Was du auch anderes treiben magst oder zu treiben gedenkst, *das* werde ich nicht dulden. Ich bin der Ernannte dieser Aufgabe, aber ich werde mein Schicksal tragen, ohne daß es des Drucks einer Pflicht bedarf.« Zur Antwort grinste Hohl wie ein Unhold. Eine Grimasse vertiefte die Furchen in Findails Miene. Er drehte dem Dämondim-Nachfahren den Rücken zu und begab sich steifbeinig an den Bug der *Dromond,* spähte nach vorn aus wie eine Galionsfigur.

Linden blickte ihm für einen Moment nach, dann schaute sie sich nach den Gefährten um. Blankehans und Pechnase kauerten neben Seeträumer; die anderen Riesen auf dem Vordeck waren anscheinend zu verblüfft zum Handeln. Die *Haruchai* beobachteten Findail, rührten sich aber nicht. Mit einer bewußten Willensanstrengung gab sich Linden einen Ruck. »Hol die Erste!« forderte sie den nächstbesten Matrosen barsch auf. Dann ging sie zu dem *Elohim.* Als sie ihn erreichte, sah er sie an, nickte ihr flüchtig zu; doch ihre Gegenwart beeinflußte den fleischgewordenen Gram, in dem er sich zu zeigen beliebte, nicht im mindesten. Plötzlich hatte Linden den Eindruck, daß sie die Ursache seiner Zwangslage war – und daß er diese Tatsache um jeden Preis vor ihr zu verheimlichen beabsichtigte. Ohne irgendeinen konkreten Anlaß zu haben, kam ihr auf einmal zu Bewußtsein, daß das Volk der *Elohim* aus irgendeinem Grund angenommen hatte, Sonnenkundiger und Ringträger seien ein und dieselbe Person. Zuerst fand

Linden nicht die richtigen Worte, um sich an ihn zu wenden. Doch die eine Erinnerung löste andere aus, und damit kehrte der Zorn über ihre Hilflosigkeit zurück, ihre Wut über die Hinterhältigkeit der *Elohim*. Findail hielt wieder aufs offene Meer Ausschau. Sie faßte ihn an der Schulter, nötigte ihn zur Aufmerksamkeit. »Was, zum Teufel, suchst du hier?« knirschte sie durch die Zähne.

Findail schien sie kaum zu hören. Der Blick seiner gelben Augen war auf abgetretene Weise vage von Verlust, als wäre er, als er *Elemesnedene* verlassen mußte, restlos entwurzelt worden. »Sonnenkundige«, erwiderte er nichtsdestoweniger, »mein Volk hat mich zum Ernannten der Aufgabe gemacht, die da lautet, das Überdauern der Erde zu sichern, wenn ich's kann. Im *Clachan* hast du keine weitergehende Antwort erhalten, und auch jetzt darf ich nicht deutlicher antworten. Sei zufrieden mit dem Wissen, daß ich nicht vorhabe, Leid anzurichten.«

»Kein *Leid?*« fuhr Linden ihn an. »Ihr habt bis jetzt *nichts als Leid* angerichtet. Ihr …« Sie verstummte, fast erstickt durch Erinnerungsbilder Covenants, Hohls und Seeträumers. »Herrgott, wenn dir keine bessere Erklärung einfällt, laß ich dich über Bord werfen!«

»Sonnenkundige.« Findail sprach umgänglich, tat jedoch nichts, um Linden zu besänftigen. »Ich bedaure ungemein die Notwendigkeit des Argen, dem der Ringträger ausgesetzt ist. Für mich ist's ein Mittelweg, der zwischen Wagnis und Sicherheit verläuft. Ich sähe es lieber, bliebe er mir völlig erspart. Aber es muß unergiebig bleiben, mit mir zu schelten. Ich bin der Ernannte und habe in eurer Mitte zu weilen, und ihr verfügt über keine Macht, dank deren es euch möglich wäre, mich fortzujagen. Allein jenem, den ihr Hohl nennt, ist's gegeben, mich zu vertreiben. Mir läge viel daran, täte er's.«

Findail überforderte Linden. Instinktiv glaubte sie ihm –

und wußte doch nicht, was sie mit seinen Auskünften anfangen sollte. »Hohl?« wiederholte sie. *Hohl?* Aber sie bekam keine weitere Antwort. Vor dem Bug wirkten die Wogen in ihrem rauhen Seegang im sonderbar harschen Licht des Sonnenscheins befremdlich schwächlich. Gischt sprühte von den Seiten des Riesen-Schiffs empor; Böen gegensätzlicher Windrichtungen bliesen sie augenblicklich davon, fegten übers Deck hin und her, verwirbelten Lindens Haar wie Schwälle böser Vorahnungen. Dennoch unternahm Linden einen weiteren Versuch, den *Elohim* einsichtig zu machen. »Zum letztenmal«, fauchte sie ebenso leise wie vehement, »ich bin nicht eure gottverdammte Sonnenkundige! Ihr habt euch von Anfang an geirrt. Alles was ihr anstellt, ist falsch!«

Findails gelber Blick blieb unverändert. »Das ist einer der vielen Gründe, aus denen ich hier bin.«

Mit einem innerlichen Schnauben drehte sich Linden um – und stieß beinahe mit der herben, in den Kettenpanzer gehüllten Gestalt der Ersten zusammen. Die Schwertkämpferin stand mit eherner Härte und angespanntem Unwillen in den Augen da. »Spricht er die Wahrheit?« erkundigte sie sich mit einer Stimme, die einer ruhig bereitgehaltenen Klinge glich. »Haben wir wider ihn keinerlei Macht?«

Linden nickte. Aber ihre Gedanken widmeten sich schon eilig anderem, während sie um die Selbstbeherrschung rang, die sie so dringend nötig hatte. Es mochte sein, daß es ihr gelang, Findails Behauptung zu widerlegen. Doch sie mußte sich in der Gewalt haben. Sie suchte nach einem Festpunkt, einem Halt, an dem sie ihre unabdingbare Entschiedenheit verankern konnte, hob ihr Gesicht zur Ersten. »Erzähl mir von deiner Prüfung! In *Elemesnedene*. Was haben sie mit dir gemacht?«

Die Unerwartetheit, die anscheinmäßige Irrelevanz der Frage verdutzte die Erste. Aber Linden ließ sich anmerken, daß sie darauf beharrte; und einen Moment später nahm die Erste eine nachgerade förmliche Haltung an. »Pechnase hat mit dir gesprochen«, sagte sie ohne Umschweife.

»Ja.«

»Dann mag's sein, du kannst verstehen, was man mir zugemutet hat.« Sie klammerte eine Hand um den Griff ihrer Waffe. Den anderen Arm hielt sie senkrecht an ihrer Seite, als müsse sie ihn an Handlungen der Ungeduld oder des Unmuts hindern. »Um mich zu prüfen«, berichtete sie, »trat ein *Elohim* vor mich, der das Aussehen eines Riesen angenommen hatte. Dank irgendeiner Kunst hatte er sich das Äußere und die Eigenheiten Pechnases anzulegen vermocht. Nicht so allerdings, wie ich meinen Gemahl kenne. Vielmehr zeigte er sich mir in der Gestalt eines Pechnase, wie er nach einer von keinem Makel befleckten Geburt gewesen wäre, ohne Fehl an den Gliedmaßen, von hohem, stolzem Wuchs, so heil, wie ein Riese nur sein kann.« Die Erinnerung daran ließ ihren Blick zerstreut werden; ihr Ton jedoch behielt seine Schärfe bei. »So stand er vor mir in dem Bilde, wie Pechnase hätte geboren werden und wachsen können, äußerlich in gänzlicher Übereinstimmung mit dem Geist, den ich zu lieben gelernt habe.« Pechnase stand in der Nähe und hörte mit verschmitztem Lächeln zu. Aber er verzichtete darauf, dem Ausdruck zu verleihen, was in seinen Augen schimmerte. Die Erste blieb gefaßt. »Zuerst habe ich geweint. Dann aber habe ich gelacht. Trotz all seiner Kunstfertigkeit nämlich ermangelte der *Elohim* ganz und gar des frohen Herzens, das meinen Gemahl Pechnase mit Licht erfüllt.« Ihrer Tonlage floß ein Anklang derben Humors ein. »Dem *Elohim* mißfiel mein Lachen. Aber er wußte darauf keine Antwort, und so fand meine Prüfung für ihn ein freudloses Ende.« Pechnases ganzes Gesicht spiegelte Gelächter wider, obwohl er keinen Laut von sich gab.

Ein langes Schaudern der Erinnerung durchlief Linden.

»Von mir hat Daphin nichts anderes verlangt«, sagte sie – halb zur Ersten, halb zur aufgewühlten See und dem grellen Himmel –, »als daß sie mir Fragen beantworten darf.« Dann trat sie an den Riesen vorbei, ließ sie verständnislos zurück, während sie zum Wohlspeishaus strebte, um unter Deck zu gehen. In Covenants Unterkunft. Das Schaukeln der *Dromond* störte Lindens Gleichgewicht. Die Sternfahrers Schatz lag leicht unregelmäßig auf ihrem Kurs, schwankte und schüttelte sich unterm unvermutet starken Andrang der Wogen. Aber Linden stützte sich an Wänden oder an Cail, wenn es sein mußte, und ließ sich nicht beirren. Vielleicht war es ihr nicht möglich, die Wahrheit aus Findail herauszuholen. Aber Covenant besaß dazu die Macht. Er konnte es versuchen, falls sie es schaffte, den Schleier zu zerreißen, der sein Bewußtsein umgab wie ein Leichentuch. Auf einmal brannte sie regelrecht darauf, sich darum zu bemühen. Sie sagte sich, ihr wäre ausschließlich an seiner Genesung gelegen, sie brauche seine Gesellschaft, sein Überzeugungsvermögen. Aber ihre Lippen waren aus Grimm fest aufeinandergepreßt, und in ihrem Innern regte sich die Finsternis.

An der Tür zu Covenants Kabine traf sie Brinn. Er hatte die Kabine verlassen, um ihr ein paar Schritte entgegenzukommen. In sturer Haltung verwehrte er ihr den Zutritt. Sein Mißtrauen war in der Luft des Gangs spürbar. Vor dem Aufenthalt in *Elemesnedene* hatte er ihr nie das Recht streitig gemacht, Covenant aufzusuchen. »Auserwählte«, fragte er nun jedoch unverblümt abweisend, »welcher Zweck führt dich her?«

Linden verkniff sich ein Schimpfwort. Sie atmete tief ein, um Beherrschung zu bewahren. »Falls du's noch nicht mitgekriegt hast«, antwortete sie, »wir haben einen *Elohim* an Bord. Es ist Findail. Sie haben ihn uns aus irgendeinem Grund auf den Hals geschickt, und anscheinend können wir ihn nicht wieder loswerden. Nur Covenant hat genug Macht, um sich ihn vorknöpfen zu können. Ich will versuchen, ihm zu klarem Verstand zurückzuverhelfen.«

Brinn sah Cail an, als fordere er ihn auf, für Linden zu bürgen. Dann nickte er zum Zeichen der Einwilligung knapp und öffnete die Tür. Mit wütendem Blick betrat Linden die Kabine, behielt Brinn im Auge, bis er die Tür schloß, sie mit Covenant allein ließ. Einen Moment lang zögerte sie, darum bemüht, allen Mut zusammenzunehmen. Aber Covenants eigenschaftslose Präsenz berührte sie, als lege sich eine Hand in ihren Nacken; sie zwang ihn, sich ihm zuzuwenden.

Er saß neben dem kleinen, runden Tisch auf einem steinernen Stuhl, als wäre er mit Überlegung so hingesetzt worden. Seine Beine wiesen nach vorn, die Füße waren normal abgestellt; er saß nicht in eingesunkener Stellung da; die Unterarme lagen auf seinen Schenkeln, die Hände locker, ihre Handflächen nach oben. Auf einem Tablett, das auf dem Tisch stand, sah man die Reste einer Mahlzeit. Anscheinend hatte Brinn den Zweifler eben erst gefüttert. Aber Covenant nahm keinerlei Kenntnis von derlei Vorgängen. Sein schlaffes Gesicht war der leeren Luft zugewandt, als wäre sie bloß eine andere Manifestation der Leere in seinem Innern. Linden stöhnte. Als sie ihn das erste Mal sah, hatte er die Tür seines Hauses aufgerissen wie ein Wirbelwind der Schelte, kaum gemäßigte Glut und Fieber in seinen Augen; sein Mund hatte der Unanfechtbarkeit eines Gebots geglichen. Trotz seines damaligen Erschöpfungszustands hatte er das Leben geführt, das von ihm selbst gewählt worden war, und er war ihr seltsam lauter und unüberwindlich vorgekommen. Doch nun verzerrte die hilflose Borstigkeit seiner Bartstoppeln das Typische seiner Gesichtszüge; und das Grau, das die Strähnen über seiner Stirn durchzog, sorgte dafür, daß er hinfällig wirkte. Das Fleisch seines Gesichts war so erschlafft, als habe er jede Hoffnung verloren. Seine Augen waren trocken, glanzlos wie im Tod. Er sah aus wie Lindens Vater, nachdem sein letztes Blut auf die verzogenen alten Dielen des Dachbodens geronnen war; nur waren bei Covenant noch Pulsschlag und Atmung vorhanden. Nahrung und Getränk erhielten sein Leben. Als er mit der Eindeutigkeit eines Sehers sein Sprüchlein aufsagte, hatte es den Anschein, als sei er sich Lindens bewußt – und entsetzt über das, was sie ihm anzutun gedachte. Sie würde ihn unter ihre Kontrolle bringen müssen. Wie ein Wütrich. Bereits der bloße Gedanke daran füllte ihren Mund mit dem bitteren Geschmack des Abscheus. Dennoch kannte sie kein Zögern mehr. Sie fühlte sich ringsum von Lähmung belauert. In jedem Pochen ihres Herzens war die Furcht gegenwärtig, die sie nun schon so oft ihres Willens beraubt hatte. Die Furcht vor dem, was aus ihr, wenn sie ihm half, werden konnte. Zittrig schob sie den zweiten Stuhl dicht vor Covenants Knie, setzte sich und legte ihre Hände in seine kraftlosen Fäuste, als wäre er selbst jetzt noch dazu imstande, sie vor einem Fehlschlag zu bewahren. Dann versuchte sie, ihr Inneres seinem leblosen, stieren Blick aufzuschließen.

Wieder strömte Covenants innere Finsternis in Linden über, ergoß sich durch das Bindeglied ihrer Sinne in sie. Und damit trat von neuem die Gefahr auf. Angestachelt durch Covenants matte Passivität, seine Ähnlichkeit mit einem Inbegriff der Nutzlosigkeit, erwachte tief in Lindens Innenleben abermals die alte Gier. Instinktiv kämpfte sie dagegen an, hielt in den zwielichtigen Grenzzonen von Covenants inwendiger Nacht an sich selbst fest, schwebte zwischen Bewußtheit und Vergessen. Aber sie durfte sich vom bodenlosen Abgrund von Covenants Leere nicht abschrecken lassen. Sie erkannte bereits Aspekte seines Zustands, die sie von außerhalb nicht hatte feststellen können. Zu ihrer Überraschung sah sie, daß dieselbe Macht, die seinen Geist zum Schweigen verdammte, in ihm auch das Gift unterdrückt hatte. Es war nicht mehr wirksam;

Covenant war innerlich so tief versunken, daß es keinen Einfluß mehr auf ihn besaß. Gleichfalls ersah sie die Eigenschaften, welche ihn für die *Elohim* so angreifbar gemacht hatten. Sie wären nicht dazu in der Lage gewesen, seinen Verstand dermaßen zu entleeren, hätte ihn nicht sein tief verwurzelter Drang, alle Übel auf sich zu nehmen, ihnen entblößt. Aus dieser Quelle entstand sowohl seine Macht wie auch seine Wehrlosigkeit. Sie stattete ihn mit einer Würde aus, von der sie nicht wußte, wie sie ihr nacheifern sollte.

Doch Lindens Wille war bereits in die wohlbekannte Falle geraten. Es konnte kein Recht geben, keine vertretbaren Gründe, die es erlaubten, auf diese Weise, mit unerwünschten Ansprüchen, seine Integrität zu verletzen – und ebensowenig ein Recht oder einen gangbaren Weg, ihn einfach seinem Schicksal auszuliefern, ihn in seiner Not ohne jede Hilfeleistung zu lassen. Und weil sie diesen Widerspruch nicht zu beheben vermochte, hatte sie keine Antwort auf das finstere, grimmige Etwas in der Mördergrube ihres Herzens, das aufsprang angesichts dieser Chance, an Macht zu gelangen. Covenants Macht: die Gelegenheit, zum wahrhaftigen Richter über Leben und Tod zu werden. Angetrieben von heftiger Gier, stürzte sich Linden in ihn. Und die Nacht riß sie mit sich fort.

Für einige Zeit bedeckte die Nacht die ganze Welt. Sie schien ein jedes Firmament wie mit einem Sturm zu erschüttern; doch es war nichts Derartiges wie ein Sturm. Winde hatten Richtung und Geräusch; sie waren schwach oder stark, lau oder kühl. Diese Finsternis jedoch entbehrte all dessen, was Bezeichnungen gerechtfertigt, eine Beschreibung ermöglicht hätte. Sie ähnelte in ihrer Einsamkeit dem Abgrund zwischen Sternen, aber sie enthielt keine Sterne, die der Sinn eines solchen Abgrunds gewesen wären. Sie erfüllte Linden wie Gibbons Berührung, und sie blieb dagegen hilflos, hilflos … Ihr Vater hatte den Schlüssel aus dem Fenster geworfen, und sie verfügte über keine Kraft oder hinlänglich starke Leidenschaft, um ihn von den Toten zurückzuholen. Die Dunkelheit wirbelte sie umher und hinab, wie ein Mahlstrom ohne Bewegung, ohne ihr irgendwelche Empfindungen außer einem Verlustgefühl zu bereiten; und aus ihrer Tiefe begannen Bilder aufzusteigen. Eine Gestalt, einer Inkarnation der Leere gleich, kam durch eine Wüste auf sie zu. Das Wallen von Hitze und Sinnestäuschungen machten sie verschwommen. Linden konnte nicht erkennen, wer das war; gleich darauf aber konnte sie es doch: Covenant. Er plagte sich anscheinend ab, um zu schreien, aber er hatte keinen Mund. Schuppen bedeckten sein halbes Gesicht. Seine Augen waren fiebrig vor Selbstabscheu. Die Marter von Lust und Grauen hatte seine Stirn fahl werden lassen. Der Gegensatz von Eifer und Furcht erschwerte seine Gangart; er bewegte sich, indem er sich näherte, direkt auf sie zuschwankte, wie ein Krüppel. Seine Arme waren zu Schlangen geworden. Sie wanden sich an seinen Schultern und zischten, ihre Mäuler klafften, bereit zum Zubeißen. Die Schlangenköpfe, die einmal seine Hände gewesen waren, besaßen spitze Fangzähne, weiß wie Bein. Linden war wie gebannt. Sie wußte, daß sie ihre Arme heben, sich zu verteidigen versuchen sollte; aber sie hingen an ihren Seiten wie Beweise der Sterblichkeit, zu schwer, um gegen das Verhängnis dieser Fangzähne erhoben werden zu können. Covenant wankte heran, drang auf sie ein wie all das Versagen, die Verbrechen und die Liebe ihres Lebens. Als seine Schlangen zubissen, stießen sie Linden in eine völlig andere Art von Finsternis.

Später hatte sie den Eindruck, von dicken Schlangenleibern umschlungen zu sein. Sie wimmerte und warf sich umher, um sich ihnen zu entwinden, aber es wollte ihr nicht gelingen. Ihre nutzlosen Hände waren in die Decke gekrallt, die Cail über sie gebreitet hatte. Die Hängematte beschränkte ihre Bewegungsfreiheit. Ihr war nach Schreien zumute, aber sie brachte keinen Laut hervor. Flüssigkeiten verstopften fatal ihre Kehle. Die Trübnis in ihrer Kabine wirkte auf sie so verheerend wie die Leere in Covenants Innerem. Doch da erkannte sie schlagartig die Sachverhalte ihrer Umgebung wieder. Ihre Kabine war es, in der sie sich befand, sie lag in der eigenen Hängematte. Die Luft war trüb von morgendlicher oder abendlicher Dämmerung, nicht der finsteren Leere, in die sie gestürzt war; der unklar erinnerliche Geschmack von *Diamondraught* in ihrem Mund war nicht der Geschmack des Todes. Die Kabine rundum war allem Anschein nach irgendwie in eine Schräge geraten, wie ein Haus, das sich infolge irgendeines Aufbäumens der Erde von seinen Grundmauern gelöst hatte. Als Linden das Singen der *Dromond* spürte, begriff sie, daß die Sternfahrers Schatz stark krängte, so daß die Hängematte in schiefem Winkel baumelte. Durch den Rumpf des Riesen-Schiffs bemerkte Linden die Schwingungen von Wind und See. Die Trübnis stammte weder von abendlicher noch frühmorgendlicher Dämmerung. Es handelte sich um die von Wolken verursachte Düsternis eines Unwetters. Der Sturm war wüst; und er schwoll allmählich zu Ungeheuerlichem an.

Lindens Geist wimmelte von Schlangen. Sie vermochte sie nicht abzuschütteln. Aber da erregte eine Bewegung am Tisch ihre Aufmerksamkeit. Sie spähte durch das Dunkel und erkannte Cail. Er saß auf einem Stuhl und beobachtete sie, als könne keine Unzulänglichkeit, kein Verrat ihrerseits irgend etwas an seiner Pflicht ändern. Dennoch wirkte er in der verwaschenen Dunkelheit der Kabine so unumschränkt wie die Gestalt eines Richters, der darauf aus war, jeden einzelnen Anhaltspunkt ihrer Nutzlosigkeit gegen sie zu verwenden. »Wie lange …?« röchelte Linden. Die Wüste stak noch in ihrer Kehle, trotzte ihrer Erinnerung an den *Diamondraught*. Sie ahnte, einige Zeit war verstrichen. Zuviel Zeit – genug, daß alles sich zum noch Schlechteren entwickelt haben mochte. »Wie lange war ich weggetreten?«

Cail stand auf. »Einen Tag und eine Nacht.«

Ungeachtet der Unerbittlichkeit Cails heftete Linden ihren Blick energisch in sein undeutlich erkennbares Gesicht, um nicht zurück zwischen die Schlangen zu fallen. »Covenant?«

Der *Haruchai* hob andeutungsweise die Schultern. »Des Ur-Lords beklagenswerter Zustand ist derselbe.« *Du hast versagt,* hätte er ebensogut äußern können. *Falls du je den Willen hattest, deine Bemühungen zu einem Erfolg zu bringen.*

Unbeholfen verließ Linden die Hängematte. Sie mochte nicht wie ein Opfer vor Cail liegen. Er machte Anstalten, ihr zu helfen; aber sie lehnte seine Unterstützung ab, stieg allein auf die Trittleiter und dann auf den Fußboden, um zu versuchen, ihm auf gleicher Ebene zu begegnen. »Selbstverständlich wollte ich Erfolg haben.« Noch immer auf der Flucht vor Bildern aus Covenants Innenwelt, ging sie mit ihren Bemerkungen weiter als beabsichtigt. »Gebt ihr mir eigentlich an *allem* die Schuld?«

Cails Miene blieb ausdruckslos. »Das sind deine Worte.« Sein Ton zeichnete sich durch die Strenge einer Rüge aus. »Kein *Haruchai* hat sie gesprochen.«

»Ihr braucht sie nicht auszusprechen«, erwiderte sie, als hätte Covenants Elend in ihrer Brust etwas zerbrochen. »Sie stehen euch im Gesicht geschrieben.«

Erneut hob Cail die Schultern. »Wir sind, wer wir sind. Du verwahrst dich ohne Belang.«

Linden wußte, er hatte recht. Es gab keinen Grund, ihren Ärger über sich selbst gegen ihn zu richten, als trüge er dafür die Verantwortung. Aber sie hatte inzwischen zuviel an Abneigung hingenommen. Und sie war, wieder einmal wie gelähmt, von neuem gescheitert. Sie mußte einiges von ihrer Erbitterung loswerden, bevor sie daran zu kranken begann.

Wir sind, wer wir sind. Ähnliches hatte Pechnase von den *Elohim* behauptet. »Natürlich«, fauchte sie gedämpft. »Gott bewahre, daß ihr irgend etwas falsch machen oder denken oder gar im *Unrecht* sein könntet. Na, ich will dir mal folgendes sagen. Kann sein, ich habe eine Menge falsch gemacht. Vielleicht sogar alles.« Niemals würde sie dazu imstande sein, auf den Vorwurf all ihres Versagens eine Antwort zu geben. »Aber als ich euch aus *Elemesnedene* fortgeschickt, als ich die *Elohim* tun gelassen habe, was von ihnen mit Covenant angestellt worden ist, da war das immerhin ein *Versuch,* richtig vorzugehen.«

Cail musterte sie gleichgültig, als habe er nicht vor, darauf etwas zu entgegnen. Aber dann bezog er doch dazu Stellung, und seine Stimme klang nach verhohlener Schärfe. »Das bezweifeln wir nicht. Glaubt die Verderbnis nicht ebenso vollauf an ihre Richtigkeit?«

Da drohte Linden aus Betroffenheit das Blut zu stocken. Bis jetzt war ihr nicht in vollem Umfang klar gewesen, wie sehr die *Haruchai* die von ihr in *Elemesnedene* getroffenen Entscheidungen mißbilligten. Sie spürte hinter Cails unbewegter Miene das Vorhandensein einer verhängnisvollen Eigenheit, die auch die Bluthüter besessen haben mußten. Diese Menschen verstanden nicht zu verzeihen. Nahezu gewaltsam riß sich Linden zusammen. »Ihr vertraut mir nicht im geringsten«, sagte sie mit gepreßter Stimme.

Cails Erwiderung lief auf das gleiche hinaus wie sein Achselzucken. »Wir sind dem Ur-Lord verschworen. Er hat dir Vertrauen geschenkt.« Er brauchte nicht hinzuzufügen, daß Covenant nach seiner Ansicht anders empfinden mochte, falls er je wieder zu Verstand kam. Diesen Gedanken hatte Linden selbst schon gehabt.

»Er hat's jedenfalls versucht«, sagte sie leise und bitter. »Ich glaube, er hat's nicht geschafft.« Dann konnte sie ganz einfach nicht mehr. Welchen Grund hatte einer ihrer Gefährten überhaupt, ihr zu vertrauen? Der Boden unter ihren Füßen befand sich nach wie vor in Schräglage, und durch den Stein fühlte sie, wie die Wogen gegen die Sternfahrers Schatz rollten. Sie mußte der Enge ihrer Kabine, dem Druck von Cails versteckter Feindseligkeit entfliehen. Sie drängte sich an ihm vorüber, schwang die Tür auf und verließ die Kabine. Durch das Schwanken des Riesen-Schiffs behindert, stolperte sie zum Aufgang, klomm zum Achterdeck hinauf.

Als sie über den Wellenbrecher stieg, warf es sie fast von den Beinen. Ein mörderischer Wind fuhr über die Decks, zerrte an den Segeln. An den Spitzen der Rahen brodelten gewittrige Wolken wie Sturzwellen. Als Linden an einer der Treppen zum Achterkastell Halt suchte, peitschte ihr Gischt ins Gesicht, die dem Toben einer dunklen, wie zähflüssigen See entsprang wie heftiger Regen.

12
HAVARIE

Aber es regnete nicht, allein der Wind besaß die Wucht eines Wasserfalls, Wolken hüllten das Meer von Horizont zu Horizont in düsteres Dämmerlicht, und auf den Wellenkämmen schäumte Gischt, spritzte mit der Herbheit von Hagel. Der Wind traf das Riesen-Schiff aus seitlichem Winkel und brachte es ins Krängen. Linden rang um Atem. Als sie sich das Wasser aus den Augen wischte, sah sie zu ihrer Verblüffung Riesen in den Wanten. Sie begriff nicht, wieso sie sich dort oben festhalten konnten. Es kam ihr unmöglich vor, daß jemand mitten im vollen Wehen dieses Sturms arbeiten können sollte. Trotzdem taten sie es. Die Sternfahrers Schatz mußte genug Segeltuch gesetzt haben, um auf Kurs zu bleiben. Doch wenn zu viele Segel an den Rahen wehten, mochte jedes plötzliche Umschlagen oder Anschwellen des Winds die *Dromond* kippen oder schlichtweg unter Wasser drücken. Deshalb refften die Matrosen die Marssegel. Gegen die harsche, finstere Gewalt des Sturms wirkten sie klein und unscheinbar. Aber langsam und mühselig bändigten sie das starke Schlagen der Segeltücher.

Hoch am Fockmast verlor ein Riese den Halt, mußte die Geitaue fahren lassen, um zu verhindern, daß er stürzte. Augenblicklich ratschte es Morgenbegrüßer herab. Das Segel flatterte wild wie ein aufgescheuchter Albatros, trudelte im Wind davon und verschwand außer Sicht. Die anderen Matrosen hatten mehr Erfolg. Allmählich richtete sich die Sternfahrers Schatz weitgehend wieder auf. Nichtsdestotrotz blieb das Schiff ein Spielball der aufgewühlten See. Es durchpflügte ein Wellental und prallte seitwärts gegen die nächste der zerrissenen, tückischen Wogen, schoß hinein, als wolle es den Bug in den Meeresgrund bohren. Linden klammerte sich an die Stiege, um nicht von Bord geschwemmt zu werden. Sie durfte hier auf keinen Fall bleiben. Sie befürchtete, daß die Sternfahrers Schatz in höchster Gefahr schwebte, jedes Anwachsen des Sturms das Schiff zum Bersten bringen könnte. Und das Unwetter würde noch an Stärke zunehmen. Linden spürte, wie seine elementare Wut sich in der Ferne immer wüster ballte. Die *Dromond* durchquerte lediglich die Ausläufer des Sturms; dessen Zentrum jedoch kam näher. Auf ihrem gegenwärtigen Kurs mußte das Riesen-Schiff mitten in sein schlimmstes Wüten geraten. Sie mußte Blankehans warnen.

Linden versuchte, sich die Stufen hinaufzukämpfen; doch der Wind schlug ihr das eigene Haar wie einen Dreschflegel ins Gesicht und preßte ihr die Luft aus den Lungen, drohte sie abzudrängen. Für einen Moment wallte Panik in Linden auf. Da umfaßte Cails Arm ihre Taille wie ein steinerner Reif. Sein Mund schrie ihr ins Ohr. »Suche Zuflucht!« Der Wind zerfledderte die Wörter, machte seinen Ruf kaum vernehmlich.

Linden schüttelte nachdrücklich den Kopf, bemühte sich, ihre Stimme gegen den Sturm durchzusetzen. »Bring mich aufs Achterkastell!« Cail zögerte einen Augenblick lang, während er sich umschaute, um die Gefahr einzuschätzen. Dann schwang er Linden die Treppe hinauf. Sie fühlte sich in seiner Umarmung wie eine Lumpenpuppe. Wäre er ein gewöhnlicher Mensch gewesen, sie wären beide über Bord gegangen. Aber er war ein *Haruchai*. Er stemmte sich durch die Gewalt des Sturms und hob Linden auf das Achterkastell. Dort hielten sich nur drei Riesen auf: Blankehans, Windsbraut und die Erste. Die Lagerverwalterin handhabte das große Steuerrad, umklammerte es mit beiden Armen. Unter der Anstrengung traten ihre Muskeln sichtlich hervor; sie hatte die Beine weit gespreizt, um festen Stand zu haben. Sie ähnelte einem Monolithen aus

Granit, dazu imstande, hier auszuhalten und Herzensfreude zu meistern, bis See und Zeit die Sternfahrers Schatz in Trümmer verwandelten. Die Erste verharrte reglos, verankert durch Körpergewicht und -kraft. Vorerst war ihr die Suche aus der Hand genommen. Unter diesen Bedingungen hing sie vom Sturm und vom Schicksal der Sternfahrers Schatz ab. Und die *Dromond* gehörte Blankehans. Der Kapitän befand sich in Windsbrauts unmittelbarer Nähe; seine gesamte Aufmerksamkeit war nach vorn gerichtet, wie eine Leuchtboje, die für die Sicherheit des Schiffs brannte. Die knotige Wuchtigkeit seiner Brauen schien seine Sicht zu schützen. Er erweckte den Eindruck, buchstäblich alles sehen zu können. Seine einschneidenden Kommandos durchdrangen den Wind. Und die Riesen reagierten wie ein Ausdruck seines Willens. Sie ergriffen eine mühsame Maßnahme nach der anderen, fochten mit Leinen, Wanten und Segeltuch, um die Sternfahrers Schatz zum Durchstehen der Gefahr zu befähigen. Linden wollte rufen; aber der Wind hieb ihr auf den Mund, stopfte ihr die Stimme zurück in die Kehle. Mit einer fieberhaften Geste winkte sie in Blankehans' Richtung, und Cail schob sie hinüber. »Blankehans!« Linden mußte aus vollem Halse schreien, um sich verständlich zu machen. »Ihr müßt den Kurs wechseln! Wir steuern mitten in den Sturm hinein!«

Die Wichtigkeit ihrer Worte erregte sofort seine Beachtung. Er beugte sich zu ihr herab. »Das kann nicht sein!« brüllte er. »Dieser Sturm kommt aus dem Süden! Auf diesem Kurs werden wir am Rande des Unwetters bleiben und nur wenig abweichen müssen!«

Aus dem Süden? Linden starrte ihn an, zu begreifen außerstande, wie er sich in einer solchen Frage irren konnte. Doch als sie ihre Wahrnehmung südwärts wandte, merkte sie, daß er sich keineswegs täuschte. Ihre Sinne entdeckten dort einen eindeutigen Knotenpunkt des Tobens, obwohl er sich etliche

Kilometer entfernt befand. Blankehans' gegenwärtiger Kurs würde die Sternfahrers Schatz tatsächlich um das besonders gefährliche Zentrum des Sturms führen. Ein Blick in den Nordwesten jedoch bestätigte ihre vorherige Feststellung. Dort lauerte ein titanischer, monströser Hurrikan. Die beiden Unwetterzonen bewegten sich aufeinander zu, und die Sternfahrers Schatz schwamm zwischen ihnen. Jedes Heben und Senken des Kiels der *Dromond* brachte sie dem Tosen des stärkeren Sturms näher. Mit Geschrei, das ihr die Kehle zu zerreißen drohte, teilte sie Blankehans mit, was sie beobachtete. Die Neuigkeit entgeisterte ihn. Er hatte keine Gelegenheit gehabt, den Hurrikan zu bemerken. Der erste Sturm hatte das Riesen-Schiff gepackt, bevor es in die Reichweite des zweiten Unwetters gelangte. Der Kurs, den er gewählt hatte, führte direkt ins Verderben. Aber der Riese faßte sich rasch. In jedem Nerv, jeder Sehne war er der Kapitän der Sternfahrers Schatz. »Wozu rätst du?« brüllte er; seine Stimme klang, als wäre er auf jede Gefährdung und jedes Mißgeschick vorbereitet.

Linden nahm sich zusammen und versuchte nachzudenken, die Schnittzonen der zwei Stürme einzuschätzen, die Wirkung, die sie aufeinander ausüben mochten. Sie war es nicht gewohnt, sich mit solchen Angelegenheiten zu beschäftigen. Ihre Ausbildung hatte sie befähigt, die hartnäckige Hinterlist von Krankheiten zu durchschauen, nicht den hämischen Zorn von Sturmwinden. Aber sie tat, was sie konnte. »Wenn wir in diese Richtung halten …« – die Anstrengung des Schreiens schmerzte in ihrer Brust –, »können wir den südlichen Sturm vielleicht umschiffen! Oder zumindest den schlimmsten Bereich! Ehe wir zu tief in den Hurrikan geraten!« Blankehans nickte. Das Bollwerk seiner Stirn schien jedem Unwetter gewachsen zu sein. »Aber der Hurrikan …!« Lindens Stimme gellte, als bräche sie in Gekreisch aus. »Er ist entsetzlich! Wenn du entscheiden mußt, nimm lieber Kurs in den Süden!«

»Ich habe verstanden!« Sein Ruf zerstob in abgehackte Laute und Gischt. Er hatte sich bereits abgewandt, um seine Befehle durch den Wind zu brüllen. Seine Anweisungen klangen so wütend wie der Wind. Linden spürte den Hurrikan näher tosen, immer näher kommen. Zweifellos konnte kein Fahrzeug – und bestimmt kein so schweres Schiff wie die *Dromond* – einem derartigen Wüten widerstehen. Der Wind heulte in den Webleinen. Linden sah die Masten wanken. Die Rahen schienen zu schwanken wie ausgestreckte Arme, die das Gleichgewicht zu bewahren suchten. Das Deck schaukelte, bäumte sich auf. Falls Windsbraut nicht ohnehin ermüdete, mochte das Steuerruder brechen, die Sternfahrers Schatz vollends auf Gnade oder Ungnade den begierigen Fluten ausliefern. Während Linden noch unentschlossen zögerte, riß das letzte noch am Besanmast gesetzte Segel plötzlich in Stücke und verschwand, ganz und gar zu Fetzen geworden, im Sturm. Das Tauwerk fegte durch die Luft. Unwillkürlich zog Linden den Kopf ein, drückte sich an Cails hilfreiche Gestalt. Blankehans brüllte wie in Ekstase und schickte Riesen in die Wanten, damit sie das abgerissene Segel ersetzten.

Linden hob ihr Gesicht an die Seite von Cails Kopf. »Bring mich nach vorn!« schrie sie. »Ich habe eine Idee!« Er nickte und zog sie sofort mit sich zur Treppe an der dem Wind abgewandten statt der anderen Seite, um möglichst viel vom schrägen Deck zwischen sie beide und das Schäumen und Brodeln der See zu bringen. Als sie die Stiege erreichten, sah Linden mehrere Riesen – Pechnase und einige andere – übers Achterdeck hasten, begleitet von Ceer und Hergrom. Sie spannten Rettungsleinen. Als Cail und Linden am Fuß der Treppe ankamen, stapften Pechnase und Ceer ihnen mit erheblicher Mühe entgegen. Pechnase schüttelte sich Gischt aus den Augen und grinste Linden an. Er winkte hinauf zum Achterkastell. »Unser Blankehans fühlt sich in diesem Ringen mit Wind und

Wetter so richtig wohl, was?« Sein Ruf glich einem Lachen. Er erklomm die Stiege, um sich zu seiner Frau und dem Kapitän zu gesellen.

Lindens Kleidung war längst klatschnaß. Das Hemd klebte auf ihrer Haut. Jeder Schwall von Wasser, den die See nach ihr schleuderte, schien sie bis in die Knochen zu durchnässen. Linden hatte bereits zu schlottern angefangen. Aber sie fühlte sich irgendwie losgelöst, alles Persönlichen enthoben, als bewohne sie ihren Körper gar nicht länger in vollem Umfang; und sie beachtete ihn nicht.

Dann begann Regen aus den Wolken zu rauschen. Er erfüllte die Luft, als sei jeder einzelne Wellenkamm zu Schaum geworden, der emporschwoll, um Zähne in den Wind zu schlagen. Rings um die Sternfahrers Schatz schien der Ozean zu schrumpfen, die Horizonte zu verwischen. Linden konnte kaum noch bis zum Wohlspeishaus sehen. Sie schimpfte laut vor sich hin, aber das Geräusch des Regens ließ nicht einmal zu, daß sie die eigene Stimme hörte. Wie sollte Blankehans, wenn die Sicht dermaßen schlecht war, erkennen können, wann er beidrehen mußte, um dem Hurrikan auszuweichen, der heranzog? Linden schleppte sich zur nächsten Rettungsleine, schloß ihre Finger um sie, fing dann an, sich daran nach vorn zum Bug zu ziehen. Sie hatte eine Idee, die vernünftig oder verrückt sein mochte. Doch dieser Sturm fegte alle derartigen Unterschiede hinweg.

Das Achterdeck schien so ausgedehnt wie ein Schlachtfeld zu sein. Gischt und Regen schwappten Gießbäche von Wasser gegen Lindens Fußknöchel, spülten sie beinahe übers Deck. Bei jedem Stoß, der das Riesen-Schiff durchfuhr, zitterte Linden wie in Reaktion auf das Beben, das durch den Kiel der *Dromond* lief. Kälte machte die Rettungsleine rauh, sie scheuerte sich daran die Handflächen auf. Trotzdem zog sie sich weiter vorwärts. In allem anderen hatte sie bereits versagt. Die

Vorstellung, daß auch das schlichte Vorhaben, zum Bug zu gelangen, ihr mißlingen sollte, war ihr unerträglich. Ceer eilte voraus, um die Tür des Aufbaus zu öffnen. Indem Linden das böige Wirbeln des Winds ausnutzte, sprang sie über den Wellenbrecher, taumelte zu Boden. Die zwei *Haruchai* schlugen die Tür zu; sofort schien sich die Luft zu verdichten, als nähme im Innern des Speiseraums Druck zu und schwölle einer Explosion entgegen, verstärkt durch das Heulen und Brausen außerhalb. Für einen Moment der Panik meinte Linden, sie höre vom Schiff diese oder jene Teile abbrechen. Doch sobald sie wieder Luft bekam, begriff sie, daß sie das Ächzen des Großmasts hörte. Im Laternenschein konnte sie den Mast deutlich sehen, gekennzeichnet durch die Bildhauereien, die sie nie genauer betrachtet hatte. Vielleicht erzählten sie vom Bau der Sternfahrers Schatz oder die Geschichte ihrer Fahrten. Sie wußte es nicht. Während sie vorwärtsstolperte, ertönte das Knarren und Ächzen schärfer. Die Holme über ihr hatten zu dröhnen begonnen. Fast fiel Linden noch einmal hin, als Ceer die andere Tür aufmachte und das Heulen ihr entgegenfuhr wie ein Kondor. Aber Cail stützte sie, half ihr zurück in den Sturm. Unverzüglich brach der Regen auf sie herab wie mit Donnerschlägen. Linden grapschte nach einer um den Fockmast geschlungenen Rettungsleine. Die Leine unter einen Arm geklemmt, so daß sie sich daran aufrecht halten konnte, senkte sie den Kopf und ging gegen den Wind an. Ein Riese ragte vor ihr auf, folgte dem Verlauf der Leine nach hinten. Als sie sich begegneten, erkannte sie Derbhand. Er blieb stehen, um sie vorbeizulassen. »Welch ein Sturm!« brüllte er wie zum Zeichen der Kameradschaft. »Wäre ich unserer Karten weniger sicher, ich wollte wohl wähnen, wir wären unversehens in den Seelenbeißer abgeirrt!«

Linden hatte keine Zeit zum Antworten. Ihre Hände brannten von Kälte und Wundsein. Die Leine an ihrer Seite ruckte wie aus Abneigung. Linden wollte zu Findail. Er allein auf der Sternfahrers Schatz verfügte über die Macht, um die Katastrophe, die durch den nahen Hurrikan drohte, abwenden zu können. Am Fockmast verschnaufte Linden kurz, stellte sich so an den Mast, daß der Wind sie gegen ihn drückte. In dieser Haltung drang das gequälte Klingen des Mastbaums schrill auf sie ein. Die Vitalität des Granits war einer unbarmherzigen Kraftprobe ausgesetzt. Für einen Moment flößte die Wahrnehmung Linden Sorge ein. Doch als sie ihre Sinne in den Mast richtete, beruhigte sie sich. Wie Blankehans war auch die *Dromond* allen Schwierigkeiten gewachsen. Die Sternfahrers Schatz mochte hin- und hergeworfen werden und klagen, aber sie stand noch längst nicht davor, zu zerbrechen.

Aber das Zentrum des Hurrikans türmte sich vor ihr himmelhoch empor wie ein zum Leben erwachter Berg, ein fürchterlicher Koloß, der heranstampfte, um das Riesen-Schiff zu zermalmen und sein Schicksal zu besiegeln. Linden klammerte sich an eine Rettungsleine, die zum Bug führte, und setzte den beschwerlichen Weg fort. Während sie durch die Regenschleier spähte, die die Sicht behinderten wie Totenhemden, sah sie auf einmal Hohl. Der Dämondim-Abkömmling hatte in der Mitte zwischen Fockmast und Bug Aufstellung bezogen, nach vorn gedreht, wie um auf Findail aufzupassen. Und er befand sich in so starrer, aufrechter Körperhaltung, als wäre das Deck, das unablässig unter ihm schwankte, unbewegter und waagerechter Untergrund. Nicht einmal der Wind vermochte ihm etwas anzuhaben. Ebensogut hätte er im Stein verwurzelt sein können. Für eine Sekunde sah Linden auch Findail, doch gleich darauf geriet er außer Sicht, als das Riesen-Schiff ein Wellental kreuzte und mit dem Bug die nächste Woge rammte. Der Ruck ließ Lindens Beine einknicken. Mit knapper Not konnte sie sich an der Rettungsleine abfangen. Danach kam sie nur noch zwischen dem Anrollen der Wellen voran. Wenn die Sternfahrers Schatz den Bug in die Höhe reckte, tat sie ein paar hastige Schritte. Sobald der Bug in die folgende Woge prallte, als müsse die *Dromond* in die Tiefe gerissen werden, hielt sie sich fest, wo sie war, und hoffte, daß ihr Griff und die Leine sich als stark genug erwiesen. Aber indem sie sich so Stück um Stück vorwärtsbewegte, erreichte sie endlich die Reling. Von da an hatte sie nur noch eine kurze Strecke zurückzulegen. Doch die letzten Meter waren am furchtbarsten. Linden zitterte vor Kälte und Erschöpfung; und die wie trunkenen Bewegungen des Riesen-Schiffs warfen sie an der Reling hin und her, auf die Fluten zu und wieder zurück; bald war ihre Stimme heiser von unbewußten Flüchen. Bei jedem Absinken des Schiffs spürte sie die ganze Härte des Kampfs, den die *Dromond* zu bestehen hatte. Schon die Mühe, die es Linden kostete, bloß während jedes Überflutetwerdens des Vordecks die Luft anzuhalten, drohte ihr den Rest zu geben. Mehrmals rettete nur die Stütze von Cails Schulter sie.

Dann gelangte sie schließlich an Findails Seite. Zwischen zwei Brechern sah er sie an; und sein Anblick verschlug ihr die Sprache. Er war nicht naß. Der Wind zerzauste ihm nicht das Haar; der Regen durchnäßte ihn nicht. Er kam aus jedem Vorwärtsstürzen ins Wellengebirge mit trockener Kleidung und klaren Augen zum Vorschein, als habe er seinem Fleisch eine Beschaffenheit verliehen, die es außerhalb aller Gewalt von Wetter und Meer stellte. Doch seine Unantastbarkeit bestärkte Linden lediglich in ihrem Entschluß. Findail war ein Wesen aus reiner Erdkraft, dazu fähig, sich jeden Kontakt mit Wind und Gischt zu ersparen. Und was war denn ein Sturm, wenn nicht Erdkraft in anderer Form – zügellos und ungebärdig, aber nichtsdestotrotz in Übereinstimmung mit den Gesetzmäßigkeiten seiner Natur? Als der nächste Brecher auf das Deck brandete, duckte sich Linden. Das Wasser schoß ihr wuchtig ins Gesicht, verhing ihr das Gesicht mit feuchtem

Haar. Sobald die *Dromond* sich von neuem aus den Fluten hob, strich Linden die triefnassen Strähnen aus ihrem Blickfeld. Sie schrie auf Findail ein. »Unternimm was! Rette uns!«

Seine von Schmerz zerfurchte Miene blieb unverändert. Er unternahm keinerlei Anstrengung in bezug auf die Lautstärke seiner Stimme; dennoch hörte sie seine Worte so deutlich, als wäre das Unwetter mit einem Schlag zum Erliegen gekommen. »Wir *Elohim* mischen uns ins Leben der Erde nicht ein. Es gibt kein Leben ohne Gefüge. Wir achten das Wirken selbigen Gefüges, wie es auch auftreten mag.«

Gefüge, dachte Linden. *Gesetzmäßigkeiten. Sie sind, wer sie sind. Ihre Macht wird beeinträchtigt durch ihr ebenbürtige Grenzen.* Die Sternfahrers Schatz neigte sich abermals nach vorn. Linden klammerte sich um ihr Leben an die Reling. Chaos war Tod. Energie konnte nicht ohne Einengung existieren. Wenn die Macht des Sonnenübels, die gegen das Gesetz des Landes – seine Naturgesetze – verstieß, zu sehr anwuchs, zertrümmerte sie möglicherweise die Grundfesten der Erde. Während die Überflutung des Decks an Linden vorüberschwappte, versuchte sie es noch einmal. »Dann sag Blankehans, was er tun soll! Gibt ihm Hinweise!«

Der *Elohim* wirkte leicht überrascht. »Hinweise ...?« Aber dann zuckte er die Achseln. »Hätte er mich gefragt, seine Frage hätte mich erforscht. Wie wären meine sittlichen Grundsätze durch eine solche Frage wohl berührt worden? Nun jedoch liegt darin kein Sinn mehr.« Das Riesen-Schiff bäumte sich erneut auf; trotzdem konnte Linden durch den Tumult der Wasser und den schrillen Wind Findails Stimme mit aller Deutlichkeit hören. »Die Zeit für derlei Fragen ist vorüber.« Als der Bug der *Dromond* wieder aus den Fluten auftauchte, klärte Linden ihre Sicht und sah im gleichen Moment, was er meinte.

Aus dem Zentrum des Hurrikans wälzte sich eine Flutwelle von solcher Höhe heran, daß sie bis an die ersten Spieren des

Riesen-Schiffs hinaufreichte. Wind trieb sie auf das Schiff zu – ein so furchtbarer, ungeheuerlicher Wind, daß daneben alles andere zur Nebensächlichkeit herabsank, ein Wind, der jedes Emporwogen der See in Schaum verwandelte, die Kämme sämtlicher Wogen schor, so daß unter ihm der Ozean schwoll und floß wie ein dunkles Magmameer. Die Sternfahrers Schatz lag fast genau schräg vor dieser Wand aus Wasser. Linden starrte ihr entgegen, vor Furcht wie gelähmt. Im letzten Augenblick, bevor die Flutwelle über das Schiff hereinbrach, hörte sie noch schwach ein Brüllen Blankehans'. »Habt acht!« Dann verwehte das überlaute Brausen des Winds seinen Ruf, heulte wie die gemeinsame Pein und grimmige Erbitterung aller Verdammten.

Als die Wasserwand die *Dromond* traf, tat Linden einen Satz hinüber zu Findail – ob um sich seiner Hilfe zu versichern, oder um ihn mit in die Tiefe zu nehmen, das wußte sie selbst nicht. Der Ansturm der riesigen Woge machte alle Unterschiede bedeutungslos. Doch Lindens Hände schienen durch den *Elohim* hindurchzugleiten. Nur ein letzter klarer Blick in sein Gesicht blieb ihr gewährt. Seine gelblichen Augen spiegelten schweren Kummer wider. Dann hob sich, als werde die Erde aufgeworfen, die Steuerbordseite des Riesen-Schiffs empor, und Linden stürzte den Fluten entgegen. Sie rechnete damit, an die Reling zu fallen; deshalb fuchtelte sie mit den Armen, um nach Möglichkeit daran Halt zu finden. Aber sie flog kopfüber an der Reling vorbei und ins Wasser. Die Wucht der Flut war so heftig, daß Linden den Aufprall gar nicht spürte, nicht merkte, wie die Wasser über ihr zusammenschlugen. Da jedoch packte etwas hart ihr Handgelenk, zerrte sie zurück an die Oberfläche. Linden schwamm schon drei oder vier Meter vom Schiff entfernt. Die Backbordseite der *Dromond* war unter Wasser gesunken; das ganze Vordeck ragte über Linden auf. Es erhob sich fast senkrecht aus der See und wirkte, als müsse es im nächsten Moment auf Linden kippen, um sie zwischen Stein und Meer zu zerschmettern. Doch es kippte nicht. Irgendwie bewahrte die Sternfahrers Schatz trotz ihrer Seitenlage ein Gleichgewicht, die Decks backbords beinahe zur Hälfte im Wasser. Und Cail ließ Linden nicht los. Seine Rechte, den Arm in ganzer Länge gestreckt, umfaßte ihr Handgelenk. Ceer, ebenfalls nach unten gereckt, soweit es ging, hielt Cail an den Fußknöcheln. Der Festpunkt der beiden *Haruchai* war Hohl. Noch immer stand er auf Deck, als wäre er angewurzelt, den Körper in rechtem Winkel zum Stein, nahezu parallel zum Meeresspiegel. Allerdings hatte er seinen Standort abwärts verändert; er befand sich nun dicht am Wasser. Mit beiden ausgestreckten Armen umklammerte er Ceers Fußknöchel. Er unterzog sich jedoch nicht der Mühe, den Kopf zu heben, um zu schauen, ob die *Haruchai* Linden hatten retten können. Ceer bot alle Kraft gegen den wüsten Andrang des Wassers auf und zog Cail näher ans Deck; und Cail zog Linden mit. Gemeinsam verkürzten die zwei *Haruchai* die aus ihren Leibern gebildete Kette, bis Cail mit seiner freien Faust Hohls Handgelenk ergreifen konnte. Der Dämondim-Abkömmling unternahm nichts, um den beiden ihre Aufgabe zu erleichtern; doch als sowohl Cail und Ceer an ihm hingen, gab er Ceers Fußknöchel frei. Danach schleiften die *Haruchai* Linden hinter Hohls Rücken aufs Deck. Gegen seine unnachgiebigen Waden gestützt, gaben sie ihr Gelegenheit zum Atemschöpfen. Linden hatte zuviel Wasser geschluckt; der Salzgeschmack veranlaßte sie zum Würgen. Ein Hustenanfall krampfte ihr die Eingeweide zusammen. Aber als der Anfall vorbei war, stellte sie fest, daß sie leichter atmen konnte als vorm Hereinbrechen der riesenhaften Flutwelle. Die Sternfahrers Schatz trieb auf der Seite, ein Windschatten gegen den Sturm. Die Turbulenz seines Wehens und Sausens wühlte die See beiderseits des Schiffs auf, so daß man ringsum das Meer unverändert wie in Raserei sieden und schäumen sah; auf den Decks aber herrschte auf einmal unheimliche Ruhe.

Plötzlich befiel die Wahrnehmung der unheilvollen Situation des Riesen-Schiffs Linden wie eine Hand des Sturms, und ihr stockte der Atem. Auf jeder Ebene ihrer Sinne glühte die *Dromond* vor Überlastung. Sie emanierte Schmerz wie ein in den ausweglosen Hinterhalt des Unwetters geratenes, dem Verderben unentrinnbar verfallenes Tier. Vom Heck bis zum Bug, von den Mastspitzen bis zum Kiel schrillte der gesamte Stein von unsäglichen Strapazen, gemartert durch Verspannungen, die von den Erbauern nicht hatten vorausgesehen werden können. Die Sternfahrers Schatz war so weit auf die Seite gesunken, daß die Spitzen ihrer Rahen fast das Wasser berührten. Sie lag genau vorm Wind; und der unbändige Sturm fegte es mit schrecklicher Geschwindigkeit über den Ozean dahin. Hätten weitere Wogen die *Dromond* getroffen, wäre sie zweifellos unverzüglich untergegangen; doch zumindest in dieser Hinsicht hatte das Schiff Glück, denn der Sturmwind, der die Flutwelle herangeweht hatte, war so enorm stark, daß er die ganze Meeresoberfläche zu einem ausgedehnten, glatten, schaumigen Wasserspiegel niederdrückte. Trotzdem war das vollständige Kentern des Riesen-Schiffs wahrscheinlich nur eine Sache weniger Zentimeter. Hätte der gewaltige Kiel nicht zum großen Gewicht der Masten und Spieren ein Gegengewicht abgegeben, das Ende der *Dromond* wäre bereits gekommen. Auf gewisse Weise hatte die durch nichts gelinderte Kraft des Winds selbst das Schiff gerettet. Die noch vorhandenen Segel waren durch ihn buchstäblich in Streifen gerissen worden; dadurch war die Wucht, mit der er über das Schiff herfiel, abgeschwächt worden. Doch in dieser Situation war das weitere Überdauern des Riesen-Schiffs eine fragliche Sache, vergleichbar mit der Brüchigkeit alter Knochen. Jede Veränderung der Lage der *Dromond* im Wind, jedes Stärkerwerden des

Sturms oder Anschwellen der See konnte sie aus dem Gleichgewicht bringen. Und jedes Mehr an Wasser, das in den Rumpf der Sternfahrers Schatz lief, drohte sie sinken zu lassen. Inzwischen mußten Riesen an den Pumpen sein; aber Linden vermochte sich nicht vorzustellen, wie sie mit den Strömen von Wasser, die sich durch die Luken und Pforten, durch die geborstenen Türen des Speiseraums ins Schiffsinnere ergossen, Schritt halten sollten. Der Wind umheulte wütend den Rumpf, als wolle er sich, um zu Linden vorzudringen, durch den Stein fressen. Sein Geräusch, das ununterbrochene Jaulen und Pfeifen von Luft, die rings um den gemaserten Granit schoß, schrammte wie mit Sägezähnen durch die Fasern von Lindens Gemüt. Sie merkte nicht, daß sie mit den eigenen Zähnen knirschte, bis der dadurch verursachte Schmerz ihr einen Keil zwischen die Schädelknochen zu treiben schien. Einen gräßlichen Moment lang überwog die Gefahr, in der sich das Schiff befand, alles andere in ihr. Dann jedoch begann ihr Herz schlagartig zu hämmern, und Ansätze zur Panik duchwallten sie. »Covenant!« schrie sie, an Cail festgekrallt, durch die grausigen Hintergrundgeräusche des Sturms. Covenants Kabine war an der Backbordseite unterm Achterkastell. Sie mußte jetzt unter Wasser stehen. Er war nicht dazu imstande, sich dem Wasser zu entziehen, das durch zerbrochene Luken, aus den Angeln gerissene Türen und eingedrückte Pfortluken in den Schiffsrumpf strömte; er würde auf seinem Stuhl sitzenbleiben, hilflos und inwendig leer, und ertrinken.

»Brinn ist beizeiten gewarnt worden«, sagte jedoch Cail zu Linden. »Der Ur-Lord ist in Sicherheit.«

In Sicherheit! Guter Gott! »Bring mich zu ihm!« verlangte Linden, ganz auf diese eine Hoffnung gestützt. Ceer drehte sich um, rief etwas das Deck hinauf. Im nächsten Moment warf ein Riese in der Umgebung des Fockmasts ein Tauende herunter. Die beiden *Haruchai* fingen es auf, knüpften es um Lindens

Taille, suchten anschließend selbst daran Halt; dann zog der Riese alle drei über die steile Steinfläche nach oben. Hohl blieb, wo er war, als stelle es ihn regelrecht zufrieden, die See eine Armlänge von seinem Gesicht entfernt vorbeirauschen zu sehen. Zumindest vorerst hatte er seinen Willen getan. Die schwarze Unbeweglichkeit seines Rückens bekundete deutlich genug, daß ihn sonst nichts interessierte. Als der Riese Linden und die zwei *Haruchai* zu sich an den Fockmast befördert hatte, schloß er Linden in höchster Begeisterung in die Arme. Es handelte sich bei ihm um Nebelhorn, und die Furcht, die er um sie empfunden hatte, zitterte noch in seinen Sehnen nach. Über Lindens Schulter brüllte er den *Haruchai* Lob und Dank zu. Inmitten des Unwetters wirkte die Riesen-Umarmung auf Linden wie eine ungeahnte Zuflucht. Aber sie konnte keinerlei Verzögerung vertragen. Die *Dromond* stand am Rande ihres Untergangs. »Wo ist Covenant?« schrie Linden.

Vorsichtig ließ Nebelhorn sie los, dann deutete er nach achtern. »Der Meister versammelt die Mannschaft auf dem Achterdeck! Dort ist auch Riesenfreund Covenant. Ich muß an den Pumpen helfen!« Die *Haruchai* nickten, um zu zeigen, daß sie ihn verstanden hatten. Nebelhorn stemmte sich vom Mast ab und hangelte sich zu einer Luke, durch die er unter Deck verschwand. Linden in ihrer Mitte, begannen Ceer und Cail sich dem Wohlspeishaus zu nähern. Indem sie umsichtig dem heckwärtigen Verlauf der Rettungsleinen folgten, geleiteten sie Linden zum oberen Eingang. Im Innern des Aufbaus stellten sie fest, daß die Riesen auch dort Rettungsleinen gespannt hatten, dank deren es ihnen nun möglich war, diese Stätte der Zerstörung in Richtung des Achterdecks zu durchqueren. Vom Großmast baumelte noch in absonderlichem Winkel eine Laterne, und ihr schwacher Schein beleuchtete den Wirrwarr zerschlagener Tische und Bänke, der halb überspült im unteren Teil des Speiseraums lag. Linden empfand den Schaden wie einen direkt gegen das Herz der Riesen geführten Schlag; gegen ihre Vorliebe für gemeinschaftliche Zusammenkünfte. Aber die *Haruchai* versäumten keine Zeit damit, darüber zu klagen. Entschlossen geleiteten sie Linden aufs Achterdeck.

Der Großteil der übrigen Schiffsbesatzung hatte sich dort gesammelt, auf verschiedenerlei Weise oberhalb des Besanmasts an der Steuerbordreling Halt gesucht. Im deprimierenden Zwielicht erkannte Linden über zwanzig Riesen, unter ihnen Pechnase, die Erste, Seeträumer und Blankehans. Erleichtert rief Pechnase Linden einen Gruß zu; doch sie hörte kaum hin. Ihr Blick forschte ausschließlich nach Covenant. Einen Moment später sah sie den Zweifler, teilweise und wie zum Schutz hinter Seeträumers Gestalt verborgen. An Covenants Seiten befanden sich Brinn und Hergrom, die ihn stützten; er hing schlaff zwischen ihnen, als wären seine sämtlichen Knochen gebrochen. Ceer und Cail halfen Linden an einer Rettungsleine entlang hinauf zu einem Tau, das acht oder neun Meter unter der Steuerbordreling und parallel dazu über die ganze Länge des Achterdecks verlief, an der Reling befestigt, und das den Zweck hatte, ein Hin-und-her-Bewegen zu erlauben sowie jedem, der ins Rutschen geraten sollte, eine Möglichkeit zu bieten, sich zu fangen. In der Anordnung der Leinen ersah Linden die verantwortungsbewußte Sorge Blankehans' um seine Mannschaft, das Leben seines Schiffs. Geschäftig war er dabei, das Spannen weiterer Taue anzuleiten, so daß seinen Leuten zum Schluß ein ganzes Netzwerk von für Fortbewegung und Sicherheit hilfreichen Rettungsleinen zur Verfügung stehen würde.

Als Linden sich Covenant näherte, verlieh seine Gegenwart ihre eine Art künstlichen Schwungs. Sie ergriff den Arm, den Seeträumer ihr entgegenstreckte, schwang sich affenartig von ihm weiter zu Brinn und der Reling. Droben kauerte sie sich neben Covenant und machte sich sofort daran, ihn auf etwaige

Verletzungen oder Symptome fortgeschrittenen Verfalls zu untersuchen. Er war fast so naß wie sie, und unwillkürliches Zittern schüttelte ihn, als habe ihn ein Wechselfieber bis in Mark und Bein befallen. In jeder anderen Beziehung jedoch war er noch genau in dem Zustand, in den ihn die *Elohim* versetzt hatten. Seine Augen glotzten, als wäre ihnen die Fähigkeit abhanden gekommen, einen Brennpunkt zu finden; der Mund stand ihm offen; aus seinem Bart troff Wasser. Während sie ihn untersuchte, wiederholte er seine übliche Warnung, gegen den Wind im Hintergrund nahezu unhörbar. Aber die Äußerung besagte nicht einmal ihm selbst noch etwas. Geschwächt aus Erleichterung und stillem Schmerz, ließ sich Linden an seiner Seite zusammensinken. In der Nähe waren die Erste und Pechnase, warteten auf einen Kommentar Lindens zu Covenants Verfassung. Linden schüttelte den Kopf. Pechnase zuckte auf; die Erste dagegen blieb ruhig. Ihre Haltung erweckte den Anschein, als verursache die Abwesenheit jedes bekämpfbaren Gegners ihr Muskelkrämpfe. Sie war eine ausgebildete Kriegerin; aber das Überleben des Riesen-Schiffs hing von den Künsten der Seefahrer ab, nicht Schwertkünsten. Linden erwiderte den Blick der Ersten und nickte. Sie wußte, wie sich die Schwertkämpferin fühlte.

Während Linden über die *Dromond* ausschaute, sah sie zu ihrem Entsetzen, daß Windsbraut noch immer an Herzensfreude stand. Wie angewachsen zwischen den steinernen Speichen des Steuerrads und dem Deck verharrte die Lagerverwalterin mit der gleichmütigen Ausdauer einer Statue an ihrem Platz. Zuerst begriff Linden nicht, warum Windsbraut unter solchen Anstrengungen an einer so gefährlichen Stelle blieb oder weshalb der Kapitän so etwas zuließ. Aber dann gewannen ihre Überlegungen an Klarheit. Die *Dromond* brauchte das Steuerruder, um ihr heikles Gleichgewicht bewahren zu können. Außerdem war es Windsbraut, falls der Wind umschlug, vielleicht möglich, die Sternfahrers Schatz wieder senkrecht vor ihn zu legen. Das Riesen-Schiff würde bestimmt sinken, wenn irgendeine Veränderung seinen Bug in den Sturm drehte. Sollte der Wind jedoch von achtern zu wehen anfangen, bestand eine Chance zum Beidrehen. Mit dem Sturm hinter sich konnte die Sternfahrers Schatz sich womöglich aufrichten und wieder Fahrt aufnehmen. Linden verstand nicht, wie selbst die Sehnen einer Riesin eine derartige Belastung verkrafteten, wie Windsbraut sie ertrug. Aber die derbe Frau umklammerte das Steuerrad und erfüllte ihre Aufgabe, als läge darin die einzige aussichtsreiche Hoffnung.

Endlich war Blankehans mit dem Spannen der Rettungsleinen fertig. Indem er von Tau zu Tau kletterte, gesellte er sich zur Ersten und Pechnase, die sich nach wie vor in Lindens Nähe befanden. Unterwegs rief er den zusammengekauerten Gestalten seiner Besatzung Ermutigung und Scherze zu. Pechnase hatte ihn völlig richtig beschrieben: er war in seinem Element. Seine wie eichenen Schultern trugen am Unglück der *Dromond*, als wäre die Bürde ihm leicht. »Verzage nicht, Auserwählte!« tönte er, sobald er Lindens Umgebung erreichte. »Sternfahrers Schatz wird uns noch aus diesem Sturm erlösen!«

Linden konnte mit seiner Humorigkeit nicht mithalten. Sein Mut verstärkte noch das Bangen, das sie empfand. »Wie viele haben wir verloren?« Ihre Stimme brach fast, als sie die Frage stellte.

»Verloren?« drang Blankehans' Stimme durch die Blindwütigkeit des Hurrikans. »Niemand ist verloren! Dank deiner Warnung waren wir vorbereitet. Alle sind da! Die du nicht siehst, habe ich an die Pumpen geschickt.« Während er sprach, fiel Linden auf, daß über ihr aus der Seite des Schiffs Fontänen von Wasser schossen, in Dunst und Dunkelheit verschwanden, indem der Wind sie augenblicklich von den Rohren der Pumpen fegte. »Die backbords gelegenen Pumpen können wir nicht einsetzen. Jenen steuerbords aber führen wir das Wasser mit Schläuchen durch die Frachträume zu. Derbhand, der drunten die Aufsicht ausübt, weiß zu berichten, daß seine Männer dem Wassereinbruch gewachsen sind. Wir halten aus. Wir werden überleben, Auserwählte!«

Linden bemühte sich, seine Überzeugung zu teilen; aber sie schaffte es nicht. »Vielleicht sollten wir das Schiff aufgeben!«

Blankehans starrte sie an. Sie sah die Unsinnigkeit ihrer Äußerung ein, noch ehe er antwortete. »Wolltest du dich dieser See in einem Langboot aussetzen?«

»Was werden wir denn tun?« erkundigte sie sich ratlos.

»Nichts!« Sein Ausruf glich einer Herausforderung. »Solange der Sturm währt, sind wir allzu gefährdet. Doch sobald das Wetter wechselt, wie's nicht ausbleiben kann – dann wirst du sehen, daß wir Riesen Seefahrer sind ... und Sternfahrers Schatz ein Schiff ist, das jedes Herz mit Stolz erfüllt! Bis dahin bleibe guten Mutes! Stein und See, Auserwählte, ersiehst du nicht, daß wir noch leben?!«

Aber Linden hörte nicht länger zu. Sie hatte den Eindruck, das unwägbare Geheul und Gejaule des Sturms sei direkt gegen Covenant gerichtet. Er zitterte vor Kälte. Seine Hilfsbedürftigkeit war eine offensichtliche Tatsache; doch sie wußte nicht, wie sie etwas für ihn tun könnte. Ihre Hände waren nutzlos, so ausgekühlt, daß sie sich kaum noch zu Fäusten ballen ließen. Langsam sickerte Blut aus mehreren Abschürfungen an ihren Handflächen, bildete zwischen ihren Fingern dickliche Tropfen. Sie achtete nicht darauf.

Später reichte man große Krüge mit *Diamondraught* herum. Das Riesen-Getränk behob Lindens Schwäche ein wenig, so daß sie befähigt blieb, aus eigener Kraft Halt zu bewahren. Aber sie hob nicht einmal noch den Kopf. Sie konnte sich nicht vorstellen, weshalb Hohl sich an ihrer Rettung beteiligt hatte.

Die Gewalt des Sturms kam ihr vor wie ein Akt der Bosheit. Vermutlich hätte das Unwetter nachgelassen, wäre sie nicht durch den Dämondim-Abkömmling gerettet worden. Ihre Wahrnehmung bestand darauf, daß es sich bei dem Hurrikan um ein natürliches Ereignis handelte, nicht um eine Manifestation vorsätzlicher Bösartigkeit. Doch sie war durch die Heftigkeit des Sturms und die Kälte so stark mitgenommen, so zermürbt von Furcht, daß sie darin keinen Unterschied mehr sah. Sie alle waren dem Tod geweiht, und sie hatte noch immer keinen Weg gefunden, um Covenant seinen Verstand zurückzugeben.

Noch später vertrieb Nacht den letzten Rest von Helligkeit. Der Sturm schwächte nicht ab; er schien die Sterne weggeweht zu haben. Nichts außer dem schwachen Schein einiger Laternen – eine bei Windsbraut aufgehängt, die anderen am oberen Rand des Achterdecks verteilt – milderte die Schwärze der Nacht ein wenig. Der Wind wütete weiter mit einem Pfeifen, das schrill klang wie von einer Sichel, über die See dahin. Aus dem Stein drangen das Stöhnen der Masten, die sich gegen ihre Vertäuung stemmten, und das ständige Stampfgeräusch der Pumpen. Die Besatzungsmitglieder wechselten sich drunten schichtweise ab, doch selbst mit stärkstem Einsatz vermochten sie gerade soviel Wasser abzupumpen, wie zufloß. So blieben die Pumpen wirkungslos gegen das große, salzige Gewicht der eingeströmten Wassermassen, die die Sternfahrers Schatz in Schräglage hielten. Nochmals wanderte *Diamondraught* reihum. Schon den Tag hatte Linden als unendlich empfunden. Sie wußte nicht, wie sie die Nacht durchstehen sollte, ohne verrückt zu werden.

Mit der Zeit versanken die Gefährten in eine gleichartige Insichgekehrtheit wie Linden. Beklommenheit breitete sich über sie wie die Nacht, drang in sie wie die Kälte. Wenn der Wind jetzt umschlug, mußte es ohne die geringste Warnung für Windsbraut geschehen. Im entfernten Licht der Laterne wirkte sie reglos, wie versteinert, als sei sie nicht länger zu Reaktionen imstande, von denen das Überdauern der *Dromond* abhängen mochte. Aber Blankehans schickte niemanden zu ihrer Ablösung; jede noch so flüchtige Unsicherheit, während Herzensfreude von Windsbrauts Fäusten in andere Hände überging, konnte das Schiff vollends kentern lassen. Den Riesen, die nicht an den Pumpen arbeiteten, blieb nichts anderes übrig, als sich festzuhalten und vor sich hin zu bibbern. Schließlich gelang es nicht einmal noch den Scherzen und dem Zureden des Kapitäns, ihnen neuen Mut einzuflößen oder ihre Hoffnung zu erneuern. Sie hockten an der Reling, während die schwärzliche See sich fast senkrecht unter ihnen vorüberwühlte, und warteten wie Männer und Frauen, die man zum Tode verurteilt hatte. Doch Blankehans ließ sie nicht im Stich. »Ho, Pechnase!« brüllte er, als sein Geulke und Witzereißen keinen Erfolg mehr zeigte. »Der Schwermut dieser Riesen ist mir ein Greuel! In kommenden Zeiten werden sie, da man von ihnen eine solche Geschichte erzählt, beschämt die Häupter senken! Sing uns ein Lied, das unsere Herzen erhebt, auf daß wir uns drauf besinnen mögen, wer wir sind!«

»Wohlan, Pechnase«, hörte Linden irgendwo nahbei die Erste sarkastisch murmeln, »sing ihnen ein Lied! Wenn solche, die heil sind, zu verzagen drohen, müssen jene, die lahm sind, ihnen Kraft spenden.«

Anscheinend jedoch hörte Pechnase sie nicht. »Meister!« erwiderte er Blankehans mit wie besessenem Lachen. »Schon seit einer ganzen Weile denke ich über ein solches Lied nach. Es kann nicht zum Schweigen gezwungen werden, dieweil's in meinem Herzen schwillt, zu groß sogar für eines Riesen Brust wird! Schaut!« Unstet taumelte er hoch und ließ sich übers Deck rutschen; als er gegen die erste Rettungsleine fiel, vibrierte sie unterm Anprall seines Gewichts vernehmlich, hielt jedoch. Halb an die Leine gelehnt, wandte Pechnase sich aufwärts. »Es wird mir eine Freude sein, euch eine Weise zu singen!« Von den Laternen geworfene Schatten verzerrten sein mißgestaltetes Gesicht zu einer Grimasse. Sein Grinsen jedoch war unübersehbar; und als er weitersprach, minderte sich das Gekünstelte seines Optimismus. »Ich werde jenes Lied singen, das Bahgoon sang, nachdem seine Braut, das von vielen Geschichten umrankte, einstige Vielliebchen Thelma Zweifaust, die alte Vettel, ihn gezähmt hatte!« Kraft der ihm eigenen Heiterkeit entlockte er den bedrückten Riesen da und dort schwächliche Jubelrufe und ein paar schlagfertige Entgegnungen. Indem er eine Pose übertriebener Melancholie einnahm, fing er an zu singen. Strenggenommen war das, was er vortrug, gar kein Gesang; einer Singstimme konnte er kein Gehör verschaffen. Er bot die Verse in hohem, rhythmischem Geschrei dar, das unter den gegenwärtigen Umständen auf seine Zuhörer einen einigermaßen gesangsähnlichen Eindruck machte.

»Meine Geliebte, die hat Äuglein ganz ohne Glanz,
Ihre Reize sind ein wenig seltsam,
An Makeln gibt's zu zählen sattsam,
Und schief steht in ihrem Schmollmund der Zähne Kranz.

Rauher als meine sind ihre Glieder,
Was ich nicht geben mag, nimmt sie mit Erfrechen,
Ihr Haar kämmt' man besser mit Harke und Rechen.
Ihre Küsse schmecken, als küßt' dich ein Seifensieder.

Gar übel wird mir von ihrem Geruch.
Geistlos ihre Rede, noch ist sie gescheit.
Wär's wohlgeschnitten, stünd' ihr das Kleid.
Gedenkt meiner mit Dauern: Ich liebe sie doch!«

Das Lied war offenbar länger; Lindens Aufmerksamkeit schweifte jedoch bereits nach wenigen Augenblicken ab. Sie merkte, daß die Erste gedämpft mit sich selbst sprach, sich eindeutig darüber im unklaren, daß jemand sie hören konnte. »Das ist's, wofür ich dich liebe, Pechnase«, sagte sie leise in den Wind und die Nacht. »Fürwahr, das ist ein Geschenk, welches die Herzen erhebt. Mit Scham erfüllt's mich, mein Gemahl, daß ich den schönen Zügen, die du hast, nicht gleich bin.«

Auf eine positive Weise, so hatte es den Anschein, bereitete der verkrüppelte Riese der gesamten Mannschaft ein Schamgefühl. Um hinter seinem Beispiel nicht zurückzustehen, rissen die Matrosen sich aus ihrer trostlosen Stimmung, achteten einer wieder auf den anderen, als wären sie dem Leben wiedergegeben worden. Einige lachten; andere strafften ihre Rücken, festigten ihren Griff an der Reling, als könnten sie dadurch das Lied besser hören. Unwillkürlich raffte sich mit ihnen auch Linden auf. Die wieder lebhafteren Emanationen der Riesen drängten sie dazu, einen Teil ihrer Abgeschlafftheit abzuschütteln.

Im gleichen Moment begannen ihre Sinne gewissermaßen auf sie einzuschreien. Jenseits der Besserung in der Gemütsverfassung der Riesen hatte sie ein Gefühl der Gefahr. Etwas näherte sich dem Riesen-Schiff – etwas, das verhängnisvoll bedrohlich war und voller Bosheit stak. Es stand in keinem Zusammenhang mit dem Sturm; dem Unwetter haftete keine Schlechtigkeit an. Dem jedoch, das sich nahte, sehr wohl. »Auserwählte?« fragte Cail.

»Rühr mich nicht an!« sagte Covenant laut und deutlich.

Linden versuchte aufzustehen. Nur Cails rasches Eingreifen verhinderte, daß sie hinunter und gegen Pechnase torkelte. »Mein Gott!« Sie hörte sich selbst kaum. Dunkelheit und Sturmwind machten sie fast taub. »Er will uns *hier* angreifen!«

Die Erste fuhr zu ihr herum. »Uns angreifen?«

»Der Wütrich!« schrie Linden. Und noch im selben Augenblick begann der Angriff.

Dutzende langer, dunkler Leiber brodelten unterhalb des Besanmasts aus dem Wasser. Sie schlängelten sich in den Widerschein der Laternen, machten sich daran, sich den steilen Stein heraufzuwinden. Während sie sich nach oben wanden, fingen sie an zu leuchten. Die Luft schien sie in feurigem Rot zu entzünden. Während sie in karminroter innerer Glut glommen, als wären sie Feuer-Seeschlangen, versuchten sie das Deck zu stürmen, schwärmten auf Covenant und Linden zu.

Aale! Gewaltige Mengen von Aalen. Sie brannten nicht, standen nicht etwa in Flammen. Vielmehr strahlten ihre schlangenartigen Leiber so etwas wie rotglühende Bösartigkeit aus. Sie schimmerten wie von Gleißen erhelltes Blut, während sie, angetrieben durch die lüsterne Wüstheit des Wütrichs, das Deck erklommen. Sie waren so lang und dick wie Lindens Arm. Ihre gebleckten Zähne blitzten in der schneidenden Schärfe von Rasierklingen. Die Erste schrie eine Warnung, die der Wind ohne Echo verwehte. Die vordersten Aale erreichten die Höhe des Masts; aber Linden vermochte sich nicht zu rühren. Die bloße Gewaltsamkeit der Gegenwart des Wütrichs bannte sie. Erinnerungen an Gibbon und Marid wühlten in ihrem Innern; und schwarze Begierde antwortete darauf, wallte in ihr empor wie wildes Vergnügen. Macht! Jener Teil ihrer selbst, der nach Besessenheit und Wütrichen lechzte, sich nach der überlegenen Macht des Todes sehnte, bedrängte heftig ihr bewußtes Ich, ihren Widerwillen, ihre vorsätzliche, wankelmütige Ablehnung des Bösen; und dieser Gegensatz schlug sie mit Handlungs-, mit Bewegungsunfähigkeit. Genauso war es im Wald hinter der Haven Farm gewesen, als Lord Foul sie aus dem Feuer angeblickt hatte und sie Covenant allein ins Unheil laufen ließ. Doch eben seine Bedrohung war es dann gewesen, die sie aus der Lähmung ihrer Furcht geschreckt hatte, so daß sie ihm zu Hilfe eilte. Und nun hatten die Aale es auf ihn abgesehen, während er sich zu verteidigen vollkommen außerstande war, und in Lindens Betroffenheit angesichts dieser Gefahr trat ihr Gemüt sozusagen die Flucht nach vorn an, floh aus der Panik in ihre altbewährte professionelle Distanziertheit.

Warum hatte Foul beschlossen, ausgerechnet jetzt anzugreifen, nachdem schon die *Elohim* Covenant soviel Schaden zugefügt hatten? War es tatsächlich so gewesen, daß die *Elohim* aus eigenen Motiven gehandelt hatten, ohne Kenntnis Fouls oder ohne Anstiftung seitens des Verächters? Hatte sie die *Elohim* zu Unrecht verurteilt? Wenn Lord Foul nicht über Covenants Zustand Bescheid wußte …

Hergrom, Ceer und die Erste befanden sich bereits deckabwärts unterwegs, um sich der Attacke entgegenzuwerfen. Pechnase jedoch war den Aalen näher als jeder andere. Flink bückte er sich unter die Rettungsleine und rutschte zum nächsttieferen Tau. Dort hielt er sich fest, beugte sich vor und grapschte sich einen Aal, um ihn zu zerschmettern. Doch als seine Hand den Aal packte, durchschoß eine Entladung roter Energie Pechnase. Das Aufblitzen hob seine Gestalt in karmesinroter Deutlichkeit gegen die dunkle See ab. Einen erstickten Schrei in der Brust, stürzte er das Deck hinab, prallte wuchtig gegen den Mastbaum, blieb dort mit ausgebreiteten Gliedmaßen reglos hängen; gerade noch atmen konnte man ihn sehen. Aale krochen über seine Beine. Aber weil er sich nicht rührte, kam es zu keinen weiteren Entladungen.

Hergrom schlitterte ein langes Stück weit zu dem gefällten Riesen hinab. Sofort trat er drei Aale von Pechnases Beinen. Die Geschöpfe fielen unter wilden Windungen zurück ins Meer; doch ihre Energie detonierte an Hergroms Fuß, versetzte den *Haruchai* in Zuckungen. Nur die Flüchtigkeit des Kontakts rettete ihm das Leben. Er bewahrte noch genug Kontrolle über seine Muskeln, um eine Faust ins Rückenteil von Pechnases Wams krallen und die andere Hand um eine Klampe des Masts klammern zu können. Obwohl sein Körper zuckte und ruckte, als sei er ein Spastiker, gelang es ihm, zu verhindern, daß er und Pechnase weiter hinabrutschten. Jede Konvulsion jedoch drohte ihn oder den Riesen in erneute Berührung mit den Aalen zu bringen.

Da erreichte die Erste die Höhe der Angriffswelle. Beide Beine aufs Deck gestemmt, vorm Bauch eine Rettungsleine, hob sie mit beiden Fäusten ihren Pallasch. Ihr Rücken und die Schultern verkrampften sich in Vorbereitung auf den Schwertstreich wie ein stummer Schrei des Zorns, der Furcht um Pechnase. Das Wagnis der Ersten scheuchte Linden aus ihrer Distanziertheit. *»Nicht!«* heulte sie verzweifelt auf. Aber es war zu spät. Die Klinge der Ersten sauste auf die ihren Füßen am nächsten befindlichen Aale nieder. Energie schoß am Eisen entlang, sprang aus ihren Händen auf ihre Brust über. Glut umgab die Erste mit einer Korona. Aus ihrem Haar entlud sich rote Elektrizität. Das Schwert entfiel ihren Fäusten. Während es einen Schauer von Funken versprühte, klatschte es mit scharfem Zischen ins Wasser und verschwand. Die Erste tat nichts, um es zu halten. Ihr geschockter Körper kippte über die Rettungsleine. Unter ihr siedete das Wasser von Bosheit, während immer mehr Aale sich aufs Deck wanden und in der Luft aufleuchteten. Ceer vermochte die Erste mit knapper Not abzufangen. Er hatte die Folgen ihres Vorgehens mit einer Klarheit vorausgesehen, die an Hellsichtigkeit grenzte, und nur einen Augenblick gebraucht, um sich ein Seil um die Taille zu knüpfen. Als die Erste zusammenbrach, warf er das Seil einem Matrosen in seiner Nähe zu und sprang nach der Riesin. Er bekam sie an der Schulter zu fassen. Oben zog der Riese am Seil, bremste den Fall Ceers und der Ersten unmittelbar über dem Wasserspiegel. »Nicht bewegen!« schrie Linden. »Sie kann nicht noch mehr davon verkraften!« Die Erste regte sich nicht. Ceer verharrte völlig still. Die Aale krochen über die beiden hinweg als wären sie ein Teil des Decks. Mit einer wilden Anstrengung errang Hergrom die Gewalt über seinen Körper zurück. Eine Sekunde, bevor weitere Aale über ihn und Pechnase hinwegglitten, schaffte er es, seine Gliedmaßen zu beruhigen und den Riesen in eine unbewegte Lage zu bringen.

Linden konnte kaum noch denken. Ihre Freunde waren in Gefahr. Erinnerungen an Schwelgenstein und Gibbon marterten sie. Die Gegenwart des Wütrichs drangsalierte ihre Sinne, erfüllte jeden Zentimeter ihres Fleischs mit Entsetzen. In Schwelgenstein hatte der Konflikt ihrer Reaktionen auf diese durch und durch abgrundtief schlechte Macht sie in eine Katatonie des Schreckens getrieben. Nun jedoch ließ sie sich einfach von all der Wahrnehmung des Bösen durchströmen und konzentrierte sich auf die Tiere selbst. Sie mußte eine Möglichkeit entdecken, wie man sie bekämpfen konnte.

Seeträumers Reflexe waren schneller. Er entriß Covenant dem Griff Brinns, sprang hinunter zur ersten Rettungsleine und begann sich daran zum Wohlspeishaus zu ziehen. Brinn folgte ihm, als gelte es, den Ur-Lord vor einem Riesen zu schützen, der den Verstand verloren hatte. Gleich darauf aber war Seeträumers Absicht verständlich. Während der Riese Covenant in die Richtung zum Wohlspeishaus beförderte, wandten sich die Aale ebenfalls dorthin, wanden sich überstürzt schräg zur Seite, um ihr Opfer einzuholen. Ihre gesamte Angriffswelle änderte die Stoßrichtung. Sie ließen Ceer und die Erste unbeachtet. Einen Moment später waren auch Pechnase und Hergrom außer Gefahr. Sofort zerrte der Riese, der Ceers Seil festhielt, den *Haruchai* und die Erste nach oben. Blankehans ließ sich unter den Rettungsleinen hindurch zum Mast rutschen, nahm Pechnase aus Hergroms beeinträchtigter Faust in seine Obhut.

Doch die Aale wimmelten unablässig übers Deck, versuchten zielstrebig, vorwärtsgepeitscht vom Wütrich, sich auf Covenant zu stürzen. Bald war Seeträumer dem Verlauf der Rettungsleine bis zu der Stelle gefolgt, wo es – nah an der Ecke des Speiseraums – an der Reling befestigt war; dort zögerte er, schaute sich nach den Aalen um. Aber er hatte keine Wahl. Er hatte sich für diese Rettungsleine entschieden und stak nun zwischen der Reling und dem Aufbau in der Klemme. Nur noch wenige Augenblicke konnte es dauern, bis die ersten Tiere ihn erreichten.

Als Brinn zu ihm gelangte, packte Seeträumer den *Haruchai* am Arm, hob ihn von den Füßen und mit nachdrücklichem Schwung auf das abschüssige Dach. Brinn kam gerade noch im Windschatten des Schiffsrumpfs auf, unmittelbar unter dem Tosen des Sturmwinds. Fast im gleichen Bewegungsablauf setzte Seeträumer einen Fuß auf die Reling und sprang Brinn hinterdrein. Für einen Moment erfaßte ihn der Wind, drohte ihn in hohem Bogen in die See zu schleudern. Aber dank seines Körpergewichts und der Kraft, die er in seinen Satz gelegt hatte, blieb er auf dem Dach. Er geriet hinter der Dachkante aus Lindens Blickfeld. Dann gelangte er wieder in Sicht, als er sich am Großmast aufrichtete. Er trug Covenant auf den Schultern.

Trotz des erschreckenden Risikos, das er einging, verspürte Linden eine gewisse Ermutigung. Vielleicht bildete die Wand des Aufbaus für die Aale ein unüberwindbares Hindernis. Doch die Geschöpfe hatten sich nicht von der steilen Schräge des Decks abschrecken lassen; und nun begannen sie sich auch an der Seite des Speiseraums hochzuwinden, hefteten sich dabei mit ihren Bäuchen an den glatten Stein. Indem ihr Glühen sich aufwärtsbewegte, schimmerte es zusehends mehr zwischen

Linden und der Dunkelheit im Umkreis des Masts, entzog Seeträumer und Covenant erneut ihrer Sicht.

Auf Blankehans' Befehl begannen mehrere Riesen gegen die Aale einzuschreiten. Sie bekämpften sie, indem sie Stücke von Trossen wie Geißeln verwendeten – und hatten einen gewissen Erfolg. Die energetischen Entladungen der Aale verpufften, wenn sie die Trossen verbrannten, ohne auf die Fäuste der Riesen überzuspringen. Die kraftvollen Hiebe der Matrosen töteten viele Aale. Aber die Tiere waren zu zahlreich, und der ständige Bedarf an neuen Trossen verlangsamte ihre Bekämpfung durch die Riesen. Es gelang ihnen nicht, zum Wohlspeishaus vorzudringen oder zu verhindern, daß Aale zuhauf dessen Wand erklommen. Und ununterbrochen schoben sich aus dem Meer weitere Aale aufs Deck. Binnen kurzem mußte Seeträumer endgültig in der Falle sitzen. Schon schlängelten sich Aale übers Dach.

Ihr Instinkt und der Ernst der Situation drängten Linden zum Handeln. In einem plötzlichen Erinnerungsbild sah sie Covenant, eine kühne, attraktive Erscheinung, mitten in dem *Caamora* stehen, das er den Toten Herzeleids bereitet hatte, durch wilde Magie vor dem Feuer geschützt. Feuer gegen Feuer. Auf Cail gestützt, bemächtigte sich Linden der Laterne, die über ihrem Kopf an der Reling baumelte. Trotz ihrer durch die Kälte bedingten Schwäche und der mangelhaften Balance vollführte sie eine Drehung und schleuderte die Laterne hinüber zum Wohlspeishaus. Sie verfehlte die von rotem Glosen erhellte Wand knapp; aber als sie auf das Deck schlug, zerbrach sie, und Öl ergoß sich rundum über die Aale. Augenblicklich gingen sie in Flammen auf. Ihre eigene Energie verwandelte sich in Feuer, das sie verzehrte. In konvulsivischen Todeszuckungen rutschten sie zurück ins Wasser und verzischten ihr Leben in den dunklen Fluten. Linden wollte etwas rufen; aber Blankehans war schneller. »Öl!« brüllte er. »Holt mehr Öl!«

Unverzüglich hasteten Ceer und zwei Riesen zu einer nahen Luke. Andere Mitglieder der Besatzung griffen nach den übrigen Laternen. Blankehans hielt sie zurück. »Wir werden noch Licht brauchen!«

Seeträumer, Covenant und Brinn waren nun im weiter vorgerückten Leuchten der Aale sichtbar. Seeträumer stand am Mast, Covenant auf den Schultern. Als die ersten aufs Dach geklommenen Aale auf ihn zueilten, wich er auf den Mast aus. Der Mastbaum war schwierig zu begehen – rund, verstärkt mit um ihn gewickelten Tauen, mit Klampfen besetzt. Dennoch erstieg er den geschrägten Mast Schritt um Schritt, den Blick auf die Aale gerichtet. Seine Augen beantworteten ihre Glut mit wahnwitziger Entschlossenheit. In ihrem greulichen Lichtschein wirkte er gewichtig und unheilvoll, als wäre er schwer genug, um die Sternfahrers Schatz vollends ins Kippen zu bringen. Zwischen ihm und den Angreifern stand Brinn. Der *Haruchai* folgte Seeträumer, der Gefahr zugekehrt wie der letzte Hüter über Covenants Leben. Aus der Entfernung konnte Linden sein Gesicht nicht erkennen; doch er mußte darüber Klarheit besitzen, daß der erste Schlag, den er gegen die Aale führte, auch sein letzter sein würde. Dennoch blieb er unerschrocken.

Ceer und die beiden Riesen waren noch nicht aus den Unterdecks zurück. Linden maß die Zeit an ihren abgehackten Atemzügen und glaubte, daß es bereits zu spät sei; zu viele Aale waren schon auf das Dach vorgedrungen. Und immer noch krochen mehr aus der See, als wäre ihre Zahl so unendlich wie die Bosheit, die sie vorwärtstrieb.

Unvermittelt geriet Seeträumer in die Turbulenz oberhalb des Windschattens, den der Schiffsrumpf abgab. Er taumelte, der Wind stieß ihn von den Füßen und beinahe auch vom Mast. Aber er ließ sich fallen und schlang die Beine um den Mastbaum, so daß seine starken Schenkel ihm dem Sturm zum Trotz

Halt verschafften. Die Narbe unter seinen Augen warf Helligkeit zurück, als habe sein Gesicht zu glosen begonnen. Covenant hing schlaff und teilnahmslos über seinen Schultern. Mittlerweile hatten Aale die Hälfte des Abstands überwunden, der sie auf dem Mast noch von Seeträumer trennte. Zwischen ihm und dem Tod stand nur ein einziger, unbewaffneter *Haruchai.*

Der Kapitän, aus Eindringlichkeit fast in Raserei verfallen, brüllte seinem Bruder etwas zu. Seeträumer hörte und verstand ihn. Er nahm den Zweifler von den Schultern und bettete ihn sich auf den Schoß. Dann begann er die in seiner Reichweite befindlichen Wanten zu lösen. Wenn er an diese oder jene Knoten nicht gelangte oder sie nicht schnell genug aufknüpfen konnte, zerriß er die Taue, als wären sie bloß Nähgarn. Und so rasch er das Tauwerk zu zerlegen oder zu zerreißen vermochte, gab er die Stücke an Brinn weiter. Damit bewehrt, stellte sich der *Haruchai* den Aalen entgegen. In einer Haltung, die eine unglaubliche Mischung aus Vorsicht und Kühnheit verkörperte, drosch er auf die Tiere ein, fegte sie mit seinen behelfsmäßigen Peitschen vom Mast. Manche Stücke waren zu kurz, um ihm die Hitze der Entladungen gänzlich zu ersparen; irgendwie aber blieb er unbeschadet und focht weiter. Sobald sein Vorrat an Taulängen erschöpft war, balancierte er hinauf zu Seeträumer, um die Stücke an sich zu raffen, die der Riese unterdessen für ihn vorbereitet hatte. Von Lindens Standort aus wirkten Covenants Verteidiger ebenso heroisch wie dem Untergang geweiht. Die begrenzte Breite des Mastbaums beschränkte die Menge der Aale, die sich gleichzeitig näher winden konnte. Andererseits jedoch fand Brinns Nachschub an Taulängen seine Beschränkung im Umfang des Tauwerks, das für Seeträumer erreichbar war; letzteres aber verringerte sich zusehends. Und es war unmöglich, den beiden irgendwie zu Hilfe zu kommen.

Nahezu außer sich, nahm Linden alle Kräfte zusammen, um Blankehans zuzuschreien, er solle Seeträumer mehr Taue zuwerfen lassen. Aber in diesem Moment kehrte Ceer aus den Laderäumen zurück. Er stürmte aus einer Tür am Achterkastell, eine Art von Sack, einem Weinschlauch ähnlich, unter den Arm geklemmt, und sprang zur nächstgelegenen Rettungsleine. Er bewegte sich mit aller für die *Haruchai* typischen Behendigkeit. Hinter ihm kamen die zwei Riesen. Sie folgten langsamer, weil jeder von ihnen zwei Ledersäcke trug, aber auch sie beeilten sich, so sehr sie es unter diesen Bedingungen konnten. Blankehans scheuchte Matrosen aus Ceers Weg. Während er am Besanmast vorbeihastete, entstöpselte Ceer das lederne Behältnis. Er preßte es unter seinem Arm zusammen und verspritzte daraus einen dunklen Strahl von Öl auf den geneigten Stein. Öl floß übers Deck, bildete einen fettigen Film, während es sich nach unten ausbreitete. Als das Öl die Aale erreichte, verwandelte sich das Deck in ein Flammenmeer.

Feuer loderte empor, griff so zügig um sich, daß es dem Strahl aus Ceers Ölschlauch wie in heller Gier entgegenleckte. Es entzündete die Aale, warf sie über- und durcheinander, vervielfachte ihr Aufflammen. Innerhalb weniger Augenblicke lohte unterhalb Ceers das ganze Deck. Die eigene Glut verschlang die Kreaturen des Wütrichs.

Aber Hunderte von ihnen hatten bereits Wand und Dach des Aufbaus erklommen; und nun war der Besatzung der Zugang zum Wohlspeishaus vollends verwehrt. Das Feuer allein hätte die Riesen nicht aufhalten können. Durch das Öl war das Deck jetzt allerdings viel zu schlüpfrig, um sich noch überqueren zu lassen. Bis es verbrannt war, gab es außer an der von Ceer benutzten Rettungsleine entlang keinen Weg, auf dem man zu Seeträumer und Brinn vorzustoßen versuchen konnte. Den beiden standen nur noch Augenblicke zur Verfügung. In Seeträumers Reichweite befanden sich keine Taue mehr. Er unternahm den Versuch, zur ersten Rah zu rutschen, wo es vielfältiges Tauwerk gab; dadurch gelangte er allerdings weiter ins Wüten des Sturms hinaus. Noch ehe er die halbe Strecke überwunden hatte, erwies sich das Wehen als zu stark für ihn. Er mußte sich über Covenant docken und mit Armen und Beinen an den Mast klammern, damit der Sturm sie nicht beide mit sich in die Nacht riß.

Ceers Ölschlauch war leer, bevor er damit zum Wohlspeishaus vorzudringen vermochte. Er war zum Einhalten gezwungen. Der Aufbau schien unerreichbar zu sein. Blankehans brüllte Anweisungen. Sofort blieb die Riesin stehen, die Ceer folgte, verschaffte sich sicheren Stand und warf ihre Ölschläuche nach vorn, erst den einen, danach den anderen. Der erste Schlauch flog dem Kapitän zu, der sich direkt hinter Ceer gestellt hatte; der zweite trudelte über die beiden hinweg, prallte an die Dachkante und platzte. Öl lief an der Wand hinab. Flammen fraßen die Aale. Das Feuer brannte die übriggebliebenen Angreifer vom Achterdeck. Blankehans schrie Ceer etwas zu. Ceer duckte sich hinter dem Riesen, sprang ihm auf den Rücken und kletterte an ihm empor wie an einem Baum, während Blankehans den restlichen Abstand zum Wohlspeishaus zurücklegte. Ceer wechselte von den Schultern des Kapitäns aufs Dach über, drehte sich um und fing den Ölschlauch auf, den Blankehans ihm hinaufwarf. Erneut schossen Flammen in die Höhe, als Ceer auch die Aale auf dem Dach mit Öl begoß. Blankehans vollführte einen Hochsprung und packte die Dachkante. Trotz des Öls bewahrte er Halt, als könne es für ihn kein Mißlingen geben, schwang sich auf das Dach. Riesen warfen ihm die letzten zwei Ölschläuche zu. Einen Schlauch in jeder Hand, unterlief er den Wind und schloß sich Ceer an.

Linden konnte nicht sehen, was geschah. Das Wohlspeishaus versperrte ihr die Sicht auf den unteren Teil des Großmasts. Aber das Leuchten, das über Brinns ausdruckslose

Miene flackerte, während er auf dem Mastbaum zurückwich, stammte von der karminroten Glut der Aale, nicht vom orangeroten und gelben Lodern von Flammen. Im nächsten Moment brachte sein Rückzug ihn in den Bereich des Sturms. Er wankte. Mit aller Kraft versuchte er, im Gleichgewicht zu bleiben, dem Wind zu widerstehen; doch der Hurrikan hatte ihn erfaßt, und die Art und Weise, wie er über den Rand des Windschattens fegte, den der Schiffsrumpf bildete, verstärkte sein Toben. Brinn konnte nicht vermeiden, daß er fiel. Er trat nach Aalen, als er zu Fall kam, und er schaffte es noch, dafür zu sorgen, daß er rückwärts in Seeträumers Richtung stürzte. Sein Tritt schleuderte einen Aal vom Mast. Die Entladung zeichnete Brinns Umrisse gegen die Nacht ab wie in einem Blitzschlag der Pein. Dann segelte ein Ölschlauch durch die Luft auf Seeträumer zu, geworfen von Ceer oder Blankehans. In den Wind gestemmt, hob Seeträumer die Arme, fing den Ölschlauch. Er schob ihn sich unter den Ellbogen und spritzte einen Ölstrahl den Mastbaum hinab. Die Glut der Aale verwandelte sich in Feuer. Flammen umlohten den Mast, fielen in Strömen entzündeten Öls und einem Hagel brennender Tiere ins Meer. Linden vernahm einen lautlosen Schrei. Der Wütrich heulte vor Wut und Enttäuschung, als er die Flucht ergriff. Seine bösartige Gegenwart verflüchtigte sich und verschwand, erlöste Linden wie von drohender Erstickung.

Der Lichtschein des Feuers, das Öl und Aale verzehrte, erhellte Brinns Gestalt. Er hing an einem Fuß Seeträumers, zuckte und wand sich hilflos. Aber trotz der Konvulsionen und des Sturms, die ihn schüttelten, ihn hin und her warfen wie eine Marionette, gelang es ihm, sich anzuklammern. Das Öl verbrannte schnell. Das Achterdeck lag bereits wieder unter der Finsternis des Unwetters, der nur von wenigen schwachen Laternen aufgehellten Nacht. Wenig später war es Ceer und Blankehans möglich, den Großmast zu erklettern. Mit Blankehans durch ein Tau verbunden, hängte sich Ceer unter den Mastbaum und versetzte sich in eine Pendelbewegung, bis er Brinn zu fassen bekam. Brinn im Arm, ließ er sich mit ihm von Blankehans in Sicherheit befördern. Anschließend eilte der Kapitän seinem Bruder zu Hilfe. Covenant in ihrer Mitte – wo er wie ein Band zwischen den beiden wirkte, das inniger und gemeinsamer war als das der Geburt –, entzogen sie sich dem Einfluß des Sturmwinds.

Linden vermochte kaum zu glauben, daß sie überlebt, den Wütrich geschlagen hatten. Unversehens fühlte sie sich aus Erleichterung und Erschöpfung völlig entkräftet, fieberhaft vor Verlangen, Covenant wieder in ihrer Nähe zu haben, ihn auf Verletzungen zu untersuchen. Er und seine Retter waren noch hinterm Dach des Aufbaus außer Sicht. Sie glaubte kein längeres Warten ertragen zu können. Aber sie mußte warten. Sie bemühte sich um Selbstbeherrschung und machte sich zunächst an die Untersuchung Pechnases, der Ersten und Hergroms.

Die drei erholten sich recht gut. Die beiden betroffenen Riesen hatten allem Anschein nach keine nachhaltigen Schäden erlitten. Die Erste befand sich schon wieder weit genug bei Kräften, um über den Verlust ihres Schwerts zu schimpfen; und Pechnase nuschelte vor sich hin, als verwünsche er den Leichtsinn, der ihn dazu bewogen hatte, mit den bloßen Händen auf die Aale loszugehen. Ihre für die Riesen charakteristische Immunität gegen Verbrennungen hatte sie geschützt. Im Vergleich zu ihnen schien Hergrom gleichzeitig weniger wie auch ernster in Mitleidenschaft gezogen worden zu sein. Er hatte nicht die Besinnung verloren, sondern war bei Bewußtsein geblieben. Aber das Zucken seiner Muskeln legte sich nur langsam. Anscheinend hatte sein Widerstand gegen die Folgen der Entladungen bewirkt, daß sie sich um so länger hinzogen. Seine Gliedmaßen hatte er im großen und ganzen wieder in der Gewalt, aber sein Gesicht zuckte und grimassierte fortgesetzt wie in übertriebenem Ausdruck von Bestürzung. Vielleicht war der Wütrich gar nicht geschlagen worden, überlegte Linden, als wären Hergroms Grimassen ein Omen. Vielleicht hatte er schlichtweg genug über Covenants Verfassung und die Situation der Suche in Erfahrung gebracht und hatte sich abgesetzt, um Lord Foul zu informieren.

Dann wandte sie sich ab, um Ceer und Brinn, Blankehans und Seeträumer entgegenzublicken, die sich mit dem Zweifler näherten. Sie bewegten sich vorsichtig an den Rettungsleinen entlang. Wie Hergrom litt auch Brinn an sprunghaftem Muskelzucken. Aber es war schon im Nachlassen begriffen. Nach den durchgestandenen Strapazen war Seeträumer schrecklich ausgelaugt; ansonsten jedoch wies seine wuchtige Erscheinung keine Beeinträchtigungen auf. Blankehans trug Covenant. Bei seinem Anblick füllten sich Lindens Augen mit Tränen. Sie hatte nie zu verhindern verstanden, daß sich ihr Blick bei jeder Gelegenheit verschleierte und verschwamm; diesmal versuchte sie es erst gar nicht. Covenants Zustand war unverändert – entblößt von Geist oder Wille wie eine verlassene Gruft. Doch er war in Sicherheit. In Sicherheit. Als der Kapitän ihn absetzte, ging sie sofort zu ihm. Obwohl ihr solche Gesten nicht vertraut waren, sie womöglich darauf kein Recht besaß, schlang sie ihre Arme um Covenant und scherte sich nicht darum, wer die Inbrunst ihrer Umarmung sehen mochte.

Die Nacht war lang und kalt, und der Sturm toste immerzu weiter wie alle Wut der Welt. Mit irrsinniger Geschwindigkeit fegte die Sternfahrers Schatz auf den Fluten dahin, ständig in bedrohlicher Schwebe zwischen Überdauern und Untergang. Niemand an Bord konnte etwas anderes tun, als sich an die Hoffnung aufs Überleben zu klammern. Es verblüffte Linden, als sie inmitten ihres Schlotterns, das sie bis in Mark und Bein schüttelte, trotz der Müdigkeit, die so tief in ihren Gliedern stak, daß selbst *Diamondraught* ihr kaum entgegenwirken konnte, auf einmal feststellte, daß sie gleichermaßen zum Hoffen fähig war wie die Riesen. Ihre Geisteshaltung schien ihren zusammengefaßten Ausdruck in Blankehans zu finden, der das Kommando über das Schiff ausübte, als wäre die Sternfahrers Schatz unüberwindbar. An Herzensfreude erregte Windsbraut den Eindruck, als halte sie die Belastung nicht mehr allein in der Starrheit ihres Pflichtbewußtseins aus. Statt dessen packten ihre großen Arme die Speichen, als wäre sie dem Sturm selbst überlegen. Brinn und Hergrom hatten ihre charakteristische Unerschütterlichkeit zurückgewonnen. Die *Dromond* lebte. Hoffnung war möglich.

Doch als die Morgendämmerung heraufzog, war Linden in so tiefen, von allem anderen baren Durchhaltewillen verkrampft, daß der Sonnenaufgang sie überraschte. Durch die Erschöpfung abgestumpft, wußte sie nicht, was sie stärker erstaunte – die schlichte Tatsache, daß ein neuer Tag anbrach, nach der schier endlosen Quälerei der Nacht nahezu unvorstellbar, oder der Umstand, daß der Himmel frei war von Wolken. Sie traute kaum ihren Augen. Im Windschatten des Schiffs war ihr nicht aufgefallen, daß der Regen irgendwann im Laufe der Nacht aufgehört hatte. Nun verfärbte sich der Himmel von düsterem Blaurot zu hellem Blau, als sich fast unmittelbar hinterm Heck des Riesen-Schiffs die Sonne zeigte. Die Wolken waren so restlos verschwunden, als hätte das fortwährende Drängen des Sturms sie ein für allemal vom Himmel gerissen. Nur der Wind wehte noch, in seiner Kraft ungeschwächt, unvermindert stark.

Linden blinzelte schwächlich und musterte ihre Gefährten. In der klaren Luft wirkten sie plötzlich unnatürlich deutlich sichtbar, wie Männer und Frauen, die durch unsägliche Härten hagerer und kantiger geworden waren, nun ihre Existenz in schärferen Umrissen führten. Ihr Äußeres war von Salz verkrustet, darin wie gerahmt; es kennzeichnete ihre Gesichter wie ausgetrocknete Totenmasken, rieselte wie Staub, wenn sich Hände öffneten und schlossen, Arme beugten, Körper ihre Haltung änderten. Aber sie lebten und regten sich. Heiser sprachen sie miteinander, spannten die Muskeln, um ihre Verkrampfung zu beheben, widmeten der See unverhohlen kritische Blicke. Sie lebten.

Linden verschaffte sich einen Überblick der Besatzung, um sich davon zu überzeugen, daß sie niemanden verloren hatten. Das hartnäckige Stampfen der Pumpen erlaubte Rückschlüsse auf die Zahl der unter Deck befindlichen Riesen; sie vervollständigte Lindens Zählung. Sie schluckte das bittere Salz in ihrer Kehle und erkundigte sich bei Cail, ob jemand Hohl oder Findail gesehen habe. Er gab ihr die Auskunft, daß Hergrom vor einer Weile nach vorn gegangen sei, um nachzuschauen, wie es sich mit dem Dämondim-Abkömmling und dem *Elohim* verhielt. Er hatte sie so vorgefunden, wie sie zuletzt gesehen worden waren: Findail wie eine Galionsfigur am Bug; Hohl der Tiefe zugewandt, als könne er in ihren dunklen Fluten die Geheimnisse der Erde erkennen. Linden nickte. Etwas anderes hatte sie nicht erwartet. Hohl und Findail waren einander würdig: beide so rätselvoll und unberechenbar wie die See, so unzugänglich wie Stein. Als Cail ihr einen Krug mit *Diamondraught* anbot, trank sie einen sparsam bemessenen Zug und reichte ihn an den Riesen neben sich weiter. Sie zwinkerte in die ungewohnte Helligkeit und drehte sich um, betrachtete das ausgedehnte Sieden des Ozeans. Die Sache war nicht mehr so flach. Schwache Wellenbewegungen liefen unter dem Wind dahin. Linden spürte keine Schwächung des Winds; dennoch mußte er geringfügig nachgelassen haben. Seine Kraft vermochte die Wogen nicht mehr ganz zu glätten. In schlagartiger

Beunruhigung richtete Linden ihren Blick deckabwärts auf die Wasserlinie. Sie schwappte leicht auf und nieder. Und mit jedem Heben nahm das Wasser erneut ein schmales Stück Deck in Beschlag, indem die Wellen mehr Wasser in den Rumpf des Riesen-Schiffs spülten. Das Ächzen der Masten war lauter geworden. An den Pumpen arbeitete man in fieberhafter Hast. Ganz langsam geriet die Sternfahrers Schatz in ihre letzte, endgültige Krise.

Linden suchte das Deck nach Blankehans ab, rief seinen Namen. Aber als er sich umwandte, sobald er sie rufen hörte, brachte sie kein Wort heraus. Seine Augen waren düster von Einsicht und Gram. »Ich hab's erblickt, Auserwählte.« Sein Ton zeugte von einer gewissen Untröstlichkeit. »Das Morgenlicht war unser Glück. Hätte das Dunkel der Nacht länger gewährt …« Er verfiel in trauriges Schweigen.

»Blankehans.« Die Erste sprach in scharfem Ton, als ärgere sie sich über seinen Kummer. »Es muß sein.«

»Gewiß«, sagte er mit matter Stimme. »Es muß sein.«

Die Erste kannte keine Nachsicht. »Es muß sofort geschehen.«

»Freilich.« Blankehans seufzte. »Sofort.« Grämlich verzog er das Gesicht. Doch im nächsten Moment errang er seine normale Entscheidungsfreudigkeit wieder, er straffte seinen Rücken. »Da's getan werden muß, will ich's tun.« Unvermittelt rief er vier Matrosen auf, winkte ihnen zu, daß sie ihm folgen sollten, und strebte nach achtern. »Derbhand wird mir oben beistehen«, sagte er über die Schulter.

»Welcher wird's sein?« rief die Erste ihm in einem Ton wie zur Bestätigung oder Entschuldigung nach.

Ohne sich umzudrehen, nannte Blankehans die Bezeichnung der Riesen für den Großmast; er sprach das Wort grimmig aus, als entsänne er sich einer verlorenen Liebe. »Sternfahrers Schatz darf weder achtern noch vorn ins Ungleichgewicht kommen.« Gefolgt von den vier Riesen, begab er sich unter Deck.

Voller Unruhe tastete sich Linden an einer Rettungsleine entlang an die Seite der Ersten. »Was hat er vor?«

Die Erste heftete einen Blick auf Linden, der so hart war wie ein Schlag ins Gesicht. »Auserwählte«, antwortete sie streng, »du hast viel vollbracht – und wirst noch mehr vollbringen. Diese Sache überlaß dem Meister.«

Linden zuckte unter diesem Verweis zusammen, setzte zu einer Entgegnung an. Aber da berichtigte ihr Gehör den ersten Eindruck, und sie beherrschte sich. Die Erste hatte in Kümmernis und Verbitterung gesprochen, nicht aus Feindseligkeit. Sie teilte Blankehans' Gefühle. Und sie war hilflos. Das Überleben der *Dromond* lag in seinen, nicht in ihren Händen. Außerdem hatte es den Anschein, als sei ihr durch den Verlust ihres Schwerts einiges von ihrem lebenswichtigen Selbstvertrauen genommen worden, so daß sie bitter war aus Unsicherheit. Linden verstand sie. Aber sie konnte keinerlei Trost bieten. Sie kehrte zu Covenant zurück, nahm seinen Arm, als wäre schon diese einseitige Berührung eine Form von Ermutigung, und richtete ihre Aufmerksamkeit auf die Wasserlinie.

Das Auf und Ab der Wellen hatte zugenommen, vermehrte nach und nach die Einwirkung des Meers auf die Schräglage des Riesen-Schiffs. Linden war sicher, daß der Winkel, in dem das Deck sich befand, steiler geworden war; die Spitzen der Rahen schwebten fatal dicht über der welligen Wasserfläche. Ihre Sinne pochten unter dem angespannten Gleichgewicht des Schiffs. Mit der Lebhaftigkeit einer Vision sah sie voraus, daß die Sternfahrers Schatz, sobald die Enden der Rahen das Wasser berührten, untergehen mußte. Nach einem Weilchen kam Derbhand an Deck geeilt. Sein altes, hageres Gesicht spiegelte schroffe Entschlossenheit wider. Obwohl er einen Teil des gestrigen Tages und die gesamte vergangene Nacht mit der

Überwachung des Pumpens zugebracht, selbst an ihnen geschuftet und geschwitzt hatte, bewegte er sich, als stünde die Notsituation der Sternfahrers Schatz über allem, was ihn hätte ermüden können. Er rief mehrere Riesen zu sich. Sobald sie sich um ihn geschart hatten, führte er sie zum Wohlspeishaus und verschwand mit ihnen darin. Linden grub ihre Finger in Covenants Arm und versuchte, ihr Zittern zu unterbinden. Mit jedem Schwellen der Wogen verschlangen die Fluten ein wenig mehr von dem Riesen-Schiff, zogen es stets noch etwas mehr auf die Seite.

Dann hörte man Blankehans unter Deck eine Frage brüllen. Anscheinend hallte sie aus dem Bereich unterm Großmast. Mit rauher Stimme antwortete Derbhand ebenso laut, er sei bereit. Im nächsten Moment dröhnte ein wuchtiges Hämmern durch den Stein. Es übertönte das Gestampfe der Pumpen und durchdrang sogar das langgestreckte Heulen des Winds. Für einen verrückten Augenblick dachte Linden, Blankehans und seine Leute hätten mit Vorschlaghämmern auf den Unterdecks zu wüten angefangen, würden versuchen, das Innere der *Dromond* auf diese Weise zu ramponieren, als wollten sie sie damit für den Sturm wertloser machen, so daß sich ihr Sinken nicht lohne. Doch die Riesen rings um sie nahmen eine Haltung gespannter Erwartung ein. »Haltet euch in Bereitschaft!« rief die Erste barsch. »Wir müssen drauf gefaßt sein, daß es unser Leben gilt!«

Der Nachdruck, der hinter dem Hämmern stak – verzweifelter Zorn und schmerzliches Verlustgefühl –, lenkte Lindens Aufmerksamkeit hinüber zum Großmast. Der Stein hatte zu schreien angefangen wie ein Gemarterter. Bei jedem Schlag erbebten die Rahen. Da begriff Linden, um was es ging. Blankehans hieb auf das untere Ende des Masts ein. Er beabsichtigte ihn herauszubrechen und von Bord fallen zu lassen, um das Gleichgewicht der *Dromond* zu verlagern. Das Hämmern hatte den Zweck, den Mast aus der Befestigung zu lösen. Lindens krampfhafter Griff grub sich tief in Covenants Arm. Der Kapitän konnte nach ihrer Meinung unmöglich Erfolg haben. Es blieb zuwenig Zeit. Unter ihr neigte sich das Riesen-Schiff spürbar dem vollständigen Kentern entgegen. Sein Kippen war nur noch eine Frage von Sekunden. Aber Blankehans und die anderen Riesen hämmerten unablässig weiter, wie um einem unerträglichen Schicksal zu trotzen. Ein erneutes Kreischen fuhr aus dem Stein – ein Aufbegehren, das lauter scholl als der Sturm.

Mit einem gräßlichen Knirschen, verursacht durch das Bersten und Splittern von Granit, begann der Mast niederzusacken. Als er aus seiner Befestigung brach, klang es wie der Todeskampf eines ganzen Bergs. Das Dach des Aufbaus stürzte unter ihm zusammen. Der Mast krachte durch die Seite des Riesen-Schiffs.

Die Erschütterung durchlief die *Dromond* bis in den Kiel, heftiges Beben fuhr vom Bug bis zum Heck durchs Schiff. In Lindens Knochen schrillte mitempfundenes Leid. Sie vermutete, daß sie schrie, wenngleich sie sich nicht hören konnte. Dann übertraf die Lautstärke des Winds den Mißklang des Zusammenbruchs. Wie in einer stummen Gebärde des Unheils klatschte er aufs Wasser, und das Aufspritzen benäßte lautlos alle Decks und sämtliche Zuschauer, als wären sie vor Kummer taub geworden. Aus dem zertrümmerten Rumpf der *Dromond* drang ein Aufschrei Blankehans' und erhob sich über das Rauschen des Wassers, das sich durch die vom Mast in die Seite des Schiffs gedroschene Bresche in die Unterdecks ergoß. Und mit seinem Schrei hob sich auch die Sternfahrers Schatz.

Das immense Gewicht ihres Kiels sank tiefer ins Anrollen der See. Langsam und schwerfällig richtete sich das Riesen-Schiff auf.

Dennoch war die Lebensgefahr noch nicht vorüber. Weit mehr Wasser war ins Schiff gedrungen, als die einsatzbereiten Pumpen zu bewältigen vermochten; und die Bresche an seiner Seite glich einer offenen Wunde, mit jedem Moment strömte weiteres Wasser ein. Aber Derbhand und Windsbraut waren auf alles gefaßt. Der Ankermeister schickte Riesen auf den Fockmast und ließ sie das unterste Segel setzen. Sobald der Wind das Segeltuch blähte, es herabzufetzen oder das Schiff wieder niederzudrücken versuchte, riß Windsbraut kraftvoll Herzensfreude herum, bohrte das Steuerruder in die wütende See.

Damit erst war die Sternfahrers Schatz wirklich gerettet. Das eine Segel und das Steuerruder genügten: sie drehten das Heck der *Dromond* in den Sturm. Als das Riesen-Schiff vorm Wind lag, konnte es die geborstene Seite aus dem Wasser heben und aufrecht neue Fahrt aufnehmen.

Einige Zeit lang blieb das Schiff nur schwer steuerbar, war zu schwer vom eingelaufenen Wasser. Das gesetzte Segel mochte jeden Moment in Fetzen gehen. Doch Derbhand schützte es mit aller Geschicklichkeit seines seemännischen Könnens, aller Beherztheit der Mannschaft. Und die Riesen an den Pumpen arbeiteten wie wahrhaftige Titanen. Ihre Anstrengungen hielten das Schiff über Wasser, bis Blankehans den Zugang zu den Pumpen an der Backbordseite freigeräumt hatte. Danach erzielten sie rasch Fortschritte. Indem das Gewicht der *Dromond* abnahm, verringerte sich die Belastung des Segeltuchs, und Derbhand konnte veranlassen, daß man ein zweites Segel setzte. Lebendig trotz der ihr geschlagenen Wunden, schleppte sich die Sternfahrers Schatz vor dem Wind in den klaren Süden.

13
IM HAFEN VON BHRATHAIRAIN

Der Sturm verlief sich nur allmählich. Erst zwei weitere Tage später war er zur Stärke normalen Winds abgeebbt. Während dieser Zeitspanne hatte die Sternfahrers Schatz keine Wahl, als direkt in der Windrichtung zu bleiben; man konnte nicht einmal ganz geringfügig westwärts beidrehen, ohne daß sie sofort nach Backbord zu krängen begann; dadurch jedoch hätte man das Leck wieder unter den Wasserspiegel gesenkt. Die Riesen hatten mehr als genug Arbeit, auch ohne von neuem um ihr Leben pumpen zu müssen. Wenn der Seegang so stark war, daß Wasser durchs Leck in den Rumpf schwappte, sah sich Blankehans dazu gezwungen, den Kurs um ein paar Strich nach Osten zu verändern, damit die Sternfahrers Schatz sich steuerbords neigte und so ihre Wunde den Fluten entzog.

Er versuchte nicht, mehr Segel setzen zu lassen. Schon die zwei einzelnen Segel erforderten in diesem bedrohlichen Wind die ständige Aufmerksamkeit mehrerer Riesen. Weitere Segel hätten zu viele Besatzungsmitglieder von den vielen, verschiedenartigen anderen Aufgaben ferngehalten, die sie beanspruchten. Sehr stark mußte man sich mit der Takelage beschäftigen; allerdings war sie das geringste Problem der *Dromond.* Die Schäden auf den Unterdecks waren mit weit ernsteren Schwierigkeiten verbunden. Das Fällen des Großmasts hatte ein Chaos angerichtet. Und der volle Tag, den die Sternfahrers Schatz auf der Seite geschwommen war, hatte andere üble Folgen gehabt. Der Inhalt der Laderäume war um- oder durcheinandergeworfen oder in die Brüche gegangen. Salzwasser hatte große Mengen von Proviant verdorben.

Außerdem hatte die See jenen Teilen des Schiffs beträchtlichen Schaden zugefügt, die nicht gebaut worden waren, um überschwemmt oder in extremem Maße in eine Schräglage gebracht zu werden, zum Beispiel die Kabinen der Backbordseite sowie die Vorratsschränke. Obwohl sich die Riesen nach Kräften abrackerten, gelang es ihnen erst am späten Nachmittag, die Kombüse wieder gebrauchsfähig zu machen; und die halbe Nacht verstrich, ehe man backbords die erste Kabine wieder als bewohnbar bezeichnen durfte.

Warmes Essen besänftigte Lindens überlastete Nerven schließlich ein wenig; und Brinn konnte Covenant endlich in seine Kabine zurückbringen. Zu guter Letzt wagte Linden daran zu denken, auch sich etwas Erholung zu gönnen. Weil ihre Kabine an der Steuerbordseite lag, war sie weniger beeinträchtigt worden. Mit Cails Hilfe, um die sie wie immer nicht erst zu bitten brauchte, stellte sie Tisch, Stühle und Trittleiter ziemlich rasch zurück an ihren Platz. Dann klomm sie in ihre Hängematte und ließ sich vom mißmutigen Winseln des Winds vom Wachzustand in den Schlaf wehen.

Solange das Wetter stürmisch blieb, tat sie, außer sich ausruhen, kaum etwas. Sie verließ regelmäßig ihre Kabine, um nach Covenant zu schauen oder Knolle Windsbraut dabei zu unterstützen, Verletzungen von Matrosen zu behandeln. Einmal ging sie mit dem Gedanken, Findail zur Rede zu stellen, nach vorn; sie wollte eine Erklärung von ihm verlangen, weshalb er sich geweigert hatte, ihr beziehungsweise dem Riesen-Schiff Beistand zu leisten. Aber sobald sie ihn allein am Bug stehen sah, als wäre er als Ernannter von seinem Volk zu nichts anderem als einem Paria ernannt worden, merkte sie, daß es ihr an Willenskraft fehlte, um mit ihm um Antworten zu zanken. In jedem Muskel, allen Bändern ihres Körpers hauste ein Übermaß an Müdigkeit. Die Informationen, die sich Findail vielleicht abringen ließen, konnten warten. Abgestumpft kehrte sie in ihre Kabine zurück, als wäre die Unterkunft reichlich ausgestattet mit Schlaf.

Sie spürte die rastlose Plackerei der Besatzung; aber Linden hatte weder die Kraft noch die Geschicklichkeit, um an den notwendigen Arbeiten irgendwie mitwirken zu können. In dem Maße allerdings, wie sie sich von den Strapazen des Sturms erholte, ließen die Anstrengungen, denen sich die Mannschaft unterziehen mußte, ihr immer weniger Ruhe. Und schließlich fühlte sie, wie sich über die Tiefen der See das Ende des Sturms näherte. Nicht länger zum Schlafen imstande, begann sie sich nach Hilfsarbeit umzuschauen, mit der sie ihre Gedanken beschäftigen, ihren Händen wieder einen Sinn geben konnte. Seeträumer, der ihre Spannung sah, nahm sie und Cail wortlos mit hinunter in eines der großen Kornlager, das noch immer verstopft war von einem dicken Brei aus Seewasser und schlechtgewordenem Mais. Linden brachte einen Großteil des Tages damit herum, dort unten in kameradschaftlichem Schweigen mit ihm zu arbeiten. Gemeinsam füllten sie den Matsch – Seeträumer mit einer Schaufel, Linden und Cail jeweils mit einem Schöpflöffel aus der Kombüse – in einen großen Kübel, den der Riese dann regelmäßig zur Entleerung nach oben schleppte. Der Schöpflöffel der Riesen glich für Linden einem Eimer an einem Besenstiel, so daß der Umgang damit ihr recht schwerfiel; aber die Arbeit und die dazu erforderliche Anstrengung waren ihr durchaus willkommen. Auf der Haven Farm hatte sie sich einmal ähnlich betätigt, um die krampfhafte Angespanntheit ihres Gemüts zu mildern.

Von Zeit zu Zeit beobachtete sie Seeträumer. Anscheinend schätzte er ihre Gesellschaft, als fände seine Erd-Sicht in ihrer heilerischen Wahrnehmung eine gute Ergänzung. Und in anderer Beziehung hatte sich in seinem Innern wieder eine gewisse Ruhe eingestellt. Er vermittelte den Eindruck, als habe seine Seelenpein sich inzwischen auf ein erträgliches Maß eingependelt, nicht etwa durch irgendeine Änderung in bezug auf seine Erd-Sicht, sondern aufgrund der bloßen Tatsache, daß die Sternfahrers Schatz sich nicht zum Einholzbaum unterwegs befand. Linden mochte ihn nicht mit Fragen quälen, die er nur auf umständliche und unverläßliche Art und Weise zu beantworten vermocht hätte. Aber noch immer wirkte er auf sie wie jemand, der am Standort des Einholzbaums sein Verhängnis erblickt hatte. Eindeutig war in *Elemesnedene* etwas anders für ihn geworden, entweder infolge seiner »Prüfung« oder durch den Verlust der flüchtigen Hoffnung, die von Blankehans in ihm geweckt worden war; vielleicht hatte sich seine Erd-Sicht vom Sonnenübel auf eine neue oder andersartige Gefahr verschoben. Oder vielleicht … Schon beim Gedanken an diese Möglichkeit zog sich Linden der Magen zusammen. Vielleicht hatte er jenseits des Sonnenübels Lord Fouls tiefere Absicht entdeckt. Einen Zweck, den die Suche nach dem Einholzbaum für ihn erfüllen sollte.

Doch Linden wußte nicht, wie sie solche Angelegenheiten angehen könnte. Sie waren zu persönlicher Natur. Während der Arbeit befiel sie plötzlich heftige Sehnsucht nach Covenant. Sie reagierte darauf, indem sie ihre Überlegungen erneut auf die Beschaffenheit seines Zustands richtete. In ihrer Erinnerung erkundete sie nochmals die undurchdringlichen Leichentücher, die seinen Geist umgaben, forschte nach dem Knoten, an dem sie sich lösen lassen würden. Die einzige Schlußfolgerung jedoch, zu der sie gelangte, lautete dahingehend, daß ihr letzter Versuch, in sein Inneres vorzustoßen, in mehr als einer Hinsicht falsch gewesen war – falsch nämlich, weil er seine Integrität verletzte, und falsch wegen der Gier und des Zorns, die sie dazu getrieben hatten. Das war ein Dilemma, das sie überforderte, denn sie wußte, sie hätte den Versuch überhaupt nicht gemacht, wäre sie nicht so zornig gewesen … und so anfällig für die Finsternis. Zumindest in einem Aspekt war sie wie Seeträumer: die Stimme in ihr, die zu Covenant sprechen könnte, war stumm.

Dann endlich, spät am Nachmittag, zerstob der Sturm vollends, wanderte ab, als sei er ein Angreifer, der um den Verstand gekommen war; und wie ein Aufseufzen glitt die Sternfahrers Schatz in ruhigere See. Durch den Stein fühlte Linden den Jubel der Besatzung. Seeträumer ließ die Schaufel fallen, senkte den Kopf und stand für einen ausgedehnten Moment still da, lauschte seinen Volksgenossen in einem Akt gemeinsamer Freude oder der Zerknirschung. Das Riesen-Schiff war der unmittelbaren Gefahr entronnen.

Wenig später sagte Cail, der Schiffsmeister rufe nach der Auserwählten. Seeträumer gab mit einem Achselzucken und einem schiefen Grinsen zu verstehen, daß er das Kornlager allein säubern werde. Linden dankte dem stummen Riesen für mehr, als sie aufzählen konnte – vor allem jedoch für seine Rettung Covenants vor den Aalen –, und folgte Cail in Blankehans' Kajüte. Dort angekommen, trafen sie in der spartanischen Unterkunft des Kapitäns bereits die Erste, Pechnase und Windsbraut an. Die Rufe, die gelegentlich vom Achterkastell herabschollen, zeigten an, daß gegenwärtig Derbhand das Kommando übers Schiff hatte.

Blankehans stand, seinen Kameraden zugewandt, am Kopfende eines langen Tisches. Als Linden die Kajüte betrat, nickte er ihr zum Gruß zu, widmete seine Aufmerksamkeit dann wieder dem Tisch, dessen Platte sich in Lindens Augenhöhe befand und bedeckt war mit Rollen aus Pergament und Häuten, die leise knisterten, wenn er sie ausbreitete oder schloß. »Auserwählte«, sagte er, »wir haben uns versammelt, um zu beraten. Wir müssen über den weiteren Kurs beschließen. Die Sache steht so …« Er entrollte eine Karte; da fiel ihm auf, daß Linden sie nicht sehen konnte, und er rollte sie wieder ein.

»Wir sind nahezu zwanzig mal zwanzig Längen weit von jenem Kurs abgetrieben worden, der uns zum Einholzbaum bringen sollte. Es mag sein, daß wir ihm nicht ferner sind als zu der Stunde, da uns der Sturm heimgesucht hat – doch zweifelsfrei sind wir ihm auch nicht näher. Und unsere Suche ist dringlich. Darüber besaßen wir bereits Klarheit, als Seeträumers Erd-Sicht uns dazu bewog, zur Suche auszufahren.« Er verzog das Gesicht. »Nun vermögen wir aus seinem Antlitz erhöhte Dringlichkeit zu ersehen.« Aber er verdrängte die Sorge um seinen Bruder. »Doch Sternfahrers Schatz hat beklagenswerten Schaden genommen. Jede See kann uns gefährlich werden. Und der Verlust an Vorräten ...« Er schaute Windsbraut an.

»Wenn wir ohne jegliche Kürzung essen und trinken«, erklärte die Riesin unumwunden, »wird unser Fleisch binnen fünf Tagen verzehrt sein. Unser Trinkwasser wird in acht Tagen ausgehen. Mag sein, das unverdorbene Korn und die gedörrte Nahrung reichen uns noch für zehn Tage. Nur *Diamondraught* werden wir zur Genüge haben.«

Blankehans sah Linden an. Sie nickte. Es stimmte, die Sternfahrers Schatz mußte dringend ihren Proviant ergänzen. »Daher stehen wir nunmehr vor folgender Wahl«, sagte der Kapitän. »Wir setzen die Suche unverzüglich fort, vertrauen unser Leben den Härten der Kargheit und der Gnade der See an. Oder wir ankern vor Land oder laufen einen Hafen an, so daß wir auf Wiederherrichtung des Schiffs und neue Vorräte hoffen können.« Er breitete die Karte noch einmal aus und hielt sie über die Tischkante, um Linden einen Blick darauf werfen zu lassen. »Durch des Sturmes Einwirken nähern wir uns den Landen von *Bhrathairealm,* wo sich die *Bhrathair* in ihrer Sandbastei wider die Große Wüste behaupten.« Er deutete auf einen Punkt auf der Karte; Linden achtete nicht darauf, betrachtete statt dessen sein Gesicht, um erraten zu können, was für eine Entscheidung man von ihr erwartete. Mit einem

Achselzucken legte er die Karte zurück auf den Tisch. »Im Hafen von *Bhrathairain* wär's uns möglich«, beendete er seine Ausführungen, »unsere und Sternfahrers Schatz' Bedürfnisse zu erfüllen. So's die Winde uns erlauben, möchten wir selbigen Hafen innerhalb zweier Tage erreichen.«

Linden nickte noch einmal. Während sie die anwesenden Riesen musterte, erkannte sie, daß alle den Wunsch hegten, letzteren Kurs einzuschlagen, den Hafen von *Bhrathairain* anzulaufen. Dennoch standen Zweifel in ihren Augen. Vielleicht hatte das Recht auf Führung der Suche, das Linden ihnen außerhalb von *Elemesnedene* abgerungen hatte, ihr Selbstvertrauen erschüttert. Oder vielleicht gab die Suche als solche ihnen Argwohn gegen das eigene Verlangen nach einem sicheren Ankerplatz ein. Covenant hatte sich jedenfalls oft genug darüber geäußert, wie sehr die Suche eilte. *Oder womöglich*, überlegte Linden mit einem plötzlichen inneren Ruck, *bin ich es, der sie nicht trauen.* Sofort verpreßte sie ihren Mund in seine alten Linien der Strenge. Sie war fest entschlossen, kein bißchen der Verantwortung, die sie sich aufgebürdet hatte, wieder abzutreten. Dazu war sie schon zu weit gegangen. »Gibt es Gründe«, fragte sie Pechnase mit ihrer ausdruckslosen, professionell-nüchternen Stimme, ganz wie eine Ärztin, die Symptome besprach, »warum ihr das Schiff nicht auf See reparieren könnt?«

Der verkrüppelte Riese antwortete ihr ernst, beinahe schmerzlich. »Auserwählte, ich kann mein Werk verrichten, wann immer die See es mir gestattet, wenn Wind und Wellen freundlich gesinnt sind und's mir nicht am Erforderlichen mangelt. Die Trümmer unter Deck liefern reichlich Stein, um der *Dromond* Leck zu beseitigen – ja, und auch, um die Decks zu schließen. Die Wände jedoch, das Wohlspeishaus …« Ruckartig hob er die Schultern. »Um Sternfahrers Schatz gänzlich wiederherzustellen, brauche ich Zugang zu einem Steinbruch.

Und nur in den Werften der Heimat kann der verlorene Mast ersetzt werden. Es möchte aber wohl möglich sein, die Suche ohne derlei Rückhalt und Hilfen fortzuführen.«

»Gibt's bei den *Bhrathair* einen Steinbruch?«

Daraufhin glomm in Pechnases Augen Belustigung. »Fürwahr, bei den *Bhrathair* gibt's kaum etwas anderes als Stein und Sand. Deshalb ist ihr Hafen ein Ort umfangreichen Handels, den viele Schiffe anlaufen, denn alles, was sie nicht haben, müssen sie erhandeln.«

Linden wandte sich an Windsbraut. »Wenn du möglichst kleine Rationen austeilst, können wir dann mit dem, was zur Verfügung steht, zum Einholzbaum und zurück zum Land gelangen?«

»Nein«, antwortete die Lagerverwalterin rundheraus. Sie verschränkte die stämmigen Arme auf dem Brustkorb, als stünde ihr Wort über jedem Widerspruch.

»Als ihr vor der Küste des Landes geankert habt«, argumentierte Linden nichtsdestotrotz weiter, »war's doch möglich, Proviant aus dem Lande zu besorgen. Könnten wir's nicht weiter auf diese Weise versuchen? Ohne soviel Zeit für den Umweg zu dem Hafen zu opfern?«

Windsbraut blickte zum Kapitän hinüber, ehe sie in nun weniger sicherem Ton antwortete. »Womöglich könnt sich's machen lassen. Dann und wann werden wir auf unserem Kurs Land sichten. Aber vieles von dem Land, das auf unseren Karten verzeichnet ist, gilt als unbekannt, dieweil's weder von Riesen erkundet worden ist noch von jenen, die Riesen davon Geschichten erzählt haben.«

Linden ging nicht weiter auf Windsbrauts Zweifel ein. »Blankehans.« Sie konnte sich nicht des Eindrucks erwehren, daß die Riesen gegen *Bhrathairealm* irgendwelche Bedenken hegten. »Wüßtest du irgendeinen Grund, aus dem wir den Hafen lieber meiden sollten?«

Der Kapitän reagierte, als bereite die Frage ihm Mißbehagen. »In längst vergangenen Zeiten«, erwiderte er, ohne Lindens Blick zu erwidern, »waren die *Bhrathair* stets Freunde der Riesen und hießen ihre Schiffe willkommen, wann immer sie ihren Hafen anliefen. Und wir haben ihnen keinerlei Verursachung gegeben, ihre Haltung zu ändern.« Die Erinnerung an die *Elohim*, denen er vollständig vertraut hatte, machte sein Gesicht fahl. »Seit drei oder vier Geschlechterfolgen jedoch – zehn oder mehr der ihren – sind keine Riesen nach *Bhrathairealm* gefahren. Und die Geschichten, die wir vernehmen, rechtfertigen die Vermutung, daß die *Bhrathair* nicht mehr so sind wie einst. Immer sind sie ein Volk gewesen, das sich durch barsche Rauheit und wenig Rücksichtnahme auszeichnete, zum Wohl ebenso wie zum Übel – so geworden durch die lange Bürde ihres Kriegs auf Leben und Tod wider die Sandgorgonen der Großen Wüste. Heute aber wird von ihnen erzählt, sie seien Protze geworden.«

Protze? wunderte sich Linden. Sie hatte keine Ahnung, was Blankehans meinte. Aber der springende Punkt seiner Darlegungen war ihr klar: er hatte seine Zweifel hinsichtlich des Empfangs, den man der Sternfahrers Schatz im Hafen von *Bhrathairain* bereiten mochte. Ernst wandte sich Linden an die Erste. »Falls Covenant und ich nicht hier wären – wenn ihr die Suche ohne uns betreiben müßtet –, was würdet ihr dann tun?«

Der Blick, den die Erste ihr widmete, war frei von der vagen Besorgnis, die Blankehans beunruhigte; er war so direkt und grimmig wie eine blanke Klinge. »Auserwählte, ich habe mein Schwert verloren. Ich bin Schwertkämpferin, und im Ritus meiner Weihe war es mir als Wahrzeichen des Vertrauens und meiner Tüchtigkeit verliehen worden. Sein Name ist allein mir und jenen bekannt, die's mir überreicht haben, und selbiger Name darf nicht enthüllt werden, solange ich unter den Schwertkämpfern unserer Heimat Ansehen genieße. Durch eigene Torheit bin ich seiner verlustig gegangen. Ich bin tief beschämt. Doch ich muß eine Waffe haben. Ohne Waffe bin ich weniger als eine Schwertkämpferin … weniger als die Erste der Sucher. Die *Bhrathair* werden für ihre Handwerkskünste in der Fertigkeit von Waffen weithin gerühmt.« Ihr Blick blieb fest. »Dennoch wollte ich nur um meiner selbst willen die Suche nicht verzögern. Vielmehr täte ich meinen Rang als Erste der Sucher einem anderen abtreten und mich mit anderweitigen Diensten bescheiden, wie sie meinen Fähigkeiten entsprechen.« Pechnase hatte seine Augen mit einer Hand bedeckt, schmerzlich berührt von dem, was er hörte; aber er unterbrach seine Ehefrau nicht. Jetzt verstand Linden die ungewohnte Schwermut, mit der er ihre vorherigen Fragen beantwortet hatte; er wußte, was der Entschluß, den Hafen von *Bhrathairain* nicht anzulaufen, für seine Frau bedeuten würde. »Aber es ist klar ersichtlich, wessen Sternfahrers Schatz bedarf«, sprach die Erste weiter, »und angesichts dessen sowie der Nähe von *Bhrathairealm* wollte ich nicht zaudern, dorthin Kurs zu nehmen, sowohl eingedenk der Hoffnung für die *Dromond* wie auch meiner eigenen. Die Wahl zwischen Aufschub und Tod ist leicht zu treffen.«

Ihr Blick ruhte unverwandt auf Linden; und schließlich senkte Linden die Augen. Das offene Eingeständnis und die beharrliche Rechtschaffenheit der Ersten bewegten sie. Linden hatte das Empfinden, sämtliche Riesen seien ihr nicht allein an Körpergröße überlegen. Unvermittelt kam es ihr wie eine Anmaßung vor, daß sie darauf bestand, in solcher Gesellschaft Entscheidungen zu fällen. Covenant hatte sich seinen Platz unter den Riesen verdient; und ebenso unter den *Haruchai*. Sie dagegen besaß kein Recht zu so etwas. Sie forderte die Verantwortung, die Macht zum Entscheiden, aus keinem anderen Grund als dem Bedürfnis, ihre Gier nach anderen Arten von Macht zu unterdrücken. Doch dadurch war sie der Verantwortung und der Riesen unwürdig. »Na schön«, sagte sie, darauf bedacht, Covenant nachzueifern. »Ich hab's kapiert.« Mit einer Willensaufbietung hob sie den Kopf, verdrängte ihren insgeheimen Konflikt, um die Blicke der Riesen erwidern zu können. »Ich glaube, wir sind in der gegenwärtigen Situation zu vielen Risiken ausgesetzt. Es würde dem Land nichts nutzen, wenn wir verhungern oder ersaufen. Versuchen wir's mit dem Hafen.«

Für einen Moment starrten Blankehans und die anderen sie an, als hätten sie von ihr einen anderen Bescheid erwartet. Dann fing Pechnase gedämpft an zu lachen. Seine Mundwinkel zuckten freudig, ehe sich Frohsinn rasch über sein ganzes Gesicht ausbreitete. »Seht da, Riesen!« sagte er. »Habe ich nicht geschworen, daß sie zu Recht die Auserwählte genannt wird?« Schwungvoll ergriff er die Hand der Ersten und küßte sie nachdrücklich. Dann eilte er wie ein Wirbelwind der Fröhlichkeit zur Kajüte hinaus.

Ungewohnte Nässe füllte die Augen der Ersten. Flüchtig legte sie in einer Geste der Anerkennung oder des Danks eine Hand auf Lindens Schulter. »Mich verlangt's«, sagte sie mit brüchiger Stimme, »das Lied zu vernehmen, das nun in Pechnases Herz erklingt.« Schroff wandte sie sich ab, um ihre Rührung zu verbergen, und verließ ebenfalls die Kapitänskajüte. Windsbrauts Miene zeigte einen herben Glanz der Zufriedenheit. Sie wirkte beinahe froh, als sie eine der Karten an sich nahm und an Deck ging, um Derbhand über den neuen Kurs der *Dromond* zu unterrichten. Linden blieb mit dem Kapitän allein.

»Linden Avery … Auserwählte.« Anscheinend war er sich nicht sicher, wie er sie anreden sollte. Ein Lächeln der Erleichterung hatte zeitweilig all seine Bedenken vertrieben. Doch nun kehrte sein Ernst fast sofort zurück. »Mit dieser Suche und der Gefahr für die Erde hat's vielerlei auf sich, das ich nicht zu begreifen vermag. Das Rätsel von meines Bruders Erd-Sicht macht mir das Herz bang. Der Wandel der *Elohim* … und Findails Anwesenheit in unserer Mitte …« Er zuckte die Achseln, hob die Hände, als wären sie voller unerfreulicher Unwissenheit. »Riesenfreund Covenant aber hat uns nicht im geringsten darüber im unklaren gelassen, daß er eine große Bürde an Blut auf sich lädt, des Blutes jener, deren Leben im Lande so verwerflich vertan wird. Und dieweil er nun seiner Sinne nicht mächtig ist, hast du's auf dich genommen, an seiner Last mitzutragen.« Launig berichtigte er sich. »Das und mehr. Du hast sie zu deiner Bürde gemacht. Wahrlich, ich habe nicht gewußt, daß du aus solchem Stein geschaffen bist.« Dann kam er wieder zur Sache. »Auserwählte, ich danke dir für deine Bereitschaft, diese Verzögerung einzugehen. Sei gedankt in Sternfahrers Schatz' Namen, die mir so lieb wie mein Leben ist und die ich sehnlichst wieder heil und ganz sehen möchte.« Unwillkürliches Beben verkrampfte seine Hände, als er sich der Schläge entsann, die er gegen den Großmast geführt hatte. »Und ebenso danke ich dir im Namen meines Bruders Ankertau Seeträumer. Es erleichtert mein Herz, daß ihm eine Frist der Ruhe für seine Seele gewährt sein soll. Wiewohl ich fürchte, daß seine Wunde nimmer heilen wird, erachte ich doch jede Handlung oder jeden Aufschub als wünschenswert, welche ihm Frieden vergönnen.«

»Blankehans …« Linden wußte nicht, was sie ihm entgegnen sollte. Sie hatte seinen Dank nicht verdient. Und sie sah keine Lösung für das mitempfundene Leid, das ihn mit seinem Bruder verband. Während sie ihn betrachtete, kam ihr der Gedanke, daß sein Unbehagen möglicherweise weniger mit dem unvoraussehbaren Verhalten der *Bhrathair* zu tun hatte als mit etwaigen Folgen jeder Verzögerung für die Suche, für Seeträumer. Anscheinend bezweifelte er die Sachzwänge, die seiner Sorge um das Schiff zugrunde lagen, als würde die

Lauterkeit dieser Erwägungen durch seine Besorgnis um Seeträumer eingeschränkt. Seine innere Beunruhigung hielt Linden von allem zurück, was sie zur Untermauerung ihrer Entscheidung oder in Erwiderung auf seinen Dank hätte sagen können. Statt dessen teilte sie ihm das geringe Wissen mit, das sie besaß. »Er fürchtet sich vor dem Einholzbaum. Er glaubt, daß dort etwas Schreckliches geschehen wird. Ich weiß nicht, wieso.«

Bedächtig nickte Blankehans. Er schaute sie nicht länger an. Er starrte an ihr vorbei, als sei er durch Mangel an Voraussicht blind. »Er ist nicht stumm«, sagte er mit gedämpfter, gefaßter Stimme, »weil ihm das Vermögen zum Sprechen abginge. Er ist stumm, weil der Erd-Sicht keine Worte verliehen werden können. Daß Gefahr droht, vermag er zu verdeutlichen. Aber die Gefahr hat für ihn keinen aussprechbaren Namen.«

Linden sah keine Möglichkeit, wie sie ihn trösten könnte. Leise verließ sie die Kajüte, gewährte Blankehans, da sie nichts anderes zu bieten hatte, die Stille seiner Privatsphäre.

Infolge einiger Schwierigkeiten mit unsteten Winden brauchte die Sternfahrers Schatz zwei volle Tage, um in Sichtweite von Land zu geraten; und erst am nächsten Morgen näherte sich die *Dromond* der Einfahrt zum Hafen von *Bhrathairain.*

Unterdessen ließ die Expedition die letzten Andeutungen nördlichen Herbstes hinter sich und gelangte in ein trockenes, heißes Klima, in dem alle Anzeichen nahen Winters völlig fehlten. Die pralle Sonne schien Lindens Haut auszudörren, und sie hatte dauernd Durst; und der normalerweise kühle Stein der Decks wärmte sie sogar durch die Schuhe. Im grellen Sonnenschein und gegen den Glanz der See wirkten die von Wind und Wetter verschlissenen Segel grau und fleckig. Gelegentliche Wallungen von Feuchtschwüle streiften Lindens Wange; doch sie stammten von Schäfchenwolken hoch am Himmel, die vereinzelt dahinzogen und deren Regen verdunstete, ehe sie die See oder das Schiff erreichten, so daß sie die Hitze nicht linderten.

Der erste Anblick der Küste – einige Kilometer östlich von *Bhrathairealm* – zeigte Linden nichts als Fels und kahle Einöde. Die steinige Landschaft war durch so viele staubtrockene Jahrtausende gebleicht und verwittert worden, daß ihre Felsblöcke von der Sonne bedrückt und schläfrig aussahen, als verhindere nur ihre sture Widerstandskraft, daß auch sie sich in Dunst auflösten. Alles Leben war dem hellen Untergrund schon vor langem ausgebrannt und ausgetrieben worden. Sonnenschein färbte die Ufer rosa und in Ockerfarben, verschönte die Wüstenei ein wenig, aber sie konnte, was verloren war, nicht wiederbringen.

Am Abend, während die *Dromond* langsam längs der Küste lavierte, wich dieser Landstrich einer Region niedriger Klippen, die wie mit einer düsteren Miene unablässiger Gereiztheit aufs Meer ausschauten. Als die Abenddämmerung anbrach, segelte die Sternfahrers Schatz an Felsvorsprüngen vorüber, die die Höhe ihrer Rahen erreichten. Linden, die mit Pechnase an der Backbordreling des Achterdecks stand, sah voraus in den Klippen einen Einschnitt, der an die Kluft einer engen Schlucht oder an eine Flußmündung erinnerte. Doch an den Rändern des Einschnitts entlang erhoben sich Mauern, die zehn oder zwölf Meter hoch sein mußten. Sie waren aus dem gleichen verblichenen Stein der Klippen errichtet worden. An ihren Enden – den beiden Stellen, die aus dem Einschnitt seewärts vorgeschoben waren – ragten zwei Wachtürme empor. Diese beiden Befestigungen verjüngten sich nach oben hin, so daß sie sich wie Zähne gegen den dunstigen Horizont abzeichneten. »Ist das der Hafen?« erkundigte sich Linden verunsichert.

Die Lücke zwischen den Klippen sah für ihre Begriffe zu schmal aus, um ein Vor-Anker-Gehen zu gestatten.

»Ja, der Hafen von *Bhrathairain«,* bestätigte Pechnase in versonnenem Ton. »Dort beginnt der Sandwall, der alles Land von *Bhrathairealm* – sowohl *Bhrathairain* selbst wie auch die gewaltige Sandbastei dahinter – wider die Große Wüste abriegelt. Ohne Zweifel befährt kein Schiff diesen Teil der Welt, dessen Besatzung nicht die Spitzen kennt, welche den Hafen von *Bhrathairain* kennzeichnen und bewachen.«

Vom leichten Wind vorwärtsgetrieben, schwamm das Riesen-Schiff langsam zur Höhe der beiden Türme, die Pechnase die Spitzen genannt hatte. Blankehans veranlaßte, daß die *Dromond* beidrehte, um zwischen ihnen in den Hafen einzulaufen. Die Einfahrt war gerade breit genug, um die Sternfahrers Schatz durchzulassen; hinter ihr jedoch sah Linden die Anlage sich zu einer großen Bucht mit einem Durchmesser von fünf Kilometer oder mehr erweitern. Ganze Geschwader von Schiffen hätten in diesem Hafenbecken, vor den Launen der See geschützt, Flottenmanöver veranstalten können. In der Ferne erspähte sie im landseitigen Halbrund des Hafens ein Gewirr von Segeln und Masten. Hinter den Anker- und Liegeplätzen, an denen diese Schiffe lagen, erstreckte sich an einem Hang genau südwestlich des Hafenbeckens eine dichtbebaute Stadt landeinwärts. Sie endete an dem Sandwall, der Stadt und Hafen gänzlich umschloß. Und jenseits des Sandwalls stand das wuchtige steinerne Gefüge der Sandbastei. Sie überragte *Bhrathairain* in fünf abgestuften Ebenen und beherrschte die landwärtige Aussicht wie ein ins Brüten versunkener Titan. Ihre fünfte Stufe bestand aus einem schlichten glatten, hohen Turm, der einem zur Warnung erhobenen Finger glich. Während die Sternfahrers Schatz die Spitzen passierte, fiel Linden auf, daß der Hafen so etwas wie eine Sackgasse bildete, aus der jedes fluchtartige Entweichen sich als außerordentlich schwierig erweisen mochte. *Bhrathairealm* war gut bewacht. Sie betrachtete, was sie von Stadt und Sandwall sehen konnte, und bemerkte, daß die *Bhrathair,* wenn die Besatzung der Sandbastei ihre Tore schloß, keinen Ausweg aus den eigenen Verteidigungsanlagen besaßen. Der Umfang des Hafens und die immensen, gedrungenen Umrisse der Sandbastei versetzten Linden in Staunen und Beunruhigung. »Erzähl mit etwas über dieses Volk«, sagte sie unterdrückt zu Pechnase. Nach der Begegnung mit den *Elohim* wußte sie nicht so recht, was sie noch von irgendwelchen Fremden erwarten sollte.

Pechnase reagierte, als hätte er bereits über entsprechende Angaben nachgedacht. »Die *Bhrathair* sind ein sonderbares Volk – stets hat dies unergiebige Land ihnen nur Beschwernisse beschert, und schwer schlug sie auch das Mißgeschick oder Schicksal, welches sie auf Gedeih oder Verderb zum Kampf wider die überaus furchtbaren Bewohner der Großen Wüste zwang. Ihre Geschichte hat sie abgehärtet, trotzig und kühn gemacht. Es mag sein, sie sind dadurch auch ein wenig bedenkenlos geworden. Doch das ist ungewiß. Die Berichte, die wir vernehmen, weichen stark voneinander ab, je nach der Gesinnung, in der sie vorgetragen werden. Aus den Worten Riesenfreunds Covenant geht klar hervor – und gleichfalls erhellt's aus Schilderungen späterer Fahrten unseres Volkes –, daß die Entwurzelten eine Zeitlang in *Bhrathairealm* verweilten, an Beistand gegen die Sandgorgonen leisteten, was in ihrer Macht lag. Aufgrund dessen sind Riesen hier stets freundlich willkommen geheißen worden. Doch kennen wir kaum Bedarf an den kriegerischen Erzeugnissen des Handwerks, in dem die *Bhrathair* Meister sind, und dieweil wir nicht brauchen, was sie zu bieten haben, ist unser Handel mit ihnen allzeit sehr gering geblieben, und deshalb haben Riesen *Bhrathairain* nur selten Besuche abgestattet. So kommt's, daß mein Wissen der Vollständigkeit ermangelt, die wir Riesen so schätzen.« Er schwieg einen Moment lang, um sich auf Einzelheiten zu besinnen. »Bei den *Bhrathair* gibt's eine Redensart, die lautet: ›Wer des Schwertes harrt, das auf seinen Hals herabsaust, wird gewißlich das Haupt verlieren.‹ Das ist zweifelsfrei eine Wahrheit.« Grimmiger Humor umzuckte Pechnases Mund. »Doch die Art und Weise, wie eine Wahrheit in Worte gekleidet wird, enthüllt vieles. Die zahlreichen Geschlechterfolgen des Ringens wider die Sandgorgonen haben die *Bhrathair* zu einem Volk werden lassen, das die Neigung hat, einen Schlag zu führen, ehe ihm ein Schlag zugefügt werden kann. Die Sandgorgonen, so heißt's, sind Geschöpfe, die aus der ungeheuren Gewalt der Stürme geboren worden sind, welche die Große Wüste verunsichern. In ihrer Gestalt und auch ihrer Schläue sind sie Menschen nicht unähnlich. Die wesentliche Eigenart ihrer Natur ist allerdings, sie sind entsetzlich wild und von solcher Kraft, daß sie sich der Macht von Stein und Eisen überlegen zeigen. Nicht einmal die Hilfe von Riesen hätte die *Bhrathair* vorm Verlust des Landes, das sie ihre Heimat nennen, bewahren können – und auch nicht, mag sein, vor der Ausrottung –, wären die Sandgorgonen zu sinnvollem Zusammenwirken fähig gewesen. Doch war reine Blindwütigkeit die Triebkraft ihrer Wildheit, die blinde Wut der Stürme, die ihnen das Leben schenkten. Darum vermochten die *Bhrathair* sie zu bekämpfen und zu überdauern. Zeiten gab's, da schien's, als sollten sie obsiegen, und ebenso Zeiten, da schien's, als müßten sie vollends untergehen, ganz danach, wie in den Weiten der Wüste das Wüten der Sandgorgonen abebbte oder anwuchs. Nie aber kam's zu einem Frieden. Während einer Zeitspanne geringerer Bedrohung errichteten die *Bhrathair* den Sandwall. Wie du selbst siehst ...« – er wies rundum –, »ist er ein tüchtiges Werk. Dennoch bot er vor den Sandgorgonen keinen ausreichenden Schutz. Oft mußte er von neuem aufgebaut werden, und häufig hat eine oder haben mehrere jener Geschöpfe ihn klafterweise zu Schutt zertrümmert. So wäre das Dasein der *Bhrathair* vielleicht bis an den Tag des Endes der Welt geblieben. Zu guter Letzt jedoch – in einer Zeit, die bereits einige unserer Geschlechterfolgen zurückliegt – kam übers Meer ein Mann und begab sich zum *Gaddhi*, dem Herrscher von *Bhrathairealm*. Er nannte sich einen Zauberer und Wundertäter von überragendem Können und erbat, das Amt des Wesirs einnehmen zu dürfen – des obersten Beraters und nach dem *Gaddhi* zweithöchsten Würdenträgers des Landes. Um sich selbiges Amt zu verdienen, versprach er, der Bedrohung durch die Sandgorgonen ein für allemal ein Ende zu bereiten. Und das tat er wahrhaftig – wie, das weiß ich nicht. Mag sein, nur er allein weiß es. An seiner Errungenschaft aber ist nicht zu rütteln. Dank seiner Künste verwob er die Stürme der Großen Wüste zu einem übermächtigen Wirbel, der sich mit solcher Stärke dreht, daß er mit einer jeden Drehung den Untergrund verheert und sogleich von neuem ebnet. Und in diesen Wirbel – heute Schrecken der Sandgorgonen geheißen – bannte er jene Geschöpfe und kerkerte sie gleichsam darin ein. Dort hausen sie noch, ihre Gewalt umkreist und gemeistert von mächtigerer Gewalt. Man sagt, daß man den Schrecken der Sandgorgonen von den Höhen der Sandbastei aus zu sehen vermag, wie er ohne Unterlaß und für alle Zeit seine Macht rundherum wirbelt, ohne sich von der Stätte zu entfernen, an die er gebannt ist, oder durchlässig zu werden. Und man erzählt, daß die Sandgorgonen, indem die Jahrhunderte verstreichen, nach und nach sterben, eine nach der anderen durch den Verlust der Freiheit und der Weite des offenen Sandes in Verzweiflung gestürzt werden und darin vergehen. Und des weiteren heißt es …« – Pechnase sprach leiser weiter –, »daß der Wesir bei Gelegenheit die eine oder andere von ihnen freiläßt, um sie mit dunklen Zwecken zu beauftragen. Denn des *Gaddhi* Wesir, Kasreyn von dem Wirbel, weilt noch in *Bhrathairealm,* an Jahren weit älter als selbst ein Riese werden kann, wiewohl man ihm nachsagt, er sei sterblich wie jeder Mensch.

Die *Bhrathair* pflegen nicht länger zu leben als Menschen deinesgleichen, Auserwählte. *Gaddhi* haben sie viele seit Kasreyns Ankunft gehabt, denn bei ihnen geht die Herrscherwürde nicht in aller Ruhe von der einen zur nächsten Geschlechterfolge über. Kasreyn von dem Wirbel aber bleibt. Er war's, der den Bau der Sandbastei in die Wege geleitet hat. Und aufgrund seiner Macht und der Vielzahl seiner Jahre sagt man allgemein von ihm, ein jeder *Gaddhi* sei nur sein Werkzeug, durch das er sich verbirgt, so daß er hinter der Gestalt des Herrschers selbst der wahre Herrscher ist, während das Wirken seiner Hand verheimlicht wird. Ob's sich tatsächlich so verhält, weiß ich nicht. Doch ich will dich auf folgendes Zeugnis verweisen.« Mit einem langen Arm zeigte er hinüber zur Sandbastei. Während die Sternfahrers Schatz den Hafen durchquerte, hob das Bauwerk sich immer deutlicher und herausragender gegen den Himmel über der Wüste ab. »Dort erblickst du sein Werk in seinen fünf Stufen, jede weithin gepriesen als vollkommener Kreis, jeder Kreis an einer Seite auf und in den anderen gesetzt. Durch den Sandwall unserem Blick entzogen ist gegenwärtig das Erste Rund, das den Unterbau für das Zweite Rund abgibt. Auf letzteres ist das Rund des Reichtums gebaut. Darauf wiederum befindet sich das Rund der Hoheit, das ist die Stufe, darin der *Gaddhi* auf seiner Kanzel thront. Die fünfte und höchste Stufe allerdings ist der Turm, den du dort oben siehst, und er trägt den Namen Wesirswacht, denn in seinem Innern wohnt Kasreyn von dem Wirbel und betreibt all seine Künste. Im Angesicht einer solchen Erhöhung bezweifle ich nicht, daß sein Wille in ganz *Bhrathairealm* gilt – ja, und auch in der Großen Wüste selbst.« In seinem Tonfall widerspiegelte sich eine Mischung aus Respekt und Vorbehalten; und seine Worte riefen auch in Linden gemischte Gefühle hervor. Sie bewunderte die Sandbastei; gleichzeitig mißfiel ihr, was sie über Kasreyn hörte. Ein Mann, der die Macht besaß, die Sandgorgonen auszuschalten, hatte auch die Macht zu schrankenloser Tyrannei. Darüber hinaus bereitete das Schicksal der Sandgorgonen ihr Unbehagen. In ihrer eigenen Welt pflegte man regelmäßig wilde Tiere auszurotten; aber die Welt war dadurch noch nie besser geworden. Aber Pechnase war noch nicht fertig. Er lenkte ihre Aufmerksamkeit auf den Hafen. Die Morgensonne schimmerte auf dem Wasser. »Doch auf jeden Fall sind die *Bhrathair* insgesamt beträchtlich gediehen. An vielem ermangelt's ihnen, das man zu einem angenehmen Leben braucht, denn es heißt, daß es in ganz *Bhrathairealm* nur fünf Quellen mit frischem Wasser und zwei Flecken urbaren Bodens gibt. Andererseits aber besitzen sie vieles, dessen andere Völker entbehren. Dank des durch Kasreyn bescherten Friedens ist der Handel unerhört erblüht. Und die *Bhrathair* sind kunstfertige Schiffbaumeister geworden, danach bestrebt, auch mit ihren entfernten Nachbarn Handel treiben zu können. Die Geschichten, welche wir über *Bhrathairain* und die Sandbastei vernommen haben, wiesen Mißtöne des Argwohns auf … Doch schau selbst! Eindeutig ist dies kein Ort des Mißtrauens.«

Linden sah, was er meinte. Indem sich die Sternfahrers Schatz den Piers und Anlegeplätzen zu Füßen der Stadt näherte, konnte man die Vielfalt der Dutzenden von Schiffen, die dort lagen, die geschäftige Aktivität an den Hafenanlagen besser erkennen. Zwar befanden sich im Hafen – manche an Molen, einige in Anlegebuchten des Sandwalls – auch verschiedenartige Kriegsschiffe: große Monoremen; Triremen mit eisernen Rammspornen; mit Katapulten ausgerüstete Galeeren. Aber allem Anschein nach hatte ihre Anwesenheit keinerlei Einfluß auf die Vielzahl anderer Schiffe, die sich im Hafen drängten. An den Hafenmauern wimmelte es von Brigantinen, Windjammern, Schaluppen und Handelsschiffen aller möglichen Arten, die gemeinsam vorm betriebsamen Hintergrund der Stadt einen Wald aus Masten und Rahen schufen. Welches Mißtrauen irgend jemand *Bhrathairealm* auch entgegenbringen mochte, es wirkte sich jedenfalls nicht nachteilig auf die Lebhaftigkeit der Handelsbeziehungen aus. Und die Luft war voller Vögel. Möwen, Krähen und Kormorane kreisten und lärmten über den Masten und zwischen den Rahen, hockten auf den Dächern von *Bhrathairain,* nährten sich vom Abfall und Unrat der Schiffe. Falken und Habichte zogen wachsam Kreise sowohl über der Stadt wie auch dem Hafen. In *Bhrathairain* mußte in der Tat Wohlstand herrschen, wenn es so viele laute Stöberer und Räuber füttern konnte. Es freute Linden, die Vögel zu sehen. Vielleicht handelte es sich um unsaubere und nicht sonderlich bunte oder putzige Tiere; aber sie lebten. Sie schienen die Reputation des Hafens, daß man in ihm stets ein Willkommen fand, zu unterstreichen.

Als die *Dromond* nah genug war, um den Lärm und das Stimmengewirr der Hafenanlagen vernehmlich werden zu lassen, kam ihr durchs Hafenbecken eilig ein Skiff entgegen. Vier dunkelhäutige Männer ruderten das Boot zügig auf das Riesen-Schiff zu; ein fünfter Mann stand im Heck. Noch ehe sich das Skiff in Rufweite befand, begann letzterer der Sternfahrers Schatz auf zweckbestimmte Weise zuzuwinken. Lindens Miene mußte ihre Verdutztheit gezeigt haben, denn Pechnase lachte gedämpft. »Gewiß gedenkt er uns zu einem Anlegeplatz zu lotsen, der für ein Schiff von der Größe unserer *Dromond* geeignet ist.« Gleich darauf stellte Linden fest, daß der Riese recht hatte. Blankehans verstand anscheinend die Gesten des *Bhrathair,* und er richtete sich nach den Empfehlungen; das Skiff drehte vor dem Riesen-Schiff und schwamm ihm zu den Hafenmauern voraus. Indem er folgte, brachte

Blankehans die Sternfahrers Schatz binnen kurzem zu einem geräumigen, tiefen Anlegeplatz zwischen zwei langgestreckten Landungsbrücken. Dort warteten Hafenarbeiter, um beim Anlegen behilflich zu sein. Sie merkten jedoch bald, daß sie für die *Dromond* wenig tun konnten. Die Trossen, die man ihnen aufs Hafengemäuer warf, waren zu dick, als daß sie damit hätten umgehen können. Als Riesen von Bord sprangen, um das Schiff festzumachen, wichen die *Bhrathair* voller Staunen zurück und betrachteten das große steinerne Wasserfahrzeug vom oberen Ende der Landestelle aus. Es dauerte nicht lange, bis sich eine regelrechte Menschenmenge versammelt hatte – weitere Hafenarbeiter, Seeleute von benachbarten Schiffen, Händler und Bürger der Stadt, die noch nie ein Riesen-Schiff gesehen hatten.

Während sie die *Dromond* bestaunten, beobachtete Linden ihrerseits mit Interesse die Leute. Die meisten ihrer Äußerungen fielen in Sprachen, die sie nicht verstand. Linden sah Menschen jeder Hautschattierung und Statur; ihre Kleidung erstreckte sich von Kleidungsstücken, die so schlicht waren wie jene, die Sunder und Hollian getragen hatten, bis hin zu exotischen Prunkgewändern, in kräftigen Farben aus Seide und Taft gewoben, die einem Sultan gestanden hätten. Gelegentlich war auch ein pomphaft aufgeputzter Seefahrer zu sehen, vielleicht Kapitän oder Eigentümer eines Schiffs. Am auffälligsten jedoch war eindeutig das modische Gepränge der *Bhrathair* selbt. Sie waren unverkennbar wohlhabend. Und ihr Wohlstand hatte ihnen Geschmack an Großtuerei eingegeben.

Dann ging Bewegung durch die Menschenmenge, während ein Mann sich den Weg zur Hafenmauer bahnte; er war so dunkelhäutig wie die Männer in dem Skiff, aber seine Bekleidung erlaubte auf einen höheren Rang zu schlußfolgern. Er trug Bluse und Hose aus kostbarem Stoff, der wie Satin glänzte; sein Gürtel war aus hellsilbernem Metall geflochten; an seine rechte Schulter war wie eine Dienstplakette ein silbernes Abzeichen geheftet. Er trat auf, als wolle er den Zuschauern zeigen, daß auch ein Schiff von der Größe der Sternfahrers Schatz ihn nicht einschüchtern könne; unterhalb des Achterdecks blieb er stehen und wartete mit einem Gehabe der Ungeduld auf Einladung und Möglichkeit, an Bord zu kommen. Auf Blankehans' Befehl ließ man dem Schwarzgekleideten eine Strickleiter hinab. Linden schlenderte mit Pechnase hinüber. Die Erste und Seeträumer hatten sich dort bereits zum Kapitän gesellt und Brinn und Covenant aus seiner Kabine geholt. Cail befand sich ständig hinter Lindens linker Schulter; auch Ceer und Hergrom waren in der Nähe. Nur Hohl und Findail zogen es vor, die Ankunft des *Bhrathair* zu ignorieren. Einen Moment später stieg der Mann über die Reling und verharrte vor den versammelten Gefährten. »Ich bin der Hafenmeister«, sagte er ohne jede Einleitung. Er besaß eine gutturale Stimme, deren sonderbarer Klang in Lindens Ohren durch den Umstand Betonung erfuhr, daß er sich nicht seiner Muttersprache bediente. »Um hier anzulegen oder Handel zu treiben, bedürft ihr meiner Einwilligung. Zuerst nennt mir eure Namen und den eures Schiffs.«

Blankehans sah die Erste an; aber sie rührte sich nicht von der Stelle. »Dies Schiff ist die *Dromond* Sternfahrers Schatz«, sagte er daraufhin in gleichmäßigem Ton zum Hafenmeister. »Ich bin Grimme Blankehans, ihr Schiffsmeister.«

Der Beamte schrieb etwas auf eine Wachstafel, die er mitführte. »Und diese anderen?«

Angesichts des Tonfalls, dessen der Mann sich befleißigte, straffte sich Blankehans. »Sie sind Riesen und Freunde der Riesen. In vergangenen Zeiten galten die Riesen bei den *Bhrathair* als wertgeschätzte Bundesgenossen.«

»In vergangenen Zeiten«, erwiderte der Hafenmeister mit einem Blick direkter Herausforderung, »war die Welt anders, als sie heute ist. Meine Pflicht kennt keine Rücksicht auf bedeutungslos gewordene Bündnisse. Wenn ihr im Umgang mit mir keine Offenheit walten laßt, wird mein Entscheid zu euren Ungunsten ausfallen.« Die Augen der Ersten funkelten von rasch gewecktem Zorn; aber ihre Rechte konnte nur nach einer leeren Schwertscheide greifen, und daher beherrschte sie sich. Indem Blankehans seinen Ärger unterdrückte, nannte er die Namen seiner Gefährten. Wichtigtuerisch schrieb der *Bhrathair* sie alle auf sein Wachstäfelchen. »Nun wohl«, sagte er, als er fertig war. »Woraus besteht eure Fracht?«

»Fracht?« wiederholte Blankehans verdrossen. »Wir haben keine Fracht.«

»Keine?« schnauzte der Hafenmeister in plötzlicher Entrüstung. »Seid ihr nicht gekommen, um mit uns zu handeln?«

Der Kapitän verschränkte die Arme auf seiner wuchtigen Brust. »Nein.«

»Dann müßt ihr von Sinnen sein. Was anderes ist eure Absicht?«

»Deine eigenen Augen können dir darüber Aufschluß geben.« Die Stimme des Riesen grollte wie große Felsklötze, die aneinander rieben. »Wir haben in schwerem Sturm erheblichen Schaden erlitten. Wir brauchen Stein, um unser Schiff wiederherzustellen, und müssen unsere Vorräte ergänzen.«

»Pah!« brauste der Hafenmeister auf. »Du bist mit Unwissenheit geschlagen, Riese, oder ein Narr!« Er sprach auf eine Weise, die zu der Hitze paßte, als wäre seine Laune durch das fortgesetzte Glühen der Wüstensonne geprägt worden. »Wir sind die *Bhrathair*, kein Bauernvolk, bei dem ihr mit eurer Körpergröße Eindruck zu schinden vermögt. Wir wohnen am Rande der Großen Wüste, und unser Dasein ist hart. Was wir an Annehmlichkeiten besitzen, erlangen wir durch Handel. Ich gewähre nichts, wenn uns nichts geboten wird. Wenn ihr keine Fracht bringt, müßt ihr, was ihr begehrt, mit anderer Münze bezahlen. Ermangelt's euch auch daran, so müßt ihr wieder fahren. So lautet mein Wort.«

Blankehans bewahrte Ruhe; doch er wirkte, als sei er auf jede Gefahr gefaßt. »Und wenn's uns nicht beliebt, ohne weiteres wieder auszulaufen? Solltet ihr nach Kampf mit uns trachten, werdet ihr für die Erkenntnis, daß zwei mal zwanzig Riesen nicht leicht zu bezwingen sind, einen hohen Preis entrichten müssen.«

Der Hafenmeister zögerte nicht mit der Antwort; sein Vertrauen auf sein Amt kannte keine Grenzen. »Im Falle ihr weder zahlen noch fahren wollt, wird euer Schiff zerstört, noch ehe der Abend dämmert. Kein Mann und kein Weib wird wider euch die Hand erheben. Es steht euch frei, an Land zu gehen und zu rauben, auf was ihr aus seid. Doch während ihr das treibt, werden fünf Galeeren euer Schiff mittels ihrer Katapulte mit Steinen und Feuer überschütten, so daß es in Trümmer bricht, wo's liegt.«

Einen Moment lang reagierte der Kapitän der Sternfahrers Schatz nicht. Linden befürchtete, er wisse darauf nichts zu tun, es sei ein verhängnisvoller Fehler gewesen, sich für das Anlaufen des Hafens zu entscheiden. Niemand regte sich oder sagte etwas. In der Höhe schwangen sich ein paar Vögel herab, um die *Dromond* in näheren Augenschein zu nehmen, flatterten davon. »Derbhand«, sagte Blankehans schließlich mit ruhiger Stimme, die jedoch ohne weiteres zum Ankermeister aufs Achterkastell drang. »Sorge für Kampfbereitschaft der *Dromond!* Bereite die Übernahme von Vorräten und alsbaldiges Auslaufen vor! Windsbraut.« Die Lagerverwalterin stand nahebei. »Nimm diesen Hafenmeister in Gewahrsam!« Sofort trat Windsbraut vor und legte eine große Faust um den Hals des *Bhrathair.* »Allzu geschwind droht er Hilfsbedürftigen Übles an. Mag er mit uns teilen, was wir, wenn's sein muß, an Unheil erleiden sollen.«

»Narren!« Der Hafenbeamte versuchte gerechten Zorn zu zeigen, aber durch die Würdelosigkeit des Griffs, in den Windsbraut ihn genommen hatte, machte er lediglich einen spastischen, wild gewordenen Eindruck. »Es weht kein Wind! Ihr liegt fest, bis am Abend neuer Wind aufzieht!«

»Du sitzt mit uns in derselben Falle«, entgegnete Blankehans gelassen. »Unterdessen wollen wir uns der Aufgabe widmen, euren Hafen den Unmut von Riesen verstehen zu lehren. Als die Sandgorgonen die *Bhrathair* bedrängten, war unsere Freundschaft für uns kein leichtfertig gegebenes Geschenk. Nun sollt ihr sehen, daß unsere Feindschaft nicht leicht zu erdulden ist.«

Unter den Zuschauern auf dem Kai brach Tumult aus. Unwillkürlich fuhr Linden herum, um zu schauen, ob sie die *Dromond* anzugreifen beabsichtigten. Doch schon im nächsten Moment erkannte sie, daß die Unruhe nichts mit bedrohlichem Verhalten zu schaffen hatte. Vielmehr war sie darauf zurückzuführen, daß fünf Reiter ziemlich roh ihre Tiere durch die Menschenansammlung trieben. Auf Rössern, die so schwarz waren wie Mitternacht, ritten die fünf auf das Schiff zu. Sie waren eindeutig Soldaten. Über ihren schwarzen Blusen und Hosen trugen sie Brustpanzer und Beinschienen aus silbrigem Metall; auf dem Rücken hatten sie Armbrüste und Köcher, kurze Schwerter an den Seiten und an ihren Armen Schilde. Sobald sie die Menschenmenge durchquert hatten, jagten sie ihre Pferde im Galopp die Hafenmauer entlang und brachten sie mit scharfem Zügeln unter der Strickleiter der *Dromond* zum Stehen. Vier von ihnen blieben auf den Pferden; der fünfte Reiter, dessen Brustpanzer in der Mitte ein Emblem aufwies, das wie eine schwarze Sonne aussah, sprang behend ab und erstieg die Leiter. Ceer, Hergrom und die Riesen nahmen eine wachsame Haltung ein; aber der Soldat machte keinerlei Anstalten zu Feindseligkeiten. Er ließ einen Blick, der von

Beeindrucktheit zeugte, übers Deck schweifen, dann wandte er sich an den Hafenbeamten, der in Windsbrauts Griff halb hing, und fing auf ihn einzuschreien an. Der Soldat verwendete eine derbe Sprache, die Linden nicht verstand, offenbar die Muttersprache der *Bhrathair.* Infolge von Windsbrauts Faust klangen die Antworten des Hafenmeisters etwas erstickt; doch anscheinend verteidigte er sich. Pechnase gab Linden einen leichten Schubs an die Schulter. Als sie ihn anschaute, zwinkerte er ihr bedeutsam zu. Mit einem inneren Ruck entsann sich Linden an die Gabe der Sprachen, über die die Riesen verfügten – und achtete sofort darauf, sich nichts anmerken zu lassen. Die übrigen Riesen bewahrten ausdruckslose Mienen. Nach einem Gebrüll, durch das der Hafenmeister endlich einen außerordentlich zerknirschten Eindruck erregte, verlagerte der Soldat seine Aufmerksamkeit auf Blankehans und die Erste. »Um Vergebung«, sagte er. »Des Hafenmeisters Pflichten sind unmißverständlich, doch er legt sie allzu eng aus …« – die Bösartigkeit seines Tons galt dem Hafenbeamten – »und versteht sich ansonsten auf wenig anderes. Ich bin Rire Grist, *Caitiffin* der Reiterei des *Gaddhi.* Auf der Sandbastei ist die Ankunft eures Schiffs erspäht worden, und man hat mich ausgeschickt, um euch willkommen zu heißen. Leider hat das Gedränge in den Straßen mich aufgehalten, so daß ich nicht rechtzeitig genug eingetroffen bin, um Mißverständnisse vermeiden zu können.« Bevor Blankehans etwas antworten konnte, sprach der *Caitiffin* weiter. »Gebt diesen pflichtvergessenen Mann frei! Er hat nunmehr begriffen, daß er euch im Namen der alten Freundschaft mit den Riesen und nach dem Willen des *Gaddhi* jedwede Unterstützung angedeihen zu lassen hat, die er zu gewähren vermag. Ich bin sicher, daß all eure Wünsche nun sogleich erfüllt werden.« Über die Schulter sah er den Hafenmeister an. »Und mit aller Höflichkeit«, ergänzte er. »Mögt ihr ihn nicht freilassen?«

»Mag sein, in einem Weilchen«, grollte Blankehans' Stimme. »Zu gerne möchte ich noch mehr von dir vernehmen, was des *Gaddhi* Willen in bezug auf uns betrifft.«

»Freilich«, entgegnete Rire Grist mit einer Verbeugung. »Rant Absolain, *Gaddhi* von *Bhrathairealm*, entbietet euch voller Wohlwollen seinen Gruß. Es ist sein Wunsch, euch das uneingeschränkteste Willkommen zu bereiten und all euren Bedürfnissen zu genügen. Und er bittet jene von euch, die nicht nötiger Arbeiten halber auf dem Schiff verbleiben müssen, in der Sandbastei seine Gäste zu sein. Weder er noch Kasreyn von dem Wirbel, sein Wesir, haben je Riesen gekannt, und beide sinnen eifrig darauf, diesen Mangel zu beheben.«

»Du sprichst die höfliche Sprache der Gastfreundschaft.« Blankehans' Ton blieb unverbindlich. »Doch du dürftest verstehen, daß unser Vertrauen ein wenig getrübt worden ist. Gewähre mir die Frist für eine Beratung mit meinen Freunden.«

»Das Schiff ist euer«, sagte der *Caitiffin* ungezwungen. Anscheinend besaß er bereits seine Erfahrungen darin, dem Willen des *Gaddhi* den Weg zu ebnen. »Ich maße mir nicht an, euch zur Eile zu drängen.«

»Das ist klug.« Rauher Humor war in Blankehans' Augen zurückgekehrt. »Wir Riesen sind kein hastiges Volk.« Mit einer Verneigung, die auf eine ironische Nachahmung von Höflichkeit hinauslief, entfernte er sich zum Achterkastell. Linden schloß sich Blankehans zusammen mit der Ersten, Seeträumer und Pechnase an. Cail begleitete sie; Brinn führte Covenant. Auf dem Achterkastell angelangt, versammelten sie sich um Herzensfreude, wo sie sich außer Hörweite Rire Grists befanden. Unverzüglich gab Blankehans die Rolle auf, die er vor den *Bhrathair* gespielt hatte, ordnete sich wie gewohnt wieder der Ersten unter. »Was ist deine Meinung?« fragte er sie mit gedämpfter Stimme.

»Ich sehe die Sache mit Mißfallen«, murrte sie. »Dies Willkommen ist mir allzu versöhnlich. Ein Volk, das erst des ausdrücklichen Gebots des *Gaddhi* bedarf, ehe es Schiffbrüchigen Beistand zukommen läßt, ist für mein Empfinden nicht wahrhaft freundlich gesinnt.«

»Doch haben wir eine Wahl?« gab Pechnase zu bedenken. »Ein so seltsam gewährtes Willkommen mag leicht auf ebenso seltsame Weise widerrufen werden. Es ist schwerlich zu leugnen, wir sind auf des *Gaddhi* Gutwilligkeit angewiesen. Sollten wir sein Anerbieten ablehnen, werden wir sein Wohlwollen sicherlich verwirken.«

»Gewiß«, antwortete die Erste. »Und nicht minder werden wir's verwirken, wenn wir in seinem Bau, dieser Sandbastei, einen Fehltritt tun oder ein falsches Wort äußern. Dort wird unsere Freiheit ein so wacklig Ding sein wie die Gastfreundschaft der *Bhrathair.*« Sie und Blankehans richteten ihren Blick auf Seeträumer, um womöglich zu erfahren, wozu die Erd-Sicht riet. Aber er schüttelte den Kopf; er hatte dazu keine Stellungnahme abzugeben. Daraufhin lenkten alle ihre Aufmerksamkeit auf Linden. Sie hatte seit dem Aufkreuzen des Hafenmeisters noch kein Wort gesprochen. Der glutheiße Sonnenschein schien ihre Gedanken mit einem Schleier wie in einem Omen des Unvermögens zu belegen. Die Sandbastei ragte über *Bhrathairain* auf wie ein steinernes Abbild der Drehkraft, die den Schrecken der Sandgorgonen geschaffen hatte. Intuitive Eingebungen, die Linden nicht näher zu bezeichnen vermocht hätte, sagten ihr, daß der *Gaddhi* und sein Wesir für die Suche sowohl ein Risiko wie auch eine Chance verkörperten. Sie mußte gegen wachsende innere Verwirrung ankämpfen, um die Blicke der Riesen erwidern zu können.

»Worüber hat der *Caitiffin* mit dem Hafenmeister geredet?« erkundigte sie sich mit einiger Mühe.

»Der Inhalt ihrer Worte«, gab Blankehans bedächtig Auskunft, »war dem Sinne nach nicht anders als die Worte, die der

Caitiffin an uns gerichtet hat. Er erteilte ihm eine strenge Rüge, weil er gegen des *Gaddhi* Bereitschaft, uns willkommen zu heißen, verstoßen hatte. Seine Heftigkeit jedoch bringt mich auf einen anderen Gedanken. In gewisser Hinsicht ist dies Willkommen nicht allein bereitwillig – ihm ist sogar ein bestimmtes Maß an Dringlichkeit zu eigen. Ich vermute, Rire Grist ist mit Nachdruck nahegelegt worden, auf keinen Fall zu versagen.«

Linden schaute zur Seite. Sie hatte sich aufschlußreichere Angaben erhofft. »Wir haben unsere Entscheidung bereits getroffen«, sagte sie lustlos, »als wir den Entschluß gefaßt haben, den Hafen anzulaufen.« Immer wieder zog die Sandbastei ihre Aufmerksamkeit an. Gewaltige Macht verbarg sich hinter ihren kahlen Mauern. Und Macht bedeutete Lösungen.

Die Riesen tauschten Blicke aus. Als die Erste grimmig nickte, rückte Blankehans seine Schulter zurecht und wandte sich an Derbhand. »Ankermeister«, sagte er fest, »ich überantworte Sternfahrers Schatz deiner Obhut. Behüte sie gut. Die Sicherheit unseres Schiffs ist unser oberstes Anliegen. An zweiter Stelle der Dringlichkeit steht Stein für Pechnases Werk. Drittens sind neue Vorräte wichtig. Und du mußt Mittel ersinnen, uns zu warnen, sobald Gefahr droht. So's notwendig ist, zögere nicht, ohne uns abzulegen. Wir werden, wenn's dahin kommt, bei den Spitzen an Bord zurückkehren.«

Derbhand bestätigte die Anweisungen. Sein hageres, wettergegerbtes Gesicht zeigte kein Zögern. Risiko und Verantwortung waren ihm recht; sie lenkten ihn von seiner alten, eingefleischten Melancholie ab. »Ich bleibe auf der *Dromond«*, sagte Pechnase, obwohl man ihm anmerkte, daß diese Vorstellung ihm wenig behagte. Er wich ungern von der Seite der Ersten. »Ich muß ans Werk. Wenn Gefahr in Verzug sein sollte, wird Derbhand mich zur Sandbastei senden, um euch zu verständigen.«

Erneut nickte die Erste. Blankehans gab Pechnase kameradschaftlich einen leichten Klaps auf die Schulter, dann wandte er sich zum Achterdeck. »Lagermeisterin«, sagte er mit klarer, lauter Stimme, »laß den Hafenmeister frei. Wir werden die großmütige Gastfreundschaft des *Gaddhi* annehmen.«

Über den Schiffen schrien die Krähen und Möwen unablässig wie in Raubgier.

14
DIE SANDBASTEI

Linden folgte Blankehans, der Ersten und Seeträumer vom Achterkastell hinunter zum *Caitiffin.* Sie überlegte, ob sie versuchen sollte, Brinn auszureden, daß er Covenant zur Sandbastei mitnahm, oder nicht. Sie empfand instinktiven Argwohn gegen die Festung. Aber die Sonnenglut auf ihren Gedanken erschwerte ihr das Überlegen. Und sie mochte nicht von Covenant getrennt werden. Er wirkte in seiner Schlaffheit und inneren Leere so schutzlos, daß sie zwischen ihm und jeder etwaigen Gefahr stehen wollte. Außerdem war sie besser als jeder andere dazu in der Lage, seinen Zustand unter Beobachtung zu behalten.

Der Hafenmeister war inzwischen mitsamt seiner angeschlagenen Würde eiligst von Bord der *Dromond* geflohen. Rire Grist versicherte mehrfach überschwenglich, *Gaddhi* Rant Absolain werde es mit größter Freude aufnehmen, daß die Gefährten auf seine Einladung eingingen, und Blankehans antwortete ihm darauf mit eigenen feierlichen Floskeln. Doch Linden hörte ihnen nicht zu. Sie musterte Hohl und Findail. Die beiden kamen geradewegs auf die versammelten Gefährten zu, als wären sie zwei alte Kumpel. Hohls undurchdringliche Schwärze bildete jedoch einen krassen Gegensatz zu Findails bleicher Haut, seinem cremefarbenen Gewand und der Miene habitueller Griesgrämigkeit. Die Zerfurchung von Findails Gesicht schien sich vertieft zu haben, seit Linden ihn zuletzt angesehen hatte; und seine gelben Augen verrieten permanenten Verdruß, als wäre Hohls Anwesenheit für ihn eine anhaltende Belästigung. Offensichtlich hegte das ungleiche Paar die Absicht, sie und Covenant in die Sandbastei zu begleiten. Falls die Merkwürdigkeit der beiden Gestalten Rire Grist überraschte, ließ er sich nichts anmerken. Er schloß sie mit in die Anbringung seiner Höflichkeiten ein, dann begann er auf den Kai zurückzuklettern. Die Riesen schickten sich an, ihm zu folgen. Die Erste verabschiedete sich kurz, aber nachdrücklich von Pechnase, dann schwang sie sich dem *Caitiffin* hinterdrein auf die Leiter. Nach ihr schlossen Blankehans und Seeträumer sich an. Covenant in ihrer Mitte, verharrten Brinn und Hergrom an der Reling, um Linden eine Gelegenheit zu geben, sich zu äußern. Aber sie wußte nichts zu sagen. Die Klarheit sickerte aus ihren Gedanken wie aus ihrer Haut der Schweiß, der ihr an den Schläfen das Haar verdunkelte. Brinn zuckte andeutungsweise mit den Schultern, dann hoben die *Haruchai* Covenant über die Reling in Seeträumers bereitgehaltene Hände. Linden zögerte noch einen Moment lang, darum bemüht, die Klarheit ihres Denkvermögens wiederherzustellen. Ihre Wahrnehmung erkannte in Rire Grist Heimlichkeiten: seine Aura verwies auf versteckte Ziele und bewußte Irreführung. Aber er erweckte keinen Eindruck von Schlechtigkeit. Seinen Emanationen fehlte es am ätzenden Charakter der Bosheit. Weshalb war ihm dann so unbehaglich zumute?

Linden hatte erwartet, Hohl und Findail würden sich Covenant unmittelbar anschließen; statt dessen warteten sie auf sie. Hohls Augen gaben nichts preis, sahen vielleicht gar nichts. Und Findail vermied es, Linden anzuschauen; es war ihm anscheinend zuwider, sich ihrer Sinneswahrnehmung auszusetzen. Die stumme Erwartung der beiden trieb Linden endlich an. Verlegen schritt sie zur Reling, senkte ihre Füße auf die Sprossen der Leiter, ließ sich gewissermaßen – wie willenlos – vom eigenen Gewicht hinabbefördern. Als sie zu den bereits von Bord gegangenen Gefährten stieß, stiegen gerade auch die vier anderen Soldaten aus den Sätteln, und der *Caitiffin* bot die Pferde ihr und ihrer engeren Begleitung an. Sofort schwang sich Brinn hinter einen Sattel, und Hergrom hob Covenant hinauf in Brinns Arme. Ceer und Hergrom nahmen jeder ein Pferd und überließen eines Linden und Cail. Diesmal erlaubte sich Linden kein Zögern. Diese Tiere waren bedeutend kleiner und weniger gefährlich als die Landläufer der Sonnengefolgschaft. Obwohl sie im Reiten nicht die geringste Erfahrung besaß, schob sie einen Fuß in den Steigbügel, packte mit beiden Händen den Sattelknauf und zog sich hoch. Im Handumdrehen saß Cail hinter ihr. Während Rire Grist sein Pferd bestieg, ergriffen seine Untergebenen die Zügel ihrer Tiere. Blankehans und die Erste begaben sich an die Seiten des *Caitiffin;* Seeträumer trat zwischen die Pferde, die Covenant und Linden trugen. Danach kamen Ceer und Hergrom, und den Schluß machten Hohl und Findail. In dieser Anordnung verließen sie die Hafenanlagen und strebten wie eine Prozession in die Innenstadt von *Bhrathairain*. Die Besatzung rief ihnen keine Abschiedsworte nach. Der Wagemut der Gefährten veranlaßte die Riesen der Sternfahrers Schatz zu respektvollem Schweigen. Auf Rire Grists Befehl wichen die Menschen auf dem Kai beiseite. Rings um Linden erhob sich in Sprachen, die sie nicht kannte, ein Stimmenwirrwarr des Staunens und der Neugier. Am häufigsten war der rüde Zungenschlag der *Bhrathair* zu hören. Nur wenige Zuschauer drückten ihre Verwunderung in der Verkehrssprache des Hafens aus – jener Sprache, die Linden verstand. Aber sie hatte das Gefühl, daß deren Äußerungen den allgemeinen Tenor des Geredes recht gut wiedergaben. Leute behaupteten den Nebenstehenden gegenüber, so etwas ungewöhnliches wie Riesen schon gesehen zu haben, und Findail fanden sie auch nicht sonderlich bemerkenswert. Linden und Covenant dagegen – sie in kariertem Flanellhemd und enger Hose, er in seinem alten T-Shirt und den Jeans – hielt man für seltsam gekleidet; und Hohl betrachtete man in der Tat als eines der sonderbarsten Geschöpfe, die je in diesem Teil der Welt aufgetaucht seien. Linden lauschte den Ausrufen und Wortwechseln wachsamen Ohrs, hörte aber nirgends irgendwie feindselige Reden, sondern überall nur Überraschung.

Eine Strecke weit ritt der *Caitiffin* durch die Hafenanlagen voraus, dann bog er in eine Gegend zwischen dem Hafen und einem Viertel gutbesuchter Geschäfte ab, in denen Seefahrer den unmittelbaren Bedarf decken konnten: Dort führte man Segeltuch, Werg, Holz, Taue und Nahrungsmittel. Doch sobald er den Weg durch lange, enge, mit Kopfsteinpflaster versehene Straßen hinauf zur Sandbastei nahm, wechselte die Art der Läden und angebotenen Waren. Händler von Luxusartikeln und Waffen beherrschten das Bild; an jeder Ecke gab es Tavernen. Die meisten Häuser bestanden aus Stein und waren mit Dachpfannen gedeckt; und selbst im kleinsten Laden sah man lebhaften Betrieb, als strotze ganz *Bhrathairain* nur so von allgemeinem Wohlstand. An jeder Tür, in jeder Gasse und Straße drängten sich Menschen; dunkelhäutige und aufwendig gekleidete *Bhrathair* und gleichermaßen zahlreiche Seeleute. Händler und Kaufleute aus jedem Land und jedem Volk in diesem Bereich der Welt wimmelten durcheinander. Schwer hingen die Gerüche dichter Bevölkerung in der Luft – der Duft von exotischen Gewürzen und Parfümen, der beißende Atem von Schmieden und Metallmanufakturen, von Gefeilsche und Gewinnsucht, der Gestank von Schweiß und überlasteten Kloaken. Und bei alldem lastete die Hitze wie ein Mühlstein auf der Stadt, preßte Geräusche und Gerüche sogar aus den Pflastersteinen unter den Hufen der Pferde. Der Druck stumpfte Lindens Sinne ab, beschränkte ihre Reichweite; aber obwohl sie Anzeichen von Habsucht und Begierde aller Grade bemerkte, spürte sie unverändert nirgendwo Feindschaft oder Heimtücke, keine Beweise von Bösartigkeit. *Bhrathairain* mochte seine Besucher mit faulen Tricks in Armut stürzen; aber herfallen würde man hier nie über sie.

In gewissen Abständen unterbrach Blankehans seine Besichtigung der Stadt, um dem *Caitiffin* Fragen zu stellen. Eine davon erregte Lindens erhöhte Beachtung. Vollständig unbefangen erkundigte sich der Kapitän, ob das freundliche Willkommen, das man der Sternfahrers Schatz zugedacht hatte, womöglich dem Wesir des *Gaddhi* zu verdanken sei statt Rant Absolain persönlich. Die Antwort des *Caitiffin* fiel so unbekümmert aus wie Blankehans' Frage. »Sicherlich wünscht der *Gaddhi* sowohl eure Bekanntschaft wie auch euer Wohlergehen. Doch ist's wahr, daß Pflichten und Zerstreuung ihn stark beanspruchen. Deshalb müssen manche Angelegenheiten zwangsläufig hinter anderen zurückstehen. In weiser Voraussicht von des *Gaddhi* Willen hat mich sein Wesir, Kasreyn von dem Wirbel mit Namen, damit beauftragt, euch willkommen zu heißen. Für derlei Weitsicht wird der Wesir vom *Gaddhi* sehr geschätzt und desgleichen von allen, in deren Herzen der *Gaddhi* wohnt. Ich darf bemerken …« – diese Ergänzung äußerte er mit einem Anflug der gleichen Ironie, die Blankehans' Höflichkeit zugrunde lag –, »daß es nur wenige gibt, in deren Herz er keinen Platz hat. Wohlleben macht ein Volk seinen Herrschern geneigt.«

Während dieser Erklärung versteifte sich Linden. Für ihre Begriffe besagte sie unzweideutig, daß Rire Grists Treue eher Kasreyn als dem *Gaddhi* galt. In diesem Fall mochte sich hinter der vom *Caitiffin* überbrachten Einladung etwas anderes als zunächst vermutet verbergen. Blankehans jedoch legte weiterhin vorsichtige Umgänglichkeit an den Tag. »Also weilt Kasreyn von dem Wirbel nach so vielen Jahrhunderten des Dienstes noch immer unter euch. Fürwahr, das ist ein Wunder. War's nicht derselbe Kasreyn, dem's gelungen ist, der Sandgorgonen Herr zu werden?«

»Derselbe«, bestätigte Rire Grist. »Der Wesir des *Gaddhi* Rant Absolain ist ebenjener Mann.«

»Weshalb trägt er diesen Namen?« hakte Blankehans nach. »Auf dem ganzen Erdkreis wird er gerühmt. Doch nie habe ich vernommen, welchen Umständen er seinen Namen verdankt.«

»Diese Frage ist leicht zu beantworten.« Anscheinend war der *Caitiffin* durch nichts zu beirren. »›Kasreyn‹ ist der Name, den er trug, als er nach *Bhrathairealm* kam. Und sein Beiname ist ihm aufgrund der Natur seiner Künste verliehen worden. Er ist ein großer Wundertäter, und meistenteils ist die Bewerkstelligung seiner Zauberwerke mit dem Erscheinen von Kreisen verbunden, die sich nach oben ausdehnen, sobald sie sich schließen. Demgemäß ist der Schrecken der Sandgorgonen ein Kreis, der himmelwärts zu einem Wirbelwind wird, darin die Sandgorgonen gebannt und eingeschlossen sind. Und so ist auch die Sandbastei ein rundes Bauwerk, das sich gen Himmel erhebt. Der Wesir kennt auch andersartige Künste, seine bedeutsamsten Werke jedoch verrichtete er mittels der Verwendung von Wirbelwinden und Kreisen.«

Anschließend befaßten sich Blankehans' Fragen mit weniger wichtigen Angelegenheiten, und Lindens Aufmerksamkeit verlegte sich allmählich wieder auf die überfüllten Straßen, die Gerüche und die Hitze von *Bhrathairain*. Während die Gefährten den verschlungenen Weg zur Sandbastei hinaufzogen, wandelte sich langsam der Charakter der Häuser. Die Geschäfte waren hier weniger und dafür um so aufwendiger, mehr städtischer Art und nicht so sehr für die Kundschaft aus Seeleuten und kleinen Bürgern gedacht, die drunten im Hafenviertel einkauften. Wohngebäude aller Art begannen die Tavernen und Läden abzulösen. Um diese Tageszeit – die Sonne hatte vor kurzem den Mittag überschritten – war auf diesen Straßen kein solches Gewühl wie in der Unterstadt. Auch durchwehte sie keine Brise, die den Geruch und die trockene Hitze, die auf allem lastete, gelindert hätte. Wo immer im Hin und Her der Leute eine zeitweilige Lücke entstand und den Blick auf einen Abschnitt der Straße freigab, sah man das Kopfsteinpflaster weißlich schimmern. Aber bald kam Linden nicht mehr dazu, auf derartige Dinge zu achten. Voraus erhob sich die Sandbastei, kahl und gebieterisch wie eine Klippe, und sie hatte für nichts anderes noch Augen.

Rire Grist führte die Gefährten auf das mittlere der drei gewaltigen Tore zu, die von *Bhrathairain* Durchgang zur Sandbastei gewährten. Die Torflügel bestanden aus Steinplatten, verankert mittels großer Angeln und Beschläge aus Eisen, als hätten sie den Zweck, die Sandbastei gegen ganz *Bhrathairain* zu schützen. Doch sie waren offen, und anfangs konnte Linden keine Anzeichen dafür entdecken, daß man sie bewachte. Erst als ihr Reittier sich dem Eingang näherte, vermochte sie die dunklen Gestalten zu erkennen, die sich wachsam hinter den mit Schießscharten versehenen Laibungen beiderseits der Tore bewegten. Blankehans und die Erste links und rechts neben sich, ritt der *Caitiffin* hinein; während Linden folgte – das Herz hämmerte ihr unbeständig in der Brust –, stellte sie fest, daß der Sandwall mindestens dreißig Meter dick sein mußte. Als sie hinter dem Tor wieder ins Sonnenlicht kam, blickte sie sich um und sah die Rückseite der Mauer mit Wehrgängen gesäumt. Aber sie waren leer, als hätte der Wohlstand von *Bhrathairain* sie ihrer Funktion beraubt. Durch das Tor gelangten die Gefährten vor die glatte, nach außen gewölbte Fläche einer weiteren Mauer. Die Sandbastei stand innerhalb eines eigenen, vollkommen runden Ringwalls; und diese Mauer war an beiden Seiten durch zusätzliche Ausläufer des Sandwalls mit den Befestigungen von *Bhrathairain* verbunden. Diese Ausläufer umgrenzten zwei grob dreieckige, offene Innenhöfe, einen an jeder Seite. Und am Mittelpunkt dieser Höfe entsprangen zwei der fünf Quellen von *Bhrathai-*

realm, eine in jedem Hof. Man hatte sie in Springbrunnen aus kunstvollen Steinmetzarbeiten gefaßt, so daß sie im Vergleich mit den bleichen Wällen besonders üppig und lebendig wirkten. Ihr Wasser sammelte sich in Becken, die man offenbar tadellos sauberhielt und aus denen es in unterirdische Kanäle floß, deren einer in die Richtung nach *Bhrathairain* verlief, der andere dagegen zur Sandbastei. In jedem der Ausläufer des Sandwalls, die die Innenhöfe begrenzten, befand sich ein Tor; diese Tore standen ebenfalls offen und führten hinaus ins Umland. Sie boten den *Bhrathair* den einzigen Zugang zu ihren kargen Feldern und den drei anderen Quellen. Zwei weitere Tore, den Brunnen zugewandt, gewährten Einlaß zu den Festungswerken der Sandbastei. Rire Grist brachte die Gefährten zum Tor im östlichen Hof hinüber; der Brunnen machte die Luft für einen Moment feuchtschwül. Sich gänzlich sicher, in keiner Gefahr zu schweben, hüpften Krähen nachlässig vor den Hufen der Pferde beiseite.

Während ihr Reittier den Hof durchquerte, betrachtete Linden den inneren Sandwall. Genau wie die Befestigungen von *Bhrathairain* war er so unnachgiebig, wie die Künste des Wesirs ihn hatten beschaffen können; doch überm Tor erhöhte sich der Oberrand in schwungvoller Formgebung zu zwei riesigen, Wasserspeiern ähnlichen Figuren. Sie sahen aus wie Basilisken und kauerten mit in stummer Wut aufgerissenen Mäulern über dem Eingang.

Die Tore glichen den Stadttoren. Hier allerdings hielten sich die Wächter nicht im verborgenen. An jeder Seite stand eine gedrungene, muskelbepackte Gestalt, die Faust um einen langen Spieß mit scharfer Spitze geklammert. Die Wachen waren gleich gekleidet wie Rire Grist und seine Untergebenen; aber Linden erkannte mit heftigem Erschrecken, daß man sie kaum menschlich nennen konnte. Ihre Gesichter waren viehisch, besaßen Zähne wie Tiger, affenartiges Haar sowie Mäuler und

Äuglein, die an Schweine erinnerten. Die Finger endeten nicht in gewöhnlichen Nägeln, sondern in regelrechten Klauen. Diese Geschöpfe erweckten den Eindruck, stark genug zu sein, um sich mit Riesen messen zu können. Lindens Wahrnehmung schloß jeden Irrtum aus. Das waren keine natürlichen Lebewesen, sondern Ausgeburten irgendeiner schlimmen, unfreiwilligen Artenvermischung. Als sich die Gefährten näherten, versperrten die Wachen das Tor, kreuzten ihre Speere. Im Licht glommen ihre Augen böse. »Namen und Anliegen«, sagten sie zusammen, als hätten sie keinen unabhängigen Willen. Ihre Stimmen grollten wie das Knurren alter Raubtiere.

Rire Grist zügelte vor ihnen sein Pferd. »Das sind *Hustin* der Leibwache des *Gaddhi*«, sagte er zu den Gefährten. »Wie der Hafenmeister verstehen sie ihre Pflicht sehr eng. Doch lassen sie sich ...« – hier zeigte er eine Andeutung trockenen Humors – »weniger leicht von anderen Erfordernissen überzeugen. Es ist unumgänglich, ihnen Rede und Antwort zu stehen. Ich versichere euch, ihr einziges Trachten gilt der Sicherheit, nicht etwa der Unhöflichkeit.« Er wandte sich an die *Hustin*, stellte sich nachgerade förmlich vor und beschrieb den Grund für die Anwesenheit der Gefährten. Die zwei Wachen hörten so gleichmütig zu, als wären sie taub.

»Du darfst hinein«, antworteten sie wie aus einem Munde, als er verstummte. »Die anderen müssen ihre Namen nennen.« Der *Caitiffin* zuckte, während er sich Blankehans zudrehte, leicht belustigt mit den Schultern, wie um damit eine Entschuldigung anzuzeigen. In Lindens Kehle stauten sich Warnungen. Ihre Perzeption der *Hustin* erschütterte sie noch immer. Diese Wesen waren nichts als Werkzeuge, vorsätzlich als Werkzeuge geschaffen worden. Doch die Macht oder die Person, die solcher Sklaven bedurfte ...!

Aber die Gefährten waren zu weit von der Sternfahrers Schatz entfernt. Und die Sternfahrers Schatz selbst war zu angreifbar. Wenn Linden sich jetzt irgendwie nachteilig äußerte, konnte es sein, daß die Falle zuschnappte. An diesem Ort hatten die Gefährten nur dann Hoffnung auf Unbehelligtbleiben und späteres Davonkommen, wenn sie das Spiel mitspielten, das der *Gaddhi* oder sein Wesir für sie ausgeheckt hatte. Linden biß die Zähne zusammen und schwieg.

Blankehans zögerte nicht; seine Entscheidungen standen längst fest. Er trat vor die *Hustin* und machte ihnen die geforderten Angaben. Seine Stimme klang gelassen; aber seine wuchtigen Brauen verrieten Mißmut, als habe er Lust, die Wachen Höflichkeit zu lehren. »Du darfst hinein«, antworteten sie ihm gleichgültig und nahmen ihre Speere fort. Rire Grist ritt ins düstere Gewölbe des Tors, hielt an, um zu warten. Blankehans folgte ihm. Ehe die Erste eintreten konnte, sperrten die Wachen das Tor wieder.

Die Kiefer der Ersten schienen auf Eisen zu kauen. Eine Hand zuckte ihr an der Stelle, wo der Griff ihres Schwerts hätte sein müssen. »Ich bin die Erste der Sucher«, sagte sie deutlich und bedrohlich.

Die *Hustin* starrten sie maliziös an. »Das ist kein Name. Das ist ein Titel.«

»Dennoch ...« – beim Tonfall der Ersten spannten sich Lindens Muskeln in Erwartung von Schwierigkeiten oder in Bereitschaft zur Flucht – »wißt ihr damit genug.« Für eine Sekunde schlossen die Wachen die Augen, als erkundigten sie sich bei einer unsichtbaren Autorität. Dann fiel ihr Blick wieder auf die Erste, und sie gaben den Weg frei. Mit finsterer Miene stapfte sie zwischen ihnen hindurch an Blankehans' Seite.

»Er ist Ankertau Seeträumer, mein Bruder«, sagte der Kapitän mit halb unbeabsichtigter Grobheit, als Seeträumer vortrat. »Er hat keine Stimme, um seinen Namen zu nennen.« Anscheinend verstanden die Wachen ihn; sie gewährten Seeträumer Zutritt.

Im nächsten Moment schritt der Soldat, der Lindens Pferd am Zügel führte, zum Tor und nannte seinen Namen, wartete dann, damit Linden das gleiche tun konnte. Ahnungen von Gefahr brachten Lindens Puls zum Rasen. Die *Hustin* nervten ihre Sinne. Linden war intuitiv davon überzeugt, daß die Sandbastei so schwer wieder zu verlassen sein würde wie ein Gefängnis – daß sie in diesem Augenblick die letzte Chance hatte, einer verborgenen, vorsätzlich geplanten Gefahr zu entrinnen. Aber sie war schon zu oft geflohen. Obwohl sie sich darum bemühte, Blankehans' Entschiedenheit gleichzukommen, verlieh ein leichtes Zittern ihrer Stimme einen etwas schrillen Klang, als sie sich vorstellte. »Ich bin Linden Avery die Auserwählte.« Hinter ihrer Schulter nannte Cail den Wachen ruhig seinen Namen. Die *Hustin* ließen ihn und Linden ein. Danach waren Ceer und Hergrom an der Reihe. Sie unterwarfen sich dem gleichen Ritual und durften ebenfalls passieren.

Danach folgte der Soldat mit Covenant und Brinn. »Ich bin Brinn von den *Haruchai*«, erklärte Brinn ohne Umschweife, nachdem der Soldat den Wachen gesagt hatte, wie er hieß. »Mich begleitet Ur-Lord Thomas Covenant, Riesenfreund und Träger des Weißgolds.« Sein Ton verweigerte den *Hustin* jeden Widerspruch. Kommentarlos nahmen sie die Speere beiseite.

Als letzte waren Hohl und Findail dran. Sie kamen ans Tor und blieben stehen. Hohl wirkte, als wüßte er nicht oder sei es ihm egal, daß er sich nicht mehr bewegte. Findail dagegen betrachtete die Wachen mit unverhohlenem Abscheu. »Ich teile meinen Namen solchen nicht mit, wie diese sind«, sagte er nach einem Moment des Schweigens voller Grimm. »Sie sind ein Greuel, und jener, der sie geschaffen hat, ist ein Stifter großer Übel.«

Schwingungen der Spannung durchbebten die Luft. Die *Hustin* taten wie ein Mann einen Schritt rückwärts, stellten sich mit gesenkten Speeren auf Kampf ein. »Halt, ihr Narren!« schnauzte sofort der *Caitiffin.* »Sie sind des *Gaddhi* Gäste!« Seine Stimme hallte mit dunklen Echos durch das Torgewölbe. In Cails Arme gelehnt, wandte sich Linden um. Schon waren Ceer und Hergrom von ihren Reittieren gesprungen, standen hinter den *Hustin* bereit. Die Wachen gingen nicht zum Angriff über. Aber ebensowenig zeigten sie Bereitschaft zum Nachgeben. Ihre Schweinsaugen waren fest auf Findail und Hohl gerichtet. Wie sie auf ihren stämmigen, weit gespreizten Beinen gut ausbalanciert dastanden, sahen sie so stark aus, als könnten sie ihre Spieße durch massives Eisenholz stoßen. Linden machte sich um Hohl oder Findail keine Sorgen. Beide waren gegen herkömmliche Anfechtungen gefeit. Aber diese Konfrontation konnte eine Auseinandersetzung auslösen, der sie allesamt zum Opfer fallen mochten. Sie bemerkte, wie sich in Findails zerrütteter Miene Verachtung zu Zorn und Handlungswillen verdichtete. Im nächsten Moment jedoch wisperte ein lautloses Raunen von Macht durch das Torgewölbe, drang auf einer für normales Gehör zu feinen Ebene durch. Im gleichen Moment gaben die *Hustin* ihre bedrohliche Haltung auf. Sie hoben ihre Spieße, traten zur Seite und kehrten auf ihre Posten zurück, als hätte sich nichts von besonderer Bedeutung ereignet.

»Dieser Kasreyn hat Ohren«, bemerkte Findail spöttisch, ohne sich an jemand Bestimmtes zu wenden. Dann trat er in den Schatten des Torgewölbes, Hohl neben sich wie einen Schatten. Linden ließ einen Seufzer der Erleichterung durch ihre Zähne fauchen. Ein ähnlicher Laut ertönte gedämpfter von der Ersten.

Unverzüglich begann Rire Grist von neuem Entschuldigungen vorzutragen. »Ich bitte euch inständigst, verzeiht diesen Vorfall.« Seine Worte klangen zerknirscht, aber er sprach sie zu eilfertig, um den Eindruck aufrichtigen Bedauerns zu vermitteln. »Wiederum ist euch eine Pflicht zum Nachteil gediehen, die gegen euch keine Gültigkeit hat. Sollte der *Gaddhi* von diesem Vorgang erfahren, wird er ungemein ungnädig sein. Wollt ihr die unkluge Grobschlächtigkeit dieser *Hustin* nicht aus euren Herzen verscheuchen und mich begleiten?« Er vollführte eine im Düstern des Torgewölbes kaum sichtbare Geste.

»Caitiffin.« Der Tonfall der Ersten bezeugte Entschlossenheit und Härte. »Wir sind Riesen und schätzen jederlei Freundschaft. Doch scheuen wir nicht den Kampf, wenn man ihn uns aufnötigt. Sei gewarnt. Wir haben auf unserer Fahrt so manche Unbill hinnehmen müssen, und unsere Nachsicht mit Unverschämtheiten ist gering geworden.«

Rire Grist verbeugte sich vor ihr. »Erste der Sucher, laß mich versichern, daß es nie in unserer Absicht stand, euren Unwillen zu erregen – und daß sich keine weiteren derartigen Zwischenfälle ergeben werden. Die Sandbastei und des *Gaddhi* Willkommen erwarten euch. Wollt ihr mit mir kommen?«

Die Erste zeigte sich unvermindert unzufrieden. »Vielleicht nicht. Wie lautete dein Wort, sollten wir's vorziehen, auf unser Schiff zurückzukehren?«

Da machte sich in der Stimme des *Caitiffin* ein Anklang von Beunruhigung bemerkbar. »Mein Ratschlag fiele dagegen aus«, gab er zur Antwort. »In aller Offenheit will ich euch sagen, daß Rant Absolain derlei Abweisungen wenig gewohnt ist. Es liegt nicht in der Natur von Herrschern, jenen zuzulächeln, die ihr Wohlwollen verschmähen.«

»Auserwählte«, erkundigte sich die Erste aus dem Dunkeln, »wie lautet dein Wort zu dieser Sache?«

Lindens Herz zitterte immer noch; nach der Hitze der Sonne empfand sie den Stein des Sandwalls als widernatürlich kalt. »Ich glaube«, erwiderte sie bedächtig, »ich möchte den Mann kennenlernen, der für die *Hustin* verantwortlich ist.«

»Nun wohl«, sagte die Erste zu Rire Grist. »Wir werden mit dir gehen.«

»Ich danke euch«, entgegnete er mit so viel unterschwelliger Ehrlichkeit, daß Linden spürte, er hatte sich tatsächlich ernsthaft gesorgt. Er wendete sein Pferd und ritt den Gefährten durchs Torgewölbe voraus. Als sie das Ende des Gewölbes erreicht hatten, blinzelte Linden ins Sonnenlicht, bis sie wieder einigermaßen sehen konnte; dann erblickte sie vor sich den jähen Ringwall des Ersten Runds. Zwischen dem Sandwall und der Ringmauer erstreckte sich ein Stück öden, freien Sandbodens von etwa fünfzehn Meter Breite. Die innere Rundung des Sandwalls war auch hier mit Wehrgängen versehen; sie waren jedoch nicht verlassen. In genau bemessenen Abständen standen darauf *Hustin.* Ebenso regelmäßig verteilte Eingänge ermöglichten von den Wehrgängen den Zutritt ins Innere des Walls. Und gegenüber erhob sich die Wehrmauer des Ersten Runds wie das Äußere einer Zitadelle, aus der Menschen nicht wiederzukehren pflegten. Die Brustwehr befand sich in solcher Höhe, daß Linden die Bereiche der Sandbastei, die dahinter lagen, von unten nicht zu erkennen vermochte. Nur ein Zugang war sichtbar, ein weiteres wuchtiges Tor, das in einer Linie mit dem mittleren Tor des äußeren Sandwalls stand. Linden nahm an, Rire Grist werde darauf zureiten; statt dessen stieg er ab und erwartete offenbar, daß sie und Covenant das gleiche taten. Sofort sprang Cail in den Sand und half Linden aus dem Sattel; Hergrom ließ sich Covenant von Brinn herunterreichen und stellte den Ur-Lord auf die Füße, während Brinn behend absaß. Die Soldaten des *Caitiffin* führten die Pferde nach links davon; Rire Grist winkte die Gefährten in die Richtung zum Tor. Aus dem Sand stieg Hitze durch Lindens Schuhe in ihre Beine; Schweiß klebte ihr das Hemd an den Rücken. *Bhrathairealm* lag unter ewiger Sonne, die an eine regionale Abart des Sonnenübels gemahnte. Linden fühlte sich unbeholfen und hilflos, während sie sich hinter Blankehans und der Ersten über die nachgiebige Sandfläche schleppte. Seit dem Morgen hatte sie weder gegessen noch getrunken; und die Mauer vor ihr weckte seltsame, dunkle Erinnerungen an Schwelgenstein und die Hände des Gibbon-Wütrichs. Der Himmel hoch droben besaß eine diesige Tönung wie über einer Wüstenlandschaft. Linden schaute mehrmals befremdet nach oben, bis sie merkte, daß es keine Vögel zu sehen gab. Keine der Möwen, keiner der Kormorane, die sich über *Bhrathairain* tummelten, wagte sich zur Sandbastei. Plötzlich packte eine unvermutete Sehnsucht nach Pechnases Anwesenheit Linden; das unverwüstlich heitere Gemüt des Riesen hätte ihr gegen ihre bösen Vorgefühle geholfen. Covenant hatte nie zuvor, fand Linden, so hinfällig und schutzlos gewirkt wie in dem Licht, das zwischen diese Mauern fiel. Doch die *Hustin* hatten ihr zumindest einen Gefallen getan: ihr erneut vergegenwärtigt, daß Dinge wie Schlechtigkeit und Zorn existierten. Linden versagte sich jede Schwäche.

Das Tor zur Sandbastei war geschlossen; auf einen Zuruf Rire Grists hin jedoch schwangen die Torflügel auf, bewegt von Wachen oder Vorrichtungen innerhalb der Mauer. Blankehans und die Erste strebten mit dem *Caitiffin* hinein. Linden ballte die Hände zu Fäusten und schloß sich an. Während ihre Augen sich den trüben Lichtverhältnissen anpaßten, begann Rire Grist zu sprechen. »Wie ihr womöglich vernommen habt, ist dies das Erste Rund von des *Gaddhi* Sandbastei.« Sie waren in eine Art von Vorsaal oder Versammlungshalle gelangt, geräumig genug für mehrere hundert Menschen. Die Decke der ausgedehnten Räumlichkeit verschwand weit über dem Fußboden im Schatten, als wäre sie vorsätzlich zu dem Zweck so gebaut worden, jeden zu demütigen, den man in die Sandbastei einließ. In der Helligkeit, die in Streifen durch große Schießscharten noch überm Tor drang, sah Linden am anderen Ende des Saals einander gegenüber zwei breite Treppenfluchten. »Hier wohnen die Wachen sowie Mannen meinesgleichen, die der Reiterei des *Gaddhi* angehören.« Ringsum an der Innenwand standen wenigstens zwei Dutzend *Hustin* auf Posten; aber sie beachteten weder den *Caitiffin* noch die Gefährten. »Hier befinden sich auch unsere Küchen, Schlafsäle, Waschräume und Übungsstätten. Wir zählen achtzig mal hundert Wachen und fünfzehn mal zwanzig Reiter.« Anscheinend versuchte er die Gefährten zu beruhigen, indem er ihnen freimütig Informationen lieferte. »Auch die Ställe unserer Rösser liegen innerhalb des Sandwalls. Des Wesirs Weitsicht war so beträchtlich, daß wir diese Unterkünfte und Räume noch längst nicht vollauf nutzen, wiewohl unsere Zahl mit jedem Jahr wächst, das verstreicht.«

Linden hätte ihn gerne gefragt, warum der *Gaddhi* – oder der Wesir des *Gaddhi* – eine solche Armee brauchte. Oder, wenn sie sich schon damit befaßte, wozu *Bhrathairealm* die vielen Kriegsschiffe benötigte, die sie im Hafen gesehen hatte. Aber sie verschob diese Fragen auf einen späteren Zeitpunkt und konzentrierte sich fürs erste darauf, die Verhältnisse in der Sandbastei so gut wie möglich zu durchschauen. Während er seine Ausführungen fortsetzte, ging Rire Grist zur rechten Treppe. Blankehans stellte ihm ein paar scheinbar nebensächliche Fragen bezüglich der Nahrungsmittelvorräte, Wasserversorgung und dergleichen; der *Caitiffin* antwortete, und unterdessen erreichten sie die Treppe. Diese führte in langer Windung zum Zweiten Rund hinauf, das sich als kleinere und behaglicher gestaltete Ausgabe des Ersten Runds erwies. Hier wohnten – Rire Grist zufolge – sämtliche Personen, aus denen sich der Hofstaat des *Gaddhi* zusammensetzte – seine Diener, Höflinge, Berater und Gäste. Wächter waren nicht zu sehen, und die Vorhalle, in die die Treppe mündete, war mit Wandteppichen und diversem Zierat geschmückt wie ein Ballsaal.

Zahlreiche Fenster sowie Leuchtgefäße, so groß wie Kessel, spendeten Helligkeit. An den Innenwänden gab es Balkone für Zuschauer und Musikanten; verzierte steinerne Tische standen für Stärkungen und Erfrischungen bereit. Gegenwärtig jedoch war die Halle leer; und trotz des Lichts, das darin herrschte, trotz der Ausstaffierung, machte sie einen sonderbar freudlosen Eindruck.

Wieder führten am anderen Ende zwei gewundene Treppen aufwärts. Während er in ihre Richtung schlenderte, erklärte der *Caitiffin,* die Gefährten würden hier Quartiere erhalten, und es solle ihnen Zeit zu Ruhe und Erholung unter ungestörten Verhältnissen geboten werden, sobald sie Rant Absolain vorgestellt worden seien.

Blankehans beanspruchte den *Caitiffin* auch weiterhin mit harmlosen Fragen und Bemerkungen. Aber die Erste blickte finster drein, als wäre sie sich mit Linden darin einig, daß es schwer sein könnte, die Sandbastei wieder zu verlassen. Sie trug ihren Schild wie eine Zusicherung auf dem Rücken, sie werde keineswegs leicht gefangenzunehmen sein. Aber die Bewegungen ihrer Arme, das Regen ihrer Finger wirkten so fahrig, als fühle sie sich verkrüppelt, legten deutlich Zeugnis von der Schwere des Verlusts ihres Schwerts ab.

Keine andere Stimme durchdrang die leere Luft. Covenant schlurfte in Brinns Griff vorwärts wie ein Negativ von Seeträumers Stummheit. Die *Haruchai* bewahrten wachsames Schweigen. Und Linden war zum Reden gleichzeitig zu bang zumute und zu sehr mit Beobachten beschäftigt. Mit all der zerstreuten Aufmerksamkeit, deren sie fähig war, erforschte sie die Festung des *Gaddhi* nach Anzeichen von Bösem.

Dann stiegen die Gefährten aus dem Zweiten Rund ins Rund des Reichtums hinauf. Diese Etage der Sandbastei trug ihren Namen zu Recht. Anders als die unteren Geschosse war sie in einen wahren Irrgarten von Räumen in der Größe von Ausstellungssälen unterteilt. Hier verwahrte der *Gaddhi*, erläuterte Rire Grist, die schönsten Werke der Künstler und Kunsthandwerker von *Bhrathairealm* auf, die kostbarsten Webereien, Kunstgegenstände und Juwelen, die die *Bhrathair* erhandelten, die wertvollsten Geschenke, die der Herr der Sandbastei von Herrschern anderer Länder erhielt. Ein Raum nach dem anderen war ausschließlich der Zurschaustellung von Kriegsgerät gewidmet: man sah Aufreihungen von Säbeln, Schwertern und Krummschwertern; Reihen von Wurfspießen, Speeren, Armbrüsten und zahllosen andern Mordwerkzeugen; größere Kriegsmaschinen, wie Belagerungstürme, Katapulte und Rammböcke, waren wie Gegenstände der Verehrung in prächtigen Einzelkammern ausgestellt. Andere Räumlichkeiten umfaßten Schmuckstücke jeder erdenklichen Art. An Dutzenden von Wänden hingen, als wären sie Ausdruck von Ehrerbietung, Anerkennung oder Schmeichelei, Wandteppiche und Gobelins. Mehrere Räume zeigten fein gearbeitete Pokale, Platten, Teller und sonstiges Tafelgeschirr. In jedem Raum leuchtete hell ein Lüster aus funkelndem Kristall. Der enorme Reichtum des *Gaddhi* erfüllte Linden mit Staunen, während Rire Grist die Gefährten durch die nächstgelegenen Ausstellungsräume führte. Wenn das die Frucht von Kasreyns Diensten war, konnte es nicht als verwunderlich gelten, daß kein *Gaddhi* den Wesir jemals abgesetzt hatte. Wie sollte irgendein Monarch einem Staatsdiener abgeneigt sein können, der das Rund des Reichtums ermöglichte? Kasreyns unerschütterliche Position beruhte offensichtlich nicht nur auf hohem Alter und Zauberei. Sie ergab sich eindeutig ebenso aus Gerissenheit.

Die Augen der Ersten glänzten, als sie die zur Schau gestellten Schwerter sah, von denen einige groß und schwer genug waren, um als Ersatz für ihre verlorene Waffe taugen zu können; und selbst Blankehans verschlug all das, was er erblickte, die Sprache. Seeträumer wirkte regelrecht entgeistert durch die ganze Pracht. Abgesehen von Hohl und Findail, blieben nur die *Haruchai* unbeeindruckt. Falls sie überhaupt irgendwie reagierten, so zeigten Brinn und seine Männer sich wachsamer und bereiter als je zuvor, erhöhten ihren Schutz um Linden und Covenant, als hätten sie das Gefühl, sich dem Zentrum einer Bedrohung zu nähern.

Im Rund des Reichtums bekamen die Gefährten zum erstenmal Männer und Frauen zu sehen, die keine Soldaten oder Wächter waren; diese Personen zählten zum Hofstaat des *Gaddhi.* Als Gruppe präsentierten sie sich einzigartig schmuck und beneidenswert. Linden bemerkte unter ihnen kein einziges unscheinbares Gesicht, nicht eine schlichte Erscheinung. Alle waren prächtig in reichlich mit Edelsteinen besetzte Samtgewänder gekleidet, in Wämser und Roben, die schimmerten wie Pfauenfedern, in durchsichtige Kleider, die die Glieder umflossen wie Gesten der Verführung. Sie begrüßten Rire Grist in der Sprache der *Bhrathair,* betrachteten die Gefährten in unterschiedlicher, verblüffter oder unverfrorener Neugier. Doch ihre Gesichter trugen Heiterkeit und Charme als Masken; und Linden merkte, daß sie, obwohl sie durchs Rund spazierten wie sachkundige Bewunderer, dem angesammelten Reichtum keinerlei Beachtung schenkten. Von jeder dieser Personen fühlte Linden Schwingungen innerer Spannung emittieren, als warte man in insgeheimer Beunruhigung auf irgendein Ereignis, das sich als gefährlich erweisen mochte – und gegen das man nichts zur Verteidigung besaß als Würde und Putz. Aber all diese Leute waren Meister des Verheimlichens. Wie der *Caitiffin* ließen sie sich keinerlei Sorge anmerken, die für andere als Lindens Sinne feststellbar gewesen wäre. Lindens Wahrnehmung jedoch teilte ihr unmißverständlich mit, daß die Sandbastei eine Örtlichkeit war, an der die Furcht herrschte. Ein Mann schenkte Linden ein Lächeln, das sich durch die oberflächliche Offenheit eines scheelen Grinsens auszeichnete.

Lautlos durchmaßen Bedienstete die Räume, boten Becher mit Wein und andere Gefälligkeiten an. Die Erste vermochte sich kaum von einer speziellen Klinge zu trennen, die nach vorn geneigt in ihrem Gestell stand, als beuge sie sich ihr entgegen. Mit geheimem Schaudern begriff Linden, daß das Rund des Reichtums mehr als lediglich den Zweck hatte, den *Gaddhi* mit Prunk auszustatten. Es diente auch als Köder. Sein bloßer Glanz war eine Gefahr für Leute, die allen Grund hatten, auf der Hut zu sein.

Plötzlich durchlief ein Zittern die Luft, veranlaßte Linden zum Stehenbleiben. Ein Moment verstrich, ehe sie erkannte, daß niemand außer ihr es gespürt hatte. Kein Geräusch war die Ursache, vielmehr eine Präsenz, die die Atmosphäre im Rund auf eine Weise veränderte, die nur Linden wahrzunehmen vermochte. Und die näherte sich den Gefährten. Während sie näher kam, verstummte das Gesäusel von Stimmen, das durch die Räumlichkeiten raunte.

Bevor Linden ihre Gefährten warnen konnte, trat ein Mann ein. Sie wußte, wer er war, noch ehe Rire Grists Verbeugung und Grußwort verrieten, daß es sich um den Wesir des *Gaddhi* handelte. Die Machtfülle, die er verströmte, war so konkret wie eine Ankündigung. Er konnte niemand anderes sein als ein Thaumaturg. Die Aura, die er ausstrahlte, sprach von Gier. Er war ein hochgewachsener Mann, überragte Linden mit Schultern und Kopf; aber seine Gestalt war dermaßen hager, daß er ausgezehrt aussah. Seine Haut besaß die Durchsichtigkeit hohen Alters, enthüllte das blaue Netzwerk der Adern. Seine Gesichtszüge allerdings waren keineswegs alt, und er bewegte sich, als hege er volles Vertrauen zur Vitalität seiner Gliedmaßen. Trotz der ihm nachgesagten Langlebigkeit machte er den Eindruck, nicht älter als siebzig Jahre zu sein. Leichte Wäßrigkeit verschleierte seine Augen, trübte ihre Farbe, aber nicht das Eindringliche seines Blicks. In schlagartiger Intuition ersah Linden, daß die Gier, die von ihm ausging, Gier nach *Zeit* war – daß sein Verlangen nach Leben und immer längerem Leben die Übersättigung von Jahrhunderten überstieg. Er trug ein goldfarbenes Gewand, dessen Saum beim Gehen über den Fußboden strich. An einem gelben Band hing ihm ein goldener Ring um den Hals, wie ein Monokel ohne Glas. Um jede Schulter verlief ihm ein lederner Gurt, als hätte er einen Rucksack dabei. Erst als er sich umdrehte, um auf die Begrüßung des *Caitiffin* zu antworten, sah Linden, daß seine Last ein Kind war, gewickelt in gelben, mit Gold durchwirkten Seidenstoff. Nach einer kurzen Unterhaltung mit Rire Grist kam der Wesir herüber zu den Gefährten.

»Ich bin hocherfreut, euch willkommen heißen zu dürfen.« Eine geringfügige Zittrigkeit des Alters durchzog seine Stimme; aber sein Tonfall war sicher und leutselig. »Gestattet mir den Hinweis, daß solche Gäste selten in *Bhrathairealm* zu sehen sind – und deshalb um so willkommener. Daher war's mein Wunsch, mit euch Bekanntschaft zu schließen, ehe ihr zur Kanzel des *Gaddhi* vorgelassen werdet, auf daß er euch mit seinem Segen überschütte. Doch bedarf's keiner Vorstellung mehr. Dieser wackere *Caitiffin* hat euch bereits meinen Namen genannt. Und ich kenne meinerseits euch.« Unverzüglich sprach er weiter, wandte sich an die einzelnen Gefährten, als habe er vor, sie mit seinem Wissen günstig zu stimmen. »Grimme Blankehans, du hast dein Schiff aus großer Ferne zu uns geführt – und um einen hohen Preis, wie ich zu meinem Bedauern vernommen habe.« Die Erste begrüßte er mit einer knappen Verneigung. »Du bist die Erste der Sucher und in unserer Mitte überaus willkommen.« Er drehte sich Seeträumer zu. »Sei guten Mutes!« sagte er zu ihm. »Deine Stummheit wird weder dem *Gaddhi* noch seinem Hofstaat die Freude über deinen Besuch mindern.« Anschließend trat er vor Linden und Covenant. »Thomas Covenant«, sagte er mit einem Anflug von

Begeisterung in der Stimme, »Linden Avery … eure Anwesenheit beglückt mich. Unter so unerwarteten Gästen …« – ein Wink seiner Hand wies auf die *Haruchai,* Hohl und Findail – »seid ihr die unerwartetsten von allen, und euer Anblick erregt die größte Freude. Wenn das Wort von des *Gaddhi* Wesir irgendein Gewicht hat, soll's euch an Wohlergehen und allen erwünschten Diensten nicht mangeln, solange ihr bei uns weilt.«

»Rühr mich nicht an!« sagte Covenant wie auf ein Stichwort mit aller Deutlichkeit.

Überrascht hob der Wesir die vom Alter weißen Brauen. Nachdem er Covenant einen Moment lang gemustert hatte, richtete er seinen Blick auf Linden, wie um eine Erklärung zu erbitten. Linden widerstand seiner intensiven Aura, darum bemüht, sich eine geeignete Entgegnung einfallen zu lassen. Aber in ihrem Verstand wollte sich keine richtige Klarheit mehr einstellen. Der Wesir verunsicherte sie. Der verstörendste Aspekt an ihm war jedoch nicht er selbst, nicht die Unersättlichkeit, die er emanierte. Vielmehr war es das Kind auf seinem Rücken. Es ruhte in seinen Hüllen, als schliefe es fest und in schönster Unschuld; aber die Art, wie seine Pausbacken am oberen Ende der Wirbelsäule des Wesirs lehnten, vermittelte Linden den unbegründbaren Eindruck, das Kind schmarotze an ihm wie ein Sukkubus. Ihr Eindruck erfuhr noch Verstärkung durch den merkwürdigen Umstand, daß sie dazu außerstande blieb, ihn sich zu bestätigen. Obwohl das Kind so eindeutig sichtbar war wie der Wesir, war es auf allen anderen Ebenen ihrer sinnlichen Wahrnehmung nicht zu erkennen. Wenn sie die Augen schloß, konnte sie die Gegenwart des Wesirs wie einen lüstern-gierigen Hauch ins Gesicht spüren; aber das Kind schien schlichtweg nicht mehr zu existieren, sobald sie den Blick von ihm nahm. Genausogut hätte es eine Halluzination sein können. Die Beachtung, die sie dem Kind entgegenbrachte, war zu offensichtlich; es war ausgeschlossen, daß sie dem Wesir entging. Ein Ausdruck von Berechnung glitt über sein Gesicht, wich zärtlicher Zuneigung. »Ach, mein Sohn«, sagte er. »Ich trage ihn so beständig bei mir, daß ich bisweilen vergesse, Fremde möchten sich wohl darüber wundern. Ich bin ein treuliebender Gemahl, Linden Avery, doch ist meine Gemahlin ernstlich erkrankt. Deshalb umsorge ich unser Kind. Meine Pflichten erlauben mir keine andere Lösung. Aber du brauchst dir um ihn keine Gedanken zu machen. Er ist ein stilles Knäblein und wird uns nicht stören.«

»Verzeihung«, sagte Linden verlegen, indem sie versuchte, Blankehans' vordergründige Höflichkeit nachzuahmen. »Es war nicht meine Absicht, zudringlich zu sein.« Sie fühlte sich durch das Kind stark bedroht. Aber die Gastfreundlichkeit des Wesirs mochte in etwas ganz und gar Gegenteiliges umschlagen, falls sie zeigte, daß sie wußte, er log.

»Gedenke der Sache nicht länger.« Sein Ton bekundete friedfertige Umgänglichkeit. »Wie könnte es mich verdrießen, daß du von meinem Sohn Kenntnis nimmst?« Danach wandte er sich wieder an die Riesen. »Meine Freunde, viel Zeit ist verstrichen, seit euer Volk zuletzt mit den *Bhrathair* zu schaffen gehabt hat. Ich bezweifle nicht, daß ihr mächtige Seefahrer und Abenteurer geblieben seid, und sicherlich ist eures Volkes Geschichte von noch höherem Interesse und noch weit lehrreicher geworden. Ich hoffe, ihr werdet mir die Gunst erweisen, mir einige jener Geschichten zu erzählen, für welchselbige ihr Riesen zu solchem Ruf und Ansehen gelangt seid. Das jedoch müssen wir auf später vertagen, wenn mein Dienst am *Gaddhi* mir zu dergleichen die Muße läßt.« Unvermittelt hob er einen langen, knochigen Finger; im selben Augenblick tönte ein Läuten durch das Rund des Reichtums. »Zunächst werden wir vor des *Gaddhi* Kanzel gerufen. Rire Grist wird euch ins Rund der Hoheit geleiten.« Ohne ein Wort des Abschieds drehte er sich um und strebte lebhaft aus dem Raum, trug seinen Sohn an seinen Rücken geschmiegt.

Linden blieb mit einem Gefühl der Erleichterung zurück, als habe sich endlich ein leicht ekelhafter Geruch verzogen. Es dauerte einen Moment, bis sie bemerkte, wie geschickt Kasreyn verhindert hatte, daß die Gäste ihm Fragen stellten. Und er hatte sich nicht nach Covenants Zustand erkundigt. Kannte er so wenig Neugier? Oder war er dazu imstande, solche Dinge selbst herauszufinden …?

Rire Grist winkte die Gefährten in eine andere Richtung. »Halt ein, *Caitiffin!* Eine Frage noch«, sagte jedoch Blankehans in entschiedenem Tonfall. Seine Haltung bezeugte, daß auch er seine Bedenken gegen Kasreyn hegte. »Eine Frage, wenn sie statthaft ist. Ich ersuche um Vergebung, sollte ich allzu dreist sein … Doch ich kann mir nicht helfen, mich deucht's, des *Gaddhi* Wesir müsse an Jahren allzu fortgeschritten sein, als daß er Vater eines solchen Kindleins zu sein vermöchte.«

Der *Caitiffin* erstarrte. Im Handumdrehen wandelte sich sein Gebaren von dem eines Diplomaten in das eines Soldaten um. »Riese«, sagte er unterkühlt, »in ganz *Bhrathairealm* gibt's keinen Mann und kein Weib, keinen Höfling und keinen Wächter, der mit dir ein Wort über des Wesirs Sohn wechseln wird.« Damit stapfte er aus dem Raum, als setze er mit aller Selbstverständlichkeit voraus, daß die Gefährten es nicht wagen würden, ihm nicht zu folgen.

Blankehans schaute Linden und die Erste an. Linden fühlte sich weder zu irgend etwas bereit noch sicher genug, um mehr zu tun, als die Schultern zu heben. »Laßt uns diesen *Gaddhi* aufsuchen!« sagte die Erste grimmig. »Ungeachtet aller anderen Gründe, die uns dazu bewegen mögen, zerreißt's mir schier das Herz, hier all diese ansehnlichen Klingen zu betrachten, die ich nicht berühren darf.«

Das Unbehagen des Kapitäns über die Rolle, die er spielte,

zeigte sich deutlich in der Verkrampfung seiner Schultern, der Verkniffenheit seiner Brauen. Aber er führte die Gefährten Rire Grist hinterdrein. Nach dem Durcheilen zweier Ausstellungssäle hatten sie den *Caitiffin* eingeholt. Inzwischen hatte er seine höfliche Verbindlichkeit zurückgewonnen. Aber er entschuldigte sich nicht für seinen zeitweiligen Stimmungsumschwung. Statt dessen lotste er die Gefährten lediglich weiter durch das Rund des Reichtums.

Das Läuten mußte auch für den gesamten Hofstaat gegolten haben. Die prächtig gekleideten Männer und Frauen bewegten sich jetzt in die gleiche Richtung, die Rire Grist nahm. Ihre Zierde glitzerte, wie um ihre jeweilige persönliche Schönheit und Anmut zu betonen; aber sie schwiegen unterwegs, als müßten sie sich auf das gefaßt machen, was vor ihnen lag.

Für eine Weile desorientierte das komplizierte Innere des Runds Linden, und sie hatte keinen Überblick, wohin der Weg sie führte. Aber dann mündeten die Ausstellungsräume in eine Halle, in der die wachsende Anzahl von Personen, die sich sammelte, einer mit Bildhauereien verzierten, vergoldeten Treppe zuströmte, die sich nach oben wand und die Decke durchstieß. Inmitten der Höflinge war Linden noch mehr als vorher davon überzeugt, daß sie hinter ihrer vorgeschobenen Lustigkeit Schatten der Nervosität sah. Allem Anschein nach lief die Begegnung mit dem *Gaddhi* für sie genauso wie für die Gefährten auf eine Art von kritischer Situation hinaus. Aber ihr verbissener Frohsinn enthüllte nichts über die Natur dessen, was sie fürchteten. Benommen klomm Linden Stufe um Stufe aufwärts. Hunger und die Müdigkeit ihrer Beine erzeugten in ihren Schenkeln leichtes Zittern. Sie fühlte sich zu matt, um sich ausschließlich auf sich selbst zu verlassen. Doch sie bezog moralische Unterstützung aus der Härte von Cails Schulter und hielt mühsam an die Riesen und Rire Grist Anschluß. Dann betrat sie über die Treppe das Rund der Hoheit, und sie vergaß ihre Erschöpfung.

Der Saal, in den sie gelangte, wirkte beinahe groß und hoch genug, um das ganze Stockwerk in Anspruch zu nehmen. An dieser Seite erhellte lediglich der Widerschein von Licht ihn, und die Düsterkeit verlieh der immensen Räumlichkeit die Atmosphäre einer riesigen Höhle. Die Decke verschwand im Schatten. Die *Hustin*, die nahebei die langgestreckte, gekrümmte Wand säumten, wirkten in ihrem Aussehen so vage wie sehr alte Standbilder. Und die Wand selbst war tief zerkerbt von den Darstellungen großer, wie zermarterter Gestalten – in Flachrelief abgebildete Dämonen, die die Dunkelheit zu beleben schienen, so daß sie die Ränder von Lindens Blickfeld unsicher machten wie in einer Gavotte der Qual. Der Fußboden bestand aus zu makellosen Kreisen geschnittenen Steinplatten. Doch die Lücken zwischen den runden Platten waren weit, tief und stockfinster. Mit einem Fehltritt konnte man sich ohne weiteres einen Fußknöchel brechen. Infolgedessen mußten sich die Gefährten, um sich dem Licht nähern zu können, mit erheblicher Vorsicht voranbewegen. Auch der Rest des Saals zielte auf Einschüchterung ab. Alles Licht war auf die »Kanzel« gerichtet; es stammte von Oberlichtern, von Becken, in denen Öl brannte und die mit auf Hochglanz polierten Reflektoren versehen waren, von leuchtenden Kandelabern auf hohen Pfosten; alle Helligkeit fiel ausschließlich auf den Platz des *Gaddhi*. Und die Kanzel selbst war so eindrucksvoll, wie man sie mit Kunst und Reichtum nur hatte machen können. Auf einem abgestuften Sockel erhob sie sich als Monolith, wie ein ausgestreckter Arm mit einer Hand, empor zur Decke. Der Arm war reich mit kostbaren Steinen und Metallen bedeckt, und die Hand bildete hinter dem Sitz eine Aurora aus konzentrischen Kreisen. Die Kanzel beherrschte den gesamten Saal und sah riesengroß aus. Nach einem Moment der Betrachtung aber erkannte Linden, daß dieser Eindruck zurückzuführen war auf das Licht und die Form des Saals. Der Helligkeitskreis ließ den erleuchteten Teil der Decke niedriger wirken und gab der Kanzel einen Anschein von viel mehr Größe, als sie wirklich besaß. Der Thron gleißte von Licht und Juwelen und zog wie ein Gegenstand allgemeiner Verehrung sofort jedermanns Blick an. Linden hatte Schwierigkeiten dabei, sich zum Achtgeben darauf zu zwingen, wohin sie die Füße setzte; und ihre stillen Befürchtungen verschlimmerten sich nochmals. Während sie sich darum bemühte, zu gehen, ohne in eine der Lücken zu stolpern, die den ganzen Fußboden bis zum Sockel der Kanzel durchsetzten, begann sie das Rund der Hoheit zu verstehen. Es war darauf angelegt, jedem ein Gefühl der Schutzlosigkeit einzugeben, der es betrat, und ihn unterwürfig zu machen. Linden wehrte sich instinktiv dagegen. Mit finsterer Miene, als wäre sie hier, um eine Revolte gegen den Herrscher von *Bhrathairealm* anzustiften, blieb sie hinter den Riesen, nahm ihren Platz zwischen ihnen ein, als Rire Grist ein kurzes Stück vor dem Sockel verharrte. Ringsum verteilten sich die Höflinge nach den Seiten, um vor dem Sitz des *Gaddhi* einen schweigsamen Halbkreis zu bilden. Linden musterte ihre Gefährten und stellte fest, daß sie sich dem machtvoll Beeindruckenden des Runds der Hoheit nicht verschließen konnten; sogar die *Haruchai* empfanden anscheinend etwas von jener Ehrfurcht, die einst ihre Vorfahren dazu bewog, Lord Kevin Landschmeißer den Treueschwur zu leisten. Hohls Interesselosigkeit und Findails gleichgültige Miene trösteten Linden wenig. Aber eine klare Ermutigung gab ihr die unbeugsame Deutlichkeit, mit der Covenant seine inhaltslose Redewendung wiederholte. »Rühr mich nicht an!«

Linden sorgte sich, er könne an diesem Ort auf die hinterhältigste und gefährlichste Weise angetastet werden.

Einen Moment später erklang erneut ein Läuten. Augenblicklich nahm die Beleuchtung an Helligkeit zu, als habe man sogar die Sonne dazu aufgerufen, dem Erscheinen des *Gaddhi* beizuwohnen. Ruckartig verfielen die *Hustin* in eine noch starrere Haltung, hoben zum Salut ihre Spieße. Einige Sekunden lang zeigte sich niemand. Dann kamen mehrere Gestalten aus dem Schatten des Sockels, als wären sie dank des Zunehmens der Helligkeit materialisiert. Als erster erstieg ein Mann die Kanzel. An jedem seiner Arme hing – ehrerbietig und gleichzeitig besitzergreiferisch – eine Frau. Dahinter folgten sechs weitere Frauen. Den Schluß machte Kasreyn von dem Wirbel, seinen Sohn auf dem Rücken. Sämtliche Höflinge beugten ein Knie und verneigten sich tief. Auch der *Caitiffin* bezeugte seinen Respekt, blieb jedoch stehen. »Ihr erblickt *Gaddhi* Rant Absolain«, ließ er die Gefährten in behutsamem Flüsterton wissen. »Er wird begleitet von seinen Meistgeliebten, der Edlen Alif und der Edlen Benj. Ferner anderen Edlen, die kürzlich seine Meistgeliebten waren oder es in Kürze sein werden. Und des *Gaddhi* Wesir, der euch bereits bekannt ist.« Linden spähte zum *Gaddhi* hinauf. Trotz all des Prunks, der ihn umgab, trug er nur ein kurzes, schlichtes Gewand aus Samt, als wolle er klarstellen, daß seine Reichtümer ihn unbeeindruckt ließen. Aber das Kleidungsstück war so geschnitten, daß es seine Gestalt stolz betonte; seine Bewegungen deuteten Selbstgefälligkeit und Reizbarkeit an. Die Blicke der Bewunderung, mit denen seine Frauen ihn anhimmelten, nahm er mit zufriedenem Behagen auf. Linden bemerkte, daß sein Haar und das Gesicht mit Ölen und Schminke behandelt worden waren, um seine Jahre hinter einer Fassade jugendlicher Mannhaftigkeit zu verbergen. Wie ein Herrscher sah er nicht aus. Die Frauen, die ihn umringten – sowohl die Meistgeliebten wie auch die anderen –, waren ausnahmslos schön, und sie wären sogar reizvoll gewesen, hätte nicht ihr ständiges Mienenspiel des Bewunderns sie mit dem Gehabe von Geistlosigkeit belegt.

Gekleidet waren sie wie Konkubinen. Ihre knappe, durchsichtige Bekleidung sprach unverhohlen die Sinnlichkeit an; Parfüm, Frisuren und Gestik ließen an nichts anderes Gedanken aufkommen als an Kopulation. Sie hatten auf die Bangigkeit, die unterm Hofstaat eine Dauererscheinung war, ihre eigene Antwort gefunden und spielten sie mit aller Anziehungskraft aus, über die sie verfügten. Mit vertraulichem Schmunzeln führte der *Gaddhi* seine Meistgeliebten und anderen Frauen, dichtauf gefolgt von Kasreyn, auf die Kanzel und erklomm seinen Sitz. Dort wirkte er nun recht stattlich. Die Formgebung des Throns sorgte dafür, daß er richtig königlich und souverän zu sein schien. Aber keinerlei Hilfsmittel konnten die Selbstzufriedenheit in seinen Augen verbergen. Sein Blick glich dem eines verwöhnten Kinds, bezeugte Überheblichkeit, hinter der keine Verdienste, keine wahre Macht standen.

Für einen längeren Moment saß er nur da und schaute über die gemeinschaftliche Ehrenbekundung seines Hofstaats aus, genoß es sichtlich, wie sich so viele Männer und Frauen vor ihm erniedrigten. Vielleicht blendete ihn die Helligkeit; anscheinend bemerkte er nicht, daß Linden und ihre Begleiter es unterlassen hatten, auf die Knie zu sinken. Aber dann beugte er sich ganz langsam vor und stierte verkniffen ins Licht; und schließlich furchte Ärger sein Gesicht, offenbarte die Falten, die Salben und Schminke bislang übertüncht hatten. »Wesir!« schnauzte er ungehalten. »Wer sind diese Wahnwitzigen, die vor Rant Absolain, *Gaddhi* von *Bhrathairealm* und der Großen Wüste, das Knie zu beugen sich weigern?«

»O *Gaddhi!«* Die Antwort des Wesirs klang geübt – und ein wenig sardonisch. »Sie sind die Riesen und Seefahrer, über welche wir soeben gesprochen haben. Wiewohl's ihnen an Kenntnis der Art und Weise abgeht, wie *Gaddhi* Rant Absolain von ihnen begrüßt werden sollte, sind sie hier, um die Gastfreundschaft anzunehmen, der du sie in solcher Großmut versichert hast, und dir dafür ihre tiefste Dankbarkeit zum Ausdruck zu bringen, denn sie sind durch dich aus arger Unbill erlöst worden.« Während er redete, hielt er den Blick vielsagend auf die Gefährten gerichtet.

Blankehans verstand ihn und reagierte darauf. Mit Gebärden wie ein Schmierenkomödiant trat er vor und fiel aufs Knie. »O *Gaddhi*«, sagte er laut und verständlich, »dein Wesir spricht die Wahrheit. Wir haben uns mit frohem Dank für dein überaus gastfreundschaftliches und heißersehntes Willkommen in unseren Herzen hier eingefunden. Vergib uns, daß es uns am Wissen um all die Ehrungen mangelt, die dir zustehen! Wir sind ein ungelehrtes Volk und wenig mit solchen Gepflogenheiten vertraut.« Unterdessen gab Rire Grist den übrigen Gefährten ein verstecktes Zeichen, drängte sie zur Nachahmung von Blankehans' Beispiel. Die Erste knurrte gedämpft in ihrer Kehle; dennoch sah sie die Notwendigkeit des Spielchens ein und kniete ebenfalls nieder. Das Bewußtsein, daß die Gefährten von wenigstens dreihundert Wächtern umgeben waren, verkrampfte ihr die Schultern. Seeträumer und Linden knieten sich gleichfalls hin. Aus Unruhe ging Lindens Atmung schwerfällig. Sie konnte sich keine Überzeugungskraft oder irgendeine Macht ausmalen, die ausreichen mochte, um die *Haruchai*, Hohl oder Findail zur Kniefälligkeit zu veranlassen. Und auch Covenant war in seinem Zustand für eine solche Travestie von Respektsbezeugung völlig unempfänglich.

Aber der *Gaddhi* hielt sich nicht länger mit dieser Angelegenheit auf. Statt dessen nuschelte er etwas in der derben Sprache der *Bhrathair*, und sofort erhob sich der ganze Hofstaat einmütig wieder. Die Gefährten taten das gleiche, die Erste mit schroffem Gebaren, Blankehans mit geheuchelter Demut. Linden empfand flüchtige Erleichterung. Der *Gaddhi* hatte jetzt seinen Blick auf Kasreyn gesenkt. Er zog nun eine Schmollmiene. »Wesir, warum bin ich von den Freuden meiner

Meistgeliebten zu dieser törichten Versammlung gerufen worden?« Er verwendete die Verkehrssprache des Hafens mit sonderbar trotzigem Unterton, als sei er ein aufsässiger Halbwüchsiger.

Doch der Wesir antwortete mit unbeirrbarer Glattzüngigkeit. »O *Gaddhi*, stets hat es dir zur höchsten Ehre gereicht, daß du großzügig zu jenen gewesen bist, denen du die Gnade erwiesen hast, sie zu empfangen. Deshalb ist dein Name in den Ohren aller, die in den Segnungen deines Reiches wohnen, ein Wohlklang, und an deinem Hofe entzückt der bloße Gedanke, vor dich treten zu dürfen, jedermanns Herz. So ist's denn ziemlich, daß deine neuen Gäste hier vorsprechen, um dir ihre Dankbarkeit zu bekunden. Und ebenso ist's ziemlich ...« – plötzlich gewann die Stimme des Wesirs etwas an Schärfe –, »daß du ihnen dein Ohr leihst. Sie kommen in Not und hegen in ihren Herzen Wünsche, die zu erfüllen allein ein Herrscher von solchem Rang wie der *Gaddhi* von *Bhrathairealm* hoffen kann, und der Beistand, den du ihnen gewährst, wird den Ruhm deiner Mildtätigkeit über die ganze Weite der Erde verbreiten.«

Daraufhin lehnte sich Rant Absolain mit allen Anzeichen von Arglist in seinen Thron. Seine Gemütsverfassung glich für Linden einem offenen Buch. Er befand sich in einem Willensstreit mit seinem Wesir. Mit gehässigem Lächeln ließ er seinen Blick über die Gruppe der Gefährten schweifen. »Es verhält sich so, wie der Wesir, mein getreuer Diener ...« – er betonte das letztere Wort –, »gesagt hat. Mit Vergnügen pflege ich meinen Gästen Wünsche zu gewähren. Was begehrt ihr von mir?«

Die Gefährten zögerten. Blankehans schaute die Erste um Rat an. Linden rang um Zurückhaltung. Hier konnte sich jede Bitte insofern als gefährlich erweisen, als sie dem *Gaddhi* oder seinem Wesir in die Hände spielte. »O *Gaddhi*«, sagte die Erste nach einem Moment des Schweigens, »nach deinem Willen wird unser Schiff bereits mit allem versorgt, dessen es so dringlich bedarf. Dafür entbieten wir dir unseren grenzenlosen Dank.« Ihr Tonfall vermittelte nicht mehr Dankbarkeitsgefühl als eine Eisenstange. »Doch im Angesicht deiner Gnade wage ich um eine weitere Gunst zu bitten. Wie du siehst, habe ich meine Waffe verloren.« Mit einer Hand hielt sie die leere Schwertschneide in die Höhe. »Die *Bhrathair* sind berühmt als kunstfertige Waffenschmiede, und im Rund des Reichtums habe ich zahlreiche bewundernswerte Klingen erblickt. O *Gaddhi*, gewähre mir als Ersatz jener Waffe, die mir abhanden gekommen ist, zum Geschenk ein Schwert.«

Rant Absolains Gesicht verzog sich zu einem Grinsen der Befriedigung. Seine Antwort klang gleichermaßen triumphal wie nach Gemeinheit. »Nein.« Ein Stirnrunzeln beeinträchtigte Kasreyns zur Schau getragene Selbstsicherheit. Er öffnete den Mund, um etwas zu sagen, aber der *Gaddhi* sprach unverzüglich weiter. »Wenngleich du mein Gast bist, muß ich dein Anliegen doch abschlägig bescheiden. Du weißt nicht, was du begehrst. Ich bin der *Gaddhi* von *Bhrathairealm* – der Diener meines Volkes. Was du geschaut hast, ist nicht mein, sondern allen *Bhrathair* zugeeignet. Ich habe es nur für mein Volk in Verwahrung. Ich selbst besitze nichts, und so erklärt's sich, daß ich kein Schwert oder andere Geschenke zu vergeben habe.« Er sprach in rachsüchtigem Ton, aber seine Böswilligkeit galt mehr dem Wesir als der Ersten, als hätte er einen Bereich gefunden, in dem er Kasreyn unangreifbar die Stirn bieten konnte. »Wenn du ein Schwert brauchst«, beendete er seine Ausführungen, »magst du in *Bhrathairain* eins erwerben.« Er unternahm den Versuch, sich sein Siegesbewußtsein zu erhalten, indem er Kasreyn nicht ansah; doch anscheinend grauste es ihm vor der eigenen Dreistigkeit, und er vermochte nicht zu widerstehen, er schaute ihn doch an.

Der Wesir begegnete seinem Blick mit einem achtlosen

Achselzucken, das Rant Absolain zusammenfahren ließ. Aber die Erste war mit diesem Lauf der Dinge nicht einverstanden. »O *Gaddhi*«, sagte sie durch die Zähne, »mir fehlt's an Mitteln, um eine Waffe zu erwerben.«

Urplötzlich geriet der *Gaddhi* in Wut. »Dann finde dich ohne Schwert zurecht!« Seine Fäuste schlugen auf die Armlehnen des Throns. »Trifft mich an deiner Mittellosigkeit Schuld? Schmähe meiner weiter, und ich werde dich hinaus zu den Sandgorgonen schicken!«

Kasreyn warf dem *Caitiffin* einen Blick zu. Sofort tat Rire Grist ein paar Schritte nach vorn, vollführte eine tiefe Verbeugung. »O *Gaddhi*«, sagte er, »diese Gäste sind Fremde und unvertraut mit der Selbstlosigkeit deines Dienstes am Volke. Gestatte mir, an ihrer Stelle deine Vergebung zu erflehen. Es ist meine feste Überzeugung, daß es beileibe nicht ihre Absicht war, dich zu kränken.«

Rant Absolain erschlaffte auf seinem Thron. Er wirkte, als wäre er unfähig, irgendeine innere Regung, die dem Willen des Wesirs zuwiderlief, länger durchzuhalten. »Ach, freilich«, murrte er gedämpft. »Ich bin ganz und gar nicht gekränkt.« Er meinte eindeutig das Gegenteil. »Ich stehe über jedweder Kränkung.« Er begann in der Sprache der *Bhrathair* Worte vor sich hin zu murmeln, die sich wie Flüche anhörten.

»Das ist wohlbekannt«, behauptete der Wesir mit gleichmäßiger Stimme, »und gereicht dir um so mehr zur Ehre. Doch müßte es dir Kummer bereiten, Gäste ohne ein Andenken deiner Gastfreundschaft in den Händen gehen zu lassen. Mag sein, noch ein anderes Begehr ist in ihren Herzen – ein Wunsch, der erfüllt werden kann, ohne daß deine Dienerschaft am Volke verunglimpft wird.«

Mit unbeschreiblicher Betroffenheit sah Linden, wie Kasreyn sein goldenes, glasloses Monokel zur Hand nahm und es an sein linkes Auge hob. Eine allgemeine Erstarrung, fast ein

Anzeichen offener Furcht, packte die Höflinge. Rant Absolain drückte sich noch stärker an die Rücklehne seines Throns. Aber die Geste des Wesirs erregte einen so natürlichen und unvermeidlichen Eindruck, daß Linden ihre Augen nicht abwenden, sich nicht wehren konnte, als Kasreyns Blick durch den Ring auf sie fiel; und mit einem Schlag besänftigte sich in ihr aller innere Aufruhr. Umgehend war sie der Überzeugung, keinen Anlaß zur Sorge zu haben, keinen Grund zum Mißtrauen gegen den Wesir. In seinem linken Auge gab es eine Antwort auf alles. Lindens letztes, innerstes Sträuben wich vollständiger Entspannung, als Macht und Bann seines Willens über sie kam, ihr die Worte entlockte, die er hören wollte. »O *Gaddhi,* ich frage dich, ob dein Wesir etwas tun kann, um meinen Begleiter Thomas Covenant zu heilen.«

Rant Absolain erleichterte es anscheinend außerordentlich, daß der Wesir seinen Augenring nicht auf ihn gerichtet hatte. »Ich bin vollauf sicher«, sagte er überlaut, »daß Kasreyn alles unternehmen wird, was in seiner Macht steht, um die erbetene Hilfe zu leisten.« Schweiß zog Streifen durch die Schminke seines Gesichts.

»O *Gaddhi,* ich diene dir mit Freuden.« Der Blick des Wesirs verließ Linden; sein Effekt jedoch wirkte nach, und Linden blieb völlig ruhig, obwohl der Wesir nun Covenant mit offener, nachgerade wüster Gier anstierte. Blankehans und die Erste schauten Linden bestürzt an. Seeträumers Muskeln verkrampften seine Schultern. Aber die Ruhe, die die Suggestivkraft des Wesirs Linden eingeflößt hatte, blieb bestehen. »Komm, Thomas Covenant!« sagte Kasreyn mit scharfem Nachdruck. »Wir werden uns sogleich an den Versuch deiner Heilung begeben.« Brinn warf Linden einen stummen, fragenden Blick zu. Sie nickte; ihr war nichts anderes möglich, als zu nicken. Sie war heilfroh, daß der Wesir ihr die Last von Covenants Elend nun abgenommen hatte. Der *Haruchai* schnitt eine leicht mißmutige Miene; wortlos stellte sein Blick den Riesen die gleiche Frage; doch sie widersprachen Linden nicht. Sie bemerkten nicht, was mit Linden geschah. Brinn zuckte die Achseln und führte Covenant zum Wesir. Kasreyn musterte den Zweifler mit unersättlichem Hunger. »Ich danke dir, Brinn von den *Haruchai*«, sagte er mit einem schwachen Beben in der Stimme. »Du kannst ihn nun getrost meiner Obhut überlassen.«

In dieser Hinsicht kannte Brinn kein Zögern. »Nein!«

Seine Weigerung rief unter den Höflingen vielfaches, sofort unterdrücktes Aufkeuchen des Entsetzens hervor. Rant Absolain beugte sich auf seinem Thron vor, biß sich auf die Lippen, als traue er seinen Sinnen nicht. Die Riesen wippten kaum merklich auf den Ballen ihrer Füße. »Rühr mich nicht an!« sagte Covenant hörbar und wie zu Brinns Unterstützung.

Kasreyn hob seinen goldenen Ring ans Auge. »Brinn von den *Haruchai*«, sagte er im Ton eines gelassen erteilten Befehls, »meine Künste dulden keine Zuschauer. So ich diesem Mann helfen soll, muß er mich allein begleiten!«

Brinn erwiderte seinen Monokel-Blick, ohne mit einer Wimper zu zucken. »Nichtsdestotrotz steht er unter meiner Obhut.« Seine Worte zeichneten sich durch die entschiedene Abweisung von Granit aus. »Ich weiche nicht von seiner Seite.«

Der Wesir erbleichte vor Wut und Verblüffung. Offenbar war er solchen Widerstand nicht gewohnt – und nicht darauf eingestellt, daß seine Suggestivkraft versagte. In Linden machte sich ein vages Unbehagen bemerkbar. Besorgnis begann ihre innere Ruhe zu stören, drängte sie zu wacherer Bewußtheit. Ein Schrei wollte sich ihrer Kehle entringen. Kasreyn wandte sich wieder an sie, belegte sie erneut mit dem Einfluß seines Willens. »Linden Avery, gebiete diesem *Haruchai*, Thomas Covenant in meine Obhut zu geben!«

Sofort war die Ruhe völlig wiederhergestellt. »Brinn«, sagte diese Ruhe durch Lindens Mund, »ich will, daß du Thomas Covenant dem Wesir überläßt.«

Brinn schaute herüber. In seinen Augen glommen Erinnerungen an *Elemesnedene*. »Das werde ich nicht tun«, entgegnete er unumwunden.

Der gesamte Hofstaat prallte zurück. Die Ordnung drohte zu schwinden, als etliche Höflinge den Rückzug zur Treppe antraten. Die Frauen des *Gaddhi* kauerten sich um den Thron und winselten um seinen Schutz. Kasreyn gab ihnen allen Grund zur Furcht. Jähzorn ließ sein Gesicht rötlich anlaufen. Seine Fäuste fuhren durch die Luft, schüttelten Drohungen. »Narr!« schnauzte er Brinn an. »Wenn du dich nicht unverzüglich fortscherst, werde ich den Wachen befehlen, dich auf der Stelle zu erschlagen!«

Noch ehe er den Satz beendet hatte, schritten die Riesen, Hergrom und Ceer auf Covenant zu. Aber Brinn brauchte ihre Unterstützung nicht. Zu rasch, als daß Kasreyn es hätte verhindern können, stellte er sich zwischen Covenant und den Wesir. »Solltest du einen solchen Befehl erteilen«, erwiderte er auf Kasreyns Wutausbruch, »wirst du sterben, ehe der erste Speer erhoben wird!«

Rant Absolain beobachtete das Geschehen mit einem Grauen, als müsse ihn gleich der Schlag treffen. Nun schickten auch die übrigen Höflinge sich an, aus dem Saal zu fliehen. Brinn blieb unnachgiebig. Drei Riesen und zwei andere *Haruchai* gaben ihm Rückhalt. Die sechs wirkten unbedingter kampfbereit als alle *Hustin* zusammengenommen. Einen Moment lang widerspiegelte Kasreyns Miene derartigen Grimm, als wolle er jedes Risiko eingehen, um Covenant in seinen Gewahrsam nehmen zu können. Doch dann setzte sich in ihm wieder jene Klugheit oder Listigkeit durch, der er seine gegenwärtige Machtposition und seine Langlebigkeit verdankte. Er trat einen Schritt zurück und bot alle Selbstbeherrschung auf. »Du mißverstehst mich.« Seine Stimme zitterte, aber mit jedem Wort klang sie wieder fester. »Dein Argwohn trifft mich unverdient. Diese Feindseligkeit steht dir übel, wie sie jedem Mann, jedem Weib übel stehen muß, dem des *Gaddhi* Gastfreundschaft gewährt worden ist. Doch ich beuge mich ihr. Es bleibt mein Wunsch, zu eurem Wohle zu wirken. Fürs erste jedoch ersuche ich euch für meinen unziemlichen Zorn um Vergebung. Mag sein, ihr werdet, wenn ihr des *Gaddhi* Wohlwollen genossen habt, auch die Lauterkeit meiner Absichten ersehen. Wenn ihr sie dann noch wünscht, werde ich euch gerne von neuem meine Hilfe anbieten.« Er sprach sachlich; aus seinen Augen jedoch war die Wut noch nicht gewichen. Ohne eine Antwort abzuwarten, deutete er eine Verbeugung in die Richtung des Throns an. »Mit deiner Erlaubnis, o *Gaddhi*«, sagte er gepreßt. Damit machte er auf dem Absatz kehrt und entfernte sich in den Schatten der Kanzel.

Für einen Moment verfolgte Rant Absolain den Abgang des verärgerten Wesirs voller Schadenfreude. Doch plötzlich kam ihm zum Bewußtsein, daß er nun mit den Leuten allein war, die Kasreyn von dem Wirbel getrotzt hatten – daß ihn nur noch seine Frauen und die Wächter schützten. Er rutschte vom Thron, drängte sich an seinen Meistgeliebten vorbei und eilte dem Wesir in solcher Hast hinterdrein, als vertreibe man ihn aus dem Saal. Die Frauen schlossen sich ihm aufgescheucht an. Die Gefährten blieben in der Gesellschaft von dreihundert Wächtern und Rire Grist zurück.

Der *Caitiffin* war sichtlich erschüttert; aber er gab sich redlich Mühe, um seine diplomatische Art wiederzugewinnen. »Ach, meine Freunde«, sagte er schwerfällig, »ich hoffe, ihr werdet diese unbefriedigende Begrüßung verzeihen. Wie ihr gesehen habt, ist der *Gaddhi* von wechselhafter Laune, zweifelsohne arg gereizt durch den Druck seiner Pflichten, und so lastet zweifache Bürde auf dem Wesir, da er sowohl sein Werk tun wie auch dem Willen des Herrschers genügen muß. Aber es wird Friede einkehren … euch wird Genugtuung widerfahren … das versichere ich euch.« Abgehackt verstummte er, als bestürze ihn das Unzulängliche der eigenen Äußerungen. Dann klammerte er sich an die erstbeste Idee, die ihm kam. »Wollt ihr mir nun zu euren Gastgemächern folgen? Dort harren eurer Speisen und Erholung.«

In diesem Moment entwand sich Linden der ihr aufgezwungenen Passivität mit einem schlagartigen Begreifen, das sie beinahe zum Schreien brachte.

15
»RÜHR MICH NICHT AN!«

Thomas Covenant sah alles. Er hörte alles. Von dem Augenblick an, als die *Elohim* ihm das Geschenk Caer-Caverals erschlossen, den Standort des Einholzbaums, hatten alle seine Sinne normal funktioniert. Doch er war danach innerlich so leer zurückgeblieben wie eine steinerne Tafel, von der man sämtliche Gebote ausgemerzt hatte. Was er sah und hörte, besaß für ihn ganz einfach keine Bedeutung. Das Bindeglied zwischen den äußeren Vorgängen und ihrem Eindruck auf ihn, zwischen Wahrnehmung und Interpretation, war durchtrennt oder blockiert worden. Nichts ging ihn noch etwas an.

Die sonderbaren Selbstwidersprüche der *Elohim* hatten ihn überhaupt nicht interessiert. Der Sturm, der fast zum Untergang der Sternfahrers Schatz geführt hatte, war für ihn belanglos gewesen. Die Gefährdungen seines Lebens – und die Anstrengungen von Menschen wie Brinn, Seeträumer und Linden, um ihn zu retten – waren an ihm vorübergezogen wie Laute einer fremden Sprache. Er hatte alles mitangesehen. Vielleicht hatte er es auf irgendeiner Ebene sogar verstanden, denn ihm fehlte selbst die Eigenschaft der Verständnislosigkeit. Nichts von allem, was rund um ihn geschah, besaß für ihn auch nur ansatzweise einen Sinn. Er atmete, wenn es notwendig war, Atem zu holen. Er schluckte Nahrung, wenn man ihm welche in den Mund schob. Ab und zu blinzelte er, um seine Augen zu befeuchten. Aber auch diese Reflexe waren für ihn nicht wichtig. Bisweilen stieg in ihm ein Unbehagen auf, verschwommen wie Nebel; aber sobald er seinen Kehrreim aussprach, verschwand es. Diese drei Wörtlein waren alles, was noch von seiner Seele existierte.

So verfolgte er Kasreyns Versuche mit, ihn zu vereinnahmen, in so vollständiger Distanziertheit, als wäre er aus Stein geschaffen. Die hungrige Suggestivkraft, die durchs glasfreie Monokel des Wesirs lohte, übte auf ihn keine Wirkung aus. Er bestand nicht mehr aus Fleisch, das zu irgend etwas bewogen werden konnte. Und auch die Weise, wie seine Begleiter ihn dem Anspruch des Wesirs entzogen, sank in seine innerliche Leere und verschwand, ohne irgend etwas zu hinterlassen. Als Kasreyn, Rant Absolain und der Hofstaat aus dem Rund der Hoheit ihrer getrennten Wege gegangen waren, hatte sich in Covenant nichts verändert.

Aber er sah alles. Er hörte alles. Seine Sinne funktionierten normal. Er bemerkte den beifälligen Blick, den Findail ihm zuwarf, als zöge der Ernannte einen Vergleich zwischen Covenants von den *Elohim* beigebrachter Aushöhlung und der Gier des Wesirs. Und er sah die Röte der Scham und Bestürzung in Lindens Gesicht, als Kasreyns Wille seine Macht über sie verlor. An ihrem Hals traten Stränge hervor, als sie krampfhaft einen unwillkürlichen Aufschrei unterdrückte. Sie fürchtete Besessenheit mehr als alles andere – und war Kasreyns Gewalt so leicht verfallen, als besäße sie keinerlei eigenen Geist. »Herrgott!« fauchte, knirschte sie durch die Zähne. Doch ihr von Furcht und Wut erfüllter Blick galt Rire Grist; die Verwirrung der anderen Gefährten beachtete sie nicht. Ihre mühsam bewahrte Fassung verriet deutlich, daß sie dem *Caitiffin* mißtraute. Der Anblick ihrer Aufgewühltheit weckte von neuem Covenants latentes Unbehagen; aber er sprach seine drei Wörter aus, und sie enthoben ihn aller Sorgen.

Er hörte, wie die Erste sich mühsam mäßigte, als sie dem *Caitiffin* antwortete. »Wir werden mit dir kommen. Unser Bedürfnis nach Ruhe und Erquickung ist groß. Außerdem müssen wir über das beraten, was sich zugetragen hat.«

Der gerechte Zorn in ihrer Stimme veranlaßte Rire Grist zum

Verziehen des Gesichts. Aber er verzichtete darauf, zu versuchen, die Gefährten weiter abzuwiegeln. Statt dessen führte er die Gäste des *Gaddhi* zu der Treppe, über die man ins Rund des Reichtums hinabgelangte. Covenant folgte ihm und den anderen abwärts, weil Brinns Griff um seinen Arm ihn dazu bewegte, reflexmäßig einen Fuß vor den anderen zu setzen, ganz als wäre er selbst dazu fähig, dergleichen zu tun. Rire Grist geleitete die Gefährten hinunter ins Zweite Rund. In der Weitläufigkeit dieses Stockwerks, jenseits der riesigen Räumlichkeit, die Vorhalle oder Festsaal sein mochte, strebte er der Gruppe durch verzweigte, angenehm erleuchtete Gänge, durch Säle und sonstige Räume voraus – Spülküchen, Musikzimmer, Ateliers, Küchen und Galerien –, in denen sie zahlreichen der Höflinge wiederbegegneten, denen es inzwischen gelungen war, ihre Furcht erneut zu überspielen. Schließlich brachte er die Gefährten in einen langen Korridor, den in regelmäßigen Abständen Türen säumten, hinter denen komfortable Schlafräume lagen. Jedem Gast war ein solches Zimmer reserviert worden. Am Ende des Flurs befand sich ein größerer Raum, reichlich ausgestattet mit Sitzpolstern und anderen Sitzgelegenheiten. Dort stand für sie auf Tischen, kunstvoll aus Bronze und Mahagoni gefertigt, ein Mahl bereit.

Aber an der Tür jedes Zimmers stand ein mit Spieß und Schwert bewaffneter *Hustin;* und bei den Eßtischen warteten zwei weitere *Hustin,* als wäre ihnen die Rolle von Dienern oder Aufpassern zugewiesen worden. Auch Rire Grist zeigte keinerlei Anstalten, sich zu verabschieden. Covenant allerdings blieb das egal. Wie der würzige Duft der Speisen und der dumpfige Geruch der ungewaschenen *Hustin* war es für ihn eine bedeutungslose Tatsache. An Blankehans' Armen dagegen wölbten sich die Muskeln, in die Augen der Ersten trat ein Glitzern leicht entfachbaren Grimms, und Linden preßte die Lippen aufeinander, bis sie einem weißlichen Strich glichen. Einen

Moment später wandte sich die Auserwählte mit finsterem Gesichtsausdruck an Rire Grist. »Ist das noch so ein Beispiel für die Gastfreundschaft des *Gaddhi?* Überall nichts als Wächter?«

»Auserwählte, du erliegst einem Mißverständnis.« Der *Caitiffin* hatte mittlerweile sein inneres Gleichgewicht zurückerlangt. »Die *Hustin* sind Geschöpfe der Pflicht und Dienstbarkeit, und diesen, die ihr hier erblickt, ist aufgetragen worden, euch zu Diensten zu sein. Wenn's euer Wunsch ist, daß sie gehen, so werden sie's tun. Doch sie werden in Rufweite verbleiben, auf daß sie euch zur Verfügung stehen.«

Linden drehte sich nach den beiden *Hustin* im Speiseraum um. »Raus mit euch!« Ihre viehischen Gesichter zeigten keine Reaktion; aber sie stapften zusammen hinaus in den Korridor. Linden folgte ihnen. »Verschwindet!« schrie sie sämtliche *Hustin* an. »Laßt uns allein!« Die *Hustin* gehorchten, und dieser Umstand milderte Lindens Erbitterung in gewissem Umfang. Als sie ins Eßzimmer zurückkehrte, sah man ihr die Erschöpfung an. Von neuem drängte die Gefühlsregung, die sie in Covenant verursachte, ihn zum Sprechen. Doch seine Gefährten hatten sich längst an seine Redensart gewöhnt und schenkten ihr keine Beachtung mehr.

»Auch ich werde euch nun verlassen«, sagte der *Caitiffin,* indem er aus der Not eine Tugend machte. »Sobald sich derlei ergeben sollte, werde ich euch Nachricht vom Willen des *Gaddhi* oder seines Wesirs überbringen. Im Falle ihr anderweitig meiner bedürft, ruft eine Wache und nennt ihr meinen Namen. Mir wird jede Gelegenheit, euch dienen zu dürfen, zur Freude gereichen.«

Linden ging darauf lediglich mit einem matten Achselzucken ein. »Warte noch ein Weilchen, *Caitiffin*!« forderte jedoch die Erste ihn auf. Angesichts des Ausdrucks in ihren Augen trat Wachsamkeit in seine Miene. »Vieles haben wir erblickt, das wir nicht verstehen, so daß wir uns beunruhigt fühlen. Erleichtere mein Gemüt mit einer Antwort!« Der Ton der Ersten legte nahe, daß es sich empfahl, nicht zu widerstreben. »Du hast von achtzig mal hundert Wachen und fünfzehn mal zwanzig Reitern gesprochen. Im Hafen haben wir viele Kriegsschiffe liegen sehen. Doch die Sandgorgonen sind seit langem dem Untergang geweiht. Und sicherlich bieten des Wesirs geheime Künste die beste Gewähr wider einen Aufstand. Was ist der Grund, aus welchem Rant Absolain eine so gewaltige Streitmacht braucht?«

Daraufhin entspannte sich Rire Grist etwas, als hätte er statt mit dieser anscheinend leicht beantwortbaren mit einer erheblich heikleren Frage gerechnet. »Erste der Sucher«, erwiderte er, »die Antwort ersiehst du im Reichtum von *Bhrathairealm*. Kein geringer Teil unseres Reichtums und Wohlstands ist im Austausch gegen die Dienste unserer Waffen und Schiffe von anderen Herrschern oder Völkern erworben worden. Unsere Kriegsmacht erringt uns hohes Ansehen und große Schätze. Doch das ist ein fragwürdiger Nutzen, dieweil unser Reichtum andere Herrscher oder Lande dazu verleitet, uns mit Neid zu betrachten. Deshalb hat unsere Stärke auch den Zweck, uns zu erhalten, was wir seit der Entstehung des Schreckens der Sandgorgonen errungen haben.«

Anscheinend stellte das Einleuchtende dieser Auskunft die Erste zufrieden. Als sonst niemand etwas fragte, verbeugte sich der *Caitiffin* und ging hinaus. Sofort schloß Blankehans hinter ihm die Tür; und gleich darauf erfüllte der gedämpfte Klang von Anspannung gepreßter Stimmen den Raum.

Die Erste und Blankehans verliehen ihren Bedenken Ausdruck. Linden schilderte die Wirkung, die der Wesir mit seinem Ring erzielte, und verwies auf die unnatürliche Abstammung der *Huskin*. Brinn riet, die Gruppe solle unverzüglich auf die Sternfahrers Schatz zurückkehren. Dem hielt Blankehans entgegen, ein solches Verhalten könne dem *Gaddhi* einen Vorwand liefern, um seine Gastfreundschaft zu widerrufen, bevor die *Dromond* in ausreichendem Maße repariert war oder mit Vorräten beladen. Linden warnte ihre Kameraden, sie sollten Rire Grist nicht trauen. Hohl und Findail standen gleichgültig nebeneinander. Mit Zeichen und Gesten machte sich Seeträumer verständlich, wenn er von seinem Bruder Blankehans etwas wissen wollte. Der Kapitän fragte Brinn, wieso der *Haruchai* es vermocht hatte, der Suggestivkraft des Wesirs zu widerstehen. Brinn tat die nahezu hypnotische Gewalt des Wesirs mit ausdruckslosen Worten ab. »Er sprach mit seinem Blick zu mir. Doch es dünkte mich geboten, ihn zu mißachten.« Einen Moment lang schaute er Linden in einer Weise an, die einem offenen Tadel glich. Sie biß sich auf die Unterlippe, als schäme sie sich ihrer Schwäche. Covenant sah alles mit an. Es besagte ihm so wenig, als wäre er vollkommen empfindungslos.

Die Zeit verstrich langsam, als werde sie von der Spannung unter den Gefährten in nur allmählich wachsenden Raten zersetzt; aber Covenant nahm es nicht zur Kenntnis. Genausogut hätte die Zeit für ihn zu existieren aufgehört haben können. Der Tribut an Tagen, den sie forderte, war nicht bedeutsamer als eine Kette aus Holzperlen; vielleicht jedoch war es eine allgegenwärtige, unterschwellige Erinnerung an Blutvergießen, die ihm – wie ein Vorwurf aus dem nun so fernen Land – wiederholt unbestimmbares Unbehagen bereitete; die Tage, an denen man Menschen opferte, die er zu retten hätte imstande sein sollen, verlängerten die Kette Zug um Zug. Jedenfalls war er nicht mehr darauf versessen, den Einholzbaum zu finden. In seiner jetzigen Verfassung war er sicher.

Seine Gefährten ruhten sich abwechselnd aus, warteten, bewegten sich rastlos hin und her, unterhielten sich oder diskutierten leise. Linden hatte Schwierigkeiten, Brinn davon zu überzeugen, daß es nicht ratsam sei, Ceer oder Hergrom zum Auskundschaften der Sandbastei zu schicken. Die *Haruchai* wollten nicht länger auf sie hören. Aber als die Erste Linden unterstützte, gaben sie nach, sahen die Richtigkeit des Arguments ein, daß es sich für die Gruppe empfahl, sich nicht zu trennen. Hohl scherte sich um alles so wenig wie Covenant. Aus Findails Miene jedoch schwand nie sein eingefleischtes Weh; und er musterte Covenant, als sähe er für den Zweifler eine entscheidende Probe voraus.

Später fand Rire Grist sich wieder ein und überbrachte den Gefährten eine Einladung zu einem Bankett des Hofes. Linden kümmerte sich nicht darum. Die Einstellung der *Haruchai* hatte ihr anscheinend Wesentliches ihrer Entschlossenheit entzogen. Die Erste jedoch nahm die Einladung an; und die Gefährten folgten dem *Caitiffin* in einen hohen, hellen Speisesaal, in dem herausgeputzte Edle und faunische Galane plauderten und sich neckten, in Geziertheit miteinander wetteiferten und speisten, während im Hintergrund verhaltene Musik spielte. Das einfache, gerade Auftreten der Gefährten bildete einen direkten Gegensatz zu dem selbstgefälligen Getue rings um sie; aber der Hofstaat reagierte, als empfände man die Gäste ebendeswegen als um so attraktiver und interessanter – oder als fürchteten sich die Höflinge zu sehr, um sich anders zu benehmen.

Männer belagerten Linden mit einem Überangebot von Flirts, blind für die drohende Hysterie in ihrer Miene. Forsch bedrängten Frauen die kaltschnäuzigen *Haruchai*. Die Riesen setzte man gezwungenen Kapriolen geistreichen Charmes aus. Weder stellte der *Gaddhi* sich ein, noch kam sein Wesir; aber an den Wänden standen *Hustin* wie Lauscher, und nicht einmal Blankehans' unauffällig-schlaue Fragen erbrachten irgendwelche nützliche Informationen. Die Speisen schmeckten köstlich; an Weinen gab es die vielfältigsten Tropfen und reichlich.

Während der Abend voranschritt, gestaltete sich das Schwatzen der Höflinge immer burlesker und ausgelassener. Seeträumer starrte aus glasigen Augen umher; die Miene der Ersten ähnelte einer Gewitterwolke. In gewissen Abständen sagte Covenant sein Sprüchlein auf.

Seine Gefährten ertrugen die Situation, solange sie konnten, dann baten sie Rire Grist, sie in die Unterkünfte zurückzubringen. Er erfüllte den Wunsch mit diplomatischer Unbefangenheit. Sobald er fort war, fügten sich die Gefährten der Notwendigkeit des Schlafens. Jedem war ein Zimmer zugeteilt worden, und in jedem Raum stand ein Einzelbett. Aber sie richteten sich nach eigenen Vorstellungen ein. Blankehans und Seeträumer bezogen ein gemeinsames Zimmer, ebenso die Erste und Ceer. Linden widmete Covenant einen letzten, prüfenden Blick, ehe sie sich hinlegte, Cail im selben Zimmer, um auf sie achtzugeben. Brinn zog Covenant mit sich in den Nebenraum und brachte ihn zu Bett. Hergrom blieb, zusammen mit Hohl und Findail, als Wache im Flur. Als Brinn das Licht löschte, schloß Covenant in reinem Reflex die Lider.

Neues Licht leuchtete auf, und Covenant öffnete die Augen. Doch es entstammte nicht derselben Quelle. Es drang aus einem kleinen, vergoldeten Gefäß in der Hand einer Frau. Sie trug hauchdünnen Stoff, der gleichermaßen viel verbarg und andeutete, wie schwacher Nebel; das üppige blonde Haar umwallte ihre Schultern. Das Licht umschmeichelte ihre Figur mit verheißungsvollem Glanz. Sie war die Edle Alif, eine der beiden Meistgeliebten des *Gaddhi.*

Schelmisch legte sie einen Finger an die Lippen und wandte sich leise an Brinn. »Du brauchst deine Freunde nicht zu stören. Kasreyn von dem Wirbel wünscht mit Thomas Covenant zu reden. Es ist sehr wohl recht, wenn du ihn begleitest. In der Tat können sogar alle deine Freunde mit ihm kommen, so du's für angebracht hältst, sie zu wecken. Der Wesir bereut seine Voreiligkeit. Doch weshalb sollten sie ihrer Nachtruhe beraubt werden? Sicherlich gewährleistest du selbst Thomas Covenants Sicherheit zur Genüge.« Brinns Haltung verriet keinerlei Reaktion. Gleichmütig wog er Risiko und Chance ab, die in diesem neuen Ansinnen lagen. Während er noch überlegte, trat die Edle Alif an seine Seite. Ihre Bewegungen waren zu sanft und zu harmlos, um Gedanken an Gefahr zu rechtfertigen. An ihren Fußknöcheln klirrten kleine silberne Glöckchen. Da streckte sie ihre freie Hand und enthüllte ein Häufchen lohfarbenen Pulvers. Mit plötzlichem Pusten blies sie es in Brinns Gesicht. Ein unwillkürliches Einatmen der Überraschung, und das Pulver tat seine Wirkung. Brinns Knie knickten ein, und er sank, indem er sich langsam um die eigene Achse drehte, zu Boden.

Sofort huschte die Edle zu Covenant, lächelte begehrlich. Als sie an seinem Arm zerrte, erhob er sich willenlos vom Bett. »Rühr mich nicht an!« sagte er; aber die Edle lächelte nur unablässig und zog ihn zur Tür. Im Korridor sah er, daß Hergrom ebenfalls am Boden lag, ähnlich gefällt wie Brinn. Hohl stand vor Lindens Tür und achtete auf sonst nichts. Findail jedoch beobachtete die Edle Alif und Covenant mit einem auf Einschätzung bedachten Blick. Die Meistgeliebte des *Gaddhi* führte Covenant aus dem Bereich der Gästezimmer. Sie befanden sich noch unterwegs, als Covenant hörte, wie jemand eine Tür aufriß und nackte Füße fast lautlos über den Steinboden liefen; vermutlich hatte einer der anderen *Haruchai* die Verfolgung aufgenommen. Ceer oder Cail mußte die Besinnungslosigkeit Brinns und Hergroms gespürt und bemerkt haben, daß etwas nicht stimmte. Aber sobald Covenant und die Edle an der letzten Tür vorüber waren, bestanden die Wände nicht mehr bloß aus Stein, sondern verwandelten sich in Spiegel. Die Edle drängte Covenant zwischen die Spiegelwände. Einen Moment lang sahen sie auf beiden Seiten ihre lebensechten Abbilder. Spiegelbild und Spiegelbild und Fleisch trafen sich, verschmolzen miteinander. Bevor der *Haruchai* das Paar einholen konnte, gelangten Covenant und seine Entführerin in einen gänzlich anderen Teil der Sandbastei.

Indem sie zwei wandnahe Spiegel durchquerten, betraten sie ein großes, rundes Zimmer. Drei oder vier Kerzenleuchter erhellten es behaglich, schufen eine verführerische Schummrigkeit wie in einem Séparée. Die nachgerade abgründigen blauen Teppiche schienen die Berührung bloßer Füße zu ersehnen; die Kissen und Polster aus Samt und Satin luden zum Vergessen ein. Räucherwerk machte die Luft mit beinahe stickiger Schwüle schwer von Düften. An den Wänden hingen Gobelins mit Darstellungen, die Nachklängen von Lust gleichkamen. Nur die zwei bewaffneten *Hustin*, die einander gegenüber an den Wänden standen, beeinträchtigten das Gemütliche der Räumlichkeit. Doch sie beeindruckten Covenant nicht. Für ihn bedeuteten sie nicht mehr oder weniger als die schmiedeeiserne Wendeltreppe, die sich in der Mitte des Zimmers aufwärtswand. Er sah alles an und dachte sich nichts dabei.

»Endlich!« stieß die Edle mit einem Aufseufzen hervor, das sich nach einem Schauder der Verzückung anhörte. »Endlich sind wir allein.« Sie wandte sich Covenant zu. Die Spitze ihrer Zunge benetzte die Lippen. »Thomas Covenant, mein Herz ist wild vor Verlangen nach dir.« Ihre Augen glänzten so eindringlich, wie es dank der Betonung durch Lidschatten nur möglich sein konnte. »Nicht für des Wesirs Zwecke habe ich dich hergebracht, sondern für mich allein. Diese Nacht wirst du nie und nimmer vergessen. Jeden Traum deines Lebens will ich in dir wachrufen und ihn dir erfüllen.« Sie musterte ihn, um zu sehen, wie er darauf ansprach; als er nicht reagierte, stutzte sie und zögerte für einen Moment. Eine Anwandlung des Unmuts glitt über ihr Gesicht. Aber sie ersetzte diesen Ausdruck hastig durch eine Miene der Leidenschaft und wirbelte durchs Zimmer. »Schau!« rief sie gedämpft und begann, als wäre jeder Umriß ihrer Gestalt ein schmerzliches Lechzen, zu tanzen.

Sie bog und drehte sich zum Rhythmus ihrer Fußglöckchen, spielte alle Vorzüge ihres Körpers mit sämtlichen Tricks einer stolzen Odaliske vor Covenants Augen aus. Wie zur Verdeutlichung der Selbstlosigkeit ihres Sehnens nach ihm tanzte sie näher, wich zurück, näherte sich wieder; und ihre Hände kosten ihre Schenkel, ihren Bauch und die Brüste, als gelte es, die gesamte Glut ihres Fleisches zu entfesseln. In raffiniert bemessenen Abständen wehten Teile ihrer Kleidung wie Wölkchen aus Parfüm und Flor davon und sanken, zarten Versuchungen gleich, zwischen die Polster. Ihre Haut besaß die Beschaffenheit von Seide. Die Brustwarzen waren geschminkt und hart wie Bekundungen der Begehrlichkeit; die Muskeln in ihren Schenkeln glichen fließend-geschmeidigen Verlockungen. Doch als sie ihre Arme um Covenant schlang, ihren Leib an seinen schmiegte, seinen Mund küßte, blieben seine Lippen schlaff. Er brauchte erst gar nicht seinen Spruch zu sagen. Er sah sie an, als existiere sie nicht. Seine Unzugänglichkeit verblüffte sie; und infolge ihrer Überraschung zeigte sich auf einmal unverhohlene Furcht in ihren Augen. »Schmachtest du nicht nach mir?« Sie kaute auf den Lippen, überlegte sich andere Möglichkeiten. »Du mußt mich begehren!« Sie versuchte, ihre Verzweiflung mit Schamlosigkeit zu verheimlichen; aber jeder neue Versuch, in Covenant Lust zu wecken, offenbarte ihr Grauen vor einem endgültigen Scheitern mit erhöhter Klarheit. Sie tat alles, was ihr anhand ihrer Erfahrungen oder aufgrund erlernter Liebeskünste in den Sinn kam, wälzte sich stöhnend und öffnete einladend die Schenkel. Sie schrak vor keiner Erniedrigung und keiner Darbietung ihres Leibes zurück, die einem Mann Begierde einflößen mochten. Doch sie konnte gegen die von den *Elohim* in ihm erzeugte Leere nicht ankommen. Er blieb so standhaft, als wäre es die Absicht der *Elohim* gewesen, ihn gegen Verführung zu feien, statt ihm zu schaden. Unvermittelt heulte die Edle in Panik auf. Ihre Finger vollführten vor ihrem Gesicht so etwas wie ruckartige Krabbelbewegungen, als seien sie Spinnen. Ihre Reize hatten sie im Stich gelassen. »Ach, Wesir«, stöhnte sie. »Hab Erbarmen! Er ist kein Mann. Wie vermöchte ein Mann dem zu widerstehen, was ich getan habe?«

»Rühr mich nicht an!« Die Anstrengung des Sprechens verlieh Covenants lascher Haltung flüchtige Entschiedenheit.

Darauf verhalf die Demütigung der Edlen zur Kraft des Zorns. »Narr!« fuhr sie ihn an. »Du bewirkst meinen Untergang, und er wird dir doch von keinem Nutzen sein. Der Wesir wird mich zur Bettlerin in den Freudenhäusern von *Bhrathairain* machen, weil ich an dir gescheitert bin, doch deshalb wird er dich keineswegs verschonen. Er wird dir die Glieder einzeln ausreißen, um seinen Willen zu haben. Wärst du Manns genug, daß es dich nach mir gelüstete, zumindest hättest du das Leben behalten. Und es hätte dir Freude bereitet.« Blindwütig schlug sie zu, klatschte ihre Hand über seine bärtige Wange. *»Freude!«*

»Genug, Alif!« Die Stimme des Wesirs ließ sie augenblicklich erstarren, wo sie stand. Er beobachtete sie und Covenant von der Treppe; er war sie bereits zur Hälfte herabgestiegen. »Es steht dir nicht zu, ihn zu mißhandeln.« An seinem erhöhten Standort auf der Treppe schien er so groß wie ein Riese zu sein; aber seine Arme sahen von Hagerkeit und Alter zerbrechlich aus. Das an seinen Rücken geduckte Kind regte sich nicht. »Begib dich zurück zum *Gaddhi!«* Sein Ton verriet keinen Ärger; doch er schien Glanzlichter der Gehässigkeit in den Raum zu werfen. »Ich bin mit dir fertig. Von diesem Tag an bist du auf Gedeih und Verderb Spielzeug seiner Schrullen! Stimme ihn günstig, so du's vermagst.«

Seine Worte fällten über die Edle ein Urteil; aber es war weniger hart als von ihr erwartet, und sie verzichtete aufs Jammern. Mit einem letzten, abschätzigen Blick auf Covenant raffte sie sich auf und eilte zur Treppe, ließ ihre Kleidungsstücke mit einer Mißachtung zurück, die an Würde grenzte. Sobald sie fort war, befahl Kasreyn einem der beiden Wächter, Covenant zu ihm zu bringen. Dann kehrte er nach oben zurück. Der *Husta* schloß eine Krallenhand um Covenants Oberarm. Ein Zittern böser Vorahnung veranlaßte Covenant zum mehrmaligen Wiederholen seines Sprüchleins, ehe sich sein Mißbehagen legte. Die Treppe schraubte sich aufwärts wie der Wirbel des Schreckens der Sandgorgonen, beförderte ihn hinauf in die Abgeschiedenheit der Wesirswacht. Als die Stufen endeten, betrat er das Labor, in dem sich Kasreyn mit seinen Künsten beschäftigte.

Auf langen Tischen standen theurgische Apparaturen aller Art. Gefäße und Fläschchen voller arkaner Pulver säumten die Wände. Spiegelvorrichtungen ließen Kerzen lichtlos erscheinen. Kasreyn schlurfte hin und her, bereitete irgendwelche Utensilien vor. Wiederholt schloß und lockerte er die Hände, um seine Hast zu bändigen. Seine wäßrigen, verschleierten Augen ruckten von einer zur anderen Stelle. Auf seinem Rücken schlief sein angeblicher Sohn. Kasreyns goldgelbes Gewand schleifte am Fußboden und erzeugte ein Geräusch wie vom Gewusel kleiner Tiere. Als er von neuem den Mund aufmachte, klang seine Stimme gefaßt, war jedoch mit einer schwachen Andeutung von Müdigkeit durchsetzt, die auf die Bürde seiner Jahre verwies. »Ich habe in Wahrheit nicht erwartet, daß ihr Erfolg beschieden sei.« Er sprach zu Covenant, als wüßte er genau, daß der Zweifler nicht antworten konnte. »Es wäre besser für dich, sie hätte welchen gehabt … aber du bist ihr, soviel ist klar, gänzlich unerreichbar. Vielleicht hätte ich sie dennoch für ihr Scheitern strafen sollen, wie ein Weib nur je von einem Mann bestraft worden ist. Zumal sie ein reizvolles Weib und zudem gescheit ist. Aber dergleichen lockt mich nicht länger.« Sein Tonfall ließ ein Seufzen gerade noch ahnen. »In vergangenen Zeiten war's anders. Einst wählte der *Gaddhi* seine Meistgeliebten unter jenen Weibern aus, die zuvor meine Lust gestillt hatten. Seit geraumer Frist jedoch bereitet's mir bloß noch Vergnügen, anderen zuzuschauen, wie sie sich drunten in der Kammer ihrer lasterhaften Brunst hingeben. Deshalb war ich fast zu hoffen geneigt, sie möge Erfolg haben. Wegen des Kitzels, den's mir geschenkt hätte.« An einer Seite des Labors stand ein mit Gurten und Geräten ausgestatteter Stuhl. Während Kasreyn redete, brachte der *Husta* Covenant zu diesem Stuhl und setzte ihn hin. Der Wesir legte seine Utensilien auf dem nächststehenden Tisch bereit, dann machte er sich daran, Covenants Arme und Beine mit Gurten anzuschnallen. »Aber es ist ein laues Vergnügen«, setzte er seinen Monolog nach kurzer Pause fort, »und verschafft mir keine Befriedigung. Das *Alter* deucht mich unbefriedigend. Darum bist du hier.« Er schnallte Covenants Brustkorb fest an die Rücklehne des Stuhls. Mit einem um den Hals geschnallten Gurt sorgte er dafür, daß der Zweifler aufrecht saß. Covenant hätte nichtsdestoweniger noch den Kopf von einer zur anderen Seite wenden können, wäre es ihm eingefallen, so etwas zu tun; aber Kasreyn baute anscheinend zuversichtlich darauf, daß Covenant keine derartigen Einfälle mehr hatte. Aus Covenants innerer Leere wallte eine schwache Regung von Besorgnis auf, aber er zerstreute sie mit seinem Kehrreim. Als nächstes begann Kasreyn seine Utensilien der am Stuhl angebrachten Vorrichtung einzusetzen. Es handelte sich um Linsen von erheblich unterschiedlicher Beschaffenheit und Stärke; die Vorrichtung hielt sie in der Nähe von Covenants Kopf. »Du hast gesehen«, faselte der Wesir weiter, während er sich betätigte, »daß ich ein Okular aus Gold besitze.

Aus purem Gold … selbst in meinen Händen ein seltenes, mächtiges Metall. Dank solcher Hilfsmittel bewirken meine Künste große Wunder, deren der Schrecken der Sandgorgonen bei weitem nicht das größte ist. Ebenso jedoch sind meine Künste vollkommen, so wie ein Kreis makellos ist, und in einer Welt voller Mängel kann Vollkommenheit nicht überdauern. Daher rührt's, daß jedem meiner Werke zwangsläufig ein Makel anhaftet, andernfalls sie nicht wirken könnten.« Er trat zurück, um seine Vorbereitungen einen Moment lang zu begutachten. Dann beugte er sein Gesicht dicht vor die unbewegte Miene Covenants, als wolle er sichergehen, daß der Zweifler ihn verstand. »Sogar die Errungenschaft meiner Langlebigkeit ist getrübt durch einen Makel, und durch selbigen Makel entweicht mir das Leben nichtsdestotrotz gleichsam Tröpfchen um Tröpfchen. In voller Kenntnis der Vollkommenheit und im Besitz vollkommener Werkzeuge habe ich mich notgedrungen mit Unvollkommenheit abfinden müssen. Ich werde sterben, Thomas Covenant.« Erneut wich er zurück. »Das ist untragbar«, murmelte er halb zu sich selbst. Für einige Sekunden verschwand er aus Covenants Blickfeld. Als er zurückkehrte, stellte er einen Stuhl vor Covenants Sitz und nahm darauf Platz. Seine Augen befanden sich nun in einer Höhe mit Covenants Augen. Mit einem skeletthaften Finger tippte er an Covenants Halbhand. »Aber du hast Weißgold.« Hinter ihrer Wäßrigkeit schienen seine Augäpfel keine Farbe zu besitzen. »Das ist ein unvollkommenes Metall – eine unnatürliche Verbindung von Metallen –, und auf dem ganzen Erdkreis dieser Welt ist es allein in dem Ring enthalten, den du trägst … Meine Künste haben zu mir von einem solchen Wundermittel gesprochen, doch nicht einmal im Traum hätte ich zu wähnen gewagt, eines Tages könne mir das Weißgold zufallen. *Das Weißgold!* Thomas Covenant, wenig verstehst du von dem, was du da besitzt. Des Weißgolds Unvollkommenheit ist jener Widerspruch selbst, aus dem die Erde gemacht ist, und mit ihm mag ein Meister vollkommene Werke verrichten, ohne einen Makel fürchten zu müssen. Deshalb ...« – mit einer Hand schwenkte er eine Linse vor Covenants Augen, so daß sie alles in seiner Sicht verzerrte – »will ich den Ring haben. Wie du weißt –, oder wußtest – kann ich ihn dir nicht ohne weiteres entreißen. Er wäre für mich wertlos, es sei denn, du übergibst ihn mir freiwillig. Und in deinem gegenwärtigen Zustand bist du zu keinen Entschlüssen fähig. So kommt's, daß ich zunächst diese Wand zertrümmern muß, die deinen Willen in deinem Innern gefangenhält. Das getan, werde ich dir, solange du noch in meinem Gewahrsam verbleibst, die Entscheidung abringen, nach welcher mir der Sinn steht.« Ein Lächeln bleckte die greise Bosheit seiner Zähne. »Wahrhaftig, es wäre dir wohler ergangen, wärst du den Reizen der Edlen Alif erlegen.«

Covenant begann seine Warnung zu sagen. Aber ehe er sie beenden konnte, hob Kasreyn sein Okular, schaute mit dem linken Auge durch den Ring und die Linse vor Covenants Gesicht. Als dieser Blick Covenant traf, zersprang sein Dasein in nichts als Schmerz. Dornen schienen in seine Gelenke zu stechen, Messer seine sämtlichen Muskeln freizulegen, Dolche in jedem Nerv zu wühlen. Pein quälte seinen Kopf, als werde ihm die Haut vom Schädel geschliffen. Aufgrund unbewußter Zuckungen wand er sich wie ein Wahnsinniger in den Gurten. Er sah, wie Kasreyns Blick sich in sein Inneres bohrte, er hörte die Mühsal seiner Atmung, fühlte Gewalt jeden Teil seines Fleischs zerfetzen. Alle seine Sinne funktionierten normal. Aber der Schmerz bedeutete ihm nichts. Er versank in der Leere und verschwand, eine Wahrnehmung ohne Inhalt und Konsequenzen. Nicht einmal die Konvulsionen seines Körpers brachten ihn dazu, den Kopf zur Seite zu drehen.

Dann endete die Drangsal mit einem Schlag. Der Wesir lehnte sich zurück, fing leise und tonlos durch die Zähne zu pfeifen an, während er über das weitere Vorgehen nachdachte. Einen Moment später entschloß er sich zu etwas. Mit zwei weiteren Linsen verstärkte er die Verzerrung von Covenants Sicht. Dann hob er sein Okular erneut ans Auge. Sofort durchschoß Feuer Covenant, als wäre jeder Tropfen seines Bluts, alles Gewebe seines Fleischs aus Öl und Zunder. Die Feuersbrunst durchbrauste ihn wie das Heulen einer Hexe. Die Glut schmorte ihm das Herz, versengte seine Lungen, verbrannte die Eingeweide. Das Mark in seinen Knochen loderte und zerlief wie Schlacke. Wüste Glut flammte in seine Leere, als könne keine Macht der Welt verhindern, daß sie die verborgenen Relikte seiner Seele in Brand setzte. Seine gesamten Sinne funktionierten normal. Er hätte in dieser Qual unwiderruflich den Verstand verlieren müssen. Aber der Abgrund des Ausgehöhltseins übertraf mit seiner Bodenlosigkeit jedes Feuer. Auch dagegen hatten die *Elohim* ihn gefestigt.

Mit einem Aufknurren der Enttäuschung schaute Kasreyn wieder weg. Für einen Moment wirkte er ratlos. Doch dann straffte erneuerte Entschlossenheit ihm den Rücken. Mit lebhaften Bewegungen entfernte er eine der bereits verwendeten Linsen und tauschte sie gegen mehrere andere aus. Nun konnte Covenant nichts mehr sehen als eine einzige Verschwommenheit, die ihm Tränen in die Augen trieb. In der Mitte seines verwaschenen Blickfelds erschien Kasreyns goldenes Okular, als der Wesir seine Suggestivkraft von neuem in Covenants Inneres richtete. Ein oder zwei Sekunden lang geschah nichts. Dann erweiterte sich das verschwommene Sichtfeld, und das Labor begann sich zu drehen. Erst rotierte es langsam, dann mit schwindelerregender Schnelligkeit. Während der Drehbewegung lösten sich die Wände auf. Der Stuhl, auf dem Covenant saß, schwebte empor, obwohl Kasreyns suggestiver Blick keineswegs wich. Covenant wirbelte hinaus in Nacht. Aber es handelte sich um eine Nacht, wie er noch keine gesehen hatte.

Ihr fehlte jeder Stern, jeder Sinn. Ihre Schwärze umspannte die ganze Welt und war lediglich eine Spiegelung seines inneren Abgrunds, in den er nun fiel. Kasreyn stieß ihn in die Tiefe des eigenen Inneren. Er stürzte wie ein Stein, trudelte immer schneller, während der Sturz sich ausdehnte. Er durchquerte Glutlohe, die ihn verbrannte, durchstand die Martern von Klingen, bis er sie in seinem Fall zurückließ. Immer weiter kreiselte er im Strudeln des Wirbelns abwärts, im Schwindeln seiner alten Höhenfurcht. Es schleuderte ihn hinab, als wolle es ihn gegen eine harte Mauer des Verderbens schmettern. Dennoch sah er alles, hörte alles. Kasreyns Auge blieb immerzu vor ihm, durchdrang die Verschwommenheit der Linsen. »Erschlagt ihn!« hörte er wie aus großer Ferne die Stimme des Wesirs in scharfem Ton anordnen. Doch der Befehl galt jemand anderem, und er ging Covenant so oder so nichts an. Da erhoben sich vom Grund des Wirbels Bilder, die Covenant zur Kenntnis zu nehmen sich fürchtete. Kasreyns Blick zwang sie herauf wie aus einer Grube. Sie stiegen auf und sausten, während er unvermindert fiel, um Covenants Kopf. Die Vernichtung des Stabes des Gesetzes. Blut floß in Strömen, um das Sonnenfeuer zu nähren. Memla und Linden brachen unterm *Zorn* des na-Mhoram zusammen, weil er sie nicht schützen konnte. Seine Freunde staken in der Sandbastei fest und waren allem ausgeliefert. Die Suche gescheitert. Das Land lag wehrlos unter dem Sonnenübel. Alle Erde auf Gnade oder Ungnade in Lord Fouls Gewalt. Weil er sie nicht zu retten vermochte. Die *Elohim* hatten ihm alles genommen, was einen Unterschied ausgemacht hätte. Sie hatten ihn um jede Möglichkeit gebracht, die Menschen und das Land, die er liebte, zu erreichen oder ihnen beizustehen. Geschlagen mit Lepra, isoliert durch sein Gift, war er endlich zu nicht mehr als einem Opfer geworden. Einem vollkommenen Opfer. Die Wahrnehmungen, die ihm aus Kasreyns Augapfel zuflossen, sagten –

so hatte es den Anschein – über ihn die ganze Wahrheit. Der Wirbel riß ihn abwärts wie eine Lawine. Er warf ihn wie einen Speer, einen Todesbringer, in die Weite der Leere. Ein Moment kam, da stand der Zusammenbruch bevor, hätte der Wall, der ihn abschirmte, durchbrochen werden können, und er wäre, schutzlos wie das Land, unter die Suggestivkraft von Kasreyns Auge geraten. Doch in ebendiesem Moment hörte er eine Folge dumpfer Geräusche, Laute eines Kampfs: Austausch von Hieben, Keuchen und Knurren des Getroffenseins. Nahebei schlugen sich kraftvolle Gestalten. In unwillkürlichem Reflex wandte er den Kopf, um zu schauen, was sich abspielte. Mit dieser Bewegung entzog er sich Kasreyns Einfluß. Der Zerrwirkung der Linsen enthoben, stellte sich Covenants Blick wieder auf das Labor ein. Er saß noch auf dem Stuhl, an den ihn der Wesir geschnallt hatte. Tische und Einrichtung der Räumlichkeit waren unverändert.

Aber der Wächter lag am Boden, verröchelte einen Rest von Leben. Über dem *Husta* stand Hergrom. Seine Haltung bezeugte Bereitschaft zum Sprung. »Wesir«, sagte er ausdruckslos, »solltest du dem Ur-Lord ein Leid zugefügt haben, wirst du dafür mit deinem Blut büßen.«

Covenant sah alles. Er hörte alles. »Rühr mich nicht an!« sagte er mit hohler Stimme.

16
DIE STRAFE DES GADDHI

Lange Zeit hindurch konnte Linden Avery nicht schlafen. Der Stein der Sandbastei, der sie umgab, beschränkte ihr Wahrnehmungsvermögen. Die Wände selbst schienen sie anzustarren, als läge ihnen daran, geheime Absichten zu verdecken. An den Grenzen ihres Wahrnehmungsbereichs bewegten sich die *Hustin* wie Flecken von Widerwärtigkeit. Die mißratenen Geschöpfe waren überall, eine Art von Gefängniswärtern sowohl für den Hofstaat wie auch die Gefährten. Während des Banketts hatte Linden die Höflinge beobachtet und war zu der Erkenntnis gelangt, daß ihre Heiterkeit ein Schauspiel war, von dem sie glaubten, ihre Sicherheit hinge davon ab. Aber es konnte in dieser Festung, die der Wesir für sich und seinen aufmüpfigen *Gaddhi* errichtet hatte, keine Sicherheit geben.

Lindens sorgenschweres Gemüt sehnte sich nach der bewußtlosen Erholungspause des Schlafs. Unter der Wachsamkeit und Ruhelosigkeit jedoch, die die Sandbastei in ihr hervorriefen, nagte an ihr eine tiefere, schmerzlichere Aufwühlung. Die Erinnerung an die Suggestivkraft des Wesirs regte sich unablässig in der Mordgrube ihres Herzens. Kasreyn hatte sie nur durch seinen goldenen Ring angeblickt, und sofort war sie zu seinem Werkzeug geworden, einer bloßen Verlängerung seines Willens. Sie hatte sich nicht gewehrt, nicht einmal die Notwendigkeit zur Gegenwehr erkannt. Er hatte sie sich so mühelos unterworfen, als habe sie ihr Leben lang auf nichts anderes gewartet. Die *Haruchai* waren ihm zu widerstehen fähig gewesen. Sie dagegen hatte sich als hilflos erwiesen. Die Offenheit ihrer Sinne hatte ihr keine Verteidigungsmöglichkeit gelassen. Sie war die Türen, die das Land in ihr geöffnet hatte, völlig zu schließen außerstande. Infolgedessen war sie Thomas Covenant in den Rücken gefallen. Er war durch eine Sehnsucht an sie gebunden, die tiefgreifender war als alles, was sie sich je für einen Mann zu fühlen gestattet hatte; und sie hatte ihn sich abhandeln lassen, als wäre er für sie ein wertloses Ding. Nein, nicht einmal abhandeln lassen; ihr war überhaupt keine Gegenleistung geboten worden. Sie hatte ihn einfach weggegeben. Nur Brinns entschiedene Weigerung hatte ihn gerettet.

Die Pein, die dieser Vorfall ihr verursachte, überwog die Bedrohlichkeit der Sandbastei. Sie sah darin die Krönung all ihres ständigen Versagens. Sie kam sich vor wie ein Stein, auf den man zu hart oder zu oft geschlagen hatte. An der Oberfläche war sie unbeschadet geblieben; in ihr jedoch breiteten sich mit jedem Scheitern Risse der Zermürbung aus. Sie wußte nicht mehr, wie sie sich selbst noch trauen sollte.

Nach dem Bankett täuschte sie in ihrem Zimmer zunächst Schlaf vor, weil sich Cail bei ihr befand. Aber auch seine Anwesenheit trug dazu bei, daß sie nicht einzuschlafen vermochte. Das Gesicht zur Wand gedreht, spürte sie seine rauhe Präsenz wie Druck gegen ihr Rückgrat, leugnete den geringsten Mut, den sie noch hatte. Auch er vertraute ihr nicht.

Doch der Tag war lang und anstrengend gewesen; und zu guter Letzt überwand die Müdigkeit Lindens Anspannung. Sie entschwebte in Träume von Stein, vom unzerstörbaren Fels Schwelgensteins. Während sie in der Hand der Sonnengefolgschaft war, hatte sie sich mit dem Körper in den Granit zu pressen versucht, um sich dem Gibbon-Wütrich zu entziehen. Aber der Stein hatte sie abgewiesen. Covenant zufolge hatten die einstigen Bewohner des Landes in Stein Leben und Schönheit gesehen; jener Fels jedoch war allem gegenüber taub und verschlossen gewesen. *Der letztendliche Untergang des Landes wird auf deinen Schultern lasten,* hörte sie noch immer den

Wütrich sagen. *Bist du nicht schlecht?* Und sie hatte inwendig aufgeschrien, schrie seitdem praktisch ununterbrochen ihre selbstverachtende Entgegnung. *Nein. Nie wieder.* Dann sagte die Stimme etwas anderes. »Erhebe dich, Auserwählte!« sagte sie. »Der Ur-Lord ist entführt worden.«

Schweißig vom Alptraum, stieß sich Linden von der Wand ab. Cail legte eine Hand auf ihre Schulter; in ihrer Kehle wollte sich das Heulen Bahn brechen, zu dem Gibbon ihr Anlaß gegeben hatte. Aber die Tür stand offen, ließ Licht ins Zimmer. Cails Miene zeigte keine Spur von Schlechtigkeit und Bosheit. Instinktiv verdrängte Linden ihr lautloses Schreien. »Entführt?« keuchte sie; ihre Stimme glich dem Blut aus einer Wunde. Das Wort klang nach nichts als ununterdrückbarem Beben des Entsetzens.

»Der Ur-Lord ist entführt worden«, wiederholte Cail stur. »Im Auftrag des Wesirs kam die Edle Alif zu ihm. Sie hat ihn mit sich genommen.«

Linden starrte ihn an, tastete sich durch die vom Alptraum zurückgebliebene Verwirrung. »Warum?«

Schatten betonten Cails Achselzucken. »Kasreyn von dem Wirbel wünsche mit Thomas Covenant zu sprechen, lautete ihr Wort.«

Entführt! Eine Messerspitze von Befürchtungen glitt an Lindens Wirbelsäule entlang. »Ist Brinn bei ihm?«

Der *Haruchai* zögerte nicht mit der Antwort. »Nein.«

Da riß Linden die Augen auf. »Du meinst, ihr habt *zugelassen,* daß …?« Schon stand sie auf den Beinen. Ihre Hände packten Cail an den Schultern. »Seid ihr verrückt? Weshalb habt ihr mich nicht geweckt?« Sie war ein wenig größer als er; doch sein unbeirrbarer Blick machte ihn überlegen. Er brauchte nichts zu erwidern, um ihren Vorwurf zurückzuweisen. »Ach, gottverdammt noch mal!« Linden versuchte, ihn wegzuschubsen, aber ihr eigener Kraftaufwand ließ nur sie selbst zurücktaumeln. Sie fuhr herum und hastete zur Tür. »Du hättest mich wecken sollen!« schnauzte sie über die Schulter. Aber sie kannte seine Antwort bereits.

Im Flur begegnete sie den Riesen. Blankehans und Seeträumer waren noch dabei, sich überstürzt anzukleiden, zogen ihre Wämser zurecht. Die Erste dagegen stand schon vollauf zu allem bereit da, ihren Schild am Arm, als hätte sie so geschlafen. Auch Ceer war zur Stelle. Hohl und Findail hatten sich nicht gerührt. Brinn und Hergrom dagegen waren nirgends zu sehen. Die Erste antwortete ernst auf die stumme Frage in Lindens erhitzter Miene. »Wie's den Anschein hat, haben wir des Wesirs Tücke unterschätzt. Ceer hat mir berichtet. Derweil wir schliefen, nahte sich Hergrom, der mit Hohl und diesem *Elohim* wachte, die Edle Alif. Sie sprach Worte der Höflichkeit und Schmeichelei, holte sodann aber ein Pulver hervor und blies selbiges Hergrom ins Angesicht, so daß er ohne Besinnung niedersank. Weder Hohl noch Findail ...« – ihre Stimme nahm einen scharfen Unterton an – »erachteten's als vonnöten, dagegen einzuschreiten, und sie kehrte ihnen den Rücken zu, als sei allzeit Verlaß auf dieses schnöden Paars Sorglosigkeit. So suchte sie Brinn und den Ur-Lord in ihrem Gemach auf. Das Pulver fällte auch Brinn, und sie führte Covenant mit sich fort. Ceer spürte den unerwünschten Schlaf seiner Genossen und verließ meine Seite. Er erblickte die Edle Alif, wie sie mit Covenant durch diesen Gang davoneilte.« Sie wies den Korridor hinab. »Er nahm die Verfolgung auf. Doch ehe er sie einzuholen vermochte, verschwanden sie.« Linden starrte die Erste an. »Brinns und Hergroms Schlummer währte nur kurz«, beschloß die Schwertkämpferin ihre Darstellung. »Sie haben sich auf die Suche nach dem Riesenfreund begeben – oder dem Wesir. Mich dünkt's, wir täten wohl daran, ihnen zu folgen.«

Das mühsame Wummern von Lindens Herz behinderte ihre Atmung. Was mochte Kasreyn von Covenant wollen, daß er soviel Nachdruck und Verschlagenheit aufwendete, um es zu erhalten? Was kam anderes in Frage als der weißgoldene Ring? Eine Anwandlung von Hysterie schoß in Linden empor. Sie rang um Beherrschung. Furcht scheuchte sie in Bewegung. Sie wandte sich an Ceer. »Wie haben die beiden verschwinden können?« erkundigte sie sich.

»Das weiß ich nicht.« Seine Haltung verriet unerschütterten Gleichmut. »An einer bestimmten Stelle jenseits dieser Türen erfaßte ...« – einen Moment lang dachte er über einen passenden Ausdruck nach – »ein Flimmern sie. Dann befanden sie sich nicht länger vor mir. Mittel und Weg ihres Verschwindens vermochte ich nicht zu entdecken.«

Verdammt noch mal! Linden gab sich einen Ruck und vergaß das unbeantwortbare *Wie*. »Wesirswacht«, knirschte sie der Ersten zu.

»Jawohl.« Trotz ihrer leeren Schwertscheide war die Schwertkämpferin auf jede Auseinandersetzung gefaßt. »Wesirswacht.« Mit einer Kopfbewegung schickte sie Blankehans und Seeträumer durch den Korridor voraus. Sie verfielen in Laufschritt, als Ceer sich ihnen anschloß. Die Erste folgte ihnen auf dem Fuße. Linden und Cail rannten den anderen nach. Die Sorge um Covenant war zu groß, als daß sie viele Gedanken an die Konsequenzen ihres Verhaltens verschwendeten. An der ersten Abzweigung schaute sich Linden um und sah Hohl und Findail ohne ersichtliche Hast oder Anstrengung folgen.

Fast unverzüglich liefen die Gefährten den Wachen in die Arme, die ursprünglich vor ihren Zimmern gestanden hatten. Die Gesichter der *Hustin* spiegelten ungeschlachte Verblüffung und Verunsicherung wider. Einige von ihnen traten vor; aber als die Riesen unverfroren an ihnen vorbeieilten, reagierten die *Hustin* nicht. Sarkastisch folgerte Linden, daß Kasreyns Aufmerksamkeit momentan anderen Angelegenheiten gelten mußte.

Offenbar hatten die Riesen und genauso die *Haruchai* mehr über die räumliche Aufteilung des Zweiten Runds herausgefunden, als Linden sich hatte einprägen können. Unbeirrt suchten sie einen Weg durch die vielen Säle und Gänge, Korridore und sonstigen Räume. Binnen kurzem erreichten sie die Vorhalle mit der Treppe zum Rund des Reichtums. Ohne Zögern stiegen sie hinauf. Im Rund des Reichtums war es unvermindert hell; um diese nächtliche Stunde lag es allerdings verlassen da. Blankehans durchmaß als erster die vielen Ausstellungsräume. Als sie am Platz des Schwerts vorüberkamen, dem die Erste so sehnsüchtige Blicke gewidmet hatte, blieb er stehen und schaute sie eindringlich an. »Willst du dich nicht bewehren?« meinte er mit leiser Stimme.

»Führe mich nicht in Versuchung.« Die Gesichtszüge der Ersten brachten frostige Ablehnung zum Ausdruck. »Sollten wir uns vor dem *Gaddhi* oder seinem Wesir mit einem Geschenk zeigen, das uns verweigert worden ist, wird uns keine Wahl mehr bleiben, als zu kämpfen. Laß uns diesen Weg nicht leichtfertig beschreiten!«

Linden spürte dunkle Gestalten aus dem Zweiten Rund klimmen. »Wächter«, schnaufte sie. »Jemand hat ihnen gesagt, was sie tun sollen.«

Die Erste nickte Blankehans gebieterisch zu. Er wandte sich in die Richtung zur Treppe ins Rund der Hoheit. Benommen eilte Linden hinter den Riesen die gewundene Treppenflucht empor. Ihre Atemzüge gingen mit scharfer Abgehacktheit; die trockene Luft schnitt ihr in die Lungen. Sie fürchtete die *Hustin* im Rund der Hoheit. Falls auch sie inzwischen Befehle erhalten hatten, was konnten die Gefährten dann gegen so viele dieser Kreaturen ausrichten? Sobald sie von der Treppe auf den trügerischen Fußboden des Audienzsaals sprang, sah sie, ihre Furcht war begründet. Dutzende von stämmigen, kräftigen *Hustin*, bewaffnet mit Spießen, hatten sich zu einem großen

Halbkreis aufgestellt und versperrten den Gefährten den Weg. Im schwachen Lichtschein, der aus dem Umkreis der Kanzel herüberschimmerte, sahen sie aus, als wären sie ein Hindernis von der Undurchdringlichkeit ewiger Finsternis. Drunten hatten die anderen Wachen den Fuß der Treppe erreicht. »Stein und See!« fauchte die Erste durch die Zähne. »Das will mich ein munteres Spielchen dünken.« Seeträumer tat einen impulsiven Schritt vorwärts. »Halt, Riese!« befahl die Erste gedämpft. »Willst du, daß wir abgeschlachtet werden wie Vieh?« Im gleichen Ton wandte sie sich über die Schulter an Linden. »Auserwählte, sollte dir ein kluger Gedanke kommen, zögere nicht, ihn auszusprechen! Mir mißfällt dieser Stand der Dinge.«

Linden gab keine Antwort. Das Auftreten der Wächter verdeutlichte die Natur von Kasreyns Absichten in bezug auf Covenant unmißverständlich. Und Covenant war so wehrlos wie ein Kind. Die *Elohim* hatten ihm alles geraubt, was ihn schützen gekonnt hätte. Linden knirschte unhörbare Flüche, um nicht in Panik zu geraten. Die *Hustin* kamen auf die Gefährten zu. Im nächsten Moment hallte ein heller Schrei durch das Rund der Hoheit. »Halt!« Die Wachen blieben stehen. Jene auf der Treppe erklommen noch ein paar Stufen, dann gehorchten sie ebenfalls. Jemand begann sich durch die *Hustin* zu drängen. Linden erspähte einen Kopf, der sich mit vehementem Schwung durch die Mitte der Wachen näherte, ihre Ohren mit dem Wehen dichten blonden Haars streifte. Willenlos traten die Wachen beiseite. Gleich darauf stand eine Frau vor den Gefährten. Die Edle Alif. Sie warf dem Grüppchen nur einen Blick zu, als wolle sie sie auffordern, sich nicht an ihrer Nacktheit zu stören, bevor sie sich den Wächtern zudrehte. Ihre Stimme bemühte sich um eine Imitation von Zorn; unterschwellig jedoch zitterte sie unter dem Eindruck der eigenen unbesonnenen Frechheit. »Warum behelligt ihr die Gäste des *Gaddhi?*«

Die Schweinsaugen der *Hustin* huschten voller Unbehagen zwischen ihr und den Gefährten hin und her. Mühselig plagten ihre Gehirne sich ab. »Sie dürfen hier nicht durch«, antworteten nach einem Weilchen des Schweigens mehrere von ihnen.

»Nicht?« meinte die Edle in scharfem Tonfall. »Ich gebiete euch, ihnen Durchlaß zu gewähren!«

Wieder schwiegen die *Hustin,* während sie sich mit der mangelhaften Genauigkeit der erhaltenen Anweisungen auseinandersetzten. »Sie dürfen hier nicht durch«, wiederholten andere.

Die Edle stemmte die Arme in die Hüften. »Wachen, kennt ihr mich?« Ihre Stimme klang nun bedrohlich leise.

Die *Hustin* blinzelten sie an. Ein paar leckten sich die Lippen, als schwankten sie zwischen Lüsternheit und Verwirrung. »Du bist die Edle Alif«, erwiderten endlich eine Handvoll von ihnen, »Meistgeliebte des *Gaddhi.*«

»Fürwahr, das stimmt«, schnauzte sie ironisch. »Ich bin die Edle Alif, Meistgeliebte des *Gaddhi* Rant Absolain. Hat Kasreyn euch erlaubt, euch den Befehlen des *Gaddhi* oder seiner Meistgeliebten zu widersetzen?« Die Wachen schwiegen. Diese Frage war für sie zu schwierig. »Im Namen Rant Absolains, *Gaddhi* von *Bhrathairealm* und der Großen Wüste«, sagte die Edle langsam und deutlich, »gebiete ich euch, seinen Gästen Durchgang zu gewähren!« Linden hielt den Atem an, während die *Hustin* versuchten, die Prioritäten abzuklären. Anscheinend gaben ihre Instruktionen ihnen in dieser Situation keine Entscheidungshilfe; neue Befehle erhielten sie ebenfalls nicht. Konfrontiert mit der Beharrlichkeit der Edlen Alif, wußten sie nicht, was außer gehorchen sie tun sollten. Mit einem Rascheln, das einem Seufzen ähnelte, bewegten sie sich zur Seite, gaben den Weg zur Kanzel frei. Sofort wandte sich die Edle an die Gefährten. Ihre Augen glänzten von waghalsiger Rachsucht. »Nun sputet euch«, empfahl sie hastig, »während Kasreyn sich seinen Absichten mit Thomas Convenant widmet! Ich habe keinen Grund, eurem Gefährten wohlgesinnt zu sein, aber ich will den Wesir lehren, daß es unklug ist, jene geringzuschätzen, die in seinen Diensten stehen. Mag sein, eines Tages werden jene, die er zu seinen Knechten erniedrigt hat, den Mut aufbringen, ihm zu trotzen.« Im nächsten Moment stampfte sie mit dem Fuß auf, verursachte ein Klingeln von Silber. »Geht, sage ich! Jederzeit kann er aufmerksam werden und meinen Befehl widerrufen.«

Die Erste zögerte nicht länger. Sie stapfte von einer Steinplatte zur anderen, durchquerte zügig die Reihen der *Hustin*. Ceer schloß sich an. Blankehans und Seeträumer folgten, gaben Rückendeckung. Linden hätte der Edlen gerne noch einige Fragen gestellt; aber sie fand dazu nicht die Zeit. Cail faßte sie am Arm und zog sie mit sich den Riesen hinterdrein. Sobald die Gefährten vorbei waren, vollzogen die Wachen eine gemeinschaftliche Kehrtwendung, schlossen wieder ihre Reihen. Indem sie steifbeinig über die steinernen Bodenplatten staksten, nahmen sie hinter Hohl und Findail gleichfalls die Richtung zur Kanzel. Als die Riesen in den Helligkeitskreis des Throns traten, kam plötzlich Brinn aus den Schatten zum Vorschein. Er sah davon ab, erst umständlich zu erklären, wie er hier hingelangt war. »Hergrom hat den Ur-Lord entdeckt«, sagte er ausdruckslos. »Kommt!« Er drehte sich um und eilte in die Dunkelheit hinterm Thron des *Gaddhi*. Linden schaute sich nach den *Hustin* um. Sie bewegten sich in grimmiger Entschlossenheit herüber, machten jedoch keine Anstalten, die Gefährten am weiteren Vordringen zu hindern. Vielleicht hatten sie mittlerweile den Befehl erhalten, ihren Rückzug zu vereiteln. Aber Linden fühlte sich dazu außerstande, sich jetzt schon Gedanken über den Rückweg hinzugeben. Covenant befand sich in der Hand des Wesirs. Sie lief der Ersten und Ceer in den Schatten der Kanzel nach.

Auch dort war die Wand tief zerkerbt von Abbildungen entstellter Gestalten, zu vergleichen mit einem Reigen von Unholden. Selbst im Licht wäre die Tür schwer zu finden gewesen, denn sie war gut zwischen den Reliefs getarnt. Doch Brinn hatte den Zugang bereits gefunden. Er strebte direkt auf die Tür zu. Unter dem Druck seiner Hand schwang sie einwärts und gab den Gefährten Zutritt zu einer engen Treppe, die sich durch den Stein nach oben wand. Brinn stieg voraus, Blankehans, Seeträumer und Ceer an seinen Fersen. Linden blieb hinter der Ersten. Dringlichkeit beklemmte ihr Herz, leugnete ihre Kurzatmigkeit, mißachtete die Schwäche ihrer Beine. Am liebsten hätte sie laut Covenants Namen geschrien. Die Treppe schien unglaublich lang zu sein; doch schließlich gelangten die Gefährten zu einer Tür, hinter der ein großer, runder Raum lag. Dessen Einrichtung und Atmosphäre erinnerten an ein Bordell. Kerzenleuchter verströmten schummriges Licht auf Teppiche von kräftigem Blau, dicke Polster und bequeme Couchen; die Gobelins an den Wänden stellten eine Auswahl schauerlicher Szenen dar. Fast augenblicklich verschlug der Räuchergeruch, der die dicke Luft erfüllte, Linden den Atem und bereitete ihr ein Schwindelgefühl.

Vor ihr verharrten die Riesen und *Haruchai* schlagartig. Ein *Husta* stand mit gesenktem, auf die Gefährten gerichteten Speer im Zimmer, bewachte eine schmiedeeiserne Wendeltreppe genau in der Mitte. Dieser *Husta* kannte keine Zweifel an seiner Pflicht. Eine Wange war ihm von Blutergüssen geschwollen, und Linden bemerkte weitere Anzeichen, die die Schlußfolgerung zuließen, daß der Wächter erst vor kurzem einen Kampf durchgestanden hatte. Wenn Hergrom den Ur-Lord aufgespürt hatte, mußte er durch diesen Raum gekommen sein. Aber der *Husta* machte sich nichts aus Schmerz. Furchtlos verwehrte er den Gefährten den Zutritt zur Treppe. Brinn sprang vorwärts. Er täuschte den Wächter, stieß den Speer beiseite und tat einen Satz zum Treppengeländer. Der *Husta* schwenkte den Spieß, um ihn in Brinns Rücken zu bohren. Doch schon griff Seeträumer ein. Mit allem wuchtigen Schwung, Körpergewicht und seiner ganzen eichenstarken Kraft versetzte er dem Wächter einen Hieb, der ihn zwischen die Polster hinstreckte wie einen erschöpften Liebhaber. Vorsichtshalber trat Blankehans zu dem *Husta,* bemächtigte sich des Speers und zerbrach ihn. Die übrigen Gefährten eilten Brinn nach: Die Treppe führte sie in noch höhere Bereiche der Wesirswacht. Linden zog sich, indem sie sich ans Geländer klammerte, Stufe um Stufe hinauf, zwang ihre bleischweren Beine, weiterhin ihr Gewicht zu tragen. Der stickige Geruch des Räucherwerks und die gewundene Treppe glichen für sie einem neuen Alptraum. Sie wußte nicht, wie lange sie noch klettern konnte. Sie befürchtete, sie werde, wenn sie in die nächsthöhere Etage gelangte, zu nichts anderem noch fähig sein, als um Atem zu ringen. Aber ihre Willenskraft trieb sie, ihrem Keuchen und dem Schwindel zum Trotz, hinauf ins Laboratorium des Wesirs.

In rasender Hast erforschten ihre Augen die Räumlichkeit. Es handelte sich eindeutig um die Arbeitsstätte Kasreyns, in der er sich seiner geheimen Künste befleißigte. Doch Linden vermochte nichts von allem, was sie sah, richtig zu erkennen. Lange, mit Gerätschaften überhäufte Tische, vollgestopfte Regale, sonderbare Apparaturen – alles schien sich um sie zu drehen. Dann klärte sich ihre Sicht. Jenseits der Stelle, wo nun die Riesen und Brinn stehengeblieben waren, lag ein Wächter. Er war tot, ruhte mit verrenkten Gliedmaßen in einer im Gerinnen begriffenen Lache seines übelriechenden Bluts. Neben ihm stand Hergrom wie ein Sinnbild der Herausforderung. Bedächtig nickte er hinüber zum anderen Ende des Labors. Dort befand sich Kasreyn. In seinem ureigensten Reich, umgeben von seinen Besitztümern und Werkzeugen der Macht, wirkte er unnatürlich groß. Er hatte die hageren Arme wie im Zorn auf der Brust verschränkt; doch er stand so still da wie Hergrom, als wären er und der *Haruchai* während eines Zwists in eine Sackgasse geraten. Der goldene Augenring hing ihm an dem Band um den Hals. Sein Sohn ruhte auf seinem Rücken wie ein Tumor. Kasreyn stand bei einem Stuhl, der eine Menge Gurte und Vorrichtungen aufwies. Die Gurte fesselten Covenant an den Stuhl. Er schaute seine Gefährten an; aber seine Augen blickten leer drein, als besäße er keine Seele. Während sie durch zusammengebissene Zähne keuchte, schob sich Linden an den Riesen vorbei, stürmte nach vorn. Im Vorübergehen starrte sie Kasreyn an, ließ ihn die unverhohlene Wut in ihrem Gesicht sehen. Dann kehrte sie ihm den Rücken zu und ging zu Covenant. Ihre Hände bebten, als sie die Gurte zu lösen versuchte. Sie waren für sie zu fest angezogen. Sie überließ diese Aufgabe Brinn, der sich zu ihr gesellte, und konzentrierte sich statt dessen darauf, Covenant zu untersuchen. Sie konnte keine äußere Beeinträchtigung feststellen. Sein Körper war unversehrt. Hinter der Schlaffheit seines Mundes und dem Gewirr des Barts hatte sich nichts verändert. Linden prüfte mit ihrer Wahrnehmung das Körperinnere, die Knochen und Organe; aber auch inwendig war er körperlich noch heil. Sein Weißgoldring stak noch wie ein Symbol der Sklaverei am äußeren Finger seiner Halbhand. Aus Erleichterung verlor Linden beinahe die Fassung. Für einen Moment war ihr vor lauter Unklarheiten regelrecht benommen zumute, mußte sie sich auf Brinns Schulter stützen, während der *Haruchai* den Ur-Lord befreite. War es Hergrom gelungen, Kasreyn gerade noch an Schlimmerem zu hindern? Oder hatte der Wesir keinen Erfolg gehabt? War das Covenant von den *Elohim* eingepflanzte Schweigen selbst seinen Künsten überlegen? Hatte es möglicherweise sogar Covenant vor Schaden bewahrt?

»Wie du siehst«, sagte Kasreyn, »ist er wohlauf.« Ein leichtes Zittern von Alter und Verärgerung verzerrte seine Stimme. »Wiewohl ihr mich in üblem Ansehen haltet, war mein Trachten auf nichts als seine Genesung gerichtet. Hätte dieser *Haruchai* mich nicht mit seinem Eindringen und sinnlosen Blutvergießen gestört, Thomas Covenant wäre euch bereits gänzlich geheilt wiedergegeben. Doch wie nunmehr offenbar wird, vermag vor eurem Argwohn keinerlei Vertrauenswürdigkeit zu bestehen. Eure Zweifel erfüllen sich, da sie ihre Rechtfertigung selber herbeiführen, indem sie mich daran hindern, das zu erreichen, was euch die Rechtschaffenheit meiner Absichten lehren möchte.«

Linden fuhr herum. Ihre Erleichterung verwandelte sich in Jähzorn. »Du Lump! Wenn du schon so gottverdammt vertrauenswürdig bist, warum hast du dann so etwas angestellt?«

»Auserwählte.« Entrüstung schimmerte durch die Wäßrigkeit von Kasreyns Augen. »Gab's denn irgend etwas, das euch dazu bewogen hätte, mir Thomas Covenant allein zu überlassen?« Mit aller Kraft seiner Persönlichkeit versuchte er den Eindruck gekränkter Tugend zu erwecken. Aber Linden fiel darauf nicht herein. Die Diskrepanz zwischen seinem Gebaren und seiner Gier war für sie offensichtlich. Sie war aufgebracht genug, um ihm jetzt ins Gesicht zu sagen, was sie in ihm sah, auch wenn sie dadurch den Umfang ihres Wahrnehmungsvermögens verriet. Doch sie bekam dazu keine Gelegenheit. Schwere Füße stampften die eiserne Wendeltreppe herauf. Durch den Geruch des Todes in der Luft spürte sie die Annäherung von *Hustin*. Als Brinn den Ur-Lord von dem Stuhl aufrichtete, drehte sich Linden um und wollte ihre Gefährten warnen. Eine Warnung war jedoch überflüssig. Die Riesen und *Haruchai* hatten sich bereits verteidigungsbereit im Labor verteilt. Aber die erste Person, die von der Treppe kam, war kein *Husta*, sondern Rant Absolain. Ihm folgte die Edle Alif.

Inzwischen hatte sie sich die Zeit genommen, um ein durchsichtiges Kleid überzustreifen. Dahinter drängten die Wachen herein.

Als die Edle Alif den gefällten *Husta* erblickte, zeugte ihre Miene für einen Moment von Bestürzung. Mit so etwas hatte sie anscheinend nicht gerechnet. Linden beobachtete die Edle und vermutete, daß sie den *Gaddhi* aus dem Bett geholt hatte, um Kasreyns Pläne zusätzlich zu sabotieren. Aber der tote Wächter gab allem eine andere Wendung. Ehe die Edle ihren Schrecken verbergen konnte, verriet ihr Gesichtsausdruck die Erkenntnis, einen Fehler begangen zu haben. Und Linden erkannte mit erhöhter Beunruhigung, was diesen Fehler so ernst machte. Der *Gaddhi* würdigte Kasreyn keines Blicks. Er beachtete seine Gäste nicht. Seine Aufmerksamkeit galt ausschließlich dem toten Wächter. Er wankte einen, dann noch einen Schritt vor, sank in das dunkle Blut auf die Knie. Das Blut spritzte dickflüssig, besudelte sein Gewand. Seine Hände befummelten das Gesicht des *Husta*. Der *Gaddhi* versuchte, den Toten auf den Rücken zu drehen; aber die Leiche war für ihn zu schwer. Er zog die blutgetränkten Hände zurück. Er stierte sie an, hob den Blick, als sähe er nichts, zu den Umstehenden. Seine Lippen zitterten. »Mein Wächter.« Er sprach im Tonfall eines verwaisten Kinds. »Wer hat meinen Wächter erschlagen?« Einen Moment lang herrschte im Labor gespanntes Schweigen. Dann trat Hergrom vor. Linden spürte Gefahr in der Luft liegen. Sie wollte Hergrom zurückhalten. Aber es war zu spät. Hergrom übernahm die Verantwortung, um seinen Gefährten den Zorn des *Gaddhi* zu ersparen. Immer mehr *Hustin* trafen ein. Die Riesen und *Haruchai* hielten sich zur Gegenwehr bereit; doch sie waren unbewaffnet und zahlenmäßig weit unterlegen. Langsam faßte der verstörte *Gaddhi* Hergrom ins Auge. Er stand auf, troff dabei von Blut. Für einen Moment starrte er den *Haruchai* an, als sei er zutiefst entsetzt über die Ungeheuerlichkeit von Hergroms Verbrechen. »Wesir«, sagte er dann. Seine Stimme ähnelte einem grimmigen Knurren in seiner Kehle. Kummer und Zorn verliehen ihm nun, was ihm vorher an Eindruckskraft gefehlt hatte. »Strafe ihn!«

Kasreyn kam zwischen die Wachen und die Gefährten und zu Rant Absolain. »O *Gaddhi,* gib ihm keine Schuld.« Die aufgebotene Selbstbeherrschung ließ seinen Tonfall eher bemüht als zerknirscht klingen. »Ich bin's, der gefehlt hat. Ich habe auf vielfältige Weise falsch geurteilt.«

Daraufhin drehte der *Gaddhi* mit einer Urplötzlichkeit durch, als hätte er schon viel zu lange unter innerem Druck gestanden. »Ich will ihn *gestraft* sehen!« Mit beiden Fäusten hämmerte er auf Kasreyns Brust ein, schmierte ihm Blut in Flecken und Streifen ins gelbe Gewand. Der Wesir prallte um einen Schritt zurück; Rant Absolain wandte sich seitwärts, um seine Wut Hergrom entgegenzuschleudern. »Die Wachen sind mein! Mein!« Danach richtete er die Fäuste erneut gegen Kasreyn. »Ich besitze nichts in ganz *Bhrathairealm!* Ich bin der *Gaddhi,* und der *Gaddhi* ist nur ein Diener des Volkes!« Erbitterung und Selbstmitleid schäumten in ihm empor. »Die Sandbastei ist nicht mein! Die Schätze gehören nicht mir! Die Höflinge beugen sich mir nur nach deinem Belieben!« Rant Absolain beugte sich über den toten *Husta,* klaubte zwei Handvoll vom halbgeronnenen Blut auf und verspritzte es gegen Kasreyn und Hergrom. Ein Tropfen rann über Kasreyns Kinn und fiel herab, aber der Wesir kümmerte sich nicht darum. »Selbst meine Meistgeliebten kommen von dir zu mir! Nachdem du dich ihrer bedient hast!« Rant Absolains Fäuste fuchtelten in der Luft. »Aber die Wachen sind *mein!* Sie allein gehorchen mir, ohne erst dich nach deinem Willen zu fragen!« Er beendete sein Gezeter mit Gebrüll aus vollem Hals. *»Ich will ihn bestraft haben!«*

In der verkrampften Starre eines Irrsinnigen glotzte er den

Wesir an. »O *Gaddhi*«, sagte Kasreyn im folgenden Moment, »dein Wille ist mein Wille.« Bedauern trübte seine Stimme. Als er sich langsam und fast traurig Hergrom näherte, vermittelte die unter seinem Gewand verborgene Anspannung das Gefühl einer Bedrohung.

»Hergrom …«, begann Linden. Dann erstickte die Warnung in ihrer Kehle. Sie wußte nicht, woraus die Bedrohung bestand. Ihre Gefährten machten sich darauf gefaßt, Hergrom beistehen zu müssen. Aber auch sie konnten nicht ersehen, was drohte. Der Wesir verharrte vor Hergrom, musterte ihn kurz. Dann hob Kasreyn seinen Ring ans linke Auge. Insgeheim versuchte sich Linden zu beruhigen. Die *Haruchai* hatten sich bereits als widerstandsfähig gegen die Suggestivkraft des Wesirs erwiesen. Hergroms ausdrucksloser Blick zeigte keinerlei Furcht. Während er durch den Ring schaute, streckte Kasreyn mit wohlüberlegter, wie harmloser Bedächtigkeit eine Hand aus und berührte mit dem Zeigefinger die Mitte von Hergroms Stirn. Hergroms einzige Reaktion bestand aus einem leichten Weitwerden seiner Augen. Der Wesir ließ beide Hände sinken, wie in Müdigkeit oder Gram sanken ihm die Schultern herab. Wortlos wandte er sich ab. Die Wachen traten beiseite, als er zu dem Stuhl schlurfte, an den Covenant geschnallt gewesen war; er setzte sich, konnte sich wegen des Kinds auf seinem Rücken allerdings nicht anlehnen. Seine Finger verhüllten sein Gesicht wie in Trauer. Für Linden jedoch kamen seine innersten Empfindungen nachgerade diebischer Freude gleich; sicher war sie sich aber nicht. Der Wesir war sehr geübt darin, zu verheimlichen, was wirklich in ihm vorging. In bezug auf Rant Absolains Reaktion hingegen konnte es keine Mißverständnisse geben. Er grinste in wildem Triumph. Er bewegte den Mund, als wolle er etwas sagen, um die Gefährten moralisch niederzuschmettern; aber er fand keine Worte. Doch seine Verbundenheit mit den Wachen hielt ihn immerhin aufrecht.

Als er sich umdrehte, hätte er ganz gut ein tatsächlicher Monarch sein können. Er befahl den *Hustin,* ihm zu folgen, nahm die Edle Alif bei der Hand und verließ das Labor. Als sie die Treppe hinabzusteigen begann, warf die Edle einen letzten, flüchtigen Blick, anscheinend Ausdruck einer Anwandlung des Bedauerns, in Lindens Richtung. Dann verschwand sie abwärts außer Sicht, und hinter ihr polterten die Wachen die eiserne Treppe hinunter. Zwei von ihnen trugen den Toten. Keiner der Gefährten rührte sich, während die *Hustin* das Laboratorium räumten. Hohls gleichgültiges, vieldeutiges Lächeln bildete einen direkten Gegensatz zu Findails lebhaft schmerzlicher Miene. Die Erste hatte die Arme auf dem Busen verschränkt; ihr Blick war scharf wie die Augen eines Falken. Blankehans und Seeträumer legten weiter wachsame Bereitschaft an den Tag. Brinn hatte Covenant an Lindens Seite geschoben, und die vier *Haruchai* umstanden die zwei Menschen, die sie zu schützen geschworen hatten. Linden nahm sich zusammen, gab sich gelassen. Aber das Gefühl von Gefahr wich nicht von ihr. Die Wächter entfernten sich. Covenant hatte keinen feststellbaren Schaden erlitten. In wenigen Augenblicken würde Kasreyn mit den Gefährten allein sein, ihnen ausgeliefert. Sicherlich war er nicht dazu imstande, mit ihnen fertig zu werden. Weshalb hatte Linden trotzdem den Eindruck, daß das Schicksal ihres Grüppchens am seidenen Faden hing? Brinn widmete ihr einen eindringlichen Blick. Seine harten Augen versuchten ihr wortlos eine Mitteilung zu machen. Intuitiv verstand sie ihn. Der letzte *Husta* betrat die Treppe. Der Moment zum entscheidenden Handeln war fast da. Linden schlotterten die Knie. Sie spannte sie ein wenig, versuchte auf den Fußballen im Gleichgewicht zu stehen.

Der Wesir hatte sich nicht von dem Stuhl gerührt. »Ihr mögt in eure Gemächer zurückkehren«, sagte er nun im Tonfall der Reue oder gut vorgetäuschter Reue durch seine Finger. »Ohne

Zweifel wird der *Gaddhi* euch später rufen lassen. Ich muß euch den Ratschlag erteilen, euch seinem Willen zu fügen. Doch wüßte ich's zu schätzen, wolltet ihr mir glauben, daß mich überaus betrübt, was sich hier zugetragen hat.«

Der Moment war gekommen. In Gedanken formulierte Linden, was sie zu sagen beabsichtigte. Immer wieder hatte sie davon geträumt, den Gibbon-Wütrich umzubringen. Sie hatte sogar Covenant wegen der in Schwelgenstein geübten Zurückhaltung gerügt. *Manche Geschwüre müssen herausoperiert werden,* hatte sie zu ihm gesagt. Davon war sie überzeugt gewesen. Wozu sollte Macht überhaupt gut sein, wenn nicht zum Ausrotten des Bösen? Warum sonst war sie geworden, wer sie war? Doch nun, da die Entscheidung bei ihr lag, brachte sie kein Wort hervor. Ihr Herz wummerte in stummer Wut über all das, was Kasreyn getan hatte, und dennoch vermochte sie nicht zu sprechen. Sie war Ärztin, nicht Henkerin. Sie fühlte sich nicht dazu in der Lage, Brinn die Erlaubnis zu geben, die er haben wollte. Seine Miene widerspiegelte ruhige Verachtung, als er ihr den Rücken zukehrte. Ebenso wortlos wie zuvor wandte er sich mit seinem Anliegen an die Erste als die Führerin der Sucher. Die Schwertkämpferin reagierte nicht. Falls sie sich der Gelegenheit bewußt war, zog sie es vor, sie nicht zu nutzen. Ohne ein Wort zum Wesir oder an ihre Gefährten schritt sie zur Treppe. Linden gab ein dumpfes Stöhnen der Erleichterung oder des Beklagens von sich; was es war, wußte sie selbst nicht genau. Ein leichtes Runzeln furchte Brinns Stirn. Aber er beschwerte sich nicht. Sobald sich Blankehans der Ersten angeschlossen hatte, nahmen Brinn und Hergrom unverzüglich Covenant in die Mitte. Sofort geleiteten Cail und Ceer auch Linden zur Wendeltreppe. Seeträumer folgte den *Haruchai* wie ein Bollwerk auf Beinen. Die Gefährten stiegen aus der Wesirswacht hinab, überließen es Hohl und Findail, beliebig schnell oder langsam das gleiche zu tun. In einem Schweigen, das einer geballten Faust glich, kehrten sie in ihre Unterkünfte im Zweiten Rund zurück. Unterwegs begegneten sie keinen Wachen. Nicht einmal im Rund der Hoheit waren *Hustin* zu sehen.

Die Erste suchte den großen Raum am Ende des Korridors mit den Gästezimmern auf. Während Linden und die anderen sich zur Schwertkämpferin hineingesellten, blieb Ceer im Korridor, um die Tür zu bewachen. Behutsam setzte Brinn den Ur-Lord auf eine Polsterbank. Dann erst stellte er Linden und gleichzeitig die Erste zur Rede. Seine Stimme klang gleichgültig, aber für Lindens Ohren schwang darin ein Unterton des Vorwurfs mit. »Warum haben wir den Wesir nicht erschlagen? Damit hätten wir uns auf den Weg unserer Sicherheit begeben.«

Die Erste musterte ihn, als bisse sie sich, um Beherrschung zu bewahren, auf die Zunge. Zwischen den beiden verstrich ein Moment harter Konfrontation, bevor sie antwortete. »Die *Hustin* zählen achtzig mal hundert. Der Reiter sind's fünfzehn mal zwanzig an der Zahl. Durch Kampf vermögen wir hier nichts zu erreichen.«

Linden fühlte sich wie ein Krüppel. Wieder einmal war sie wie gelähmt gewesen und hatte nicht handeln können; ihre inneren Widersprüche verdammten sie zu permanenter Nutzlosigkeit. Sie konnte sich nicht einmal die Unannehmlichkeit ersparen, Brinns Meinung zu unterstützen. »Die *Hustin* fallen gar nicht so ins Gewicht. Über die Reiter weiß ich nicht Bescheid. Aber die Wachen haben keinen eigenen Geist. Sie wissen nicht, was sie tun sollen, wenn Kasreyn es ihnen nicht sagt.«

Blankehans sah sie überrascht an. »Aber der *Gaddhi* hat geäußert, sie …«

»Er irrt sich.« Die Schreie, die sie bislang erfolgreich unterdrückt hatte, verliehen Lindens Stimme Ansätze zum Schrillen. »Kasreyn hält ihn wie ein Schoßhündchen.«

»Dann also lautet dein Wort«, erkundigte sich die Erste in düsterem Ton, »wir hätten den Wesir erschlagen sollen?«
Linden mied den Blick der Ersten. *Ja!* wollte sie schreien. Und zugleich: *Nein!* Klebte noch nicht genug Blut an ihren Händen?
»Wir sind Riesen«, sagte die Schwertkämpferin in Lindens Schweigen. »Wir morden nicht.« Damit ließ sie die Sache bewenden. Nichtsdestotrotz war sie zum Kämpfen geschult und ausgebildet. Die Verkrampftheit ihrer Schultern bewies so klar wie Worte, daß die Anstrengung, sich angesichts von soviel Gefahr und derartiger Feindseligkeit zurückzuhalten, sie innerlich fast zu zerreißen drohte.

Tränen brachten Lindens Blickfeld ins Verschwimmen. Jedes Urteil über sie, von wem es auch kommen mochte, setzte sie herab, bewertete sie ungünstig. Selbst Covenants seelische Leere war ein gegen sie gerichteter Vorwurf, auf den sie keine Antwort kannte.

Was hatte Kasreyn mit Hergrom gemacht?

Im Innern der Sandbastei blieben Helligkeit oder Dunkelheit der Welt unsichtbar. Aber zu guter Letzt kamen Diener mit Tabletts voller Speisen in den Raum, so daß anzunehmen war, die Sonne ging auf. Erschöpfung und Zermürbung hatten Lindens Gedanken abgestumpft; aber sie schaffte es, sich aufzuraffen und das Essen einer Überprüfung zu unterziehen. Sie neigte nun dazu, hinter allem irgendeine Heimtücke zu mutmaßen. Doch schon eine kurze Begutachtung stellte klar, das Frühstück war einwandfrei. In dem Bewußtsein, es gebrauchen zu können, aßen sie und ihre Gefährten jeder seinen Teil, darum bemüht, sich auf das Unvoraussehbare des neuen Tages vorzubereiten.

Linden betrachtete aus todmüden, rot umränderter Augen Hergrom. Von der braunen Haut seines Gesichts bis zum lebendigen Mark in seinen Knochen war an ihm keinerlei irgendwie geartete Schädigung zu bemerken; nichts erinnerte daran, daß der Wesir ihn überhaupt berührt hatte. Aber die unversöhnliche Strenge seiner Miene hinderte sie daran, ihm Fragen zu stellen. Die *Haruchai* vertrauten ihr nicht mehr. Als sie sich weigerte, Kasreyns Tod zu befürworten, hatte sie verworfen, was sich nachträglich als die einzige Chance zu Hergroms Rettung erweisen mochte.

Einige Zeit später fand sich Rire Grist ein. Ein zweiter Mann begleitete ihn, ein Soldat mit schwermütigem Gesichtsausdruck, den der *Caitiffin* als seinen Unterführer vorstellte. Rire Grist verhielt sich während der Begrüßung, als hätte er von den nächtlichen Zwischenfällen nichts gehört. »Meine Freunde«, sagte er dann unbefangen, »es beliebt dem *Gaddhi,* sich am heutigen Morgen mit Lustwandeln auf dem Sandwall zu vergnügen. Er bittet euch, ihn zu begleiten. Die Sonne scheint mit wundervoller Klarheit und gewährt einen vorzüglichen Ausblick in die Weite der Großen Wüste, der euer Interesse erregen mag. Gedenkt ihr, des *Gaddhi* Wunsch zu erfüllen?« Er wirkte ruhig und sicher. Aber die leichte Verkniffenheit um seine Augen bewies Linden hinreichend, die Gefahr war keineswegs abgewendet.

Die Haltung der Ersten zeugte deutlich von ihrer Erbitterung, mit der sie die Überlegung anstellte: Haben wir eine Wahl? Aber Linden wußte dazu nichts zu sagen. Die Macht der Entscheidungsfähigkeit war ihr abhanden gekommen. Sie empfand ihre Befürchtungen wie dunkle Schwingen über ihrem Kopf; sie machten ihr alles unmöglich. *Man wird Hergrom umbringen!*

Aber die Gefährten hatten tatsächlich keine Wahl. Sie konnten keinesfalls den Kampf mit der gesamten Garde des *Gaddhi* und zudem mit seiner Reiterei aufnehmen. Und wenn sie nicht zu kämpfen beabsichtigten, blieb ihnen nichts anderes übrig, als weiter die Rolle von Gästen Rant Absolains zu spielen. Lindens Blick schweifte über den glanzlosen Stein des Fußbodens, wich den Augen aus, die sie musterten, bis die Erste Rire Grist schließlich Antwort gab. »Wir sind bereit.« In innerer Pein verkrampft, folgte Linden den Gefährten aus dem Eßzimmer.

Der *Caitiffin* führte sie hinunter zu den wuchtigen Toren der Sandbastei. Im Vorsaal des Ersten Runds befanden sich ungefähr vierzig Soldaten dabei, ihre Pferde abzurichten, ließen ihre Reittiere durch die gewaltige, trüb beleuchtete Halle tänzeln und Bocksprünge machen. Sämtliche Pferde waren schwarz oder zumindest dunkel, und ihre Hufe schlugen in den Schatten Funken, die Vorboten eines noch entfernten Unheils glichen. Rire Grist grüßte den Befehlshabenden der Reiter in vertraulichem Kommandoton. In der Mitte seiner Truppe war er selbstsicher. Aber er geleitete die Gefährten durch die Halle, ohne ein einziges Mal stehenzubleiben.

Als sie in den Streifen freien Untergrunds gelangten, der die Festung rundum säumte, traf die Wüstensonne sie mit einer spürbaren Lohe von Helligkeit und Hitze. Linden mußte sich erst einmal abwenden, um ihre Sicht zu klären. Sie blinzelte an den dunstig getönten Himmel zwischen den Mauern empor, darauf bedacht, irgendeine Erleichterung ihrer Sinneswahrnehmung von der massigen Bedrückung durch die Sandbastei zu finden. Doch der Erfolg blieb ihr versagt. In der Höhe gab es keine Vögel. Und die Wehrgänge in der oberen Biegung des Walls waren in regelmäßigen Abständen mit *Hustin* bemannt. Cail ergriff Lindens Arm, zog sie den Gefährten hinterdrein, ostwärts in den Schatten der Mauer. Lindens Augen waren über das Dunkel des Schattens froh; allerdings änderte es nichts an der trockenen Weise, wie die Luft ihre Lungen reizte. Bei jedem Schritt rutschte der Sand unter ihren Füßen, schien ihr Kraft aus den Beinen zu saugen. Als die Gefährten das Osttor des Sandwalls passierten, verspürte sie ein nahezu unwiderstehliches Verlangen, kehrtzumachen und wegzulaufen. Während er höflich über Bau und Anlage des Sandwalls plauderte, geleitete Rire Grist die Gefährten um das Erste Rund zu einer breiten, in den Sandwall eingelassenen Treppe. Er erläuterte der Ersten und Blankehans, es gäbe zwei solche Treppen, und die andere befände sich gegenüber, auf der anderen Seite der Sandbastei; ferner hätte man andere Wege, um den Sandwall zu erreichen, nämlich durch unterirdische Gänge aus dem Innern der Festung. Er bediente sich eines verbindlichen Tons; seine Gemütsverfassung war jedoch anders. Ein Schaudern wie von Fieber durchlief Linden, kaum daß der *Caitiffin* einen Fuß auf die Treppe setzte. Nichtsdestotrotz folgte sie ihm hinauf, als hätte sie angesichts der Zwangslage, die das Handeln der Ersten bestimmte, ihren unabhängigen Willen aufgegeben. Die Stufen waren breit genug für acht oder zehn Personen nebeneinander. Aber die Treppe war steil, und sie in der Hitze zu ersteigen, ließ Lindens Gesicht rot anlaufen, pappte ihr das Hemd mit Schweiß an den Rücken. Als sie am oberen Ende der Treppe ankam, fühlte sich ihre Atmung an, als wäre die Luft voller Nadeln. Zwischen seinen Brüstungen war der Sandwall so breit wie eine Straße, und der Boden war eben genug, um Pferden und Gespannen eine schnelle Fortbewegung zu ermöglichen. Linden stellte fest, daß sie sich nun in gleicher Höhe mit dem oberen Rand des Ersten Runds befand und jedes der immensen, runden Stockwerke der Sandbastei sehen konnte, die sich eindrucksvoll himmelwärts türmten, gekrönt vom schmucklosen Turm der Wesirswacht. Außerhalb des Sandwalls erstreckte sich die Große Wüste.

Wie Rire Grist gesagt hatte, war die Atmosphäre klar und bis an den Horizont alles scharf sichtbar. Linden hatte den Eindruck, ihr Blick reiche Dutzende von Kilometern weit nach Osten und Süden. Im Süden warfen ein paar Schäfchenwolken in mittlerer Entfernung Schatten; aber sie beeinträchtigten die vom Sonnenlicht verursachte, glasklare Schärfe nicht im geringsten. Unterm Sonnenschein war die Große Wüste nichts als eine Wildnis aus Sand, der so weiß war wie Salz und gebleichte Knochen, trockener als aller Durst der Welt. Sie fing das Licht der Sonne ein, spiegelte es verzerrt und verstärkt zurück. Der Sand ähnelte einem Meer, das keine Bewegung kannte, weil es keine Wellen gab, die ausreichende Kraft besaßen, um es nur zu kräuseln. Düne grenzte an Düne, eine hinter der anderen wie in einem Wettbewerb des Aufwärtsschwingens, als wäre zu irgendeinem fernen, vergangenen Zeitpunkt die Erde selbst durch das Toben einer Katastrophe aufgewühlt worden. Doch diese Umwälzungen mußten schon so lange zurückliegen, daß lediglich noch ein Skelett des Geländes und die Umrisse der Dünen daran erinnerten. Außer der Lebendigkeit des Winds existierte in der Großen Wüste keinerlei Leben; der Wind wehte kräftig und staubtrocken aus dem Süden, war dazu imstande, den Sand aufzuwirbeln wie Gischt und das Antlitz der Landschaft nach Lust und Laune umzuformen. Am heutigen Tag wehte allerdings kein Wind. Die Luft fühlte sich an wie eine Widerspiegelung des Sands, und was Linden in sämtlichen Himmelsrichtungen auch sah, es war nichts als Tod.

Lediglich im Südwesten herrschte Wind. Während die Freunde den Sandwall entlangwanderten, bemerkte Linden, daß sich in der Ferne, weit jenseits der Wolken und letzten erkennbaren Dünen, Gewalten ballten. Nein, sie ballten sich nicht erst: sie hatten schon ihre volle Kraft entfaltet. Am Horizont wütete ein ungeheuerlicher Sturm auf der Stelle im Kreis, als wäre er um irgendeinen Mittelpunkt zur Zentrifuge geworden. Seine Wolken waren so schwärzlich wie naher Donner, und gelegentlich wetterleuchtete es darin, als kreischten die Elemente auf. Ehe die Riesen für einen Moment verweilten, um in die Richtung des Sturms zu spähen, begriff

Linden gar nicht, was er war: der Schrecken der Sandgorgonen. Plötzlich befiel ein Zittern schlimmer Ahnungen Linden, als besäße der Sturm die Macht, selbst über diese Distanz hinweg etwas zu packen und zu zermalmen …

Der *Gaddhi* und seine Frauen standen auf der südwestlichen Biegung des Sandwalls, von wo man einen nahezu kristallklaren Ausblick auf den Schrecken der Sandgorgonen hatte. Außerdem befand man sich dort direkt unterhalb der Wesirswacht. In unmittelbarem Umkreis lungerten gut zwei Dutzend *Hustin* herum. Rant Absolain begrüßte seine Gäste mit lautem Zuruf, als sie sich näherten. Geheime Erregung belebte die Art, wie er die Gefährten empfing. Er benutzte die Verkehrssprache von *Bhrathairain* mit einer Herzlichkeit, die falsch klang. Rire Grist antwortete für die Gefährten mit geeigneten Floskeln, als sei er ihr Sprecher. Bevor er seine morgendlichen Huldigungen übermäßig ausdehnen konnte, rief der *Gaddhi* ihn heran, winkte die Freunde mitten zwischen die Wächter. Rasch blickte sich Linden in der Versammlung um und ersah, Kasreyn war nicht anwesend. Von der Gegenwart seines Wesirs entlastet, gefiel es Rant Absolain anscheinend, den wohlwollenden Gastgeber zu mimen. »Willkommen, willkommen«, sagte er reichlich übertrieben. Er trug ein langes Ekrü-Gewand, so geschnitten, daß es ihm ein stattliches Aussehen verlieh. Neben ihm standen seine Meistgeliebten, angetan wie die Hohepriesterinnen eines Gottes der Liebe. Den anderen jungen Frauen, die ihn auf den Sandwall begleitet hatten, war allerdings nicht die Ehre zuteil geworden, sich in ähnlichem Stil wie der *Gaddhi* anziehen zu dürfen. Sie waren in Kleidungsstücke gehüllt, die man in dieser Hitze und Sonne nur als unbrauchbar bezeichnen konnte. Aber der *Gaddhi* schenkte all der Schönheit, die ihn umgab, gar keine Beachtung; er widmete sich vollauf seinen Gästen. In einer Hand hielt er eine schwarze Kette, an der ein großes Medaillon baumelte, das aussah wie eine schwarze

Sonne. Er verwendete es, um die Wirksamkeit der Gesten zu unterstreichen, deren er sich bediente. »Schaut die Große Wüste!« Er wandte sich der Einöde zu, als wäre sie ihm zuliebe geschaffen worden. »Ist das kein Anblick? Unter solcher Sonne wird die wahrhaftige Unbarmherzigkeit der Natur enthüllt. Diese Wüste reicht so weit, wie jemals *Bhrathair* ins Land vorgedrungen sind, wiewohl's eine Geschichte gibt, der zufolge fern im Süden die Wüste zu einem Wunderland wird, in der des Menschen Auge in aller nur erdenklichen Farbenpracht schwelgen kann.« Sein Arm schwenkte das Medaillon, daß es an seiner Hand hin- und herflog und kreiste. »Kein Volk außer uns *Bhrathair* hat jemals einem so gewaltigen, dem Leben so feindlichen Land ein Dasein abgerungen. Aber wir haben noch mehr vollbracht. Die Sandbastei kennt ihr bereits. Unser Reichtum übertrifft den von Herrschern gesegneterer Reiche. Doch nun seht ihr zum erstenmal …« – irgendeine Erwartung verpreßte ihm die Stimme – »den Schrecken der Sandgorgonen. Nirgendwo sonst auf dem ganzen Erdkreis ist je ein derartiges Zauberwerk gelungen.« Widerwillig schaute Linden in die Richtung, wohin der *Gaddhi* den Blick der Gefährten lenkte. Der heiße Sand erfüllte die Knochen ihrer Stirn mit Schmerzen, als begänne die drohende Gefahr in diesem Moment akut zu werden; doch das ferne Tosen zog ihren Blick an. »Und kein anderes Volk hat jemals über so mörderische Widersacher obsiegt.« Lindens Gefährten schienen von dem entfernten Brodeln der Gewitterwolken wie gebannt zu sein. Selbst die *Haruchai* starrten an den Horizont, als erwögen sie, sich mit jener Macht zu messen. »Die Sandgorgonen!« Rant Absolains Erregung wuchs. »Sie sind euch unbekannt – doch laßt mich euch folgendes sagen. Nur ein solches Geschöpf, ließe man ihm die Freiheit und genug Zeit, vermöchte die Sandbastei zu bestürmen, daß zuletzt kein Stein auf dem anderen verbliebe. Eins! Diese Wesen sind fürchterlicher als Wahnsinn oder

Alpträume. Aber sie sind gemeistert worden. Heute verbringen sie ihr Dasein damit, aussichtslos wider den Wirbel anzurennen, den wir deshalb gar trefflich den Schrecken der Sandgorgonen nennen, während wir gedeihen, von Bedrängnis befreit. Außerordentlich selten wird eine von ihnen aus dem Wirbel entlassen – und dann nur für kurze Frist.« Die Spannung in seiner Stimme gewann an Schärfe, jedes Wort, das er äußerte, steigerte ihn in größere Erregung hinein. Am liebsten hätte Linden dem Schrecken der Sandgorgonen den Rücken zugekehrt, ihre Freunde von der Brüstung zurückgerissen. Aber sie vermochte das, was ihr solche Unruhe einflößte, nicht zu benennen. »Während etlicher Jahrhunderte haben die *Bhrathair* nur leben können, weil die Sandgorgonen sie nicht bis zum letzten Mann ausrotteten. Nun jedoch bin ich der *Gaddhi* von *Bhrathairealm* und der ganzen Großen Wüste, und sie sind in meiner Gewalt!« Er beendete seine Ausführungen mit einer weiträumigen, schwungvollen Gebärde des Stolzes; und da plötzlich entglitt die ebenholzschwarze Kette seinen Fingern. In hohem Bogen sauste sie im Sonnenschein über die Brüstung und den bleichen Sand, fiel dicht unterhalb des Sandwalls zu Boden. Beim Aufprall stob Sand empor, sank herab. Die dunkle Sonne des Medaillons lag auf der verblichenen Erde wie ein Schmutzfleck.

Die Frauen des *Gaddhi* keuchten auf, drängten sich vorwärts, um hinabzuschauen. Die Riesen beugten sich über die Brüstung. Rant Absolain regte sich nicht. Er schlang die Arme um den Brustkorb, als käme es ihm darauf an, eine geheime Emotion unbedingt zu verhehlen.

»O *Gaddhi*, sei unbesorgt«, sagte Rire Grist unverzüglich, ganz wie ein tüchtiger Höfling. »Nur ein Weilchen, und du wirst die Kette wieder in Händen halten. Ich werde meinen Unterführer schicken, um sie zu holen.«

Der Soldat, der ihn begleitete, wollte sich zur Treppe entfernen, offenbar in der Absicht, durch eines der äußeren Tore nach draußen und am Sandwall entlang zu dem Medaillon zu gehen. Doch der *Gaddhi* sah den *Caitiffin* nicht einmal an. »Ich will sie sofort wiederhaben«, schnauzte er trotzig-autoritär. »Schafft Seil her!«

Ohne Verzug verließen zwei Wachen die Mauerkrone, betraten den Wehrgang und begaben sich durch den nächstgelegenen Zugang ins Innere des Sandwalls. Krampfhaft suchte Linden nach irgendwelchen Anhaltspunkten für die Gefahr. Mit jeder Sekunde konnte sie sie immer näher bevorstehen spüren. Doch die Haltung des *Gaddhi* war nicht aufschlußreich genug, um seine Absicht durchschaubar zu machen. Rire Grists sorgsame Gefaßtheit zeigte an, daß er in einer Scharade seine Rolle spielte – aber das hatte Linden ohnehin längst angenommen. Von den Frauen ließ sich nur den beiden Meistgeliebten anmerken, daß sie vom Vorhaben des *Gaddhi* etwas wußten. Das Bemühen, ihre Kenntnis zu verheimlichen, verlieh der Miene der Edlen Benj maskenhafte Starre. Und die Edle Alif warf den Gefährten immer wieder verstohlene Blicke der Warnung zu. Als die zwei *Hustin* wiederkehrten, trugen sie eine umfangreiche Rolle Seil. Ohne viel Umstände befestigten sie ein Ende an der Brüstung und ließen das Seil an der Außenseite des Sandwalls hinab; es war gerade lang genug, um mit dem anderen Ende in den Sand zu fallen. Einen Moment lang rührte sich niemand. Der *Gaddhi* schwieg. Blankehans und Seeträumer wippten beiderseits der Ersten auf den Fußballen. Hohl wirkte auf seine charakteristische Weise immun gegen die Gefahr, die auf dem Sandwall lauerte; Findails Augen dagegen ruckten ununterbrochen hin und her, als sähe er zuviel. Die *Haruchai* hatten zwischen den Wächtern die bestmöglichen Positionen zur Verteidigung bezogen. »Rühr mich nicht an!« sagte Covenant aus keinem ersichtlichen Grund.

Unvermittelt fuhr Rant Absolain regelrecht zu den Gefährten herum. Hitzigkeit machte seinen Blick stechend. *»Du.«* Innerlicher Druck ließ seine Stimme verpreßt und brüchig klingen. Ruckartig streckte er den rechten Arm aus, deutete mit starrem Zeigefinger direkt auf Hergrom. »Ich will das Zeichen meiner Hoheit.«

Die Umstehenden verfielen nachgerade in völlige Verkrampfung. Einige Frauen bissen sich auf die Lippen. Die Edle Alif ballte die Hände zu Fäusten, öffnete sie, ballte sie erneut. Hergroms Miene verriet keinerlei Reaktion; die Blicke der anderen *Haruchai* jedoch schweiften rundum, beobachteten alles. Linden bemühte sich ums Sprechen. Die Anspannung schien ihr die Brust zusammenzudrücken. »Hergrom«, quetschte sie trotzdem hervor, »du brauchst das nicht zu tun!«

Die Finger der Ersten glichen an ihren Seiten Klauen. »Die *Haruchai* sind unsere Freunde. Wir werden's sicher nicht dulden.«

Der *Gaddhi* schnauzte etwas in der rauhen Sprache der *Bhrathair.* Sofort brachten die *Hustin* ihre Spieße in Anschlag. In der Enge der Ansammlung genügte nicht einmal die Schnelligkeit der *Haruchai,* um im Ernstfall die Gefährten vor Tod oder Verwundung zu bewahren. »Ich habe dazu das *Recht!«* fuhr Rant Absolain die Erste an. »Ich bin der *Gaddhi* von *Bhrathairealm!* Es ist mein Recht und ebenso meine Pflicht, Untaten zu bestrafen!«

»Nein!« Linden spürte messerscharfes Eisen nur wenige Zentimeter mitten hinter ihrem Rücken. Aber in ihrer Furcht um Hergrom schenkte sie ihm keine Beachtung. »Es war Kasreyns Schuld. Hergrom hat bloß versucht, Covenant zu schützen.« Sie wandte sich mit unverminderter Eindringlichkeit an den *Haruchai.* »Du brauchst das nicht zu tun!«

Absolut nichts schränkte die Leidenschaftslosigkeit von

Hergroms Miene ein. Die Losgelöstheit, mit der er die Wächter musterte, besagte mehr über die Gefahr, in der die Gefährten schwebten, als jedes gesprochene Wort. Er und Brinn wechselten einen kurzen Blick. Dann schaute er Linden an. »Auserwählte, wir wünschen diese Strafe kennenzulernen, um der Drohung ein Ende zu bereiten.« Sein Ton brachte nichts zum Ausdruck als unerschütterlichen Glauben an die eigene Tüchtigkeit – das gleiche Selbstvertrauen, das es den Bluthütern ermöglicht hatte, in den Diensten der Lords Tod und Zeit zu trotzen. Sein Anblick schnürte Linden die Kehle zu. Ehe sie den Kloß des Grauens in ihrem Hals schlucken, ihr Schuldgefühl verdrängen konnte, um Hergrom umzustimmen zu versuchen, sprang der *Haruchai* auf die Brüstung. Drei Schritte trugen ihn zum Seil. Ohne noch ein Wort an seine Gefährten zu richten, packte er das Seil und verschwand abwärts. Das unerhörte Maß an Zurückhaltung, das die Erste sich auferlegen mußte, ließ ihre Augen glasig dreinblicken. Doch allein auf sie waren drei Spieße gerichtet; Blankehans und Seeträumer hielt man ähnlich in Schach. Brinn nickte kaum merklich. Zu flink für die Reflexe der Wächter schlüpfte Ceer durch die Reihen der Versammelten und vollführte einen Satz auf die Brüstung. Einen Moment später war er Hergrom am Seil nach unten gefolgt.

Rant Absolain stieß einen Fluch aus und stürzte zur Brüstung, um dem *Haruchai* nachzugaffen. Einige Augenblicke lang droschen seine Fäuste erbittert auf den Stein. Dann jedoch gewann er die Fassung wieder, seine Entrüstung wich. Die Spieße erlaubten Linden und den anderen Gefährten keine Bewegung. Der *Gaddhi* erteilte einen weiteren Befehl. Er erzeugte in den Augen der Schwertkämpferin ein Auflodern der Wut, trieb Blankehans und Seeträumer bis an die äußersten Grenzen ihrer Selbstbeherrschung. Ein Wächter löste in Befolgung des Befehls das Seil von der Brüstung. Schwer fiel es

Hergrom und Ceer auf die Schultern. Rant Absolain schenkte den Gefährten ein teuflisches Grinsen, dann verlagerte er seine Aufmerksamkeit zurück auf die *Haruchai* unterhalb der Mauer. »Nun, Schlächter«, rief er in schrillem Ton. »Nun sprich! Ich verlang's!«

Linden wußte nicht, was er meinte. Die Grausamkeit jedoch, die er ausstrahlte, überreizte ihre Nerven. Schlagartig duckte sie sich unter dem Speer hinter ihrem Rücken weg und hastete zur Brüstung. Als sie den Kopf über den Rand der Mauer schob, fiel ihr Blick nach flüchtigem Umherirren auf Hergrom und Ceer. Sie standen im Sand, in dem zwischen ihnen das Seil lag, zu ihren Füßen das Emblem des *Gaddhi*. Die beiden *Haruchai* schauten herauf. »Lauft!« schrie Linden. »Zu den Toren! Lauft zu einem Tor!« Hinter ihr ertönte ein dumpfer Laut. Eine Speerspitze stach in Lindens Nacken, drückte sie gegen den Stein der Brüstung. Covenant wiederholte seinen Spruch, als könne er niemanden dazu bringen, ihm zuzuhören.

»Sprich, Schlächter!« beharrte der *Gaddhi* so eifrig wie in begieriger Lust.

Hergroms Gleichmut wankte nicht. »Nein.«

»Du weigerst dich? Du trotzt mir? Schandtat häufst du auf Schandtat! Ich bin der *Gaddhi* von *Bhrathairealm!* Weigerung ist niederträchtige Auflehnung!« Hergrom blickte geringschätzig herauf und schwieg. Aber auch auf so etwas war der *Gaddhi* vorbereitet. Er gab erneut in der harschen Sprache des *Bhrathair* eine Anordnung. Mehrere seiner Frauen fingen an zu kreischen. Als Linden vorsichtig den Kopf seitwärts drehte, sah sie, wie ein Wächter eine Frau an einem Fußknöchel über die Brüstung hängen ließ. Die Edle Alif, die in der Nacht versucht hatte, den Gefährten zu helfen. Sie wand sich kopfüber in der Luft, fuchtelte voller Furcht, schlug sich am Sandwall an. Doch Rant Absolain beachtete sie nicht. Die

Kleidung war ihr über den Kopf gerutscht, verbarg ihr Gesicht und dämpfte ihr Geschrei. Die Ketten mit den silbernen Glöckchen an ihren Fußknöcheln glitzerten ungleich im weißlichen Sonnenlicht. »Wenn du den Namen nicht sprichst«, brüllte der *Gaddhi* zu Hergrom hinunter, »wird diese Edle in den Tod stürzen! Und solltest du den Namen danach noch immer nicht sprechen mögen, wird jene …« – er widmete Linden einen Seitenblick –, »die ihr die Auserwählte nennt, als nächste den Tod finden! Ich vergelte Blut mit Blut!«

Linden hoffte, Hergrom werde weiterhin ablehnen. Er schaute zu ihr herauf, zu Rant Absolain und der Edlen; sein Gesicht gestattete nicht, auf seine Überlegungen zu schließen. Dann aber nickte Ceer ihm zu. Er drehte sich um, kehrte dem Sandwall den Rücken zu, wandte sich, als hätte er die ganze Zeit hindurch gewußt, was kommen würde, der Großen Wüste und dem Schrecken der Sandgorgonen zu, straffte die Schultern, wie stets bereit. *Nicht!* wollte Linden aufgebracht hinunterschreien. Aber auf einmal schien sie keinerlei Kraft mehr zu besitzen. Hergrom kannte sein Schicksal. Dennoch hatte er sich dazu entschlossen, sich ihm zu stellen. Linden war machtlos. Vorsätzlich trat Hergrom auf das Emblem des *Gaddhi*, zerbrach es unter seinem Fuß. Dann sagte er in das gespannte Schweigen der Versammlung auf dem Sandwall und in die ausgedehnte Stille der Großen Wüste nur ein Wort. »Nom.«

Der *Gaddhi* stieß einen Schrei des Triumphs aus. Im nächsten Augenblick verschwand die Speerspitze aus Lindens Nacken. Die Wachen zogen sämtliche Spieße zurück. Der *Husta* hob die Edle Alif zurück in die Sicherheit des Sandwalls, stellte sie auf die Füße. Sofort floh sie die Versammlung. Die Edle Benj lächelte wie über einen geheimen Sieg, während sie ihr nachblickte. Als sie sich von der Brüstung abwandte, sah Linden, daß die Wächter von den Gefährten auf Abstand gegangen waren; alle musterten sie – Covenant, Hohl und

Findai ausgenommen – voller Grimm und Unwillen Kasreyn von dem Wirbel. In ihrer auf Hergrom gerichteten Konzentration hatte Linden die Ankunft des Wesirs weder gespürt noch gehört. Nun jedoch stand er am Rande der Versammelten und antwortete auf die Blicke der Gefährten. »Es ist mein Wunsch, daß ihr bemerken mögt, ich habe keinen Anteil an diesem Vorgehen gehabt. Ich muß dem *Gaddhi* dienen, was er auch gebieten mag.« Sein wäßriger Blick brachte Rant Absolain nicht die gelindeste Beachtung entgegen. »Aber ich pflege an derlei Angelegenheiten nicht mitzuwirken.«

Beinahe wäre Linden auf ihn losgegangen. *»Was hast du getan?«*

»Ich habe nichts getan«, erwiderte er nachdrücklich. »Ihr selbst seid meine Zeugen.« Doch da sanken seine Schultern herab, als ermüde ihn das Kind auf seinem Rücken. »Dennoch besteht dein Vorwurf auf gewisse Weise zu Recht. Was nun geschehen wird, wäre ohne mich nicht möglich.« Er trat an die Brüstung und vollführte eine andeutungsweise Geste in die Richtung der düsteren Wolken. »Die Macht eines jeden Werks hängt ab von seiner Unzulänglichkeit. In einer unvollkommenen Welt kann Vollkommenheit nicht überdauern.« Seine Stimme klang jetzt nach hohem Alter. »So mußte ich, als ich die Sandgorgonen in jenen Wirbel bannte, bei meiner Wundertat einen Mangel hinnehmen.« Er betrachtete den fernen Sturm, als fände er ihn hinreißend schön. Er konnte seine Bewunderung für die eigene Leistung nicht verbergen. »Der Mangel, für den ich mich entschied«, fistelte er, »ist solcher Art, daß eine Sandgorgone in Freiheit gelangt, wenn ihr Name ausgesprochen wird. Sie darf frei sein, während sie jenen aufspürt, der ihren Namen gesprochen hat. Sobald sie ihn gefunden hat, muß sie ihn erschlagen und in den Schrecken der Sandgorgonen zurückkehren.« *Erschlagen?* Linden vermochte nicht zu denken. *Erschlagen?* Bedächtig drehte Kasreyn sich wieder den Gefährten zu. »Deshalb trifft auch mich Schuld. Denn ich habe den Schrecken der Sandgorgonen geschaffen. Und ich war's, der eurem Gefährten den Namen eingab, den er genannt hat.«

Da durchschoß Begreifen Linden mit solcher Plötzlichkeit, daß ihr davon schwindelte. Im grellen Sonnenschein schien die Verlogenheit des Wesirs auf einmal von vollständiger Klarheit zu sein. Linden fuhr herum, drohte ins Torkeln zu geraten, als sie sich zur Brüstung zurückschleppte. *Hergrom!* wollte sie schreien. *Lauft!* Doch ihre Stimme erzeugte keinen Laut. Soweit war es nur gekommen, weil Kasreyn dank ihrer Entscheidung am Leben geblieben war. Das empfand sie als unerträglich. Sie röchelte, räusperte sich. »Die Tore!« Ihr Ruf klang heiser und schwächlich, als hätte die Wüste ihre Stimmbänder bereits bis zur Unbrauchbarkeit ausgedörrt. »Lauft! Wir helfen euch!« Hergrom und Ceer regten sich nicht von der Stelle.

»Sie werden nicht fliehen«, sagte der Wesir und täuschte Traurigkeit vor. »Sie wissen, was droht. Nie und nimmer werden sie zulassen, daß sich eine Sandgorgone unter euch oder die Unschuldigen in der Sandbastei begibt.« Als er weitersprach, kostete es ihn Mühe, seinen insgeheimen Stolz zu verhehlen. »Und es bleibt keine Zeit. Die Sandgorgonen eilen geschwind hinaus in ihre Freiheit. Für ihre Kraft sind Entfernungen von geringer Bedeutung. Schau dort!« Seine Stimme klang unversehens schärfer. »Obschon der Schrecken der Sandgorgonen mehr als zwanzig Längen von hier entfernt ist, naht bereits die Gerufene!«

Auf der anderen Seite der Gruppe der Gefährten begann der *Gaddhi* unterdrückt vor sich hin zu lachen. Unter den Schäfchenwolken näherte sich zwischen den Dünen eine Fahne aufgewirbelten Sands; sie bewegte sich auf die Sandbastei zu. Je nach der Beschaffenheit des Geländes konnte man kleinere

Abweichungen beobachten; die Sandfahne wehte mal da-, mal dorthin. Über ihre Hauptrichtung jedoch war kein Irrtum möglich. Sie kam auf die Stelle zu, an der Ceer und Hergrom unterhalb des Sandwalls standen. Selbst aus der Entfernung vermochte Linden eine Ausstrahlung roher, feindseliger Kraft zu spüren. In all ihrer Nutzlosigkeit preßte sie sich an die Brüstung. Hinter ihr standen in höchster Betroffenheit ihre Gefährten; Linden wandte sich nicht um, war nicht dazu imstande. Rant Absolain spähte der Sandgorgone entgegen, die unglaublich rasch näher kam; er zitterte wie in einem Schüttelkrampf begeisterter Erwartung. Die Sonne brannte auf die Sandbastei herab, wie um zu tadeln. Dann gelangte das Geschöpf selbst in Sichtweite. Durch Zeitalter unablässigen Sonnenscheins zu albinohaftem Weiß ausgebleicht, war es gegen den Hintergrund der fahlen Wüste nur schwer zu erkennen. Aber es lief mit erstaunlicher Geschwindigkeit und war bald deutlich zu sehen. Das Wesen war größer als die *Haruchai,* die es erwarteten, aber es zeichnete sich kaum durch eine Körpergröße aus, der man bei rein äußerlicher Betrachtung eine solche Kraft beigemessen hätte, wie es tatsächlich besaß. Einen Moment lang stutzte Linden angesichts der Fremdartigkeit seiner Gangart. Die Knie waren nach hinten geknickt, ähnlich wie bei einem Vogel, und die Füße glichen breiten Pfoten, gewährleisteten die Fähigkeit, Sand mit beträchtlicher Schnelligkeit und sicherer Stärke zu überqueren. Gleich darauf hatte die Sandgorgone Hergrom und Ceer fast erreicht, und Linden konnte weitere Einzelheiten ihrer Erscheinung unterscheiden. Sie besaß Arme, aber keine Hände. Die Unterarme endeten in glatten, beweglichen Stümpfen, die aussahen wie Rammböcke, aber anscheinend auch zum Greifen taugten; die Arme wirkten allerdings, als wären sie zum Umgang mit Sand, nicht aber zum Anrennen gegen Mauern geschaffen. Und die Sandgorgone hatte kein Gesicht. Der Kopf wies keine Gesichtszüge auf, lediglich schwache Umrisse des Schädels unter der Haut sowie an den Seiten verdeckte Schlitze, die an Kiemen erinnerten. Das Wesen erweckte den Eindruck, so tobsüchtig und unumschränkt zu sein wie eine Naturgewalt. Linden spürte keine Atmung mehr, während sie es beobachtete. Ihr Herz hätte genausogut zu schlagen aufgehört haben können. Nicht einmal Covenant mit all seiner wilden Magie hätte gegen so ein wildes Vieh eine gute Chance gehabt.

Hergrom und Ceer lösten sich gleichzeitig aus dem Schatten des Sandwalls, entfernten sich voneinander, so daß die Sandgorgone sie nicht beide angreifen konnte. Das Geschöpf änderte ein wenig seine Richtung. In einem Heransausen von weißer Haut und tierischer Wut stürzte es sich geradewegs auf Hergrom. Im letzten Augenblick sprang der *Haruchai* beiseite. Zum Anhalten außerstande, krachte die Sandgorgone mit dem Kopf voran gegen den Wall. Linden verspürte einen Anprall, als wäre die gesamte Sandbastei ein Stück weit weggerückt worden. Risse breiteten sich im Stein aus; Brocken fielen aus der Mauer und hinab in den Sand. Gemeinsam hechteten Hergrom und Ceer der Sandgorgone in den Rücken. Mit aller Kraft und Geschicklichkeit hieben sie auf ihren Hals ein. Doch sie nahm die Schläge hin, als wären sie bloß Hände voll Sand. Sie vollzog eine scharfe Kehrtwendung und drosch mit den Armen nach den beiden *Haruchai*. Ceer duckte sich und entging dem Hieb. Der andere Arm jedoch traf Hergrom auf der Brust und schleuderte ihn rückwärts wie eine Puppe. Weder die *Haruchai* noch die Sandgorgone gaben einen Laut von sich. Nur die Geräusche der Schläge und der Bewegungen durch den Sand begleiteten die Auseinandersetzung. Ceer attackierte und versetzte dem Wesen einen dermaßen wuchtigen Schwinger ans Kinn, daß die Sandgorgone um einen Schritt zurückwankte. Unverzüglich drängte er nach und deckte sie mit einem Hagel von Hieben ein. Aber sie hatten keine nachhaltige Wirkung. Die Bestie fand ihr Gleichgewicht wieder. Sie spannte die nach hinten gebeugten Beine, setzte zu einem Sprung an. Ceer begegnete dieser Bedrohung durch einen zeitlich haargenau abgestimmten Schlag gegen die Kehle des Wesens. Nochmals schwankte die Sandgorgone. Diesmal jedoch fuhr einer ihrer Arme auf die Schulter des *Haruchai* nieder. Lindens Sinne erfaßten wie in Entgeisterung das Brechen von Knochen. Ceer kam beinahe zu Fall. Zu schnell, um dagegen etwas unternehmen zu können, hob die Sandgorgone einen ihrer Stempelfüße und trat gegen Ceers Bein. Hilflos maß er mit ausgebreiteten Gliedmaßen den Staub, Splitter ragten aus den Verletzungen seines Oberschenkels und Knies. Rings um ihn tränkte Blut den Sand.

An der Brüstung machte Seeträumer Anstalten zum Hinabspringen, als könne er den Sprung überleben. Blankehans und die Erste hielten ihn gewaltsam zurück. Das Gekicher des *Gaddhi* klang nach dem boshaften Vergnügen eines Dämons. Cails Finger umklammerten Lindens Oberarm, als wolle er sie umgehend zur Verantwortung ziehen.

Als Ceer stürzte, nahm Hergrom den Kampf von neuem auf. Indem er unter Aufbietung aller Kraft einen schwungvollen Anlauf durch den nachgiebigen Sandboden nahm, vollführte er einen Luftsprung und versetzte der Kreatur einen fürchterlichen Tritt gegen den Kopf. Das Biest wich auch diesmal einen Schritt weit zurück, ehe es den Tritt verkraftet hatte, dann drehte es sich, versuchte Hergrom mit den Armen zu umschlingen. Er entzog sich dem Zugriff. Flink wie ein Derwisch, gelangte er hinter die Sandgorgone und sprang ihr ins Genick. Augenblicklich schlang er die Beine um ihren Oberkörper, klammerte beide Arme um ihren Hals. Er spannte jeden Muskel an und drückte seinen Unterarm gegen die Gurgel des Wesens, um es zu erwürgen. Es fuchtelte mit den Armen, konnte

Hergrom nicht zu fassen bekommen. Rant Absolain hörte auf zu lachen. Ungläubigkeit strahlte von ihm aus wie ein Geheul. Linden preßte sich an die Kante der Brüstung, als gäbe der schmerzhafte Druck ihr inneren Halt. Ein lautloser Schrei der Ermutigung verzerrte ihren Mund.

Aber in all ihrer Wildheit entbehrte die Kreatur nicht einer gewissen Schläue. Plötzlich stellte sie das zwecklose Umsichschlagen ein. Ihre Knie knickten vollends ein, als sie sich an den Untergrund kauerte. Dann warf sie sich mit enormer Wucht rücklings gegen den Sandwall. Hergrom konnte nichts dagegen tun. Er geriet zwischen die Sandgorgone und den harten Stein. Ein Zittern wie unmittelbar vor einem Erdbeben lief durch die Mauer. Das Vieh entwand sich Hergroms Griff, und er rutschte zu Boden. Sein Brustkorb war zerschmettert. Einen Moment lang atmete er noch, Blut und Schmerz gurgelten in seiner Brust, die Atmung marterte seine zerrissenen Lungen, sein zermalmtes Herz. Weißlich und gesichtslos wie das Schicksal selbst, betrachtete die Sandgorgone ihn, als überlege sie, wie sie ihm den Rest geben solle. Dann zwängten Zuckungen einen dunkelroten Blutschwall aus Hergroms Mund. Linden sah die Stränge zerspringen, die Leib und Seele verbanden. Dann lag er still.

Die Sandgorgone widmete der Mauer einen flüchtigen Blick, als wünsche sie, ihre kurze Freiheit schlösse auch die Erlaubnis zum Zertrümmern des Sandwalls ein. Aber das Vieh hatte seine Aufgabe erfüllt. Es wandte sich ab und kehrte in aufgezwungenem Lauf zurück zum Schrecken der Sandgorgonen. Binnen kurzem war es jenseits der langgestreckten Spur, die es im Sand hinterließ, außer Sicht.

Aus Lindens Augen rannen Tränen. Sie fühlte, daß in ihr irgend etwas zunichte geworden war; ihre Gefährten bewahrten fassungsloses Schweigen; aber Linden schaute sie nicht an. Ihr Herz holperte wie zum Klang von Hergroms Namen dahin, vermochte nicht davon abzulassen, als hätte es etwas geben müssen, das sie hatte tun können. Sobald ihr Blickfeld von Tränen freigezwinkert war, sah sie, daß Rant Absolain sich zu entfernen begonnen hatte, begleitet von seinen Frauen und Wächtern. Sein Prusten verklang im Sonnenschein und der trockenen, weißlich-glutheißen Hitze.

Kasreyn war nirgends auf dem Sandwall zu sehen.

17
ENDE DER SCHARADE

Für eine Zeitlang, in der Linden auf das Geschehene sowenig eine Antwort wußte wie auf Lähmung, verharrte sie in völliger Reglosigkeit. Kasreyns Abwesenheit – die Tatsache, daß er nicht geblieben war, um das Auftreten der Sandgorgone bis zum Ende zu beobachten – wirkte auf sie schauriger als die Heiterkeit des *Gaddhi*. Linden wußte, daß es sich Erfordernissen zu widmen galt, Entschlüsse gefällt werden mußten; aber sie war nicht dazu in der Lage, sich über ihre Art klarzuwerden. Hergroms Name pochte in ihrem Pulsschlag und machte sie für alles andere taub. Fast hätte sie laut aufgeschrien, als Covenant, wie um ein Omen auszusprechen, »Rühr mich nicht an!« sagte.

Cail hatte sie losgelassen; aber sie spürte noch die Abdrücke seiner Finger an ihrem Oberarm, in dem es wummerte wie in einem Echo ihres Herzschlags. Er hatte seine unbeugsame Härte ihrem Fleisch eingedrückt, ihren Knochen aufgeprägt.

Schließlich rührte sich die Erste. Sie trat vor Rire Grist. Die Trübung ihrer Augen ließ sie aussehen wie eine Blinde. Sie sprach in heiserem Flüsterton, als sei es ihr unmöglich, ihre Empfindungen auf andere Weise zu bändigen. »Verschaff uns Seil!«

Die Miene des *Caitiffin* spiegelte Grausen wider. Allem Anschein nach war er ehrlich entsetzt über Hergroms Schicksal. Vielleicht hatte er noch nie eine Sandgorgone wüten gesehen. Oder womöglich hatte er begriffen, es konnte auch ihm passieren, daß er eines Tages seine Herren verdroß und man ihm zur Strafe einen Namen des Grauens in den Geist pflanzte. In seinen Brauen hing Schweiß, und seine Stimme klang gepreßt, als er einem der *Hustin* einen entsprechenden Befehl zumurmelte. Der Wächter kam der Anweisung nur langsam nach. Der *Caitiffin* schnauzte ihn an, als bräche sich bei dieser Gelegenheit aus seinem Innern ein Schrei Bahn, und der *Husta* stapfte hastig davon. Wenig später kehrte er zurück, brachte eine zweite Rolle widerstandsfähigen Seils. Sofort nahmen Blankehans und Seeträumer sie ihm ab. Mit der geübten Schnelligkeit von Seeleuten befestigten sie das Seil an der Brustwehr und warfen es hinab. Obwohl es in ihren Händen dünn wirkte, war es belastbar genug, um das Gewicht eines Riesen auszuhalten. Erst klomm der Kapitän, dann Seeträumer hinab in den blutigen Sand und zu Ceer. Cails Berührung drängte Linden vorwärts. Benommen ging sie zu dem Seil. Sie wußte gar nicht, was sie tat. Arm und Beine um das Seil verdreht, ließ sie sich vom eigenen Körpergewicht nach unten ziehen, Blankehans und Seeträumer hinterdrein.

Als sie den Erdboden erreichte, strauchelten ihre Füße im Sand. Hergroms Leichnam lehnte schlaff an der Mauer, klagte Linden stumm an. Sie war kaum dazu fähig, ihre wie nutzlosen Beine zu zwingen, sie zu Ceer zu tragen. Cail folgte ihr am Seil den Wall herab. Nach ihm kam Brinn, Covenant über seiner Schulter. Wie in einem Sausen eherner Anmut seilte sich die Erste ab. Hohl blickte über die Brüstung, als wolle er sich ein Bild von der Situation machen. Dann stieg auch er herunter. Zur gleichen Zeit erschien Findail als Geflimmer aus dem Sandwall und materialisierte zwischen den Gefährten.

Linden schenkte den anderen keine Beachtung. Sie sank an Ceers Seite auf die Knie, beugte sich über ihn und versuchte, das ungeheure Maß seiner Pein zu übersehen. Er sagte nichts. Sein Gesicht zeigte keine Art von Ausdruck. Von seiner Stirn jedoch rann Schweiß, als habe seine Qual die Form von Tröpfchen angenommen. Die Wahrnehmungen schienen Linden regelrecht anzuspringen. Ihre Augen, bedrängt von Sicht und staubiger Hitze, fühlten sich in den Höhlen wie Asche an. Ceers Schulter war nicht allzu schwer verletzt. Lediglich das Schlüsselbein war gebrochen – ein glatter Bruch. Aber sein Bein … *Herrgott.* Das Fleisch von Oberschenkel und Knie war bloß noch mit Scherben und Splittern von Knochen durchsetzt. Durch die zahlreichen Wunden verlor der *Haruchai* beträchtliche Mengen Blut. Linden bezweifelte, daß er je wieder würde laufen können. Möglicherweise wäre das Bein, selbst wenn eine anständige Klinik, Röntgenapparate und medizinische Fachkräfte zur Verfügung gestanden hätten, nicht zu retten gewesen. Aber derartige Dinge gehörten der Welt an, die hinter ihr lag – der einzigen Welt, die sie verstand. Hier besaß sie nichts als die für alles anfällige Offenheit ihrer Sinne, die sie seinen Schmerz bis ins Letzte mitempfinden ließ, als wäre ihr Fleisch ein Kartogramm seiner qualvollen Verletzungen.

Linden stöhnte innerlich und schloß die Lider, enthob sich des Anblicks seiner Pein, seiner Tapferkeit. Er erfüllte sie mit Entsetzen – und er brauchte sie. Er brauchte sie. Und sie hatte ihm nichts zu bieten außer ihre präzisen, überreizten Wahrnehmungen. Wie sollte sie sich ihm verschließen können? Sie hatte sich Brinns Ansinnen verschlossen, und das hier war das Ergebnis. »Ich muß was zum Abbinden haben«, sagte sie gedämpft ins angespannte Schweigen ihrer Gefährten, und ihr war dabei zumute, als sei sie drauf und dran, nun alles, aber auch wirklich alles zu verspielen. »Und eine Schiene muß her!«

Sie hörte ein Reißgeräusch. Brinn oder Cail drückte ihr einen langen Streifen Stoff in die Hand. »Werft uns einen Speer herab!« hörte sie gleichzeitig die Erste Rire Grist zurufen.

Nach dem Tastgefühl wickelte Linden den Stoff oberhalb der Bruchstelle um Ceers Schenkel und verknotete den Streifen, zog den Knoten so fest an, wie sie konnte. Dann widmete sie sich zunächst seiner Schulter, weil deren Verletzung weit weniger schlimm war, und bat Cail um Unterstützung. Ihre

Hände legten Cails Hände an die Punkte, an denen er mit der erforderlichen Kraft drücken und ziehen mußte. Während sie Ceers Schlüsselbein mit ihren Fingern ertastete, leitete sie Cail an und ließ ihn die zum Einrichten nötigen Bewegungen vornehmen. Gemeinsam brachten sie den Knochen in eine Lage, in der er ohne Komplikationen verheilen konnte.

Linden spürte, wie die Riesen sie aufmerksam und grimmig beobachteten. Aber ihr fehlte der Mut, um die Augen zu öffnen. Sie mußte die Zähne zusammenbeißen, um nicht aus mitempfundenen Schmerzen laut zu weinen. Ceers Pein drohte ihre Nerven zu zerfasern. Aber seine Notsituation duldete keinerlei andere Erwägungen. Cail und Brinn neben sich, richtete Linden ihre Aufmerksamkeit erneut auf Ceers Bein.

Sie befürchtete, während ihre Hände das Ausmaß der Verletzung untersuchten, die stummen Schreie in seinem Bein könnten ihre Schreie werden, sie um ihre mühsam beibehaltene Entschlossenheit bringen. Sie kniff die Lider zusammen, bis der Druck in ihrem Kopf ein Pochen verursachte. Doch ihr waren berufsbedingt gebrochene Knochen vertraut. Die Zertrümmerung von Ceers Knie war für sie eine immerhin begreifliche Sache. Sie wußte, was es zu tun galt. »Ich muß dir zusätzliche Schmerzen zufügen.« Sie vermochte den Jammer ihres Mitgefühls nicht zu unterdrücken. »Entschuldige.« Anhand ihrer Wahrnehmungen orientierte sie sich und erklärte Brinn und Cail, was sie machen sollten; anschließend half sie ihnen dabei. Brinn hielt Ceers Oberschenkel fest. Cail packte Ceers Fußknöchel. Auf Lindens Anweisung zog Cail an dem Bein, streckte das Knie. Dann drehte er das Bein, um die zersplitterten und zerspellten Knochen in eine annäherungsweise normale Position zu rücken. Ceers Atem keuchte durch seine Zähne. Harte Bruchstücke von Knochen schabten aneinander. Scharfe Splitter stachen neue Wunden ins Fleisch rund ums Kniegelenk. Linden spürte alles wie am eigenen Leibe und wollte schreien; aber sie tat es nicht. Sie unterwies Cail in seinen Maßnahmen, drückte widerspenstige Knochensplitter an ihren Platz, stillte den Blutfluß. Ihre Sinne erkundeten die verwüsteten Bereiche der Verletzung, um festzustellen, was als nächstes getan werden mußte.

Schließlich hatte sie alles unternommen, was unter den gegebenen Bedingungen möglich sein konnte. Kleine Knochenstücke blockierten noch das Gelenk, und die Menisken waren stark angerissen; dagegen jedoch war – ebensowenig wie gegen die geborstenen Blutgefäße, die zertrennten Nerven – ohne chirurgischen Eingriff nichts zu machen. In Anbetracht von Ceers angeborener Widerstandskraft wäre eine Operation theoretisch schon mit einem scharfen Messer durchführbar gewesen. Aber man durfte sie auf keinen Fall hier in diesem unsauberen Sand vornehmen. Linden gab Cail zu verstehen, er möge Ceers Fuß loslassen, und verlangte Material zum Schienen. Einer der Riesen reichte ihr zwei glatte, hölzerne Stangen. Linden schaute sie unwillkürlich an und sah, daß es sich um zwei Stücke eines Speers handelte. Seeträumer hatte bereits eine beträchtliche Länge Seil auseinandergefasert, so daß nun eine dünne Kordel verfügbar war, um die Schienen festzubinden. Einen Moment lang nahm Linden sich noch zusammen. Mit Cails Hilfe schiente sie das Bein. Dann entfernte sie den Stoffstreifen, mit dem sie es zuvor abgebunden hatte.

Danach aber war ihre innere Not endgültig zu groß, um weiter unterdrückt werden zu können. Unbeholfen begab sie sich von Ceers Schmerzen auf Abstand. Sie setzte sich mit dem Rücken an den Sandwall, schlang die Arme um die Knie, verbarg darauf ihr Gesicht und versuchte, sich durch Schaukelbewegungen allmählich wieder ganz in die Gewalt zu bekommen. Ihre zerrütteten Nerven heulten wie verirrte Kinder; und sie wußte nicht, wie sie noch länger durchhalten sollte. Nebelhorns Pein hatte ihr kein derartiges Leid bereitet.

Für seinen Unfall war sie allerdings nicht verantwortlich gewesen, wenn auch die Schuld an Covenants Zustand damals schon ebenso auf ihr lastete wie heute. Und damals hatte sie sich von allem noch nicht so betroffen gefühlt, der Suche, ihrer eigenen Rolle, von dem, was sie tat – der mit gerissener Genauigkeit bestimmten Isolierung und Entblößung, von der der Gibbon-Wütrich ihr gesagt hatte, sie würden sowohl sie wie auch die Welt zugrunde richten. Ceers Schmerz zeigte ihr, wieviel ihrer selbst sie bereits verloren hatte. Doch während sie sein Unheil beklagte, erkannte sie, daß sie diesen Verlust gar nicht missen mochte. Sie war noch immer Ärztin, unverändert der einen Sache verschrieben, die sie bislang vor der verinnerlichten Finsternis ihres Erbteils geschützt hatte. Und zumindest befand sie sich gegenwärtig nicht auf der Flucht, beschränkte sich nicht aufs Leugnen. Schmerz war nur Schmerz; und nach und nach wich er aus ihren Gelenken. Besser das als Lähmung. Oder die ungestillte Gier, die schlimmer war als Lähmung.

Also erwiderte sie den Blick der Riesin, als die Erste sich vor sie hinkniete, ihr sachte die Hände auf die Schultern legte. Eine Hand der Ersten hatte unbeabsichtigt eine der Quetschungen gestreift, die von Cails Griff an ihrem Oberarm zurückgeblieben waren. Mit einem Schaudern öffnete sich Linden der Besorgnis der Riesin. Für einen Moment ergänzten Lindens furchtbare Anfälligkeit und die mühsame Zurückhaltung der Ersten einander. Dann richtete sich die Schwertkämpferin auf, zog Linden mit sich hoch. »Wir müssen hinein«, sagte die Erste so barsch, als verweigere sie sich Tränen, zu den Gefährten.

Brinn und Cail nickten. Sie schauten Seeträumer an; der Riese beugte sich über Ceer und hob den verletzten *Haruchai* vorsichtig auf die Arme. Alle machten Anstalten, sich in die Richtung zum nächsten Tor zu entfernen. Linden starrte sie an. »Was ist mit Hergrom?« meinte sie mit schwerfälliger

Stimme. Brinn sah sie an, als verstehe er ihre Frage nicht. »Wir können ihn nicht einfach hier liegenlassen.« Hergrom hatte sein Leben für die Gefährten hingegeben. Sein Leichnam lehnte zusammengesunken am Sandwall wie ein der Großen Wüste dargebrachtes Opfer. Blut bildete um ihn eine dunkle Lache.

Brinns ausdruckslose Augen zeigten keine Regung. »Er hat versagt.«

Der Nachdruck seines bedingungslosen Blicks drang Linden durch Mark und Bein. Sein Urteil war zu streng; es war unmenschlich. Weil sie nicht wußte, wie anders sie ihm widersprechen könnte, stapfte sie durch den Sand und holte aus, um mit aller Kraft ihres Arms mitten in Brinns gleichmütige Miene zu schlagen. Er fing den Hieb geschickt ab, hielt Lindens Handgelenk für einen Moment mit der gleichen steinernen Kraft fest, mit der Cail seine Finger in ihr Fleisch gegraben hatte. Dann stieß er ihre Hand abwärts, gab sie frei. Er nahm Covenant am Arm und ließ Linden stehen.

Plötzlich bückte sich Blankehans und hob das Schmuckstück auf, das Rant Absolain über die Mauer geworfen hatte. Hergroms Fuß hatte die schwarze Sonne des Medaillons entzweigebrochen. Blankehans' Augen brachten Kummer und Zorn zum Ausdruck, als er das Emblem der Ersten reichte. Sie nahm es und zerdrückte es in ihrer Faust. Die Kette riß an zwei Stellen. Dann schleuderte die Riesin sämtliche Bruchstücke in die Große Wüste hinaus und schritt an der Biegung des Sandwalls entlang ostwärts. Seeträumer und Blankehans gingen ihr nach. Brinn und Covenant schlossen sich an.

Einen Moment später setzte sich auch Linden in Bewegung. Ihr Handgelenk und der Oberarm taten weh. Sie begann insgeheim neue Versprechungen abzulegen. Cail hinter sich – danach kamen Hohl und Findail –, holte sie die anderen Gefährten ein, während Hergrom ohne die Würde oder den

Anstand einer Beerdigung zurückblieb, nur weil er sich als sterblich erwiesen hatte.

Die Außenseite der Mauer war lang; und die Sonne brannte herab, als verwende sie die bewegungslose Flut der Dünen, um die Gefährten zu bedrängen. Der Sand machte jeden Schritt zu einer Strapaze. Aber von Ceers Schmerz war Linden zu neuer Entschlossenheit übergegangen. Hergrom war tot. Ceer brauchte sie. Sie würde ein wahres Wunder von Notoperation vollbringen müssen, um dafür zu sorgen, daß er sein Bein einmal wieder benutzen konnte. Einige Schritte hinter ihrem Rücken tappte Covenant einher und murmelte in unerfindlich bemessenen Abständen seinen nachgerade rituell gewordenen Spruch, als sei Lepra das einzige, an das er sich noch zu entsinnen vermochte. Linden hatte das Gefühl, nun genug erduldet zu haben.

Schließlich endete die Biegung des Sandwalls. In geradem Verlauf stieß er an die Mauer, die *Bhrathairain* und den Hafen umgab. In der Mitte dieses Abschnitts befand sich das Tor, das die Gefährten suchten. Man gelangte dadurch in einen der Vorhöfe; darin glitzerte einer der Brunnen von *Bhrathairealm* im Sonnenschein. Im Vorhof blieben die Gefährten stehen. An der rechten Seite lag das Tor, das zur Stadt führte; links war der Eingang zur Sandbastei. Allem Anschein nach war der Rückweg zur Sternfahrers Schatz unbewacht. Aber am inneren Tor warteten Rire Grist und sein Unterführer. Hier konnte man wieder Vögel sehen; hier und überall rings um *Bhrathairain*, nur im Umkreis der Sandbastei nicht. Vielleicht hatte die Festung ihnen nie Nahrung geboten. Oder sie scheuten die Künste des Wesirs.

Unvermutet ergriff der Ernannte das Wort. Seine gelben Augen waren verschleiert, verhehlten seine Bestrebungen. »Wollt ihr euch nicht zurück auf die *Dromond* begeben? An dieser Stätte drohen euch nichts als Gefahren.«

Linden und die Riesen starrten ihn an. Seine Worte rührten anscheinend an etwas in der Ersten; sie drehte sich nach Linden um, als wiederhole sie stumm Findails Frage. »Glaubst du vielleicht, man würde uns einfach abhauen lassen?« hielt Linden ihm barsch entgegen. Sie traute dem *Elohim* sowenig wie Kasreyn. »Hast du nicht die Wächter in den Mauern bemerkt, als wir eingetroffen sind? Grist wartet wahrscheinlich nur darauf, den Befehl geben zu können, uns einzulochen.« Die Erste kniff ein Auge zu; offenbar teilte sie Lindens Meinung. Dennoch sah man ihr deutlich den Wunsch an, etwas zu tun – irgend etwas –, das ihr Gefühl der Hilflosigkeit mildern mochte. Linden nahm sich noch energischer zusammen. »Ich muß eine komplizierte Behandlung von Ceers Bein vornehmen. Wenn ich nicht die Splitter aus dem Kniegelenk entferne, wird er's nie mehr bewegen können. Aber das kann noch ein Weilchen warten. Als erstes benötige ich heißes Wasser und Verbandszeug. Er blutet noch. Und in einer derartigen Hitze kommt es schnell zu Infektionen.« Ihre Beobachtungen waren sicher und exakt. An den Rändern von Ceers Bruchverletzung sah sie bereits Erstarrung eintreten. »Damit können wir nicht warten. Wenn ich nicht rasch eingreife, wird er das Bein ganz verlieren.« Die *Haruchai* musterten sie, als hindere grundlegender Argwohn sie daran, sich überzeugen zu lassen. Doch Linden hielt an ihren neuen Versprechungen fest, ignorierte die Zweifel. »Grist kann sich kaum weigern, uns zur Verfügung zu stellen, was wir haben müssen, wenn wir uns weiter wie nichts anderes als Gäste des *Gaddhi* verhalten.«

Für einen längeren Moment schwiegen die Gefährten. Linden hörte nichts als das Plätschern des kühlen Brunnens. »Der *Elohim* spricht die Wahrheit«, sagte endlich mit tonloser Stimme Brinn.

Daraufhin straffte sich die Erste. »Freilich«, entgegnete sie, daß es wie ein Knurren klang, »der *Elohim* spricht in der Tat die Wahrheit. Aber Hergrom hat für uns sein Leben in die Waagschale geworfen, wiewohl du's ein Versagen schimpfst. Ich bin bereit, aus Rücksicht auf Ceers Verwundung weiteres zu wagen.« Ohne eine Erwiderung abzuwarten, wandte sie sich zum *Caitiffin* um. »Heda, Rire Grist!« rief sie schon im Umdrehen. »Unser Gefährte ist ernstlich verwundet. Wir brauchen Arzneien!«

»Unverzüglich«, antwortete der *Caitiffin*. Sein Tonfall konnte seine Erleichterung nicht überspielen. Er sprach hastig einige Worte zum Unterführer, und der Mann entfernte sich im Laufschritt zur Sandbastei. »Alles, dessen ihr bedürft«, sagte der *Caitiffin* anschließend zur Ersten, »wird in euren Gastgemächern bereitliegen.«

Blankehans und Seeträumer folgten der Ersten zum Tor; und Linden schloß sich an, so daß Brinn und Cail nichts anderes übrigblieb, als das gleiche zu tun. Zum Schluß kamen, wie stets, Hohl und Findail. Die beiden Torwächter traten beiseite. Entweder kannten sie die Gäste des *Gaddhi* inzwischen, oder sie hatten neue Befehle erhalten. Gemeinsam durchquerten die Gefährten den Sandwall, eilten durch den Sand, so schnell es möglich war, zum Eingang der Sandbastei. Linden rang um Fassung, um den Moment, in dem sie endgültig zusammenklappen mochte, so lange hinauszuzögern, wie es sich machen ließ, und versuchte, sich dem Tempo der Ersten anzupassen. Im hohen Vorsaal des Ersten Runds lauerte die alteingesessene Düsternis, entzog der Sicht für ein paar Augenblicke alles, was nicht im direkten Sonnenlicht lag. Bevor sich Lindens Augen umstellten, drangen wirre Eindrücke von Wächtern und anderen Personen auf sie ein – und darunter war eine Präsenz, die sie überraschte. Einen flüchtigen Moment lang nahm sie die Gegenwart der übrigen Leute zur Kenntnis. Sie waren Bedienstete, aber nicht die gutaussehenden, geschniegelten Lakaientypen, die am Vortag die Höflinge bedient hatten. Vielmehr handelte es sich bei ihnen um so etwas wie das Gesinde der Sandbastei, Männer und Frauen, die zu alt oder unansehnlich geworden waren, um das Auge des *Gaddhi* – oder des Wesirs – zu erfreuen. Auf sie erstreckten sich Wohlstand und Reichtum von *Bhrathairealm* offenkundig nicht. Gehüllt in zerlumpte Gewänder der Verarmung, rutschten sie auf Händen und Knien herum, säuberten den Saal, in dem man am frühen Morgen die Pferde abgerichtet hatte. Linden fragte sich, wie viele dieser Menschen wohl einmal Höflinge oder Meistgeliebte gewesen sein mochten. Dann jedoch klärte sich ihre Sinneswahrnehmung, und sie vergaß die Bediensteten, als ihr Herz, sobald sie Pechnase erkannte, freudig schneller schlug. Mehrere *Hustin* umringten ihn, bewachten ihn, wo er stand; aber ihre Haltung war nicht bedrohlich. Anscheinend hatte man sie angewiesen, ihn hier auf seine Gefährten warten zu lassen. Beim Anblick der Ersten und ihrer Begleitung widerspiegelte sich Erleichterung in seinen entstellten Gesichtszügen. Aber Linden ersah die Natur der Neuigkeiten, die er mitbrachte, schon aus der Verkrampftheit seiner Schultern und dem ungewohnten Mißmut in seinem Blick. Die plötzliche Sanftheit in der Miene der Ersten verriet, wie sehr ihr Ehemann ihr gefehlt hatte. Pechnase strebte ihr eilends entgegen, als könne er es nicht erwarten, sie wieder in die Arme zu schließen. Doch sein Gesichtsausdruck vergegenwärtigte Linden von neuem die Gefahr, in der die Gefährten unvermindert schwebten. Absichtlich verlieh sie ihrer Stimme eine Tonhöhe und -lage, die ihr die Aufmerksamkeit der Riesen sicherte. »Sagt nichts!« warnte sie. »Kasreyn hört alles, was die Wächter hören.« Im Augenblick beobachtete sie den *Caitiffin*. Sein Gesicht lief knallrot an, als werde ihn gleich der Schlag treffen. Insgeheim gestattete sich Linden ein freudloses Grinsen. Sie wollte den Wesir ruhig erfahren lassen, daß sie zumindest soviel über ihn wußte.

Mit einer Hand streifte Cail ihren Arm, wie um sie an die

Male zu erinnern, die seine Finger in ihrem Fleisch hinterlassen hatten. Aber sie achtete nicht auf ihn. Sie war sich des eingegangenen Risikos bewußt.

Pechnases Miene erstarrte, als er seine angeborene Redseligkeit unterdrückte. Der Ersten war eine gewisse Anspannung anzumerken, als sie Lindens Absicht durchschaute und Blankehans einen Blick zuwarf. Der Kapitän machte sein Gesicht durch Ausdruckslosigkeit verschlossen, als er wieder seine Rolle als Sprecher der Gruppe annahm; aber ein knotiges Zusammenbeißen seiner Kiefer schob ihm den Bart nach vorn wie in einem Ausdruck von Streitbarkeit. Glattzüngig stellte er Pechnase und Rire Grist einander vor. Dann drängte er den *Caitiffin,* mit Rücksicht auf Ceers Bein Eile an den Tag zu legen.

Rire Grist kam dem Ersuchen allem Anschein zufolge regelrecht froh nach; er wirkte, als empfände er selbst ein unbewußtes Verlangen nach Eile, begründet in einem persönlichen Bedürfnis, seine Aufgabe zu erfüllen, um bald mit seinem Herrn und Meister Rücksprache nehmen und neue Anweisungen einholen zu können. Ohne weitere Verzögerung führte er die Gefährten aus dem Ersten Rund und durch die rückwärtigen Räume des Zweiten Runds zu den Gästezimmern. Dort stand er dann da, als zitterten ihm aus Eifer, sich verabschieden zu dürfen, die Knie.

In der größeren Räumlichkeit hinter den Gästezimmern trafen die Gefährten Rire Grists Unterführer an und fanden eine Reihe zur ärztlichen Versorgung geeigneter Gegenstände vor: ein großes, kupfernes Gefäß voll heißem Wasser; verschiedenartige Schneidwerkzeuge und sonstige Instrumente; Ballen sauberen Leinens als Verbandmaterial; dazu eine Auswahl von Salben und Wundarzneien in kleinen, irdenen Töpfen. Während Linden begutachtete, was zur Verfügung gestellt worden war, erkundigte sich der Unterführer, ob sie einen der Wundärzte der Sandbastei hinzuziehen wolle. Sie lehnte ab; sie hätte auch abgelehnt, wäre ihr wirklich an solcher Hilfe gelegen gewesen. Sie und ihre Freunde mußten eine Gelegenheit erhalten, sich freimütig, unbelauscht von neugierigen Ohren, verständigen zu können. Als sie den Riesen zunickte, entließ Blankehans den *Caitiffin* und seinen Unterführer. Es bereitete Linden grimmige Genugtuung, zu sehen, wie schnell die beiden sich davonmachten.

Cail bezog als Aufpasser vor der Tür Aufstellung, die Brinn jedoch offenließ, eine Vorsichtsmaßnahme gegen die Art von Hinterlist, deren sich die Edle Alif befleißigt hatte. Seeträumer hatte Ceer inzwischen behutsam auf einige Polster und Kissen gebettet. Während Linden sich mit Ceers Knie zu befassen begann, wandte sich Pechnase an die Erste. »Stein und See!« stieß Pechnase als erstes hervor. »Unser Wiedersehen erfüllt mich mit Freude – wiewohl's mein Herz beklommen macht, euch in solchen Nöten anzutreffen. Was ist aus Hergrom geworden? Wie hat ein solches Unglück Ceer befallen? Gewißlich eine Geschichte, die …«

Leise unterbrach ihn die Erste. Ihre Stimme hatte eine Neigung zur Unbeständigkeit, als hätte sie geweint, wäre sie mit ihm allein gewesen. »Welche Kunde bringst du von Sternfahrers Schatz?«

Aus Blankehans' Gesicht war alle vorgespiegelte Höflichkeit gewichen. Seine Augen bohrten sich wie Speere in Pechnases Miene. Seeträumer dagegen hatte den anderen Riesen den Rücken zugekehrt. Er kniete neben Ceer, Linden gegenüber, um ihr, so gut er dazu imstande war, zu helfen. Seine alte Narbe zeugte eindringlich von schlimmen Befürchtungen. Vorsichtig wusch Linden das zertrümmerte Bein des *Haruchai*. Ihre Hände bewegten sich sachkundig und sicher. Ein Teil ihres Bewußtseins richtete die Aufmerksamkeit jedoch auf Pechnase und die Erste.

Der verkrüppelte Riese zog den Kopf ein. Aber er stellte sich der Unerfreulichkeit seiner Nachricht. Seine Stimme pfiff leise in der verkrümmten Brust. »Ein Anschlag ist auf die *Dromond* verübt worden.« Mit einem scharfen Fauchen entließ Blankehans seinen Atem. Seeträumer krallte die Hände in ein Kissen; aber es war zu weich, um ihm den Eindruck eines Halts zu vermitteln. Die Erste blieb so reglos wie die *Haruchai*. »Nachdem ihr von Bord gegangen wart ...« – das Erzählen dieser unangenehmen Geschichte machte Pechnase sichtlich verlegen –, »entsprach der Hafenmeister den Anordnungen Rire Grists. Man lieferte uns Vorräte – Nahrung und Wasser, dazu Stein, alles in überreichlichem Maße. Noch ehe die Sonne sank, waren unsere Lager von neuem gefüllt, und ich hatte mit meinem Pech Sternfahrers Schatz' Seite wiederhergestellt und sie so erneut in einen seetüchtigen Zustand versetzt – wiewohl ich anmerken muß, daß meiner noch viel Arbeit harrt, um die anderen Schäden zu beseitigen.« Pechnase mußte sich seines eingefleischten Drangs erwehren, seinen Bericht mit möglichst vielen Einzelheiten auszuschmücken. Aber er zwang sich, beim wesentlichen der Neuigkeit zu bleiben, nicht mehr als das Berichtenswerte vorzutragen. »Niemand verhielt sich wider uns feindselig, und niemand drohte uns mit Feindseligkeit. Selbst der Hafenmeister grollte nicht länger wegen seines gekränkten Stolzes. Doch es bewährte sich wohl, daß Ankermeister Derbhand der Vorsicht so hohen Wert beimißt. Sobald der Tag endete, teilte er Wachen ein, wies sie an allerlei Stellen sowohl auf wie auch im Innern der *Dromond*. Ich in meiner Torheit wähnte, es könne sich uns, da über *Bhrathairain* ein Vollmond sich erhob, keine Gefahr ungesehen nahen. Aber des Mondes Licht warf auch einen hellen Schein aufs Wasser und verbarg dessen Tiefen. Und während nun der Mond am Nachthimmel seine Bahn zog, vernahmen die Wachen, welchselbige Derbhand unter Deck aufgestellt hatte, durch den Rumpf der *Dromond* ungewohnte Geräusche.« Linden löste die Schienen von Ceers Bein und beendete das Waschen der Wunden. Danach unterzog sie die Medikamente, die Rire Grists Unterführer hergeschafft hatte, mittels ihrer tiefenwirksamen Sinne einer gründlichen Überprüfung. Offenbar besaßen die *Bhrathair* durchaus weitreichende medizinische Kenntnisse – eine Frucht der von Gewalt durchzogenen Geschichte ihres Volkes. Linden unterschied Salben zur Wundreinigung, Mittel zur Fieberbekämpfung, Einreibmittel mit narkotischer Wirkung: lauter Medikamente, die sich zur Behandlung diverser Verletzungen eigneten, wie man sie bei bewaffneten Auseinandersetzungen erleiden konnte. Sie schienen aus den verschiedenen Arten von Sand und Erde der Großen Wüste selbst fabriziert worden zu sein. Linden suchte eine antiseptische Salbe und eine Emulsion zur örtlichen Betäubung heraus und begann beides auf Ceers Bein zu verstreichen. Unterdessen entging ihr aber kein Wort von Pechnases Bericht. »Ohne Verzug rief Derbhand nach Tauchern«, sagte Pechnase. »Windsbraut und Nebelhorn erhörten seinen Ruf. Ohne Aufsehen begaben sie sich ins Wasser und schwammen zu jener Stelle, die ihnen die Wachen wiesen, und dort entdeckten sie mit ihren Händen einen großen Gegenstand, der zwischen den Muscheln unterm Rumpf hing. Gemeinsam entfernten sie ihn und brachten ihn zur Oberfläche. Derbhand aber gebot sogleich, sich seiner zu entledigen. Deshalb warfen sie ihn auf die Hafenmauer, wo er auf einmal in gewaltiges Feuer zerbarst, das starken Schaden anrichtete – doch nicht auf Sternfahrers Schatz.« Er sprach mit grimmiger Ironie weiter. »Mich dünkt's ein wenig sonderbar, daß kein Mann und kein Weib aus ganz *Bhrathairain* zum Hafen kam, um zu schauen, was da so himmelhoch loderte.« Dann zuckte er die Achseln. »Dennoch fühlte sich Derbhand beileibe noch nicht beruhigt. Auf seine Weisung tasteten Lagermeisterin Windsbraut und andere Mitglieder der Besatzung alle Außenflächen des Rumpfs mit den bloßen Händen ab und forschten nach weiteren derartigen Gefährdungen. Sie fanden jedoch nichts.« Pechnase kam zum Schluß. »In der Morgendämmerung ging ich an Land, um euch aufzusuchen. Ohne Behelligung gewährte man mir Zutritt ins Erste Rund. Aber hier gab man mir sodann zu verstehen ...« – er schnitt eine sarkastische Grimasse –, »ich müsse auf euch warten.« Seine Augen schauten sanfter drein, als er die Erste ansah. »Das Warten währte mir allzu lang.«

Blankehans konnte nicht mehr Ruhe bewahren. Er trat vor, zwang die Erste, ihn anzublicken. »Wir müssen aufs Schiff zurückkehren.« Seine ganze Sorge galt der *Dromond.* »Laßt uns diesen Hafen fliehen. Es wäre unerträglich, sollte Sternfahrers Schatz einer Schurkerei der *Bhrathair* zum Opfer werden – während ich an Land weile und tatenlos allem zuschauen muß!«

»Gewiß«, antwortete die Erste finster. Aber sie besann sich darauf, daß sie den Oberbefehl ausübte. »Doch die Auserwählte hat ihr Werk noch nicht getan. Grimme Blankehans, berichte Pechnase, was sich derweil hier ereignet hat.« Im ersten Moment verzerrte der Kapitän das Gesicht, als wäre die Weisung der Ersten eine grobe Rücksichtslosigkeit. Aber das war keineswegs der Fall: sie gab ihm damit eine Gelegenheit, sich von seiner Beunruhigung abzulenken. Er zog eine düstere Miene, die einer geballten Faust glich; doch er gehorchte. Mit Worten, die an die Bruchstücke des Emblems erinnerten, das der *Gaddhi* von der Mauer geworfen hatte, erzählte er Pechnase die vorgefallenen Geschehnisse. Linden hörte ihm zu, so wie sie vorher Pechnase gelauscht hatte, fand innere Stütze an ihren neuen Vorsätzen. Seeträumer hob Ceers Bein an, und Linden verrieb Salben auf Schenkel und Knie. Dann schnitt sie das Leinen in Streifen, um daraus einen Verband anzufertigen. Ihre Hände zögerten keine Sekunde lang. Nachdem sie das Bein von der Mitte des Oberschenkels bis zur Wade fest eingewickelt hatte, befestigte sie wieder die Schienen. Dann ließ sie Ceer durch Seeträumer aufsetzen. Die Augen des *Haruchai* waren vom Schmerz glasig; seine Miene dagegen blieb so unbewegt wie immer. Linden legte ihm auch einen Schulterverband an, um dem gebrochenen Schlüsselbein Halt zu geben. Sobald sie mit der Schulter fertig war, hielt sie Ceer eine bauchige Flasche mit verdünntem Wein an den Mund und nahm sie nicht fort, ehe er einen Großteil der verlorenen Körperflüssigkeit ersetzt hatte. Die ganze Zeit hindurch drangen Blankehans' Worte klar und deutlich an ihre Ohren, als er Hergroms Tod schilderte, bis ihr zuletzt zumute war, als erlebe sie das schreckliche Ende des *Haruchai* noch einmal, während sie Ceer behandelte. Die schier grenzenlose Unbeugsamkeit oder Tapferkeit der *Haruchai* machte Linden innerlich überspannt und ihrer Sache sicher. Als der Kapitän verstummte, war sie bereit.

Pechnase war noch mit dem Versuch beschäftigt, all das zu verkraften, was er erfahren hatte. »Dieser *Gaddhi*«, sann er leise in abgehackten Sätzen. »Wie du ihn beschrieben hast ... Ist er so arglistiger Machenschaften fähig?«

Linden stand auf. »Nein«, antwortete sie, obwohl Pechnases Frage nicht ihr gegolten hatte.

Er sah sie an, um Verständnis bemüht. »Dann ...«

»Von Anfang an hat Kasreyn dahinter gesteckt.« Linden stieß die Worte heftig hervor. »Er hat alles unter Kontrolle, auch wenn's dem *Gaddhi* selbst nicht in vollem Umfang klar sein sollte. Er muß Rant Absolain genau gesagt haben, was er tun muß. Um Hergrom umzubringen. Kasreyn will nicht, daß wir darüber Bescheid wissen. Er möchte, daß wir uns statt vor ihm vor Rant Absolain fürchten. Das erste Mal hat er mit Covenant keinen Erfolg gehabt. Nun versucht er, noch eine Chance zu bekommen. Vielleicht hofft er, daß wir ihn bitten, uns gegen den *Gaddhi* zu schützen.«

»Wir müssen diese Stätte fliehen!« beharrte Blankehans.

Linden schaute ihn nicht an. Sie trat zur Ersten. »Ich habe eine bessere Idee. Laßt uns zu Rant Absolain gehen. Wir bitten ihn um die Erlaubnis, abreisen zu dürfen.«

Die Erste maß Linden mit ehernem Blick. »Wird er uns eine solche Einwilligung erteilen?«

Linden zuckte mit den Schultern. »Einen Versuch ist's wert.« Sie hatte auch die Möglichkeit in Erwägung gezogen, daß sie die Erlaubnis erhielten.

Die Erste gab sich einen Ruck und fällte ihre Entscheidung. Pechnases Anwesenheit und die Aussicht des Handelns verhalfen ihr anscheinend zu ihrem alten Ich zurück. Sie stapfte in den Korridor und wandte sich an die Wächter, die in Rufweite standen. »Holt *Caitiffin* Rire Grist! Wir haben mit ihm zu reden.«

Linden vermochte ihre überreizten Nerven nicht zu beruhigen. Die von Cail ihrem Oberarm beigebrachten Blutergüsse pochten wie eine unabweisbare Forderung. Als Linden den Blick der Ersten von neuem erwiderte, verstanden sie einander.

Binnen kurzem kreuzte der *Caitiffin* auf. Unter dem Braun seines Gesichts, die Folge von Sonne und Wüste, ließ sich eine Andeutung von Blässe erkennen, als habe er noch keine Zeit gefunden, um sich mit seinem Meister zu besprechen – oder wäre womöglich sogar abgewiesen worden. Sein Verhalten zeigte starke Ansätze zur Nervosität, ließ beachtliche innere Belastung durchblicken. Die Erste dagegen hatte ihre Selbstsicherheit zurückgewonnen und empfing ihn in gleichmäßiger Gefaßtheit. »Rire Grist«, sagte sie, als bestünde für ihn kein Grund, sie zu fürchten, »wir wünschen eine Unterredung mit dem *Gaddhi.*«

Daraufhin erbleichten die Wangen des *Caitiffin* unübersehbar. Schwälle von Worten sprudelten über seine Lippen. »Meine Freunde, gestattet mir, euch dringlich von einem solchen

Ansinnen abzuraten. Gewißlich, der Tod eures einen und die Verwundung eines anderen Gefährten sind für euch gar beklagenswerte Ereignisse … Doch es wäre unklug, das Wagnis einzugehen, den *Gaddhi* weiter zu verdrießen. Er ist ein strenger Herrscher. Ihr dürft, was er getan hat, nicht in Frage stellen. Nachdem er die Strafe verhängt hat, die ihn gut dünkte, ist er nunmehr vielleicht zum Großmut geneigt. Aber so ihr seinen Unwillen abermals auf euch zieht, wird er euch seinen ganzen Zorn spüren lassen, und eure Leichtfertigkeit muß euch teuer zu stehen kommen …« Er fing an, sich zu wiederholen, unterbrach sich schlagartig. Offensichtlich hatte Kasreyn ihn auf ein derartiges Dilemma nicht vorbereitet. Schweiß glänzte rings um seine Augen, während er versuchte, dem aufmerksamen Blick der Ersten standzuhalten.

Sie blieb unbeeindruckt. »*Caitiffin,* wir haben uns beraten und den Entschluß gefällt, das Recht des *Gaddhi* auf Strafverhängung zu achten.« Linden konnte die Lüge hinter der Vordergründigkeit und Oberflächlichkeit ihrer Worte spüren, sah jedoch, Rire Grist war dazu nicht imstande. »Wir beklagen das Schicksal unserer Gefährten, doch mögen wir uns nicht anmaßen, über euren Herrscher zu urteilen.« Die Erste erlaubte sich einen leichten Unterton der Geringschätzigkeit. »Sei dessen versichert, daß wir den *Gaddhi* nicht zu schmähen gedenken. Es ist lediglich unser Wunsch, ihm freimütig unser Gesuch um eine Gunst vorzutragen, die uns zu gewähren ihm ein leichtes sein und seine Ehre unangetastet lassen wird.«

Für einen Moment huschten die Augen des *Caitiffin* hin und her, während er über eine Möglichkeit nachdachte, wie er in Erfahrung bringen könnte, um was für eine Gunst es sich handelte. Aber schließlich begriff er, daß die Erste nicht die Absicht hatte, ihm darüber Aufschluß zu geben. Als er sich voller Mißbehagen über die Stirn strich, erregte er den Eindruck eines Mannes, dessen lebenslanger Ehrgeiz zu zerbröckeln drohte. Aber er besaß noch genug innere Festigkeit zum Handeln. »Es ist ungewöhnlich für den *Gaddhi*«, sagte er, indem er seine Verunsicherung zu verbergen versuchte, »um diese Stunde jemanden zu einer Unterredung zu empfangen. Doch es mag sein, daß er für seine Gäste eine Ausnahme macht. Möchtet ihr sogleich mit mir kommen?«

Als die Erste nickte, drehte er sich um, als träte er eine Flucht an, und verließ den Raum. Rasch musterte die Erste ihre Gefährten. Niemand zögerte. Seeträumer hob Ceer von seinem Lager. Brinn nahm Covenants Arm. Blankehans trat mit so verkrampftem Gebaren näher, als müsse er seine Empfindungen mit beiden Fäusten bezähmen. Hohl wirkte so desinteressiert wie immer; und Findail erweckte den Anschein, ganz in seinen eigenen Kummer versunken zu sein. Aber keiner von beiden blieb hinter den Gefährten zurück.

Linden führte sie Rire Grist hinterdrein. Sie hielt sich dicht hinter ihm, während Cail und die anderen ihr folgten. Sie wollte sicher sein können, daß der *Caitiffin* möglichst wenig Gelegenheit erhielt, irgendwelche Überraschungen vorzubereiten. Sie konnte nicht verhindern, daß er den ersten *Hustin*, denen sie im Gang begegneten, in der derben *Bhrathair*-Sprache einen Befehl zurief, so daß zwei von ihnen vorausliefen und verschwanden; aber sie erkannte in der Haltung seines Rückens keine Tücke, und sie vermochte seinem Tonfall keine Doppelbödigkeit anzuhören. Als er ihr über die Schulter mitteilte, er hätte den Wachen befohlen, Rant Absolain die Bitte der Gefährten vorzutragen, fühlte sie sich dazu imstande, ihm zu glauben. Welche Hoffnungen ihm auch geblieben sein mochten, gegenwärtig machten sie es nicht erforderlich, die Gefährten zu hintergehen.

Er geleitete die Gruppe durch das Rund des Reichtums direkt hinauf ins Rund der Hoheit. Als Linden den Audienzsaal betrat, fand sie alles so vor, wie es gewesen war, als man die Gefährten dem *Gaddhi* vorgestellt hatte: rundherum standen Dutzende von Wächtern an den Wänden; alles Licht war auf die hohe Kanzel gerichtet. Nur der Hofstaat fehlte. Angesichts der Abwesenheit der Höflinge fiel Linden auf, daß sie seit dem gestrigen Tag keinen von ihnen mehr zu sehen bekommen hatte. Lindens Anspannung wuchs. Gingen die Höflinge lediglich absehbarem Ärger aus dem Weg, oder war ihnen befohlen worden, sich fernzuhalten, damit sie Kasreyns Machenschaften nicht störten?

Der *Caitiffin* sprach mit einem der *Hustin* und erhielt eine Antwort, die ihn merklich erleichterte. Er wandte sich mit einem Lächeln zu den Gefährten um. »Es beliebt dem *Gaddhi*, euch zu einer Unterredung zu empfangen.«

Sowohl Linden wie auch die Erste brauchten jeder einen Moment, um sich insgeheim nochmals in ihrer Gefaßtheit zu bestärken. Dann folgten sie Rire Grist über die runden Steinplatten des Fußbodens hinüber zur Kanzel. Im Helligkeitskreis blieben sie neben ihm stehen. Die Kanzel ragte in all ihrer Pracht in die Lichtfülle empor, als wäre sie für *Bhrathairealm* ein glaubwürdigerer Souverän als Rant Absolain selbst. Der *Gaddhi* war nicht da.

Doch nach einigen Sekunden der Verzögerung kam er aus dem Schatten hinter seinem Thronsitz zum Vorschein. Er war allein, weder von seinen Frauen noch vom Wesir begleitet. Und er war nervös. Linden spürte, wie ihm die Knie schlotterten, als er zu seinem Thron hinaufstieg.

Rire Grist sank auf ein Knie nieder. Linden und die Riesin ahmten die Ehrerbietigkeitsbekundung achtlos nach. In ihrer Angespanntheit hätte Linden am liebsten Brinn und Cail, Hohl und Findail angefahren, sie sollten das gleiche tun; aber sie hielt sich zurück. Sie beobachtete Rant Absolain, während er durch die Helligkeit klomm, um auf seinem Thron Platz zu nehmen. Er hatte seine formelle Kleidung abgelegt und trug so etwas wie ein leichtes Gewand, einem Nachthemd gar nicht unähnlich. Unter dem Gewand allerdings war seine inwendige Verfassung ziemlich trüb. Eindeutig hatte er gehörig getrunken. Der Wein machte seine Emanationen verschwommen.

Sobald er saß, erhoben sich Linden und die Erste, ohne seine Erlaubnis abzuwarten. Die anderen Riesen und Rire Grist richteten sich ebenfalls auf. Seeträumer hielt Ceer wie in wortloser Anklage ans Licht.

Rant Absolain blinzelte auf die Gefährten herab, sagte jedoch nichts. Er schob die Zunge im Mund umher, als wäre sein Gaumen von Durst trocken. Die Wirkung des Weins verschleierte seinen Blick, er zwinkerte und verkniff die Augen so fest, daß ihm schließlich die Schläfen zu schmerzen anfingen.

Wie aus Rücksicht auf seine Verfassung bewahrte die Erste noch einen Moment lang Schweigen. Dann tat sie einen Schritt nach vorn, verneigte sich förmlich und begann zu sprechen. »O *Gaddhi*, groß ist die Ehre, welche du uns erweist, indem du uns gnädig Gehör schenkst. Wir sind deine Gäste und wünschen eine Gunst von dir zu erflehen.« Sie hüllte die gewohnte Schärfe ihrer Stimme in einen samtweichen Tonfall. »Uns hat die Nachricht erreicht, daß unser Schiff mit frischen Vorräten ausgestattet, so wie du es in deinem Wohlwollen befohlen hast, und man hat es wieder seetüchtig gemacht. O *Gaddhi*, die Suche, die uns über die Meere führt, ist dringlicher und bedeutsamer Natur. Daher wagen wir uns dir mit der Bitte zu nahen, uns aus deiner Gastfreundschaft zu entlassen, auf daß wir die Fahrt von neuem aufnehmen, um unseren Zweck zu verfolgen und Ehre und Ruhm deines Namens in alle Welt zu tragen.«

Sie sprach in versöhnlichem Ton; aber ihre Worte jagten Rant Absolain Bestürzung ein. Er schrak gegen die Thronlehne zurück. Seine Hände umklammerten die Armlehnen, als wolle er ihnen eine Antwort entpressen, die sie nicht geben konnten. *Nein,* raunten seine Lippen lautlos, während er zu klären versuchte, wie er reagieren sollte. *Nein.* Linden verspürte eine Anwandlung von Mitleid für ihn; doch sie genügte nicht, um das Band zu lockern, das sie an ihre Entschlossenheit fesselte. Endlich räusperte er sich, um die Verödung seiner Kehle zu mildern. »Die Fahrt aufnehmen?« Er konnte nicht verhindern, daß seine Stimme brüchig klang. »Das kann ich nicht gestatten. Ihr habt in Bhrathairealm Übles erduldet.« Irgendwie brachte er genug Kraft zu einem Minimum an Trotz auf. »Wenngleich nicht durch meine Schuld. Blut ist vergossen worden. Man verlangt von mir, daß ich Gerechtigkeit übe.« Aber sofort kam ihm wieder seine Vereinsamung zu Bewußtsein, und seine Stimme verfiel erneut ins Zittern. »Doch eine solche Kunde dürft ihr keinesfalls in aller Welt verbreiten. Ihr seid meine Gäste, und der *Gaddhi* springt mit seinen Gästen nicht grob um. Ich werde euch Wiedergutmachung leisten.« Um seine Augen zuckte es, während sein Gehirn sich um Einfälle bemühte. »Wünschst du ein Schwert?« meinte er zur Ersten. »Nimm dir mit meinem Wohlwollen, was du begehrst, und sei's zufrieden! Ihr dürft noch nicht scheiden!« Sein Blick flehte die Erste an, ihn nicht länger zu bedrängen.

Aber sie ließ sich nicht erweichen. Ihre Stimme nahm einen härteren Klang an. »O *Gaddhi,* ich habe sprechen hören, die *Hustin* seien dein, und sie gehorchten voll und ganz deinem Willen.«

Sie überraschte ihn; aber er durchschaute nicht, worauf ihr Vorgehen hinauslief. Der Gedanke an die *Hustin* gab ihm ein gewisses Maß an Selbstvertrauen zurück. »Das ist wahr. Die Wachen sind mein.«

»Es ist unwahr.« Die Erste stieß ihre Absicht wie einen Dolch durch den Panzer seiner Behauptungen. »Gebötest du ihnen, unsere Abschiednahme zu dulden, sie wollten dir nicht gehorchen.«

Der *Gaddhi* sprang auf. »Du lügst!«

Die Erste übertönte seinen Widerspruch. »Kasreyn von dem Wirbel ist ihr Gebieter. Er hat sie geschaffen, und sie sind sein.« Nachdrücklich trieb sie den größten verfügbaren Keil zwischen Rant Absolain und den Wesir. »Sie gehorchen dir nur, wenn's ihm beliebt.«

»Lügen!« brüllte der *Gaddhi* sie an. »Lügen!« Das Anilinrot von Wut oder Furcht verquoll ihm das Gesicht. »Sie sind *mein!*«

»Dann versuch's!« mischte sich sofort Linden ein. »Sag ihnen, sie sollen uns gehenlassen. Gib uns die Genehmigung zur Abreise. Du bist der *Gaddhi*. Was hast du zu verlieren?«

Als er ihre Forderung hörte, wich ihm plötzlich aus dem Gesicht alle Farbe, so daß er inmitten all der Helligkeit bleich wie in Panik aussah. Sein Mund klaffte, aber kein Wort kam mehr heraus. Sein Geist schien sich nach innen zu flüchten, ihn des Bewußtseins oder jeder Wahl zu berauben. Benommen drehte er sich zur Seite, stieg von der Kanzel, kam herunter zu den Gefährten. Er zitterte, während er den Weg nach unten zurücklegte, wirkte so hinfällig, als wären die Augenblicke Jahre, als hätte sich aller Stein der Sandbastei gegen ihn gekehrt. Er stierte fast blicklos vor sich hin und schlurfte auf Linden zu, schleppte sich mitsamt seiner ganzen Furcht zu ihr. Mehrmals schluckte er; nur langsam klärte sich sein Blick wieder. »Ich wag's nicht«, sagte er in heiserem Flüstern, das einer inneren Verletzung zu entstammen schien.

Linden wußte darauf nichts zu erwidern. Er sagte die Wahrheit; sprach die ganze Wahrheit seines Lebens aus. Für einen Moment blieb er noch vor ihr stehen, wie um sie mit seiner Furcht zu beschwören. Dann wandte er sich ab, als sei ihm einsichtig geworden, daß sie ihn zurückweisen mußte. Unter ständigem Gestolper in die Zwischenräume der Steinplatten entfernte er sich wie ein gebrochener Mann in den Schatten der Kanzel und verschwand. Die Erste richtete ihren Blick auf Linden. »Das langt.« Linden hatte das Gefühl, am Ende ihrer Kräfte zu sein. »Nichts wie raus hier!«

Mit einer geschickten Bewegung löste die Erste den Helm von ihrem Gürtel und setzte ihn sich auf den Kopf. Dann nahm sie den Schild vom Rücken, schob ihren linken Unterarm in die Schildgurte und schritt in die Richtung zur Treppe. Rire Grist hastete ihr nach, rief überstürzt irgendwelche Äußerungen. Doch Blankehans hielt ihn fest. Ein wohlbemessener Hieb streckte den *Caitiffin* besinnungslos zu Boden. Keiner der Wächter reagierte. Die Speere mit den Händen aufgestützt, blieben sie, wo sie standen, warteten darauf, daß eine ihnen bekannte Stimme ihnen sagte, was sie tun sollten.

Linden eilte der Ersten hinterdrein; aber sie schonte sich, fing nicht an zu rennen. Die Zeit zum Laufen war noch nicht gekommen. Ihre Sinne waren hellwach und scharf, vermittelten ihr Perzeptionen von kristallklarer Deutlichkeit. Die anderen Gefährten folgten ihr in einer auf Kampf eingestellten Formation. Aber niemand bedrohte sie. Das Rund des Reichtums unter ihnen blieb menschenleer. Weiter reichte Lindens Wahrnehmung nicht. In einem Schweigen, das nur der Klang ihrer Schritte durchbrach, stiegen die Gefährten über die gewundene Treppe hinab ins Rund des Reichtums.

Dort kannte die Erste kein Zögern mehr. Mit den Schritten einer Kriegerin durchmaß sie die Ausstellungssäle, bis sie den Raum erreichte, in dem sich die Klinge befand, an der sie solchen Gefallen gefunden hatte. »Haben meine Ohren richtig vernommen?« murmelte sie in herber Ironie, als sie das lange Schwert aus seinem Gestell hob, es in der Hand wog, um die Gleichgewichtigkeit der Waffe zu prüfen. »Hat der *Gaddhi* mir nicht diese Waffe zum Geschenk gewährt?« Die Schneiden der Klinge waren so scharf wie der Glanz in ihren Augen. Lautlos kostete ihr Mund mögliche Namen für ihre neue Waffe. Während er leise vor sich hin lachte, ging Pechnase mit Blankehans andere Waffen suchen. An der Treppe zum Zweiten Rund gesellten sie sich wieder zu der Gruppe. Pechnase trug eine mit Eisenspitzen besetzte Keule, die so knorrig und wuchtig war wie sein eigener Arm. Blankehans schleppte auf einer Schulter einen langen, mit Eisen beschlagenen Balken, der Bestandteil irgendeines Belagerungsgeräts gewesen sein mußte. Sein vorwärtsgereckter Bart verhieß jedem, der es wagen sollte, ihm in die Quere zu kommen, die nachteiligsten Folgen. Bei diesem Anblick erhellte sich Brinns Blick; und selbst über Ceers Miene, die jeden Schmerz verachtete, glitt ein Ausdruck, der einem Lächeln glich. Zusammen klommen die Gefährten die Treppe hinab.

Doch sobald sie ins Zweite Rund gelangten, veranlaßte Linden sie zum Stehenbleiben. Ihre Spannung näherte sich der Hysterie. »Drunten.« Ihre sämtlichen Sinne dröhnten wie das Hämmern von Metall. Im Vorsaal des Ersten Runds drängte sich eine ihnen entgegengeworfene Masse von Widersachern, die zu umfangreich war, um gezählt werden zu können. »Er wartet auf uns.« Kasreyns Präsenz war so unverkennbar wie seine Gier.

»Das mag uns nur recht sein.« Die Erste streichelte ihr neues Schwert. Die Selbstsicherheit ihres Auftretens ähnelte einer Vereinigung von Eisen und Schönheit. »Sein Dasein in *Bhrathairealm* wird nicht länger so wie bisher sein. Wenn er gezwungen wird, seine Tyrannei in aller Offenheit einzugestehen, dürften vielerlei Dinge sich wandeln ... nicht zuletzt wird's Auswirkungen auf dieses Landes Wohlstand haben.« Ihre Stimme bezeugte eifrige Kampfbereitschaft.

Die Gefährten trafen ihre Vorbereitungen zum Gefecht. Ihre Furcht wie einen Kloß in der Kehle, nahm Linden den Ur-Lord aus Brinns in ihre Obhut, damit der *Haruchai* am Kampf teilnehmen konnte. Die Erste, Blankehans, Pechnase sowie die beiden unverletzten *Haruchai* bildeten einen Ring um Seeträumer, der Ceer trug, Covenant und Linden. Ohne sich weiter um den Dämondim-Abkömmling und Findail zu kümmern, die keinen Schutz nötig hatten, stiegen die Gefährten trotzig die Treppe zum Ersten Rund hinunter. Dort erwartete Kasreyn von dem Wirbel sie mit hundert bis hundertzwanzig *Hustin* und mindestens noch einmal der gleichen Zahl unberittener Soldaten. Er stand mit dem Rücken zum Tor. Die Torflügel waren geschlossen. Die einzige Helligkeit stammte vom Sonnenschein, der in Lichtkegeln durch die unerreichbar hoch gelegenen Fenster hereinfiel. »Halt!« Die Rufe des Wesirs klangen deutlich und herrisch. »Kehrt zurück in eure Gemächer! Der *Gaddhi* verbietet euch, seinen Hof zu verlassen!«

»Er würde uns gehenlassen, wenn er den Mut hätte!« erwiderte Linden, angefeuert durch die irrsinnige Gefährlichkeit ihrer Vorsätze. Die Gefährten verharrten keine Sekunde lang. Kasreyn brüllte einen Befehl. Die Wächter senkten ihre Spieße. Mit durchdringendem Geräusch zogen die Soldaten alle gleichzeitig die Schwerter. Schritt um Schritt näherten sich die Parteien einander. Die Gruppe der Gefährten wirkte im Vergleich mit der Übermacht so bedeutungslos wie eine ins Meer geschleuderte Handvoll Sand. Ohne Covenants Macht hatten die Freunde keine Chance. Es sei denn, es gelang ihnen, das zu tun, was Brinn schon früher vorgeschlagen hatte – sich Kasreyn zu greifen und ihn zu töten.

»Stein und See«, rief plötzlich die Erste wie ein Tantra, und Blankehans ging zum Angriff über. Er rammte seinen Balken mit der Breitseite gegen die *Hustin* und fällte ihre Reihen bis zum halben Weg zu Kasreyns Standort. Sofort setzte er mitten in das Durcheinander nach, begann mit seinen großen Fäusten an beiden Seiten Wächter niederzudreschen. Die Erste und Pechnase folgten, überholten ihn. Pechnase besaß weder die

Geschmeidigkeit der Ersten noch die Körperkraft des Kapitäns; aber seine Arme waren stämmig wie Äste von Eichen, und er schmetterte im Rücken der Ersten mit seiner Keule einen Bedränger nach dem anderen zu Boden, während sie das Schwert sausen ließ und sich vorwärtskämpfte. Sie nahm die direkte Richtung hinüber zu Kasreyn, als hätte sie es auf sein Herzblut selbst abgesehen. Sie war die Erste der Sucher; und er hatte ihre Gefährten manipuliert und einem von ihnen den Tod gebracht, während sie keine Waffe besessen hatte. Ihr Schwert lohte wie ein Blitz zwischen den Lichtkegeln des Sonnenscheins, erst Eisen, dann rot, indem sie ringsum blutigen Tribut forderte.

Die Speere der Wächter waren für einen solchen Nahkampf nicht sonderlich gut geeignet. Kein Soldat konnte den Riesen mit einem gewöhnlichen Schwert etwas anhaben. Die drei Seefahrer trieben eine Bresche durch das Gewimmel der Gegner und auf Kasreyn zu; ihre Stärke und Kühnheit verhalfen ihnen zu ungeahnten Erfolgen. Seeträumer, Ceer auf den Armen, geleitete Covenant und Linden vorwärts. Auf beiden Seiten schienen die Gestalten Brinns und Cails zu verschwimmen, während sie auf ihre Weise kämpften. Sie wirbelten nur so umher und teilten Hiebe nach allen Richtungen aus, wiesen Wachen und Soldaten mit einem Hagel von Schlägen und Tritten ab, säten schnellen Tod. Für eine ganze Weile, in ununterbrochenem Wechsel von unkoordiniertem gegnerischem Ansturm und genau angepaßter Abwehr, bahnten sich die Gefährten einen Weg durch die Vorhalle.

Aber alle Anstrengungen blieben aussichtslos. Die Gefährten waren zahlenmäßig unendlich unterlegen; und fortwährend trafen immer mehr *Hustin* ein. Als er einem Speerstoß auswich, taumelte Seeträumer gegen Linden. Sie rutschte in einer Blutlache aus und kam zu Fall. Warme Nässe besudelte ihre Kleidung, ihre Arme. Covenant bewegte sich nicht weiter.

Seine geistlosen Augen starrten in den Wirrwarr, der ihn umgab; aber er reagierte überhaupt nicht auf den Tumult der Auseinandersetzung, das Schreien der Verwundeten. Linden raffte sich hoch und blickte sich nach Hohl und Findail um; ihre letzte Hoffnung auf Hilfe galt ihnen. Soldaten ließen ihre Schwerter wild auf den *Elohim* herabfahren, doch die Klingen glitten durch seinen Körper, ohne irgendeine Wirkung zu haben. Plötzlich verschwand er unter ihren vor Staunen aufgerissenen Augen im Fußboden. Hohl stand reglos da, zeigte allen, die auf ihn losgingen, sein sinnentleertes Lächeln. Speerspitzen und Schwertklingen zerfetzten seine Kleidung, aber seine Haut blieb unversehrt. Jeder Schwertstreich, der ihn traf, verwandelte sich in Stiche der Pein für den, der ihn geführt hatte. Er erweckte den Eindruck, es ganz allein mit sämtlichen *Hustin* aufnehmen zu können, fiele es ihm nur ein, entsprechend aktiv zu werden. Die *Haruchai* konnten einen Vorstoß gegen Covenant mit knapper Not zurückschlagen. »Hohl!« Linden war außer sich. »Tu was!« Mehr als einmal hatte er ihr das Leben gerettet. Jetzt benötigten sie alle seine Hilfe. Doch der Dämondim-Abkömmling stellte sich taub.

Dann sah Linden den weiten, goldenen Reif, der mit hellem Schimmer durch die Luft gesegelt kam. Blankehans brüllte eine Warnung. Zu spät. Der Reif senkte sich über Covenants Kopf, ehe jemand ernsthaft etwas dagegen unternehmen konnte. Verzweifelt nahm Seeträumer einen Arm von Ceer, versuchte noch, den Reif, der sanftes Leuchten verstrahlte, mit der Hand beiseite zu schlagen. Aber der Reif bestand aus nichts als Dunst und Licht, und Seeträumers Hand durchfuhr ihn, ohne etwas zu bewirken. Als der Reif um Covenant herabsank, gaben seine Knie nach. Ein zweiter Reif befand sich bereits in der Luft. Auch er kam von Kasreyn; und er schwebte auf Seeträumer zu. Plötzlich bemerkte Linden, daß die Wächter und Soldaten zurückgewichen waren, jetzt nur noch einen dichten Kordon um die Gruppe der Gefährten bildeten. In grimmiger Erbitterung stellte die Erste den Kampf ein. Mit Blankehans und Pechnase zog sie sich ebenfalls zurück, um zur Verteidigung der anderen Gefährten bereit zu sein.

Linden stürzte an Covenants Seite, stützte seinen Kopf in ihre Arme, senkte hastig ihre Wahrnehmung in sein Inneres. Ihre blutbeschmutzten Hände schmierten ihm Rot ins T-Shirt. Covenant schlief. Ein leichtes Runzeln furchte seine Stirn wie zum Anzeichen eines Alptraums.

Seeträumer sprang dem goldenen Schimmern des Reifs aus dem Weg. Aber die *Hustin* waren darauf gefaßt, streckten ihm die Speere entgegen, um ein Ausweichen zu vereiteln, ihn aufzuspießen, sollte er sich zu entziehen versuchen. Brinn und die Erste unternahmen noch eine Anstrengung, um den Kordon zu durchbrechen. Speere zersplitterten; *Hustin* fielen. Doch es stand nicht mehr genug Zeit zur Verfügung. Obwohl der stumme Riese sich bemühte, ihm zu entgehen, legte sich der Reif um seinen Kopf, sank dann um ihn und Ceer abwärts. Seeträumer sackte zusammen. Der *Haruchai* maß bewußtlos den Boden.

Kasreyn schwenkte seinen Augenring, krächzte mit heiserer Stimme Beschwörungen. Ein dritter Reif goldenen Lichts löste sich aus dem Ring, dehnte sich im Emporschweben aus. Pechnase schlug mit seiner Keule danach; aber Keulenhiebe konnten gegen Zauberei nichts ausrichten. Covenant in den Armen, vermochte sich Linden nicht zu rühren. Sanft senkte sich der Reif über sie und nahm sie mit hinab in Dunkelheit.

18
KAPITULATION

Linden erwachte in dumpfiger Finsternis, schrittweise durch die sture, fast rhythmische Wiederholung eines Knurrens der Anstrengung und Klirrens von Metall ins Bewußtsein zurückgezerrt. Ihre Oberarme schmerzten wie die Torheit aller guten Vorsätze. Sie konnte nichts sehen. Aber während ihr Verstand sich langsam in den Wachzustand zurückschleppte, fingen ihre Sinne allmählich wieder zu arbeiten an, gaben den Dingen Namen, die sie wahrnahmen. Linden mochte nicht erwachen. Sie hatte in jeder Hinsicht versagt. Selbst ihre wohldurchdachten Bemühungen, Kasreyn zu verunsichern – den Argwohn, der zwangsläufig zwischen dem *Gaddhi* und seinem Wesir bestehen mußte, zu vertiefen –, waren gescheitert. Das war genug. In Lindens Innerem ruhten Tod und Friede, und sie sehnte sich nach ihnen, weil ihr Leben so sinnlos war wie all das Leugnen, mit dem sie es herumgebracht hatte.

Doch das hartnäckige Knurren und Klirren gestattete ihr keinen Rückzug. Die Laute unablässigen Aufbegehrens, die irgendwo außerhalb Lindens entstanden, widersetzten sich ihrem Verlangen nach Schlaf, forderten beharrlich, nicht außer acht gelassen zu werden. Langsam begann Linden den Mitteilungen ihrer Nerven Aufmerksamkeit entgegenzubringen.

Sie hing aufrecht: die Oberarme trugen ihr ganzes Körpergewicht. Enge eiserne Bänder umschlossen die Oberarme. Als Linden Boden unter den Füßen spürte, sich auf die Beine stellte, ließ der Druck der Eisenbänder nach; und der Schmerz wiederbelebter Blutzirkulation stach ihr wie mit Speerspitzen durch die Arme in die geschwollenen Hände. Die Bewegung machte sie des Vorhandenseins ihrer Füße bewußt. Auch sie waren in Eisen geschlossen worden; diese Eisenbänder waren allerdings an Ketten befestigt und ließen den Füßen einen gewissen Freiraum. Die eisernen Bänder an ihren Armen preßten Linden an eine Wand aus Stein. Sie befand sich in einer völlig lichtlosen, rechteckigen Räumlichkeit. Bearbeitetes Felsgestein umgab Linden, verschmolz nach oben hin mit einer ungeheuren steinernen Last. Der Raum lag tief unter der Sandbastei in der Erde. Wände und Luft waren von fast eisiger Kühle. Sie hätte nie geglaubt, irgendwo in *Bhrathairealm* könne es so kühl sein.

Der leicht ekelhafte Geruch von geronnenem Blut drang in Lindens Nase – des Bluts von *Hustin* und Soldaten, das ihre Kleidung getränkt hatte. Die Laute und Geräusche ertönten unvermindert weiter: Knurren aufgebotener Anstrengung, Klirren und Knirschen belasteten Eisens.

Inmitten der Dunkelheit ragte vor Linden eine andere Art von Finsternis auf. Die Nerven in Lindens Wangen erkannten Hohl. Der Dämondim-Abkömmling stand höchstens drei Meter von ihr entfernt. Er war härter als Granit, widerstandsfähiger als jedes gehärtete Metall. Der Zweck, dem er diente, schien in sich selbst sicherer zu sein als sogar das Gebein der Erde. Aber er hatte sich als allem Bitten gegenüber unzugänglich erwiesen. Hätte Linden ihn noch so sehr um Beistand angefleht, mit höherer Wahrscheinlichkeit als er hätte ihr der Stein der Wände geantwortet. Alles in allem betrachtet, durfte man ihm nicht mehr trauen als Findail, der geflohen war, statt den Gefährten zu helfen.

Die Laute der Anstrengung verstummten nicht, drangen immer wieder durch die Dunkelheit. Jedesmal begleitete ein dumpfes Klirren sie, das nach einer ruckartig gestrafften Kette klang. In einer unbeherrschten Aufwallung von Ärger oder

Beunruhigung entzog Linden ihre Aufmerksamkeit Hohl und erkannte Blankehans.

Der Kapitän stand aufrecht nicht allzuweit von ihr entfernt. Die Räumlichkeit war nicht sehr groß. Blankehans' Aura umfaßte eine Ballung von Zorn und Wildentschlossenheit. Unaufhörlich, in anscheinend möglichst gleichmäßigen Zeitabständen, die nahezu auf einen Takt hinausliefen, spannte er seine großen Muskeln, stemmte sich mit ganzer Kraft und allem Gewicht gegen seine Ketten. Deren Klirren jedoch war keine Spur von Nachgiebigkeit oder Materialermüdung anzuhören. Linden spürte starken Schmerz zunehmen, wo die Eisenbänder seine Handgelenke umschlossen. Blankehans' Atemzüge röchelten, als martere die Dumpfigkeit der Luft seine Lungen. »Blankehans«, sagte auf einmal heiser die Erste von einer anderen Stelle der Wand. »Hab Erbarmen!« Doch die *Bhrathair* hatten die Sternfahrers Schatz zu versenken versucht, und er ließ in seinen Bemühungen nicht locker.

Die Stimme der Ersten ließ auf keine ernsten körperlichen Beeinträchtigungen schließen. Lindens Sinne begannen sich nun beschleunigt rundum zurechtzufinden. Ihre Ohren unterschieden die verschiedenen Arten von Atmung innerhalb der Räumlichkeit. Ihre Nerven erforschten den Raum. Irgendwo zwischen der Ersten und Blankehans machte sie Pechnase ausfindig. Das charakteristische Pfeifen, mit dem seine mißgestaltete Brust Atem holte und entließ, sagte Linden, er war nicht bei Bewußtsein. Der Schmerz, den seine Gestalt emittierte, zeigte an, daß er einen wuchtigen Schlag erhalten hatte; aber sie spürte keinerlei Anzeichen innerer Blutungen. Neben ihm entdeckte sie Cail. Er blieb reglos, atmete ruhig; doch sein *Haruchai*-Fleisch war nicht zu verkennen. Er wirkte nicht weniger unerbittlich und unbeeindruckbar als das Felsgestein, an das man ihn gekettet hatte. Brinn war an eine andere Wand gekettet, stand der Ersten gegenüber. Seine zerstreute innere

Angespanntheit gab Linden die Vermutung ein, daß er schon den gleichen Versuch unternommen hatte, den gegenwärtig Blankehans machte – und daß er von ihm verworfen worden war wie sinnloser Unfug. Trotzdem nahm er in seiner angeborenen Neigung zum Außergewöhnlichen interessiert an den Bestrebungen des Kapitäns Anteil. Neben Brinn befand sich Seeträumer, wortloses Verlangen durch die Dunkelheit hinüber zu seinem Bruder gerichtet. Seine Stummheit zermürbte wie ein pausenloses Geheul. Tief in seinem Innern ähnelte er einem straffen Knoten von Erd-Sicht und Verzweiflung.

Einen Moment lang machte Seeträumers Intensität Linden für Ceers Präsenz unempfänglich. Aber dann bemerkte sie auch den verletzten *Haruchai*. Er war ebenfalls gegenüber der Ersten, Pechnase und Blankehans an die Wand gekettet. Was Haltung und Atmung betraf, wirkte er so unerschüttert wie Brinn oder Cail; doch Linden merkte, daß Pein ihm den Schweiß aus den Poren trieb. Die Emanationen seiner Schulter waren heftig: die eisernen Bänder nötigten ihn zu einer Körperhaltung, die das gebrochene Schlüsselbein belastete. Aber dieser Schmerz war nichts im Vergleich zu dem Wüten schriller Qual in seinem zermalmten Knie.

Das unwillkürliche Mitempfinden fuhr Linden in die Beine, schien sie regelrecht unter ihr wegzustoßen. Sie brachte es erst wieder zustande, sich aufzurichten, das eigene Körpergewicht zu tragen, als der Schmerz in den Oberarmen ihr zu sich selbst zurückverhalf. Ceer war so schwer verletzt und gab so wenig darum … Lindens gesamte Ausbildung und ihre ganze, langjährige ärztliche Tätigkeit bäumten sich gegen seine Situation auf. Sie stöhnte und setzte sich mit der Erinnerung an Kasreyns Tücke auseinander, versuchte sich etwas vorzustellen, wodurch das Resultat abzuwehren gewesen sein könnte. Aber ihr kam nichts in den Sinn – nichts außer Kapitulation. Auslieferung Covenants an den Wesir. Unterstützung von Kasreyns

Absicht, seinen Willen Covenants anscheinend unabänderlicher Wehrlosigkeit aufzuzwingen. Verrat an jedem Gefühl, das sie mit dem Zweifler verband. Nein. So etwas hätte sie nicht tun können; nicht einmal, um Ceer dies Leid zu ersparen, Hergroms Tod zu verhindern. Thomas Covenant bedeutete ihr mehr als … Covenant!

Er war nirgends in der ungemilderten Dunkelheit des Kerkers zu entdecken. Lindens Sinne tasteten in sämtliche Richtungen durch die Finsternis, suchten ihn wie in Raserei. Doch sie fand nirgendwo das Pochen eines Pulsschlags, das Zittern eines Atmens, das die Gegenwart des Zweiflers angezeigt hätte. Hohl war da. Cail befand sich neben Linden. Die Erste, Blankehans mit seinen ständigen Anstrengungen, und Ceer, der noch immer blutete, waren anwesend; Linden vermochte sie untrüglich zu erkennen. Gegenüber, hinter Hohl, meinte sie das glatte Eisen einer Tür wahrzunehmen. Von Covenant dagegen ließ sich keine Spur feststellen, nichts. *O mein Gott!*

Ihr Stöhnen mußte vernehmlich gewesen sein. Einige ihrer Gefährten drehten sich ihr zu. »Linden Avery«, sagte die Erste gepreßt. »Auserwählte. Hast du Harm erlitten?« Die Schwärze begann zu strudeln und von Verzweiflung überschwemmt zu werden, drohte über Linden zusammenzuschlagen. Überall roch es nach Blut. Ausschließlich die harte, einer Anklage vergleichbare Faktizität der Eisenbänder bewirkte, daß Linden nicht auf den Fußboden niedersackte. Sie hatte die Gefährten in diese Lage gebracht. Covenants Name kam lautlos über ihre Lippen, und die Dunkelheit verschlang ihn. *»Auserwählte«*, beharrte die Erste.

Lindens Seele schrie nach einem Ende, irgendeinem Nichts oder irgendeiner Gewalt, die einen Schlußpunkt setzte. Zur Antwort erhielt sie nur Echos der Art und Weise, wie ihre Mutter um den Tod gefleht hatte, und verhöhnten sie; Eisen und Stein spotteten ihres Wunschs nach Flucht, nach Erlösung.

Und sie mußte auf die Sorge ihrer Gefährten eingehen. »Er ist nicht hier«, vermochte sie irgendwie zu äußern. »Ich habe ihn verloren!«

Die Erste ließ einen verpreßten Seufzer vernehmen. Covenant fort. Die Suche in einer Sackgasse. Aber die Erste war hinlänglich das Bewältigen von Unannehmlichkeiten gewöhnt; ihr Tonfall gestand keine Niederlage ein. »Dennoch war's eine kluge List. Den *Gaddhi* und seinen Wesir widereinander auszuspielen war unsere einzige Hoffnung. Etwas anderes vermochten wir nicht zu beginnen.«

Linden fehlte es am Sinn für derlei schwachen Trost. »Kasreyn hat ihn.« Die eisige Kühle der Luft verstärkte ihre Bitterkeit. »Wir haben ihm in die Hände gearbeitet. Er hat alles, was er will.«

»In der Tat?« Die Erste sprach wie eine Frau, die angesichts jeden Unheils aufrecht bleiben konnte. Mit einer Heftigkeit, die nie abschwächte, riß Blankehans unablässig an seinen Ketten. »Warum leben wir dann noch?«

Weil er mit uns seinen Spaß haben will, wollte Linden erwidern. Aber im nächsten Augenblick ersah sie, daß die Bemerkung der Ersten wirklich ihre Bedeutung hatte. Vielleicht gedachte Kasreyn nur seine Grausamkeit an den Gefangenen auszutoben, aus Rache oder zum Vergnügen. Doch es war *möglich,* daß er sie noch zu irgend etwas brauchte. Einmal hatte er schon versucht, das Weißgold an sich zu bringen, ohne Erfolg zu haben. Möglicherweise hegte er nun die Absicht, die Gefährten irgendwie gegen Covenant zu benutzen. Sollte das der Fall sein, hatte sie womöglich noch eine Chance. Eine letzte Gelegenheit, um ihrem Dasein und ihren Vorsätzen einen Sinn zu verleihen.

Unversehens brannte Leidenschaft wie ein Fieber durch ihre ausgekühlte Haut. Die Finsternis erzeugte in ihren Ohren ein wie entferntes Brausen, und ihr Pulsschlag wummerte so überhastet, als sei er unbarmherzig angestachelt worden. *Herrgott! Gib mir noch eine Chance!*

Gleich darauf meldete sich die Erste nochmals zu Wort, und die Unruhe in ihrer Stimme weckte Lindens Aufmerksamkeit. »Auserwählte, du hast Augen, wie ich sie nicht besitze. Welches Schicksal hat Pechnase ereilt, meinen Gemahl? Ich vernehme an meiner Seite seinen Atem, aber er regt sich nicht.«

Linden spürte die unterdrückten Emotionen der Ersten wie ein Band zwischen ihnen. »Er ist besinnungslos.« Nun war Linden innerlich so klar wie reines Eis. »Er hat einen ziemlich kräftigen Hieb abgekriegt. Aber ich kann keine Anzeichen von Gehirnerschütterung oder Koma feststellen. Gebrochen hat er auch nichts. Er dürfte bald wieder zu Bewußtsein kommen.«

Die Wildheit von Blankehans' Anstrengungen übertönte die erste Erleichterung der Schwertkämpferin. Dann jedoch hob sie die Stimme. »Ich danke dir, Auserwählte«, sagte sie deutlich. Das Dunkel zwischen Linden und ihr konnte nicht verhindern, daß Linden das Salz ihrer lautlosen Tränen kostete.

Linden hielt an ihrer kalten, durchdringenden Klarheit fest und wartete darauf, von ihr Gebrauch machen zu können.

Einige Zeit später kam Pechnase zu sich. Er stöhnte und murmelte vor sich hin, während er langsam seine Bestürzung überwand. Die Erste beantwortete seine Fragen kurz und knapp, tat nichts, um das Weh in ihrer Stimme zu verhehlen. Nach einigen Augenblicken jedoch schenkte Linden den beiden kein Gehör mehr. Ihr war, als nähme sie aus der Ferne das Geräusch von Schritten wahr. Nach einem Weilchen war sie sicher. Drei oder vier Paar Füße näherten sich dem Kerker. *Hustin* – und noch jemand?

Das eherne Klirren der Tür veranlaßte die Gefährten zum Schweigen. Aus einem hellerleuchteten Korridor drang Licht in das Kerkerloch, und man sah, daß die Tür um einiges oberhalb des Fußbodens lag und mehrere hohe Stufen herabführten. Zwei Wächter, die Fackeln trugen, kamen schwerfällig heruntergestapft. Ihnen folgte Rant Absolain.

Linden erkannte den *Gaddhi* zunächst nur dank ihrer übersensitivierten Nerven. Sehen konnte sie ihn nicht, weil die plötzliche Helligkeit sie blendete. Sie zog den Kopf ein und versuchte, durch Blinzeln und Zwinkern die Verschwommenheit aus ihrer Sicht zu vertreiben.

Inmitten des Lichtscheins ruhte Thomas Covenant zwischen Linden und Hohl am Boden. Seine Muskeln waren allesamt schlaff; aber die Beine waren gerade ausgestreckt, die Arme lagen dicht an seinen Seiten. Offensichtlich hatte man ihn absichtlich so hingelegt. Seine Augen starrten blicklos zur Decke empor, als ob von ihm nicht mehr als die bloße Hülle eines lebenden Menschen übriggeblieben wäre. Nur das schwache Heben und Senken seines Brustkorbs zeigte an, er war nicht tot. Flecken schwärzlichen, geronnenen Bluts bedeckten sein T-Shirt wie Handabdrücke von Lindens Schuld. Unvermittelt schien der Kerker noch kälter zu werden. Im ersten Moment, in dem ihr zumute war, als müsse sie in Hysterie verfallen, vermochte sie nicht zu begreifen, was sie sah. Da war Covenant, eindeutig sichtbar – und trotzdem für die andere Dimension ihrer Sinne unerreichbar. Als Linden in Fassungslosigkeit und Furcht die Lider zusammenkniff, schien er plötzlich zu verschwinden. Ihre Wahrnehmung konnte keinerlei Beweise seiner Anwesenheit mehr ermitteln. Und doch war er *hier,* denn sie sah ihn, sobald sie die Augen wieder öffnete. Mit Grauen entsann sie sich daran, daß sie ein derartiges Phänomen schon einmal beobachtet hatte. Am Sohn des Wesirs. Covenant war wie das Kind geworden, das Kasreyn ständig mit sich auf dem Rücken herumtrug. Da bemerkte sie das um Covenants Hals gelegte, goldene Band. Sie konnte dessen Natur nicht ersehen, nicht herausfinden, um was es sich handelte. Aber sie war intuitiv davon überzeugt, daß das Band für das, was mit ihm geschehen war, die Erklärung sein mußte. Es war das Mittel, mit dem Kasreyn ihn im Griff behielt, und es verschloß Covenant ihrer Sinneswahrnehmung so vollständig, als wäre es speziell für diesen Zweck geschaffen worden. Um zu verhindern, daß sie in sein Inneres Einblick nehmen konnte? *O Kasreyn, du Halunke!*

Doch Linden bekam keine Zeit zum Nachdenken. Die Wächter hatten ihre Fackeln in Wandhalter beiderseits der Tür gesteckt, und Rant Absolain trat nun durch ihre Mitte zu den Gefährten. Mit einer energischen Willensanstrengung entzog Linden ihre Aufmerksamkeit Covenant. Als sie den *Gaddhi* anschaute, sah sie, daß er maßlos betrunken war; sein Gewand war mit zahlreichen dunkelroten Weinflecken verunreinigt; seine Augen wirkten wie wund von Ruhelosigkeit und Furcht. Er stierte Blankehans an. Der unaufhörliche, wütende Drang des Riesen nach Befreiung entsetzte ihn. Immer wieder wölbte Blankehans langsam und nahezu rhythmisch seine Muskeln, warf sich gegen die Ketten, ließ nicht locker. Von den Eisenbändern bis zu den Ellbogen waren seine Arme von dünnen Blutrinnsalen überzogen. Rasch nutzte Linden die Entgeisterung Rant Absolains, um ihre Gefährten zu mustern.

Trotz seines Gleichmuts bewies Ceers Blässe das Ausmaß seiner Schmerzen. Der Verband am Bein war rot, getränkt vom Blut einer wieder aufgegangenen Wunde. Pechnases Hiebverletzung war weit weniger schlimm; seine rechte Schläfe zeigte lediglich eine kräftig verfärbte Schwellung. Dann starrte Linden verdutzt hinüber zur Ersten. Ihr fehlten sowohl Schild wie auch Helm; aber in der Schwertscheide stak noch ihre neue Waffe. Der Griff befand sich knapp außerhalb der Reichweite ihrer angeketteten Hände. Man mußte es ihr gelassen haben, um sie in ihrer Hilflosigkeit doppelt zu quälen. Oder um Rant Absolain zu verhöhnen? Wollte Kasreyn dem *Gaddhi* wegen seines unüberlegten Geschenks einen Denkzettel erteilen? Die Erste jedoch wirkte, als stünde sie über solcher Bosheit. »O *Gaddhi*«, sagte sie laut, während Rant Absolain noch betroffen Blankehans anglotzte, »es ist nicht ratsam, in Gegenwart dieser *Hustin* zu sprechen. Ihre Ohren sind Kasreyns Ohren, und er erführe den Zweck deines Kommens.«

Ihre Worte schreckten ihn aus seiner dumpfen Beklommenheit. Ruckartig schaute er weg, geriet ins Taumeln, rang ums Gleichgewicht, schnauzte schließlich in der *Bhrathair*-Sprache einen Befehl. Die beiden Wachen gehorchten, ließen beim Hinausgehen die Tür offen. Blankehans richtete seinen Blick hinüber zum Ausgang, während er sich fortgesetzt abmühte, um seine Ketten zu sprengen. Sobald die Wachen fort waren, tappte Rant Absolain vorwärts, als wäre die Beleuchtung viel zu schlecht. Für einen Moment versuchte er, der Ersten ins Gesicht zu schauen; aber ihre Körpergröße gefährdete sein mangelhaftes Stehvermögen. Er wandte sich Linden zu, wankte näher, bis er so dicht vor ihr stand, daß sie die unerfreuliche Ausdünstung seiner Betrunkenheit einatmen mußte. Er blinzelte in Lindens Miene. »Befreit mich vom Wesir!« raunte er zischelnd und in eindringlich-verschwörerischem Ton.

Linden erwehrte sich ihres Abscheus und Mitleids, achtete auf gleichmäßige Festigkeit ihrer Stimme. »Du kannst ihn dir selber vom Hals schaffen. Er ist dein Wesir. Du brauchst ihn bloß in die Verbannung zu schicken.«

Der *Gaddhi* zuckte zusammen. Seine Hände betatschten Lindens Schultern, als hätte er vor, sie anzuwinseln, oder als bräuchte er sie zur Stütze, um nicht niederzusinken. »Nein«, flüsterte er. »Das ist unmöglich. Ich bin nur der *Gaddhi*. Er ist Kasreyn von dem Wirbel. Die Macht ist sein. Die Wachen sind sein. Und die Sandgorgonen ...« Ihm schauderte. »Ganz *Bhrathairealm* weiß ...« Er stockte, fing neu an. »Reichtum und Wohlstand sind allein ihm zu verdanken. Nicht mir. Mein Volk gibt nichts um mich.« Einen Augenblick lang erregte er einen nichts als weinerlichen Eindruck. Aber dann besann er sich auf seine Absicht. »Erschlagt ihn für mich!« Linden gab keine Antwort. »Ihr müßt's«, keuchte der *Gaddhi*.

Eine seltsame Anwandlung des Mitgefühls rührte angesichts seiner Nichtswürdigkeit und Schwäche an Lindens Herz. Aber sie erlaubte sich kein Nachgeben. »Laß uns frei«, forderte sie mit so viel Nachdruck, wie sie aufzubringen vermochte. »Dann werden wir einen Weg finden, wie wir ihm beikommen können.«

»Frei …?« Er gaffte sie an. »Das wag ich nicht. Er würd's erfahren. Solltet ihr versagen …« Seine Augen waren voller Bettelei. »Ihr müßt euch aus eigener Kraft befreien. Und ihn erschlagen. Dann werde ich seiner ledig sein, und mir kann nichts zustoßen.« Seine Lippen zuckten, als müßte er gleich in Schluchzen ausbrechen. »Dann kann er mir nichts antun.«

In diesem Moment, während ihre Gefährten sie beobachteten, hörte Linden aus dem Korridor Schritte und begriff, sie hatte jetzt die Gelegenheit, einen weiteren Nagel in den Sarg des *Gaddhi* zu schlagen. Vielleicht wäre es der letzte. Für sie stand es außer Zweifel, wer dort kam. Aber sie erbarmte sich des *Gaddhi*. Wahrscheinlich konnte er anders, als er war, gar nicht sein. »Wir sind deine Gefangenen«, sagte sie, indem sie ihre Stimme hob, laut und deutlich. »Es ist überflüssige Grausamkeit, uns zu verspotten.«

Und schon stand Kasreyn in der Tür. Auf der erhöhten Schwelle machte er einen gebieterischen und unüberwindlichen Eindruck, wirkte seiner Herrschaft sicher. Seine Stimme schien die Luft zu streicheln, als striche er mit einer Peitsche sanft und bedrohlich über nackte Haut. »Sie spricht wahr, o *Gaddhi*. Du erniedrigst dich. Diese Fremden haben viele deiner Wachen getötet, dich und ganz *Bhrathairealm* beleidigt und geschmäht. Setze die Ehre deiner Gegenwart nicht herab, indem du in ihrer Mitte verweilst. Ich bitte dich inständig, verlaß den Kerker!«

Rant Absolain torkelte. Er verzog das Gesicht, als wolle er zu wimmern anfangen. Trotz seiner Trunkenheit bewahrte er ein bestimmtes Maß an Selbsterhaltungsstreben. Mit einem übertriebenen Ruck drehte er sich zum Wesir um. »Es ist mein Wunsch, meine Rache zu genießen«, sagte er und dehnte die Äußerung nach Säuferart. »Das ist mein Recht.« Dann schlurfte er zur Treppe und kletterte mühselig hinauf zum Ausgang, verließ den Kerker, ohne Kasreyn oder die Gefangenen noch eines Blicks zu würdigen. Auf diese Weise erhielt er sich die Illusion, aus der seine einzige Hoffnung aufs Überleben bestand. Linden schaute ihm nach und nahm sich zusammen. Für Kasreyn von dem Wirbel hatte sie nicht das geringste Mitgefühl übrig.

Der Wesir verabschiedete den *Gaddhi* mit einer unfreundlichen Verneigung, dann trat er ein und schloß die eiserne Tür. Während er die Treppe herabkam, richtete er die Eindringlichkeit seiner Miene auf Linden; das Gelb seines Gewands und seiner Zähne schien sich auf sie zu konzentrieren wie eine Vorankündigung seiner Suggestivkraft.

Linden unternahm eine resolute Anstrengung zur Festigung ihrer Selbstbeherrschung und musterte den Wesir, um sich dessen zu vergewissern, was sie ursprünglich beobachtet hatte. Es stimmte. Das Kind des Wesirs war – wie Covenant – für ihre Augen sichtbar, mit ihren tieferen Sinnen dagegen nicht wahrzunehmen.

»Meine Freunde«, sagte Kasreyn, sprach damit die Gefährten insgesamt an, obwohl er ausschließlich Linden ansah, »ich mag mich nicht mit Nebensächlichem aufhalten. Mir ist nach Eile zumute.« Wäßrigkeit verschleierte seine Augen, als wären sie voller Katarakte. »Ja, nach Eile.« Er stieg über Covenant und trat zu Linden. »Ihr habt mir Widerstand entboten, so tüchtig ihr's vermochtet, doch nun hat's damit ein Ende genommen.« An einem seiner Mundwinkel schillerte ein Speichelflöckchen im Fackelschein. »Nun will ich ohne weiteren Verzug das Weißgold haben.« Linden erwiderte feindselig seinen Blick. Ihre Gefährten verhielten sich ruhig, betrachteten sie und den Wesir – mit Ausnahme Blankehans', der seine Befreiungsversuche nicht einmal für Kasreyn von dem Wirbel unterbrach. »Ich ersehe, ich schrecke euch nicht.« Seine Zunge glitt schnell über die Lippen. »Nun, es läßt sich schwerlich leugnen, daß ich ein wenig unterschätzt habe, wie wacker ihr wahrhaftig seid. Doch genug davon.« Er trat vor Linden ein Stück weit nach links. »Linden Avery, du wirst mir zum Weißgold verhelfen!«

»Du bist verrückt«, schnauzte Linden ihn höhnisch an, innerlich zusammengekrampft, während sie auf ihre Chance wartete.

Mit verächtlichem Gehabe ließ Kasreyn die Brauen emporrutschen. »Fürwahr, bin ich das? Lausche meinen Worten und erwäge sie wohl. Es ist mein Wunsch, daß Thomas Covenant seinen Ring in meine Hand gibt. Selbige Übergabe muß aber aus freiem Willen geschehen, und sein Geist ist von einem Wall umsäumt, der ihn hindert, Entschlüsse jedweder Art zu fällen. Deshalb muß dieser Wall niedergerissen werden, auf daß ich Thomas Covenant die Entscheidung abzuringen vermag, die ich von ihm verlange.« Unvermittelt wies er mit einem knochigen Finger auf Linden. »Und du wirst besagten Wall für mich einreißen.« Lindens Herz tat einen Satz. Aber sie blieb darum bemüht, ihre Erregung zu verbergen, ließ ihren zornigen Blick nicht wanken. Indem sie jedes einzelne Wort sorgfältig aussprach, schleuderte sie ihm eine unflätige Weigerung entgegen. Sanftheit wie in Erwartung von Lust zeigte sich in Kasreyns Augen. »Du trotzt mir?« meinte er ruhig. Linden schwieg, als wäre es unter ihrer Würde, ihm zu antworten. Nur das regelmäßige Keuchen und Klirren, das mit Blankehans'

Anstrengungen einherging, störte die Stille. Linden hoffte beinahe, Kasreyn werde seinen Augenring an ihr zur Anwendung bringen. Sie war so gut wie sicher, daß es ihr unmöglich sein würde, in Covenants Inneres einzudringen, wenn sie sich unter dem suggestiven Einfluß des Wesirs befand. Aber anscheinend war er sich vollauf darüber im klaren, daß es sinnlos wäre, sie mit theurgischen Methoden zu zwingen. Ohne Warnung fuhr er herum und versetzte Ceer einen gemeinen Tritt gegen das blutige Knie. Die unerwartete Mißhandlung zwängte Ceer ein Ächzen der Qual durch die Zähne. Für einen Moment geriet sein Gleichmut ins Wanken, als drohe er ohnmächtig zu werden. Die Erste bäumte sich in ihren Ketten auf, soweit das Eisen es zuließ. Seeträumer versuchte, nach Kasreyn zu schlagen, konnte ihn aber nicht erreichen. Der Wesir stellte sich erneut vor Linden. »Du trotzt mir?« Seine Stimme klang noch gelassener als zuvor.

Zittern schwoll in Linden zu einem Schaudern an. Sie duldete es, ließ ihn ihr Leid sehen, um überzeugend auf ihn zu wirken. »Wenn ich mich von dir zu so was überreden lasse, werden Brinn und Cail mich umbringen.« Tief in ihrem Innern flehte sie ihn nachgerade an, ihr zu glauben. Ein zweiter solcher Tritt, und sie müßte zusammenbrechen. Wie sollte sie es durchhalten können, Ceers Qualen zu benutzen, um zu verhindern, daß der Wesir ihre Absicht erriet?

»Sie werden nicht mehr lange genug leben, um nur einen Finger wider dich zu erheben!« schnauzte Kasreyn in plötzlicher Wut. Doch im nächsten Moment beherrschte er sich wieder. »Aber gleichwohl«, säuselte er in wiedergewonnener Gelassenheit weiter. »Ich habe andere Mittel, um dich umzustimmen.« Während er sprach, bewegte er sich an Hohl vorbei, bis er an Covenants Füßen stand. Nur der Dämondim-Abkömmling war dazu fähig, ihn zu mißachten. Auf einmal hielt Kasreyn die Gefährten in einem Bann des Entsetzens. Er hatte daran sichtlich seinen Spaß. Langsam hob er den rechten Arm. Gleichzeitig erhob sich Covenant vom Fußboden, ruckte steif in eine aufrechte Haltung hoch, als wäre er von dem Band um seinen Hals in die Höhe gerissen worden. Kasreyn vollführte aus dem dürren Handgelenk mit seiner Rechten eine Drehbewegung. Covenant wandte sich um. Seine Augen sahen nichts. Auch unter der Kontrolle durch das goldene Halsband war und blieb er inwendig so leer und leblos wie seine Aura. Sein T-Shirt war mit Tod befleckt. Er drehte sich, bis Kasreyn ihn mit einer Geste verharren ließ.

Dieser Anblick brachte Linden beinahe um ihre Entschlossenheit. Covenant wie eine Marionette in der Hand des Wesirs! Was er auch an Schlimmem begangen haben mochte, eine derartige Entwürdigung hatte er nicht verdient. Und er hatte Wiedergutmachung geleistet! Kein Mensch hatte sich jemals mehr als er um Wiedergutmachung bemüht. In *Coercri* hatte er die toten Entwurzelten erlöst. Einmal hatte er Lord Foul schon bezwungen. Und er hatte auch für Linden alles Erdenkliche getan. Diese Behandlung jedoch hatte nichts mit Gerechtigkeit zu schaffen. Sie war reine Schlechtigkeit. *Schlechtigkeit!*

Tränen rannen heiß über Lindens Wangen, als wären sie das Saure ihrer menschlichen Schwäche.

Mit einer Gebärde seiner Hand schickte der Wesir Covenant zu Linden. Sie wand sich in den Eisenbändern, versuchte ihn abzuwehren. Doch er drängte sich durch den Widerstand ihrer Hände und beugte sich vor, um ihr einen kalten, von allem Leben entleerten Kuß auf die Lippen zu drücken. Sie stöhnte auf. Dann tat er einen Schritt rückwärts. Mit seiner Halbhand gab er ihr einen Hieb, der ihr ganzes Gesicht zum Brennen brachte.

Der Wesir holte ihn zurück. Er gehorchte mit der Leblosigkeit einer Puppe. Kasreyns Blick ruhte noch immer auf Linden.

Bosheit bleckte ihm die alten Hauer. »Ersiehst du nunmehr«, meinte er mit einer Stimme, die ganz nach Gier klang, »daß meine Gewalt über ihn vollkommen ist?« Linden nickte. Sie konnte nicht anders. Nicht mehr lange, und Kasreyn würde sie so leicht lenken können, wie er jetzt Covenant schikanierte. »Dann schau!« Der Wesir machte komplizierte Gesten; und Covenant hob die Hände, krümmte die Finger einwärts wie Klauen. Er grub sie ins Fleisch rings um seine Augen. »Wenn du meinen Wunsch nicht erfüllst …« – Kasreyns Stimme schwang sich lebhaft zu neuem Nachdruck empor –, »werde ich ihm gebieten, sich selbst zu blenden.«

Das war genug. Mehr konnte Linden nicht ertragen. Ausgedehntes Beben der Wut lief durch ihre sämtlichen Muskeln. Nun war sie bereit.

Aber bevor sie dazu kam, ihm ihre Einwilligung zu geben, entrang eine ungeheuerliche Anstrengung Blankehans' Brust ein Aufheulen. Mit unvorstellbarer Kraft riß er die Kette, die seinen linken Arm an der Mauer festhielt, aus ihrer Verankerung; und die Kette sauste durch die Luft wie ein Dreschflegel. Mit aller Wucht von Blankehans' Kraftaufwand traf sie Kasreyn gegen die Kehle. Der Anprall warf den Wesir rückwärts. Er stürzte wuchtig auf die Stufen, fiel auf den Fußboden. Dort blieb er bewegungslos liegen. Soviel Kraft und Eisen mußte in seinem Hals jeden Knochen gebrochen haben. Lindens Blick erfaßte ihn, sah sofort, er war tot. Diese Tatsache verblüffte sie regelrecht. Im ersten Moment merkte sie kaum, daß er nicht blutete. Die Erste stieß einen wilden Schrei aus. »Stein und See, Blankehans! Eine gar löbliche Tat!«

Doch einen Augenblick später zuckte Kasreyn. Er regte die Gliedmaßen. Langsam und schwerfällig raffte er sich auf Hände und Knie empor, kam dann wieder auf die Beine. Wenige Sekunden vorher hatte er keinen Pulsschlag gehabt; nun schlug sein Herz mit erneuerter Vitalität. Neue Kräfte durchströmten ihn. Er wandte sich von neuem den Gefährten zu; grinste wie eine Verheißung von Mord. Voller Grauen starrte Linden ihn an. Die Erste fluchte schwächlich vor sich hin. Das Kind auf Kasreyns Rücken lächelte süß in seinem Schlaf. Der Wesir schaute Blankehans an. Der Riese sank rücklings an die Wand, nahezu erschöpft. Aber sein bedrohlicher Blick kündete unverhohlen an, daß es ihm mit einer freien Hand bald gelingen würde, sich gänzlich zu befreien. »Mein Freund«, sagte der Wesir unterdrückt, »dafür wirst du einen Tod erleiden, der deine gräßlichsten Befürchtungen übersteigt!« Blankehans reagierte mit einem gekeuchten Knurren. Aber Kasreyn blieb nun außerhalb der Reichweite der vom Kapitän losgerissenen Kette. Bedächtig nahm er seine Aufmerksamkeit von Blankehans. »Wenn du meinen Wunsch nicht erfüllst«, wiederholte er, erneut an Linden gewandt, »werde ich ihm gebieten, sich selbst zu blenden.« Nur die leichte Gequetschtheit seiner Stimme zeugte noch davon, daß sich zwischendurch etwas ereignet hatte.

Covenant hatte sich nicht gerührt. Er stand still da, die Finger erhoben, um sich die Augen auszureißen. Linden widmete seiner schrecklichen Wehrlosigkeit einen langen Blick. Dann ließ sie ihre Haltung erschlaffen. Wie sollte sie gegen einen Mann kämpfen, der dazu imstande war, von den Toten aufzuerstehen? »Du mußt das Band von seinem Hals entfernen! Es blockiert meine Wahrnehmung.«

Cail stemmte sich gegen die Ketten. »Auserwählte!« schrie die Erste in heftigem Protest. Pechnase starrte Linden bestürzt an. Linden achtete nicht auf die anderen. Sie musterte Kasreyn. Mit wüstem Grinsen näherte er sich Covenant. Mit einer Hand faßte er an das gelbe Band. Es verschwand in seinem Griff.

Sofort verfiel Covenant wieder in seine schon vertraute Passivität. Seine Augen spiegelten nichts als Leere wider. »Rühr mich nicht an!« sagte er mit ausdrucksloser Stimme.

Ehe Linden sich in Sehnsucht oder Zorn in sein Inneres vortasten, versuchen konnte, ihre Vorsätze wahr zu machen, begann plötzlich in Hohls Nähe der Fußboden zu wirbeln und zu strudeln. Mit erstaunlicher Schnelligkeit floß Findail aus dem Granit und nahm menschliche Gestalt an. Unverzüglich wandte er sich an Linden. »Bist du von Sinnen?« Die habituelle Grämlichkeit seiner Gesichtszüge verliehen seinen Worten den Charakter eines Gezeters. »Das ist der Untergang!« Linden hatte von keinem *Elohim* je solche Töne der Furcht vernommen. »Begreifst du nicht, daß die Erde selbst in Gefahr schwebt? Nicht ohne Überlegung habe ich euch gedrängt, aufs Schiff zurückzukehren, als der Weg noch offenstand, denn ich war darauf bedacht, eine so überaus bedrohliche Lage, wie sie sich nun ergeben hat, beizeiten abzuwenden. Sonnenkundige, höre mich an!« Seine Aufregung wuchs, weil sie ihm keine Beachtung schenkte. »Ich bin der Ernannte. Das Schicksal der Erde kommt über mein Haupt. Ich flehe dich an – erfülle doch diesem Wesir seinen Willen nicht!«

Aber Linden hörte gar nicht hin. Kasreyn stand hinter Covenant und grinste, als besäße er volle Klarheit darüber, daß von Findail nichts zu befürchten war. Seine Hände hielten das goldgelbe Band, mit dem er Linden zum Nachgeben gezwungen hatte. Doch sie achtete auch nicht auf den Wesir. Sie kümmerte sich nicht um die Empörung ihrer Gefährten. Auf diesen Moment hatte sie sich von dem Augenblick an vorbereitet, in dem die Erste sagte: *Warum leben wir dann noch?* Ihn hatte sie mit jeder Faser ihres Willens angestrebt, um diese Chance hatte sie gerungen, um ihre eigene Lösung durchzusetzen. Die Entfernung des gelben Bands gab ihr diese Chance. Die Gelegenheit, wenigstens einen Vorsatz einzuhalten.

Ihr ganzes Ich war auf Covenant konzentriert. Während ihre Gefährten versuchten, sie von ihrem Vorhaben abzubringen, sie umzustimmen, öffnete sie Covenant ihre gesamte sinnliche Wahrnehmung. Mit einer Überstürztheit, die einem Ausbruch von Ekstase oder Aufopferung, Zorn und Trauer glich, unterwarf sie sich seiner inneren Leere.

Diesmal nahm sie keine Rücksicht auf die Art der Leidenschaft, mit der sie in ihn vordrang. Und sie wehrte sich nicht, als es sie in den weiten Abgrund riß. Sie war sich dessen bewußt, daß ihre früheren Fehlschläge auf ihre Versuche zurückzuführen gewesen waren, ihn nach ihrem Willen zu beeinflussen, ihren Zwecken zu beugen; jetzt jedoch wollte sie nichts für sich, hielt nichts zurück. Sie lieferte sich vollständig aus, stürzte wie ein im Erlöschen begriffener Stern in das Nichts, hinter dem die *Elohim* Covenants Seele verborgen hatten.

Trotzdem vergaß sie keineswegs Kasreyn. Der Wesir schaute mit lebhafter Aufmerksamkeit zu, wartete auf das Wiedererwachen von Covenants Willen. In dem Moment, sobald das geschah, würde Covenant ihm uneingeschränkt verfügbar sein; denn es war kaum damit zu rechnen, daß er sofort völlig zu Bewußtsein oder in den Vollbesitz seiner Macht gelangte, und solange er nicht beides zurückerrang, konnte er sich der Suggestivkraft des Wesirs nicht erwehren. Linden empfand nicht das geringste Mitgefühl für Kasreyn, duldete nichts, was auch nur entfernt Mitleid geähnelt hätte. Während sie in Covenants Leere fiel und fiel wie in den Tod, schrie sie lautlos ihre Weisungen, die durch die unbewohnten Klüfte seines Geistes hallten.

Diesmal erhoben sich keine Bilder aus den Tiefen seiner Seele, um ihr Schrecken einzujagen. Linden hatte sich selbst so restlos aufgegeben, daß nichts geblieben war, das ihr hätte Furcht einflößen können. Statt dessen fühlte sie die Schichten ihres unabhängigen Ichs abgeschält werden. Strenge und Ernst, Disziplin, Ausbildung und Medizinstudium, alles war dahin, Linden war fünfzehn, von dieser Verwaisung bedrückt, in diesem Alter ganz und gar dazu außerstande, auf den Tod ihrer Mutter eine Antwort zu finden. Kummer, Schuld und ihre Mutter waren fort, und es schien in ihr nichts anderes zu existieren als das kalte unauslöschliche Grauen, die Anklage des Selbstmords ihres Vaters. Dann war auch kein Selbstmord mehr vorhanden, und sie stand unter einer klaren Sonne zwischen Feldern und Blumen, erfüllt mit all der Fähigkeit eines Kindes zu Glück, Freude und Liebe. Sie hätte immerzu weiter so fallen können.

Der Sonnenschein breitete rings um sie seine Schwingen, der Wind zauste ihr das Haar wie eine Hand voller Zuneigung. Sie schrie vor Vergnügen. Und nicht ungehört. Querfeldein lief ein Junge auf sie zu. Er war älter als sie, wirkte sogar erheblich älter. Dennoch war er ein Junge, und der Covenant, der er einmal werden sollte, ließ sich bestenfalls in den Andeutungen seiner Gesichtszüge, der Glut in seinen Augen absehen. Er näherte sich ihr mit scheuem, nur halbem Lächeln. Seine Hände jedoch waren offen und heil, brauchbar. Gepackt von einer Aufwallung spontaner Begeisterung, rannte sie ihm mit ausgebreiteten Armen entgegen, lechzte nach der Umarmung, die sie verwandeln würde.

Doch als sie ihn berührte, erfolgte eine Überbrückung des Abgrunds, und Covenants Leere flutete in sie herüber. Sofort konnte sie alles sehen, alles hören. Ihre sämtlichen Sinne funktionierten normal. Ihre Gefährten waren verstummt; sie starrten sie verzweifelt an. Kasreyn stand neben Covenant, den Augenring in Bereitschaft; seine Hände zitterten, als wäre er nicht länger imstande, seine Gebrechlichkeit zu verheimlichen. Doch hinter dem, was sie hörte und sah, heulte Linden wie in einem Vorgeschmack ihres späteren Lebens. Sie war ein Kind in einem Feld voller Blumen, und der ältere Junge, den sie bewunderte, hatte sie verlassen. Die Liebe war aus dem Sonnenschein verschwunden, hatte den Tag so trostlos zurückgelassen, als wäre alle Freude tot.

Aber sie sah ihn, sah den Jungen in dem Mann Thomas Covenant wieder, als sich in seinen Gliedmaßen wieder Leben und Willen bemerkbar machten. Sie sah, wie er sich in die Gewalt bekam, den Kopf hob. All ihre Sinne funktionierten normal. Sie vermochte nichts als weiterhin zu heulen, als er sich Kasreyn zudrehte, sich der Suggestivkraft des Wesirs aussetzte. Noch war er zu weit von seinem eigenen Ich entfernt, um sich wehren zu können.

Doch bevor es dem Wesir gelang, seinen Augenring zu verwenden, drangen Covenant die durch Linden eingepflanzten Weisungen ins Bewußtsein. Er schaute Kasreyn direkt ins Gesicht und führte sie aus. Deutlich und verständlich sprach er nur ein einziges Wort aus.

»Nom.«

DRITTER TEIL
SCHEITERN

19
WUNDERTÄTER

Der Name schien die Luft zum Gerinnen zu bringen, den Stein der Sandbastei selbst mit Entsetzen zu schlagen. Wie aus großer Entfernung und in Vereinsamung sah Covenant, wie Kasreyn von dem Wirbel zurückprallte. Das Okular entglitt der Hand des Wesirs. Betroffenheit und Wut zerfurchte sein greises Gesicht. Aber er konnte nicht rückgängig machen, daß Covenant das Wort gesprochen hatte. Für einen Moment befiel ihn panikartige Unentschlossenheit, lähmte seine Handlungsfähigkeit. Dann stieg in ihm alte Furcht empor, und er trat die Flucht an, um sein Leben zu retten.

Im Korridor warf er die eiserne Tür hinter sich zu, schob die Riegel vor. Aber diese Geräusche von Metall blieben Covenant gleichgültig. Seine Sinne hatten die ganze Zeit hindurch normal funktioniert; er war sich der Gefahr bewußt, begriff das Schicksal seiner Gefährten, besaß darüber Klarheit, was er zu tun hatte. Trotzdem war sein gewohntes Empfindungsvermögen noch nicht in vollem Umfang wiederhergestellt. Der Abstand zwischen äußeren Vorgängen und ihren Eindrücken, zwischen Wahrnehmung und Reaktionen verringerte sich nur langsam. Durch den von Linden geschaffenen Kontakt quoll in ihm neue Bewußtheit auf; aber der Abgrund zwischen ihm und der Außenwelt war gewaltig und ließ sich nicht so schnell beseitigen.

Zunächst schien die Normalisierung zügig abzulaufen. Die Bande, die ihn mit seiner Pubertät, dann seinem Dasein als jungem Mann verknüpften, heilten in einem Schwall von Erinnerungen, der sich wie Feuer anfühlte – wie Härtung und Verödung in einem. Das Feuer wandelte sich rasch in die verschwommene Überschwenglichkeit um, mit der er sich in die Schriftstellerei und in eine Ehe gestürzt hatte. Danach jedoch verlangsamten sich die Fortschritte. Während er mit Joan auf der Haven Farm lebte – vor dem Erscheinen seines ersten Romans und der Geburt ihres Sohns –, war er der Überzeugung gewesen, eine geistige Brillanz zu besitzen, die der grundlegenden Kraft des Lebens selbst entsprang. Doch er hatte sich als hohl bis ins Innerste erwiesen. Sein Bestseller war kaum mehr als ein alberner Akt der Selbstbeweihräucherung gewesen. Und das unverschuldet begangene Verbrechen der Leprose hatte seine Ehe zugrunde gerichtet. Und die Dinge, an die er sich danach erinnerte, brachten ihn dazu, sich zu winden.

Seine unfreiwillige, grausame Isolation, sein aufgezwungener Selbstabscheu hatten ihn tief in den charakteristischen Irrsinn der Lepraleidenden getrieben. Als er ins Land verschlagen worden war, schien das die endgültige Zusammenfassung und letzte Krise seines Lebens zu sein. Fast sofort hatte er die erste weibliche Person vergewaltigt, die ihm mit Freundlichkeit begegnete. Er hatte Menschen, die ihm halfen, gequält und mit Leid überhäuft. Unwissentlich war er den ihm von Lord Foul vorgezeichneten Weg gegangen, war nicht von diesem verhängnisvollen Pfad abgewichen, bis zu guter Letzt die Folgen seiner Handlungen auf ihn zurückfielen, ihn mit Entsetzen erfüllten. Und sogar anschließend bestand noch die Möglichkeit, daß er das größte Unheil herbeiführte, statt Wiedergutmachung zu leisten, wäre er nicht bei jeder Gelegenheit und in allem von Menschen wie Mhoram, Bannor und Schaumfolger unterstützt worden, von Menschen, denen ein viel tieferes Verständnis von Liebe und Tapferkeit zu eigen gewesen war als ihm. Selbst heute, Jahre später, grämte sich noch sein Herz, wenn er an den Schaden dachte, den er dem Land und dessen Bewohnern zugefügt, die Armseligkeit, mit der er ihnen am Ende doch geholfen hatte.

Seine Stimme hallte durch die dumpfige Enge des Kerkers. Seine Gefährten streckten sich ihm entgegen, während er, wie von Mutlosigkeit überwältigt, auf dem kalten Stein kniete. Aber er schenkte ihnen keine Aufmerksamkeit.

Und er war keineswegs entmutigt. Er war angeschlagen, gewiß; ohne Frage mit Schuld belastet; übervoll mit Zerknirschung. Aber seine Lepra hatte ihm nicht nur Schwäche, sondern auch Stärke gegeben. Im Thronsaal von Fouls Hort, angesichts des Weltübel-Steins und Auge in Auge mit dem Verächter, hatte er das Zentrum des Paradoxons entdeckt. Im Gleichgewicht zwischen den Gegensätzen seines Selbstabscheus und seiner Selbstbehauptung, zwischen Zweifel und Liebe, hatte er – indem er die Wirklichkeit des Verächters sowohl anerkannte wie auch leugnete – von seiner Macht Besitz ergriffen. Nun spürte er diese Macht in sich, für ihn bereit wie der Moment der Klarheit, der in der Mitte eines jeden Schwindelgefühls wartete. Als die Kluft sich schloß, hatte er zu sich zurückgefunden.

Er versuchte, die Tränen aus seinen Augen zu blinzeln. Wieder einmal hatte Linden ihn gerettet. Die einzige Frau, der er im Laufe von elf Jahren begegnet war, die sich vor seiner Krankheit nicht fürchtete. In seinem Interesse hatte sie immer wieder darauf bestanden, sich Risiken, Situationen und Anforderungen zu stellen, die sie weder in vollem Umfang ermessen noch bewältigen konnte. Der Stein unter Covenants Händen und Knien fühlte sich trügerisch an; nichtsdestotrotz war er fest zum Aufstehen entschlossen. Soviel war er ihr schuldig. Er vermochte sich noch nicht vorzustellen, welchen Preis sie dafür, daß sie ihm zu seiner Persönlichkeit zurückverholfen hatte, entrichtet haben mußte.

Als er sich abmühte, um auf die Beine zu gelangen, durchfuhr eine Erschütterung den ganzen Kerker. Die Luft war erfüllt von fernem Dröhnen, als berste Granit. Feines Pulver rieselte durch den Fackelschein, erlaubte auf Risse in der Decke des Gewölbes zu schlußfolgern. Erneut ging ein Stoß durch den Boden. Die Metalltür des Kerkers fing an zu klingen.

»Die Sandgorgone kommt«, sagte eine ausdruckslose Stimme. Covenant erkannte Brinns typische Gleichgültigkeit.

»Thomas Covenant!« Kein Aufwand an eherner Selbstbeherrschung genügte, um den Schrecken der Ersten zu meistern. »Riesenfreund! Hat die Auserwählte dein Leben verwirkt? Hat sie uns allesamt vertan? Die Sandgorgone kommt!«

Covenant war ihr nicht mit Worten zu antworten imstande. Worte standen ihm noch nicht wieder zur Verfügung. Er beschränkte seine Antwort darauf, sich breitbeinig aufzurichten, sich zu straffen, seine Beine gegen das heftige Schwanken des Bodens zu stemmen. Dann drehte er sich zur Tür um.

An seiner Halbhand hing locker sein Ring. Das Gift, das seine wilde Magie auslöste, war schon seit vielen Tagen nur noch latent vorhanden; und er war gerade erst wieder zu sich selbst zurückgekehrt. Er hatte seine Macht nicht unter Kontrolle. Aber er war bereit. Linden hatte mit demselben Manöver, das den Wesir fortscheuchte, für die unabdingbare Notwendigkeit seiner Einsatzbereitschaft gesorgt.

Findail sprang an Covenants Seite. Das Grausen, das den *Elohim* gepackt hatte, glich in seiner Deutlichkeit einem Krakeelen, obwohl er durchaus nicht schrie. »Tu's nicht!« Eindringlichkeit trieb seine Worte durch das Beben des Steins. »Willst du die Erde vernichten?« Mühsam gebändigte Drangsal verkrampfte ihm die Gliedmaßen. »Der Sonnenkundigen gelüstet's nach Tod. Sei du nicht so närrisch! Gib mir den Ring!«

Daraufhin lohte die erste Glut von Covenants altem Zorn zur Flamme empor. Das entfernte Dröhnen setzte sich fort, als hätten Teile der Sandbastei einzustürzen begonnen; doch die

Gefahr war bereits wesentlich näher. Man hörte schwere Füße mit einer Art von Klatschen im Laufschritt den Korridor außerhalb des Kerkers durchmessen. Unwillkürlich drückte Covenant die Knie durch, um das Gleichgewicht zu bewahren, auf Kampf eingestellt zu sein. Die Füße erreichten die Tür, verharrten.

»Seidensommer Glanzlicht«, sagte Pechnase wie in einem Stöhnen durch die Zähne, »ich liebe dich.«

Dann zerbrach die Kerkertür wie ein Bogen Pergament, als Nom zwei stumpfe Arme, vergleichbar mit mächtigen Rammböcken, gegen und durch sie hindurchstieß. Während das Kreischen von Metall durch den Kerker hallte, stand die Sandgorgone geduckt unter der Türwölbung. Auf der Höhe der Schwelle wirkte die Bestie so gewaltig, als reichten ihre Kräfte aus, um die gesamte Sandbastei Stein für Stein einreißen zu können. Ihr Kopf besaß kein Gesicht, keine Gesichtszüge, hatte nichts, um dem mörderischen Grimm der Kreatur Ausdruck zu verleihen. Doch ihre Aufmerksamkeit war unbarmherzig ausschließlich auf Covenant gerichtet.

Indem es in den Kerker herabfuhr wie ein Donnern, griff das Vieh Covenant an, als hätte es die Absicht, ihn durch die hintere Wand zu schmettern. Kein gewöhnliches sterbliches Fleisch und Bein hätte einem solchen Ansturm zu widerstehen vermocht. Aber das Gift des Verächters war durch die *Elohim* lediglich unterdrückt worden. Es war weder beseitigt noch geschwächt. Und die Sandgorgone war selbst ein Geschöpf der Naturgewalt.

In dem Moment, bevor Nom ihn erreichte, verwandelte sich Covenant in eine Eruption weißen Feuers. Wilde Magie: Grundstein des Bogens der Zeit, eine durch keine Gesetzmäßigkeit als die immanenten Grenzen ihres Inhabers beschränkte oder bezähmte Macht. *Du bist das Weißgold,* hatte einst Hoch-Lord Mhoram wie in einer Prophetie des Feuers zu

Covenant gesagt, und Covenant hatte die Prophezeiung erfüllt. Ein Gleißen durchloderte ihn. Silberweiße Glut brach aus ihm hervor wie aus einem Silberschmelzofen. *»Nicht!«* gellte an seiner Seite Findails Stimme einen letzten Einspruch.

Die Sandgorgone prallte gegen Covenant. Ihr Schwung und die Wucht schleuderten ihn an die Wand. Aber er spürte die Attacke kaum. Weißes Feuer schützte ihn vor Schmerz und Verletzungen, als wären die Flammen zu einer äußerlichen Manifestation seiner Lepra geworden, würden ihn bis an den Rand des Menschseins gefühllos und taub machen. Ein Mensch mit lebendigen Nerven hätte diese Energie zu stark gespürt, um sie zu solcher Gewaltsamkeit anschwellen lassen zu können; Covenant kannte keine derartige Beschränkung. Das Gift war wieder in ihm aktiv. Die von den Schlangenzähnen an seinem Unterarm zurückgebliebenen Narben glänzten wie die Augen des Verächters. Fast ohne Nachdenken oder Willen warf er sich Noms Angriff entgegen.

Die Sandgorgone taumelte zurück. Wie aufrechtes Magma folgte Covenant. Nom führte Schläge, die Monolithen zertrümmert hätten. Angeborene Wildheit, vervielfacht durch Jahrhunderte bitterer Gefangenschaft, hämmerte Hiebe auf ihn ein. Er bot dagegen energetische Ausbrüche auf, die tobten wie Blitzschläge. Aus der Decke des Kerkers brachen Brocken von Granit und zerfielen zu Staub. Im Fußboden bildete sich ein Netzwerk von Rissen. Das Gewölbe der Tür stürzte ein, hinterließ eine Bresche zum Korridor, die an eine Wunde erinnerte. Findails Gejammer klang wie das Klagen von Stein.

Covenant drängte fortgesetzt nach. Die Kreatur wollte nicht weiter zurückweichen. Covenant und Nom schlangen die Arme umeinander, umarmten sich wie Brüder in der Not.

Die Sandgorgone verfügte über fürchterliche Kräfte. Sie hätte dazu imstande sein müssen, Covenant zu zerdrücken wie ein Bündel morschen Reisigs. Aber er glich einem Avatar des

Feuers, und jedes Lohen der Flammen erhöhte seine aus Gift und Zorn erstandene Ekstase. Seine Gestalt leuchtete bereits mit solcher Helligkeit, daß sie seine Gefährten blendete. Silberglut schmolz und pulverisierte geborstenen Stein, erweiterte den Kerker mit jedem heißen Pochen seines Herzens. Er war so hilflos gewesen. Nun raste er geradezu vor Verlangen, endlich zurückzuschlagen. Diese Sandgorgone hatte Hergrom getötet, Ceer zum Krüppel gemacht. Und Kasreyn hatte das Unheil ausgelöst. Kasreyn! Er hatte Covenant, während er vollkommen wehrlos war, auf die scheußlichste Weise gequält; und nur dank Hergroms Eingreifen war Covenant vor dem Tod bewahrt worden – oder einer Sklaverei, die schlimmer gewesen wäre als der Tod. Wut schwoll in Covenant; seine Erbitterung brannte wie der Zorn der Sonne. Aber Nom traf keine Schuld. Das Biest war von arglistiger Natur und versessen auf Gewalt; doch es lebte und handelte nur nach Maßgabe von Kasreyns Gutdünken. Kasreyn, hinter allem stak Kasreyn. Bilder von Greueln durchstoben Covenant. Seine heftige Gemütsbewegung stattete ihn mit der Unbezwingbarkeit eines Vulkans aus.

Er spürte, wie Nom in seinen Armen schwächer zu werden begann. Instinktiv verminderte er die eigene Kraft. Das Gift war von neuem in ihm erwacht, aber er vermochte es noch immer einzudämmen. Er wollte nicht töten.

Sofort bot die Sandgorgone mit einem Schlag erneuerte Kräfte auf, hätte Covenant beinahe entzweigerissen. Aber Covenant war längst viel zu sehr in Macht getränkt, um noch überwindbar zu sein. Er hüllte das Biest in wilde Magie, legte ihm Ketten von Flammen und Willenskraft an. Es widersetzte sich mit titanischem Kraftaufwand, doch ohne Erfolg. Covenant behielt es im Griff seiner wilden Magie, entwand sich seinen Armen und trat zurück. Für einen ausgedehnten Moment wand sich Nom, verwendete alle alte Wüstheit ihrer Natur auf die Bemühung, sich zu befreien. Aber es war ihr unmöglich, sich gegen Covenant zu behaupten. Da endlich fing die Sandgorgone allem Anschein nach langsam zu begreifen an, daß sie zu guter Letzt an einen Menschen geraten war, der sie besiegen konnte. Sie stellte das Ringen ein. Die Arme sanken an ihre Seiten herab. Anhaltendes Zittern wie in Erwartung des Todes durchbebte ihre Muskeln.

Nach und nach ließ Covenant seine Energie verflackern, bis nur noch eine faustgroße Flamme aus seinem Ring loderte. Binnen kurzem war das Vieh des Feuers ledig.

Pechnase begann zu lachen wie jemand, der kurz vor der Hysterie gestanden hatte. Findail starrte Covenant an, als wäre er sich in bezug auf das, was er sah, nicht recht sicher. Doch Covenant hatte für nichts und niemand außer der Sandgorgone Zeit. Mit vorsichtigen Regungen erprobte Nom die wiedergeschenkte Bewegungsfreiheit. Überraschung verstärkte ihr Gezitter. Ihr Kopf ruckte hin und her, bezeugte Ungläubigkeit. Bedächtig, als fürchte sie das eigene Verhalten, hob sie einen Arm, um einen Hieb gegen Covenants Kopf zu führen.

Covenant ballte die Faust, sandte einen Glutausbruch hinauf in die Höhlung, die er über sich in den Stein gebrochen hatte. Aber er verschonte Nom mit seinem Feuer. Statt dessen bemühte er sich darum, seine wie eingerostete Stimme wieder in Gebrauch zu nehmen. »Wenn du mich nicht tötest, mußt du nicht in den Schrecken der Sandgorgonen zurückkehren.«

Nom erstarrte, als hätte sie ihn verstanden. Jeder Muskel ihres Körpers zitterte, als sie den Arm senkte. Einen Moment später verblüffte das Biest Covenant, indem es zu Boden sank. Noms Zittern verstärkte sich zu einem Schlottern, dann verebbte es. Bedachtsam berührte die Sandgorgone vor Covenants Füßen mit der Stirn den Stein, wie um ihm ihre Dienste anzubieten. Bevor Covenant reagieren konnte, richtete Nom sich wieder auf. Ihre Gesichtslosigkeit gab nichts von dem preis, was in ihr vorgehen mochte. Sie wandte sich mit animalischer Würde ab, klomm durch die zerborstene Türöffnung, bahnte sich ohne Zögern einen Weg durch den Schutt des Türgewölbes und entschwand in den Korridor.

In der Ferne hatte das Geräusch zusammenbrechenden Steins nachgelassen; ab und zu jedoch ertönte noch ein dumpfes Rumpeln, als stürze ein Abschnitt einer Mauer oder einer Decke ein. Nom mußte während ihres Eindringens in die Sandbastei schwere Schäden verursacht haben.

Unvermittelt wurde sich Covenant der Helligkeit seines Feuers bewußt. Sie stach ihm in die Augen, als wäre Normalität in seine Augäpfel zurückgekehrt. Er reduzierte seine wilde Magie, bis nur noch ein kleines Flämmchen an seinem Ring züngelte. Aber er brachte sie nicht völlig zum Erlöschen. Zwischen den Gefährten und der Sternfahrers Schatz lag noch ganz *Bhrathairealm;* und ihm stand nicht der Sinn danach, länger ein Gefangener zu bleiben. Erinnerungen an Schwelgenstein regten sich in ihm – an Hilflosigkeit und Gift, vermischt mit Abscheu. Im Anschluß an die Wahrsagung hatte er einundzwanzig Mitglieder der Sonnengefolgschaft des na-Mhoram getötet. Die Narben an seinem Unterarm glänzten ihm unausgesetzt ins Gesicht. Plötzliche Hast befiel ihn, als er sich umdrehte, seine Gefährten anschaute.

Hohl stand in seiner Nähe: ein Inbegriff des Urbösentums in menschlicher Gestalt. Seine Lippen zeigten ein schwarzes Grinsen der Beifälligkeit. Doch Covenant hatte keine Zeit mit dem Dämondim-Abkömmling zu vergeuden. Wie schnell mochte es Kasreyn möglich sein, die Verteidigung der Sandbastei zu organisieren? Covenant schob sich an Hohl vorüber und ging.

Die Erste raunte mit schleppender Stimme seinen Namen. Sie wirkte, als wäre sie die Tragweite der knappen Rettung kaum zu verkraften imstande. An ihrer Seite vergoß Pechnase ohne Scham Tränen, lachte immer wieder vor sich hin. Der schwere Bluterguß an seiner Schläfe schien sein emotionales Gleichgewicht zu beeinträchtigen. Blankehans stand an der Wand, eine zerbrochene Kette baumelte an seinem Handgelenk, Blut tropfte ihm von den Handgelenken; sein Gesicht jedoch verriet vollständige Konzentration auf die neue Hoffnung, die Covenant ihm gegeben hatte.

An den anderen Wänden spiegelten die Augen der *Haruchai* die Glut des Weißgolds wie in einem Schimmer des Stolzes wider. Sie machten keinen weniger außerordentlichen Eindruck als jener Eid, mit dem die Bluthüter sich einst über Tod und Schlaf hinaus an die Lords gebunden hatten. Sogar Ceers Augen glänzten, obwohl hinter dem Widerschein so heftige Pein hauste, daß selbst Covenants oberflächliche Wahrnehmung sie bemerkte. Rot sickerte rings um Ceers Knie durch den Verband.

Seeträumer dagegen schien sich Covenants Gegenwart gar nicht bewußt zu sein. Der Blick des stummen Riesen war glasig und nach innen gekehrt. Seine angeketteten Hände reckten sich nach seinem Kopf, als trachte er danach, das Gesicht mit den Händen zu bedecken. Zumindest wies er aber keine körperlichen Schädigungen auf.

Dann sah Covenant auch Linden. Sie hing in den Eisenbändern, als wären ihre Arme beide gebrochen. Ihr Kopf war nach vorn gesunken; das weizenblonde Haar verbarg ihr Gesicht und ihre Brust. Covenant konnte nicht erkennen, ob sie atmete, ob sie im Verlauf seiner Auseinandersetzung mit Nom verletzt worden war oder gar ums Leben gekommen.

Unterdessen hatte Findail beinahe pausenlos vor sich hin gemurmelt. »Gepriesen sei das Würd, daß er widerstanden hat.« Er stieß seine Äußerungen so abgehackt hervor, als wäre er stark zerrüttet. »Doch das Schicksal der Erde liegt in den Händen eines Irrwitzigen. Sie hat dem Untergang den Weg geebnet. Bin ich nicht zum Ernannten eingesetzt worden, um sie daran zu hindern? Nun ist mein Leben verwirkt. Das ist unerträglich.«

Covenant fürchtete sich davor, zu Linden zu treten, womöglich feststellen zu müssen, daß sie verletzt war oder Schlimmeres geschehen. In seiner Panik hielt er sich an Findail. Seine Fäuste krallten sich in das cremefarbene Gewand des *Elohim.* Seine Macht ballte sich zusammen, um Findails hagere Gestalt zu durchlohen. *»Was ist mit ihr passiert?«*

Im ersten Moment wirkten Findails gelbliche Augen, als dächte er darüber nach, ob es am gescheitesten sei, einfach in Covenants Griff zu entmaterialisieren. »Hüte dein Feuer, Ringträger!« sagte er jedoch statt dessen. »Du begreifst nicht das Ausmaß der Gefahr. In deinen unsanften Händen hältst du wie ein ganz und gar zerbrechliches Kleinod das Schicksal der Erde.« Covenant verloderte eine Flamme des Zorns. »Ich werde dir antworten«, fügte Findail sofort hinzu. Covenant ließ ihn nicht los. Das Wühlen der wilden Magie in ihm glich einer Schlangengrube. Sein Herz schlug am Rande erbittertsten Grimms. »Sie ist dem Schweigen anheimgefallen«, sagte Findail bedächtig, musterte Covenant, während er sprach, »so wie du beim *Elohim*-Fest dem Schweigen überantwortet worden bist. Indem sie in dich eindrang, nahm sie die Stille, die dich schützte, in sich auf.« Er redete, als läge ihm daran, Covenant noch etwas anderes mitzuteilen, eine implizite Rechtfertigung dessen, was die *Elohim* getan hatten. Doch Covenant hatte für dergleichen kein Gehör. Nur die Verkrampfung seiner Fäuste hinderte ihn an einem Wutausbruch. »Aber in ihr wird sie nicht andauern«, ergänzte Findail. »Die Stille war dein, für dich bestimmt und auf dich abgestellt, und deshalb wird dies Weib alsbald wieder wie zuvor sein.« Er sprach mit erhöhtem Nachdruck weiter. »Daher bedarf's keiner wilden Magie. Du mußt sie im Zaume halten. Verstehst du meine Worte nicht? Die Rettung der Erde hängt ab von deinem inneren Stillhalten.«

Covenant hörte nicht länger zu. Er stieß Findail von sich. Aus dem Öffnen seiner Hände zuckte Feuer, als zünde etwas. Er drehte sich zu Linden um, schmetterte die Eisenbänder von ihren Armen, die Ketten von ihren Füßen, dann streckte er die Arme aus, um sie aufzufangen. Doch sie sackte nicht zusammen; reflexhaft bewahrte ihr Körper das Gleichgewicht, als veranlaßten ihre allgemeinsten Instinkte sie zum Meiden seiner Umarmung. Langsam hob sie den Kopf. Im gelben und weißen Licht von Fackeln und wilder Magie sah Covenant, ihre Augen waren leer. *Ach, Linden!* Er konnte sich nicht zurückhalten, er schlang die Arme um sie, drückte und wiegte sie, als wäre sie ein Kind. Er selbst war so gewesen. Und sie hatte es sich für ihn angetan. Seine Umarmung breitete einen Mantel aus silbrigem Schimmer um sie. Das Fließen seiner Macht umhüllte sie, als wäre er dazu außerstande, sie je wieder aus seinen Armen zu lassen. Er wußte nicht, ob er weinen sollte, weil sie noch lebte, oder den jämmerlichen Zustand verfluchen, in dem sie sich befand. Sie selber hatte sich das angetan. Für ihn.

»Ur-Lord, der Wesir wird den Wunsch hegen, uns die Flucht zu verwehren.« Brinn sprach mit fester Stimme, ohne jede Andeutung von Furcht oder besondere Betonung. »Wir müssen uns sputen!«

»Jawohl, so ist's, Riesenfreund«, bekräftigte die Erste. Mit jedem Moment, der verstrich, gewann sie mehr von ihrer kämpferischen Kaltblütigkeit zurück. »Sternfahrers Schatz ist unvermindert bedroht, und wir sind der *Dromond* fern. Ich ziehe weder Derbhands Klugheit noch seine Tapferkeit in Zweifel, doch mich begehrt's, diese Stätte zu verlassen und meinen Fuß von neuem auf die *Dromond* zu setzen.«

Das waren Worte, die Covenant verstand – keine vagen Redensarten von Gefahr, sondern ein Aufruf zum konkreten Handeln. *Das Schicksal der Erde liegt in den Händen eines*

Irrwitzigen, hatte der *Elohim* gesagt; und den Ring verlangt. Covenant hatte – trotz seines Widerwillens gegen alles Blutvergießen – viele Menschen getötet. Er mißtraute aller Macht. Doch die wilde Magie durchströmte ihn wie der Pulsschlag einer Ekstase, eine verzehrende, für jede Anwendung brauchbare Kraft. Das Drängen der Ersten vergegenwärtigte Covenant wieder die Bedeutung seiner Suche nach dem Einholzbaum, verdeutlichte ihm die Notwendigkeit von Überleben und Flucht. Und es erinnerte ihn an Kasreyn, der Linden in diese Situation gebracht hatte.

Behutsam gab er sie aus seinen Armen frei, trat zurück. Für einen langen Moment betrachtete er sie, prägte sich ihr ausdrucksloses, attraktives Gesicht ein, als bräuchte er für all seine Empfindungen einen Brennpunkt. Dann drehte er sich zu seinen Gefährten um.

Mit einer mentalen Gebärde brach er die Ketten an ihren Handgelenken und Fußknöcheln, machte mit Seeträumer und Ceer den Anfang, damit der stumme Riese sich um den verletzten *Haruchai* kümmern konnte. Ceers Pein rief in Covenant erneut Betroffenheit hervor, und Flammen lohten aus seinen Armen, als wäre er lediglich der Brennstoff der wilden Magie. Nicht nur einmal hatte er sich selbst geheilt, sich mittels der wilden Magie vor den Folgen ernster körperlicher Verletzungen bewahrt. Doch die Unempfänglichkeit seiner Nerven hinderte ihn daran, das gleiche für seine Freunde zu tun. Er mußte nachdrücklich an sich halten, damit seine Erbitterung keine neuen energetischen Ausbrüche erzeugte.

Im Handumdrehen waren auch die übrigen Gefährten frei. Pechnase stand unsicher auf den Füßen, litt noch an Nachwirkungen des Hiebs, den er an die Schläfe bekommen hatte. Brinn dagegen schritt vorwärts, als wäre er in Covenants Dienst buchstäblich alles zu wagen bereit. Cail nahm Linden in seine Obhut. Die Erste zückte ihr neues Schwert, faßte es mit beiden Fäusten; ihre Augen blickten mit einer Schärfe drein, die den Schneiden der Klinge nicht nachstand. Blankehans spannte die Kette, die er zerrissen hatte, prüfte ihre Verwendbarkeit als Waffe. Für einen kurzen Moment kosteten sie nur ihre Befreiung aus. Dann sprang die Erste die Stufen empor und zum Kerker hinaus, und die anderen Gefährten schlossen sich ihr an.

Der Korridor bog sowohl links wie auch rechts ab; doch die Erste strebte ohne Umschweife in die Richtung, die die Sandgorgone nach dem Verlassen des Kerkers genommen hatte. Covenant folgte der Schwertkämpferin durch den Korridor, Brinn und Blankehans an seinen Seiten; danach kamen die restlichen Gefährten. Die Riesen mußten sich ducken, weil die Decke des Korridors für sie zu niedrig war; hinter der ersten Decke jedoch mündete der Korridor in einen größeren Gang, den zahlreiche Zellentüren säumten. Die *Hustin,* die hier Wache gehalten hatten, waren tot, lagen noch, wo Nom sie niedergemacht hatte. Covenant nahm sich nicht die Zeit, in die Zellen zu schauen, aber im Vorbeigehen riß er sämtliche Riegel zurück.

Der Gang führte in ein ganzes Gangsystem. Die Erste blieb stehen, wußte nicht weiter. Ein Moment verstrich, bis Brinn am Ende eines Korridors eine Treppe erspähte. Unverzüglich eilten die Gefährten dorthin.

Ehe sie sie erreichten, kam eine schlanke Frau die Treppe herunter, lief auf die Gefährten zu. Als sie die Gruppe sah, verharrte sie überrascht, dann kam sie ihr entgegen. Man konnte in ihr kaum noch die Edle Alif erkennen. Ihr Kleid war zerfetzt und geschwärzt. Das Haar hing ihr in Strähnen um den Kopf, die Kopfhaut wies wunde, enthaarte Stellen auf. Vier lange, rote Striemen entstellten ihre rechte Wange. »Die Sandgorgone ...«, keuchte sie, sobald sie vor der Ersten und Covenant stand. »Wie hat's sich begeben, daß ihr ...?« Doch im nächsten Augenblick bemerkte sie Covenants Feuer, die wachsame Hitzigkeit seiner Augen. Sie stockte, vorübergehend erschlaffte ihre Haltung. »Ach, ich habe um euch gefürchtet … Ihr wart meine Hoffnung, und als die Sandgorgone … Ich eilte mich, um euch ein letztes Mal zu sehen, selbst den Tod zu suchen.« Sie verzog unter ihren Wunden das Gesicht. Aber ihre Gedanken klärten sich rasch. »Ihr müßt fliehen!« rief sie. »Kasreyn wird alle Macht der Sandbastei wider euch aufbieten!«

Die Erste warf Covenant einen Blick zu; aber er war nicht Linden, konnte nicht feststellen, ob man dieser Frau trauen durfte oder nicht. Seine Erinnerungen an die Edle bereiteten ihm Unbehagen. Wäre sie jetzt hier, falls sie es geschafft hätte, ihn zu verführen? »Edle«, sagte die Erste streng, »du hast Unbill erlitten.«

Alif hob eine Hand an die Wange, eine Geste des Jammers. Sie war eine der Meistgeliebten gewesen; ihre Position war abhängig gewesen von ihrer Schönheit. Doch eine Sekunde später ließ sie die Hand sinken, bot all ihre Würde auf und erwiderte den kritischen Blick der Ersten mit aller offenen Direktheit. »Die Edle Benj kennt in ihrem Überschwange des Obsiegens keine Gnade. Dieweil sie des *Gaddhi* Meistgeliebte ist, gewährte man mir nicht einmal die Erlaubnis, mich zu verteidigen.«

Darauf nickte die Erste, als verhieße sie Gewalt. »Willst du uns den Weg aus dieser Stätte weisen?«

Die Edle zögerte nicht im geringsten. »Ja. Hier steht für mich kein Leben mehr zu erwarten.« Die Erste wollte sich erneut zur Treppe wenden; doch die mißhandelte Frau hielt sie zurück. »Dort gelangt man ins Erste Rund. Aus selbigem führt kein Weg außer dem durch die Tore nach draußen – und ihr müßtet auf den Widerstand der ganzen Sandbastei treffen. Ich werde euch einen anderen Weg zeigen.«

Covenant war dafür. Aber er hatte noch andere Pläne. Mit jedem Herzschlag flackerte Energie aus seiner Gestalt. »Beschreibe ihn mir!«

»Die Sandgorgone hat eine große Bresche in die Sandbastei gebrochen«, antwortete die Edle. »Indem wir den Fußstapfen des Ungeheuers folgen, werden wir innerhalb der Grenzen des Sandwalls ins Freie gelangen. Von dort aus führt der sicherste Pfad zum Hafen über den Sandwall selbst. Es wird auf dem Sandwall Wachen haben, doch es mag sein, des Wesirs Gedanken gelten anderen Dingen … den Toren.«

»Und auf dem Wall wird man uns weit weniger leicht bedrängen können«, sagte die Erste grimmig, »als innerhalb der Tore oder in den Straßen von *Bhrathairain*. Dein Vorschlag ist tauglich. Laßt uns gehen.«

»Na schön«, sagte Covenant augenblicklich. »Ich stoße auf dem Sandwall zu euch. Irgendwo. Falls nicht, wartet bei den Spitzen auf mich.«

Die Erste drehte sich um, widmete ihm einen eindringlichen Blick. »Wohin willst du?«

Covenant strotzte von Gift und Macht. »Es wird uns nichts nutzen, die Wächter niederzukämpfen. Die eigentliche Gefahr ist Kasreyn. Wahrscheinlich kann er das Schiff versenken, ohne einen Fuß aus der Wesirswacht zu setzen.« Erinnerungsbilder wallten in ihm auf – Erinnerungen an damals, als er nach der Verteidigung des Steinhausens Mithil vor Schaumfolger, Triock und Lena gestanden und Versprechungen gemacht hatte. Sie waren von ihm gehalten worden. »Ich werde ihm seinen verdammten Turm um die Ohren zusammenfallen lassen.«

Zu der Zeit hatte er wenig oder nichts von der wilden Magie verstanden. Seine Versprechungen hatte er abgelegt, weil er keine andere Abhilfe für seine Gemütsbewegungen wußte. Doch nun herrschte in Linden Schweigen, um seinetwillen war sie inwendig leer und blind; und er glühte rundum von weißem Feuer. Als die Erste ihm zunickte, entfernte er sich von der Gruppe der Gefährten, lief zur Treppe. Brinn blieb an seiner Seite. Covenant widmete dem *Haruchai* einen kurzen Blick. Sie waren nur zwei gegen die gesamte Sandbastei. Aber das genügte. Einmal hatten er und Brinn es mit ganz Schwelgenstein aufgenommen und die Oberhand gewonnen. Doch als Covenant die Treppe hinaufzuhasten begann, erregte ein Wehen von cremigem Weiß seine Aufmerksamkeit, und er merkte, daß Findail ihnen nachrannte. Covenant zögerte mitten auf den Stufen. Der *Elohim* bewegte sich mit ähnlicher Leichtigkeit fort wie Hohl. »Tu's nicht, ich beschwöre dich!« sagte Findail mit aufdringlichem Nachdruck. »Bist du gleichermaßen taub wie irrsinnig?«

Im ersten Moment verspürte Covenant nicht wenig Lust, es dem *Elohim* zu zeigen. Die Hände juckten ihm von Energie; Flammen züngelten an seinen Armen auf und ab. Aber er nahm sich zusammen. Möglicherweise ergab sich demnächst eine bessere Gelegenheit, um an die Antworten zu gelangen, die er haben wollte. Er ließ den *Elohim* stehen und erklomm die Treppe mit der Schnelligkeit des Feuers in seinen Beinen.

Die Treppe war lang, und als sie sie überwunden hatten, gerieten sie in das Labyrinth der Flure und Gänge an der Rückseite des Ersten Runds. Alle Räumlichkeiten wirkten verlassen. Anscheinend hatte man sämtliche Streitkräfte der Sandbastei bereits woanders hinkommandiert. Covenant wußte nicht, wohin er sich wenden sollte. Aber Brinn kannte sich aus. Er übernahm die Führung; und Covenant folgte ihm im Laufschritt.

Das Rumpeln gelockerten Steins war mittlerweile verstummt. Die Steine bebten nicht länger. Aus der Ferne jedoch ertönte das Heulen von Alarmsirenen, ein wüstes, gedehntes Jaulen, das klang, als käme es aus den aufgerissenen Mäulern von Scheusalen. Sie heulten, als riefen sie ganz *Bhrathairealm* zum Krieg. In die Erkenntnis verbissen, daß keine Flucht aus der Sandbastei oder dem Hafen von *Bhrathairain* Hoffnung auf Erfolg haben konnte, solange Kasreyn von dem Wirbel lebte, beschleunigte Covenant sein Tempo. Rascher als erwartet, ließ er das Gewirr der rückwärtigen Räume hinter sich und eilte wie ein Fließen von Silber in den riesigen Vorsaal des Ersten Runds, auf die breiten Treppen zu, die sich nach oben schwangen, als mäßen sie einander im Aufwärtsstreben. Der Vorsaal war schwer von Soldaten und *Hustin* bewacht.

Ein Ruf scholl zur Decke empor. Die Streitkräfte der Sandbastei waren an den Toren konzentriert worden, um jeden Fluchtversuch der Gefährten zu vereiteln. Die Gestalten sahen übergroß und düster aus, denn draußen war die Nacht hereingebrochen, und nur von den Wachen gehaltene Fackeln erhellten den Vorsaal. Sobald der Ruf verhallte, stürmten die ersten Angreifer heran.

Brinn achtete nicht darauf. Leichtfüßig lief er zur näheren der beiden Treppen, begann sie eilends zu ersteigen. Covenant folgte ihm mit der Kraft seiner wilden Magie. Findail hielt Anschluß, als bestünde die Luft, die ihn umgab, aus Schwingen. Offenbar durch den Ruf alarmiert, kam aus dem Zweiten Rund ein Haufen von *Hustin* heruntergestampft. Man mußte in der Absicht, die Gefährten in die Zange zu nehmen, droben im Zweiten Rund Dutzende von Wachen bereitgestellt haben. Schatten huschten wie Anzeichen von Beunruhigung über die viehischen Gesichter der *Hustin,* als sie sahen, daß die drei Männer, statt die Flucht zu ergreifen, ihnen entgegenstiegen. Brinn trat einen Gegner nieder, stieß einen zweiten beiseite, entwand einem dritten den Speer. Dann fegte Covenant sämtliche *Hustin* mit einer Flammenwand von der Treppe und hastete weiter die Stufen hinauf. Brinn verweilte nur einen Moment, um den Speer den Verfolgern entgegenzuschleudern,

bevor er Covenant ein- und überholte und von neuem voraus-
eilte.

Im Zweiten Rund war es erheblich dunkler als unten. Die Wachen, die dort haufenweise lauerten, vermieden es, ihre Gegenwart mit Fackeln zu verraten. Aber Covenants Magie leuchtete wie eine Erscheinung, enthüllte jede Gefahr. Mit jedem Schritt schien er sich weiter einer Erhöhung über sich selbst zu nähern. Gift und Feuer trieben ihn vorwärts, als träfe er nicht länger eigene Entscheidungen. Weil die *Hustin* und Soldaten zu zahlreich waren, um Brinn eine wirksame Gegenwehr zu ermöglichen, rief Covenant den *Haruchai* an seine Seite, schuf um sie beide eine Feuersbrunst und setzte sie, während sie den Weg fortsetzten, ein wie einen Schlachtkeil. Seine Glut sengte eine schwarze Spur in den Boden. Die Angreifer vermochten nicht zu ihnen vorzudringen. Sie warfen Speere, aber wilde Magie zersplitterte sie in der Luft.

Außerhalb der Sandbastei gellten die Alarmsirenen immer schriller, ihr Jaulen schwoll auf und nieder wie das Geheul der Verdammten. Covenant scherte sich nicht darum. Unangreifbar von einem Schutzwall aus Feuer umgeben, gelangte er zur nächsten Treppe und ins Rund des Reichtums. Auch dort waren alle Lichter gelöscht; aber Covenant und Brinn trafen auf keinen Widerstand. Vielleicht hatte der Wesir nicht damit gerechnet, daß seine Feinde dies Stockwerk erreichen könnten; oder womöglich wollte er keine Beschädigungen der im Verlauf von Jahrhunderten angesammelten Schätze riskieren. Am oberen Treppenabsatz verharrte Covenant, ballte den Wall aus Flammen zu einer glutheißen Masse zusammen und schleuderte sie hinab, um die Verfolger aufzuhalten. Und schon rannte er wieder Brinn nach, durchmaß die Ausstellungsräume, trug seine Wut auf Kasreyn vor sich her wie einen Rammbock. Covenant und Brinn sausten die breite, prachtvolle Treppe aus dem Rund des Reichtums wie ein feuriger Wirbel hinauf ins Rund der Hoheit.

Dort herrschte unverminderte Helligkeit. Unverändert warfen leuchtstarke Kandelaber und hohe Leuchtgefäße ihr Licht auf die Kanzel, als wäre die Höhe, in der der Thron des *Gaddhi* stand, nicht bloß eine Lüge. Aber alle Wachen waren abgezogen worden, um Kasreyn andernorts zur Verfügung zu stehen. Nichts hielt Covenant auf, während er, begleitet von wilder Magie und dem Klang von Sirenen, die Halle durchquerte. Findail folgte wie ein stiller Vorwurf. Brinn und der Zweifler begaben sich unverzüglich zu der Geheimtür, die Zugang zur Wesirswacht gewährte, öffneten den Weg zu Kasreyns privaten Räumen.

Covenant stieg aufwärts wie eine Feuersäule an den Nachthimmel. Der Aufstieg dauerte lang, hätte anstrengend sein müssen; aber die wilde Magie feite ihn gegen Ermüdung. Er atmete die Luft wie Feuer und erlahmte nicht. Die Sirenen umgellten seinen Kopf mit schrillem Hall; und dahinter hörte er die *Hustin* ihnen auf schweren Füßen so schnell nachsetzen, wie die Enge der Treppe es zuließ. Aber er war geschwind wie ein Kondor, er war gewaltig, er stand außerhalb jeder Verfolgung. In seiner Leidenschaft, die ihn nachgerade an den Rand einer Apotheose brachte, fühlte er sich, als könnte er den Schrecken der Sandgorgonen aufsuchen und heil davonkommen.

Doch trotz aller wilden Magie und Exaltation blieb sein Verstand gänzlich klar. Kasreyn war so etwas wie ein mächtiger Zauberer und Wundertäter. Jahrhundertelang hatte er über diesen Teil der Erde geherrscht. Und falls Covenant nichts einfiel, wie er der Verfolgung durch die Wächter ein Ende machen konnte, mußte er sie alle umbringen. Diese Aussicht kam ihm mit der Kälte plötzlichen Frosts zu Bewußtsein. Wie sollte er, wenn dieser Zustand der taumelhaften Erregung erst einmal vorüber war, die Bürde eines solchen Blutvergießens tragen können?

Als er den großen Raum betrat, in dem die Edle Alif ihn zu verführen versucht hatte, verringerte er seine Kraftentfaltung, minderte sie zu einem andeutungsweisen Funkensprühen an seinem Ring herab. Die Mühe, die er dafür aufwenden mußte, machte ihn benommen, als stünde ein Schwindelgefühl bevor; aber er biß die Zähne zusammen, bis er den Innendruck seiner Energie gebändigt hatte. Die wilde Magie arbeitete in ihm; er bezweifelte, daß er sie lange unterdrücken konnte. Barsch rief er Brinn von der schmiedeeisernen Wendeltreppe zurück, die nach oben in Kasreyns Labor führte. Mit gelinder Überraschung sah der *Haruchai* ihn an. Mit ruckartiger Kopfbewegung wies Covenant aufwärts. »Das ist meine Aufgabe.« Die Anstrengung, die es ihn kostete, die wilde Magie zu bezähmen, machte seine Stimme gepreßt. Der Deckel, mit dem er sozusagen das Gefäß seiner wilden Magie verschlossen hatte, drohte sich bereits zu heben, zu springen. »Du kannst mir dabei nicht helfen. Ich will dein Leben nicht sinnlos gefährden. Und ich brauche dich hier unten!« Durch die offene Tür hörte man deutlich den Lärm der Verfolger. »Halte mir die Wachen vom Hals!«

Brinn maß Covenant mit festem Blick, dann nickte er. Die Treppe war schmal. Es war für ihn durchaus möglich, den Raum gegen jede beliebige Anzahl von *Hustin* zu verteidigen. Die zugewiesene Aufgabe gefiel ihm anscheinend, als befände er sie eines *Haruchai* würdig. Er vollführte vor dem Ur-Lord eine förmliche Verbeugung. Covenant ging zur Wendeltreppe. Findail folgte ihm noch immer. Der *Elohim* redete erneut auf Covenant ein, empfahl Covenant, auf den Einsatz seiner Macht zu verzichten. Covenant hörte nicht zu; aber er benutzte den Klang von Findails Stimme, um sich einen gewissen inneren Halt zu verschaffen. Auf seine Weise verkörperte Findail eine tiefgreifendere Gefahr als Kasreyn von dem Wirbel. Und Covenant hatte sich eine Möglichkeit überlegt, wie er sich mit beiden gleichzeitig auseinandersetzen konnte. Falls er lange genug die Kontrolle zu behalten vermochte.

Ohne den Schwung, den ihm die wilde Magie verlieh, mußte er die Wendeltreppe nur mit der gewöhnlichen Kraft seiner Beine erklimmen. Die Nacht über der Wüste war kühl; dennoch stand ihm Schweiß in den Brauen, als presse das Heulen der Sirenen ihn ihm aus dem Schädel. Die Zurückhaltung, die er seiner angestauten Energie auferlegte, wirkte ähnlich auf ihn wie Furcht. Sein Herz wummerte, sein Atem röchelte, während er die letzten Stufen überwand und unter die Augen des Wesirs trat.

Kasreyn befand sich an einer Wand des Laboratoriums hinter einem langen Tisch, auf dem etliche irdene Gefäße, Flaschen und Retorten zu sehen waren, ferner eine große, eiserne Schale, aus der schwacher Dampf aufstieg. Der Wesir war dabei, seine Künste auszuüben. Einige Schritte weiter abseits stand der Stuhl, auf dem er Covenant malträtiert hatte. Die Gerätschaft des Stuhls war jedoch verändert worden. An dünnen Stäben ragten wie an Taktstöcken von ihm goldene Kreise, die wie größere Ausgaben seines Okulars aussahen, nach allen Seiten. Covenant war auf alles gefaßt, erwartete einen unverzüglichen Angriff. Feuer bäumte sich an den Zügeln seiner Willenskraft auf. Doch der Wesir empfing ihn lediglich mit einem wäßrigen Blick voller alteingefleischter Verachtung, dann richtete er seine Aufmerksamkeit wieder in die eiserne Schüssel. In dem Gurtwerk auf seinem Rücken schlief sein Sohn wie tot. »Also hast du fürwahr eine Sandgorgone bezwungen.« Seine Stimme knisterte wie die Falten seines Gewands. Jahrhunderte hindurch hatte er demonstriert, daß nichts ihm etwas anhaben konnte. Blankehans' Hieb mit der Kette hatte an seinem Hals nicht einmal einen blauen Fleck hinterlassen. »Das ist eine gewaltige Tat. Unter den *Bhrathair* sagt man, daß ein jeder, der eine Sandgorgone erschlägt, ewig leben wird.«

Covenant rang fortwährend um Bändigung seiner Energie. Gift und Magie wüteten in ihm, drängten nach Freisetzung. Ihm war zumute, als müsse er an der Anstrengung des Zurückhaltens ersticken. Es gab gute Gründe für den Tod dieses Mannes, die ihm das Blut in den Adern zum Glühen brachten. Aber wie er nun hier dem Wesir des *Gaddhi* gegenüberstand, stellte er fest, daß er außerstande war zu kaltschnäuzigem Töten. Keine Gründe genügten. Er hatte schon zu viele Menschen umgebracht. »Ich habe sie nicht erschlagen«, antwortete er heiser, als knirsche er eine Ablehnung.

Das schreckte Kasreyn auf. *»Nicht?«* Plötzlich war er wütend. »Bist du von Sinnen? Ohne den Tod des Ungeheuers vermag keine Macht es zurück in die Gefangenschaft des Schreckens der Sandgorgonen zu zwingen. Diese eine Sandgorgone allein vermöchte wohl von neuem die Düsternis der alten Zeiten über uns zu bringen. Du bist machtvoll, fürwahr!« Er schnauzte regelrecht mit Covenant herum. »Ein machtvoller Verursacher des Niedergangs von ganz *Bhrathairealm!«* Sein Zorn wirkte echt; aber im nächsten Moment vergaß er ihn anscheinend schon. Ihn beschäftigten andere Sorgen. Er blickte wieder in die Schüssel, als warte er auf etwas. »Doch glcichwohl«, grollte er gedämpft. »Dessen werde ich mich beizeiten annehmen. Und du wirst mir nicht entgehen. Ich habe bereits befohlen, euer heißgeliebtes Riesen-Schiff zu zerstören. Seine Flammen werden den Hafen von *Bhrathairain* erleuchten, derweil du dich erfrechst, mich herauszufordern.«

Unwillkürlich zuckte Covenant zusammen. Die Sternfahrers Schatz in Flammen! Schwälle wilder Magie entwanden sich den von Covenant angelegten Fesseln, lohten nach dem Wesir. Die Mühe, die Covenant darauf verwenden mußte, um sie zu bezähmen, schmerzte in seiner Brust wie Bänderrisse. Sein Schädel pochte von der Anstrengung. »Kasreyn, ich kann dich umbringen«, sagte er schwerfällig. Weißes Feuer unterstrich jedes einzelne Wort. »Du weißt, daß ich dich töten kann. Mach Schluß mit deinem Treiben. Laß den Angriff auf das Schiff abbrechen. Laß meine Freunde gehen.« Das Wallen von Energie verschleierte ihm die Sicht mit der beängstigenden Verwaschenheit von Alpträumen. »Sonst werde ich dir jeden Knochen im Leibe zu Asche verbrennen.«

»Fürwahr, wirst du das?« Kasreyn lachte; sein Lachen klang nach einem Kläffen und entbehrte jeglichen Humors. Sein Blick ähnelte in seiner Wüstheit und Unbarmherzigkeit dem Geheul der Sirenen. »Du vergißt, ich bin Kasreyn von dem Wirbel. Durch meine Künste sind der Schrecken der Sandgorgonen und diese Sandbastei geschaffen worden, und ich halte ganz *Bhrathairealm* in meinen Händen. Auf deine Weise bist du sehr wohl mächtig, und du besitzt etwas, nach dem's mich verlangt. Nichtsdestotrotz bist du kläglich und untüchtig und doch schmähst du mich.« Er sprach in aggressivem Ton; aber er griff noch immer nicht an. Mit einer Hand machte er eine langsame, in nichts bedrohliche Gebärde hinüber zu dem Stuhl. »Hast du meine Vorbereitungen erblickt?« Sein Verhalten bezeugte Selbstsicherheit. »Gold ist überaus selten in der Erde zu finden. Mag sein, man kann es nirgendwo außer in diesem Land entdecken. Deshalb habe ich mich hier niedergelassen, mir die Herrschaft über *Bhrathairealm* aufgebürdet. Und deshalb richte ich mein Trachten darauf, mir noch andere Reiche, andere Länder zu unterwerfen, um mehr Gold zu suchen. Mit Gold vermag ich meine Künste zu wirken.« Er musterte Covenant mit gleichmäßigem Blick. »Mit Gold werde ich dich besiegen.« Beim letzten Wort stieß er beide Hände nach vorn, kippte die eiserne Schüssel und warf sie um.

Eine schwarze Flüssigkeit, dicklich wie Blut, strömte über

den Tisch, setzte ihn in Brand, ergoß sich auf den Fußboden, fraß Löcher in den Stein, spritzte und floß auf Covenant zu – Säure, eine scharfe, ätzende Verbindung, in der ebensoviel Kraft stak wie in dem dunklen Gebräu, das die Urbösen zu verwenden pflegten. Wider Willen fuchtelte Covenant mit den Armen, so daß weiße Flammen nach allen Seiten schossen. Doch einen Sekundenbruchteil später hatte er sich wieder in der Gewalt. Er ballte Energie und ließ sie die schwarze Flüssigkeit verzehren. Während dieses kurzen Moments handelte Kasreyn. Als sich Covenants Blickfeld klärte, stand der Wesir nicht mehr hinter dem Tisch. Vielmehr saß er auf dem Stuhl, umgeben von kleinen goldenen Ringen.

Covenant konnte die Kontrolle nicht länger aufrechterhalten. Die wilde Magie drängte unwiderstehlich nach Ausbruch. Zu schnell, um sich noch beherrschen oder darüber nachdenken zu können, schleuderte er silberweiße Glut nach dem Wesir – einen Blitz von ausreichender Fürchterlichkeit, um jedes sterbliche Fleisch augenblicklich einzuäschern. Findails erschrockenen Schrei hörte Covenant kaum. *»Nicht!«* Aber Kasreyn blieb von Covenants Feuer verschont. Die zahlreichen Ringe rund um den Stuhl saugten es auf. Dann warfen die Ringe es zurück, verschleuderten es mit verdoppelter, verdreifachter Gewalt ins Labor. Tische brachen; Regale stürzten von den Wänden; wie in heißem Schmerz flogen glühende Scherben kreuz und quer durch die Luft. Von allen Seiten gleichzeitig überschüttete ein Hagel von Trümmern und Flammen Covenant. Nur ein reflexartig errichteter Schirm aus wilder Magie bewahrte ihn vor Schaden. Die Erschütterung stieß ihn zu Boden. Der Stein schien unter ihm zu beben wie verwundetes Fleisch. Silberne Nachbilder flimmerten durch seine Sicht. Der silberne Widerschein nahm kein Ende. Kasreyns Ringe hatten Covenants energetischen Schirm aufgesaugt. Wild zuckte die absorbierte Energie zwischen den goldenen

Kreisen hin und her, wuchs mit jedem Aufflammen zu erhöhter Stärke an. Ihr Anschwellen schien die Luft zu versengen. Findail kauerte sich vor Covenant. »Halt ein, du Narr!« Er drosch mit den Fäusten auf Covenants Schultern ein. »Hörst du mich nicht? Du wirst die Erde verwüsten! Du mußt der Magie Einhalt gebieten!«

Inmitten des Wirrwarrs von Flammenzüngeln und innerem Druck, der ihn total benommen machte, vermochte Covenant kaum richtig zu denken. Doch ein harter, grimmiger Teil seines Ichs blieb klar, rang um Entscheidungen. »Ich muß ihm das Handwerk legen«, keuchte er. »Sonst wird er uns alle abmurksen.« Linden töten. Die Riesen. Die *Haruchai.* »Es wird niemand übrigbleiben, um die Erde zu verteidigen.«

»Irrsinniger!« erwiderte Findail. »Du bist's, der die Erde gefährdet, *du!* Bist du blind für den Zweck von des Verächters Gift?«

Als er das hörte, geriet Covenants Entschiedenheit ins Wanken; aber war nicht zu beirren. Er hielt sich in einem Griff aus Wut und Furcht. »Dann erledige du's!« forderte er.

Der Ernannte zuckte zurück. »Ich bin *Elohim.* Die *Elohim* töten nicht.«

»Das eine oder andere.« In Covenants Stimme loderten Flammen mit. »Halte ihn auf! Oder beantworte meine Fragen. Ausnahmslos. Warum du hier bist. Wovor du dich fürchtest. Weshalb du willst, daß ich die wilde Magie nicht benutze.« Findail rührte sich nicht. Mit jedem Moment schwoll Kasreyns geballte Energie einem katastrophalen Ausbruch entgegen. *»Entscheide dich!«*

Der *Elohim* atmete ein, daß es wie ein Schluchzen klang. Einen Moment lang näßte Zermarterung ihm die Augen. Dann verschwamm seine Gestalt, schmolz. In Gestalt eines Vogels erhob er sich in die Luft. Feuer umflackerte ihn. Er sauste unbeschadet hindurch, geschwind wie ein Pfeil aus Erdkraft.

Er verlängerte und flachte sich ab, während er flog, schwang sich wie ein Teufelsrochen auf den Wesir zu. Bevor Kasreyn irgendwie reagieren konnte, war er an seinem Gesicht vorbei und stürzte sich auf seinen Sohn. Im selben Augenblick verwandelte sich der *Elohim* in eine Haube überm Kopf des Kindes. Unterhalb des kleinen Kinns, des flaumig behaarten Schädels zog er sich zusammen, umschloß den Kopf wie eine zweite Haut. Erstickte das Kind.

Ein Schrei entfuhr der Brust des Wesirs. Er sprang auf, taumelte aus dem Schutz seines Stuhls. Seine Hände grabschten nach seinem Rücken, versuchten Findail zu fassen; doch er konnte den *Elohim* nicht herunterreißen. Seine Gliedmaßen erstarrten. Atemnot sprenkelte sein Gesicht mit Flecken des Wahnsinns und Entsetzens. Wieder schrie er, stieß ein Kreischen des Grauens aus, das aus dem tiefsten Innern seines Wesens drang. *»Mein Leben!«* Der Schrei schien seine Seele zu zerbrechen. Wie ein geborstener Turm prallte er auf den Fußboden.

Langsam begann die Theurgie, die den Stuhl umwütete, zu verflackern. Covenant hatte sich so überstürzt aufgerafft, als wolle er Kasreyn zu Hilfe eilen. Der Druck seiner Energie und sein Abscheu vorm Töten erfüllten ihn mit einer heißen Glut, die dem Einsetzen einer unfreiwilligen Verzückung glich.

Findail nahm wieder menschliche Gestalt an und trat von der Leiche des Wesirs zurück. Seine Miene widerspiegelte Gram. »Was er bei sich trug«, sagte er leise, »war kein Sohn des Fleischs. Vielmehr war's ein *Croyel*. Die *Croyel* sind Geschöpfe der Gier und des Schmarotzens und hausen an den finsteren Stätten der Erde. Wer mit ihnen um langen Lebens oder Macht willen einen Bund eingeht, ist abseits jeder Erlösung verdammt.« Seine Stimme klang nach Tränenschleiern. »Bist du's zufrieden, Ringträger?«

Covenant war zum Antworten außerstande. Er stand am

Rand einer Eruption, hatte keine Wahl mehr, als den Ort der Vernichtung, die er anrichten mußte, zu fliehen. Um Beherrschung seines inneren Aufruhrs bemüht, ging er zur Wendeltreppe. Sie kam ihm unendlich lang vor. Aber irgendwie schaffte er es – mit einer die Nerven zerwringenden Anstrengung, die er mehr aus Rücksicht auf Brinn als auf sich selbst machte –, seine Energie noch einzudämmen. Brinn sollte nicht die Folgen tragen müssen; sie würden ihn das Leben kosten.

Der *Haruchai* befand sich nach wie vor im unteren Raum. Brinn hatte die Treppe so wirksam mit gefällten *Hustin* blockiert, daß er gegenwärtig nichts anderes tun konnte als warten, bis es den Wachen weiter unten gelang, den Zugang freizuräumen. Er widmete Covenant einen Blick stummer Frage; doch Covenant hatte auch für ihn keine Antwort. Während ihm jeder einzelne Muskel bebte, löste er genug wilde Magie aus, um die ausgedehnte, mit Tod behäufte Windung der Treppe wieder begehbar zu machen. Dann stieg er mit Brinn hinab, gefolgt von Findail.

Ehe er ins Rund der Hoheit gelangte, verlor er die Kontrolle. Flammen schienen ihn aus sich selbst zu entwurzeln. Er entartete zu einer Glutsäule der Zerstörung. Die Treppe erbebte. Risse krachten durch den Stein. Hoch über ihm begann die Turmspitze der Wesirswacht zu zerbröckeln.

20
FEUER IN BHRATHAIRAIN

Linden Avery konnte normal sehen und hören. Cail geleitete sie durch einen langen unterirdischen Gang, nur in größeren Abständen von Fackeln erhellt. Die Erste und Blankehans liefen mit einer Frau vor ihr, die anscheinend niemand anderes war als die Edle Alif. In Lindens Nähe waren Pechnase und Seeträumer. Auf seinen wuchtigen Armen trug der stumme Riese Ceer. Hohl kam wie ein Schatten am Schluß der Gruppe. Covenant dagegen war fort. Auch Brinn und Findail waren nirgends zu sehen. Linden ersah diese Tatsachen so deutlich, wie die Lichtverhältnisse es zuließen. Auf gewisse Weise verstand sie sie. Ihre Oberarme pochten, vor allem an der Stelle, wo ihr Brinn die Blutergüsse beigebracht hatte.

Doch die Mitteilungen ihrer Sinne besaßen so wenig Bedeutung, als erfolgten sie in einer fremden Sprache. Covenant war fort. Hinter all dem, was sie sah und hörte, hinter ihren körperlichen Eindrücken, war Linden ein Kind, das eben einen neuen Freund verloren hatte; und nichts ringsherum bot ihr in ihrem Kummer irgendeinen Trost.

Cail zerrte sie an der empfindlichen Stelle ihres Arms mit sich, und sie nahm es hin. Innerlich jedoch beschäftigte sie sich mit Bildern, die Ankündigungen von Verwaisung ähnelten, und der Schmerz erreichte sie nicht.

Etwas später gelangten die Gefährten an eine Stätte der Verheerung. Eine langgestreckte Räumlichkeit, die allem Anschein nach so etwas wie eine Wachstube gewesen war, lag unter den Trümmern eines Abschnitts der Außenmauer der Sandbastei. Wall und Wachstube bestanden jetzt nur noch aus einer Schutthalde, über die man in die Nacht hinaussteigen konnte. Covenant war fort. Da und dort lagen die verrenkten Leichen von *Hustin* oder ragten aus den von der Sandgorgone zurückgelassenen Trümmern. Durch die Bresche sah man den Sandwall sich schroff gegen die Sterne abzeichnen.

Ohne zu zögern, versuchte die Edle Alif, das chaotische Gewirr der Schutthalde zu erklettern. Aber die unregelmäßigen Steinbrocken waren für sie zu groß. Die Erste hob die Edle auf ihren starken Rücken. Dann sprang sie den Schutt hinauf. Blankehans tat das gleiche mit Linden. Eine seiner großen Hände umfaßte unter seinem Bart Lindens Handgelenke. Sie begann sich an ihren Vater zu erinnern.

Trotz seiner deformierten Brust und der Prellung an der Schläfe erklomm Pechnase den Trümmerhaufen ohne Schwierigkeiten. Er war ein Riese, vertraut mit Stein und Klettern. Cails Kraft und Behendigkeit glichen den Nachteil seiner normalen Körpergröße aus. Hohl war ohnehin zu allem fähig. Nur Seeträumer hatte Mühe: mit Ceer auf den Armen konnte er sich nicht der Hände bedienen. Aber Pechnase half ihm. So schnell wie möglich stiegen die Gefährten nach draußen in die Nacht.

Als sie den Hof innerhalb des Sandwalls betraten, stellte die Erste die Edle Alif wieder auf die Beine. Blankehans senkte Linden von seinen Armen. Nun sah man, daß sich außer der Bresche in der Mauer des Ersten Runds eine nicht weniger große Lücke im Sandwall befand. Hätte die Sandgorgone über die erforderliche Zeit und Freiheit verfügt, wahrscheinlich wäre die ganze Sandbastei von ihr niedergerissen worden. Doch anscheinend fehlte es dem Geist dieser Ungeheuer an konsequenter Zielstrebigkeit zum gründlichen Zerstören. Vielleicht hatten sie auch nie an vollständige Vernichtung gedacht, sondern lediglich die Hindernisse aus dem Weg geräumt, die zwischen ihnen und ihren obskuren Begierden lagen.

In der Ferne tönte das Heulen von Sirenen auf. Wüst und

schrill wie das Klagen von Stein gellte der Alarm der Sandbastei durch Mondschein und Nacht.

Aber in Lindens Ohren erschollen andere Laute – die Schreie, die sie ausgestoßen hatte, während sie ihren todgeweihten Vater anbettelte. Obwohl ihr Vater am hellichten Tag gestorben war, hatte Nacht ihre Seele erfüllt. Er hatte auf dem Dachboden in einem halbzerbrochenen Schaukelstuhl gesessen, Blut war ihm aus den aufgeschlitzten Handgelenken geronnen wie ein Ausfluß der Selbstaufgabe. Linden roch den süßlichen Gestank des Bluts, empfand ihre damalige Übelkeit stärker als Cails Griff um ihren Arm. Ihr Vater hatte den Schlüssel aus dem Fenster geworfen, ihr sein Selbstmitleid aufgenötigt, ihr die Macht genommen, ihn zu retten. Finsternis hatte sich aus den Dielen des Fußbodens, den Wänden, seinem Mund zu ihr erhoben – seinem verzerrten Mund, aufgesperrt wie ein schwarzer Abgrund in grenzenloser Gemeinheit und Verachtung, in Triumph, unersättlicher Gier nach Dunkelheit. Wie Hergrom hatte er sie mit Blut besudelt. Der Dachboden, den sie als ihren persönlichen Zufluchtsort betrachtet hatte, war zu einer Kammer des Grauens geworden.

Die Edle Alif führte die Gefährten westwärts, auf die nächstgelegene Treppe zur Mauerkrone zu. Sie war zu stark angeschlagen, um sich schneller als in zügigem Schrittempo bewegen zu können. Die Erste blieb neben ihr. Durch das Knirschen und die Scharrgeräusche der Füße klirrte leise die Kette, die Blankehans mittrug. In seinem Drang, möglichst bald das Schiff zu erreichen, eilte er den anderen ungeduldig voraus. Cail zog Linden mit. Ihre Füße torkelten unsicher durch den Sand, aber die Leere, die aus Covenants Innerem über sie gekommen war, schloß jedes Widerstreben aus. Sie war hilflos gewesen, ihren Vater nicht zu retten imstande. Sie hatte es versucht – alles versucht, was ihr junger Verstand sich auszudenken imstande gewesen war; in ihrer letzten Verzweiflung hatte sie ihm gesagt, sie würde ihn nicht mehr lieben, wenn er starb. *Du hast mich ja sowieso nie geliebt,* hatte er geantwortet. Dann war er verblutet, wie um die Wahrheit seiner Äußerung unter Beweis zu stellen: wie um eine Lehre der Finsternis zu erteilen, einer Finsternis, die Lindens Körper noch tagelang gelähmt hatte, während sie tief ins Innerste ihres Wesens einsank.

Dunkelheit. Das Licht eines Mondes, den nur noch ein Tag von seiner vollen Abrundung trennte und der sich bereits in den Westen neigte. Sirenen. Und dann im Schatten des Sandwalls eine Treppe.

Die Stufen waren breit. Um Linden, Cail, Seeträumer und Ceer bildeten die übrigen Gefährten während des Hinaufsteigens einen engen Kordon. Lindens erschöpfter Körper war dem Aufstieg und der Schnelligkeit nicht gewachsen. Doch ihr in die Vergangenheit gerichteter Geist unternahm keinen Versuch, um sich Cails beharrlichem Drängen zu widersetzen. Covenant war fort. Von allen Gefährten war anscheinend nur Pechnase anfällig für Ermüdung. Die Deformation seines Brustkorbs drückte ihm auf die Lungen, erschwerte ihm die Fortbewegung, so daß seine Atemzüge röchelten und er wirkte, als müsse er jeden Moment straucheln. Er hätte der einzige menschlich schwache Freund sein können, den Linden besaß.

Als Cail sie wieder in den Mondschein zog, geriet sie unfreiwillig ins Stolpern. Cail riß sie wieder hoch, so unvermittelt wie der Schrei, der plötzlich über den Sandwall hallte, das Geheul der Sirenen durchdrang wie ein Mißton. »Man hat uns erspäht!« keuchte die Edle Alif. »Vergebt mir! Ich fürchte, ich habe euch in die Irre geführt.« Obwohl sie um Atem ringen mußte, hielt sie sich wacker. »Von jenem Augenblick an, da ich den Wunsch verspürte, Kasreyn für meine Erniedrigung büßen zu lassen, haben all meine Entschlüsse allein mißliche

Frucht getragen. Wir sind bei weitem zu früh entdeckt worden.«

»Riesenfreund Covenant wird die Vergeltung üben, nach der's dich verlangt«, entgegnete die Erste geknurrt. Sie schaute in den Süden. Dort hatten sich wie zur Antwort auf den Alarmruf dunkle, gedrungene Gestalten zu zeigen begonnen; aus den Gängen im Innern des Sandwalls kamen *Hustin* auf die Mauerkrone. »Was alles andere anbetrifft, so sei ohne Furcht.« Ihre Fäuste gaben ihrer Kühnheit Halt an ihrem neuen Schwert. »Wir sind frei inmitten der Nacht, und der Weg liegt deutlich vor uns. Wir werden leben oder sterben, wie's sich begeben mag, ohne daß dich eine Schuld trifft.«

Wie ein Schimmern von Eisen schritt sie im Mondschein den Ausläufer des Sandwalls entlang, der in die Richtung nach *Bhrathairain* und des Hafens verlief. Der Rest der Gruppe folgte, als wäre die Schwertkämpferin so sicher verläßlich wie das ewige Branden der See.

Nun konnte man auch Dutzende und immer weitere Dutzende von *Hustin* erkennen, die hinter den Gefährten die Verfolgung aufnahmen. Auf dem hellen Stein des Sandwalls wirkten ihre Gestalten düster und bedrohlich. Aber sie waren mit Vorrangigkeit von Stärke geschaffen worden, nicht Schnelligkeit; und es gelang den Gefährten, in beträchtlichem Abstand von ihnen zu bleiben.

Für kurze Zeit gewann das Kind in Linden einen Anschein von Normalität in seinem Dasein zurück, während sein Leben nach dem Tod des Vaters neue Wege ging. Maskiert mit der Widerstandsfähigkeit der Jugend, hatte sich Linden in die Veränderungen geschickt, als wäre ihre Persönlichkeit durch das, was geschehen war, nicht bis ins Mark beeinflußt und verformt worden. Doch die anhaltende Selbstbemitleidung und die Vorwürfe ihrer Mutter zermürbten sie, wie Wasser langsam Stein erodierte. Während sie so tat, als stünde sie über allem, hatte sie die Grundfesten all ihrer späteren Vorspiegelungen, ihres Leugnens gelegt. Selbst daß sie sich die Bürde von Leben und Tod auflud, die Ärzte zu tragen hatten, hatte dieses Vorgehen den Charakter einer Verneinung statt einer Bejahung gehabt.

Covenant war fort. Lindens Sinne funktionierten normal, aber Linden war sich nicht dessen bewußt, daß sie dabei war, allmählich aus der Leere zu sich selbst zurückzufinden, in die ihre Bemühungen, Covenant zu retten, sie gestürzt hatten, in der sie nun allein war und verschollen. Die Gefährten näherten sich jenem Abschnitt des Sandwalls, der den westlichen Vorhof zwischen *Bhrathairain* und der Sandbastei umschloß. Und aus derselben Richtung stürmten *Hustin* wie eine dunkle Flut über die Mauerkrone heran. Inzwischen war das Verbindungsstück zwischen innerer und äußerer Mauer von Wachen abgeriegelt.

Die Erste tat noch ein paar Schritte vorwärts, verringerte den Abstand zwischen den Gefährten und dem Weg, den sie zum Hafen von *Bhrathairain* zu nehmen beabsichtigten, noch um ein kurzes Stück; dann blieb sie stehen, um der Gruppe eine Verschnaufpause und die Möglichkeit zu geben, sich auf den bevorstehenden Kampf einzustellen.

Die Wachen kamen rasch näher. Außer dem Geräusch ihrer Füße war von ihnen nichts zu hören. Sie waren nach dem Willen des Wesirs gezüchtete Geschöpfe, denen sogar die Befähigung zu unabhängiger Blutgier oder zum Triumph ermangelte. Die Mauerkrone des Sandwalls befand sich in gleicher Höhe mit dem Oberrand des Ersten Runds; doch die Sandbastei türmte sich noch vier Stockwerke höher zu den Sternen auf, verdunkelte auf ihrer Seite das Firmament. Ganz oben forderte die Wesirswacht den Himmel heraus. Die Sandbastei wirkte unfaßbar hoch und schien sich durch die Unentrinnbarkeit eines verhängnisvollen Schicksals auszuzeichnen. Keine Flucht, so ließ sich meinen, konnte weit genug sein, um sich dem Fernblick des kolossalen Hochbaus zu entziehen. Kasreyns Gier nach Ewigkeit stand geschrieben, wo jedes Auge sie zu sehen vermochte.

Aus dem Stein der Wesirswacht empfingen Lindens Sinne andeutungsweise Eindrücke von weißem Feuer. Sie wirkten auf sie wie erste Anzeichen von Krebs, der Krankheit, die ihre Mutter befallen hatte. Die Sirenen heulten wie das Entsetzen ihrer Mutter.

Mit ausdrucksloser Stimme bat Ceer den stummen Riesen, ihn auf die Mauerkrone zu lassen, damit er Seeträumer nicht im zu erwartenden Kampf behinderte. Auf ein Nicken der Ersten hin stellte Seeträumer den verletzten *Haruchai* behutsam auf das unversehrte Bein. Die vier Riesen und Cail bezogen wie ein lebender Schutzwall rings um Linden, die Edle Alif und Ceer Aufstellung.

Linden sah, was sie taten. Aber sie verstand nur, daß sie ihr den Rücken zudrehten. Auch die Ärzte hatten damals ihrer Mutter den Rücken zugewandt. Nicht dem Melanom ihrer Mutter, das sie mit unnachgiebiger Hartnäckigkeit bekämpft hatten, ohne des Schlachtfelds zu achten, auf dem sie den Kampf austrugen. Doch für die Lebensentsagung der Frau waren sie taub gewesen, als könnten sie die Tatsache nicht begreifen, daß sie den Tod weniger fürchtete als Schmerzen oder langsames Ersticken. Ihre Lungen waren mit etwas gefüllt gewesen, von dem keine posturale Drainage sie erleichtern konnte. Sie fürchtete nicht das Sterben, sondern den Preis des Sterbens, so wie sie sich stets vor dem Preis des Lebens gefürchtet hatte.

Und da war niemand außer Linden selbst gewesen, um ihr zuzuhören. Ein Mädchen von fünfzehn Jahren, mit einer schwarzen Gier an der Stelle, wo seine Seele hätte sein sollen. *Lieber Gott, bitte laß mich sterben!* Tag um Tag war sie allein bei ihrer Mutter im Krankenzimmer gewesen, weil es niemand anderes gab. Sogar die Schwestern waren nur noch gekommen, soweit die Anweisungen der Ärzte es erforderlich machten.

Die Edle Alif kehrte Linden den Rücken zu. Linden sah nur die Gesichter Ceers und Hohls. Der Dämondim-Abkömmling wirkte wie das verkörperte Nichts des Todes. Schweiß hinterließ an den Seiten von Ceers Gesicht Spuren mißachteter Pein. Covenant war fort. Im Mondschein verloren die *Hustin* vollends jeden Rest von Menschenähnlichkeit, ähnelten Bestien. Als einziges waren die Geräusche der Hast schwerer Füße, das greuliche Jaulen der Sirenen und trotzige Worte der Ersten zu vernehmen. Dann griffen die Haufen der Wachen die Gefährten von beiden Seiten gleichzeitig an. Die Bewegungen der *Hustin* fielen träge und unsicher aus. Offensichtlich galt Kasreyns Aufmerksamkeit anderen Angelegenheiten, und es fehlte ihnen an klaren Befehlen. Vielleicht wäre es ihnen möglich gewesen, die Gefährten ohne viel Umstände auszulöschen, wären sie stehengeblieben und hätten ihre Speere geschleudert. Das taten sie jedoch nicht. Statt dessen drängten sie heran und suchten den Nahkampf.

Im Mondschein zog die Klinge der Ersten Kreise, die Blitzen von fahlem Glanz glichen. Blankehans' Kette sauste durch die Luft wie eine Keule. Pechnase entwand dem ersten *Husta*, der ihn attackierte, den Speer und stieß die Spitze den Gegnern ins Gesicht. Seeträumer fegte gegen ihn erhobene Waffen beiseite und scheute nicht die unmittelbare Nähe der Speere, um mit beiden Fäusten einen *Husta* nach dem anderen zu fällen. Cail, der den Riesen an Körpergröße erheblich nachstand, war zu so direkter, rabiater Gegenwehr nicht imstande. Aber in seiner Flinkheit und Genauigkeit war er den *Hustin* weit überlegen. Er zerbrach die Spieße in ihren Fäusten, drosch ihnen auf die Augen, warf sie gegen- und durcheinander.

Doch es wimmelte auf der Mauerkrone des Sandwalls von

Wachen, ihre schiere zahlenmäßige Übermacht verlieh ihnen Unüberwindbarkeit. Die Erste säte rings um sich Tod, schwang ihre Klinge mit der Behendigkeit einer Flamme; aber sie konnte nicht vermeiden, daß Erschlagene, während sie noch Blut verspritzten, gegen sie fielen, daß das Blut unter ihren Füßen glitschige Lachen bildete. Blankehans' Kette verwickelte sich an Speeren, und jedesmal, wenn er sie losriß, mußte er zurückweichen. Pechnase vermochte sich zu behaupten, setzte jedoch nur wenige *Hustin* außer Gefecht. Und Seeträumer und Cail waren nicht dazu imstande, an ihrer Seite auf Dauer sämtliche *Hustin* abzuwehren. *Hustin* drohten mitten unter die Gruppe der Gefährten vorzudringen.

Die Wesirswacht ragte über die Gefährten auf, als wäre die Aufmerksamkeit Kasreyns nun gänzlich auf sie konzentriert, als zerdrücke er sie ganz langsam in der Faust seiner Bosheit. Für einen Augenblick ließ ein unvermittelter Ausbruch wilder Magie den Stein des hohen Turms durchsichtig erscheinen; aber es ergab sich keine Wirkung auf die *Hustin*. Die Sirenen heulten wie Unholde in bösartigem Vergnügen.

Ein Wächter schlüpfte durch die Verteidiger in die Mitte der Gefährten. Mit voller Wucht stürmte er vorwärts, den Spieß auf Linden gerichtet. Sie rührte sich nicht. Die alte Verführungskraft des Todes bannte sie – die seit langem verinnerlichte, unverdrängbare Überzeugung, jede an ihr verübte Gewalt sei gerechtfertigt, ein Teil der Strafe, der sie sich stets entzogen hatte. *Laß mich sterben!* Dieser Aufschrei war ihr Erbe, und nichts konnte ihn jemals zum Schweigen bringen. Sie verdiente es. Ihr verwaister Blick verfolgte das Heranschnellen des Eisens, als wäre es ihr willkommen. Da jedoch tat Ceer einen Satz vor Linden. Aufgrund der Schienen an seinem Bein und des Schulterverbands halb bewegungsunfähig, besaß er keine andere Möglichkeit, um sie zu schützen. Indem er sich nach vorn warf, fing er die Speerspitze mit seinem Bauch ab. Der Stoß bewirkte, daß er gegen Linden prallte. Gemeinsam stürzten sie auf den Stein. Wutentbrannt wirbelte Seeträumer herum und brach dem *Husta* das Rückgrat.

Ceer lag verkrümmt auf Lindens Beinen. Sein Gewicht hielt sie nieder. Aus seinem Leib wollte Blut schießen, aber er preßte seine Faust auf die Wunde. Ringsherum fochten die anderen Gefährten um ihr Leben, zögerten ihre Niederlage immer wieder um Momente hinaus, weil sie zu starrsinnig waren, um sich geschlagen zu geben. Aus der Wesirswacht wetterleuchteten Andeutungen von Entsetzlichem. Doch Linden vermochte ihren Blick nicht von Ceer zu wenden. Die innere Zerrissenheit seiner Qual schien sich ihren Nerven aufzuprägen. Seine Gesichtszüge widerspiegelten keine besonderen Empfindungen; aber sein Schmerz lohte in ihr so deutlich wie ihre Erinnerungen. Sein Blick fiel in Lindens Gesicht. In seinen Augen stand tiefe Not. Der Mondschein schimmerte in seinen Augäpfeln wie Fieber. Als er sprach, ähnelte seine Stimme einem Gurgeln des Bluts, das ihm über die Lippen sprudelte. »Hilf mir aufstehen. Ich muß kämpfen.«

Linden hörte ihn; und hörte ihn doch nicht. *Laß mich sterben!* Dies Flehen hatte sie oft genug gehört, so häufig zu hören bekommen, daß es letztendlich von ihr Besitz ergriff. Es war die Stimme ihrer geheimen inneren Finsternis geworden, ihrer insgeheimen, tiefinnersten Gier. Der Stein rund um Linden war übersät mit hingefallenen Speeren, manche unbeschädigt, manche zerbrochen. Unbewußt ertasteten ihre Hände ein Stück Holz, so lang wie ihr Unterarm, an einem Ende mit einer eisernen Spitze versehen. Als der Gibbon-Wütrich sie berührt hatte, war ein Teil ihres Ichs in Erkenntnis und Lust aufgefahren: ihre in Dunkelheit gehüllte Machtlosigkeit hatte auf die Macht des Wütrichs ausgesprochen begeistert reagiert. Und nun kam diese Reaktion erneut aus ihrem Springquell der

Gewalt gequollen. *Du hast mich ja sowieso nie geliebt.* Schweigen beraubte sie der strengen Entschiedenheit, die ihre schwarze Gier gebändigt halten konnte. Macht! Sie umklammerte das Holz wie einen Dolch und wiederholte jene Entscheidung, die ihr Leben bestimmt hatte. Ceer nahm die Faust zu langsam von seinem Bauch, um sie hindern zu können. Linden riß beide Arme hoch, um ihm die Speerspitze durch die Kehle zu rammen.

Cail trat nach ihr. Sein Fuß traf ihren rechten Oberarm, dessen schmerzhafte Stelle, so daß der Stich fehlging, Linden hintenüberfiel wie eine ausgerastete Schaufensterpuppe. Der Aufprall am steinernen Boden betäubte sie. Einen Moment lang blieb sie außerstande zum Atemholen. Wie ihre Mutter. Alles schien sich um ihren Kopf zu drehen, als wäre sie an den Himmel geschleudert worden. Von der Schulter bis in die Fingerkuppen durchdrang Gefühllosigkeit ihren Arm. Schluchzen erfüllte ihr Bewußtsein. Für ihr Gehör jedoch klang der Kummer wie das heftige Jammern von Tieren. Die *Hustin* hatten ein einmütiges Geheul angestimmt – Ausdruck eines gemeinschaftlichen Verlusts durch viele Kehlen. Der Kampf war zum Erliegen gekommen.

»Hat sie ...?« keuchte die Erste, die angestrengt um Atem rang.

Einige Wächter liefen über die Mauerkrone in die Richtung der Sandbastei. Andere schlurften wie Krüppel zu den nächsten Treppen des Sandwalls. Keiner von ihnen erinnerte sich überhaupt noch an die Anwesenheit der Gefährten.

»Nein«, gab Cail in gleichgültigem Ton zur Antwort. »Die Speerwunde in seinem Leib ist's, die ihm das Leben kostet.« Seine Stimme schloß jede Verzeihung aus.

Linden spürte, wie Ceers Körpergewicht von ihren Beinen verschwand. Sie wußte nicht, was sie sagte, als sie den Mund öffnete; nur entfernt war sie sich dessen bewußt, daß ihre

Lippen Wörter aussprachen. »Du hast mich ja sowieso nie geliebt.«

Cail zerrte sie auf die Füße. Im Mondlicht drückte seine Miene nichts als Unerbittlichkeit aus. Seine Hände hatten Lindens rechten Arm gepackt; aber sie spürte dort nichts.

Die Riesen achteten nicht auf Linden. Sie starrten wie in Trance hinauf zur Wesirswacht. Würmer aus weißem Feuer krochen durch den Stein des Turms, der sich hoch gegen den Himmel abzeichnete, zerfraßen ihn unaufhaltsam, verwandelten sein Gefüge in Trümmer. Die Turmspitze hatte schon zu zerfallen begonnen. Und mit jedem Moment lösten sich weitere Bruchstücke aus der Wesirswacht, stürzten schwerfällig herab, um auseinanderzubersten. Wilde Magie loderte ans dunkle Himmelsgewölbe empor. Verheerende Risse wanden sich wie Schlangen durch den Sockel von Kasreyns Turm. »So haben denn die *Hustin* ihren Meister verloren«, raunte die Erste durch die Zähne.

Unter ihren Füßen spürte Linden schwach das Beben des Turms. Dem Zittern folgten zusätzliche Erschütterungen, als gewaltige Steinbrocken aufs Rund der Hoheit herunterkrachten. »Nun laßt uns den Namen von Riesenfreund Covenant preisen«, röchelte Pechnase, »und hoffen, daß er die Zerstörung, die er über die Sandbastei bringt, heil überstehen mag. Sicherlich wird auch das Rund der Hoheit einstürzen – und vielleicht auch das Rund des Reichtums. Viele Leben und Schätze werden verloren sein.« Seine Stimme nahm einen schmerzlichen Klang an. »Meine Trauer gilt den Höflingen, die unter Kasreyns grausamem Joch schmachteten.«

»Zu Recht dauern sie dich«, stimmte ihm Blankehans zu. »Doch ich will auch die Sandbastei selbst beklagen. Kasreyn von dem Wirbel hatte vielerlei Schändliches getrieben, mit jenem Stein aber hat er ein gar treffliches Werk vollbracht.«

Seeträumer blieb in seiner Stummheit wortlos, die Arme wie

Stützbänder um das Herz in seiner Brust geschlungen. Aber in seinen Augen spiegelte sich die mörderische Silberglut, die den Nachthimmel erhellte. Und Hohl stand so aufrecht da wie zum Salut, der Stätte von Covenants zerstörerischem Wüten mit einem Grinsen zugewandt, das an den von alters her überkommenen Grimm der Urbösen erinnerte. Ringsherum erzitterte die Luft im unablässigen Brechen und Bersten von Stein.

»Wir müssen gehen«, sagte die Edle Alif ins unausgesetzte Jaulen der Sirenen. Straffe Angespanntheit beherrschte ihre Gesichtszüge, verursacht durch das, was sie sah: den Untergang all des Daseins, das sie bislang gekannt hatte; und doch zeigten sie gleichzeitig innere Erhebung, Ahnungen von Neuem, das an die Stelle des Alten treten sollte. »Kasreyn ist vom Antlitz der Erde vertilgt – und mit ihm endet die Gefährlichkeit seiner *Hustin*. Aber für uns ist die Gefahr noch nicht vorüber. Nun vermag niemand in der Sandbastei die Befehle zu widerrufen, die er erteilt hat. Und überdies fürchte ich, daß noch in dieser Nacht Krieg ausbrechen wird, um zu entscheiden, wer künftig in *Bhrathairealm* die Macht in Händen hält. Ihr müßt fliehen, wenn euch euer Leben lieb ist.«

Die Erste nickte. Rasch kauerte sie sich nieder, um nach Ceer zu schauen. Er war tot – war verblutet, so wie Lindens Vater, wenngleich man sich keine geringere Ähnlichkeit zwischen zwei Menschen als zwischen diesen beiden hätte vorstellen können. Wie zum Segen berührte die Erste die Wange des toten *Haruchai*, warf Linden einen finsteren Blick zu. Aber sie sagte kein Wort. Es drängte Blankehans mit unverminderter Eile zur Rückkehr auf sein Schiff. Indem sie sich einen Weg durch die toten und sterbenden *Hustin* suchte, strebte die Erste den anderen Gefährten mit schwungvollen Schritten voraus. Blankehans schloß sich an. Pechnase folgte ihnen hastig. Seeträumer stöhnte tief in seiner Kehle dumpf auf und ließ Ceer zurück. Und Cail, der seinen Griff um Lindens wie leblosen

Arm um keinen Deut gelockert hatte, trieb sie den Riesen grob hinterdrein. Im rechten Arm hatte sie von der Schulter bis zur Hand keine Spur von Gefühl mehr. Obwohl Lindens Herz hämmerte, hing der Arm kraftlos und unbrauchbar herab. Cails Tritt mußte einen Nerv zermalmt haben. Blutschuld lastete auf Linden, eine Schuld, die sie nie jemandem eingestanden hatte. Ihre Hose war stark in Blut getränkt. Sie klebte ihr an den Beinen wie Sünde. Die Kluft in ihrem Innern schloß sich nun schneller, immer häufiger setzten sich Phasen erneuerter Bewußtheit in ihr durch. Wie war sie zum Laufen imstande, während Ceers Lebensblut ihre Haut benäßte? Es handelte sich um das gleiche kraftvolle *Haruchai*-Blut, mit dem die Sonnengefolgschaft generationenlang das Sonnenfeuer genährt hatte; und sie war nur eine unfähige Frau, gefühllos in Arm und Seele. Niemals würde sie vom süßlichen, dicklichen Anhaften des Mals der Schuld frei sein können.

Das Dröhnen, mit dem auf der Höhe der Sandbastei Stein zerbarst, ging ununterbrochen weiter, kontrapunktierte mit Geräuschen zertrümmerten Granits das Heulen der Sirenen; aber das wilde Leuchten magischer Energie begann zu verflackern. Allmählich breitete sich wieder Dunkelheit über *Bhrathairealm*. Mondschein überzog die wuchtigen Umrisse der Sandbastei und den ausgedehnten Rücken des Sandwalls mit einem Anflug von Vergänglichkeit, lag auf der von Dünen gewellten Ödnis der Großen Wüste wie die Zärtlichkeit eines Liebhabers. In diesem trügerischen Licht klang das auf- und abschwellende Heulen der Alarmsirenen fanatisch und vereinsamt.

Die Gefährten näherten sich dem Ursprung des Geheuls. Als sie auf den Abschnitt der Mauer eilten, der sich zum Hafen erstreckte, den westlichen Vorhof hinter sich ließen, schien das Gellen seine Tonhöhe zu wechseln. Sie stellten fest, daß es aus den Wasserspeiern ähnlichen Steingestalten von Scheusalen drang, die wie Basilisken aussahen und über den inneren Toren hockten.

Unwillkürlich beschleunigten die Gefährten ihr Tempo. Die Tore waren anscheinend unbewacht. Die *Hustin* hatten ihre Posten verlassen, und die Soldaten des *Gaddhi* hatten vermutlich andernorts alle Hände voll zu tun. Doch die Sirenen verdeutlichten das Angespannte der Lage, drängten zur Flucht. Kasreyn war tot; aber die Bedrohung, die er eingeleitet hatte, bestand noch. So schnell Linden und die Edle Alif mithalten konnten, hastete die Gruppe der Gefährten nach Norden. Jenseits der Abzweigung hinter dem Vorhof besaß die Mauerkrone ein Gefälle, weil das Gelände zum Meer hin abfiel. Nach einem kurzen Weilchen geriet Stein zwischen die Gefährten und die Sirenen, dämpfte ihren Klagegesang. Und die Gefährten erhielten Ausblick über *Bhrathairain.*

Ausgebreitet unterm Mond, erstreckte sich die Stadt in einem wirren Netzwerk aus bewegten und unbewegten Lichtern hinab zum Hafen. Die Beleuchtung aufgeschreckter Häuser und bewachter Geschäfts- und Lagerbauten bildete feste Helligkeitszonen zwischen den Fackeln von Plünderern, Soldaten oder hafenwärts auf dem Auszug befindlichen Seeleuten. *Bhrathairain* sah aus wie ein Strudel von Funken, als stünde die ganze Stadt davor, in Flammen aufzugehen. Im Hafen brannte es bereits.

Die Riesen beugten sich über die Brüstung, spähten in fieberhafter Erregung in die Richtung der Anlegestelle, wo sie von Bord der Sternfahrers Schatz gegangen waren; Blankehans knirschte Flüche, als könne er es sich nur mit Mühe versagen, geradewegs von der Mauer zu springen.

Linden besaß weniger weitreichende Augen als Riesen oder *Haruchai.* Aber sie hatte mittlerweile fast wieder zu sich selbst zurückgefunden. Noch beeinträchtigte die Leere ihre sämtlichen Gedanken und Bewegungen, als wäre ihr Gehirn in Watte gehüllt; aber das verhinderte nicht, daß sie die heftige Gemütserregung ihrer Gefährten spürte. Sie folgte ihnen an die Brüstung, versuchte zu erkennen, was sie sahen.

In der Gegend, wo die *Dromond* festgemacht hatte, standen alle Schiffe in Flammen. Ihr Erschrecken scheuchte Linden vollends zurück in ihre Körperlichkeit. Das Gewicht ihres betäubten Arms und Cails Griff um ihn waren plötzlich zuviel für sie. Sie taumelte vorwärts. Sofort riß der *Haruchai* sie zurück. Die Kraft des Rucks warf sie zu ihm herum. Sie starrte ihm ins Gesicht, ins Feuer, das sich in seinen Augen widerspiegelte. »Ich kann nichts …« Ihre Stimme kam ihr so unbrauchbar vor wie der rechte Arm. Es gab so vieles, das sie Cail sagen sollte, würde sagen müssen. Aber nicht jetzt. Sie schluckte kloßig. »Kann nicht sehen. Nicht so weit. Was ist mit dem Schiff?«

Cails Augen blickten aus schmalen Lidern, während er die Veränderung in Linden einschätzte. Langsam löste er seine Finger von ihrem Arm. Seine Miene blieb unbarmherzig. Doch er hob eine Hand und deutete hinunter zum Hafen. Pechnase hatte Lindens Stimme gehört. Er legte ihr eine Hand auf die Schulter, als übernähme er sie aus Cails in seine Obhut – oder vielleicht, als stelle er sich zwischen sie –, und schob sie an einen Standort, von dem aus man einen Überblick auf die ganze Bucht besaß. »Das ist das Werk des Ankermeisters«, sagte er unterdessen vorsichtig, wie jemand, dessen Lungen durch übertriebene Belastung Schaden genommen hatten. »Er sann darauf, ein Mittel zu finden, um uns zu warnen, sollten die *Bhrathair* abermals versuchen, Sternfahrers Schatz zuschanden zu machen. Nun will's den Anschein haben, daß fürwahr erneut ein solcher Versuch unternommen worden ist. Deshalb hat er diesen Brand gelegt und gehofft, die Kunde davon möchte uns vor der Gefahr warnen.«

»Aber wo …« – Lindens Gedanken hinkten ihm gewissermaßen mühselig nach. Sie sah an der Hafenmauer nichts als ein gewaltiges Lodern – »wo ist das Schiff?«

»Dort.« Pechnase lenkte ihren Blick ein Stück weit über die Anlegestellen hinaus. Aber noch immer konnte Linden die *Dromond* nicht erkennen. »Derbhand hat wacker gehandelt.« Pechnases eingeschnürte Kehle verpreßte ihm die Stimme. »Aber nun muß Sternfahrers Schatz sich sputen, will sie nicht doch noch untergehen.«

Dann sah Linden das Schiff. Ein Feuerball, in der Ferne nur klein erkennbar, flog in lautlosem Bogen über die schwarze Oberfläche des Wassers, verströmte gespenstisches Licht und erzeugte weithin Widerspiegelungen. Er stammte von einer gewappneten Galeere, auf deren Decks ein Katapult stand. Der Feuerball sauste auf die unverwechselbaren steinernen Rahen der Sternfahrers Schatz zu. Derbhand hatte jeden Quadratmeter Segel setzen lassen, der an den beiden noch vorhandenen Masten des Riesen-Schiffs Platz hatte. Während des Moments der Erhellung durch den Feuerball klaffte die Lücke zwischen ihnen wie eine schwere Wunde; und die Segel schienen der feurigen Kugel regelrecht entgegenzuwehen. In der Umgebung der *Dromond* gab es noch mehr Schiffe zu sehen: zwei Biremen, fast so groß wie die Sternfahrers Schatz; zwei Triremen, beide mit wuchtigen eisernen Rammspornen bewehrt; eine weitere mit Katapulten bewaffnete Galeere. Sie machten Jagd auf die *Dromond*, versuchten sie mit allen Mitteln zu versenken. Aber sie drehte bei, und der Feuerball überquerte ihr Heck, fiel ins ölige Wogen der See. Sofort zerplatzte das Geschoß, breitete eine Schicht aus Flammen übers Wasser aus. Glut und Brand trafen die Seite des Riesen-Schiffs; aber sie prallten vom gemaserten Stein ab, richteten keinen Schaden an. Ehe die Flammen erloschen, sah Linden, wie eine der Triremen sich zu drehen begann, direkten Kurs auf die *Dromond* nahm, um ihr den Rammsporn in den Rumpf zu bohren. Reihen von Rudern gischteten das Wasser auf. Dann war der Feuerschein verschwunden. Trotz des Mondlichts konnte man die entfernteren Schiffe nicht mehr sehen.

Blankehans knirschte Befehle durch die Zähne, die Derbhand nicht zu hören vermochte. Der Kapitän war außer sich vor Sorge um sein Schiff. Unwillkürlich hielt Linden den Atem an. Kein Laut erreichte die Mauerkrone. Durch das Sirenengeheul waren der Tumult in *Bhrathairain* und das Seegefecht im Hafenbecken nicht zu hören. Doch da fuhr von der zweiten Galeere ein neuer Feuerball durch die Luft. Aber offenbar hatte man ihn überstürzt verschossen, schlecht gezielt. Er hatte, außer daß er Helligkeit spendete, keine Wirkung.

In seinem geisterhaften Licht sah Linden die Sternfahrers Schatz das Wrack der Trireme kreuzen. Sie hatte den Angreifer in der Mitte zerbrochen. Die Überreste der Trireme versanken unterm Heck der *Dromond*. Einen Moment lang sah man im Leuchten des Feuerballs winzige Gestalten zappeln. Dann herrschte im Hafenbecken wieder Dunkelheit, entzog die Sternfahrers Schatz der Sicht, während sie beidrehte, um es als nächstes mit einer Monoreme aufzunehmen.

Blankehans und Seeträumer konnten den Blick nicht vom Schauplatz der Auseinandersetzung wenden. Aber die Edle Alif zog am Arm der Ersten. Mit merklicher Mühe entzog die Erste dem Hafen ihre Aufmerksamkeit. »Ihr müßt euch eilends zu den Spitzen begeben«, sagte die Edle. »Seid auf der Hut, dieweil sie bewacht werden. Aber nur dort vermögt ihr noch auf euer Schiff zu gelangen. Und der Weg ist sehr weit.«

»Du willst uns nicht begleiten?« erkundigte sich die Erste in plötzlicher Betroffenheit.

»Nahebei ist eine Treppe«, antwortete die Edle. »Ich werde bei meinem Volk bleiben.«

»Edle.« Die Stimme der Ersten zeugte von sanftem Widerspruch. »Welches Leben hast du hier noch zu erhoffen? Wenn diese Nacht vorüber ist, wird *Bhrathairealm* anders als bisher sein. Du hast viel für uns gewagt. Zum Dank laß dich von uns aus dieser Stadt bringen. Unsere Fahrt wird weder ohne Härten noch ohne Gefahren verlaufen, aber sie wird dich den Launen von Tyrannen entziehen.«

Doch Alif hatte in sich eine Kraft gefunden, die sie allem Anschein nach selbst überraschte. »Du sprichst wahr«, sagte sie, als wundere sie sich über die eigene Kühnheit. »*Bhrathairealm* wird anders sein, als es war. Und ich habe den Kunstgriff vergessen, der's mir ermöglichte, an der Tyrannen Schrullen Vergnügen zu haben. Doch es wird für jedermann, der den *Gaddhi* nicht länger liebt, vielerlei Werk zu beginnen geben. Und ich kenne einige Geheimnisse der Sandbastei. Dies Wissen mag für jene nutzreich sein, die Rant Absolain nicht durch einen anderen seines Schlages abzulösen wünschen.« Sie stand in ihrer zerfetzten Kleidung aufrecht da, eine Frau, die in ihrem Herzen endlich den eigenen Wert entdeckt hatte. »Ich danke dir für das, was du mir angeboten hast – und für das, was ihr in dieser Nacht vollbracht habt. Doch nun muß ich scheiden. Die Spitzen werden bewacht. Laßt Achtsamkeit walten!«

»Edle«, rief die Erste ihr nach; aber Alif war schon in der Dunkelheit verschwunden, die Schatten längs der Mauerkrone hatten sie verschlungen. »Lebe wohl«, sagte die Erste mit leisem Seufzen. »Jedes Volk, das Menschen wie dich hervorbringt, besitzt Hoffnung und Schönheit.« Doch niemand außer Linden und Pechnase hörte sie.

Linden schauderte zusammen und wandte sich wieder zum Hafen, sah im gleichen Moment Morgenbegrüßer wie eine Fackel brennen. Schwach konnte sie Riesen in den Wanten erkennen. Sie schnitten das Segel ab, ließen es wie einen wunden Vogel ins Wasser hinabflattern. Noch ehe sein Lodern erlosch, machten sie sich daran, ein neues Segel aufzugeien. Die *Dromond* hatte sich unterdessen mit weiterem Erfolg zur

Wehr gesetzt. Eine Monoreme und eine andere Galeere waren Seite an Seite kollidiert. Zahlreiche Ruder der Monoreme waren gebrochen. Der Zusammenstoß hatte das Deck der anderen Galeere verwüstet und das Katapult beschädigt. Während die drei restlichen Kriegsschiffe manövrierten, um von neuem anzugreifen, segelte die Sternfahrers Schatz in der nächtlichen Brise auf die offenen Gewässer zu.

»Vorwärts!« schnauzte die Erste, brach den Bann, unter dem ihre Gefährten standen. »Wir müssen eilends zu den Spitzen. Die *Dromond* wird sie mit Verfolgern und Feuer hinter sich erreichen. Sie darf nicht gezwungen sein, um unseretwillen dort zu säumen.«

Schatten von Furcht und Zorn verzerrten Blankehans' Gesicht. Aber er zögerte nicht länger. Wenngleich er den Blick nicht vom Hafen zu nehmen vermochte, wandte er sich nordwärts, verfiel in Laufschritt. In der Annahme, daß alle Gefährten ihre Mahnung beachteten, schloß sich die Erste an.

Linden jedoch zauderte. Sie war bereits erschöpft. Ceers Blut verkrustete langsam ihre Hose, und was aus Covenant geworden war, wußte sie nicht. Was sie getan hatte, hinterließ in ihrem Mund einen metallischen Geschmack des Entsetzens. Erst Hergrom und nun Ceer. Wie ihre Mutter. Die Ärzte hatten sich geweigert, die Verantwortung für den Tod ihrer Mutter zu tragen; heute war Linden selbst Ärztin, und sie hatte versucht, Ceer umzubringen. Und Covenant war fort.

Während die Erste mit Blankehans die Flucht fortsetzte, drehte sich Linden zur Sandbastei um, forschte nach Anzeichen von Energie, die angezeigt hätten, daß Covenant noch lebte. Aber nichts dergleichen war zu sehen. Die Festung ragte am Nachthimmel empor wie eine riesige Ruine. Hinter ihren bleichen Mauern herrschte eine Dunkelheit, die der Mondschein nicht zu durchdringen vermochte. Der einzige Beweis irgendeines Lebens war das Heulen der Sirenen. Sie gellten, als könnten sie in ihrer Empörung nie wieder besänftigt werden. Lindens rechter Arm hing an ihrer Seite, als hätte sie Covenants Lepra auf sich genommen. Unbeholfen tat sie einige Schritte in die Richtung der Sandbastei.

Cail packte sie am Arm, riß sie herum, als wolle er sie schlagen. Doch Pechnase und Seeträumer waren nicht aus ihrer Nähe gewichen. Pechnases Augen glommen, als er Cails Hand beiseite stieß. Ein entlegener Teil von Lindens Innenleben fragte sich, ob sie den Arm verlieren würde. Pechnase winkte Seeträumer heran. Unverzüglich hob der stumme Riese Linden auf seine Arme. Indem er sie so trug, wie er sie durch die Sarangrave-Senke befördert hatte, eilte er Blankehans und der Ersten hinterdrein.

Allmählich schwoll das Sirenengeheul in der Ferne ab. Die Gruppe der Gefährten bewegte sich viel schneller voran, als Covenant jemals zu folgen imstande sein konnte. Falls er überhaupt noch fähig war zum Folgen. Die oberen Bereiche von Lindens rechter Schulter schmerzten dumpf, wie nach der Radikalität einer Amputation. Wenn sie den Blick hob, sah sie nichts als die lange Narbe unter Seeträumers Augen, als wäre sie ein Streifen alten Mondlichts. Die Stellung, in der er Linden auf seinen Armen hielt, entzog die Sternfahrers Schatz und ihr fluchtartiges Auslaufen ihrer Sicht. Soweit war es also mit ihr gekommen; und es fehlte ihr sogar an der Kraft zum Aufbegehren.

Es verdutzte Linden, als Seeträumer unerwartet herumwirbelte, stehenblieb und in den Süden spähte. Auch die anderen Riesen verharrten. Cail stand ausbalanciert auf den Ballen seiner Füße. Alle schauten durch das vage Zwielicht in Hohls Richtung – oder nach irgend etwas aus, das sich hinter Hohl befand.

Dann hörte Linden ihn: Hufschlag. Hufe donnerten über den

Stein des Sandwalls, viele eisenbeschlagene Hufe. Linden drehte sich auf Seeträumers Armen, sah eine dichtgedrängte Masse von Schatten heranwogen. Sie schienen unterwegs kreuz und quer durcheinanderzuwimmeln.

»Blankehans«, sagte die Erste mit einer Stimme wie Erz, »du und Seeträumer, ihr eilt weiter zu den Spitzen! Nehmt die Auserwählte und den *Haruchai* Cail mit euch! Pechnase und ich werden tun, was in unserer Macht steht, um euch den Rücken zu decken.«

Keiner der beiden Brüder widersprach. Kein Riese der Suche konnte sich ihrem Willen verweigern, wenn sie diesen Tonfall benutzte. Blankehans und Seeträumer entfernten sich, wenn auch mit einer gewissen Schnelligkeit. Nach flüchtigem Zögern ging Cail mit ihnen. Hohl trat näher zu Linden. Gemeinsam stellten sich die Erste und Pechnase den Reitern des *Gaddhi* entgegen.

Aber es dauerte gar nicht lange, bis Blankehans und Seeträumer beide ihre Flucht unterbrachen. Linden spürte, wie Seeträumers Muskeln geradezu danach lechzten, an der Seite der Ersten zu sein. Blankehans wirkte so verkrampft, als wüßte er nicht, wie man Gefährten im Stich ließ. Hin- und hergerissen zwischen gegensätzlichen Nöten, beobachteten sie, wie die berittenen Soldaten herangaloppierten.

Die Erste hielt ihr Schwert in den Fäusten und wartete. Pechnase stützte, nach vorn gebeugt, die Hände auf die Knie, sammelte für den Kampf Atem und Kraft. Im allgegenwärtigen Silberlicht des Mondscheins ähnelte das Riesen-Paar kolossalen Standbildern, unheilvoll mächtig und still.

Da erklang ein rauher Befehl in der *Bhrathair*-Sprache. Die Pferde bäumten sich auf, kamen zum Stehen. Zwischen Eisenhufen und Stein sprühten Funken. Mit Schaum vorm Maul näherte sich eines der Tiere, tänzelte mit seinem Reiter, während die anderen Berittenen zurückblieben, auf die Riesen zu.

»Ich grüße dich, Erste der Sucher«, sagte eine vertraute Stimme. »Wer hätte glauben wollen, daß ihr's vermögt, *Bhrathairealm* in solchen Aufruhr zu stürzen?«

Die Erste hob zur Warnung die Spitze ihres Schwerts. »Kehre dorthin zurück, Rire Grist«, entgegnete sie, die Stimme voller ruhiger Drohung, »woher du kommst! Ich verspüre keinen Wunsch nach weiterem Blutvergießen!«

Das Roß des *Caitiffin* biß auf die Kandare; grob bändigte er das verstörte Tier. »Du mißverstehst meine Absicht.« Er hatte seine diplomatische Höflichkeit völlig abgelegt. Nun sprach er wie ein Soldat, und in seinem Tonfall klang Eifer mit. »Hätte ich die Klugheit besessen, euch richtig einzuschätzen, meine Unterstützung wäre euch früher zuteil geworden.« Eine Spur von Ehrgeiz machte sich in seiner Stimme bemerkbar. »Kasreyn ist tot. Der *Gaddhi* taugt zum Herrscher kaum mehr als ein Wahnwitziger. Ich bin gekommen, um euch Geleit zu den Spitzen zu gewähren, auf daß ihr zumindest darauf hoffen dürft, ungeschoren euer Schiff zu erreichen.«

Die Erste senkte ihre Klinge nicht. »Wirst fortan du über *Bhrathairealm* herrschen, *Caitiffin*?« fragte sie gedämpft.

»Wenn nicht ich, so ein anderer.«

»Mag sein«, gestand die Erste zu. »Weshalb liegt dir daran, uns zu helfen?«

Rire Grist blieb ihr die Antwort keine Sekunde lang schuldig. »Es ist mein Wunsch, daß die Geschichte, die ihr in anderen Landen erzählen werdet, nicht allein von Schlechtem berichtet. Und ich wünsche, daß ihr so bald wie möglich von uns geht, so daß ich frei von Kräften an mein Werk gehen kann, die ich weder zu meistern noch zu begreifen vermag.« Er schwieg für einen Moment. »Und zudem bin ich euch dankbar«, fügte er dann mit spürbarer Aufrichtigkeit hinzu. »Wärt ihr bezwungen worden, ich hätte Kasreyns Gunst nicht mehr lange genossen. Womöglich hätte er mich den Sandgorgonen überlassen.« Man hörte seiner Stimme ein Schaudern an. »Ich halte Dankbarkeit in hohem Ansehen.«

Die Erste dachte einige Augenblicke lang über seine Worte nach. »Wenn du die Wahrheit sprichst«, forderte sie dann, »ruf die Kriegsschiffe zurück, die unsere *Dromond* bedrängen!«

Das Pferd des *Caitiffin* scheute. Er brauchte einen Moment, um es wieder zum Stillstehen zu zwingen. »Das vermag ich nicht.« Er wirkte sichtlich strapaziert. »Sie gehorchen dem Zeichen, das ihr von der Sandbastei heulen hört, und ich weiß nicht, wie ich's zum Schweigen bringen könnte. Mir ermangelt's an Mitteln, über solche Entfernung hinweg Befehle zu erteilen.«

Wie wider Willen lenkte die Erste ihren Blick hinunter zum Hafen. Dort hatte die schnelle Trireme jetzt die Sternfahrers Schatz zum Ausweichen genötigt. Das Riesen-Schiff segelte Seite an Seite mit der Galeere, jedem Angriff ausgesetzt. Die Monoreme holte rasch auf.

»Dann verlange ich einen anderen Beweis deiner Rechtschaffenheit.« Flüchtig zitterte die Stimme der Ersten; doch sofort verdrängte sie die Beunruhigung mit ihrer gewohnten Strenge. »Sende deine Mannen zurück in die Sandbastei, auf daß sie Thomas Covenant suchen! Wer ihm widerstrebt, muß daran gehindert werden! Er braucht ein Roß, so daß er uns eilends einzuholen vermag. Und du mußt uns allein begleiten. Du wirst an den Spitzen für unsere Sicherheit Sorge tragen! Von dort aus mußt du versuchen, den Kriegsschiffen deine Befehle zu übermitteln!« Ihre Stimme klang nun so bedrohlich, wie ihre Waffe aussah.

Der *Caitiffin* zögerte einen Moment lang. Er ließ sein Pferd tänzeln, als könnte ihm das bei seiner Entscheidung eine Hilfe sein. Doch er war längst zu weit gegangen, um sich noch einen Rückzieher leisten zu dürfen. Er wendete das Pferd zu seinen Soldaten um und stieg ab. Ein Reiter ergriff die Zügel seines

Tiers, während der *Caitiffin* rauh seine Anweisungen gab. Sofort machte die Truppe kehrt, galoppierte die langgestreckte Steigung des Sandwalls hinauf.

Sobald die Reiter fort waren, verbeugte sich Rire Grist vor der Ersten. Sie würdigte seinen Entschluß mit einem Nicken. Wortlos berührte sie mit der Hand Pechnases Schulter. Zusammen nahmen sie erneut die Richtung zu den Spitzen. Falls sie den Ungehorsam der anderen Riesen bemerkte, verzichtete sie doch darauf, sie zu tadeln.

Cail neben sich wie einen Wächter, schritt Rire Grist zügig aus, um mit den Riesen, die forsch nordwärts strebten, Schritt halten zu können.

Ein weiterer Feuerball enthüllte, daß Derbhand es irgendwie geschafft hatte, die *Dromond* den Kriegsschiffen zu entziehen. Das Riesen-Schiff hielt erneut direkt auf die Spitzen zu. Im Aufflammen, mit dem das Geschoß auf dem Wasser zerplatzte, waren diesmal auch die Spitzen deutlich zu erkennen. Sie erhoben sich unheimlich am Horizont, und die Durchfahrt zwischen ihnen erregte einen viel zu engen Eindruck für eine Flucht.

Jedes Manöver, zu dem man das Riesen-Schiff zwang, zögerte sein Verlassen des Hafens hinaus. Die Gefährten waren der *Dromond* um ein beträchtliches Stück voraus, als sie sich dem westlichen Turm näherten. Der *Caitiffin* übernahm, indem Cail an seiner Seite blieb, die Führung, rief Anweisungen zu den Schießscharten hinauf. Binnen weniger Augenblicke erhielt er Antwort. Die Eigentümlichkeiten der Spannung, die Seeträumers Muskeln durchliefen, besagten Linden, daß er verstand, was der *Bhrathair* von sich gab – und daß Rire Grist die Gefährten nicht hinterging.

Doch seine Zuverlässigkeit machte auf Linden keinen Eindruck. Sie fühlte sich wie von allem entleert, ausgenommen der Taubheit ihres Arms sowie des Bewußtseins um die Gefahr für die Sternfahrers Schatz und um Covenants Abwesenheit. Sie lauschte der Stimme des *Bhrathair* nicht. Ihr Gehör achtete ausschließlich auf den rückwärtigen Verlauf des Sandwalls und die Sirenen, während sie auf Hufschlag hoffte.

Soldaten kamen aus dem Turm, salutierten vor Rire Grist. Er redete hastig auf sie ein. Die Männer kehrten in den Turm zurück, und der *Caitiffin* begleitete sie. Die Erste schickte an Cails Stelle Blankehans mit, um zu gewährleisten, daß Rire Grist es sich nicht etwa anders überlegte. Kurz darauf hallten Kommandos über die enge Durchfahrt, die der *Caitiffin* zum östlichen Turm hinüberbrüllte.

Die Riesen suchten die Ecke des Turms auf, um sowohl den Hafen wie auch den Sandwall unter Beobachtung zu haben. Dort warteten sie. Linden blieb auf Seeträumers Armen nichts anderes übrig, als ebenfalls zu warten. Aber ihr war zumute, als teile sie mit den anderen nichts als das Schweigen. Ihre Augen reichten nicht so weit wie die der Riesen. Vielleicht war auch ihr Gehör nicht so gut. Und der granitene Tanz des Überlebens, den die *Dromond* auf dem Wasser vollführte, lenkte ihre rückwärts gerichtete Aufmerksamkeit ab. Sie wußte nicht, wie sie zu glauben imstande sein sollte, daß Covenant oder das Riesen-Schiff davonkommen könnten.

»Wenn er allzu spät eintrifft …«, sagte Pechnase nach einer Weile. »Wenn Sternfahrers Schatz in dieser schmalen Durchfahrt warten muß …

»Freilich«, knurrte die Erste. »Kein Katapult kann ein solches Ziel verfehlen. Dann wird Rire Grists Hilfsbereitschaft uns von keinem Nutzen sein.«

Cail sagte nichts. Er stand mit auf der Brust verschränkten Armen da, als wäre seine Zurückhaltung voller Gewalttätigkeit, die gemäßigt werden mußte.

»Nun, Derbhand«, murmelte Pechnase. Seine Fäuste hämmerten leicht auf die Brüstung. »Nun.«

Nach einer Zeitspanne, in der nichts zu hören war als das ferne, einsame Geheul des Alarms und das leise, feuchte Gesäusel des Wassers am Sockel des Turms, hallte plötzlich das Brechen vieler Ruder vom Sandwall wider. Durch ein Manöver Derbhands ausgetrickst, hatten die Trireme und die Monoreme alle Mühe, sich nicht gegenseitig zu demolieren. Unmittelbar unter den Gefährten platzte ein Feuerball am Stein, und das Zittern einer Detonation durchbebte den Stein. Die Explosion überlagerte Lindens gesamte Wahrnehmung. In ihrer Sicht trübten sich grellweiße Flecken rot. Sie hörte Covenant nicht kommen.

Plötzlich drehten sich die Riesen zur gekrümmten Ausdehnung des Sandwalls um. Seeträumer stellte sie auf die Füße. Ihr Gleichgewichtssinn versagte; fast fiel sie hin. Cail trat drei Schritte vor, verharrte dann wie in Ehrerbietigkeit.

Ein Pferd galoppierte heran, als gewänne es im Mondschein allmählich an materieller Festigkeit. Während das Knarren und Klatschen der Ruder wieder einen Takt annahm, drang durch ihr Geräusch das Stakkato von Hufen. Beinahe ohne Übergang gelangte das Pferd in die Nähe der Gefährten. Es stolperte, als es hielt, kam mit aus Erschöpfung wackligen Beinen zum Stehen. Im Sattel saß Brinn. Er grüßte die Riesen. Indem er ein Bein über den Sattelknauf schwang, sprang er ab. Da erst sah man Covenant. Er hatte sich an den Rücken des *Haruchai* gepreßt, als fürchte er um sein Leben – angesichts der Schnelligkeit und Höhe des Reittiers voller Grausen. Brinn mußte ihm herunterhelfen.

»Willkommen, Riesenfreund«, sagte die Erste leise. Ihr Tonfall brachte mehr Freude zum Ausdruck als Geschrei. »Sei fürwahr willkommen.«

Schwingen rauschten durchs Dunkel. Ein Schatten glitt über die Mauerkrone auf Covenant zu. Für einen Moment schwebte eine Eule über ihm in der Luft, als wollte sie sich auf seinen

Schultern niederlassen. Da jedoch lösten der Vogel und sein Schatten sich auf, verschmolzen auf dem Stein miteinander, als Findail von neuem seine menschliche Gestalt wiederherstellte. Im undeutlichen Licht sah er aus wie jemand, der Gräßliches erlebt hatte und noch kein Ende absah.

Covenant stand, wo Brinn ihm vom Pferd geholfen hatte, als wäre er von allem Mut verlassen worden. Er wirkte umnachtet und bar aller Hoffnung, so ausgehöhlt, als wäre er erneut unter den Bann der *Elohim* geraten. Linden trat auf ihn zu, ohne nachzudenken. Ihr brauchbarer Arm streckte sich nach ihm wie in einem Flehen.

Sein von Macht verwüsteter Blick richtete sich auf sie. Er starrte sie an, als überböte ihr Anblick alles, was er erlitten hatte. »Linden ...« Seine Stimme brach, als er ihren Namen nannte. Die Arme hingen ihm an den Seiten, als zögen Kummer und Not sie abwärts. Die Mühe, die ihn das kostete, machte sein Sprechen zu einem Krächzen. »Bist du in Ordnung?«

Linden mißachtete die Frage. Im Vergleich zu der Seelenpein, die sich in seinem Gesicht widerspiegelte, besaß sie keine Bedeutung. Sein Gram, den er aufgrund des Tötens empfand, zu dem er gezwungen gewesen war, ließ sich deutlich spüren. »Du mußtest es tun«, sagte Linden nachdrücklich. »Es gab keine andere Möglichkeit. Hättest du's nicht getan, wären wir schon tot.« *Bitte, Covenant! Mach dir keine Vorwürfe, weil du unser Leben gerettet hast.*

Doch ihre Worte erneuerten lediglich seinen Schmerz in voller Stärke, als hätte die Sorge um Linden und die übrigen Gefährten ihn bisher vor dem ganzen Eindruck dessen bewahrt, was er getan hatte. »Hunderte«, stöhnte er; und sein Gesicht schien zu zerbröckeln wie die Wesirswacht. »Sie hatten keine Chance.« Seine Gesichtszüge schienen von Tränen zu zerfließen, warfen das Feuer im Hafen und die Spitzen in

Fragmenten der Trauer oder des Schweißes zurück. »Findail behauptet, daß ich es bin, der die Erde vernichten wird.«

Ach, Covenant! Linden hätte ihn jetzt gern umarmt, aber ihr betäubter Arm baumelte ihr an der Schulter, als wäre er im Verwelken begriffen.

»Riesenfreund«, mischte sich die Erste ein, getrieben vom Ernst der Situation. »Wir müssen hinunter zu Sternfahrers Schatz.«

Covenants Haltung glich der eines Versehrten. Doch irgendwo war ihm noch genug Kraft geblieben, um die Mahnung der Ersten zur Kenntnis zu nehmen. Oder vielleicht war es nicht Kraft, sondern Schuldgefühlen zu verdanken, daß er sie verstand. Er strebte an Linden vorüber und auf den Turm zu, als fühle er sich dazu außerstande, sich einzugestehen, wie sehr er sie brauchte. Noch immer versuchte er, sich ihr zu verschließen. Seine Selbstversagung zu begreifen nicht in der Lage, blieb Linden nichts anderes übrig, als ihm zu folgen. Ihre Hose war eine so harte Zwangsläufigkeit geworden wie nach seiner letzten Wunde Ceers Tod. Ihr rechter Arm ließ sich nicht bewegen. Immerhin hatte Covenant vollauf ein Recht, ihr mit Ablehnung zu begegnen. Früher oder später würden die *Haruchai* ihm von dem Zwischenfall mit Ceer erzählen. Dann war es ihr vollends unmöglich, ihn jemals zu berühren. Als Pechnase den Platz einnahm, den zuvor stets Cail an ihrer Seite ausgefüllt hatte, duldete sie es, daß er sie in den Turm führte.

Drinnen gesellte sich Blankehans wieder zu den Gefährten. Anhand von Rire Grist erhaltener Informationen geleitete er sie über eine Treppenflucht hinab auf ein breites Steinsims, das sich nicht höher über dem Wasser befand, als ein Riese groß war. Die Sternfahrers Schatz hatte bereits den Bug in die Durchfahrt zwischen den Spitzen geschoben.

Hier endlich konnte man die Sirenen nicht länger hören, weil das durch Echos verstärkte Rauschen des Wassers sie übertönte. Aber Blankehans verschaffte sich durch ihr Klatschen und Platschen Gehör, erregte an Bord der *Dromond* Aufmerksamkeit. Wenige Augenblicke später schwamm die Sternfahrers Schatz am Steinsims vorbei, und Matrosen warfen Taue herüber. In äußerster Eile zog man die Gefährten an Bord des Riesen-Schiffs.

Kaum eine Speerwurfweite hinter der *Dromond* kam die große Monoreme in die Durchfahrt gepflügt. Doch während die Sternfahrers Schatz das offene Meer gewann, hielt Rire Grist sein Wort. Seine Soldaten überschütteten den Bug der Monoreme mit einem Hagel von Brandpfeilen, zeigten unmißverständlich die Absicht an, jede weitere Verfolgung des Riesen-Schiffs zu verhindern. Wie die Edle Alif hatte auch er im Zusammenbruch von Kasreyns Herrschaft seinen eigenen Ehrbegriff gefunden.

Auf dem Kriegsschiff konnte man vom Ende dieser Herrschaft noch nichts wissen. Aber Rire Grist war hinreichend als Erfüllungsgehilfe des Wesirs bekannt. An die Autorität und unstete Launenhaftigkeit von Tyrannen gewöhnt, begann die Besatzung der Monoreme erbittert in Gegenrichtung zu rudern.

Ungeschoren lief die Sternfahrers Schatz, indem der Wind ihre Segel blähte, in die offene See und den Monduntergang hinaus.

21
MUTTERKIND

Schließlich begann Lindens Arm zu schmerzen. Ihr Blut schien sich in Säure verwandelt zu haben, sich von der Schulter aus an den Nerven oberhalb ihres Ellbogens entlang durch den Arm abwärtszufressen. Unterarm und Hand blieben noch so gefühllos und schwer wie totes Fleisch; doch zumindest ließ sich nun absehen, daß auch ihre Gebrauchsfähigkeit zurückkehren würde. Jeder empfindsame Zentimeter des Oberarms brannte und pochte unter dem Andrang von Blut.

Dieser Schmerz beanspruchte Lindens Aufmerksamkeit, beherrschte weite Teile ihres Bewußtseins, als wäre er auf ein qualvolles Leiden zurückzuführen. Wiederholt wälzte sich wie ein Nebel Lindens alte, finstere Stimmung in ihre Seelenlandschaft; und jedesmal verscheuchte das bloße Vorhandensein der Pein sie. *Du hast mich ja sowieso nie geliebt.* Als Linden aus ihrer Kabine dem grauen Morgen entgegenschaute, der sich in verwaschenen Fetzen über der aufgewühlten See abzeichnete, verschleierten sich ihre Augen und tränten, als nähme bloße bittere Enttäuschung ihr die Sicht. Die Rechte ruhte in ihrem Schoß. Mit der Linken massierte sie sie kräftig und beharrlich, versuchte Bedeutung in die leblosen Fingerglieder zurückzuzwingen. *Ceer!* stöhnte sie bei sich. Sie wand sich beim Gedanken an das, was sie getan hatte.

Sie saß in ihrer Kabine, wie sie während der ganzen Zeit dagesessen hatte, seit sie von Pechnase unter Deck gebracht worden war; seine Sorge um sie war in ständigem Gemurmel und schwachen Witzen zum Ausdruck gekommen, versuchsweisen Angeboten von Trost. Aber er hatte nicht gewußt, was er für sie tun könnte, und deshalb hatte er sie sich selbst überlassen. Kurz nach Anbruch der Morgendämmerung – einer fahlen, von Wolken getrübten Dämmerung – hatte er sich mit einem Tablett voller Speisen erneut eingefunden. Doch sie hatte kein Wort mit ihm gesprochen. Zu sehr war ihr bewußt gewesen, wer es war, der sie aufsuchte: Pechnase, nicht Cail. Das Urteil des *Haruchai* schwebte über ihr, als wären ihre Verbrechen unentschuldbar. Sie verstand Cail. Er wußte nicht, wie man verzieh. Und das war gerecht. Sie selbst wußte es auch nicht.

Das Brennen durchströmte Lindens Bizeps. Vielleicht hätte sie ihre Kleidung ausziehen und sie waschen sollen. Aber Ceers Blut paßte zu ihr. Sie hatte diese Befleckung verdient. Sie konnte ihre Schande ebensowenig abstreifen wie Covenant seine Lepra. Während er auf dem Streckbett seiner Schuld und Verzweiflung litt, hatte er sich von ihr auf Abstand gehalten, als stünde ihm die Gunst ihrer Fürsorge nicht zu; und sie hatte die einzige Chance versäumt, ihn zu berühren. Eine Berührung hätte ausreichen können. Sein Bild, dem sie begegnet war, als sie sich ihm öffnete, ihn vom Bann der *Elohim* befreite, war für sie zu einem inwendigen Schmerz geworden, gegen den sie keine Medizin kannte, kein Mittel zu seiner Bekämpfung – ein Bild, das ihr so teuer und schmerzlich war wie Liebe. Doch bestimmt hatte Cail ihm inzwischen von dem Vorfall mit Ceer erzählt. Und alles, was er für sie empfunden haben mochte, mußte dadurch zu tiefer Abneigung werden. Sie hatte keine Ahnung, wie sie so etwas ertragen können sollte.

Doch sie würde es ertragen müssen. Sie hatte zuviel von ihrem Leben mit Flucht verbracht. Ihr Schmerz schien sich auszudehnen, bis er die ganze Kabine ausfüllte. Niemals würde sie das Blut vergessen, das rhythmisch und fatal unter dem nutzlosen Druck von Ceers Faust hervorgequollen war. Linden stand auf. Die steifgewordene Hose scheuerte an ihren Oberschenkeln, hatte sie bereits wund gerieben. Ihre taube Hand und der Ellbogen hingen ihr von der Schulter, als wollten sie ihr klarmachen, sie hätte eine Amputation verdient. Unbeholfen ging sie zur Tür, machte sie auf und verließ die Kabine, um sich der Prüfung zu stellen.

Der Aufstieg zum Achterdeck fiel ihr schwer. Sie hatte länger als einen Tag nichts gegessen. Die Strapazen der vergangenen Nacht hatten sie vollständig ausgelaugt. Und die Sternfahrers Schatz schwamm nicht gerade ruhig dahin. Der Seegang war rauh, und die *Dromond* schaukelte durch die Wogen, als hätte der Verlust des Großmasts ihre Seetüchtigkeit stark beeinträchtigt. Durch die Geräuschkulisse von Wind und Meer hörte Linden den streitbaren Disput von Stimmen. Deren Konflikt zog sie an wie Flammen einen Falter.

Böen erfaßten Linden, als sie über den Wellenbrecher das Achterdeck betrat. Hinter dem grauen Dunst über der See ließ die Sonne sich kaum erkennen; das trübe Wetter kündigte Regen an, wenn auch nicht für diese Gegend, nicht so nah vor der Küste von *Bhrathairealm* und der Großen Wüste. Die Küste selbst war nicht länger sichtbar. Das Riesen-Schiff steuerte in schwachem Winkel nordwestwärts durch das Brodeln und Schäumen der Wellen; und das Segeltuch äußerte in seinem Ringen mit dem unsteten Wind dumpfe Laute. Während sich Linden auf dem Deck umsah, stellte sie fest, daß Pechnase es tatsächlich geschafft hatte, die Bresche in der Seite des Schiffs und das Loch, wo das Wohlspeishaus gewesen war, zu reparieren, die *Dromond* dadurch im wesentlichen wieder seetüchtig zu machen. Es war ihm sogar gelungen, steuerbords die Reste des Aufbaus in eine geschlossene Behausung für die Bordküche umzuwandeln. Trotz ihrer Bedrängnis verspürte Linden eine Anwandlung ungetrübter Dankbarkeit für den deformierten Riesen. Auf seine Weise war auch er ein Heiler.

Aber keine Reparatur, die in seiner Macht lag, konnte die

leichte Ungefügigkeit ausgleichen, mit der die Sternfahrers Schatz ohne ihren Großmast schwamm. Daß es Derbhand überhaupt möglich gewesen war, im Hafen von *Bhrathairain* die Kriegsschiffe auszumanövrieren, war erstaunlich. Das Riesen-Schiff war wie Covenants rechte Hand geworden: unvollständig und eingeschränkt verwendbar.

Aber Covenant stand in sichtlicher Verärgerung ungefähr in der Mitte des Achterdecks, als gehöre er dorthin, hätte er dazu das Recht. Neben ihm befanden sich die Erste und Pechnase; ihnen gegenüber Brinn und Cail. Sie waren verstummt, als Linden das Deck betrat. Ihre Gesichter waren ihr zugedreht, und sie sah ihren Mienen an, sie selbst war der Gegenstand ihres Streits.

Covenants T-Shirt wies noch die geschwärzten Handabdrücke aus *Hustin*-Blut auf, mit dem sie ihn im Vorsaal des Ersten Runds besudelt hatten. Hinter Linden erhob sich in regelmäßigen Abständen Blankehans' Stimme vom Achterkastell, wenn er zur Führung des Schiffs erforderliche Kommandos gab. Weil das Wohlspeishaus nicht länger den Blick nach vorn versperrte, konnte Linden erkennen, daß Findail wieder seinen Platz am Bug eingenommen hatte. Hohl dagegen stand dort, wo seine Füße erstmals das Deck betreten hatten, als er an Bord ging. Seeträumer war nirgends zu sehen. Linden merkte, daß sie ihn vermißte. Vermutlich hätte er für sie Partei ergriffen.

Steifbeinig näherte sich Linden dem Grüppchen. Ihr Gesicht war starr verkrampft, weil sie befürchtete, weinen zu müssen. Der Wind wehte ihr das seit langem ungewaschene Haar auf die Wangen. Unter anderen Umständen wäre ihr aller Schmutz zuwider gewesen. Sie besaß einen ärztlich-instinktiven Drang nach Sauberkeit; und ein Teil ihres Innenlebens hatte immer Stolz auf den Glanz ihres Haars empfunden. Nun jedoch fand sie sich mit der Verdrecktheit ihrer Erscheinung ebenso ab wie mit den dunklen Flecken an den Oberschenkeln ihrer Hose. Beides paßte zu ihr.

Unvermittelt begann Pechnase zu sprechen. »Auserwählte«, sagte er, als ob er fiebere, »Riesenfreund Covenant hat uns von seinem Aufeinanderprallen mit Kasreyn von dem Wirbel berichtet. Überreichlich sind mit selbiger Geschichte Fragen verknüpft, die der Ernannte zu beantworten vermöchte, ließe er sich dazu herbei – oder geläng's, ihn nachdrücklich genug davon zu überzeugen, daß es angebracht ist, sie zu beantworten. Er erblickt eine unerfindliche Gefahr in …«

Mit ausdrucksloser Stimme fiel Brinn dem Riesen ins Wort. Er sprach ohne besondere Betonung, aber seine Stimme zeichnete sich durch die Kraft von Peitschenhieben aus. »Und Cail hat mit dem Ur-Lord über Ceers Tod gesprochen. Er hat ihm über die Art und Weise Aufschluß gegeben, wie du Ceer nach dem Leben getrachtet hast.«

Unfreiwilliges Erröten lohte in Lindens Gesicht. Ihr rechter Arm zuckte, als wäre sie drauf und dran, irgendeine flehentliche Gebärde zu vollführen. Aber ihre Hand hing wie tot am leblosen Unterarm.

»Auserwählte.« Die Kehle der Ersten war hörbar eingeschnürt, als wären ihre Worte Waffen, die sie in festem Griff bereithielt. »Es besteht keine Notwendigkeit, daß du Zeugin unseres Zwists wirst. Uns allen ist offenkundig, daß du an schwerer Bürde trägst und müde bist. Magst du dich nicht in deine Unterkunft zurückbegeben, um Schlaf und Erquickung zu suchen?«

Brinn schwieg, während die Riesin sprach. Doch sobald sie verstummte, hatte er einen unverblümten Einspruch parat. »Die Notwendigkeit besteht. Dies Weib ist die Hand der Verderbnis in unserer Mitte, und es verübte einen Anschlag auf Ceers Leben, kaum daß er eine tödliche Wunde erhalten hatte, welchselbige ohne sein Eingreifen die Auserwählte empfangen hätte.« Die Gelassenheit seines Tonfalls erregte einen so einschneidenden Eindruck wie Sarkasmus. »Stellt sie zur Rede und laßt sie antworten – wenn sie's vermag.«

»Pah!« stieß Pechnase hervor. Seine grotesken Gesichtszüge drückten mehr Zorn aus, als Linden je bei ihm erlebt hatte. »Du fällst dein Urteil in großer Hast, *Haruchai.* Wie wir alle konntest auch du die Worte des *Elohim* vernehmen. ›Sie ist dem Schweigen anheimgefallen‹, hat er zu Riesenfreund Covenant gesagt, ›so wie du beim *Elohim*-Fest dem Schweigen überantwortet worden bist.‹ Und indem die Auserwählte selbiges Übel auf sich nahm, hat sie unsere Befreiung aus den Tiefen der Sandbastei bewirkt. Wie könnte sich da ihr Handeln wider sie in Schuld umkehren?«

Covenant starrte Linden an, als wäre er taub für den Wortwechsel, der ringsherum stattfand. Doch die Muskeln an seinen Augen und Mundwinkeln reagierten auf jedes Wort, kniffen sich nahezu unmerklich zusammen. Der Bart und sein hitziger Blick verliehen ihm eine seltsame Ähnlichkeit mit jenem Alten, der zu ihr gesagt hatte: *Bleib getreu!* Aber seine Haut zeigte die Verfärbung des Gifts; und unter der Oberfläche seines Äußeren ruhte die Leprose wie eine endgültige Verdammung oder unwiderruflicher Wahnsinn, ein zwingender, unbestreitbarer Sachverhalt. Das waren die Dinge, deren er sicher war – sonst gab es nichts dergleichen, weder in ihm noch in Linden.

Bist du nicht schlecht? In einer Art von Schwächeanfall verspürte Linden das dringende Bedürfnis, ihn anzuflehen, anzubetteln, er möge diese grauenvolle Frage zurücknehmen, obwohl er es gar nicht gewesen war, der sie ausgesprochen hatte. Doch Brinn schleuderte ihr Anschuldigungen entgegen, und sie konnte nicht darüber hinweggehen.

»Nein, Riese«, antwortete der *Haruchai* Pechnase. »Die Hast ist auf deiner Seite. Bedenke wohl. Derweil das Schweigen der

Elohim in Ur-Lord Thomas Covenant herrschte, befleißigte er sich keiner einzigen Tat. Weder Geist noch Wissen ließen sich in ihm ersehen. Aber war die Auserwählte nicht des Handelns fähig?« Pechnase wollte etwas entgegnen; doch Brinn kam ihm zuvor. »Und sind uns nicht die Worte zur Kenntnis gelangt, die jener Wütrich in Gibbons Gestalt zu ihr sprach? Hat er ihr nicht verkündet: ›Du bist besonders für dies Werk der Zerstörung auserwählt worden‹? Und ist nicht, seit er's sprach, all ihr Treiben zu unserem Schaden gediehen?« Wieder versuchte Pechnase zu widersprechen; aber der *Haruchai* ließ ihn nicht zu Wort kommen. »Als der andere Wütrich den Ur-Lord mit Unheil schlug, brachte ihr Zögern ...« – er dehnte das Wort wie im Spott – »sowohl ihn wie auch Sternfahrers Schatz in Gefahr. Als die *Elohim* es darauf absahen, ihn unseres Schutzes zu berauben, gebot sie uns, seine Seite zu verlassen, lieferte ihn den üblen Absichten jenes Volkes aus. Und obschon man ihr die Möglichkeit des Eingreifens gab, weigerte sie sich, ihre Heilersinne zu verwenden, um ihm das zugedachte Schicksal zu ersparen.« Brinn setzte seine Aufzählung der Vorwürfe fort. »Und danach, Riese, beliebte es ihr, nichts zu unternehmen, um den Ur-Lord des auferlegten Schweigens zu entheben. Sie verweigerte es uns, zu Hergroms Verteidigung wider Kasreyn vorzugehen, als der Wesir sich allein in unseren Händen befand. Sodann drängte sie darauf, die Sandbastei von neuem zu betreten, während sogar der Ernannte zur Flucht riet. Sie entschloß sich erst zur Beistandsleistung, nachdem Hergrom erschlagen und Ceer verwundet worden war, wir alle in des Wesirs Kerkerloch staken und keine andere Hilfe verblieb.« Seine folgenden Worte richtete er an die Erste – Worte, so hart wie Splitter von Feuerstein. »Hör mich an. Bei unserem Volk sprechen die alten Erzähler des öfteren von den Bluthütern, die den einstigen Lords des Landes dienten, und von Kevin Landschmeißer, der das Ritual der Schändung vollzog. Durch jene Tat des Wahnsinns fanden auch die Alt-Lords ihr Ende, denn selbst sie waren wider des Landes Verwüstung nicht gefeit. Und damit hätten auch die Bluthüter ein Ende nehmen müssen. Hatten sie nicht geschworen, die Lords vor dem Untergang zu bewahren oder zu sterben? Dennoch überdauerten sie, dieweil Kevin Landschmeißer sie fortgeschickt hatte, ehe er das Ritual begann. Sie gehorchten, ohne zu ahnen, welche Absicht er in seinem Herzen hegte. Durch diesen Gehorsam lernten die Bluthüter den Zweifel kennen, und der Zweifel eröffnete der Verderbnis die Pforten. Der Bluthüter Irrtum bestand darin, daß sie sich jedwedes Urteils über Kevin Landschmeißer enthielten – oder über ihn ein fehlgeleitetes Urteil fällten. So kam's, daß die Verderbnis die Alt-Lords und ebenso die Bluthüter aus dem Felde schlagen konnte. Und die neuen Lords wären ihr gleichfalls erlegen, hätte nicht der Ur-Lord des Landes Bürde auf sich genommen. Nun sage ich zu dir, wir werden nicht abermals auf solche Weise irren. Die Reinheit eines jeden Dienstes liegt in jenen, die dienen, nicht allein darin, daß sie dienen, und wir werden uns nicht der Verderbtheit verfallen lassen, indem wir dem Vertrauen schenken, was voller Falschheit ist. Hörst du mich, Riesin?« Ausdruckslos kam er zum Schluß seiner Ausführungen. »Wir werden uns nicht nochmals des Urteils enthalten, wo Urteil vonnöten ist. Und wir haben über diese Linden Avery geurteilt. Sie ist falsch – Falschheit am Ur-Lord, falsch an uns, falsch am Lande. Noch im Augenblick seiner letzten Not versuchte sie, Ceer zu meucheln. Sie ist die Hand der Verderbnis in unserer Mitte. Es muß Vergeltung geübt werden.«

Als er das hörte, zuckte Covenant sichtlich zusammen. Die Erste musterte Brinn mit finsterem Blick. Pechnase starrte ihn fassungslos an. Aber Linden konzentrierte sich ausschließlich auf Covenant. Brinns Forderung überraschte sie nicht. Vor dem Sandwall hatte seine anscheinmäßige Hartherzigkeit angesichts von Hergroms Tod lediglich eine Gemütserregung verdeckt, die so extrem war wie die Hingabe an den Dienst. Covenants Schweigen jedoch empfand sie wie eine endgültige Ablehnung. Er hatte den Blick von ihr gewandt. Von Anfang an hatte er gegen sie Bedenken gehabt. Linden verspürte den Drang, zu ihm zu stürzen, mit den Fäusten auf ihn einzudreschen, bis er irgendeine Stellungnahme abgab. *Denkst du auch so von mir?* Aber sie vermochte kaum den Arm an der Schulter zu bewegen, noch immer nicht den Ellbogen zu beugen.

Das Knattern von Segeltuch unterstrich das eingetretene Schweigen. Böen wehten Linden das Hemd an den Körper. Die Miene der Ersten war düster, ihre Aufmerksamkeit nach innen gekehrt. Allem Anschein nach hielt sie die Darstellung, die Brinn von Linden gegeben hatte, für glaubwürdig. Linden war zumute, als müßte ihr die Besinnung schwinden. Alle diese Menschen trieben sie der Finsternis entgegen, die wie ein Wütrich in der Tiefe ihres Herzens lauerte.

»Die Führung der Suche obliegt mir«, sagte die Erste einen Moment später. »Wiewohl ihr keine Riesen seid und mir nicht zum Gehorsam verpflichtet, seid ihr mit uns Gefährtenschaft eingegangen, und deshalb werdet ihr euch in dieser Sache meinem Entscheid beugen.« Ihre Äußerung enthielt keine Drohung. Sie war eine Feststellung, so schlicht wie das Eisen ihres Schwerts. »Nach welcher Vergeltung steht euch der Sinn?«

»Laß sie den Namen einer Sandgorgone sprechen!« erwiderte Brinn, ohne zu zögern.

Da schien die Luft einen Moment lang vollkommen still zu sein, als wären sogar die Winde der Welt entsetzt über die äußerste Härte von Brinns Urteilsspruch. Unter Lindens Füßen schien das Deck zu wanken. *Den Namen einer …?* Alles ringsum machte den Eindruck, um ihren Kopf zu trudeln. *Denkst du so von mir?*

Langsam drangen Wörter durch Lindens Schrecken in ihr Bewußtsein. Die Erste sprach mit einer Stimme, die von unterdrückter Betroffenheit gepreßt klang. »Auserwählte, willst du nicht antworten?«

Linden rang um Fassung. Covenant sagte kein Wort zu ihrer Verteidigung. Er stand da und wartete auf ihre Rechtfertigungen, so wie die Riesen und *Haruchai* warteten. Lindens taube Hand schlug schwächlich gegen die Seite ihres rechten Beins, aber die Mühe war vergeblich. Noch immer hatte sie kein Gefühl in ihren Fingern. »Nein«, gab sie schwerfällig zur Antwort. Der Ersten lag ein Ausruf auf den Lippen. Pechnase schnitt eine Miene, als wäre ihm nach lauthalsem Weinen. Linden sorgte dafür, daß keiner von beiden einen Ton herausbrachte. »Sie haben zu so etwas kein Recht.« Brinn bewegte den Mund. »Ihr habt zu so was kein *Recht*«, fuhr sie ihn an, kam ihm zuvor. Von diesem Augenblick an schwieg jede Stimme auf dem Achterdeck. Die Riesen in den Wanten beobachteten sie, lauschten durch das Rauschen der zerklüfteten See, das vom Wind verzerrte Ächzen des Segeltuchs. Brinns Miene widerspiegelte nichts als Verschlossenheit. Mit allem entschiedenen Vorsatz zwang sich Linden, sich dem unverhohlenen Unglück in Covenants Augen zu stellen. »Hast du dich schon einmal gefragt, weshalb Kevin Landschmeißer sich überhaupt zum Ritual der Schändung durchgerungen hat?« Im Mark ihrer Knochen schlotterte Linden. »Er muß ein bewundernswerter Mann gewesen sein oder zumindest mächtig …« – sie sprach das Wort aus, als werde ihr davon schlecht –, »wenn die Bluthüter für ihn die Bereitschaft aufbrachten, auf den Tod und sogar auf Schlaf zu verzichten, um ihm zu dienen. Was war also mit ihm los?« Sie sah, daß Covenant zu versuchen beabsichtigte, darauf eine Antwort zu wagen. Sie ließ es nicht zu. »Ich werd's dir sagen. Es lag an den gottverdammten Bluthütern. Es war noch nicht schlimm genug, daß er scheitern mußte, das Land nicht retten konnte. Er mußte es auch noch mit *ihnen* aufnehmen. Sie standen da wie Gott der Allmächtige selbst und *dienten* ihm, während er alles verlor, was er liebte.« Ihre Stimme schnarrte wie in Hohn; aber es war kein Hohn, was sie bewegte. Sie befand sich in einem letzten Akt der Auflehnung gegen die Finsternis, der man sie zudrängte. *Du hast mich ja sowieso nie geliebt.* »Herrgott noch mal! Kein Wunder, daß er vor Verzweiflung verrückt geworden ist. Wie hätte er unter solchen Leuten auch nur einen Funken an Selbstrespekt behalten sollen? Er muß gedacht haben, keine andere Wahl zu besitzen, als alles, was ihrer nicht *wert* war, zu vernichten.« Sie sah Schock in Covenants Miene, Zurückweisung in Brinns Gesicht. »Und nun machst du das gleiche«, fügte sie mit zittriger Stimme hinzu. Ihre heftige Argumentation zielte direkt auf Covenants Herz. »Du hast alle Macht der Welt, und du denkst lediglich daran, wie du im Umgang damit *Lauterkeit* bewahren kannst. Alles, was du anfängst, ist so voller Hingabe.« Voller Hingabe in einem Maß, das Lindens sämtliche Handlungen wie bloße Feigheit und Weigerung wirken ließ. »Du treibst jeden in deiner Umgebung zum Äußersten.« *Und mir fehlt es an der Macht, um es dir gleichzutun. Es ist nicht meine …* Aber sie versagte sich das Weiterreden. Trotz ihres Elends war sie ihm nicht die Schuld an dem zuzuschieben bereit, was sie getan hatte. Er hätte einen derartigen Vorwurf ernstgenommen; und er hatte ihn nicht verdient. »Du hast zu so etwas kein Recht«, beendete sie barsch ihre Ausführungen, erfüllt von bitterem Schmerz über den Kontrast zwischen seiner und ihrer inneren Wüste. Covenant antwortete nicht. Er sah sie nicht länger an. Sein Blick betrachtete wie in Scham oder Flehentlichkeit den Stein zu ihren Füßen.

Brinn dagegen schwieg nicht. »Linden Avery.« Der Gleichmut in seinem Tonfall klang so unerbittlich wie das Antlitz des Schicksals. »Stellst du fürwahr die Behauptung auf, die Bluthüter wären die Verursachung von Kevin Landschmeißers Verzweiflung gewesen?«

Linden würdigte ihn keiner Antwort. Ihre volle Aufmerksamkeit galt Covenant und schloß jeden anderen aus. Plötzlich schien in Covenant etwas zu zerbrechen. Er schwang die Fäuste durch die Luft, als wäre diese Gebärde ein Schrei; und wilde Magie zog einen silbernen Lichtbogen durch das Schweigen. Die Glut erlosch fast sofort. Aber er lockerte seine Fäuste nicht. »Linden.« Seine Stimme drang ihm erstickt aus der Kehle, gleichermaßen schroff und sanft. »Was ist mit deinem Arm passiert?«

Seine Frage überraschte Linden vollkommen. Die Riesen starrten ihn an. Ein andeutungsweises Stirnrunzeln brachte Cails Brauen zum Zucken. Doch das kurze Aufflammen seiner Energie hatte die Umstehenden seinem Einfluß unterworfen. Im Handumdrehen nahm der Konflikt einen anderen Charakter an. Die Auseinandersetzung fand nicht mehr zwischen den *Haruchai* und Linden statt. Sie war nun eine Sache zwischen Linden und Covenant, zwischen Covenant und jedem, der sich gegen ihn stellte. Und Linden merkte, daß sie ihm antworten mußte. Sie war jedes Schutzes verlustig gegangen, mit dem sie sich seiner Leidenschaftlichkeit hätte erwehren können. Doch der schiere Abscheu, den sie vor dem empfand, was sie getan hatte, ließ ihre Entgegnung bissig klingen. »Cail hat mich getreten. Um zu verhindern, daß ich Ceer umbringe.«

Auf diese karge Erklärung hin fauchte der Atem Covenants wie in einem Laut der Pein durch die Zähne. Brinn nickte. Falls er Lindens vorwurfsvollen Ton als Anlaß zur Kränkung betrachtete, zeigte er es nicht.

Einen Moment lang rang Covenant ums Verstehen. »Na schön«, meinte er dann unterdrückt. »Es reicht.«

Die *Haruchai* verharrten, wo sie standen. »Ur-Lord, es muß Vergeltung geübt werden!«

»Nein«, erwiderte Covenant, als hätte er von Linden eine ganz andere Auskunft erhalten. »Sie ist Ärztin. Sie rettet Menschenleben. Glaubst du, sie leidet nicht schon genug?«

»Von derlei weiß ich nichts«, entgegnete Brinn. »Doch weiß ich, sie war drauf aus, Ceer zu töten.«

Plötzlich fing Covenant an zu brüllen. »Das ist mir egal!« Er tobte seine Heftigkeit an Brinn aus, als würde sie seinem Innern nachgerade gewaltsam entrissen. »Sie hat mich gerettet! Uns alle hat sie gerettet! Denkst du etwa, das war leicht? Ich habe nicht vor, sie jetzt im Stich zu lassen, bloß weil sie etwas getan hat, das ich nicht begreife!«

»Ur-Lord …«, begann Brinn.

»Nein!« Covenants Toben bezeugte eine solche Fülle zurückgehaltener Macht, daß davon unter Lindens Füßen das Deck bebte. »Ihr seid schon zu weit gegangen!« Sein Brustkorb wogte von der Anstrengung, die es ihn kostete, sich um Beherrschung zu bemühen. »In Andelain … als ich den Toten begegnet bin … Elena hat über sie gesprochen. ›Behüte sie, Geliebter‹, hat sie zu mir gesagt, ›auf daß sie zuletzt uns alle heilen mag.‹ *Elena.«* Er betonte den Namen mit allem Nachdruck. »Der Hoch-Lord. Elena hat mich geliebt, und das hat sie das Leben gekostet. Aber das ist jetzt gleich. Ich werde nicht dulden, daß ihr so mit Linden umspringt.« Seine Stimme klang, als zerriebe dic Mühsal der Selbstbeherrschung sie ihm. »Kann sein, ihr traut ihr nicht.« Seine Halbfaust säte ringsum Andeutungen von Feuer. »Vielleicht traut ihr mir auch nicht.« Er blieb außerstande, sich am Schreien zu hindern. »Aber bei *Gott,* ihr werdet sie in *Frieden* lassen!« Brinn gab keine Antwort. Die Lider seiner ausdruckslosen Augen blinzelten, als stelle er Covenants geistige Gesundheit in Frage. Augenblicklich gleißte Licht aus jeder Kontur von Covenants Gestalt, seinen sämtlichen Umrissen, dicht davor, zu Flammen emporzuzüngeln. Die Male an seinem Unterarm glänzten wie Reißzähne. Sein Brüllen glich einer gewaltsamen Erschütterung, die die Atmosphäre weithin mit Schwingungen erfüllte. *»Habt ihr mich verstanden?«*

Brinn und Cail wichen um einen Schritt zurück, als flöße Covenants Macht ihnen Respekt ein. Dann verbeugten sie sich gemeinsam vor ihm, so wie sich Dutzende von *Haruchai* vor ihm verbeugt hatten, nachdem sie von ihm befreit worden waren und er mit Loriks *Krill* vom Glimmermere-See zurückkehrte. »Ur-Lord«, bestätigte Brinn, »wir haben deine Worte vernommen.«

Covenant rang sein Feuer nieder, keuchte unterdessen durch die Zähne. Im nächsten Moment sah man Findail an seiner Seite. Besorgnis und Erbitterung zerfurchten die Miene des Ernannten; er sprach Covenant an, als hätte er schon seit längerem versucht, seine Aufmerksamkeit zu erregen.

»Ringträger, sie haben deine Worte vernommen und verstanden. Alle vernehmen dich, die auf der Erde wohnen. Du allein besitzt keine Ohren. Habe ich dich nicht wieder und wieder darauf verwiesen, daß du diese wilde Magie nicht wecken darfst? Du bist eine Gefahr für alle, die dir lieb und teuer sind.«

Covenant fuhr zu dem *Elohim* herum. Mit dem Zeigefinger seiner Halbhand deutete er auf Findail, als wolle er die Stelle bezeichnen, an der er ihn mit einem energetischen Blitz zu treffen beabsichtige.

»Wenn du meine Fragen nicht beantwortest«, schnauzte er, »ist es überflüssig, daß du überhaupt mit mir redest. Hätte euer Volk nur ein Mindestmaß an gottverdammten Skrupeln besessen, wäre nichts von allem geschehen.«

Einen Moment lang begegnete Findail der Wut Covenants mit seinem gelblichen Blick. »Haben wir dir nicht deine Seele bewahrt?« hielt er ihm dann leise entgegen.

Er wartete keine Antwort ab. Mit der Würde alten Schmerzes drehte er sich um und kehrte zurück an seinen bevorzugten Standort am Bug.

Sofort wandte sich Covenant wieder Linden zu. Sein innerer Druck glutete unvermindert heiß; und er zwang Linden zu tiefer gehender Betrachtung. Seine Aufgebrachtheit hatte nichts mit den *Haruchai* oder Findail zu tun. Zu ihrer Überraschung erkannte Linden, daß er nie willens gewesen war, irgendeine gegen sie gerichtete Vergeltung zu dulden. Er war aufgewühlt vom Gram um Ceer und Hergrom; fast wahnsinnig von Gift und Macht; entsetzt über das, was sie getan hatte. Aber eine Bestrafung hatte er niemals in Erwägung gezogen.

Er ließ ihr keine Zeit zum Nachdenken. »Komm mit!« Sein Befehl war so bestimmt wie die *Haruchai.* Er vollführte eine scharfe Kehrtwendung, stapfte zu dem neuen Verbindungsstück zwischen Vor- und Achterdeck. Anscheinend wählte er diese Stelle, damit niemand zuhören konnte, oder um im Fall einer Eruption von Magie nicht die Masten und Segel zu gefährden. Pechnases mißgestaltete Gesichtszüge drückten Erleichterung und gleichzeitig Spannung in unterschiedlichen Bereichen seines Gesichts aus. Die Erste hob eine Hand, um sich den Schweiß der Zermürbung von der Stirn zu wischen, und ihr Blick mied Linden, als läge ihr daran, sich jedes Kommentars zu dem zu enthalten, was der Riesenfreund tat oder wünschte. Linden fürchtete sich davor, sich Covenant anzuschließen. Instinktiv war ihr klar, daß jetzt ihre letzte Chance war, um sich zu weigern – die letzte Chance, es bei dem Leugnen zu belassen, auf das sie ihr Leben gebaut hatte. Aber über die graue, von keinem Sonnenschein erreichte Ausdehnung des Achterdecks hinweg zog Covenants Drangsal sie gebieterisch an. Mit steifen Beinen, deren Oberschenkel sie mit jedem Schritt zerscheuerte, ging sie zu ihm. Für eine Weile sah er sie nicht an. Er drehte ihr den Rücken zu, als könnte er den Anblick dessen, was aus ihr geworden war, nicht ertragen. Aber dann wölbte er die Schultern, faltete die Hände mit der verknoteten Verkrampftheit eines Würgers und wandte sich Linden zu. »Und nun wirst du mir erklären«, sagte er mit einer Stimme, als verträufle er Säure, »warum du das gemacht hast.«

Sie wollte ihm darauf nicht antworten. Die Antwort lag in ihr selbst. Sie stak in der Wurzel ihrer Stimmungen der Trübsal, bereitete ihrer Seele eine solche Qual wie der Schmerz, der in ihrem Ellbogen wütete, ihrem Körper. Doch die Zumutung, darüber reden zu sollen, verursachte ihr nichts als uneingeschränktes Entsetzen. Sie hatte das Verbrechen niemals jemandem eingestanden, nie irgendwem eine Gelegenheit und das Recht zugestanden, sie zu verurteilen. Was Covenant schon über sie wußte, war schlimm genug. Wäre sie zum Gebrauchen ihrer rechten Hand imstande gewesen, sie hätte das Gesicht bedeckt, um sich der harschen Eindringlichkeit und Ahnungsschwere seines Blicks zu entziehen. »Ich bin Ärztin«, preßte sie herb hervor, unternahm einen letzten Versuch, Covenant abzuwimmeln. »Ich mag Menschen nicht sterben sehen. Wenn ich sie nicht retten kann …«

»Nein.« Das Drohen wilder Magie machte Covenant die Zunge wie bleiern. »Komm mir nicht mit irgendwelchen billigen Vernunftgründen! Diese Angelegenheit ist zu wichtig.«

Linden wollte ihm nicht antworten. Aber sie tat es. Alle Vorkommnisse und Nöte der vergangenen Nacht fanden in seiner Fragestellung einen zusammengefaßten Ausdruck und verlangten eine Klärung. Ceers Blut besudelte ihre Hose wie eine äußere Manifestation anderen Schmutzes, anderer Tode. Lindens Hände waren schon so lange mit Blut befleckt, daß der Makel eingesunken war in ihre Seele. Ihr Vater hatte ihr das Mal des Todes aufgedrückt. Und sie hatte ihm recht gegeben.

Zuerst kamen die Worte langsam über Lindens Lippen. Doch

sie gewannen, ganz wie Besessenheit, fortlaufend an Kraft. Es dauerte nicht lange, und sie war ihrer Macht gänzlich ausgeliefert. Eines nach dem anderen stiegen sie aus ihr empor, bis sie beim Reden keuchte. Sie mußte sie aussprechen. Und die ganze Zeit hindurch beobachtete Covenant sie mit Ekel in seiner Miene, als verkomme allmählich alles in ihm, was er je für sie gefühlt haben mochte.

»Es kam durch das Schweigen«, begann sie; die einzelnen Wörter glichen schwachen, beinahe sinnlosen Hammerschlägen, die auf lange Sicht Granit doch brechen konnten. »Den Abstand zu allem.« Die *Elohim* hatten das Schweigen in Covenant getrieben wie einen Keil, die notwendige Verbindung zwischen Empfindung und Bewußtsein, zwischen äußeren Vorgängen und ihrem Eindruck getrennt. »Das Schweigen war von dir in mich übergegangen. Ich habe gewußt, was ich tat. Ich wußte, was ringsum geschah. Aber es war, als hätte ich keine Wahl. Ich hatte keine Ahnung, wie oder warum ich eigentlich atmete.« Sie wich seinem Blick aus. Die letzte Nacht schien noch einmal über sie zu kommen, verdüsterte den Tag, so daß sie lichtlos und allein in der Ödnis stand, zu der sie ihr Leben gemacht hatte. »Wir befanden uns auf der Flucht aus der Sandbastei, und ich war dabei, das Schweigen zu überwinden. Ich mußte ganz unten anfangen. Ich hatte mich daran zu erinnern, wie's war, in dem alten Haus mit dem Dachboden zu leben, an die Felder und den Sonnenschein, an meine Eltern, die schon nach einem Weg suchten, wie sie sterben könnten. Mein Vater schnitt sich die Handgelenke auf. Und danach war es für mich, als gäbe es gar keinen Unterschied zwischen dem, was ich tat, und dem, an das ich mich erinnerte. Auf dem Sandwall zu sein, das war das gleiche wie bei meinem Vater auf dem Dachboden zu sein.« Und die Verbitterung ihrer Mutter hatte ihr das Blut in den Adern säuern lassen. Indem sie ihren Ehemann verlor, so selbstsüchtig von ihm verlassen worden war, verlor die Frau anscheinend auch ihr Durchhaltevermögen. Durch den finanziellen Ruin ihres Ehemanns – und die Rechnungen für Lindens Krankenhausaufenthalt – sah sie sich gezwungen, das Haus zu verkaufen; und das hatte auf sie die Wirkung einer entscheidenden Niederlage gehabt. Ihre inbrünstige Kirchgängerei litt allerdings nicht darunter. Vielmehr hatte sie einen Großteil ihrer Abhängigkeit in den kirchlichen Bereich verlagert. Obwohl ihre Wohlfahrtseinkünfte möglicherweise ausgereicht hätten, mußte sie unbedingt einem anderen Kirchenmitglied eine besonders günstige Wohnung abschwatzen, drängte bei anderen Frommen auf hauswirtschaftliche Arbeiten, die sie dann voller fürchterlichem Selbstmitleid verrichtete. Die Gottesdienste, Andachten und sonstigen Zusammenkünfte innerhalb der Gemeinde nutzte sie aus, um jeden erdenklichen Trost und jede erhältliche Unterstützung regelrecht einzufordern. Aber ihre Bitterkeit war längst nicht mehr zu mildern. Mittels einer Transformation, die in ihrer Wundersamkeit fast einer Wiederauferstehung gleichkam, war es ihr gelungen, ihren Ehemann für sich in einen sanftmütigen Heiligen zu verwandeln, den die grausame, unerklärliche Bürde einer Tochter, die Liebe verlangte, aber keine gab, in den Tod getrieben hatte. Diese Umwandlung erlaubte es ihr, sich selbst auch als Heilige zu betrachten und die gefühlsmäßige Abschirmung, deren sie sich gegen ihre Tochter bediente, als Tugend anzusehen. Aber das war noch nicht genug. Nichts war ihr genug. Buchstäblich jeden Cent, den sie erhielt, gab sie fürs Essen aus. Sie aß, als wäre rein körperlicher Hunger das Symbol und eine Demonstration ihrer geistigen Verarmung, der Unterernährung ihrer Seele. Ohne die Wohltätigkeit der Kirche, die sie zu verabscheuen gelernt hatte, wäre Linden oft genug nicht einmal hinlänglich bekleidet gewesen; dieser Umstand nährte den Groll ihrer Mutter gegen sie noch mehr. Weil sie sich durch die Tatsache, daß ihre

Tochter nichts als abgelegte Klamotten trug und trotzdem nicht zu irgendeiner Form von Dankbarkeit verleitet oder durch Drohungen dazu bewogen werden konnte, sowohl getadelt wie auch bestätigt fühlte, erhob sie die eigene bittere Unfähigkeit zur Qualität des Heiligseins. Die ganze Erzählung schien in Lindens Mund zu glühen, als wäre sie eine ätzende Schwärze, die direkt aus der finsteren Grube ihres Herzens emporquoll. In ihren Augen brannte bereits das Vorgefühl von Tränen. Doch nun war sie den vollen Preis zu zahlen entschlossen. So war es gerecht. »Vermutlich hatte ich's verdient. Mit mir war nicht gerade leicht zurechtzukommen. Als ich aus dem Krankenhaus entlassen worden bin, war ich innerlich verändert. Ich war, als wollte ich der Welt zeigen, daß mein Vater recht gehabt hatte … mit seiner Behauptung, ich hätte ihn sowieso nie geliebt. Oder sonst irgend jemand. Jedenfalls fing ich als erstes an, die Kirche zu hassen. Mein Grund lautete, daß meine Mutter an dem Tag, als mein Vater sich umgebracht hat, zu Hause gewesen wäre, hätte sie nicht so suchtartig an der Kirche gehangen. Sie hätte ihm helfen können. Hätte *mir* helfen können. Aber der wahre Grund war wohl, die Kirche nahm sie mir weg, und ich war ein Kind und *brauchte* sie. Also benahm ich mich, als bräuchte ich niemanden. Am wenigsten sie oder Gott. Wahrscheinlich hat sie mich so dringend gebraucht wie ich sie, aber mein Vater hatte sich das Leben genommen, als hätte er's darauf abgesehen gehabt, dadurch mich persönlich zu bestrafen, und ich hatte keinerlei Gespür für die Probleme meiner Mutter. Ich glaube, ich habe mich davor gefürchtet, sie zu lieben – oder mich so zu verhalten, als würde ich sie lieben –, aus Sorge, sie könnte sich dann auch umbringen. Ich muß sie verrückt gemacht haben. Es hätte niemanden wundern dürfen, daß sie Krebs bekam.« Linden wollte die Arme um ihren Leib schlingen, um irgendwie die schmerzliche Lebendigkeit ihres Erinnerns abzuschwächen;

doch ihre rechte Hand und der Unterarm versagten ihr den Dienst. Erinnerungen an Krankheit verursachten ihr eine Gänsehaut. Sie bemühte sich um die Distanziertheit und den Ernst, mit denen sie Covenant von ihrem Vater erzählt hatte; aber jenes Leiden war ihr noch heute zu lebhaft bewußt, um verdrängt werden zu können. Atemnot schien sich in den Tiefen ihrer Lungen zu verdichten. Covenant emittierte eine Art von ahnungsvollem Unbehagen. »Er hätte sich behandeln lassen. Er wäre chirurgisch zu entfernen gewesen. Hätte man sich frühzeitig darum gekümmert. Aber der Arzt nahm sie nicht ernst. Sie war nur eine fette Jammertante. Eine typische Witwe. Als er's sich dann anders überlegte – als er sie in die Klinik einwies und eine Operation veranlaßte –, hatte das Melanom längst Metastasen entwickelt. Ihr blieb nichts anderes mehr, als dazuliegen und zu warten, bis sie starb.« Unwillkürlich fing sie an zu keuchen, als sie sich des letzten Monats ihrer Mutter entsann, wie wenn sie zu verdeutlichen beabsichtigte, auf welche Weise die dickliche Flüssigkeit, die sie mit langsamem Ersticken ausfüllte, die Todgeweihte zum Röcheln gebracht hatte. Als wären die einzigen Teile von ihr, die noch lebten, ihre Atmung und die Stimme, so hatte sie auf dem Krankenbett ausgestreckt gelegen. Schwartige Falten und Massen von Fleisch sackten auf die Matratze, als wären sie von den Knochen abgetrennt worden. Ihre Glieder ruhten reglos und nutzlos auf dem Laken. Doch jeder Atemzug kam einer gequält gezischelten Beschwörung des Todes gleich. Und ihre Stimme krächzte in unaufhörlichem Schelten über die Sünden ihrer Tochter. Sie versuchte keineswegs, ihre Tochter für die Kirche zu gewinnen. Inzwischen war es dahin gekommen, daß sie auf die Ablehnung, die Linden der Kirche entgegenbrachte, angewiesen war, davon abhängig. Ihr Gezeter darüber war ihre einzige Antwort aufs Entsetzen. Wie sonst hätte sie sicher sein können, daß sie einen Anspruch auf Gottes Liebe besaß?

»Damals war's Sommer.« Die Erinnerungen hatten Linden vollständig unter ihrem Bann. Sie nahm kaum noch das Riesen-Schiff wahr, den von Wolken verhangenen Himmel, der düster wirkte wie in Trauer. »Ich hatte keine Schule. Woanders konnte ich nicht hin. Und sie war meine Mutter.« Ihre Worte vermochten nichts vom Kummer eines fünfzehnjährigen Mädchens zu vermitteln. »Sie war alles, was mir geblieben war. Abends haben die Leute von der Kirche für mich gesorgt. Tagsüber jedoch hatte ich nichts anderes zu tun, als bei meiner Mutter zu sein. Einen Monat habe ich bei ihr verbracht. Mir ihr Geschluchze und Gestöhn angehört, als wär's meine Schuld. Die Ärzte und Krankenschwestern gaben um nichts etwas. Sie verabreichten ihr Medikamente und Sauerstoff, und zweimal am Tag säuberten sie sie. Aber darüber hinaus wußten sie nichts mit ihr anzufangen. Sie ließen darüber erst gar keine Gedanken aufkommen. Ich war mit ihr ganz allein. Mußte mir anhören, wie sie mich mit Vorwürfen überhäufte. Das war ihre Art, mich anzuflehen. Die Schwestern dachten vermutlich, ich wollte helfen. Oder sie konnten es selbst nicht länger mitansehen. Sie gaben mir was zu tun. Sie gaben mir haufenweise Schachteln mit Tüchlein und sagten mir, ich solle sie abwischen, wenn's nötig sei. Den Schweiß. Und den Schleim, der ihr aus dem Mund rann, obwohl sie nicht mal die Kraft zum Husten hatte. Ich mußte dicht neben ihr sitzen. Unter ihrem ganzen Gewicht war sie bloß ein Skelett. Und ihr Atem … Die Flüssigkeit in ihren Lungen faulte. Es war dermaßen schlimm, daß mir ständig übel war.« Ein Gestank wie der faulige Geruch des Alten, dem sie vor der Haven Farm das Leben gerettet hatte. »Die Schwestern brachten mir Essen für sie, aber ich hab's die Toilette runtergespült.« *Bleib getreu!* »Sie mochte mich nicht anschauen. Ich konnte sie nicht dazu bringen, mich anzusehen. Wenn ich's versuchte, kniff sie die Augen zu und winselte nur weiter.« *Lieber Gott, bitte laß mich sterben!* Und nach einem Monat hatte das Mädchen jenes geschwächte Leben in die eigenen Hände genommen. Leid, Kränkung und Schuldgefühle hatten Linden gründlicher gezeichnet als Ceers ganzes Blut, sie mit tieferer Wirkung befleckt, sie grundlegender erschüttert. Sie hatte Macht gebraucht, um irgendeine Maßnahme ergreifen, irgendeinen Schutz errichten zu können; und weil es ihrem Verstand an Kraft fehlte, erhob in ihr die finstere Gier ihr Haupt, die sie mit dem Tod ihres Vaters geerbt hatte. *Du hast mich ja sowieso nie geliebt.* Schwoll von den Dielen des Dachbodens empor, quoll wie Haß gegen alles Leben aus dem boshaft verzerrten Mund ihres Vaters. Seinem Mund, der sich aus Schmerz oder Liebe hätte öffnen sollen. Als Linden vor ihrer Mutter stand, fuhr die Schwärze auf wie das Antlitz eines Alptraums, hatte in voller Stärke, aller Genauigkeit und gänzlich unanfechtbar nicht ihren Geist, sondern ihre Hände ausgefüllt, so daß ihr Körper wußte, was sie vorhatte, während ihr Hirn nur zuschauen und dazu ein stummes Geheul ausstoßen konnte, nicht verhindern, keine Kontrolle ausüben, nicht einmal noch entscheiden. Sie hatte heftig geweint, aber ohne einen Laut, hatte es nicht gewagt, nur ein Schluchzen durch ihre zusammengebissenen Zähne dringen zu lassen, um nicht die Schwestern aufmerksam zu machen, nicht ertappt zu werden. Ihre Augen hatten kaum gesehen, was sie tat, als sie die Sauerstoffschläuche von den Nasenlöchern ihrer Mutter löste. Die Finsternis in ihr hatte zu frohlocken begonnen; sie lachte angesichts der Aussicht aufs Genährtwerden wie in Lust. Tod war Macht. *Macht.* Die Möglichkeit, Vorwürfe jenen, die sie aussprachen, ins Maul zurückzustopfen. *Bist du nicht schlecht?* Während sie die Tränen vergoß, die sie ihr gesamtes späteres Leben hindurch verfolgt hatten, nie verziehen werden konnten, stieß sie ein Gewebetuch nach dem anderen in den Mund ihrer Mutter.

»Da schaute sie mich endlich an.« Covenant war nur eine verschwommene Gestalt in Lindens Blickfeld; doch sie fühlte von ihm einen Schmerz ausgehen, als würden ihre Worte ihn zerbrechen. »Sie hat versucht, mich zu hindern. Aber sie hatte keine Kraft. Sie konnte nicht das eigene Gewicht genug anheben, um mich zu hindern. Dann war's vorbei. Ich brauchte den Gestank nicht mehr einzuatmen.« Linden zitterte nicht länger. Irgend etwas in ihrem Innern hatte von ihr Abschied genommen. »Als ich sicher sein durfte, daß sie tot war, habe ich weitergemacht, als hätte ich vorher haargenau geplant, was ich tun mußte. Ich habe ihr die Tücher aus dem Mund entfernt und in der Toilette weggespült ... die Sauerstoffschläuche wieder in die Nase geschoben. Dann bin ich zu den Schwestern gegangen und habe gesagt, ich glaubte, meine Mutter hätte zu atmen aufgehört.« Unter Lindens Füßen schwankte das Deck; fast wäre sie gestürzt. Doch die Sternfahrers Schatz richtete sich auf, brachte auch Linden zurück ins Gleichgewicht. Ihre Augen fühlten sich so wund an wie der rechte Arm, in dem Feuer von der Schulter abwärts zu strömen schien, die Nerven versengte, bis sie in der Taubheit unterhalb des Ellbogens verschwanden. Covenants Emanationen waren jetzt so eindringlicher Natur, daß sie dafür nicht blind bleiben konnte. Er musterte sie in beklommenem Erkennen, als wären er und das Riesen-Schiff zwei verkrüppelte alte Kameraden. Durch ihre Tränen erkannte sie, daß sogar seine Lepra und das Gift ihr soviel bedeuteten wie wertvolle menschliche Eigenschaften. Sie waren die Fehler, die Schwächen, die ihn so aufrichtig und begehrenswert machten. Er wollte ihr etwas entgegnen – oder entgegenschleudern –, aber er sah, sie war noch nicht fertig. »Ich habe ihr gegeben, was sie wünschte. Gott konnte nichts anderes tun, als sie leiden lassen, aber ich habe ihr zu dem verholfen, was sie herbeisehnte. Das war schlecht von mir.« Covenant versuchte zu widersprechen, als empfände er mehr

Kummer, als sie sich jemals welchen zu empfinden gestattet hatte. Doch sie unterbrach ihn. »Deshalb wollte ich nie an das Böse glauben. Ich habe mich dagegen gewehrt, mich unter diesem Gesichtspunkt zu betrachten. Und ich mochte deine Geheimnisse nicht erfahren, um dir nicht meine erzählen zu müssen. Aber es stimmt, es war schlecht. Ich habe ihr das Leben genommen. Und damit die Chance, selber eine Antwort zu finden. Die Chance, daß irgendein Wunder geschehen könnte. Ich habe sie ihrer Menschenwürde beraubt.« Niemals würde sie das verwinden können. In der ganzen Welt konnte es keine Buße für das geben, was sie getan hatte. »Durch mich war Grauen das letzte, was sie in ihrem Leben empfunden hat.«

»Nein.« Covenant hatte fortwährend versucht, ihr ins Wort zu fallen. »Linden. Laß das! Mach dir nicht solche Selbstvorwürfe!« Gram verlieh ihm ein verhärmtes Aussehen. Jeder Umriß seiner Erscheinung lief auf einen Appell hinaus, den er Linden über den Stein des Decks hinweg zukommen ließ. »Du warst noch ein Kind. Du hast nicht gewußt, was du anderes tun sollst. Damit stehst du nicht allein da. Wir alle haben Lord Foul in uns.« Er strahlte die Betroffenheit aus, die Leprotiker allen Verwundeten und Beraubten entgegenzubringen pflegten. »Und du hast mich gerettet. Du hast uns allesamt gerettet.«

Linden schüttelte den Kopf. »Ich habe dich besessen. Du hast dich selber gerettet.« Sie hatte geduldet, daß die *Elohim* ihm Geist und Willen nahmen, bis nichts von ihm übriggeblieben war als die entmutigende, haltlose Litanei seiner Lepra. Im Namen seiner Hingabe an das Land, seiner Entschlossenheit, gegen den Verächter zu kämpfen, hatte er sich auch diese Bürde aufgeladen. Und sie hatte sich selbst vollständig aufgegeben, sich den ärgsten Schrecken ihrer Vergangenheit gestellt, um ihn aus seinem Zustand zurückzuholen. Aber sie sah darin keine Leistung. Sie hatte fast ebensoviel getan, das erst dazu führte, daß er die Zumutung der *Elohim* hinnehmen mußte. Sie selbst hatte die Voraussetzungen dafür geschaffen, die sie später dazu zwangen, die Unantastbarkeit seiner Seele zu verletzen. »Mein Leben lang …« – Lindens Hände zuckten – »habe ich die Finsternis unter Kontrolle gehabt. Auf die eine oder andere Weise. Aber ich mußte alles abstreifen, um weit genug in dich vordringen zu können. Also blieb nichts für Ceer übrig.« Mit ernster Stimme beendete sie ihre Erklärungen. »Du hättest mich von Brinn bestrafen lassen sollen.«

»Nein.« Sein Widerspruch ertönte in hitzigem Flüstern, das den Abstand zwischen ihnen wie ein Aufflammen von Energie übersprang. Lindens Kopf ruckte zurück. Sie sah ihn klar und deutlich, ihr zugewandt, als zähle ihre Ehrlichkeit für ihn mehr als Blutvergießen. »Deine Mutter interessiert mich nicht«, sagte er aus der Tiefe seiner Vertrautheit mit aller Selbstverurteilung. »Es interessiert mich nicht, ob du mich ›besessen‹ hast. Du hattest guten Grund. Und das ist nicht die ganze Geschichte. Du hast uns alle gerettet. Du bist die einzige Frau, die ich kenne, die sich nicht vor mir fürchtet.« Seine Arme vollführten eine ruckhafte Bewegung, die einer von Not und Scham im Keim erstickten Umarmung ähnelte. »Begreifst du nicht, daß ich dich liebe?«

Liebe? Lindens Lippen versuchten das Wort zu bilden und vermochten es nicht. Mit dieser Versicherung änderte er alles. Binnen eines einzigen Augenblicks schien Lindens Welt eine andere zu werden. Sie stolperte vorwärts, verharrte dicht vor ihm. Er war bleich vor Erschöpfung, vom Leidensdruck seines Schicksals stark beeinträchtigt. Der alte Messerstich kennzeichnete die Mitte seines verdreckten T-Shirts wie ein Mal der Verhängnisverfallenheit. Aber die Schwingungen seiner Leidenschaft erreichten die zusätzliche Dimension ihres Gehörs; und Linden bebte auf einmal von Quicklebendigkeit. Er hatte nicht die Absicht gehabt, sich ihr zu verweigern. Die Anstrengungen, die er aufwendete, um an sich zu halten, standen mit ihr in keinem Zusammenhang. Er selbst war es, den er sich zurückzuweisen bemühte. Er war übervoll mit Gift und Lepra; aber sie anerkannte, akzeptierte sie. Ehe er zurückweichen konnte, schlang sie ihren linken Arm um ihn, hob den rechten Arm so hoch, wie es ihr möglich war, um Covenant an sich zu drücken.

Einen Moment lang rang er noch mit sich, stand starr und unnachgiebig in ihrer Umarmung. Aber dann gab er nach. Er legte die Arme um sie, und sein Mund senkte sich so schnell, als stürze er ihr entgegen, auf ihre Lippen.

22
»AUCH LIEBE IN DER WELT«

Spät am folgenden Morgen erwachte Linden nach der langen Nacht des Vollmonds in ihrer Hängematte. Sie fühlte sich durch und durch wohl, dank des Schlafs besänftigt. Ihr rechter Arm war bis in die Fingerspitzen warm und träge, wie eine Wiederkehr ihres früheren Ichs, des mit Tod unvertrauten Kindes, befreit von der Gefühllosigkeit, als hätte sich ihr Blut in Balsam verwandelt. Es widerstrebte ihr, die Augen zu öffnen. Obwohl sie durch die Lider bemerkte, daß die Kabine von Sonnenschein leuchtete, mochte sie nicht, daß der Tag begann, die Nacht endete.

Doch ihr Körper – am Vorabend ausgiebig gewaschen und in neuer Frische empfänglich für Zärtlichkeiten gemacht – entsann sich des sachten Drucks von Covenants hautnaher Gegenwart, stellte seine Abwesenheit fest. Irgendwie hatte er es geschafft, aus der Hängematte zu steigen, ohne sie zu wecken. Linden fing an, eine schläfrige Unmutsbekundung zu murmeln. Da jedoch verspürten die Nerven in ihrer Wange ein leichtes Kribbeln von wilder Magie. Covenant befand sich noch in der Kabine. Sie lächelte sanft vor sich hin, als sie den Kopf hob und über den Rand der Hängematte nach ihm schaute.

Er stand unter ihr auf dem Boden der Kabine, barfüßig und durch den Sonnenschein lebhaft von Licht umhüllt. Seine und Lindens Kleidung hing auf den Rücklehnen von Stühlen, über die sie sie gebreitet hatten, nachdem sie von den *Haruchai* gewaschen worden waren – eine Arbeit, die Brinn und Cail am vergangenen Nachmittag im Rahmen ihres eigentümlichen Pflichtgefühls erledigt hatten. Doch er machte keine Anstalten zum Anziehen. Seine Hände bedeckten sein Gesicht wie in einer unbewußten Nachahmung von Traurigkeit. Er sengte sich mit der winzigen Flamme an seinem Ring die Bartstoppeln von Wangen und Hals.

In völligem Schweigen, um ihn in seiner Konzentration nicht zu stören, beobachtete Linden ihn mit eindringlicher Aufmerksamkeit, um sich seinen Anblick einzuprägen, ehe er merkte, wie sie ihn musterte, Befangenheit zeigte. Er war hager bis an den Rand der Ausgemergeltheit; die unausgesetzte Glut in seinem Innern hatte ihm alles überflüssige Gewicht weggebrannt. Aber die besondere Effizienz seiner Gestalt gefiel ihr. Sie hatte nicht gewußt, daß sie fähig war, an jemandes Körper ein so unprofessionelles Interesse zu finden.

Dann war sein Bart fort, und er löschte das Feuer. Als er sich umdrehte, sah er, daß Linden ihn betrachtete. Vorübergehende Verlegenheit verbarg alles andere in seinen Augen. Er vollführte eine unbestimmte Geste, wie um sich zu entschuldigen. »Ich meine immer noch, ich müßte es zu kontrollieren imstande sein. Ich versuch's jedenfalls zu lernen.« Er schnitt eine kauzige Grimasse. »Außerdem kann ich's nicht leiden, wenn's mich im Gesicht juckt.« Dann bezeugte sein Mund düsteren Ernst. »Wenn die Energie schwach genug ist – und ich mich nicht aufrege –, kann ich damit umgehen. Aber sobald ich irgendwas von Bedeutung zu tun versuche …« Linden lächelte weiter, bis ihm ihre Miene auffiel. Daraufhin ließ er mit einem Schulterzucken von der Frage seiner Macht ab. Er erlaubte sich ein Halblächeln und betastete sein bleiches, gesäubertes Kinn. »Ist alles weg? Ich merk's nicht. Meine Hände sind zu gefühllos.«

Linden antwortete mit einem Nicken. Doch sein Tonfall machte sie der Vielschichtigkeit seines Blicks bewußt. Er sah sie mit mehr als nur seinen Erinnerungen an die vergangene Nacht an. Irgend etwas beunruhigte ihn. Es mißbehagte Linden, sich aus ihrem so seltenen, sanften Gefühl der Ausgeglichenheit zu lösen; trotzdem kannte sie kein Zögern. »Was ist los?« erkundigte sie sich zärtlich.

Covenant nahm den Blick von ihr, richtete ihn mit spürbarer Willensanstrengung wieder auf sie. »Zuviel ist los.« Er wandte sich ihr zu, als wüßte er nicht, wie er mit ihrer Fürsorglichkeit zurechtkommen sollte. »Wilde Magie. Offene Fragen. Diese pure Selbstsucht, deine Liebe anzunehmen, während ...« Er schluckte kloßig. »... während ich dich so sehr liebe und gleichzeitig derartig gefährlich bin, und obwohl ich die Sache möglicherweise nicht einmal lebendig überstehen kann.« Die Beschwerlichkeit seiner Unumwundenheit verzerrte ihm den Mund. »Vielleicht gelangen wir nicht rechtzeitig genug zurück, um's dir zu ermöglichen, etwas gegen das Messer in meiner Brust zu unternehmen. Ich will raus aus der ganzen Geschichte. Ich möchte nicht mehr für das alles verantwortlich sein. Es sind schon zu viele Menschen umgekommen, und es wird andauernd bloß noch schlimmer.«

Linden hörte ihn und verstand, was er meinte. Er war ein ausgehungerter Mensch, der endlich die Linderung gekostet hatte, nach der seine Seele dürstete. Mit ihr verhielt es sich nicht anders. Aber die Befürchtung, die er hegte – in bezug auf die Stichwunde in seiner Brust –, empfand sie als irreal. Die verheilte Narbe war kaum noch zu sehen. Sie war fast völlig in der Blässe seiner Haut aufgegangen. Linden konnte sich nicht vorstellen, wie diese Heilung rückgängig, wie sie ungeschehen gemacht werden sollte, als wäre sie nie eingetreten. Doch das war nur ein Teil dessen, was sie fühlte. Auf gewisse Weise befriedigte es sie, genau da zu sein, wo sie jetzt war – mit Covenant an Bord der Sternfahrers Schatz, auf der Suche nach dem Einholzbaum, begleitet von Riesen und *Haruchai*, von Findail und Hohl. Sie war vollauf bereit, sich der Zukunft zu stellen, an der Lord Foul strickte. Und das sagte sie Covenant so deutlich wie möglich.

»Mir ist's gleich. Von mir aus kannst du so gefährlich oder selbstsüchtig sein, wie du willst.« Seine Gefährlichkeit hatte von Anfang an attraktiv auf sie gewirkt. Und seine Selbstsucht war von Liebe ununterscheidbar. »Ich fürchte mich nicht.«

Daraufhin verschleierte sich Covenants Blick. Er blinzelte sie an, als wäre sie heller als der Sonnenschein. Sie dachte, er werde die Trittleiter erklimmen und in ihre Arme zurückkehren; aber er tat es nicht. Sein Gebaren war offen und vorbehaltlos, und er wirkte in seiner Ruhelosigkeit kindlich. Seine Kehle krampfte sich zusammen, lockerte sich, ehe er wieder sprechen konnte. »Findail behauptet«, sagte er, »ich werde die Erde vernichten.«

Da begriff Linden, daß er mehr von ihr brauchte als Bekenntnisse. Für ihn war es eine Notwendigkeit, daß sie seine Sorge mit ihm teilte. Zu lange war er allein gewesen. Er vermochte ihr nicht eine Tür aufzutun, ohne auch andere Türen zu öffnen. Linden ging auf sein Bedürfnis ein, indem sie sich ihrer Behaglichkeit entrang, sich aufsetzte, um sich sachlicher mit der Problematik zu befassen, die ihn beschäftigte. *Findail,* dachte sie. Erinnerungen gaben ihrem Gemüt etwas von der alten Schärfe zurück. Der *Elohim* hatte zu verhindern versucht, daß sie in Covenants Inneres eindrang. *Bist du von Sinnen?* hatte er sie angefahren. *Das ist der Untergang! Das Schicksal der Erde kommt über mein Haupt.* »Was hat er gemeint, als er gestern mit dir gesprochen hat?« Ihre Stimme klang nach dem gewohnten Ernst. »Als er sagte: ›Haben wir dir nicht deine Seele bewahrt?‹«

Covenants Mund zuckte. »Das ist eines der Dinge, die mich beunruhigen.« Er wendete den Blick von ihr, um seine Gedanken ganz dem zu widmen, was sich mit ihm ereignet hatte. »Er hat recht. Jedenfalls in gewisser Hinsicht. Sie haben mich tatsächlich gerettet. Als ich mit Kasreyn allein war … bevor Hergrom aufkreuzte.« Bitterkeit war in seiner Stimme. »Ich war vollständig hilflos. Normalerweise hätte Kasreyn alles mit mir anstellen können, was er wollte. Aber er hat das Schweigen nicht durchdringen können. Ich habe jedes Wort gehört, das er sagte, aber ich war zu keinerlei Gegenwehr imstande, und es gelang ihm nicht, meinen Zustand zu verändern. Wäre ich nicht in dieser Verfassung gewesen, hätte er wahrscheinlich meinen Ring bekommen. Aber das verrät mir nicht, warum.« Er schaute wieder zu ihr auf, die Miene voller unbeantworteter Fragen. »Warum haben die *Elohim* das mit mir gemacht? Weshalb hat Findail vor mir solche Furcht?«

Linden hielt ihn unter wachsamer Beobachtung, versuchte die Kompliziertheit all dessen einzuschätzen, das er wußte, an das er sich entsann, was er als erforderlich erachtete. Er besaß das Gesicht eines entschlossenen Mannes – sein Mund war so streng wie ein Gebot, seine Augen sprachen von Feuer. In ihm jedoch war nichts so einfach; innerlich bestand er ganz und gar aus Gegensätzlichem. Gewisse Teile seines Innenlebens lagen außerhalb der Reichweite ihrer Sinne, vielleicht sogar ihres Begriffsvermögens. Sie antwortete ihm so fest, wie sie es vermochte. »Du fürchtest dich vor dir selbst.«

Im ersten Moment zog er ein mißmutiges Gesicht, als wäre er drauf und dran, zu erwidern: *Glaubst du, wenn ich überheblich oder ohne jede Erfahrung wäre oder nur dumm genug, gäbe es keinen Grund zur Furcht?* Aber dann sanken ihm die Schultern herab. »Ich weiß«, sagte er gedämpft. »Je mehr Macht ich habe, um so hilfloser fühle ich mich. Sie reicht nie aus. Oder es ist die falsche Art von Macht. Oder ich habe sie nicht unter Kontrolle. Es ist schrecklich.«

»Thomas.« Ihr lag nicht daran, unerfreuliche Dinge mit ihm zu diskutieren, Fragen aufzuwerfen, die ihn quälen mußten. Aber sie hatte nie erlebt, daß er sich vor etwas gedrückt hätte, das sich als hart oder schmerzlich erweisen mochte; und sie wollte ihm ebenbürtig sein, sich als gleichrangige Gefährtin bewähren. »Erläutere mir das mit der Notwendigkeit der Freiheit.«

Covenant erstarrte ein wenig, hob angesichts der unerwarteten Direktheit von Lindens Gedankengängen die Brauen. Aber er erhob keine Einwände. »Wir haben schon mal darüber gesprochen«, sagte er bedächtig. »Es ist schwer zu erklären. Ich vermute, die Frage lautet, ist man eine Person – mit freiem Willen und einem gewissen Eigensinn und zumindest der Anlage, wenn nicht gar der Entschlossenheit zu ungewöhnlichen, überraschenden Maßnahmen – oder ein Werkzeug? Ein Werkzeug dient dem Benutzer lediglich. Es ist bloß so gut, wie die Geschicklichkeit seines Benutzers es zuläßt, und für irgend etwas anderes als seinen Zweck ist es überhaupt nicht gut. Wenn man also etwas Besonderes erreichen will – ich meine etwas, das man aus sich selbst heraus nicht hinkriegen kann –, darf man kein Werkzeug verwenden. Man muß eine Person einsetzen und hoffen, daß ihre Originalität, die Überraschungen, die sie auf Lager hat, im Sinne des Angestrebten positiv sind. Damit setzt man einen Faktor ein, der das Risiko umfaßt, frei zu etwas anderem zu sein, als man sich gedacht hat. Das ist's, worauf's auf beiden Seiten hinausläuft. Der Schöpfer will Foul ausschalten. Foul hat vor, den Bogen der Zeit zu zerstören. Aber keiner von beiden kann sich eines Werkzeugs bedienen, denn ein Werkzeug wäre bloß eine Verlängerung dessen, was sie selbst sind, und wenn sie auf diese Weise bewerkstelligen könnten, worauf sie's abgesehen haben, bräuchten sie nichts anderes. Also versuchen sie's beide mit uns. Der einzige Unterschied, den ich erkennen kann, besteht darin, daß der Schöpfer nicht manipuliert. Er trifft nur seine Wahl und findet sich mit dem Risiko ab. Foul ist da anders. Aber wie frei sind wir?«

»Nein.« Linden tat ihr Bestes, um ohne Schwäche das Nötige zu sagen. »Nicht wir.« Sie mochte ihm nicht weh tun; doch sie war sich darüber im klaren, es wäre falsch verstandene Liebe, falls sie versuchte, ihn zu schonen. »Du bist es, der den Ring hat. Wie frei bist du? Als du Joans Stelle eingenommen hast …« Da allerdings verstummte sie. Sie brachte es schlichtweg nicht übers Herz, den Satz zu beenden.

Aber Covenant verstand sie ohnehin. Lindens unausgesprochenes Wort glich einem Widerhall der Furcht, die ihn zermarterte. »Ich bin nicht sicher.« Erneut wich sein Blick von ihr, nicht um sie zu meiden, sondern um den Verkettungen seiner Erinnerungsstränge zu folgen.

Doch Linden war noch nicht fertig, und was sie zudem zu sagen hatte, war zu wichtig, um warten zu können. »Nach dem *Elohim*-Fest … Als ich versucht habe, in dich vorzudringen …« Sie sprach abgehackt, fühlte sich nicht dazu in der Lage, alle Bestandteile ihrer Überlegungen auf einmal zu bewältigen. »Am selben Tag, als Findail aufgetaucht ist. Ich habe gewartet … weil ich hoffte, du würdest von selber genesen. Aber dann konnte ich nicht länger warten. Wenn schon nichts anderes, habe ich mir von meinem Eingreifen zumindest versprochen, es könnte dir möglich sein, ihm Antworten abzuringen.« Sie schloß die Augen, entzog sich der Art und Weise, wie Covenant sie anblickte. »Ich bin nicht weit gekommen.« Voller Finsternis und Gier nach Macht hatte sie versucht, ihn ihrer Kontrolle zu unterwerfen. Nun holte die Greulichkeit des Resultats sie ein. Unbewußt begann sie im Gegentakt zum leichten Schwanken der Hängematte zu schaukeln, um sich zu beruhigen, die Erinnerung in erträgliche Worte zu kleiden. »Ich bin hinausgeworfen worden. Oder ich habe mich selber hinausgeworfen. Um vor dem zu fliehen, was ich sah.« Gequält schilderte sie, wie sie ihn als Sonnenübel-Opfer gesehen hatte, so monströs und gräßlich wie Marid. Sofort suchte ihr Blick sein Gesicht, als könne es jedes Unbehagen zerstreuen. Er musterte sie mit durchdringender Aufmerksamkeit; in seinen Augen stritten Grimm und Furcht miteinander. »Kannst du wirklich mit Sicherheit sagen«, meinte Linden mit unbeabsichtigter Schroffheit, die sie jedoch nicht zu unterdrücken vermochte, »daß du dich nicht verkauft hast? Daß du nicht längst ein Werkzeug des Verächters bist?«

»Vielleicht bin ich's nicht.« Seine Gesichtszüge nahmen einen Ausdruck von Unerbittlichkeit an, als hätte sie ihn in seine Unzugänglichkeit zurückgescheucht, ihn gezwungen, sich zu den Grundfesten seines Leids und seiner Vereinsamung zurückzuziehen. Seine Stimme klang nach der Kälte von Leprose. »Es kann sein, die *Elohim* glauben bloß, ich wär's. Vielleicht war das, was du gesehen hast, lediglich ihr Bild von mir.« Dann verzerrte sich sein Gesicht. In Selbstüberwindung schüttelte er den Kopf. »Nein. Das ist auch nur so eine billige Ausrede.« Langsam entkrampfte sich seine Miene, zeugte schließlich von bewußter Unverhohlenheit, seiner Bereitschaft, sein Inneres vor Linden zu entblößen. »Womöglich hat Findail recht. Vielleicht sollte ich ihm tatsächlich meinen Ring geben. Oder dir. Bevor's zu spät ist. Aber ich will verdammt sein, wenn ich so ohne weiteres kapituliere. Auf keinen Fall, solange mir noch Hoffnungen bleiben.« *Hoffnungen?* hauchte Lindens Mund stumm. Doch Covenant äußerte sich bereits dazu. »Du bist eine davon. Der Alte bei der Haven Farm hat dich auserwählt. ›Bleib getreu!‹ hat er zu dir gesagt. Du bist noch hier, du bist zum Weitermachen gewillt, und das bedeutet eine Hoffnung. Was du mir eben erzählt hast, ist auch eine Hoffnung. Wenn das wahr ist, was du gesehen hast – daß ich wirklich Fouls Werkzeug oder Opfer bin –, dann kann ich nichts gegen ihn ausrichten. Aber andererseits wird er mich auch nicht benutzen können, um seinen Willen durchzusetzen.«

Mit einem merklichen Ruck verstummte er, gab Linden eine Gelegenheit zum Nachdenken über die Implikationen dessen, was er dargelegt hatte. Daß nämlich Lord Fouls Pläne sich in Wirklichkeit um sie drehten. Daß die Verantwortung für das Überdauern der Erde in einer Beziehung auf ihren Schultern lastete, die sie sich nicht einmal im entferntesten vorzustellen vermochte; daß sie manipuliert wurde, *um die Vernichtung der Erde herbeizuführen.*

Für einen Moment schlug dieser Gedanke Linden mit Starre, ließ von neuem Furcht in die vom Sonnenschein helle Kabine einkehren. Doch schon sprach Covenant weiter, wie zur Antwort auf Lindens bange Bestürzung.

»Und es gibt noch eine. Noch eine Hoffnung.« Sein Ton war nun gelassener, sanfter, Kummer und Erkenntnis schwangen darin mit. »Ich habe dir erzählt, daß ich schon dreimal im Land gewesen bin. Auf gewisse Weise war ich's aber nicht bloß drei-, sondern viermal. Bei den ersten drei Malen hatte ich keinerlei Wahl. In bin rübergerufen worden, ob ich wollte oder nicht. Schon nach dem ersten Mal hatte ich die Nase voll. Aber das dritte Mal war am schlimmsten. Ich war hinter der Farm im Wald, und dort bin ich einem kleinen Mädchen begegnet, und gerade setzte eine Klapperschlange an, um es zu beißen. Ich lief hin, um zu versuchen, es noch zu verhindern. Aber ich fiel hin. Als nächstes merkte ich, daß ich schon halb in Schwelgenstein war, und Mhoram riß sich ein Bein raus, um mich ins Land zu versetzen. Ich weigerte mich. Das Mädchen war in der Welt, die ich für die einzige richtige Welt hielt, und die Schlange würde es umbringen. Das war für meine Begriffe wichtiger als alles andere, ganz gleich, was mit dem Land geschah. Als ich Mhoram von dem Mädchen erzählte …« – Covenants Stimme glich geballtem Verlustgefühl –, »ließ er mich gehen.« *Mhoram,* schien die Verspannung seiner Arme und Schultern zu wiederholen. Dennoch zwang er sich zum Weiterreden. »Ich bin zu spät zurückgekommen, um die Schlange am Zubeißen zu hindern. Aber das Mädchen war noch da. Es ist mir gelungen, einen Teil des Gifts auszusaugen, und irgendwie habe ich das Kind dann auch zu seinen Eltern gebracht. Zu dem Zeitpunkt hatte die vierte Herbeirufung schon begonnen. Und diesmal war ich damit einverstanden. Ich ließ mich freiwillig drauf ein. Ich wollte nichts anderes mehr als eine letzte Chance zum Kampf gegen Lord Foul.« Er schaute Linden nun klaren Blicks an, ließ sie die Unaufgelöstheit seiner Widersprüche sehen, die schwierigen, zweischneidigen Lösungen, die er erwog. »Habe ich mich an Foul verkauft, indem ich mich Mhoram verweigerte? Oder an den Schöpfer, weil ich mit der letzten Herbeirufung einverstanden war? Ich weiß es nicht. Aber ich bin der Überzeugung, daß kein Mensch gegen seinen Willen zum Werkzeug erniedrigt werden kann. Vielleicht kann er so manipuliert werden, daß er vor die Hunde geht, irregeleitet oder zugrunde gerichtet werden. Aber falls ich das mache, was Foul getan haben will, dann wird's passieren, weil ich irgendwie versage – etwas mißverstehe, meinem eigenen inneren Verächter unterliege, den Mut verliere, der Liebe zur Macht oder der Lust am Zerstören verfalle, irgend so etwas.« Er sprach jedes einzelne Wort aus wie eine Bestärkung. »Nicht weil ich jemandes Werkzeug bin.«

»Thomas.« Inmitten des sachten, von der Bewegung des Schiffs verursachten Schwankens der Hängematte sehnte sich Linden nach seiner Nähe. Sie sah in ihm jetzt wieder den Mann, dem sie ursprünglich begegnet war, eine Gestalt der Kraft und Zielstrebigkeit, die sie gegen ihre Auffassungen dazu gebracht hatte, seine unbegreifliche Betrachtungsweise Joans und ihrer Besessenheit zu akzeptieren, sie dann wie ein verführerischer Liebhaber in den Strudel der Ereignisse gelockt und mitgerissen hatte, als er sich der kritischen Situation von Joans Erlösung stellen ging; sah ihn als den aufrechten Inbegriff von Macht und Gram, der den Kerker der Sonnengefolgschaft aufgebrochen hatte, um sie zu retten, später in Herzeleid ein gewöhnliches Feuer in den Rang eines *Caamora* für die längst toten Entwurzelten erhob. Sie sprach seinen Namen, als wolle sie sich seines Geschmacks in ihrem Mund vergewissern. Dann offenbarte sie ihm ihr letztes Geheimnis, gab ihm das letzte Stück Information, das sie wissentlich zurückgehalten hatte. »Ich habe nicht alles erwähnt, was der Alte zu mir gesagt hat. ›Bleib getreu‹, das hat er gesagt, ja. Aber das war nicht alles.« Selbst nach so langer Zeit wußte sie seine Äußerungen noch so genau, als wären sie ihrem Gehirn eingeätzt worden. »›Ach, meine Tochter‹, hat er außerdem gesagt, ›hab keine Furcht. Du wirst nicht scheitern, wie arg er dich auch bedrängen mag.‹« Sie erwiderte Covenants Blick, versuchte ihren Augen die Deutlichkeit des Ausdrucks zu verleihen, die ihrer Stimme fehlte. »›Es gibt in der Welt auch Liebe.‹«

Einen Moment lang blieb Covenant reglos, während diese Enthüllung auf ihn einwirkte. Dann streckte er Linden seine Halbhand entgegen. Sein Fleisch glänzte im Sonnenschein, der durch die offene Luke in die Kabine drang. Das humorige Heben seiner Mundwinkel widersprach der düsteren Glut in seinen Augäpfeln. »Ist es zu glauben?« meinte er. »Ich war mal impotent. Damals, als ich glaubte, es ginge alles bloß noch um Lepra.«

Zur Antwort schwang sich Linden über den Rand der Hängematte, setzte ihre Füße auf die Trittleiter. Dann nahm sie seine Hand, und er zog sie zu sich ins Licht.

Später begaben sie sich zusammen hinaus an Deck. Sie trugen nicht die eigene Kleidung, sondern hatten kurze Gewänder aus grauer, flockiger Wolle angelegt, die ihnen von einem Riesen genäht worden waren – ließen ihre alten Kleidungsstücke zurück, als hätten sie es vollbracht, zumindest eine Schicht ihres früheren Ichs abzustreifen. Die neuen Gewänder waren vernünftig und bequem; aber Covenants intime Kenntnis von

Lindens Körper war noch in seinem Blick offenkundig. Die Füße nackt auf dem Stein, als hätten sie mit dem Riesen-Schiff ihren Frieden geschlossen, verließen sie gemeinsam die Kabine und erklommen das Achterdeck.

Dort spürte Linden für eine ganze Weile, daß sie rot im Gesicht war wie ein junges Mädchen. Sie bemühte sich um Gelassenheit; doch sie konnte das Blut nicht unterdrücken, das verräterisch ihre Wangen verfärbte. Jeder Riese, dem sie begegneten, schaute sie und Covenant mit Wissen, Lachen und unverkennbarem Beifall an. Pechnase grinste so breit, daß seine Freude die Mißgestaltetheit seiner Gesichtszüge überwog. Unter seinen bollwerkhaften Brauen glänzten Blankehans' Augen, und vor stillem Vergnügen schien sich ihm der Bart zu sträuben. Ein Lächeln linderte Ankermeister Derbhands habituelle Melancholie, das gleichermaßen von Aufrichtigkeit wie auch Kümmernis zeugte – das Lächeln eines Mannes, der seine Liebe schon vor so langer Zeit verloren hatte, daß kein Neid sein Wohlwollen noch beeinträchtigen konnte. Sogar Windsbrauts sture Miene runzelte sich angesichts dessen, was sie sah. Und im Verhalten der Ersten ließ sich eine bei ihr selten feststellbare Sanftmut bemerken, zeigte sich eine Andeutung ihrer Riesen-Begabung zum Frohen.

Die Beachtung, die man Covenant und Linden schenkte, war schließlich so eindeutig, daß Linden am liebsten wieder von Deck geflüchtet wäre. Die Verlegenheit hätte ihren Äußerungen einen unfreundlichen Ton verliehen, wenn sie den Mund aufgemacht hätte. Aber Covenant reagierte darauf mit Herausforderung, stemmte in gespielter Strenge die Arme in die Hüften. »Weiß eigentlich *jeder* auf diesem verdammten Stein«, knurrte er, »was wir in unserem Privatleben anfangen?«

Daraufhin brach Pechnase in Gelächter aus; und im nächsten Moment lachten sämtliche in Hörweite befindlichen Riesen vor sich hin. Covenant versuchte, eine finstere Miene aufzusetzen, konnte es aber nicht. Seine Gesichtszüge zuckten aus unfreiwilliger Heiterkeit. Linden selbst lachte, als hätte sie noch nie zuvor gelacht.

Über ihren Köpfen waren die Segel vom Wind straff und stattlich gewölbt, unterm ungetrübten Himmel fest ausgebaucht. Linden empfand die Vitalität des Steins und der Besatzung wie ein Kribbeln in ihren Fußsohlen. Die Sternfahrers Schatz schwamm durchs Schimmern der See, als wäre sie bereits gänzlich wiederhergestellt. Oder vielleicht war Linden selbst heilsam erneuert worden.

Sie und Covenant verbrachten den Nachmittag damit, müßig auf der *Dromond* umherzuschlendern, sich mit den Riesen zu unterhalten, auf dem von der Sonne erwärmten Deck auszuruhen und zu erholen. Beiläufig bemerkte Linden, daß Hohl seinen Standort in der Nähe der Reling nicht verlassen hatte: er verharrte dort wie ein Bildwerk aus Obsidian, makellos und schön, die Schwärze seiner Gestalt nur kontrastiert oder beschränkt durch sein zerfetztes Gewand und die stumpfen eisernen Bänder um sein rechtes Handgelenk und den linken Fußknöchel. Er hätte geschaffen worden sein können, um einen exakten Gegensatz zu Findail abzugeben, der ständig am Bug des Schiffs blieb, dessen cremige Gewandung im Wind wallte, als wäre der Stoff so fluider Art wie er selbst, zum Annehmen jeder Form oder Natur imstande, die er wünschte. Es wirkte ausgeschlossen, daß der Ernannte und der Dämondim-Abkömmling irgend etwas miteinander zu tun hatten. Eine Zeitlang diskutierten Linden und Covenant das Rätsel, das die beiden umgab; aber sie konnten einander keinerlei neue Einsichten vermitteln.

Brinn und Cail hielten sich ununterbrochen verfügbar, allerdings in gewissem Abstand, als wünschten sie nicht zu stören – oder als ob ihnen in Lindens Nähe unwohl zumute sei. Ihre Gedanken blieben hinter majestätischem Gleichmut verborgen; doch Linden hatte herausgefunden, daß ihre gewohnheitsmäßige Ausdruckslosigkeit nichts anderes als ein Schatten war, den ihr extremer Opfermut auf ihre Gemüter warf. Ihr war, als könne sie in ihnen irgendeine ungelöste Problematik spüren. Covenant hatte ihre Warnungen verworfen und sich gegen sie durchgesetzt. Doch anscheinend war ihr Vertrauen und ebenso ihr Mißtrauen nicht so leicht zu erschüttern. Ihre gleichgültige Rücksichtnahme beunruhigte Linden irgendwie. Aber Covenants Gegenwart und Umgänglichkeit stärkte sie. Ab und zu strich sie mit den Fingerkuppen über seinen von Narben gezeichneten Unterarm, wie um die Realität seiner Existenz zu überprüfen. Ansonsten jedoch entspannte sie sich.

Während sie auf einem flachen Haufen Trossen faulenzten, gesellte sich Pechnase zu ihnen. Nach einigem ungezielten Geplauder machte Linden die Bemerkung, daß sie Seeträumer noch nicht gesehen hätte. Sie fühlte sich durch eine besondere Verwandtschaftlichkeit mit dem stummen Riesen verbunden und sorgte sich um ihn.

»Ach, Seeträumer.« Pechnase seufzte. »Blankehans versteht ihn besser als ich – und doch begreift er ihn nicht. Wir haben nun frische Vorräte, die *Dromond* ist wieder seetüchtig. Solange dieser Wind weht, segeln wir geschwind wie ein Pfeil unserem Bestimmungsort entgegen. So muß Grund zur Hoffnung nicht erst mühsam gesucht oder gar schmerzlich herbeigesehnt werden. Und doch sammelt sich in Seeträumer ein Dunkel, dem er keinen Namen geben kann. Er blickt dem Ort des Einholzbaumes entgegen wie einer Brutstätte von Argem.« Für einen Moment hob Pechnase seine Stimme. »Vermöchte er nur zu sprechen! Das Herz eines Riesen ist nicht dazu geschaffen, solche Geschichten in Schweigen und Einsamkeit zu beherbergen.« Danach sprach er wieder ruhiger. »Er bleibt in seiner Unterkunft. Mich dünkt's, er will uns die Bürde von Gesichten ersparen, die er nicht in Worte zu kleiden vermag.«

Oder er kann es ganz einfach nicht aushalten, sann Linden, *daß andere ihn leiden sehen. Wenigstens soviel Würde hat er verdient.* An Bord der Sternfahrers Schatz war nur sie dazu in der Lage, etwas Vergleichbares wie er zu empfinden. Aber ihr Wahrnehmungsvermögen war etwas anderes als Erd-Sicht, und sie konnte zwischen beidem keine Brücke schlagen. Sie schob die Frage Seeträumer fürs erste beiseite, ließ sich wieder von der Munterkeit und Freundlichkeit der Riesen umfangen.

So verstrich der Tag; und am Abend veranlaßte Blankehans, daß man die Segel reffte, um möglichst viele Besatzungsmitglieder fürs gemeinschaftliche Zusammenkommen freizustellen. Kurz nach dem Abendessen versammelten sich gut drei Dutzend Riesen um den Vormast; ausgenommen waren lediglich Derbhand, der an Herzensfreude stand, und drei bis vier Matrosen in den Wanten. Linden und Covenant stießen zu der Versammlung, als zögen das Gelächter, die Frotzelei und die Aussicht auf Geschichten sie unwiderstehlich an. Abgesehen vom Licht einiger Laternen war es auf dem Vordeck dunkel; doch Kameradschaft und Erwartung machten die Dunkelheit heimelig, verliehen ihr so viel Behaglichkeit, wie nur das Tröstliche der klaren Blicke von Riesen spenden konnte. Hoch über dem gemächlichen Tanz der Masten erhellten Sterne das Firmament. Als man Gesang anstimmte, lehnte sich Linden froh an den Vormast, gab sich ganz dem Eindruck der eichenhaft gesunden Kernigkeit der Riesen hin.

Das Lied erscholl in einem Takt, der dem unabänderlichen Klagegesang der See ähnelte; aber seine Melodie schwoll in Schwingungen des Eifers und Lachens auf und ab, des Gefallens an aller Freude und Trauer, allem Überschwang und aller Pein. Die Worte waren nicht immer heiter, aber der Geist, der ihnen zugrunde lag, war heiteren Sinns und voller Lebenskraft, vereinte in sich Schwermut und Fröhlichkeit, bis beides zum Ausdruck ein und derselben Seele gedieh, ununterdrückbar lebendig, dem Leben geweiht.

Und als das Lied verklungen war, trat Blankehans vor, um sich an die Versammelten zu wenden. Die Geschichte, die er erzählte, umfaßte im großen und ganzen die Erlebnisse der Gefährten in *Bhrathairealm;* allerdings konzentrierte er sich hauptsächlich auf die *Haruchai,* um alle Riesen wissen zu lassen, wie Hergrom gelebt und den Tod gefunden hatte. Seine Erzählung war eine Ehrung der Toten und ein Trost für die Lebenden. Auch Ceers Tapferkeit würdigte er; und seine Mannschaft bewahrte ringsherum ein Schweigen, das auch Brinn und Cail nur als Zeichen des Respekts auslegen konnten.

Andere Geschichten folgten. Mit feinsinnig geschauspielertem Kummer erzählte Knolle Windsbraut die Geschichte zweier verbissen schwarzgalliger, eigenbrötlerisch-einzelgängerischer Riesen, die gewissermaßen in Liebe aufeinanderprallten, weil sie sie hartnäckig als Todfeindschaft mißverstanden. Pechnase trug eine alte, von Anklängen an Wind und See durchzogene Ballade bei, die dem Gedenken der Entwurzelten galt. Und an Lindens Seite stand Covenant auf, um der Versammlung von Berek Halbhand zu erzählen, dem alten Helden des Landes, der im Erwachen der Feuerlöwen des Donnerbergs die Existenz der Erdkraft erkannt und den Stab des Gesetzes geschaffen hatte, um diese Kraft gleichzeitig zu nutzen und zu stärken, und der den Großrat der Lords gründete, um ihr zu dienen. Covenant gab die Geschichte ruhig wieder, als erzähle er sie vorwiegend für sich selbst, um das Gespür für seine Bestimmung abzuklären; aber seine Erzählung war von einer Art, wie die Riesen sie zu schätzen wußten, und sobald er schwieg, verbeugten sich etliche von ihnen vor ihm, eine Anerkennung des düsteren und zwangsläufigen

Bandes zwischen ihm und dem seit langem toten Retter des Landes.

»Wüßte ich nur mehr von jenem außergewöhnlichen Land«, meinte Pechnase nach einem Moment der Stille. »Herrlich ist's, vom Leben solcher Menschen wie Berek zu vernehmen.«

»Ja«, sagte Covenant gedämpft. »›Darauf ward der Erdkreis ein Höllental‹«, zitierte er leise. Aber er gab dazu keine Erklärung ab und begann keine zweite Geschichte.

Eine Pause entstand, während die Riesen auf weitere Erzählungen oder Lieder warteten. Da geriet das Zwielicht vor Linden und Covenant plötzlich ins Flimmern, und wie eine Ausgeburt des Laternenlichts erschien Findail. Sein Auftreten verursachte einige Ausrufe der Verblüffung; doch schon im nächsten Moment herrschte wieder Schweigen. Seine Fremdartigkeit erregte die ungeteilte Aufmerksamkeit der Versammlung.

»Auch ich will, so's mir gewährt wird, eine Geschichte erzählen«, sagte Findail mit leiser Stimme, als es so still war, daß man nur die leichten Bewegungen der Segel und das Plätschergeräusch vernahm, mit dem der steinerne Rumpf der *Dromond* durch die See glitt.

Mit knappem Nicken erteilte die Erste ihm ihre Zustimmung. Anscheinend war sie sich in bezug auf ihn unsicher, wirkte jedoch nicht abgeneigt, dem zuzuhören, was er zu sagen haben mochte. Vielleicht konnten seine Worte irgendeinen Aufschluß über die Natur seines Volkes liefern, oder die Motive, die hinter seinen Verhaltensweisen standen. Anspannung befiel Linden, sie konzentrierte ihre Sinne voll auf den Ernannten. Neben ihr straffte Covenant den Rücken, als bereite er sich auf irgendeine Feindseligkeit des *Elohim* vor.

Doch Findail fing nicht sofort mit dem Erzählen an. Statt dessen hob er sein zerfurchtes Gesicht den Sternen entgegen, breitete die Arme aus, wie um sein Herz zu entblößen, und sang ein Lied hinaus in die Nacht.

Sein Singen unterschied sich von allem, was Linden bisher an derartigem zu hören bekommen hatte. Es war auf eine unheimliche Weise melodisch, die an ihre Emotionen rührte. Und es war auf mehreren Ebenen gleichzeitig in sich harmonisch, als ob verschiedene Sänger es vortrügen. So wie sich Findail gelegentlich in Stein, Wind oder Wasser umformte, verwandelte er sich nun in Gesang; und seine Klänge entsprangen nicht der menschlichen Gestalt, in der er sich gegenwärtig zeigte, sondern seinem grundsätzlichen Wesen selbst. Der Gesang war so seltsam und wunderbar, daß es Linden überraschte, die Worte verstehen zu können.

»Wer das Meer befährt, soll sich verneigen,
Verbeugen mag sich, wer aufrecht steht,
Denn dort ist weder Traum noch Friede,
Wo der Ernannte geht.

Wer das Meer befährt, soll sich verneigen,
Denn nimmer gab's für ihn zu sehen
Das Erd-Wrack, wie's unter Sternen treibt,
Nie sah er Stürme des Verderbens wehen.

Vergängliches hat sterblich Augen.
Verbeugen mag sich, wer aufrecht geht,
Weil Spreu er ist in jenem Wind
All dessen, das er nicht versteht.

Preis der Gesichte sind Kühnheit und Wagen,
Oder Vergehen von allem und Tod.
Denn da ist weder Traum noch Friede.
Wenn die Erde zu stürzen droht.

Drum mag sich jeder andre neigen,
Der nicht sieht und nicht versteht:
Erspart bleibt's ihm, zu wandeln,
Wo der Ernannte geht.«

Das Lied erhob sich ohne jede Mühe aus seinem Innern, und als er verstummte, hinterließ es einen Eindruck von Überzeugungskraft, die an Bezauberung grenzte. Trotz ihres gefühlsmäßigen Argwohns, ihrer Gründe zur Verärgerung, kam Linden der Gedanke, vielleicht seien die *Elohim* tatsächlich ehrbar. Sie befanden sich außerhalb ihres Beurteilungsvermögens. Wie sollte sie das Ethos eines Volkes verstehen können – und wieviel weniger bewerten –, das an buchstäblich allem ringsherum Teilhabe, an der grundlegenden Substanz der Erde selbst Anteil hatte?

Doch sie wehrte sich gegen diesen Gedanken. Es gab zu viele Anlässe zu Bedenken und Zweifeln. Ein einzelnes Lied war keine ausreichende Antwort. Sie wahrte innere Distanz und wartete auf die Geschichte des Ernannten.

Mit gelassener Stimme begann er ins verhaltene Atmen der Riesen zu sprechen. Zum Zweck des Erzählens bediente er sich seiner normalen menschlichen Stimme, fand sich mit den begrenzten Ausdrucksmöglichkeiten der Kehle eines Sterblichen ab, befleißigte sich bewußt der dazu erforderlichen Geduld, als habe er zu vermeiden vor, daß seine Zuhörer sich aus dem falschen Grund beeinflussen ließen. *Oder als ob er seine Geschichte als bitter empfindet,* dachte Linden, *und Abstand zu ihr bewahren möchte.*

»Wir *Elohim* sind anders als die übrigen Völker der Erde«, sagte er in den Laternenschein und die Dunkelheit. »Wir sind Teil der Erde, und die Erde ist Teil von uns, und selbiges auf vollkommenere und vollständigere Weise als jede andere Erscheinung von Leben. Wir sind ihr Würd. Es gibt keinen angemesseneren oder trefflicheren Namen für uns. Und deshalb sind wir ein einsames Volk geworden, der Außenwelt entzogen, und lassen mit allem Vorsicht walten, was mit unserer Duldung aus der äußeren Welt auf uns eindringt. Wie könnten wir anders handeln? Schwerlich haben wir Verursachung, Beziehungen zu anderem als unserem eigenen Leben zu suchen. Und oftmals ist's wahr, daß jene, die zu uns kommen, von dem, was sie vorfinden, kaum Vorteil haben. Doch nicht immer war's unter uns so. In einer Zeit, die uns nicht ferne deucht, aber die selbst unter euren dauerhaftesten Überlieferungen vergessen worden ist, sind wir nicht in solchem Maß allem ferngeblieben. Aus unserer Heimat und der Mitte von *Elemesnedene* brachen wir auf und bereisten die ganze weite Erde, forschten nach dem, nach welchselbigem wir nun in uns selbst zu forschen gelernt haben. In der gleichen Weise wie die Erde nämlich altern auch wir nicht. Auf unsere Weise jedoch waren wir damals jünger denn heute. Und in unserem Jungsein schweiften wir durch viele Orte und Zeiten, und wir nahmen, wiewohl womöglich nicht immer weise, an allem Anteil, dem wir begegneten. Doch nicht das ist's, wovon ich zu sprechen gedenke. Vielmehr gilt meine Rede den Ernannten. Den *Elohim,* die vor mir in die Welt ausgesandt worden sind, die man um der zerbrechlichen, bedrohten Erde willen ihres Namens entledigt, denen man ihre Wahl und ihre Zeit genommen hat. Sie haben jene Bürden auf sich geladen, die Frucht der Gesichte und des Wissens, von denen vieles der Erde oder die ganze Erde abhing. Doch hat in ihrem Wirken jugendlicher Sinn seinen Einfluß ausgeübt. In vergangenen Zeitaltern nahmen wir bei Gelegenheit auch Wagnisse auf uns, von denen ich nicht behaupten mag, sie seien geringer gewesen, aber doch, daß sie von minderer Bedeutsamkeit gewesen sind. Ersahen wir einen Notstand, der unsere Herzen bewegte, kamen wir zusammen und bestimmten einen Ernannten, auf daß er ausziehe und selbigem Notstand abhelfe. Ich will ein Beispiel nennen, so daß ihr die Art jener Notstände erkennt, von denen ich Rede führe. In der dunklen, kaum in Erinnerung befindlichen Vergangenheit jener Gegend, die ihr das Land heißt, bestand dort das Leben noch nicht aus dem Dasein von Männern und Frauen, sondern von Bäumen. Ein einziger, ausgedehnter Wald voller Gefühl und Gemüt bedeckte besagte Gegend, ein Geist und ein Herz lebten in jeglichem Blatt und jedwedem Ast eines jeden Baums inmitten der gewaltigen, vielfältigen Weite und Herrlichkeit jenes Waldes. Und die *Elohim* liebten sein Leben. Doch Haß erhob wider den Wald sein scheußliches Haupt und trachtete nach seiner Vernichtung. Und das war ein arges Übel, denn ein Baum mag Liebe kennen, Schmerz fühlen und klagen, aber er hat Mangel an Mitteln zu seiner Verteidigung. Zu derlei fehlt's ihm an Wissen. Daher fanden wir *Elohim* uns zusammen, um zu beraten, und aus unserer Mitte wählten wir eine Ernannte, der's zufiel, ihr Leben jenem Wald zu schenken. Das vollbrachte sie, indem sie mit den Bäumen verschmolz, bis sie das Wissen erlangten, dessen sie bedurften. Sie nutzten das Wissen, um die Ernannte in Stein zu binden, verwendeten ihren Namen und ihr Wesen darauf, gegen jenen Haß eine Wehrkraft zu schaffen. So ward die Ernannte sich selbst und ihrem Volk verloren, aber die Wehr verblieb, solange des Waldes Wille erhalten blieb und er sie zu stützen vermochte.«

»Der Koloß«, sagte Covenant leise. »Der Koloß am Wasserfall.«

»Ja«, bestätigte Findail.

»Und als Menschen ins Land kamen, die Bäume zu fällen anfingen, als wären sie nichts als Hindernisse und Holz, hat der Wald das Gelernte angewendet, um die Forsthüter zu schaffen. Das dauerte aber zu lange, und es waren zuviel Menschen und zuwenig Forsthüter, sie konnten nicht überall gleichzeitig sein, den blindwütigen, rohen oder ganz einfach bedenkenlosen Einsatz von Äxten und Feuer nicht unterbinden. Sie hatten Glück, den Geist des Waldes überhaupt so lange wachhalten zu können, wie sie's getan haben.«

»Ja«, wiederholte Findail.

»Hölle und Verdammnis!« knurrte Covenant. »Weshalb habt ihr nichts unternommen?«

»Ringträger«, entgegnete der *Elohim*, »wir waren unterdessen weniger jung geworden. Und die Bürde, ein Ernannter zu sein, ist uns zuwider, dieweil wir nicht für den Tod geschaffen sind. Deshalb widerstrebt es uns immer stärker, uns anderen als den eigenen Erfordernissen und Bedürfnissen zu widmen. Heute ziehen wir weit seltener in die Welt hinaus, obzwar wir dadurch nicht weniger wissen – denn was die Erde weiß, das wissen auch wir –, doch werden wir infolgedessen seltener von der Liebe befallen, die in den Tod führt.« Übergangslos sprach er weiter. »Aber meine Geschichte ist noch nicht erzählt. Es ist mein Wunsch, von Kastenessen zu erzählen, der allein von jenen, die man zu Ernannten bestimmte, darauf sann, sich seiner Bürde zu erwehren. Zur Zeit der Jugend der *Elohim* war er jugendlicher als andere – jugendlich, wie heute Chant ist, starrköpfig und jäh, wenngleich er ein gänzlich andersartiges Gemüt besaß. Unter all jenen, die auf der Erde umherschweiften, zog er häufiger und weiter als die anderen aus. Zum Zeitpunkt seiner Erwählung weilte er nicht in *Elemesnedene*. Vielmehr hatte er Wohnsitz in einem Land im Osten genommen, wo man die *Elohim* nicht kennt und nichts von ihnen ahnt. Und dort tat er etwas, was kein zweiter *Elohim* jemals getan hat. Er entbrannte in Liebe zu einem sterblichen Weib. Er wandelte unter ihrem Volk wie ein Mann aus dessen Mitte. In der Abgeschiedenheit ihres Heims jedoch war er ein *Elohim* und schändete jegliche Vorstellung, deren sterbliches Fleisch fähig ist. Das war ein Verhalten, das wir verwarfen und noch verwürfen, wiewohl wir's nicht böse nennen. Er erlegte dem Weib einen Preis auf, den's nicht zu begreifen und dem's sich nicht zu verweigern vermochte. Begnadet oder vielmehr geschlagen mit aller Erde, aller Liebe und allen Möglichkeiten des Seins, vereint in einer menschlichen Gestalt, ging sie ihrer Seele nach Art des Wahnsinns oder der Besessenheit verlustig, statt die Liebe der Sterblichen zu kosten. Indem Kastenessen sie liebte, bewirkte er ihr Verderben und wußte es nicht. Er mochte davon nichts wissen. Daher kam's, daß wir ihn, um dem Harm ein Ende zu machen, zum Ernannten einsetzten. Denn zu jener Zeit drohte der Erde eine Gefahr, der wir unsere Augen nicht verschließen konnten. Im fernsten Norden der Welt, wo der Winter seine Wurzeln aus Eis und Kälte hat, war zwischen den Grundfesten des Himmels ein Feuer entstanden. Ich spreche nicht von der Ursache selbigen Feuers, nur von seiner Gefährlichkeit für die Erde. An seiner Stätte und dank seiner Heftigkeit verfügte es über die Kraft, die Welt ihrer festen Schale zu berauben. Und als wir *Elohim* zusammentraten, um darüber zu befinden, wen wir zum Ernannten erwählen sollten, befand sich Kastenessen nicht unter uns. Doch wäre er gegenwärtig gewesen, um zu seiner Rechtfertigung zu sprechen, er wäre dennoch der Ernannte geworden, denn er hatte Unheil über ein Weib gebracht, das ihm kein Leid anzutun vermocht hätte, und nannte es Liebe. Die Kraft dessen jedoch, was er Liebe hieß, war so stark, daß er, sobald ihn die Kunde seiner Einsetzung zum Ernannten erreichte, die Hand jenes Weibes – seiner Geliebten – ergriff und die Flucht antrat, darauf bedacht, sich seiner Pflicht zu entziehen. So fiel's mir zu – und mit mir anderen –, seine Verfolgung aufzunehmen. Er handelte wie jemand, der dem Irrsinn erlegen ist, denn gewißlich mußte er darüber Klarheit haben, daß es auf der ganzen Erde keinen Ort gab, an dem er sich vor uns verbergen konnte. Und wär's ihm auch möglich gewesen, sich unserem

Zugriff zu entziehen, mit etwas zu verschmelzen, aus dem wir ihn nicht zu lösen vermocht hätten, das gleiche wäre undenkbar gewesen mit dem Weib, seiner Begleiterin. Ihr sterbliches Fleisch stand dem entgegen. Aber er mochte sich von ihr nicht trennen, und so kamen wir über ihn und bemächtigten uns seiner. Dem Weibe ließen wir an Fürsorge angedeihen, was wir vermochten, wiewohl sein Unheil oder seine Liebe außerhalb jeder Tröstung blieb. Kastenessen verbrachten wir zu jenem Feuer im Norden. Für uns war er *Elohim,* seiner Bürde verpflichtet und nicht davon befreibar. Er dagegen vermeinte, nicht länger uns oder der Erde anzugehören, sondern allein jenem Weib, das er verloren hatte. Er wollte sich nicht darin schicken, Ernannter zu sein, und keine Einsicht darin zeigen, daß die Bedrohung der Erde von einer Art war, die nicht unbeachtet bleiben durfte. Er wütete wider uns, wider die Himmel und das Würd. Insbesondere mich überhäufte er mit Flüchen, verhieß mir ein Verhängnis, das all seine Verzweiflung übersteigen sollte, denn näher als alle anderen *Elohim* hatte ich ihm gestanden, und doch wollte ich von seinem Irrwitz nichts hören. Aufgrund seines Tobens erlegte sich uns der Zwang auf, ihn an die Stätte zu binden, wo er vonnöten war, ihn seines Namens, der Wahl und seiner Zeit zu entledigen und ihn in einen Grundstein der bedrohten Grundfesten des Nordens zu verwandeln. So gelang es uns, das Feuer zum Erlöschen zu bringen, so daß die Erde gerettet war, Kastenessen aber verloren.« Findail verstummte. Einen Moment lang schwieg er inmitten des Schweigens der Riesen; seine sämtlichen Zuhörer waren auch angesichts seines Schweigens sprachlos, als fühlten sie sich verloren, wie Kastenessen in der Geschichte des Ernannten hatte verloren sein müssen. Dann jedoch wandte Findail sich Linden und Covenant zu, betrachtete sie, als stäke hinter allem, was er gesagt hatte, ausschließlich die Absicht, ihren unverminderten Argwohn zu zerstreuen; Untertöne von tiefem Ernst klangen in seiner Stimme mit. »Hätten uns andere Mittel und Wege zur Verfügung gestanden, um das Feuer zu ersticken, Kastenessen wäre nicht zum Ernannten bestimmt worden. Wir haben ihn nicht zur Strafe oder aus Bosheit auserwählt, sondern aus Not.« Seine gelben Augen schienen das Laternenlicht verstärkt zurückzuwerfen, leuchteten in der Dunkelheit mit unnatürlicher Helligkeit. »Der Preis der Gesichte sind Kühnheit und Wagen. Es ist mein Begehr, verstanden zu werden.«

Da zerfloß seine Gestalt, er verschwand aus der Versammlung, ließ ein Schweigen zurück, das so unvollkommen und unumstößlich war wie Einsamkeit.

Als Linden zu den Sternen aufschaute, ergaben sie für sie nicht länger einen Sinn: Findail hätte genausogut sagen können: *Das ist der Untergang.*

Drei Tage lang blieb das Wetter noch gut, und die Sternfahrers Schatz schwamm leicht schräg mit zügiger Zielstrebigkeit vor dem Wind. Aber am fünften Tag nach der Abfahrt aus *Bhrathairain* schien die Luft unversehens sich zu verdichten, einzudicken, bis der Wind selbst einen trägen, wie unbestimmbar benommenen Eindruck machte. Der Himmel zerfiel in Gewölk und Böen, als bräche er unterm eigenen Gewicht zusammen. Unvermittelte Windstöße und Regengüsse suchten das Riesen-Schiff aus allen Richtungen heim. In unvorhersehbaren Abständen übertönten das stakkatohafte Knattern des Segeltuchs und das hitzige Fauchen von Regen alle anderen Geräusche. Schwül, unberechenbar und launisch sauste das Gewölk zwischen den Horizonten hin und her. Die *Dromond* geriet dadurch in keine Gefahr; aber ihre Fahrt verlangsamte sich bis fast aufs Schrittempo, und ihr Lavieren von der einen zur anderen Seite glich nahezu einem Taumeln. Durch das Fehlen des Großmasts behindert, schleppte sich die Sternfahrers Schatz hartnäckig ihrem Ziel entgegen, konnte sich jedoch nicht vom Tummelplatz der stürmischen Winde entfernen.

Nach einem Tag dieses unregelmäßigen Schaukelns und Schwankens glaubte Linden, seekrank werden zu müssen. Die Wogen beeinträchtigten die Stabilität, die sie sich vom Stein unter ihren bloßen Füßen zu erwarten angewöhnt hatte. Sie fühlte Schwingungen anhaltender Frustration durch den gemaserten Granit von der Besatzung ausgehen, spürte den Bug der *Dromond* auf alle mögliche Weise, bloß nicht geradewegs die Wellen teilen. Und an Lindens Seite zermürbte sich Covenant vor Ungeduld; seine Stimmung verlieh dem Dahinsegeln des Riesen-Schiffs den Nachdruck von Dringlichkeit. Unter der Oberfläche ihrer Gemeinsamkeit fieberte er seinem Ziel entgegen. Linden konnte ihre Mulmigkeit erst überwinden, als Pechnase ihr eine schwache Mischung aus *Diamondraught* und Wasser zur Beruhigung des Magens reichte.

Für die folgende Nacht bereiteten sich Linden und Covenant ein Lager am Boden ihrer Kabine, um nicht das noch spürbarere Pendeln der Hängematte ertragen zu müssen. Doch am nächsten Tag wehten die Winde noch lebhafter. Nach Sonnenuntergang, als ein zeitweiliges Auflockern des Gewölks Blankehans anhand der Sterne Messungen vorzunehmen erlaubte, gab er bekannt, daß die Sucher seit dem vergangenen Morgen kaum mehr als zwanzig Längen zurückgelegt hatten. »Solcherart ist unsere Eile«, murmelte er in den Bart, »daß die Insel des Einholzbaums ganz und gar im Meer versinken mag, ehe wir uns ihr nahen.«

Pechnase lachte unterdrückt. »Ist's etwa ein Riese, der da spricht? Meister, ich ahnte nicht, daß du ein Bewunderer der Hast bist.«

Blankehans gab keine Antwort. Seine Augen zeugten von Gedanken an Seeträumer, und sein Blick ruhte auf Covenant.

»Ein paar Jahrhunderte nach dem Ritual der Schändung«,

sagte Covenant einen Moment später, »hat ein Höhlenschrat namens Seibrich Felswürm den Stab des Gesetzes gefunden. Einer der Scherze, für die er ihn benutzt hat, war das Herummurksen mit dem Wetter.« Linden warf ihm einen scharfen Blick zu. *Glaubst du, jemand steckt hinter …?* wollte sie fragen. Aber er sprach schon weiter. »Einmal bin ich in so ein kleineres Unwetter geraten. Mit Atiaran.« Die Erinnerung daran machte seinen Tonfall barsch. »Ich hab's verscheucht. Noch bevor ich bereit war, zu glauben, daß es so was wie wilde Magie gibt.«

Nun schauten alle in näherem Umkreis ihn an. Unausgesprochene Fragen kennzeichneten das Schweigen. »Riesenfreund«, erkundigte sich schließlich bedächtig die Erste, »gedenkst du einen Versuch zu beginnen, dies Wetter zu vertreiben?«

Für eine Weile antwortete Covenant nicht. Linden sah der Haltung seiner Schultern, der Verkrümmtheit seiner Finger an, daß er das Bedürfnis nach irgendwelchen Maßnahmen verspürte. Selbst wenn er schlief, verkrampfte eingefleischt erinnerte Dringlichkeit ihm die Gliedmaßen. Der Einholzbaum bot die Lösung für sein Selbstmißtrauen. »Nein«, erwiderte er endlich. Er versuchte zu lächeln. Das Ergebnis war eine Grimasse. »Mit meinem Glück würde ich bloß wieder ein Loch ins Schiff reißen.«

Am Abend lag er mit dem Gesicht nach unten auf der Lagerstatt, wie ein gestürztes Denkmal seiner selbst, und Linden mußte ihm lange Zeit den Rücken massieren, bis er dazu imstande war, sich herumzuwälzen und sie anzuschauen.

Und noch immer verzogen sich die Unwetter nicht. Am dritten Tag ihres Auftretens fielen sie noch zahlreicher und turbulenter aus. Linden verbrachte einen Großteil ihrer Zeit an Deck, spähte durch Wind und Regen nach irgendeinem Anzeichen dafür aus, daß das Wetter bald umschlug. Covenants

Spannung beherrschte inzwischen auch ihre Sinne. Der Einholzbaum. Hoffnung für Covenant. Für das Land. Und für sie? Diese Frage ließ ihr keine Ruhe. Er hatte gesagt, ein neuer Stab des Gesetzes könnte dazu dienen, um sie in ihre Welt, das eigene Dasein zurückzusenden.

Während einer Zeitspanne klaren Himmels zwischen Gewittern standen sie am Mittnachmittag in halber Höhe des Vordecks steuerbords an der Reling und beobachteten in der Ferne Wolken, schwarz wie Unheil, die im Vorüberziehen Regen vergossen und die See zum Schäumen brachten, als würfen sie zahllose Anker aus, als plötzlich vom Fockmast ein Ruf erscholl. Ein Warnruf. Vom Achterkastell antwortete Blankehans. Alarmartiger Aufruhr verbreitete sich durch den Stein. Schwere Füße dröhnten übers Deck. Die Erste und Pechnase kamen auf Linden und Covenant zu.

»Was …?« begann Covenant und verstummte.

Die Schwertkämpferin trat neben Linden an die Reling, deutete hinaus aufs Meer. Ihr Blick war so scharfäugig wie der eines Falken. Pechnase stellte sich unmittelbar hinter Covenant.

Auf einmal zeigte sich auch Seeträumer. Im ersten Moment neigte Linden zu der unwahrscheinlichen Schlußfolgerung, die Insel des Einholzbaums sei in Sicht gelangt. Doch Seeträumers starrem Blick fehlte es an dem unverkennbaren Bangen, das seine Erd-Sicht charakterisierte. Er wirkte wie jemand, der ein gefährliches Wunder bevorstehen sah.

Lindens Herz hämmerte, als sie sich der See zuwandte. Der ausgestreckte Arm der Ersten wies Lindens Wahrnehmung die Richtung. Mit schreckhafter Deutlichkeit spürte sie, wie eine unheimliche Macht auf das Riesen-Schiff zuschwamm.

Die Nerven ihres Gesichts empfanden die Annäherung der gespenstischen Absonderlichkeit, noch bevor ihre Augen sie ausmachen konnten. Da jedoch löste sich ein in derselben

Richtung befindliches, der Sicht hinderliches Unwetter geradezu schlagartig auf und zerstob, verschwand mit einer Plötzlichkeit, als wären seine Kräfte von einem geeigneten, regelrecht gierigen Blitzableiter aufgenommen worden. Linden sah eine Flautezone über das Angesicht der See heranziehen.

Sie war weiter als die *Dromond* lang, aber ihre Peripherie war keineswegs ruhig. Rings um ihren Rand schossen Wasserstrahlen wie von Geysiren himmelwärts. Sie spritzten senkrecht empor, als ob kein Wind sie berühren könnte, erreichten die Höhe der Rahen des Riesen-Schiffs, zerfächerten dann zu Sprühnebeln und Regenbogen, nieselten zurück in die See, gleißten dabei im Licht der Sonne. Mit unregelmäßiger Wechselhaftigkeit, mal da, mal dort, mal am inneren, mal am äußeren Rand der Flautezone, strebten die Fontänen an den Himmel auf wie anläßlich einer Feierlichkeit, umschrieben mit ihrer ungeahnten Gavotte ihre Grenzen. Innerhalb ihres Kreises jedoch lag die See ganz glatt und reglos da, glänzte still wie ein Spiegel, ein schläfriger Fleck auf dem Herzen der Tiefe.

Die Flautezone und ihre Fontänen bewegten sich mit heller, feiner Langsamkeit auf die Sternfahrers Schatz zu.

Covenant versuchte noch einmal eine Frage zu stellen. »Was …?« Seine Stimme klang gepreßt, das Sprechen fiel ihm merklich schwer, als spüre er die Macht, die sich näherte, so lebhaft wie Linden.

»Wasserhulden«, sagte die Erste grob.

»Die Tänzerinnen der See«, ergänzte Pechnase in behutsamem Flüsterton. *Was sind sie?* wollte Linden fragen, aber Pechnase hatte bereits auf Covenants unvollständige Frage zu antworten begonnen. »Ihre Geschichte wird weithin erzählt«, sagte er gedämpft hinter Covenants Rücken. »Nie hätte ich geglaubt, ein solcher Anblick sollte mir gewährt sein.« Die Fontänen kamen ständig näher. Linden spürte ihre Kraft wie Gischt auf den Wangen, aber es fehlte der Empfindung an jeder

Eigenschaft außer dem Eindruck ihrer Kraft selbst – und einer leichten Zudringlichkeit, die sich wie Verlangen aus dem Schwellen der Fluten zu erheben schien. Doch Blankehans erteilte keinen Befehl zu einem Ausweichmanöver. Sämtliche Riesen wirkten wie in Staunen und Bestürzung befangen. »Es heißt«, erläuterte Pechnase, »daß sie des Meeres weibliche Seele sind und auf ewig in den Meeren nach einem männlichen Herzen suchen, das wacker genug ist, um sich mit ihnen zu vereinen. Anders wird berichtet, sie seien die ihrer Gefährten beraubten Hinterbliebenen eines Geschlechts von Wesen, das einst in den Tiefen seine Wohnung gehabt haben soll, und daß ihre Suche ihren verlorenen Gatten gilt, die erschlagen worden oder verschollen oder ihnen auf andere Weise genommen worden sind. Die Wahrheit weiß ich nicht. Alle Geschichten allerdings gehen darin einig, sie seien eine Gefahr. Ihr Gesang ist von einer Art, welcher man sich nicht verschließen oder erwehren kann. Auserwählte, vernimmst du ihren Gesang?« Linden sagte nichts. Pechnase betrachtete ihre Reaktion anscheinend als normal. »Auch ich vernehme ihn nicht. Mag sein, den Wasserhulden steht nicht der Sinn nach Riesen, so wie er ihnen nicht nach Weibern steht. Unser Volk hat durch diese Wesen nie Unsegen kennengelernt.« Unwillkürlich nahm seine Stimme einen schärferen Ton an, als die ersten Fontänen den Rumpf des Riesen-Schiffs benäßten. »Andere Mannen jedoch …!« Instinktiv schrak Linden zurück. Aber der Sprühnebel, der an Bord wehte, bestand nur aus Salzwasser. Die Kräfte der Wasserhulden hatten auf sie keinen Einfluß. Sie hörte kein Singen, obwohl sie spürte, daß sich ringsum irgendeine Leidenschaft regte, die Luft intensivierte wie ein fernes Knistern. Dann waren die ersten Fontänen an der *Dromond* vorüber, und die Sternfahrers Schatz befand sich innerhalb der Flautezone, trieb still in einem Gürtel aus Regenbogen, Diamanten aus Sonnenschein und Tanzen von Fontänen. Die Segel hingen reglos an den Rahen. Langsam begann sich das Riesen-Schiff um die eigene Achse zu drehen, als wäre die Flautezone das Zentrum eines Wirbelstroms geworden. »Wenn sie keine Beachtung finden«, beschloß Pechnase seine Erklärung, »ziehen sie weiter.«

Linden bemerkte die Anspannung in seiner Stimme, dann das beklommene Schweigen an ihrer Seite. Mit einem Ruck schaute sie Covenant an. Er bäumte sich auf, wand sich in Pechnases festem Griff um seine Schultern.

23
ABKEHR VOM DIENST

Der Ruf der Wasserhulden durchstach Covenant wie ein Stoß mit einer Ahle, so grell und durchdringend, daß er darin gar keine Klänge erkannt hätte, wäre keine so starke Reaktion von Herz und Gemüt erfolgt. Er spürte nicht, wie er sich dagegen wehrte, daß Pechnase ihn festhielt, merkte nicht, daß er keuchte und um Atem rang, als könnte er nicht länger Luft atmen, sondern lechze verzweifelt danach, Wasser in seine Lungen zu saugen.

Die Klänge verzehrten ihn. Ihre Lieblichkeit, das unüberhörbare Verlangen, das darin zum Ausdruck kam, drangen ihm bis ins Mark. Jenseits der Reling taten sich ihm Aussichten des Fabelhaften und Erquickenden auf, als besäßen die Töne Worte.

»Komm zu uns zum Heil des Herzens, der Seele
Besänftigung, zur vollendeten Lust jeglichen Fleischs ...«

Als wären das Glitzern der Sonne auf dem Wasser und die Fontänen Aufrufe in einer Sprache, die er verstand. Nur Pechnases Hände hinderten ihn daran, ihnen zu folgen und ins tiefe Meer zu springen.

Vor ihm zeigte sich, verstört wie in Panik, Lindens Gesicht. Sie schrie auf ihn ein, aber er konnte sie durch den Gesang nicht hören. Nur die Hände verhinderten, daß er sie zur Seite stieß und sich ins Meer stürzte. Sein Herz hatte das Klopfen eingestellt – oder vielleicht war die Zeit zum Stillstand gekommen. Nur diese Hände ...!

Blitzartig ballte sich in ihm weißes Feuer. Wilde Magie

loderte durch seine Gliedmaßen, um Pechnase von sich zu schleudern.

Aber Macht und Gift verwandelten die Klänge der Wasserhulden in seinem Bewußtsein in Geschrei. Abscheu durchströmte ihn – seitens der Tänzerinnen der See oder seine eigene, er konnte es nicht unterscheiden. Sie wollten keinen Mann wie ihn, und Pechnase war sein Freund, er mochte seinem Freund nichts antun, er hatte schon mehr Freunden geschadet, als er zu ertragen vermochte. Trotz Pechnases Riesen-Fähigkeit, Feuer aushalten zu können, hatte er die Hände von Covenant nehmen müssen. *Nicht noch einmal!*

Vom Einfluß des Gesangs befreit, taumelte Covenant vornüber, prallte gegen Linden.

Sie grabschte nach ihm, als versuche er noch immer, sich über die Reling zu schwingen. Er widersetzte sich, um sich ihr zu entwinden. Nach dem Ablassen der Klänge war in ihm etwas wie leuchtende Stränge des Begreifens zurückgeblieben. Die Wasserhulden legten keinen Wert darauf, etwas mit der Gefahr zu schaffen zu haben, die er verkörperte. Aber sie sehnten sich nach Männern – vitalen, kraftvollen Männern, die ihnen Stärkung geben konnten. Linden bemühte sich weiter, ihn festzuhalten, benutzte die Tricks, die sie schon einmal an Sunder angewendet hatte. *Laß mich los!* wollte Covenant schreien. *Ich bin es nicht, auf den sie es abgesehen haben!* Doch die Erinnerung an die verklungenen lieblichen Töne schnürte ihm die Kehle zu. *Zur vollendeten Lust jeglichen Fleischs.* Er befreite einen Arm, deutete aufgeregt. Zu spät.

Brinn und Cail stürmten bereits zur Reling.

Alle hatten nur Covenant beobachtet. Seeträumer und die Erste hielten sich in unmittelbarer Nähe bereit, um einzugreifen, sollte Linden ihn nicht bändigen können. Jeder an

Bord hatte sich daran gewöhnt, auf die Unerschütterlichkeit der *Haruchai* zu bauen. Niemand konnte noch rechtzeitig reagieren.

Gemeinsam sprangen Brinn und Cail auf die Reling. Einen Sekundenbruchteil lang zeichneten sich ihre Gestalten im Sonnenschein ab, wie sie sich zusammenkauerten, als gedächten sie einen Kopfsprung der Freude zu tun. Dann hechteten sie hinab in die See, als wären die Fluten zum Inbegriff all ihrer Wünsche geworden.

Für einen Augenblick, der wie das verblüffte Stocken eines Herzens wirkte, regte sich niemand. Still und senkrecht ragten die Masten empor, als wären sie mit der dichten Luft verleimt worden. Die Segel baumelten wie fassungslos an den Rahen. Doch die *Dromond* drehte sich unvermindert um die eigene Längsachse. Sobald die Flautezone ausreichende Strömungsstärke entwickelt hatte, mußte das Schiff in die Tiefe gerissen werden. Die *Haruchai* hatten auf dem Wasser keine Welle, kein Kräuseln hinterlassen, das noch von ihrer Existenz gezeugt hätte.

Covenant verzerrte den Mund wie in einem erstickten Schrei. *Brinn,* japste er inwendig, *Brinn.* Er hatte soviel Vertrauen in die *Haruchai* gesetzt, sie so sehr gebraucht. Waren sie letzten Endes doch allzu menschlich und anfällig? *Erlöse mein Volk,* hatte Bannor von ihm gefordert. Erneut hatte er versagt.

Mit einer Anstrengung, die Konvulsionen ähnelte, stieß er Linden beiseite. Als sie zurücktorkelte, schossen wie ein Aufschrei Flammen aus Covenant.

Die Eruption riß die Umstehenden aus ihrer Trance. Die Erste und Blankehans schrien Befehle. Riesen hasteten an die sofortige Befolgung.

Linden versuchte, ihn wieder in den Griff zu bekommen. Flecken der Furcht um ihn zeigten sich in ihrem Gesicht. Aber seine wüste Glut hielt sie auf Abstand. Wie ein Schwaden von Lohe eilte Covenant zur Reling.

Vor ihm befanden sich Seeträumer und Pechnase. Sie rangen wie Todfeinde miteinander; Seeträumer in der Absicht, den *Haruchai* zu folgen, als wäre er sie zu retten imstande, Pechnase bestrebt, ihn aufzuhalten. »Bist du kein Mann?« röchelte Pechnase mitten in der Auseinandersetzung. »Sollten sie ihren Gesang dir widmen, wie vermöchtest du zu widerstehen?«

Covenant streckte einen von Flammen umzüngelten Arm aus und zerrte Seeträumer von der Reling zurück aufs Vordeck. Dann stand er selbst an der Reling. Feuer strömte an seinen Armen hinab, als sei er drauf und dran, über die Tänzerinnen der See eine Katastrophe heraufzubeschwören.

Gefährten schrien auf ihn ein – Linden, Findail, die Erste. Er wußte nicht, was werden sollte, falls die Wasserhulden ihren Gesang von neuem gegen ihn richteten; doch das war ihm gleichgültig. Brinns und Cails Schicksal brachten ihn außer sich vor Wut. Die *Haruchai* hatten ihm beharrlich gedient, während seine Not so groß war, daß er nicht einmal um Hilfe hatte ersuchen können.

Plötzlich packte eine Hand seine Schulter, riß ihn herum. Die Erste stand vor ihm, den Arm wie zu einem Hieb erhoben. »Riesenfreund, hör mich an«, rief sie. »Bändige deine Macht, auf daß sie keine Mittel finden, sie wider dich zu wenden!«

»Sie sind meine Freunde!« Seine Stimme äußerte ein Gezeter vehementer Erbitterung.

»Meine ebenso!« erwiderte sie mit ehernem Nachdruck, der sich mit seinem Zorn messen konnte. »Wenn's irgendwie möglich ist, ihnen Rettung zu bringen, werden wir's tun!«

Er mochte sich nicht aufhalten lassen. Das Gift in seinen Adern brannte in hellem Triumph. Für einen Augenblick stand er dicht davor, die Riesin einfach von sich zu schleudern, als wäre sie seiner Machtfülle ein bloßes Ärgernis.

Aber da trat Linden neben die Erste, beschwor ihn mit ihren Augen, ihren ausgestreckten Händen. Ihr Gesicht widerspiegelte Beklommenheit, und ihre Eindringlichkeit machte ihn plötzlich betroffen. Lindens Haar schimmerte auf ihren Schultern wie Sehnsucht. Er besann sich darauf, was er war – ein Leprotiker, der allen Grund besaß, die wilde Magie zu fürchten. »Sie sind meine *Freunde«*, wiederholte er rauh. Aber wenn er den Gesang der Tänzerinnen der See nochmals hörte, würde er ihm zu widerstehen außerstande sein. Es gab für ihn keine Möglichkeit, Brinn und Cail Beistand zu leisten, außer er setzte eine so immense Gewalt ein, daß er damit vielleicht auch die Sternfahrers Schatz zerstörte.

Er kehrte der Reling den Rücken zu, hob das Gesicht zum tiefblauen, unbewegten Himmel, als hätte er vor, ihn mit wüsten Anrufungen zu erschrecken. Aber er tat nichts dergleichen. Seine Haltung erschlaffte, das Feuer in seinen Gliedern verflackerte.

Er hörte Findails Seufzer der Erleichterung. Doch er mißachtete den *Elohim.* Sein Blick fiel auf Seeträumer. Möglicherweise hatte er den stummen Riesen verletzt.

Seeträumer war jedoch wie alle Angehörigen seines Volkes, wenn nicht gegen Schmerz, so doch gegen Feuer immun. Er hatte sich bereits wieder in der Gewalt und erwiderte Covenants Blick, als besäßen sie beide Anlaß zur Scham.

Wortlos zog Covenant die Schultern ein. Als Linden neben ihn trat, wie in einer Geste des Trostes die Hände auf seinen Arm legte, schloß er seine gefühllosen Finger um ihre und lenkte seine Aufmerksamkeit auf die Maßnahmen der Riesen.

Windsbraut hatte sich zur Ersten gesellt. Matrosen eilten von den beiden zur nächstgelegenen Luke. In grimmigem Ernst entledigte sich die Erste ihres Schwerts und des Panzerhemds.

Ihr Blick galt der glatten Wasserfläche, als wäre sie zum Versteck von Verhängnisvollem geworden. Wenig später beförderten Riesen aus den Unterdecks zwei lange Röhren aus Segeltuch herauf, die Schläuchen ähnelten. Ihre Windungen erstreckten sich übers ganze Vordeck und verschwanden durch die Luke außer Sicht. Dann ertönte von unten ein Ruf; die Röhren begannen wie Schlangen zu zischen und sich zu winden, als man sie mit Luft füllte.

Es dauerte zu lange. Covenants Griff verfärbte Lindens Hand weißlich, aber er vermochte ihn nicht zu lockern. Er konnte nicht beurteilen, wie lange sich Brinn und Cail schon unter Wasser befanden. Bestimmt mußten sie ertrinken. Erneut stieg in ihm Glut empor. Die Mühe der Selbstbeherrschung bewirkte, daß sich alles um seinen Kopf zu drehen schien, als hätte sich das Kreiseln der *Dromond* beschleunigt.

»Warnt den Meister!« hörte er in der Nähe die Erste gedämpft zu den Matrosen sagen. »Es heißt, die Wasserhulden nähmen's wenig freundlich auf, wenn man ihnen ihre Opfer entreißt. Sollte uns Erfolg beschieden sein, wird dringlich Bedarf an seiner Seemannskunst bestehen.« Ein Besatzungsmitglied lief zum Heck, um die Mitteilung auszurichten. Einen Moment lang ruhte der Blick der Ersten auf Covenant und Linden. »Bewahrt Hoffnung«, sagte sie gepreßt. »Es ist mein Wille, nicht zu scheitern.«

Los! hätte Covenant sie am liebsten angebrüllt. *Los!*

Linden verließ seine Seite, tat einen Schritt auf die Erste zu. Aus Strenge waren ihre Lippen schmal; ihre Gesichtszüge wirkten so scharf wie die Vorwürfe, die Brinn gegen sie erhoben hatte. Covenant war dabei, sie mit einer Genauigkeit verstehen zu lernen, die nahezu an ihre Sinneswahrnehmung heranreichte. »Nimm mich mit!« sagte sie zur Ersten. Covenant hörte aus ihrer Stimme den Wunsch nach Rechtfertigung und Ehrenrettung. »Ich kann helfen.«

Die Erste kannte kein Zögern. »Auserwählte, was diese Notlage anbetrifft, so sind wir schneller und tüchtiger als du.«

Ohne weitere Umschweife ergriffen sie und Windsbraut die Schläuche, kletterten über die Reling und sprangen ins Wasser.

Pechnase schaute ihnen nach, als wäre er um sie in tiefer Sorge. Covenant folgte Linden an die Seite des krummen Riesen, als locke das Geräusch der Schläuche, die über Bord glitten, ihn an. Wie die *Haruchai* verschwanden auch die Erste und Windsbraut in der See, ohne den glatten Wasserspiegel aufzuwühlen. Aber die Schläuche rutschten rasch in die Tiefe, und rund um sie stiegen Blasen auf.

Der Reigen der Fontänen ließ nicht nach. Statt dessen schienen sie erhöhten Eifer anzuzeigen, als löste lange empfundene Unersättlichkeit endlich eine Antwort aus. Außerhalb der Flautezone prallten unverändert Sturmwinde und Unwetter aufeinander, jagten sich über den Himmel. Der Nachmittag trübte sich, neigte sich zum Abend. Doch die Blasen im Wasser wirkten wie Anzeichen der Hoffnung. Unter Deck arbeiteten Riesen an den Pumpen, drückten Luft in die Schläuche.

Die Spannung drohte Covenants Beherrschung ins Wanken zu bringen. Seine Hände ballten sich unablässig zu Fäusten, öffneten sich wieder, ohne daß er darauf irgendeinen Einfluß besaß. Unvermittelt stieß er sich von der Reling ab. »Ich muß *irgend etwas* tun.« Indem er sich krampfhaft zusammennahm, stapfte er zum Bug der *Dromond*. Linden begleitete ihn, als befürchte sie unverändert, er könne jeden Moment dem Wahnsinn oder den Wasserhulden verfallen. Aber ihre Gegenwart flößte ihm Fassung ein. Als er zum Bug gelangte, war er dazu imstande, den Ernannten anzusprechen, ohne aus Verzweiflung zu brüllen. Findail kniff die Augen zusammen, als sorge er sich wegen möglicher Schwierigkeiten. Covenant maß ihn mit festem Blick. »Du willst, daß man dir vertraut«, sagte er dann barsch. »Nein, nicht vertraut. Du bist ja ein *Elohim*. Du brauchst nichts so Vergängliches und Unzuverlässiges wie irgend jemandes Vertrauen. Du möchtest verstanden werden. Jetzt hast du eine Chance. Hilf meinen Freunden. Sie haben alles getan, was jemand tun kann, der aus Fleisch und Blut ist, um mich am Leben zu halten. Und nicht bloß mich. Auch Linden. Die Sonnenkundige. Das muß doch zählen.« Er preßte die Arme gerade und starr an seine Seiten; seine Hände bildeten knotige Fäuste. Zwischen seinen Fingern züngelten Flammen hervor, zu kraftvoll und ununterdrückbar, um sich ersticken zu lassen. Die Narben an seinem Unterarm schmerzten von der Erinnerung an Giftzähne. »Zum Teufel, du mußt etwas unternehmen, um meinen Freunden zu helfen!«

»Und wenn ich davon absehe?« Findails Tonfall verriet keinerlei Hochmut. Beunruhigung und innere Konflikte kamen in seiner Stimme zum Ausdruck. »Wirst du mich dann zwingen? Willst du die Grundfesten der Erde zertrümmern, um mich zu zwingen?«

Covenants Schultern bebten. Er konnte es nicht verhindern. »Ich bitte dich.« Er sprach jedes Wort einzeln und mühselig aus. Gefahr ballte sich in seiner Kehle. »Hilf meinen Freunden!«

Findails Blick zeugte von insgeheimer Anerkennung. Trotzdem ließ er sich nicht beeindrucken. »Es stimmt fürwahr«, sagte er bedächtig, »daß über diese Wasserhulden, die Tänzerinnen der See, mannigfache Geschichten umlaufen. Eine solche Geschichte weiß zu vermelden, sie seien die Nachfahrinnen und Erbinnen jenes Weibes, dem Kastenessens Liebe galt – und daß sie die von ihm erlangte Macht, das durch ihn erlernte Wissen und ebenso die Töchter aller von Mannen verratenen Weiber mit sich genommen habe, um sich mit ihnen gemeinsam Entschädigung von allen Mannen einzutreiben, welche im Namen der See ihre Heime verlassen, um die Meere zu befahren. Die *Haruchai* sind einer Gefahr erlegen, deren Ursprung in nichts anderem erblickt werden muß denn in der unauslöschlichen Zügellosigkeit ihrer eigenen Herzen, dieweil die Wasserhulden nichts taten außer singen, doch konnten's die *Haruchai* sich nicht versagen, ihnen zu antworten. Ich werde mich nicht von neuem an dem vergehen, was aus Kastenessens Wahnsinn der Liebe erstanden ist.«

Gemächlich drehte er Covenant den Rücken zu, als fordere er ihn geradezu heraus, ihn zu zerschmettern.

Leidenschaft schüttelte Covenants Arm, gierte nach Gewalt. Findail verweigerte jede Geste, die sich dazu geeignet hätte, die von seinem Volk begangene Zumutung wiedergutzumachen. Covenant mußte die Zähne zusammenbeißen, um Widerreden zu unterdrücken, deren Worte mit Feuer in den Rumpf des Riesen-Schiffs geschrieben worden wären. Doch Linden stand neben ihm. Ihre Berührung fühlte sich an seinem heißen Unterarm kühl an.

»Dem Kerl könnte ich mit den bloßen Händen das Herz aus dem Leibe reißen, und 's würde nichts nutzen.« Seine Stimme klang zwischen seinen Zähnen erstickt. Aber er glaubte an den Sinn der Zurückhaltung. Bereitschaft zum Blutvergießen entsetzte ihn, bei ihm selbst sogar noch mehr als bei anderen. Warum sonst hatte er damals Lord Foul davonkommen lassen?

Lindens sanfte Augen betrachteten ihn, als wollte sie entgegnen: *Wie willst du anders kämpfen können?* Erbittert über ihre Anfälligkeit, hatte sie einmal gesagt: *Manche Geschwüre müssen herausoperiert werden.* Jener Schmerz war in den Malen des Todes und der Strenge rings um ihren Mund noch erkennbar; aber nun nahm er eine andere Form an, die Covenant überraschte. »Als Hergrom dir zu Hilfe kam … den Wächter getötet hatte …«, meinte sie mit spürbarer Mühe. »Da waren wir eine Zeitlang mit Kasreyn allein … Brinn hatte vor, ihn kaltzumachen. Aber ich hab's nicht fertiggebracht, es ihm zu erlauben … Ich konnt's nicht. Obwohl ich wußte, daß mit Hergrom etwas Schreckliches geschehen würde. Ich habe mich einfach nicht dazu in der Lage gefühlt, die Verantwortung für noch mehr Töten zu übernehmen.« In ihren Augen sah man die lebhafte Erinnerung an ihre Mutter. »Aber vielleicht hatte Brinn doch recht. Vielleicht trage ich deshalb statt dessen die Verantwortung für das, was anschließend passiert ist. Aber ich glaube, es hätte keinen Unterschied bedeutet. Wir wären Kasreyn sowieso nicht gewachsen gewesen.«

Sie schwieg. Doch sie brauchte gar nicht weiterzusprechen. Covenant verstand sie. Er hatte auch Lord Foul nicht töten können. Verächtertum war nichts, das sich durchs Töten überwinden ließ.

In einer Hinsicht allerdings irrte sich Linden: Kasreyns Tod hätte einen Unterschied ausgemacht. Den gleichen Unterschied, den die Tatsache, daß sie ihre Mutter getötet hatte, für sie bedeutete.

Covenant hätte ihr gerne gesagt, wie froh er darüber war, daß sie Brinn nicht auf Kasreyn losgelassen hatte. Aber er fühlte sich zu stark von anderen Nöten bedrängt. Wie um ihr seine Anerkennung zu verstehen zu geben, blieb er noch für einen Moment still. Dann setzte er sich ruckartig in Bewegung und kehrte zurück zu der Gruppe von Riesen, die damit beschäftigt waren, die Schläuche über die Reling der *Dromond* abzulassen.

Er drückte sich an die Reling und starrte hinab zu den Luftblasen. Er empfand den Querbalken vor seiner Brust wie eine Schranke. Fürchterlich viel Zeit war verstrichen. Wie könnten Brinn und Cail überhaupt noch am Leben sein? Die Luftblasen stiegen schubweise auf, als hätten die beiden Riesinnen eine Tiefe erreicht, in der der Wasserdruck ihren Lungen gefährlich zu werden drohte. In den Schläuchen wummerte und pfiff es, daß es wie ein Schnarchen klang; das Geröchel und Fauchen zeugte von der Tätigkeit der Pumpen. Covenant stellte fest, daß er im gleichen Rhythmus atmete.

Nahezu gewaltsam entzog er der See seinen Blick. Der unabwägbare Tanz der Fontänen ging immerfort weiter, bereitete der Sternfahrers Schatz langsam ein nasses Grab. Das Schwert der Ersten ruhte in seiner Scheide auf dem Deck wie ein aufgegebener Gegenstand, um Sinn und Namen beraubt. Linden ließ ihren Blick zerstreut ringsum durch die Flautezone schweifen, machte nicht nachvollziehbare Wahrnehmungen. Unbewußt bewegten sich ihre Lippen, als rede sie in einer fremden Sprache von hohen Fontänen und Sprühnebeln.

Auf einmal kamen die Schläuche zum Stillstand. Im gleichen Moment erbebte die wie eingekapselte Atmosphäre der Flautezone wie unter einem Donnerschlag. Für einen Augenblick schienen Laute Covenants Hirn zu versengen, als wäre der Gesang der Wasserhulden urplötzlich zu Gekreisch der Empörung geworden. Die düsteren Wolken wirkten, als streckten sie sich näher wie Fäuste des Zorns, geballt zu Racheakten.

Indem sie auf irgendein von unten erhaltenes Zeichen reagierten, begannen die Riesen die Schläuche nun einzuholen, zogen sie Hand über Hand schnell und kraftvoll zurück an Bord.

Covenant wollte sich ihnen zudrehen. Aber Lindens Anblick hinderte ihn an der Ausführung seiner Absicht. Sie war so bleich geworden wie in höchster Panik. Ihre Hände waren an den Mund gehoben, bedeckten ihn; ihre Augen starrten weißlich in die Ferne.

Covenant packte sie am Arm, grub seine gefühllosen Finger in ihr Fleisch. Ihr Blick starrte durch ihn hindurch. »Linden!« fuhr er sie an, verdrossen aus Furcht und aufgrund seines unzulänglichen, wie verstümmelten Wahrnehmungsvermögens. »Was ist los?«

»Die Gewitter.« Linden sprach wie zu sich selbst, war sich anscheinend kaum dessen bewußt, daß sie sich laut äußerte. »Sie gehören zu diesem Tanz. Die Wasserhulden rufen sie hervor, um Schiffe sozusagen einzufangen. Ich hätt's gleich merken müssen.« So plötzlich wie in einem Auffunkeln von Intuition klärte sich ihr Blick. Sie fuchtelte mit den Armen, um Covenant abzuschütteln. »Die *Gewitter!«* keuchte sie eindringlich. »Ich muß Blankehans warnen! Man wird uns *angreifen!«*

Begriffsstutzig gab Covenant sie frei. Linden taumelte rückwärts, gewann das Gleichgewicht wieder, begann in die Richtung zum Achterkastell zu laufen.

Fast hätte sich Covenant ihr angeschlossen. Ihre angespannte, sportlich-geschwinde Gestalt schien ihn mitzuziehen, während sie übers Deck rannte. Aber man holte die Erste und Windsbraut gerade zurück an die Oberfläche. Mit Brinn und Cail? Sicherlich. Weshalb sonst sollten die Tänzerinnen der See sich zur Attacke entschlossen haben?

Unermüdlich mühten die Riesen sich an den Schläuchen ab. Erwartungsvoll umklammerte Pechnase mit den Händen die Reling so fest, daß die Knöchel weiß hervortraten. Seeträumer stand zum Hinabspringen für den Fall bereit, daß die Erste und Windsbraut Unterstützung benötigten. Die Narbe unter seinen Augen glänzte wie zum Zeichen seiner äußersten Anteilnahme an allem, was nicht mit der Erd-Sicht zusammenhing. Die Atmosphäre verdichtete sich wie zu einer unausbleiblichen Detonation.

Stimmen ertönten vom Achterkastell – erst Lindens Stimme, dann Blankehans'. Der Kapitän brüllte Befehle übers Riesen-Schiff. Jedes Besatzungsmitglied, das nicht an den Schläuchen zu tun hatte, sprang in die Wanten.

Covenant lugte trotz seiner Höhenfurcht über die Reling und sah verschwommene Gestalten aus der Tiefe aufsteigen. Pechnase rief überflüssigerweise nach Tauen; sie waren bereits zur Hand. Man warf sie hinunter, sobald Köpfe den Wasserspiegel durchstießen.

Die Erste warf einen flüchtigen Blick aufwärts, faßte mit

ihrer freien Hand ein Tau. Windsbraut tat das gleiche. Unverzüglich zog man die beiden Riesinnen aus dem Wasser.

Die Erste hielt mit einem Arm Brinn an ihre Brust gedrückt. Windsbraut hatte sich Cail über die Schulter geworfen. Die zwei *Haruchai* waren so schlaff wie im Schlaf.

Pechnase und Seeträumer streckten ihre Hände über die Reling, um den Taucherinnen an Bord zu helfen. Covenant versuchte, sich an ihnen vorbeizudrängen, um Brinn und Cail besser sehen zu können, doch es gelang ihm nicht.

Kaum hatten die Schwertkämpferin und Windsbraut das Vordeck betreten, da erdröhnte der gesamte Himmel. Fontänen und Stille verschwanden innerhalb eines Sekundenbruchteils. Aus allen Richtungen fuhren mit der Wucht stürmischen Winds Böen auf das Riesen-Schiff herab. Regen prasselte auf die Decks; Wüten verdunkelte die Horizonte. Mitten in ihrer behäbigen Drehbewegung geriet die Sternfahrers Schatz in ein heftiges Aufbäumen der Fluten. Der Stein erbebte von den Mastspitzen bis in den Kiel.

Covenant torkelte gegen Seeträumer, klammerte sich um Halt an den stummen Riesen. Wäre Blankehans nicht gewarnt worden, womöglich wären der *Dromond* in diesem ineinander verschlungenen Toben von Windstößen die Rahen von den Masten gebrochen. Möglicherweise wären sogar die Masten selbst aus ihren Befestigungen und Vertäuungen gerissen worden. Aber die Besatzung hatte die Segel lose zu machen angefangen, bevor die Turbulenzen das Schiff erfaßten. Die *Dromond* schaukelte und schwankte, krängte wild mal zur einen, dann zur anderen Seite. Segeltuch verwickelte und verdrehte sich im Konflikt der Winde auf chaotische Weise. Doch die Sternfahrers Schatz blieb heil.

Dann zogen sich sämtliche Sturmwinde zu einem einzigen Unwetter zusammen, und der Wirrwarr verwandelte sich in einen Sturm, der heulte, als habe man den Elementen das Herz herausgerissen. Er traf das Riesen-Schiff in seiner ganzen Länge und kippte es weit auf die Seite. Covenant wäre vermutlich über Bord gegangen, hätte Seeträumer ihn nicht festgehalten. Regen peitschte ihm ins Gesicht. Durch das Brausen und Fauchen des Sturms konnte man die Befehle des Kapitäns nicht mehr hören.

Aber die Riesen wußten, was sie zu tun hatten. Irgendwie gelang es ihnen, am Fockmast ein Segel zu straffen. Segeltuch blähte sich im Wind; während sie beidrehte, richtete sich die Sternfahrers Schatz auf. Einen Moment lang zitterte das Schiff vom Heck bis zum Bug, stemmte sich gegen das Hemmnis des eigenen enormen Gewichts. Dann zog man weitere Segel straff, und die *Dromond* begann sich vor den Wind zu legen.

Covenant taumelte von Seeträumer zur Ersten. Er rüttelte an Brinn, flehte den *Haruchai* um irgendein Lebenszeichen an. Aber Brinn baumelte mit dem Gesicht im Regen auf Windsbrauts Armen und rührte sich nicht. Vielleicht atmete er nicht mehr. Covenant konnte nicht erkennen, wie es sich verhielt. Er versuchte etwas zur Ersten hinaufzuschreien, aber kein Wort kam über seine Lippen. Zwei Tote mehr zu verantworten – zwei Männer, die ihm mit einer Treue gedient hatten, die jedem Eid zur Ehre gereichte. Trotz seiner Macht war es ihm unmöglich, ihnen zu helfen.

Ströme von Regen rauschten aufs Deck herab. »Salztraumruh!« ertönte barsch die Stimme der Ersten. Unverzüglich strebte sie zur nächsten Tür. Covenant folgte ihr, als könnten kein bloßes Unwetter, kein gewöhnliches Tosen von Sturm und Regen, kein Stampfen und Schaukeln des Decks ihn von ihr trennen.

Ein Schwall von Regen drängte ihm durch den Eingang nach, wie um ihn von der Leiter zu werfen, während er umständlich hinunterkletterte. Dann ließ der Guß von ihm ab, als über ihm Seeträumer die Tür zuwarf. Sofort dämpfte der

Granit die Geräusche des Sturms. Der Gang geriet in die Schräge, während die *Dromond* die Wellen durchpflügte. Die Laternen an den Wänden fingen wild zu pendeln an. In der Enge unter Deck empfand man die Gefahr für die Sternfahrers Schatz viel persönlicher, unerkennbarer, unentrinnbar. Covenant hastete der Ersten und Windsbraut hinterdrein, konnte sie jedoch erst einholen, als sie den großen Schlafsaal der Salztraumruh betraten.

Die Räumlichkeit wirkte so ausgedehnt wie eine Höhle; gut zwei Dutzend Riesen hatten hier ihre Hängematten baumeln, ohne sich gegenseitig zu behindern. Lampen hingen an den Pfosten, an denen die Hängematten befestigt waren, verbreiteten in der Salztraumruh Helligkeit. Sie war gegenwärtig völlig verlassen. Die gesamte Besatzung focht um die *Dromond,* entweder an den Pumpen oder in den Wanten.

In der Mitte des Schlafsaals erhob sich eine lange Tafel aus dem Boden. Die Erste und die Lagerverwalterin eilten zu diesem Tisch, legten Brinn und Cail behutsam darauf ab.

Covenant suchte die Seite der Tischplatte auf. Sie reichte ihm bis mitten in Brusthöhe. Während er sich das Wasser aus den Augen blinzelte, das aus seinen Haaren herabrann, wirkten die ausgestreckten *Haruchai* unverändert leblos, tot. Ihre braunen Gliedmaßen ruhten in vollständiger Erschlaffung auf dem Tisch. Aber da sah er, daß die beiden atmeten. Ihr Brustkorb hob und senkte sich schwach. Bei jedem Atemzug zitterten leicht ihre Nasenflügel. Eine andere Art von Salz stach in Covenants Augen. »Brinn«, sagte er. »Cail.« *O mein Gott.* Sie lagen da, als schliefen sie den Schlaf der Verdammten, und regten sich nicht.

»Bring *Diamondraught!«* hörte er aus emotionaler Distanz die Erste sagen. Pechnase kam der Aufforderung nach. »Lagermeisterin«, fügte die Riesin hinzu, »vermagst du sie zur Besinnung zu bringen?«

Windsbraut stellte sich neben den Tisch. Derb untersuchte sie die *Haruchai,* hob ihre Lider, massierte ihre Handgelenke. Nachdem sie einige Augenblicke lang auf ihre Atmung gelauscht hatte, äußerte sie, die Lungen der beiden seien frei von Wasser. Mit dem Einverständnis der Ersten begann sie Cail ins Gesicht zu patschen, erst sachte, dann nachdrücklicher und schließlich immer kräftiger, bis ihm der klatschnasse Kopf von einer zur anderen Seite fiel. Doch kein Anzeichen einer Rückkehr des Bewußtseins zeigte sich in seinem Gesicht. Zuletzt trat Windsbraut vom Tisch zurück, ein verkrampftes Stirnrunzeln zwischen ihren Brauen. »Wasserhulden«, murmelte die Erste. »Wer hätte geglaubt, daß Gefährten, die so unverwüstlich sind wie diese *Haruchai,* ihnen zur Beute zu werden vermöchten?«

In rascher, unbeholfener Gangart kehrte Pechnase zurück, in einer Hand einen Lederschlauch. Die Erste nahm den Schlauch entgegen. Windsbraut setzte Brinn auf, und die Erste hob ihm den ledernen Schlauch an die Lippen. Der Geruch von *Diamondraught* erfüllte die Luft. Reflexmäßig schluckte Brinn. Aber er kam nicht zu sich. Auch Cail schluckte die Flüssigkeit, die man ihm einflößte. Doch der Zustand der beiden blieb unverändert.

Covenant schlug mit den Fäusten schwach gegen seine Oberschenkel, darum bemüht, seine Beunruhigung zu mäßigen. Er wußte nicht, was er tun sollte. Die zwei Riesinnen schauten sich in ihrer Ratlosigkeit düsteren Blicks an. »Linden«, sagte Covenant plötzlich, als hätten sie ihn etwas gefragt. »Linden muß her!«

Wie in Antwort auf seine Sorge öffnete sich unerwartet die Tür am heckwärtigen Ende der Salztraumruh. Die Auserwählte betrat den Schlafsaal, schwankte gemeinsam mit dem Krängen der *Dromond.* Hinter ihr folgte Nebelhorn; anscheinend gab er an Cails Stelle auf sie acht. Linden war durchnäßt und vom

Sturm zerzaust, das Haar strähnig, aus ihrem Gewand lief ihr Wasser auf die Beine. Aber sie kam zielstrebig herüber.

Covenant traute sich nicht, irgend etwas zu sagen. Er blieb verzweifelt und stumm, während Linden an den Tisch trat. Nach einem Moment des Schweigens fand die Erste ihre Stimme wieder. »Stein und See, Auserwählte«, meinte sie gedämpft, »du kommst nicht zu früh. Wir wissen nicht, wie wir ihnen zur Besinnung zurückverhelfen möchten. *Diamondraught* haben wir ihnen gegeben, doch ohne Nutzen. Wider solche Arten des Schlummers besitzen wir keinerlei Lehren.« Linden blieb stehen, sah die Erste an. »Wir fürchten, sie befinden sich noch unterm Bann der Wasserhulden«, ergänzte die Schwertkämpferin rauh, »und daß ihr Los auch Sternfahrers Schatz' Los ist. Es mag sein, wir vermögen dem Zorn der Tänzerinnen der See nicht zu entkommen, solange die *Haruchai* auf diese Weise an sie gebunden sind. Wie anders sollten sie noch an das gelangen, was sie begehren, wenn nicht, indem sie die *Dromond* mit ihrem Unwetter zerbrechen?«

Da zuckte Linden zusammen. Ihre Augen warfen das unstete Laternenlicht zurück wie in Scherben. »Und ihr wollt, daß ich in die beiden eindringe.« Covenant sah an ihrer Schläfe eine Ader pochen, als säße dort eine Entzündung der Furcht. »Den Bann aufheben. Geht's darum?« *Wieder einmal?* fragte ihr Blick. *Was glaubt ihr eigentlich, wieviel davon ich noch aushalten kann?*

Covenant spürte die Schärfe ihrer Ablehnung deutlich. In vergangenen Zeiten hatte ihm im Land die gleiche übersensitive Sinneswahrnehmung zur Verfügung gestanden, die Linden das Leben so schwer machte, wenn auch nie in solchem Umfang wie ihr. Und die *Haruchai* hatten ihr ein großes Maß an Mißtrauen entgegengebracht. Aber er war in diesem Fall hilfloser als sie. Behindert durch die Verstümmelung seiner Nerven, konnte er sein weißes Feuer zu keinen anderen als

Zwecken der Zerstörung anwenden. Brinn und Cail lagen da, als wären sie lebloser als Hohl. Covenant erwiderte Lindens hitzigen Blick, vollführte eine abgehackte Geste in die Richtung der *Haruchai.* »Bitte«, sagte er schwerfällig.

Für noch einen Moment rührte sich Linden nicht. Pechnase und die Erste standen still dabei. Dann zuckte Linden die Achseln, eine Gebärde, die einem Zusammenfahren glich, als wären ihre Schultern wund. »Es kann wohl kaum schlimmer sein als das, was ich schon getan habe.« Entschlossen stellte sie sich dicht an die Tischkante. Covenant beobachtete sie mit regelrechtem Eifer, während sie mit Händen und Augen Brinn und Cail abtastete, untersuchte. Sobald sie sich mit dem Risiko abgefunden hatte, stieg in ihm Besorgnis um Linden auf. Was immer sie tat, es war entscheidungsträchtig und gewagt. Er hatte die Macht der Wasserhulden gespürt, er wußte, wozu sie imstande waren. Und er erinnerte sich daran, wie Linden aussah, nachdem sie ihn im Kerker der Sandbastei vom Schweigen der *Elohim* befreit hatte. Hinter ihrem strengen Mund, ihrer Vergangenheit der Qual, ihren Tränen und all dem verbissenen Grimm besaß sie eine Fähigkeit zur Selbstaufopferung, die ihn beschämte. Doch während sie die *Haruchai* einer Untersuchung unterzog, milderte sich ihre Haltung. Ihre Miene verriet eine gewisse Erleichterung. Durch ihre Hände schien ihr etwas von der Selbstsicherheit der *Haruchai* zuzufließen. »Wenigstens haben diese Wasserhulden«, sagte sie leise zu sich selbst, »ein Gespür fürs Gesunde.« Dann trat sie zurück. Sie schaute die Gefährten nicht an. In unvermitteltem Befehlston sagte sie zu Pechnase, er solle Brinns linken Arm nehmen und den *Haruchai* auf dem Tisch festhalten. Pechnase gehorchte, Verwunderung in den Augen. Die Erste sagte nichts. Windsbraut legte in undurchschaubarer Weise die Stirn in Falten. Seeträumers Blick huschte zwischen Linden und Brinn hin und her, als versuche er, ihre Absicht zu erraten. Linden handelte ohne Zögern. Sie packte Brinns rechten Arm, zog ihn über die Tischkante und lehnte ihr Gewicht darauf, um die Gelenke bis zum äußersten zu dehnen. Als sie mit ihrer Stellung zufrieden war, senkte sie den Mund dicht an Brinns Arm. »Und nun«, sagte sie langsam und deutlich, »werde ich dir den Arm brechen.«

Die augenblickliche Heftigkeit von Brinns Reaktion überraschte Pechnase, so daß er den *Haruchai* nicht halten konnte. Es gelang ihm nicht, den wuchtigen Schwung von Brinns Faust abzufangen, als der *Haruchai* sich zu Linden herumwarf und nach ihrem Gesicht schlug. Der Hieb traf sie an der Stirn. Sie torkelte zurück, prallte gegen einen Pfosten. Die Hände auf die Ohren gedrückt, als kreischten die Laternen wie eine Schar Hexen, sackte sie zu Boden.

Für einen Moment schien Covenants Dasein zu gerinnen. Mit einer Verwünschung sprang die Erste an Lindens Seite. Brinn verließ mit einem Satz den Tisch, kam behend auf die Beine. Windsbraut vertrat ihm den Weg, ballte eine knorrige Faust, wie um zu verhindern, daß er sich auf Linden stürzte. Plötzlich setzte sich Cail auf, als müsse er Brinn zu Hilfe kommen. Gemeinsam ergriffen Pechnase und Seeträumer seine Arme.

Linden zog die Knie an die Brust, den Kopf zwischen beiden Händen, wälzte sich schwächlich von der einen auf die andere Seite, als wäre sie von sämtlichen Tänzerinnen der See auf einmal besessen.

»Verflucht noch mal, Brinn!« hörte Covenant wie aus weiter Ferne eine Stimme schnauzen. »Wenn du sie verletzt hast, werde ich selbst dir deinen verdammten Arm brechen!« Es mußte seine eigene Stimme sein, aber er achtete nicht darauf. Er hastete überstürzt zu Linden. Irgendwie schaffte er es, die Erste zur Seite zu drängen. Er hockte sich neben Linden, zog sie in seinen Schoß, schlang seine Arme um sie.

Linden wand sich in seiner Umarmung, als drohe sie den Verstand zu verlieren. Ein Schrei entstand in Covenants Bewußtsein, drängte auf laute Äußerung. *Laßt sie in Ruhe!*

Die Vehemenz in seinem Innern, so hatte es den Anschein, erreichte Linden, verhalf ihr zu so etwas wie einem Halt. Sie nahm ruckartig die Hände vom Kopf, drehte ihm ihr Gesicht zu. Ihr Mund formte ein Wort, das *Nein!* heißen mochte. Covenant verharrte bewegungslos, während Lindens Augen in seinem Gesicht einen Brennpunkt fanden. Einer nach dem anderen entkrampften sich ihre Muskeln. Sie sah so bleich aus wie im Fieber; der Atem röchelte in ihrer Kehle. Aber sie vermochte ihrer beklommenen Brust ein Flüstern zu entringen. »Ich glaube, ich bin in Ordnung.« Rings um Covenant schwankten die Lichter zum wütenden Toben des Sturms. Er schloß die Lider, um Fassung zu bewahren.

Als er sie wieder öffnete, kauerten rechts und links von Linden die Erste und Pechnase, beobachteten ihre allmähliche Erholung. Brinn und Cail standen in einigem Abstand im Hintergrund. Seeträumer ragte hinter ihnen auf, als sei er bereit, den beiden das Genick zu brechen, und Windsbraut erregte den Eindruck, als warte sie nur darauf, ihm helfen zu dürfen. Doch die zwei *Haruchai* achteten nicht auf die Riesen. Sie wirkten wie Männer, deren Entschluß feststand. »Es ist nicht vonnöten, uns zu tadeln«, sagte Brinn ausdruckslos. Weder er noch Cail erwiderten Covenants finsteren Blick. »Wir haben das Antlitz unseres Geschicks bereits geschaut. Dennoch ersuchen wir um Vergebung. Es war nicht meine Absicht, Harm anzurichten.« Er schien an der eigenen Entschuldigung kein Interesse zu hegen. »Wir ziehen unsere wider die Auserwählte erhobenen Vorwürfe zurück. Sie hat recht über uns geurteilt. Mag sein, sie ist fürwahr die Hand der Verderbnis in unserer Mitte. Doch gibt's andere Verderbtheiten, die wir mit noch größerem Abscheu betrachten. Wir sprechen weder für unser

Volk in seinen Heimatbergen noch für jene *Haruchai,* deren Wille es sein mag, den Kampf wider die Greuel der Sonnengefolgschaft aufzunehmen. Wir jedoch werden dir nicht länger dienen.«

Eine Aufwallung von Entgeisterung ging durch Covenant. *Nicht länger dienen …?* Er vermochte die Äußerung kaum zu begreifen. Betroffenheit verengte ihm die Kehle. Linden versteifte sich in seinen Armen. *Wovon redet ihr? Was haben sie mit euch gemacht?*

Die Erste richtete sich auf. In ihrer herben wie ehernen Schönheit, die Arme wie Bänder auf dem Brustkorb verschränkt, stand sie über den *Haruchai.* »Wahn hat euch überwältigt.« Sie sprach, als wehre ihre Stimme eine Klinge ab. »Der Gesang der Wasserhulden hat Wahnwitz in eure Herzen gewoben. Ihr redet vom Geschick, aber die Wasserhulden bieten euch nichts als Tod. Seid ihr blind für die Gefahr, aus welcher ihr errettet worden seid? Nahezu wäre Windsbraut und mir eure Rettung mißlungen, dieweil wir euch in einer Tiefe entdeckten, die unseren Leibern übel bekommen mochte. Dort drunten ruhtet ihr wie umnachtete Toren. Ich weiß nicht, welchen Traum, welche Freude oder Entrückung euch jener Gesang beschert hat, und es ist mir einerlei. Still wie Tote lagt ihr in keinen anderen Armen als denen von Korallen, denen's zu verdanken war, daß ihr nicht in noch dunklere Tiefen versunken seid. Was eure geschlossenen Augen auch geschaut haben mögen, es war allein die Frucht von Tücke und Verzauberung. *Das* ist die Wahrheit. Ist's euer Begehr, um reinen Wahns willen zu jenen Wasserhulden zurückzukehren?« Zorn ließ an ihren Armen die Muskeln hervortreten. »Stein und See, ich werde nicht dulden, daß …!«

Brinn unterbrach sie, ohne sie anzusehen. »Nicht das ist unser Wunsch. Der Sinn steht uns nicht nach dem Tod. Wir werden nicht nochmals dem Gesang der Wasserhulden verfallen. Doch andererseits gedenken wir weder dem Ur-Lord noch der Auserwählten fernerhin zu dienen.« Seine Stimme zeugte von Unnachgiebigkeit. Er sprach, als wäre er fest dazu entschlossen, sich selbst keine Gnade zu zeigen. »Wir vermögen's nicht.«

»Ihr vermögt's nicht?« Die Aufregung verlieh Covenants Aufruf einen erstickten Klang.

Aber Brinn redete weiter, als unterhielte er sich mit der Ersten und sonst niemandem. »Wir zweifeln deine Worte nicht an. Ihr seid Riesen, und die alten Erzähler der *Haruchai* wissen zahlreiche und lange Geschichten von euch zu berichten. Ihr nennt den Gesang der Wasserhulden einen Wahn. Wir ersehen, daß ihr die Wahrheit sprecht. Solcher Wahn jedoch ...« Plötzlich nahm seine Stimme eine Sanftheit an, wie Covenant sie noch nie von einem *Haruchai* gehört hatte. »Ur-Lord, willst du dich nicht erheben und vor uns treten? Wir werden uns nicht vor dir erniedrigen. Aber es ist unziemlich, daß wir hier stehen, während du dort kauerst.«

Covenant sah Linden an. Die Mühe, die es sie kostete, sich wieder in eine mehr oder weniger stabile Verfassung zu bringen, machte ihre Gesichtszüge krampfhaft angespannt; aber sie nickte, vollführte eine fahrige Geste in Pechnases Richtung. Sofort half der Riese ihr dabei, sich aus Covenants Armen zu erheben, und dadurch ermöglichte sie es ihm, aufzustehen und sich den *Haruchai* zu stellen.

Mit lahmen Gliedern rappelte er sich auf. Infolge von Gefühlen, die er einzugestehen fürchtete, war ihm zumute, als wäre er aus Holz. Würde er die *Haruchai* verlieren? Die *Haruchai,* die von Anfang an so treu gewesen waren wie die Ranyhyn? *Was haben sie mit euch gemacht?*

Da erwiderte Brinn erstmals wieder Covenants Blick; und die Aufgewühltheit hinter den leidenschaftslosen Augäpfeln brachte ihn ins Zittern. Die Sternfahrers Schatz bäumte sich im Wüten der See auf, als müßte der Granit im nächsten Moment bersten. Covenant begann alles hervorzustoßen, was ihm durch den Kopf ging. Er mochte gar nicht hören, was Brinn zu sagen hatte.

»Ihr habt ein Versprechen abgelegt.« Sein Brustkorb wogte mit der nachdrücklichen Kraft des Wissens, daß er keinerlei Recht dazu besaß, gegen die *Haruchai* irgendwelche Vorwürfe vorzutragen. »Ich habe gar nichts dergleichen haben wollen. Mir lag nichts an weiterem Dienst der Art, wie Bannor ihn mir zu leisten bestanden hat. Aber ich hatte keine Wahl.« Auf dem Plateau des Hochlands oberhalb Schwelgensteins war er mehr als nur halb verreckt aufgrund des Blutverlusts gewesen, wäre womöglich sogar an bloßer Zerknirschung und dem Gefühl der Nichtigkeit krepiert, hätte Brinn ihm nicht beigestanden. »Zum Teufel, wovon redest du eigentlich?«

»Ur-Lord.« Brinn wich nicht mehr vom eingeschlagenen Weg ab. »Hast du nicht selbst den Gesang der Wasserhulden vernommen?«

»Was hat das damit zu tun?« Covenants Streitbarkeit hatte einen hohlen Klang, aber er konnte sie nicht unterdrücken. Sie war seine einzige Gegenwehr. »Der ausschließliche Grund, warum sie sich auf euch verlegt haben, war doch, daß sie niemanden wollten, der so unzulänglich oder zumindest destruktiv ist wie ich.«

Brinn schüttelte den Kopf. »Und wird nicht zu Recht vom Zweifler erzählt, einst habe er in seiner Not behauptet, das Land sei nichts als ein Traum?« meinte er. »Eine Sache der Falschheit und des Wahns, welchselbiger er sich verschließen müsse?« Das verschlug Covenant die Sprache. Alles was er je gesagt haben mochte, zog sich in ihm zusammen, erfüllte ihn, als werde ihm schlecht, mit banger Erwartung. *Es ist ein und derselbe Traum, in dem wir uns befinden,* hatte er auf dem Kevinsblick zu Linden gesagt, einer Überzeugung Ausdruck verliehen, die er einmal bitter benötigt hatte, über die er jedoch später hinausgewachsen war; sie war irrelevant geworden. *Habt ihr etwa vor, mir auch daraus einen Strick zu drehen?* »Der Ersten Wort lautet«, sprach der *Haruchai* bedächtig weiter, »daß der Wasserhulden Gesang ein Wahn ist. Mag sein, in unseren Herzen erkannten wir ihn als Wahn, als wir ihm folgten. Aber wir sind *Haruchai,* und wir gaben ihm Antwort. Vielleicht weißt du allzu wenig von uns. Das Leben unseres Volkes in den Bergen ist hart und beschwerlich, dieweil Gipfel und Schnee keine behagliche Wohnstatt bieten. Daher ist unser Same fruchtbar, auf daß wir von einem zum nächsten Geschlecht überdauern mögen. Das Band zwischen Mann und Weib gleicht in uns einem Feuer, und es brennt tief. Hat Bannor nicht davon zu dir gesprochen? Für jene von uns, die den Lords als Bluthüter dienten, war der Verzicht auf Schlaf und Tod von geringer Bedeutung, leicht zu ertragen. Doch der Verlust der Weiber … Er war's, der sie dazu bewog, ihres Eids zu entsagen, als die Verderbnis ihre Hand auf sie legte. Jeder Mann mag scheitern oder sterben. Wie aber sollte ein *Haruchai*, der sein Weib um einer selbstgewählten Pflicht willen verlassen hat, die Erkenntnis ertragen können, daß ihm selbst seine Treue zu selbiger Pflicht genommen zu werden vermag? Besser wär's, der Eid wäre nie gesprochen, nie ein Dienst geleistet worden. Ur-Lord.« Brinn schaute Covenant unverwandt fest an, blinzelte kaum einmal. Doch die ungewohnten Anklänge von Sanftmut in seinem Ton ließen sich nicht mißverstehen. »Im Gesang der Wasserhulden verspürten wir die Glut unseres Sehnens nach dem, was wir verlassen haben. Freilich sind wir einem Wahn erlegen – doch der Wahn war süß. Berge ragten rings um uns empor. Die Luft verwandelte sich in jenen scharfen Hauch, den der Schnee der Berge atmet. Und an den Hängen zogen die Weiber zu uns herauf, die uns in ihrem Verlangen nach Feuer, Same und Sprößlingen zu rufen pflegen.« Vorübergehend verfiel er in die klangvolle Sprache der *Haruchai;* sie schien sein Gesicht zu verändern, ihm etwas von einem Poeten zu verleihen. »So kam's, daß wir uns sputeten, dem Gesang zu folgen, Dienst und Sicherheit mißachteten. Die Glieder unserer Weiber sind braun von Geburt an und von Sonne. Aber ihre Haut hat auch ein Weiß, das so pur ist wie das Eis, welches die Berge verschwitzen, und es brennt, wie der reinste Schnee auf dem höchsten Felsturm im vom stärksten Wind durchfegten Gebirgspaß brennt. Selbiges Weiß war's, das bewirkte, daß wir uns den Tänzerinnen der See gaben.«

Covenant konnte Brinns Blick nicht länger standhalten. Bannor hatte diese Dinge angedeutet; sie boten eine Erklärung für die *Haruchai.* Auf ihnen beruhte die harte, strenge Einstellung der *Haruchai* gegenüber dem Rest der Welt, auf der Tatsache, daß jeder Atemzug, den sie taten, ein Atmen des Verlangens war und der Entsagung. Covenant schaute seine Gefährten um Unterstützung an; aber niemand vermochte ihm welche zu bieten. Schmerz oder Einsicht trübten Lindens Augen. Mitgefühl verzerrte Pechnases Miene. Und die Erste, die vertraut war mit Ausnahmesituationen, stand neben Brinn und Cail, als billige sie ihren Entschluß.

»Auf diese Weise«, setzte Brinn seine Ausführungen gelassen fort, »haben wir uns als falsch erwiesen. Um eines Wahns willen haben wir die versprochene Treue verraten. Wir waren unfähig, unser Versprechen einzuhalten. Wir sind unwürdig. Darum werden wir dir nicht länger dienen. Unsere Torheit muß nun ein Ende finden, auf daß dadurch nicht bedeutsamere Versprechen als unseres zur Falschheit mißraten.«

»Brinn«, erhob Covenant Einspruch, als ersticke er. »Cail!« Sein Kummer verlangte nach Worten. »Ihr braucht das nicht zu tun. Niemand gibt euch eine Schuld.« Seine Stimme klang rauh, als könne er sich nur mit Mühe von Grobheiten zurückhalten. Linden streckte schwach eine Hand nach ihm aus, wie um ihn zum Mitleid zu bewegen. Ihre Augen waren aus Verständnis für das Schicksal der *Haruchai* feucht. Aber er achtete nicht auf sie. Die Unerbittlichkeit, mit der er seine Gemütserregung mäßigen mußte, gestattete es ihm nicht, anders zu sprechen. »Bannor hat das gleiche getan. Genau das gleiche wie jetzt ihr. Wir standen am Landbruch ... mit Schaumfolger. Er hat's abgelehnt, uns zu begleiten, als ich ihn brauchte ...« Krampfhaft schluckte Covenant. »Ich habe ihn gefragt, für was er sich schäme. ›Ich empfinde keine Scham‹, hat er gesagt. ›Doch betrübt's mich, daß so viele Jahrhunderte vonnöten waren, um uns die Grenzen unseres Wertes zu lehren. Wir gingen zu weit, sowohl in unserem Stolz wie auch unserer Torheit. Sterbliche sollten um keines Dienstes willen Weiber, Schlaf und Tod aufgeben – oder die Fratze ihres letztendlichen Versagens wird zu gräßlich sein, als daß sie ihren Anblick zu ertragen vermöchten.‹ Du sagst jetzt das gleiche, bloß mit anderen Worten. Aber verstehst du nicht, daß es so einfach nicht ist? Jeder kann versagen. Aber die Bluthüter haben nicht nur versagt. Sie haben das Vertrauen verloren. Oder was glaubst du, warum Bannor mir in Andelain erschienen ist? Wenn du recht hast, weshalb hat er's nicht ohne weitere Umstände dabei gelassen, daß ihr die Folgen eurer Unwürdigkeit tragt?« Am liebsten hätte Covenant all seine Verbitterung und Enttäuschung Brinn mit den Fäusten eingehämmert. Grimmig beherrschte er sich, versuchte statt dessen, mit Worten Brinns unzugänglichen Gleichmut zu durchdringen. »Ich will dir sagen, warum. Es kann sein, daß kein Eid oder Versprechen eine Antwort auf den Verächter ist. Aber ebensowenig ist es Selbstaufgabe. Bannor hat mir keine Versprechungen und keine Geschenke gemacht. ›Erlöse mein Volk‹, hat er bloß zu mir gesagt. ›Sein Schicksal ist ein Greuel. Und es wird dir nutzreich zu Diensten sein.‹«

Damit verstummte er. Das Weiterreden war ihm unmöglich; er verstand die extreme Haltung des Mannes, dem er gegenüberstand, nur zu gut. Einen Moment lang herrschte Stille in der Salztraumruh; man hörte nur das Geräusch der Pumpen aus dem Rumpf der *Dromond,* das Knarren der Masten, das gedämpfte Tosen von See und Wind. Die Laternen baumelten fortgesetzt bedrohlich hin und her. Seeträumers Augen glänzten, als sähe er in der eigensinnigen Selbstverurteilung der *Haruchai* eine seltsame Hoffnung.

Endlich öffnete Brinn den Mund. Seine Stimme klang sonderbar sanft. »Ur-Lord, war unser Dienst dir nicht von Nutzen?«

Trauer verzog Covenant das Gesicht. Aber er unternahm eine heftige Willensanstrengung, um antworten zu können. »Ihr wißt, daß er's war.«

Brinn ging weder darauf ein, noch zögerte er. »Dann laß ihn enden.«

Covenant wandte sich nach Linden um. Seine Hände tasteten nach ihr, suchten die Berührung. Doch seine Finger waren taub. Er fand in ihr keine andere Antwort.

Später am Abend massierte er Linden in der Privatsphäre ihrer Kabine, während der Sturm tobte und am Riesen-Schiff riß, die verspannten Muskeln in Nacken und Rücken. Seine Finger bearbeiteten sie, als brächte das Verlustgefühl sie zur Verzweiflung. Allmählich bewirkte der *Diamondraught,* den Linden getrunken hatte, um ihre Erholung zu beschleunigen, daß sie in Schlummer sank; doch Covenant hörte nicht mit dem Massieren auf, bis seine Hände zu sehr ermüdeten, um weiterzumachen. Er wußte nicht, was er in seiner Verzweiflung sonst anfangen sollte. Der Abfall der *Haruchai* von der gemeinsamen Sache schien den Zusammenbruch all seiner Hoffnungen anzukündigen.

Noch später reckte die Sternfahrers Schatz ihre Segel in eine graue Dämmerung und entzog sich dem Gram und Grimm der Wasserhulden. Der Regen endete, wie Tränen, die schon zu lange geflossen waren; der Wind stob davon in andere Gegenden des Meeres. Blankehans brauchte lediglich eine geringfügige Kurskorrektur vorzunehmen, um die *Dromond* wieder direkt ihrem Ziel entgegensteuern zu können.

Die *Haruchai* jedoch blieben bei ihrem Entschluß.

24
DIE INSEL

Noch zwei Tage lang war der Himmel bewölkt und stürmisch, widerspiegelte die graue Aufwühlung der See wie in Entrüstung, als wäre die Sternfahrers Schatz ein Eindringling, der diese Region reize. Dann aber erhob sich der Wind, als betrachte er den Fall als erledigt, und die *Dromond* segelte durch eine Folge heller Tage und kristallklarer Nächte. Die See vereinte sich unter der Sonne makellos, gleichsam nahtlos mit dem Himmel; und des Nachts wies das eigentümliche Glitzern der Sterne jedem, der in ihrem Glanz zu lesen verstand, den Weg der Suche.

Grimme Blankehans zeigte mit jedem Tag stärkeren Eifer. Und der einwandfrei günstige Wind schien sowohl die Erste wie auch Pechnase zu einer wahren Glut der Erwartung anzufachen, so daß in gewissen Momenten ihre herbe Schönheit und seine angeborene groteske Mißgestaltetheit sich durch eine merkwürdige Ähnlichkeit auszeichnete, als vertiefe die Fahrt zum Einholzbaum, je näher sie ihm kamen, die innige Vertrautheit der beiden. Die drei Riesen hielten ununterbrochen in die Ferne Ausschau, suchten die Horizonte nach einer Bestätigung ihrer Entscheidungen ab, die sie trotz der Eindeutigkeit von Seeträumers Erd-Sicht fort vom Land gebracht hatten.

Ihre angespannte Aufmerksamkeit breitete sich auf dem ganzen Riesen-Schiff aus, steckte die gesamte Besatzung an. Sogar Knolle Windsbrauts grobe Gesichtszüge bezeugten so etwas wie Neugier. Und Derbhands alte Trauer erfuhr Perioden der Aufhellung wie von Sonnenschein und Hoffnung.

Linden Avery beobachtete sie, so wie sie auch das Schiff selbst und Covenant beobachtete, unter ihnen ihren Platz zu finden versuchte. Sie verstand die Riesen, sie wußte, daß sie viel von ihrem Eifer um Seeträumers willen entwickelten. Sein dumpfes Elend war für jedermann offensichtlich. Seine Volksgenossen legten Wert darauf, ihren Zweck in diesem Teil der Welt so schnell wie möglich zu erledigen, um ins Land zurückzukehren, wo es ihm gelingen mochte, von seiner Erd-Sicht Erleichterung in der Krisis des Sonnenübels, der Apotheosis seiner Vision zu finden. Aber Linden war nicht ihrer Meinung. Sie befürchtete, daß die Riesen die wahre Natur von Seeträumers Gesichten mißverstanden.

Und Covenants Gemütsverfassung tat das ihre, um Lindens Unruhe zu verstärken. Er schien bis an die Grenze des Fieberhaften regelrecht nach dem Einholzbaum zu lechzen. Wenn auch nicht körperlich, so hatte er sich doch auf jeden Fall emotionell von ihr zurückgezogen. Das Ausscheiden der *Haruchai* aus den gemeinsamen Bestrebungen hatte ihn in eine starre Abwehrhaltung getrieben. Wenn er sprach, hatte seine Stimme einen rohen Unterton, den er anscheinend nicht aus ihr fernhalten konnte; und seine Augen warfen Widerspiegelungen von Blutvergießen zurück. Linden sah seinem Gesicht an, daß er an die Sonnengefolgschaft dachte, an Menschen, die man abschlachtete, um das Sonnenfeuer zu nähren, an Selbstmißtrauen, an Macht und Gift, über die er keine Gewalt besaß. Bisweilen machte die Erinnerung an Schweigen seinen Blick leer. Selbst bei der Liebe war er sonderbar vehement, als glaube er trotz ihrer Umarmungen, sie bereits verloren zu haben.

Linden vergaß nicht, konnte nicht vergessen, daß er sie dem eigenen Leben wiederzugeben beabsichtigte. Er wollte aus eigenen Beweggründen zum Einholzbaum, er hoffte, durch ihn die Möglichkeit zu erhalten, mit etwas anderem als Feuer und

Vernichtung gegen Lord Foul kämpfen zu können. Aber er wollte auch ihretwegen hin; um sie in ihre Welt zurückzuschicken.

Linden war dabei alles andere als wohl zumute; ihr grauste vor dem Einholzbaum. Seeträumers stumme, unerreichbare Marter schmerzte in ihr wie eine offene Wunde. Sobald er in die Reichweite ihrer Sinne gelangte, fühlte sie ihn, als blute er innerlich. Manchmal konnte sie sich kaum noch daran hindern, Covenant und die Erste – jeden, der ihr zuzuhören bereit war – zu drängen, sie sollten die Suche aufgeben, den Baum vergessen, wieder das Land aufsuchen, um mit den Waffen und Mitteln gegen das Sonnenübel zu kämpfen, die verfügbar waren, und sich mit dem Resultat abzufinden. Sie glaubte, daß Seeträumer genau wußte, was Lord Foul tat. Und sie mochte gar nicht in ihre Welt zurückgeschickt werden.

Eines Nachts, als Covenant endlich in einen von Alpträumen freien Schlaf gesunken war, verließ Linden noch spät seine Seite und begab sich an Deck. Sie trug ihr wollenes Gewand. Obwohl die Luft im Verlauf der vergangenen Tage merklich kühler geworden war, scheute sie es, auf ihre alten Kleidungsstücke zurückzugreifen, als stünden sie für Bemühungen und Fehlschläge, an die sie sich nicht mehr zu erinnern wünschte. Als sie das Achterdeck betrat, sah sie die Sternfahrers Schatz unter einem Mond, der schon das letzte Viertel durchlief, unbeirrbar vorm Wind liegen. Bald würden nur noch das ungewisse Licht der Sterne und der Schein einiger Laternen *Dromond* und Dunkelheit voneinander unterscheidbar machen. Doch zumindest für diese Nacht leuchtete noch eine helle Sichel am Himmel.

Vom Achterkastell rief Derbhand ihr einen gedämpften Gruß herab; aber sie ging nicht zu ihm. Jenseits des Winds, der langen, steinernen Seetüchtigkeit der *Dromond,* des Schlafs der Riesen, die keine Wache hatten, spürte sie Seeträumers Gegenwart wie eine Handvoll an ihre Wange gedrückter Pein. Linden zog das Gewand enger um ihren Körper und schlenderte nach vorn.

Sie fand den stummen Riesen vor, wie er mit dem Rücken am Fockmast saß, dem Bug und Findails Silhouette zugewandt. Die kleinen Muskeln rings um seine Augen zuckten und verkniffen sich unablässig, während er Findails Gestalt anstarrte – und durch Findail hindurch dem Einholzbaum entgegen –, als flehe er den Ernannten wortlos an, die Dinge zu sagen, die er, Seeträumer, nicht aussprechen konnte. Aber Findail schien allem derartigen Bitten des Riesen verschlossen zu sein. Oder vielleicht waren derlei Bittstellungen nichts als ein Teil der Bürde, die ein Ernannter zu tragen hatte. Auch er blickte den Aussichten des Einholzbaums entgegen, als fürchte er sich davor, die Augen abzuwenden.

Schweigsam nahm Linden neben Seeträumer Platz. Er saß mit überkreuzten Beinen da, die Hände im Schoß. Ab und zu drehte er die Handflächen aufwärts, als sei es seine Absicht, sich der Nacht zu öffnen, mit seinem Schicksal Frieden zu schließen. Aber wiederholt ballte er die Hände zu Fäusten, seine Schultern verkrampften sich, verwandelten ihn in eine Verkörperung des Aufbegehrens.

»Versuch's!« sagte Linden ein Weilchen später im Flüsterton. Der schmale Sichelmond erhellte nichts von seinem Gesicht, mit Ausnahme der fahlen Narbe, die seine Augen unterstrich, betonte; der Rest blieb dunkel. »Es muß einen Weg geben.« Er hob die Hände mit einer Heftigkeit, die sie zusammenfahren ließ. Die Handballen hämmerten erbittert gegen seine Stirn. Aber im nächsten Moment saugte er mit einem Fauchen den Atem durch die Zähne, und seine Hände begannen Umrisse in die Nacht zu zeichnen. Zuerst konnte Linden seine Gesten nicht durchschauen; ihr entging der Sinn der Umrisse, die er ihr zeigte. Doch er versuchte es noch einmal, darum bemüht, der leeren Luft ein Bild zu entringen. Diesmal verstand Linden ihn. »Der Einholzbaum.« Seeträumer nickte krampfhaft. Mit einem Arm machte er rundum einen Bogen. »Das Schiff«, sagte Linden im Flüsterton. »Sternfahrers Schatz.« Wieder nickte der Riese. Er wiederholte die Armbewegung, dann deutete er nach vorn, über den Bug hinaus. Seine Hände umrissen erneut die Baumgestalt. »Das Schiff fährt zum Einholzbaum.« Seeträumer schüttelte den Kopf. »Wenn das Schiff zum Einholzbaum gelangt.« Gram bewirkte, daß Seeträumers Nicken schwerfällig geriet. Er tippte sich mit einem Finger auf die Brust, wies auf sein Herz. Dann legte er die Hände zusammen, und sie drehten einander, mit einer ruckhaften Gewaltsamkeit, die auf ein Reißen hinauslief. Silbrige Rinnsale schimmerten quer über seiner Narbe.

Als Linden seinen Anblick nicht länger zu ertragen vermochte, schaute sie zur Seite – und sah dort Findail stehen, der herübergekommen war, um die Pantomime des Riesen mitzuverfolgen. Der Mond schwebte über der rechten Schulter des Ernannten; seine Gestalt und sein Gesicht lagen ganz im Dunkeln. »Hilf ihm!« verlangte Linden leise. *Hilf mir!* »Siehst du nicht, was er durchmacht?«

Für einen ausgedehnten Moment regte sich der *Elohim* nicht, gab keine Antwort. Dann trat er näher zum Riesen, streckte eine Hand nach Seeträumers Stirn aus. Seine Fingerspitzen drückten Besänftigung in das Schicksal, das daran geschrieben stand. Fast sofort erschlaffte Seeträumers Haltung. Muskel um Muskel wich die Drangsal aus ihm, als würde sie von Findails Berührung absorbiert. Das Kinn sank ihm auf die Brust. Er war eingeschlafen. Ohne ein Wort wandte sich Findail ab und kehrte an seinen bevorzugten Aufenthaltsort am Bug der *Dromond* zurück.

Behutsam, um den Schlummer des Riesen nicht zu stören, erhob sich Linden, suchte in stummem Bedauern wieder

Covenants Seite auf, starrte zur Decke der Kabine empor, bis der Schlaf auch sie überkam.

Am folgenden Morgen brachte sie Seeträumers Problem vor der Ersten, Pechnase, Blankehans und Covenant zur Sprache. Aber der Kapitän wußte ihr keine neuen Einsichten zu vermitteln. Und Pechnase verlieh erneut der Hoffnung Ausdruck, es könnte Seeträumer irgendeine Abhilfe verschaffen, sobald man die Suche nach dem Einholzbaum beendet hatte. Doch Linden wußte es besser. Ernst schilderte sie ihre in der vergangenen Nacht stattgefundene Verständigung mit dem stummen Riesen. Pechnase tat nichts, um seine Bestürzung zu verbergen. Die Erste stemmte die Fäuste in die Hüften und schaute über den Bug hinweg in die Ferne aus, murmelte unterdrückt lange Riesen-Flüche. Blankehans' Gesichtszüge krampften sich zusammen, bis sie dem steifen Gewirr seines Barts ähnelten.

Covenant stand zwischen ihnen, als wäre er allein; aber er sprach für sie alle. Sein Blick schweifte über den Stein, mied Linden. »Glaubst du«, krächzte er, »wir sollten umkehren?«

Ja! hätte Linden jetzt zu gerne geantwortet. Doch sie konnte es nicht. Covenant hatte seine gesamte Hoffnung in den Einholzbaum investiert.

Eine Zeitlang schwang in den Befehlen, die Blankehans der Mannschaft erteilte, Unsicherheit mit, als schreie in seinem Innern eine Stimme des Widerspruchs, die *Dromond* müsse unverzüglich wenden, sich mit höchster Geschwindigkeit wieder von ihrem verhängnisvollen Ziel entfernen. Aber er behielt seine Befürchtungen für sich. Der Weg des Riesen-Schiffs durch die Fluten der See blieb unverändert.

Der tadellos günstige Wind blies fünf Tage lang. Er kühlte allmählich, aber stetig ab, indem das Schiff weiter nach Norden vordrang; aber er wehte trocken, verläßlich und gleichmäßig. Während dreier dieser Tage segelte die *Dromond* schnell durch die Wogen, ohne daß sich irgendwelche Zwischenfälle ereigneten, irgendeine Gefahr sich ergab, ohne daß man Land sichtete.

Am vierten Tag jedoch erscholl vom Ausguck herab ein Ruf der Verblüffung und Warnung. Unter Lindens Füßen fing der Stein zu zittern an, als wäre die Tiefsee voller Beben. Blankehans ließ die Segel reffen, bereitete das Schiff auf bedrohliche Umstände vor. Nachdem sie eine weitere Länge zurückgelegt hatte, schwamm die Sternfahrers Schatz durch eine Region des Meeres, in der es von *Nicor* wimmelte.

Ihre gewaltigen Leiber durchbrachen jeder an mehreren Stellen gleichzeitig die Wasserfläche; gemeinsam verwandelten sie die See in einen Schauplatz massenhaften Getummels. Ihre unter Wasser geführte Unterhaltung dröhnte auf Lindens Sinne ein. In Erinnerung an den einen *Nicor*, den sie schon gesehen hatte, sorgte sich Linden um die Sicherheit der *Dromond*. Diese Geschöpfe jedoch schenkten der Sternfahrers Schatz allem Anschein nach keinerlei Beachtung. Lindens Wahrnehmung konnte in ihren Stimmen keine Anklänge von Feindseligkeit erkennen. Sie bewegten sich ohne Hast oder Gier umher, trieben wie dösig durchs Wasser, als befänden sie sich im Zustand von Lethargie, Langeweile oder ganz einfach Zufriedenheit. Gelegentlich hob ein *Nicor* ein wuchtiges, breites Maul aus den Wellen, tauchte dann wieder mit einem entfernten Schnauben unter, das sich nach einem Seufzen der Gleichgültigkeit anhörte. Es war Blankehans möglich, das Schiff durch ihre Mitte zu steuern, ohne irgendwie erhöhte Aufmerksamkeit zu erregen.

»Stein und See!« meinte Pechnase gedämpft zu Linden. »Nie hätte ich geglaubt, in allen Meeren der Erde zusammen könnte es so viele dieser Geschöpfe geben. So wenige Geschichten gibt's von ihnen, daß ein *Nicor* allein ihren Hintergrund zu erklären vermöchte. Welche Art von See ist's, in die wir die

Dromond in so vollständiger Unwissenheit gelenkt haben?« Neben ihm stand die Erste. »Dies wird eine Geschichte sein, die einem jeden Kind Freude bereitet«, fügte er hinzu, indem er zu ihr aufsah. Die Erste erwiderte seinen Blick nicht; doch das Lächeln, das ihre harten Augen milderte, war so zärtlich wie die Zuneigung in Pechnases Tonfall.

Aufgrund von Blankehans' Vorsicht durchquerte das Riesen-Schiff die Ansammlung von *Nicor* nur langsam; gegen Mitte des Nachmittags jedoch waren die Kreaturen hinter der *Dromond* zurückgeblieben, und die Sternfahrers Schatz nahm von neuem ihre vorherige schnelle Fahrt auf. Am Abend befiel eine Stimmung übertriebener Heiterkeit die Riesen. Sie spaßten und sangen unter den unauslöschlichen Sternen wie fieberhaft überdrehte Halbwüchsige, desinteressiert am Zweck der Suche oder an Seeträumers Qual; und Pechnase tat sich mit ausgiebigen Kapriolen gezwungenen Humors besonders hervor, als wäre er der Hysterie näher als jeder andere. Aber Linden spürte ihre wirklichen Gefühle. Die Riesen stärkten sich gegen die eigenen Ängste, gaben ihrer Beunruhigung in gemeinschaftlichem Frohsinn ein Ventil. Pechnases wilde Anstrengungen steigerten die allgemeine Stimmung zur Ausgelassenheit, erzeugten zu guter Letzt sogar einen Humor, der weniger verzweifelt war und tröstlicher – herzlich, lauter und unüberwindlich. Hätte sich Covenant zu den Riesen gesellt, Linden wäre mitgegangen.

Aber er verzichtete darauf. Er blieb abseits, als wäre er durch den Widerruf des Versprechens der *Haruchai* bis in den Kern all seiner Kraft erschüttert, für jeden Trost unempfänglich geworden. Oder vielleicht hielt er sich zurück, weil er vergessen hatte, wie es war, allein zu sein, wie er sich seinem Verhängnis stellen konnte, ohne seine Einsamkeit zu verabscheuen. Als er und Linden sich unter Deck begaben und die Kabine aufsuchten, hockte er sich aufs Lager, wie wenn er selbst die bloße

Wohltat ihres Fleischs kaum ertragen könnte. Der Einholzbaum war nah. Das gedämpfte Lärmen der Riesen in den Ohren, stand Linden dicht davor, ihn zu drängen: *Tu es nicht! Schick mich nicht zurück!* Doch ihre eingefleischte Zaghaftigkeit hinderte sie daran, und sie sah von diesem Risiko ab.

Die ganze Nacht hindurch war ihr, als träume sie altvertraute Alpträume. Aber als sie erwachte, waren sie aus ihrer Erinnerung verschwunden.

Covenant stand neben seiner Hängematte, drehte Linden den Rücken zu. In den Händen hatte er seine alte Kleidung, als spiele er mit dem Gedanken, sie anzuziehen. Linden beobachtete ihn mit Schmerz in den Augen, bat ihn wortlos, sich nicht in das zurückzuverwandeln, was er gewesen war, nicht das wiederherzustellen, was sie füreinander gewesen waren. Anscheinend spürte er ihre Aufmerksamkeit; er wandte sich um, erwiderte ihren Blick. Obwohl seine Vorahnungen in bezug auf den Einholzbaum eher banger als eifriger Natur waren, zeichnete er sich noch immer durch Stärke aus, war so gefährlich, wie sie ihn in Erinnerung hatte. Nach einem Moment warf er die Kleidungsstücke mit Entschiedenheit in eine Ecke. Dann kniete er sich vor Linden, nahm sie in die Arme.

Als sie später zusammen an Deck traten, trug er das wollene Gewand, das man ihm zur Verfügung gestellt hatte, als feie seine Leprose ihn gegen die spätherbstliche Kühle der Luft. Seine Entscheidung erleichterte Linden; und doch erweckte er in dem Gewand den Eindruck mangelhaften Vorbereitetseins, als hätte seine Liebe zu ihr ihn um mehr Abwehrmittel und Verteidigungsmöglichkeiten gebracht, als sie verstehen oder ausgleichen konnte.

Sie begannen den Tag, indem sie auf den Decks umherspazierten und warteten. Alle an Bord warteten, sie und Covenant und ebenso die Riesen. Immer wieder sah man Besatzungsmitglieder bei der Arbeit verharren, um über den Bug des Schiffs nach vorn auszuspähen. Während des ganzen Vormittags jedoch ließ sich nichts erkennen als die Weite der See, die sich bis zu den Enden der Welt erstreckte. Nach dem Mittagessen schickten sie sich weiter ins Warten; und noch immer war nichts zu sehen.

Am Mittnachmittag aber ertönte endlich der Ruf – ein Aufschrei der Ankündigung, der nichtsdestotrotz infolge von Lindens Anspannung in ihrem Gehör einem Jammergeheul glich. Riesen sprangen in die Wanten, um zu schauen, was der Ausguck erspäht hatte. Von unten kam Seeträumer zum Vorschein, klomm grimmig in die Takelage. Einen Moment lang preßte sich Covenant an die Reling des Vordecks, als könnte er seinen Augen dadurch eine größere Reichweite verleihen. »Komm mit«, sagte er dann leise zu Linden und entfernte sich, um das höhere, als Aussichtspunkt geeignetere Achterkastell zu ersteigen. Wie er konnte sie sich kaum vom Rennen zurückhalten.

Auf dem Achterkastell befanden sich Blankehans, die Erste und Pechnase sowie ein Riese, der Herzensfreude hielt. Wenig später trafen Derbhand und Windsbraut ein. Gemeinsam schauten die Gefährten nach einem ersten Anzeichen der Insel des Einholzbaums aus.

Noch eine Länge oder mehr weit blieb der Horizont frei und unerklärbar. Da deutete Blankehans plötzlich mit ausgestrecktem Arm auf einen Punkt fast genau oberhalb des Bugs. Linden konnte weniger weit sehen als die Riesen; aber nach noch einer Länge konnte auch sie die Insel erspähen. In der Ferne nur winzig zu erkennen, lag sie wie ein verhängnisvoller Fleck an der Grenze zwischen Himmel und Meer, wie ein Angelpunkt, um den sich die Erde drehte. Während der Wind die Sternfahrers Schatz rasch vorwärtstrieb, nahm die Insel an Größe zu, als läge ihr daran, die Erwartungen der Sucher möglichst bald zu erfüllen.

Linden sah Covenant an; aber er wich ihrem Blick aus. Seine Aufmerksamkeit war nach vorn gerichtet; seine gesamte Haltung verriet eine Anspannung, als wäre er einem feurigen Ausbruch nah. Obwohl er nichts sagte, bezeugten seine strengen, abgehärmten Gesichtszüge mit der Deutlichkeit von Worten, daß hier für ihn die Entscheidung über Leben und Tod bevorstand.

Allmählich enthüllte die Insel im Näherrücken der Besatzung des Schiffs Einzelheiten ihrer Beschaffenheit. Sie ragte auf wie ein Hügelgrab aus altem Stein, das man auf der Oberfläche der See errichtet hatte. Wind und Wetter hatten die grauen, zerklüfteten Felsen abgeschliffen und verwittert, mit dem Ergebnis, daß sie, wo Sonnenschein auf sie fiel, beinahe wie von reinem Weiß wirkten, fast schwarz dagegen, wo sie im Schatten lagen. Das Felsgestein glich einer Flußinsel zwischen Tag und Nacht – schroff, ehrwürdig ergraut und unzerstörbar. Ihr Gipfel erhob sich hoch über die Mastspitzen des Riesen-Schiffs; die Form der oberen Bereiche deutete an, daß die Insel einmal ein Vulkan gewesen war oder heute größere Hohlräume besaß.

Später war die *Dromond* nahe genug, um erkennen zu lassen, daß die Insel umgeben war von einem unregelmäßigen Ring aus Riffen, die in die Luft aufragten wie Zähne, die viele Lücken aufwiesen; allerdings war keine davon breit genug, um der Sternfahrers Schatz die Durchfahrt zu erlauben.

Als sich die Sonne zu sinken anschickte, brachte Blankehans das Riesen-Schiff auf einen Kurs zur Umrundung der felsigen Insel, um möglicherweise auf der anderen Seite doch eine Durchfahrt ausfindig zu machen, während die übrigen Gefährten nach irgendeinem Hinweis auf das Vorhandensein des Einholzbaums ausspähten. Lindens Augen hingen regelrecht an der Felsinsel; sie betrachtete jede Schattierung von Hell und Dunkel vom Gipfel bis zum Ufer mit äußerster

Genauigkeit, setzte jede Dimension ihres intensivierten Wahrnehmungsvermögens ein. Aber sie entdeckte nichts. Die Insel bestand aus nichts als lückenlosem Stein, der jeder Art von Leben außer dem eigenen Dasein widerstrebte. Selbst zwischen den Klippen, wo Wasser schwoll und schwappte, gab es nicht einmal Tang oder andere Wasserpflanzen.

Der Fels als solcher vermittelte Linden lebhafte Eindrücke, wirkte so wuchtig und gewichtig wie komprimierter Granit – ein Auswuchs des grundlegenden, innersten Beins der Erde. Vielleicht zeigte sie sich gerade deshalb gegenüber allen schwächeren Manifestationen von Leben so wenig gastfreundlich. Während sie die Insel beobachtete, fiel Linden unversehens auf, daß sie auch keinerlei Vögeln als Nistplatz diente. Möglicherweise gab es im Gewässer innerhalb der Riffe keine Fische.

»Wo ist er?« murmelte Covenant, sprach mit allen und gleichzeitig niemandem. »Wo *ist* er?«

»Auf dem Berggipfel«, meinte Pechnase nach einem Moment des Überlegens. »Ist er nicht eine natürliche Stätte für das, was wir suchen?«

Linden verschwieg ihre Zweifel. Während die Sonne unterging, ein undurchschaubares Helldunkelmuster aus Orange- und Goldgelbfarbtönen auf die Hänge warf, vollendete die Sternfahrers Schatz ihre Umrundung der Insel, und noch immer hatte Linden nichts ausmachen können, das angezeigt hätte, daß hier der Einholzbaum stand – oder es ihn überhaupt je gegeben hatte.

Auf ein Nicken der Ersten hin befahl Blankehans, die Segel aufzurollen und vor den nördlichen Riffen die Anker der *Dromond* auszuwerfen. Für eine Weile sprach niemand auf dem Achterkastell ein Wort; das vom Sonnenuntergang angestrahlte Antlitz der Insel hielt alle in seinem Bann. In diesem Licht ließ sich eindeutig erkennen, daß man sich dem Sitz einer enormen Macht näherte. Die Sonne verschwand, als entböte sie der Welt ein Lebewohl. Abgesehen von der Geräuschkulisse, die aus den Tätigkeiten der Riesen, dem Klagen der Leinen und Seilrollen, der feuchten Umarmung entstand, in der die Wellen die Riffe hielten, herrschte ringsherum Stille. Nicht ein einziger Turmfalke stieß einen Schrei aus, um die Kahlheit der Insel zu lindern. Die Felsinsel stand in ihrem Schutzring aus Zähnen da, als wäre sie immer so gewesen und würde auch niemals anders sein.

»Riesenfreund«, wandte sich die Erste ruhig an Covenant, »willst du nicht warten, bis der neue Tag beginnt, ehe du's wagst, diese Stätte zu betreten?«

Ein Schaudern durchfuhr Covenant, als fröstle er zusammen. »Nein«, gab er barsch zur Antwort.

Die Erste seufzte. Aber sie erhob keine Einwände. Sie unterhielt sich mit Derbhand, und der Ankermeister entfernte sich, um das Zuwasserlassen eines Langboots zu überwachen. Anschließend sprach die Erste Covenant nochmals an. »Wir haben eine weite Fahrt zu dieser Insel unternommen. Aufgrund deiner Macht – und dessen, was du in Herzeleid für unsere verschollenen Volksgenossen vollbracht hast – haben wir dir bezüglich deiner Zwecke keine Fragen gestellt. Nun aber muß ich dich fragen.« Im Westen schien die Sonne hinter dem weiten, ausgedehnten Rund von See und Horizont zu sterben. Covenants Blick glich einem Widerschein von Feuer. »Hast du dich Gedanken darüber hingegeben, wie dieser Stab des Gesetzes, den du schaffen willst, anzufertigen sein könnte?«

Linden antwortete an Covenants Stelle, beanspruchte ihre Stellung unter den Gefährten, weil sie keine andere Möglichkeit wußte, um ihn am Aussprechen dessen zu hindern, was er mit ihr vorhatte. »Das ist der Grund, weshalb ich hier bin.« Covenant widmete ihr einen scharfen Blick; aber Linden hielt ihre Augen auf die Erste gerichtet. »Wegen meiner Sinne«, fügte sie hinzu, unbeholfen aus Verlegenheit. »Wegen der Dinge, die ich sehen und fühlen kann. Gesundheit. Richtigkeit. Ehrlichkeit. Welchen Grund könnte meine Anwesenheit sonst haben? Ich bin für das empfänglich, was ihr Gesetz nennt, für die natürlichen Gesetzmäßigkeiten. Ich kann's erkennen, wenn etwas falsch oder richtig ist. Er ist nicht dazu in der Lage. Ich kann ihn anleiten.«

Doch kaum, daß sie auf ihre Aufgabe Anspruch erhoben hatte, sah sie ein, daß das nicht genügte. Covenants Emanationen waren unmißverständlich. Er hatte auf ihre Hilfe gesetzt. Aber er änderte seine Absicht nicht. Statt dessen musterte er sie, als hätte sie dem Wunsch Ausdruck verliehen, ihn zu verlassen. Hoffnung und Trauer ließen sich in ihm nicht mehr entwirren.

Die Erste, die nichts von Covenants inneren Gegensätzlichkeiten ahnte, gab sich mit Lindens Auskunft zufrieden. Mit Pechnase und Blankehans verließ sie das Achterkastell, strebte zur Reling, wo man das Langboot zu Wasser ließ. Windsbraut übernahm das Kommando über die Sternfahrers Schatz. »Ich wünsche euch Erfolg und heile Wiederkehr«, sagte sie zu Covenant und Linden, nachdem sie sich davon überzeugt hatte, daß an Bord der *Dromond* alles seinen ordnungsgemäßen Gang nahm.

Covenant antwortete nicht. Er starrte zur Insel hinüber, als könne er in der im Verblassen begriffenen Pracht der Sonne sein Schicksal erkennen. Linden trat dicht neben ihn, legte eine Hand auf seine Schulter. Schwerfällig drehte er sich ihr zu, ließ sie die Konflikte in seiner Miene sehen. Er stand als in Helligkeit und Düsternis gehüllte Gestalt da, so wie die Insel. Erneut versuchte Linden, sich ihm verständlich zu machen. »Seeträumer steckt voller Furcht. Ich glaube, er weiß, was Lord Foul treibt.«

Covenant verkniff das Gesicht, lockerte seine Gesichtszüge wieder, als wäre er drauf und dran, ihr ein solches Lächeln zu zeigen, wie er es einmal Joan geschenkt hatte. »Das spielt keine Rolle.« Langsam setzte sich in seiner Miene eine gewisse Sanftmut durch. »Als ich in Andelain war, hat Mhoram zu mir gesagt: ›Es ist ohne Nutzen, danach zu trachten, seinen Fallstricken auszuweichen, denn jeder Ausweg mündet in andere seiner Fallen, und Leben und Tod sind zu eng ineinander verwoben, als daß man sie trennen könnte. Dennoch ist's vonnöten, sie zu verstehen, auf daß man sie zu meistern vermag.‹« Kaum hatte er zu Ende gesprochen, versteifte sich wieder seine ganze Haltung. »Komm! Laß uns herausfinden, in welchen Schwierigkeiten wir diesmal sind!« Linden wollte ihn nicht gehen lassen. Sie wollte die Arme um ihn schlingen, ihn an sich drücken, in den Armen halten, an dem hindern, was er beabsichtigte. Aber sie tat nichts dergleichen. War es nicht genau das, warum sie ihn liebte – daß er eigenen Schmerz nicht scheute? Sie nahm allen Mut zusammen und folgte ihm die Stiege hinab, als führte er sie hinaus in die Nacht. Sonnenschein erreichte noch die Masten, wogegen das Achterdeck bereits im Trüben lag. Linden brauchte einen Moment, bis sich ihre Augen angepaßt hatten, bevor sie sehen konnte, daß Seeträumer bei der Ersten, Blankehans und Pechnase an der Reling standen. Auch Hohl hatte sich eingefunden, so schwarz wie die Finsternis der kommenden Nacht. Brinn und Cail waren ebenfalls da. Der Anblick der beiden *Haruchai* überraschte Linden. Covenants Schritte stockten, als er sich ihnen näherte. Aber sie sagten nichts, und er gab sich einen Ruck, stapfte brüsk an ihnen vorüber. »Sind wir fertig?« erkundigte er sich bei der Ersten, sobald er zu ihr trat.

»Wir sind so bereit«, antwortete sie, »wie wir's angesichts eines unbekannten Geschicks zu sein vermögen.«

»Dann nichts wie los«, entgegnete er in einem Ton, der

Ähnlichkeit mit der Dunkelheit besaß, die sich rings um die *Dromond* vertiefte.

Findail war gleichfalls nach achtern gekommen; sein helles Gewand bildete einen verwaschenen, fahlen Fleck neben Hohls Ebenholzschwarz. Nun wandte er sich an Covenant; sein Tonfall zeugte gleichermaßen von Warnung und flehentlicher Eindringlichkeit. »Ringträger, willst du nicht Vernunft walten lassen? Entsage deines irrsinnigen Trachtens, solange dir noch eine Wahl bleibt. Unverhohlen weise ich dich darauf hin, daß du das Spielzeug von Mächten bist, die dich vernichten werden – und mit dir die ganze Erde. Dein Wagnis, dich dem Einholzbaum zu nahen, muß unterbleiben.« Stumm nickte Seeträumer dazu, als könne er nicht anders.

Covenant fuhr zum Ernannten herum. »Mir hätte gleich klar sein müssen«, sagte er so leise, als rede er mit sich selbst, »wovor du solches Muffensausen hast. Vor dem Einholzbaum. Vorm Stab des Gesetzes. Du hast Schiß davor, daß ich tatsächlich Erfolg haben könnte. Oder weshalb habt ihr versucht, Hohl einzulochen? Warum habt ihr euch derartige Mühe gegeben, um uns davon abzubringen, uns selbst zu vertrauen? Ihr werdet 'n Nachteil haben, wenn wir erfolgreich sind. Ich weiß nicht, worum's dabei geht, aber jedenfalls graust's euch mächtig davor.« Er sprach mit merklichem Grimm weiter. »Na, schau dich um. Hohl ist noch bei uns. Er hat noch immer die Hülsen des alten Stabs.« Er äußerte sich über Hohl, als wären seine Bedenken gegen den Dämondim-Abkömmling inzwischen gegenstandslos geworden. »Ich bin noch da. Noch immer habe ich meinen Ring. Auch Linden ist noch da.« Unvermittelt sank seine Stimme zu einem Flüstern herab, das nach einem Geseufze des Geplagtseins klang. »Zum Teufel, wenn du willst, daß ich aufgebe, mußt du mir einen *Grund* nennen.«

Der Ernannte begegnete Covenants Forderung mit Schweigen. Ganz offensichtlich hegte er keine Absicht, darauf einzugehen.

Nach einem Moment des Schweigens kehrte sich Covenant dem Rest der Gefährten zu, musterte sie, als rechne er damit, auf weiteren Widerspruch zu stoßen. Aber Blankehans ließ sich entschiedenes Verständnis anmerken. Kein Zögern beeinträchtigte die strenge Entschlossenheit der Ersten oder Pechnases Erwartung von Wundersamem. Und Seeträumer unternahm keinen Versuch, um den Zweifler umzustimmen.

Getrieben von den Dämonen der eigenen, persönlichen Maßlosigkeit, schritt Covenant zur Reling, setzte einen Fuß auf die Strickleiter, die ins Langboot hinabhing.

Sofort schloß Linden sich ihm an, nicht dazu geneigt, den Platz an seiner Seite einem Riesen zu überlassen. Nach ihr folgten Brinn und Cail.

Die gesamte Insel lag mittlerweile im Schatten, ausgenommen ihr Berggipfel, der noch im verdüsterten Sonnenlicht schimmerte wie ein Banner, das davor stand, von der langen Nacht der Erde verschlungen zu werden. Doch solange die restliche Helligkeit währte, verlieh sie dem Gipfel ein Aussehen, als wäre er der Ort, an dem man den Einholzbaum tatsächlich finden konnte. Als sie diesem Anblick den Rücken zudrehte, um die Strickleiter hinunterzuklettern, fiel Linden ein, daß in der bevorstehenden Nacht Monddunkel sein würde. Unwillkürlich schauderte es ihr. Auf einmal schien ihr Gewand ein unzureichender Schutz gegen die kühle Dunkelheit zu sein, die ihr vorkam, als erhöbe sie sich aus dem Wasser wie eine Ausdünstung. Das Schaukeln der Wellen erzeugte zwischen der *Dromond* und dem Langboot ein Aufspritzen, gerade als Linden ein Bein ins Boot hinabstreckte; das Wasser schreckte ihre bloße Haut, als wäre sein Salz so stark wie Säure. Doch sie unterdrückte ihr unwillkürliches Aufkeuchen, stieg ins Langboot, suchte den Bug des Gefährts auf, um sich zu

Covenant zu setzen. Das Wasser straffte die Haut ihrer Beine, während es trocknete, erfüllte ihre Nerven mit Gekribbel.

Den *Haruchai* folgte Blankehans. Als seine stämmige Riesen-Gestalt das Boot betrat, verlor die Sonne ihren letzten Halt am Felsgipfel der Insel und sank vollends hinter den Horizont. Nun war die Insel nur noch als Schatten auf der Tiefe erkennbar, dessen Umrisse das Licht der Sterne aufhellte, die langsam an den Himmel traten. Linden vermochte die Reihen der Riffe überhaupt nicht mehr zu unterscheiden. Doch als sich Blankehans und Seeträumer an die Ruder setzten, ließen ihre eichenhaften Schultern keinen Zweifel daran, daß sie dazu imstande waren, den Weg an Land zu finden. Der Kapitän sprach zu seinem Bruder, aber das Plätschern und Klatschen des Wassers machte seine Worte unverständlich.

Pechnase und die Erste klommen schweigsam ins Langboot herab. Als entspränge er der Nacht, schwebte hinter Seeträumers Rücken ein Schatten auf den Boden des Boots, verfestigte sich und verwandelte sich in Findail. Hohl stellte sich zu Brinn und Cail in die andere Hälfte des Boots, in die Nähe des Hecks, wo die Erste und Pechnase saßen.

Linden streckte einen Arm aus und berührte Covenants Hand. Seine Finger fühlten sich eisig an; ihre Taubheit war zu spürbarer Kälte geworden.

Die Erste winkte den Riesen an Bord der Sternfahrers Schatz zum Abschied zu. Falls Derbhand oder Windsbraut mit irgendeinem Ruf antworteten, konnte man ihn durchs kühle Rauschen und Gluckern der Fluten nicht hören. Energisch löste Blankehans die Vertäuung des Langboots, stieß es mit seinem Ruder von der *Dromond* ab. Die Gefährten glitten in die Nacht hinaus, nur umgeben vom Gewoge der Wellen.

Einige Augenblicke lang sagte niemand etwas. Covenant saß mit der Dunkelheit zugewandtem Gesicht da, umklammerte Lindens Hand, als wäre sie ihm ein Anker. Indem die Sterne zahlreicher und klarer an den Nachthimmel traten, vermochte Linden die Insel nach und nach deutlicher wahrzunehmen; die Riffe dagegen konnte sie noch immer nicht wiedererkennen. Die Schwärze, die sich aus dem Wasser emporzuheben schien, wirkte undurchdringlich. Aber die Riesen bewegten die Ruder stetig, teilten beharrlich das unruhige Wasser; und das Boot schwamm vorwärts, als würde es mit hoher Geschwindigkeit angetrieben, eile dem ungewissen Schicksal geradezu entgegen. Kolossal ragte die Insel in die Nacht empor, so bedrohlich wie die Pforte zur Hölle für alles, was sich ihr näherte.

Plötzlich und auf irrationale Weise empfand Linden höchste Besorgnis, das Boot könne gegen ein Riff laufen und sinken. »Leicht nach steuerbords«, sagte jedoch auf einmal mit leiser Stimme die Erste. Das Langboot wechselte geringfügig die Richtung. Ein paar Sekunden später sah man zu beiden Seiten die unregelmäßigen Umrisse von Korallen aus den Fluten lugen. Ihr unvermutetes Erscheinen verursachte, daß Linden zusammenzuckte. Aber das Langboot passierte die gefährliche Stelle unbehelligt und gelangte in ruhigeres Wasser.

Aus dem gegenwärtigen Blickwinkel – so nah überm Meeresspiegel, inmitten der Nacht, die sich vom einen zum anderen Horizont erstreckte – schien die Insel viel weiter entfernt zu sein, als wenn man sie von der Sternfahrers Schatz aus betrachtete. Für einige Zeit kamen die Gefährten jedoch gut voran. Gedrängt von seinen Visionen, legte sich Seeträumer kraftvoll in die Ruder, stieß sie mit jedem Schlag wuchtig in die Nocken; und Blankehans stand dem kräftigen Takt seines Bruders, wenn ihn vielleicht auch nicht dessen Dringlichkeit trieb, nicht nach. Infolgedessen wuchs die Insel langsam an, wirkte noch unversöhnlicher, strebte gen Himmel, als wäre sie der Sockel, auf dem das ganze Firmament der Sterne ruhte. Linden begann zu befürchten, daß die Felshänge sich im Dunkeln als unersteigbar erweisen mochten, daß sie womöglich gar nicht hinaufklettern konnten, falls Covenant seine Höhenfurcht nicht zu meistern verstand. Seine Hand fühlte sich in ihren Händen so eiskalt an, als wären ihm die Knochen im Leibe zu Frost geworden.

Wenig später vergaß sie diese Sorge, vergaß sogar, Covenants Finger zu umfangen. Sie starrte der Veränderung entgegen, die sich mit der Insel vollzog.

Die Erste und Pechnase richteten sich auf. Das Langboot schwamm noch ein Stück weiter, kam zum Stillstand. Blankehans und Seeträumer hatten die Ruder aus dem Wasser gehoben, um über den Bug zu ihrem Ziel hinüberschauen zu können.

Wolken und Schwaden von Nebel flossen von den Hängen der Insel herab. Der Nebel schien sich wie Dunst aus unsichtbaren Spalten im Gestein zu erheben. Zum Teil kräuselte er sich aufwärts, zerfranste und verwehte in der Klarheit der Nacht. Der Großteil jedoch strömte abwärts zur See, sammelte und verdichtete sich, wo die Schwaden sich vermischten.

Der Nebel leuchtete. Allem Anschein nach schimmerte er nicht aus sich selbst heraus. Vielmehr sah er aus wie gewöhnlicher Nebel bei Vollmond. Aber es schien kein Mond. Und die Helligkeit erfaßte nur den Nebel. Stattliche Fahnen und Schwaden weißlicher Luft wallten herab wie Kondensationen von Mondschein, erhellten nichts außer sich selbst.

Wo sein Glanz wie eine Ausdünstung von Kälte sich über die Ufer der Insel ausbreitete, begann der Nebel aufs Meer zu quellen. Allmählich verschwand die gesamte Insel im Nebel, ausgenommen ihr Berggipfel. Silbern und geisterhaft dehnte sich der Nebel bis zum Langboot aus, als wolle er den ganzen Umkreis der Insel bis zu den Riffen mit seinem Schimmern ausfüllen.

Linden mußte den Wunsch nach Flucht unterdrücken. Sie empfand mit grausiger Sicherheit, daß sie von dieser unheimlichen, unerklärlichen Luft nicht berührt werden mochte. Aber für die Sucher gab es nur den einen Weg nach vorn. Mit einem seltsam gleichermaßen strengen und nachsichtigen Befehl veranlaßte die Erste Blankehans und Seeträumer zum Weiterrudern. »Ich bin des Wartens müde«, sagte sie. »So hier unsere Zukunft liegt, dann laßt uns ihr aus freiem Willen entgegenziehen!«

Das Schlagen und Sausen der Ruder maß die Annäherung der Gefährten ans Heranwehen des Nebels. Hoch droben glitzerten die Sterne wie zur Warnung; doch das Langboot schwamm geradewegs aufs Herz des feuchten Dunstes zu. Fortwährend wallte der Nebel aufs Meer herab. Schon war er so dicht, daß man die Seiten der Insel nicht mehr sehen konnte, und reichte in solche Höhe, daß er auch den Gipfel fast ganz verschleierte. Aufgrund des Glänzens schien er von Mondlicht zu strotzen, es zu atmen und davon zu gleißen. Sein Auswärtsströmen betonte die Geschwindigkeit, mit der sich das Langboot fortbewegte; das Fahrzeug schien mit irrsinniger Schnelligkeit über die dunkle Wasserfläche zu gleiten.

Dann gab die Erste erneut eine gedämpfte Anweisung. Wieder hoben Blankehans und Seeträumer die Ruderstangen aus dem Wasser. Lautlos und in angespanntem Schweigen schwammen die Gefährten in ihrem Boot in den Nebel.

Augenblicklich verschwand der Himmel. Linden spürte die Berührung der klammen Helligkeit im Gesicht und zuckte auf, rechnete mit Gefahr oder irgendwelchen schädlichen Wirkungen. Doch ihre Sinne teilten ihr mit, daß die Kraft, die dem Nebel innewohnte, zu unbestimmt war, zu sehr wie Mondlicht, um schaden zu können – oder um sich überhaupt begreifen zu lassen. Ihre Begleiter konnte sie deutlich sehen; die See jedoch war unter einem dichten silbrigen Teppich verschwunden, und die Enden der Ruder befanden sich darin außer Sicht, als wären sie abgefressen worden.

In einer neuen Anwandlung von Besorgnis fragte sie sich, wie sie sich orientieren sollten. Doch sobald die Erste erneut den Mund öffnete, Blankehans und Seeträumer weiterzurudern befahl, bezeugte ihre Stimme eherne Gewißheit; und sie hielt die beiden Brüder wiederholt zu kleineren Kurskorrekturen an, als wäre ihr Richtungssinn nicht zu beirren.

Die Fahrt, die das Langboot machte, wehte Linden den Nebel spürbar ins Gesicht. Perlen vergänglichen Lichts setzten sich in Covenants Haar fest wie perlmuttener Schweiß seiner Not und Macht. Nach einer Weile fing der Nebel zu wirbeln an und teilte sich, erlaubte einen flüchtigen Ausblick auf den Höhenzug der Insel. Ehe die Lücke sich wieder schloß, sah Linden, daß die Erste die Richtung gänzlich zielsicher wies.

Pechnase begann zu sprechen. Seine Stimme zeugte von gewissen Schwierigkeiten beim Reden, als ob seine beengten Lungen sich mit Nebel und Nässe füllten. Er lobte Blankehans und Seeträumer für die Tüchtigkeit, mit der sie ruderten, würdigte ironisch Hohls Kaltschnäuzigkeit, beschrieb andere Arten von Nebeln, die er während seiner Seereisen gesehen hatte. Die Worte an sich hatten keine Bedeutung; es zählte nur, daß er sprach. Um seiner Gefährten und auch seiner selbst willen versuchte er, das Beklemmende des Nebels in menschliche Maßstäbe zu zwängen. Aber ein befremdlicher Nachhall begleitete seine Äußerungen, als wäre der Nebel eine Höhle. Schließlich flüsterte die Erste ihm gepreßt etwas zu. Er verstummte.

In nur vom Klatschen der Ruder durchbrochener Stille drang das Langboot immer tiefer in den Nebel vor. Allmählich nahm der Nebel den Charakter eines Traums an, in dem lange Zeitspannen mit unaufhaltsamer Schnelligkeit verstrichen. Das verwaschene Licht übte eine nahezu hypnotische Faszination aus. Von Covenants Kinn fielen wie winzige Kügelchen Wassertropfen, erzeugten auf seinem Gewand Flecken schwachen Schimmers. Lindens Gewand glomm wie von zahlreichen im Erlöschen begriffenen Edelsteinsplittern. Das Haar hing ihr in Strähnen ums Gesicht, dunkel von Feuchtigkeit.

Als der Nebel sich noch einmal etwas auflöste, noch einen zeitweiligen Ausblick hinüber zur Insel erlaubte, merkte Linden so gut wie gar nicht, daß die Felsen nicht näher waren als zuvor.

Blankehans und Seeträumer ruderten weiter; aber langsam atmeten die beiden immer mühsamer, von ihren Rücken und Schultern gingen Emanationen großer Anstrengung und Belastung aus. Sie machten Linden auf das Verstreichen der Zeit aufmerksam. Der Dunst und seine tranceähnliche Wirkung schienen die Hälfte der Nacht verschlungen zu haben. Linden schüttelte ihre Benommenheit ab, rieb sich die klamme Taubheit aus den Wangen. Sobald sich der Nebel das nächste Mal teilte, konnte sie die Insel deutlich erkennen. Das Langboot war in Wirklichkeit nicht im geringsten vorangekommen.

»Hölle und Verdammnis!« brauste Covenant auf. »Pest und Hölle!«

»Nun bin ich fürwahr verblüfft«, sagte Pechnase. »Diese Luft …« Doch er fand keine geeigneten Worte.

Findail stand der Insel zugewandt. Sein Gesicht und die Haare waren trocken, vom Nebel unberührt. Er hatte die Arme auf der Brust verschränkt, als hätte er sich die See an Zipfeln unter die Achselhöhlen geklemmt. Die absichtsvolle Schärfe seines Blicks zeugte von Aufwand an Willenskraft. »Findail …!« begann Linden. »In Gottes Namen, was treibst du hier eigentlich?«

In diesem Moment brach hinter dem Ernannten Gewalt aus. Brinn versuchte an Blankehans und Seeträumer vorbeizuspringen. Seeträumer grapschte nach ihm, hielt ihn fest. Beide fielen, indem sie um sich schlugen, auf den Boden des Boots. Blankehans zog seine Ruderstangen ins Boot, packte dann eilends Seeträumers Ruder, die aus den Nocken zu rutschen drohten. Sofort kam Pechnase nach vorn, um Seeträumers Ruderpaar zu übernehmen. Blankehans fuhr herum, bemühte sich, Brinn und Seeträumer zu trennen.

Cail wollte mitmischen. Die Erste sprang auf, ergriff ihn und riß ihn rücksichtslos hinter sich; dann hatte sie das Schwert in der Faust. »Genug!«

Blankehans wand sich ihr aus dem Weg. Seeträumer hörte zu ringen auf. Bevor Brinn sich der Ersten entziehen konnte, hatte sie ihm die Schwertspitze an die Kehle gesetzt. Cail machte Anstalten, Brinn zu Hilfe zu kommen. Blankehans drängte ihn zurück. »Und nun wirst du mir verraten«, verlangte die Erste, »was dein Betragen zu bedeuten hat.«

Brinn gab ihr keine Antwort. Statt dessen wandte er sich an Covenant. »Ur-Lord, erlaube mir, mit dir zu sprechen.«

Sofort schüttelte Seeträumer nachdrücklich den Kopf. Covenant lag schon eine Entgegnung auf den Lippen; aber Linden kam ihm zuvor. »Einen Moment!« Sie keuchte, als ließe sich der Nebel nur schwer atmen. Rasch stieg sie über die Duchten zu Seeträumer. Er kauerte am Boden des Langboots. Seine Augen erwiderten ihren Blick wie ein Flehen. »Du hast etwas gesehen«, sagte sie. »Du weißt, was hier vorgeht.« Seeträumers Gesicht glänzte von einem Film kondensierten Nebels; die Feuchtigkeit verlieh seiner Narbe Ähnlichkeit mit einem lautlosen Aufschrei. »Du willst nicht, daß Brinn mit Covenant redet.« Seeträumer verkniff die Lider. Linden hatte falsch gemutmaßt. Sie versuchte es noch einmal. »Du willst nicht, daß Brinn macht, was er beabsichtigt. Du möchtest nicht, daß er Covenant dazu bringt, es ihm zu erlauben.« Daraufhin nickte der stumme Riese mit vehementem Nachdruck. Linden gingen die Einfälle aus. Seeträumers Eindringlichkeit vermittelte ihr den Eindruck einer persönlichen Betroffenheit, die jede Logik überstieg. »Wenn Brinn das ausführt, was er vorhat … dann werden all die schrecklichen Dinge geschehen, die du gesehen hast. Wir werden sie nicht abwenden können.« Der Anblick seiner Qual schnürte Linden die Kehle ein. *Dies ist die einzige Chance zu deiner Rettung.* Darum bemüht, die Gewalt über ihre Stimme zurückzugewinnen, wandte sie sich über die vordere Hälfte des Boots hinweg an Covenant. »Laß …« Sie zitterte. »Laß Brinn es nicht tun! Die Folgen …« Covenant beachtete sie nicht. Er starrte Brinn in einem entgeisterten Grauen an, das Linden dazu brachte, zu Brinn herumzuwirbeln. Der *Haruchai* hatte mit einer Hand die Klinge der Ersten gepackt. Gegen die enorme Körperkraft der Riesin versuchte er die Schwertspitze von seiner Gurgel zu entfernen. Blut rann ihm am Unterarm hinab, während die Klinge ihm ins Fleisch schnitt; aber er erlahmte nicht in seiner Entschlossenheit. Er mußte sich, wenn die Erste nicht nachgab, binnen weniger Augenblicke die Finger abtrennen. »Brinn!« schalt Linden. Man sah dem *Haruchai* nicht an, ob er sie überhaupt hörte.

Mit einem unterdrückten Fluch senkte die Erste das Schwert. »Du bist von Sinnen.« Innere Aufgewühltheit machte ihre Stimme rauh. »Ich gedenke die Bürde dessen, daß du dich auf diese Weise verstümmelst oder in den Tod stürzt, nicht auf mich zu nehmen.«

Ohne ein Wort an sie stand Brinn auf, trat zu Covenant. Seine Hand blutete, aber er scherte sich nicht darum – schloß lediglich die Faust um die Wunden und ließ das Blut fließen. Mit seiner erhobenen, geballten Faust wirkte er, als wollte er auf den Zweifler losgehen. Aber er verharrte vor Covenant. »Ur-Lord, ich bitte dich, hör mich an.« Covenant musterte den *Haruchai.* Sein Nicken wirkte sonderbar hinfällig; durch das Verzehrende seiner Leidenschaft erregte er den Eindruck von Gebrechlichkeit. Ringsherum wehte und wallte der Nebel, als werde er die Gefährten nie wieder freigeben. »Unter den *Haruchai* gibt es eine Geschichte«, begann Brinn ohne besondere Betonung, »eine Sage, die von den alten Erzählern aus der fernsten Ferne unserer Vergangenheit überliefert wird, aus einem Zeitalter, lange bevor unser Volk Kevin Landschmeißer und den Lords des Landes begegnete. Darin heißt's, daß am Rande der Erde und dem Ende der Zeit allein ein Mann steht, welchselbiger den Sinn des Daseins der *Haruchai* verkörpert – ein Mann, den wir *ak-Haru Kenaustin Ardenol* nennen. Ihm wird nachgesagt, daß er alle Fertigkeiten und Künste gemeistert hat, welche wir begehren, der Inbegriff der Selbstmeisterung und des Gleichmuts ist, daß er Vollkommenheit erlangt hat, sein Gemüt und das Maß seiner Meisterschaft der gelassenen Erhabenheit der Berge gleicht. Desgleichen heißt's, sollte jemals ein *Haruchai* selbigen *ak-Haru Kenaustin Ardenol* aufsuchen und mit ihm streiten, so wird er, sei's in Sieg oder Niederlage, unseres Wertes Maß kennenlernen. Aus diesem Grunde sind wir *Haruchai* ein Volk von Suchenden. In jedem Herzen in unserer Mitte schlägt die Sehnsucht nach dieser Probe und dem Wissen, das sie verspricht. Doch der Weg, welcher zu *ak-Haru Kenaustin Ardenol* führt, ist unbekannt, niemals bekannt gewesen. Wie's ebenfalls heißt, darf dieser Weg nicht bekannt sein – nur jener kann ihn beschreiten, der ihn beschreitet, ohne darum zu wissen und ohne nach dem zu streben, dem er entgegenzieht.« Trotz ihrer Ausdruckslosigkeit bezeugte seine Stimme wachsende Erregung. »Ich bin der *Haruchai,* der das getan hat. Statt in meinem bin ich in deinem Namen an diesen Ort gekommen, ohne das zu suchen,was ich nun gefunden habe. Ur-Lord, wir haben den Dienst an dir aufgegeben. Es ist nicht mein Wunsch, dir mit dem zu dienen, was ich im Sinn habe. Doch du besitzt den aus Weißgold geschaffenen Ring. In deiner Macht steht's, mein Vorhaben zu vereiteln. Solltest du selbst diese Aufgabe angehen, so wird der Versuch ihrer Bewältigung mir verwehrt bleiben – vielleicht allen *Haruchai* für alle Zeit verwehrt sein. Ich bitte dich, mir zu gestatten, das Wagnis auf mich zu nehmen. Von Ankertau Seeträumers Erd-Sicht verstehe ich nichts. Mir ist allein ersichtlich, daß ich scheitern oder obsiegen mag. So ich versage, fällt die Aufgabe dir zu. Und sollte mir Erfolg vergönnt sein …« Seine Stimme sank herab, als wäre es ihm unmöglich, die Stärke seines Anliegens auf andere Weise zu mäßigen. »Ur-Lord.« Wie flehentlich hob er die verletzte Faust, die zusammengeballt war, als presse sie selber sich das Blut heraus. »Verweigere es mir nicht, den Sinn unseres Daseins zu suchen.«

Linden hatte keinerlei Ahnung, wovon Brinn eigentlich redete. Seine Worte kamen ihr so zusammenhanglos vor wie ein Geplapper in einem Alptraum. Nur Seeträumer und Findail zeigten ein gewisses Verständnis. Seeträumer saß mit vors Gesicht geschlagenen Händen da, als könne er nicht verkraften, was er hörte. Und Findail stand als einziger da wie ein Mann, der alle Antworten wußte und sie mit Widerwillen betrachtete.

Mit einer schroffen Bewegung wischte sich Covenant den Dunstschweiß von der Stirn. Sein Mund erprobte mehrere mögliche Entgegnungen. »Zum Teufel«, knurrte er schließlich, »wovon sprichst du überhaupt?«

Brinn antwortete nicht. Statt dessen streckte er den Arm aus und zeigte in die Richtung zur Insel. Seine Geste zeugte von derartiger Sicherheit, daß alle Augen im Boot sich in die gewiesene Richtung wandten.

Irgendwo vor dem Bug des Boots zerteilte ein Windhauch den Nebel, schuf eine Lücke und enthüllte eine kahle Felsbank. Sie befand sich etwas oberhalb des Wasserspiegels. Der trügerische, perlige Nebel erschwerte das Schätzen von Entfernungen; aber der feuchte, dunkle Fels wirkte erheblich näher, als man noch vorhin die Insel selbst gesehen hatte. Möglicherweise war die Felsbank gar kein Bestandteil der Insel. Sie schien ausschließlich innerhalb des Nebels zu existieren. Ein uralter Mann in zerlumptem, farblosem Gewand saß mit überkreuzten Beinen auf der Felsbank. Sein Kopf war, wie in Meditation, halb geneigt. Seine Augen jedoch waren offen. Die milchige Verfärbung von Katarakten oder Blindheit erfüllte seine Augäpfel. Sein Scheitel wies dünne Büschel restlichen Haars auf; graue Bartstoppeln betonten die hohle Eingesunkenheit seiner Wangen. Vom Alter war seine Haut sämig, seine Gliedmaßen waren bis zur Auszehrung ausgemergelt. Trotzdem emanierte er unheimliche, unvorstellbare Macht. So hätten Brinn und Cail einmal aussehen können, hätte die Intensität ihres Lebens ihnen das Erreichen außergewöhnlich hohen Alters zugestanden. Fast unverzüglich schloß die Nebelwand sich wieder, die Schwaden flossen in geisterhafter Lautlosigkeit von neuem ineinander.

»Ja«, meinte Findail, als glaube er, niemand könnte ihn hören. »Der Wächter des Baums. An ihm muß man vorüber.«

Covenant starrte den Ernannten an. Findail mißachtete seinen Blick. Mit einem Ruck drehte er sich Brinn zu. Der Nebel erhellte sein Gesicht wie in einem Aufleuchten des Schreckens. »Ist es das, was du willst?« röchelte seine Stimme in die perlmutthelle Stille. »Es mit dem Wächter aufnehmen? Mit ihm *kämpfen?«*

»Des *Elohim* Wort lautet«, erwiderte Brinn leise, »daß man am Wächter vorüber muß, um zum Einholzbaum zu gelangen. Mich dünkt's, selbiger Wächter ist kein anderer als *ak-Haru Kenaustin Ardenol.* Gelingt's mir, über ihn zu obsiegen, wird's uns beiden von Nutzen sein.«

»Und wenn's dir *nicht* gelingt?« Covenant bot gegen Brinns Leidenschaftslosigkeit alle Heftigkeit auf. »Ihr haltet euch ja sowieso schon für unwürdig. Was glaubst du, wieviel von der Art ihr noch aushalten könnt?«

Brinns Miene blieb unnachgiebig. »Dann werde ich die

Wahrheit wissen. Wer die Wahrheit nicht wissen mag, ist in der Tat unwürdig.«

Covenant zog die Schultern ein. Sein kummervoller Blick fiel auf Linden, als ersuche er um Beistand. Linden durchschaute seinen Konflikt vollständig. Er fürchtete es, sich mit dem Wächter anzulegen, fürchtete die eigene Kapazität zum Zerstören. Aber er hatte nie gelernt, einen anderen seine Stelle einnehmen zu lassen, und wenn er sich noch so sehr fürchtete: die Tatsache seiner Furcht drängte ihn stärker zum Handeln als Mut. Und ihm lag an Rücksicht auf Seeträumer. Der stumme Riese verbarg noch immer sein Gesicht, als wären die Grenzen dessen überschritten, was man seiner Seele zumuten konnte.

Linden schwankte innerlich, hin- und hergerissen zwischen ihren inneren Widersprüchen. Gefühlsmäßig vertraute sie Seeträumer; aber das Anliegen, das Brinn dazu bewogen hatte, sich mit der bloßen Hand gegen das Schwert der Ersten durchzusetzen, rührte sie gleichfalls. Sie verstand die strenge Härte der *Haruchai*, verspürte den Wunsch, damit ihren Frieden zu machen. Aber sie vermochte nicht Seeträumers herzzerreißende Bemühungen zu vergessen, ihr über seine Visionen Aufschluß zu geben.

Die Erste und Pechnase standen nebeneinander, beobachteten Linden. Blankehans' Finger kneteten Seeträumers Schultern; aber auch seine Augen ruhten auf Linden. Covenants Blick schien sie regelrecht anzuflehen. Nur Brinn interessierte sich nicht für ihre Stellungnahme. Seine Aufmerksamkeit galt ausschließlich Covenant.

Völlig dazu außerstande, einfach ja oder nein zu sagen, versuchte Linden, einen anderen Weg aus dem Dilemma ausfindig zu machen. »Wir rudern schon schier die halbe Nacht durch den Nebel«, sagte sie zu Brinn, darum bemüht, ihre Stimme frei von Zittern zu halten, »und kommen der Insel nicht näher. Was glaubst du, wie du den Mann dort erreichen kannst, um mit ihm zu kämpfen?« Im nächsten Moment schrie sie auf. Anscheinend hatte Brinn ihre Frage als eine Art von Einwilligung aufgefaßt. Oder er hatte beschlossen, auf Covenants Genehmigung zu verzichten. Zu schnell, als daß man ihn noch hätte aufhalten können, sprang er zum Bug des Langboots und vollführte einen Sprung in die Richtung der Insel. Der Nebel verschlang ihn. Linden hörte das Klatschen, als Brinn ins Wasser tauchte, sah jedoch keine Wellen. Gleichzeitig mit Blankehans und Covenant stürzte sie nach vorn. Aber der *Haruchai* befand sich bereits außer Reichweite. Nicht einmal ein Schwimmgeräusch ließ sich hören.

»Verdammt noch mal!« brüllte Covenant. »Macht jetzt bloß keinen Unsinn!« Seine Stimme hallte und verklang in der höhlenartigen Umgebung aus Nebel.

Einen Moment lang, der dem stillen Verweilen an einer Totenbahre glich, sprach niemand ein Wort. »Blankehans«, sagte dann die Erste. Ihre Stimme klang eisenhart. »Seeträumer. Nun werdet ihr rudern, wie ihr noch nie gerudert habt. Wenn die Kraft von Riesen genügt, um's zu schaffen, so werden wir diese Insel erreichen.«

Eilig kehrte Blankehans an seinen Platz zwischen den Rudern zurück. Seeträumer dagegen reagierte langsamer. Linden sorgte sich, er fiele womöglich ganz aus, wäre viel zu tief in Entsetzen verfallen, um noch einsatzfähig zu sein. Linden riß sich zusammen, um bei der Ersten ein Wort für ihn einzulegen. Doch sie hatte ihn unterschätzt. Er senkte die Hände vom Gesicht, ballte sie zu Fäusten. Er schleppte sich an seinen Sitz, packte von neuem die Ruder. Indem er die Griffe umklammerte, als hätte er vor, sie zu zerdrücken, stieß er die Ruder ins Wasser, stemmte sich gegen die Fluten.

Aufgrund der Plötzlichkeit, mit der sich das Boot erneut in Bewegung setzte, geriet Linden ins Taumeln, fing sich an einer Ducht ab, ging dann nach vorn, an Covenants Seite.

Im ersten Moment konnte Blankehans mit dem nachgerade rasereiartigen Ruderschlag seines Bruders nicht gleichziehen. Aber wenig später ruderten die beiden wie Zwillinge.

Wieder löste sich der Nebel etwas auf. Die Sterne, die sich vorübergehend über dem Felsgipfel der Insel zeigten, bewiesen unverkennbar, daß das Langboot noch immer nicht vorwärtskam.

Eine Sekunde danach brodelte der Dunst abermals, und man konnte wieder die Felsbank sehen. Sie wirkte in der Tat beträchtlich näher als die Insel. Und jetzt war sie leer. Der Greis war fort. Diesmal schlossen die Nebelschleier sich nicht sofort wieder. Von der Rückseite stieg Brinn am einen Ende auf die Felsbank. Er verbeugte sich förmlich vor der leeren Luft, als stünde er einem Gegner gegenüber, der Respekt verdiente. Dann nahm er geschmeidig eine vom Kampfstil der *Haruchai* bestimmte Haltung ein. Plötzlich prallte er zurück, als wäre er von Fäusten getroffen worden, die zu flink waren, als daß er ihnen hätte ausweichen können. Er fiel, und die Nebelschwaden wirbelten durcheinander, entzogen ihn der Sicht.

Linden bemerkte kaum, daß die Riesen zu rudern aufgehört hatten. Blankehans und Seeträumer hatten sich auf ihren Sitzen gedreht und starrten in gespannter Aufmerksamkeit nach vorn. Außer Pechnases Gemurmel und Covenants erbittertem Gefluche hörte man im Langboot keinen Laut.

Gleich darauf teilte sich der Nebel von neuem. Dieses Mal gab er den Blick auf eine Anhäufung von Felsblöcken frei, die sich höher befand als die Felsbank. Dort sah man Brinn, der in mörderischem Kampf mit Unsichtbarem von Fels zu Fels sprang, nach allen Seiten focht. Seine verletzte Hand war blutüberströmt; Blut troff aus einer Wunde an seiner Schläfe. Aber er bewegte sich, als mäße er den Verletzungen nicht die mindeste Bedeutung bei. Mit Fäusten und Füßen teilte er Hiebe und Tritte aus wie ein Wirbelwind, die nichts als Luft zu treffen schienen – und anscheinend doch ihre Wirkung hatten. Doch er selbst mußte auch Schläge einstecken, die ihn wuchtig und in so rascher Folge trafen, daß er sie nicht abwehren konnte. Unter einem Auge und an seinem Mundwinkel zeigten sich unversehens Platzwunden; sein Gewand wies plötzlich Risse auf, entblößte blaue Flecken an seinem Oberkörper und den Schenkeln. Während der Nebel sich wiederum verdichtete, mußte er zurückweichen und geriet außer Sicht.

Covenant hockte in fieberhafter Erregung im Bug des Boots. Er glitzerte von Perlen aus heller Feuchtigkeit, die an ihm wie Anzeichen von wilder Magie aussahen. Aber keine Energie schwoll in ihm empor. Dessen war sich Linden völlig sicher. Der kalte Glanz seiner Haut schien ihn handlungsunfähig zu machen, den instinktiven Drang nach dem weißen Feuer seiner Macht zu unterdrücken. Seine Knochen waren für Lindens Wahrnehmung ein klar überschaubares, nahezu zerbrechliches Gerüst. Er hatte das Fluchen eingestellt, als hätte er die Sinnlosigkeit von Zorn und Aufbegehren endgültig eingesehen.

Inzwischen war Cail nach vorn gekommen und starrte hinaus in den Nebel. Leidenschaftliche Anteilnahme verlieh seinen Gesichtszügen Schärfe; Nässe sickerte durch seinen Bart wie Schweiß. Zum erstenmal sah Linden einen *Haruchai* schwer atmen.

Nach längerer Zwischenzeit offenbarte der Nebel einen anderen Anblick. Der Schauplatz der Auseinandersetzung war eine noch höher gelegene, aber nicht weiter entfernte Stelle der Küste. Dort hatten gewaltige Felsklötze sich gegenseitig zertrümmert und gaben nun einen Kampfplatz aus steinernen Bruchstücken und Felssplittern ab, die so scharf waren wie Klingen. Sie schnitten Brinn die Füße auf, während er mal da, mal dort kämpfen mußte, angriff und Angriffe abwehrte, die wilde Hemmungslosigkeit jemandes entfaltete, der sich selbst vollkommen aufgegeben hatte. Das Gewand flatterte in Fetzen an seinem Leib. Kein Teil seines Körpers war frei von Blut oder Wunden.

Jetzt jedoch war der Wächter schwach sichtbar. Indem er blitzartig, wie ein Schatten seiner selbst, Schlag um Schlag führte, huschte der Greis umher, täuschte und attackierte zwischen den Gesteinsbruchstücken, als wäre er unberührbar. Doch anscheinend erwischten ihn nicht wenige von Brinns Hieben und Stößen, und mit jedem direkten Kontakt verfestigte sich die Erscheinung des Alten. Brinn schien seinen Gegner mit jedem Treffer aus dem Nichts zu erschaffen.

Allerdings zeigte der Wächter nicht die geringste Verletzung; Brinn dagegen mußte unverhältnismäßig viele Prügel hinnehmen. Gerade als Linden dachte, der *Haruchai* könne unmöglich noch mehr aushalten, brach Brinn unter einem dichten Hagel von Hieben zusammen. Er mußte sich seitwärts über die Steine wälzen, so daß er sich ganz und gar die Haut aufriß, um den Bemühungen des Alten zu entgehen, ihm das Kreuz zu brechen.

Er konnte sich ihm nicht schnell genug entziehen. Der Wächter setzte ihm nach, während der Nebel einen neuen Schleier vor das Geschehen wehte, es mit seinem klammen Leuchten verhüllte.

»Ich muß ...« Unbewußt drosch Covenant mit den Fäusten auf den steinernen Bug des Langboots. Blut rann aus der gesprungenen Haut seiner Fingerknöchel. »Ich muß ihm helfen!« Aber jede Einzelheit der Haltung seiner Arme und Schultern verriet, daß er nicht wußte, wie.

Linden beherrschte sich, unterdrückte die Tränen, die ihr kommen wollten. Brinn konnte auf keinen Fall viel länger durchhalten. Er war bereits so erheblich verletzt, daß die Gefahr des Verblutens bestand. Wie sollte er weiterkämpfen können, wenn ihm mit jedem Moment, der verstrich, aus den Adern die Kräfte verrannen?

Als der Nebel sich zum letztenmal teilte, erhielten die Gefährten Aussicht auf eine Anhöhe hoch über der See. Linden mußte den Kopf in den Nacken legen, bevor sie den leicht abschüssigen Hang erkannte, der an einem steilen Abgrund endete. Die senkrechte Steilwand verhieß einen Sturz aus fürchterlicher Höhe.

Im folgenden Moment sah man Brinn. Der Greis drängte ihn rückwärts den Abhang hinunter, auf die Klippe zu. Brinn torkelte, als sei ihm mittlerweile alles Leben aus den Beinen gewichen. Sämtliche Kleidung war ihm herabgerissen; nichts als breite Schmierstreifen und Rinnsale von Blut kleideten ihn noch. Er vermochte kaum noch die Arme zu heben, um die Schläge, die ihn zum Rückzug zwangen, notdürftig abzuwehren.

Die Stofflichkeit und Sichtbarkeit des Wächters waren nun in vollem Umfang wiederhergestellt. Seine milchigen Augen glommen im Glanz des Nebels, während er Brinn mit Hieben und Tritten auf den Abgrund zutrieb. Seine Attacken trafen den *Haruchai* in einer Art von teigiger Geräuscharmut, die mehr besagte als das herkömmliche Klatschen von Fäusten auf Fleisch. Das Gewand umwallte seine Glieder, als bestünde das Wesen seiner Kraft aus der Farblosigkeit des Kleidungsstücks. Keine Andeutung, keine Spur irgendeines Ausdrucks veränderte seine gleichgültige Miene, während er sich anschickte, Brinn in den Tod zu stürzen.

Dann erreichte Brinn den Rand des Abgrunds. Von irgendwo aus seinem Innern brachte er noch einmal genug verzweifelte Kraft zu erneuter Gegenwehr auf. Mehrere Schläge trafen den Wächter, so daß er wankte, doch hinterließen sie an ihm keinerlei Male. Für einen Moment mußte der Greis zurückweichen.

Aber seine wiedererlangte Feststofflichkeit schien ihn um so geschickter und unüberwindlicher zu machen. Fast im Handumdrehen schlug er Brinns Gegenangriff ab. Mit Schlägen, die Blitzen aus Fleisch und Bein ähnlich waren, drängte er Brinn erneut an den Rand der Tiefe. Eine tückische, gegen Brinns Unterleib gezielte Finte veranlaßte die Arme des *Haruchai* zum Herabfahren. Sofort versetzte der Alte ihm mit der Wucht eines Hammers einen Faustschlag an die Stirn. Brinn taumelte dicht an den Abgrund, schwankte; begann zu fallen.

»Brinn!« Covenants Schrei durchdrang den Nebel wie ein Aufheulen der Verzweiflung.

Im selben Sekundenbruchteil, in dem er das Gleichgewicht verlor, blickte Brinn zu den entsetzten Zuschauern herab. Gleichzeitig verschob er seine Füße, wie um es ihm noch zu ermöglichen, seinen Sturz zu beeinflussen. Als er fiel, packten seine Hände zu. Seine Finger krallten sich ins Gewand des Alten. Während er sich dem Abgrund übergab, riß er den Wächter mit in die Tiefe.

Linden hockte sich auf die Ducht, kauerte sich zusammen. Sie hörte weder Seeträumers dumpfes Aufstöhnen noch Pechnases schmerzlich-verdutzten Ausruf, ebensowenig Cails Jubelschrei. Brinns Sturz schien sich ihrer Sinneswahrnehmung einzubrennen, machte sie für alles andere unempfänglich. Der Sturz wiederholte sich immerzu ihn ihr, so wie ihr Herzschlag. Brinn hatte sich für ihn entschieden.

Dann schrammte Fels gegen die Seite des Langboots; sein Bug prallte in den Zwischenraum zweier Felsbrocken. Durch den Anprall spritzte Wasser hoch auf. Linden und Covenant fielen gegeneinander. Indem sie sich unwillkürlich aneinanderklammerten, taumelten sie gemeinsam auf den Boden des Boots.

Als sie sich aufrichteten, hatte sich ringsherum alles verändert. Der Nebel war fort, und mit ihm waren die meisten Sterne verschwunden; denn die Sonne hatte aufzugehen begonnen, schon färbte ihr anfängliches Licht den Himmel grau. In der Ferne ließ sich verschwommen die Sternfahrers Schatz erspähen, die außerhalb der Barriere aus Riffen vor Anker lag. Und überm Boot türmte sich die Insel des Einholzbaums auf wie ein Ehrenmal für alle tapferen Toten der Erde.

Blankehans stapfte an Linden und Covenant vorbei, klomm an die mit Felsklötzen übersäte Küste, um das Langboot an der Stelle, wo es aufgelaufen war, zu vertäuen. Dann beugte er sich vor, um Linden und Covenant aus dem Boot zu helfen. Sein Gesicht war aus unerwartetem Verlustgefühl jeder Regung bar. Er hätte eine Traumgestalt sein können.

Cail näherte sich Linden wie im Triumph, legte seine Hände um ihre Hüften und hob sie Blankehans entgegen. Der Kapitän stellte sie hinter sich auf den Fels. Steifbeinig kletterte Linden über einige Felsblöcke hinweg, blieb dann stehen und starrte rundum, als wäre sie plötzlich erblindet. Covenant schleppte sich auf sie zu. Die Morgendämmerung hellte den Berggipfel der Insel auf. Das Fehlen des Großmasts der *Dromond* war zum Weinen unübersehbar. Seeträumer stieg über die Felsen landeinwärts, als wäre er durch die Anstrengungen oder seine Erd-Sicht verfrüht gealtert. Die Erste, Pechnase und Blankehans schlossen sich ihm an wie zu einer Prozession. Hohl und Findail folgten den Riesen wie in Trauer. Doch das alles blieb rein vordergründig. Unter allem schwelte jener grausige Augenblick von Brinns Sturz. Geplagt vom Gedanken an das, was sie mitangesehen hatten, vermieden die Gefährten es, einander anzuschauen, sammelten sich in einiger Entfernung vom Boot.

Nur Cail zeigte keine Betroffenheit. Obwohl seine Miene so gefaßt war wie stets, glänzten seine Augen wie von einem inwendigen Lächeln. Wäre sie ihrer Stimme mächtig gewesen, hätte Linden ihn ausgeschimpft. Aber sie fand keine Worte, oder sie hatte zuwenig Kraft, um sie auszusprechen. Brinn hatte auf Covenants Schrei reagiert – und war abgestürzt. Keine Worte reichten aus. Keine Kraft genügte.

Pechnase begab sich an Covenants Seite, legte ihm sacht eine Hand auf die Schulter. Die Erste schlang einen Arm um Seeträumer, als wolle sie ihn innerlich wie äußerlich aufrichten. Hohl stierte mit seinem vieldeutigen Lächeln ins Nichts. Findail ließ sich überhaupt nichts anmerken. Doch Cails Augen funkelten wie in einem Tanz im ersten Sonnenschein, leuchteten wie in Verzückung. »Hegt keine Furcht«, meinte er einen Moment später. »Er hat nicht versagt.«

Und da erschien Brinn vor den Gefährten, als hätten Cails Worte ihn herbeibeschworen. Indem er unbekümmert die Felsen überwand, kam er auf sie zu. Seine Schritte fielen leicht und ungehindert; das Schwenken seiner Arme verriet keinen Schmerz. Erst als er direkt vor ihr stand, konnte Linden sehen, daß er tatsächlich üble Verletzungen erlitten hatte. Aber alle Wunden waren bereits verheilt. Sein Gesicht und die Gliedmaßen besaßen regelrechte Gravuren aus fahlen, frischen Narben, doch unter seiner Haut wölbten und spannten sich die Muskeln, als berste er nahezu vor Freude. Statt seiner in Fetzen gegangenen Kleidung trug er das farblose Gewand des Wächters.

Linden starrte ihn an. Covenants Mund raunte immer wieder Brinns Namen, ohne daß ein Laut über seine Lippen drang. Blankehans und die Erste waren völlig fassungslos. Langsam breitete sich über Pechnases Gesicht ein Grinsen aus, das einem Abbild des Glänzens in Cails Augen glich. Seeträumer stand aufrecht in der Morgendämmerung und nickte vor sich hin wie in Anerkennung eines unabwendbaren Unheils. Doch keiner von ihnen brachte ein Wort heraus.

Brinn verneigte sich vor Covenant. »Ur-Lord«, sagte er mit fester Stimme, »vor dir liegt der Weg zum Einholzbaum.« Er deutete hinauf zum nun von der Sonne bestrahlten Gipfel der Insel. Sein Tonfall enthielt eine kaum merkliche Klangfärbung des Triumphs. »Ich habe ihn dir freigekämpft.«

Der stumme Riese nickte immerfort weiter, als hätte Brinns Sieg ihn um jede andere Möglichkeit beraubt. Covenants Gesicht zuckte, als wüßte er nicht, ob er lachen oder weinen sollte.

Linden wußte es. Ihre Augen brannten wie die Lohe des neuen Morgens. Covenant würde sie in ihre Welt zurückschicken.

25
ANKUNFT DER SUCHER

Covenant starrte Brinn an und fühlte sich von Verderben umgeben. Die ganze Insel war eine Stätte des Verderbens, der Trümmer und des Todes. Warum lagen hier keine verkohlten Leichname, keine gebleichten Gebeine? Nun gut, dann nicht des Todes, sondern der Vertilgung. Alle Hoffnung ganz einfach aus der Welt ausgelöscht. Der Sonnenschein lag rosig wie eine Lüge auf den harten Felsen. *Ich verliere den Verstand.*

Er wußte nicht, was er tun sollte. Grabsteine säumten jeden Weg zu dieser Insel. Die Insel selbst ragte wie ein Gebirgsmassiv über die Gefährten auf, jäh und zerklüftet. Die Felsblöcke der Abhänge wimmelten für ihn von Verheißungen zahlloser Schwindelanfälle. Doch er hatte seine Entscheidung längst gefällt, obwohl sie ihm zuwider war – und er befürchtete, sie würde sich als falsch herausstellen, daß nach allem, was er durchgemacht hatte, daß trotz allem, was er noch durchzumachen bereit war, das einzige, was er noch für das Land tun konnte, darin bestand, daß er starb. Daß die Logik der vom Messerstich über seinem Herzen zurückgebliebenen Narbe sich nicht widerlegen ließ.

Seine Stimme klang ihm in den eigenen Ohren entfernt und schwach, auf krankhafte Weise distanziert. Er war so verrückt wie der *Haruchai.* Ganz ausgeschlossen war es, über derartige Dinge zu reden, als wären sie nicht gräßlich. Weshalb klang seine Stimme nicht nach Entsetzen? *Vor dir liegt der Weg zum Einholzbaum.* Also stand der Baum tatsächlich hier, an dieser Stätte angehäuften Tods. Nicht ein Vogel belebte den Himmel mit seinem armseligen Dasein; auf den Felsen sah man kein Stück Tang, keine einzige Flechte. Es war Irrsinn, hier zu stehen und daherzureden, als ließen solche Dinge sich ohne weiteres verkraften.

»Du bist nicht Brinn«, sagte er, in seiner Distanziertheit und Losgelöstheit wie von Sinnen. »Oder?« Seine Kehle wollte keinen anderen Namen aussprechen.

Brinns Miene blieb unbeeindruckt. Vielleicht stand in seinen Augen ein Lächeln, im ersten Morgenlicht schwer zu erkennen. »Ich bin, der ich bin«, erwiderte er in gleichmäßigem Ton. *»Ak-Haru Kenaustin Ardenol.* Der Wächter des Einholzbaums. Brinn von den *Haruchai.* Und ich trage noch viele andere Namen. So erneuere ich mich von einem zum anderen Zeitalter, bis zum Ende.«

Hohl regte sich nicht; aber Findail verbeugte sich, als wäre Brinn eine Persönlichkeit geworden, die sogar dem *Elohim* Respekt abforderte.

»Nein«, sagte Covenant. Er konnte nicht anders. *Brinn.* »Nein.« Die Erste, Pechnase und Blankehans betrachteten den *Haruchai* aus Augen, die Entgeisterung widerspiegelten. Seeträumer nickte fortwährend, wie eine Puppe mit gebrochenem Hals. Irgendwie hatte Brinns Sieg Seeträumers Schicksal besiegelt. Indem er den Weg zum Einholzbaum freigekämpft hatte? *Brinn.*

Brinns Blick war voller Wissen und Unumschränktheit. »Sei nicht betrübt, Ur-Lord.« Sein Tonfall brachte Leidenschaft und Selbstbeherrschung zum Ausdruck. »Obschon ich dir nicht länger dienen und dich ferner nicht begleiten kann, bin ich dem Leben und dem Dienst am Leben keineswegs entzogen. Nutzreiches wird entstehen, wenn's vonnöten ist.«

»Erzähl mir bloß nicht so was!« Der Protest entfuhr Covenant wider Willen. *Ich werde sterben. Oder mir wird das Herz brechen.* »Glaubst du, ich kann's ertragen, dich zu verlieren?«

»Du wirst's ertragen«, entgegnete die gefaßte Stimme des *Haruchai.* »Bist du nicht Thomas Covenant, Ur-Lord und

Zweifler? Das ist die Gnade, welche dir zuteil geworden ist, zu tragen, was getragen werden muß.« Dann veränderte sich Brinns Miene ein wenig, als wäre auch er für Verlust nicht unempfänglich. »Cail wird meinen Platz an deiner Seite einnehmen, bis das Wort des Bluthüters Bannor erfüllt ist. Danach wird er dem Verlangen seines Herzens folgen.« Das morgendliche Licht erhellte Cails Gesicht und verlieh ihm einen vieldeutigen Ausdruck. »Ur-Lord, säume nicht!« fügte Brinn zum Schluß hinzu, wies hinauf zum von der Sonne beschienenen Gipfel. »Der Weg der Hoffnung und des Unheils steht dir offen.«

Covenant fluchte vor sich hin. Er wirkte, als fehle ihm die Kraft zu lautstärkerem Schimpfen. Der kalte, klamme Nebel der Nacht stak ihm noch in den Knochen, trotzte der Wärme der Sonne. Covenant wollte toben und zetern, herumschreien wie ein Verrückter. So etwas hielt er jetzt für angebracht. Er hatte sich schon oft genug so verhalten – besonders im Umgang mit Bannor. Aber er war nicht dazu imstande. In Brinns Miene stand die Vollkommenheit, nach der Bannor nur gestrebt hatte. Unvermittelt setzte sich Covenant, fiel rücklings gegen einen Felsklotz und versuchte, seinen Kummer vom leicht entflammbaren Zunder seines Gifts zu trennen.

Eine Gestalt kauerte sich vor ihn. Im ersten Moment befürchtete er, es könne Linden sein, und fast wäre seine Besonnenheit zerstoben. Er fühlte sich nicht dazu in der Lage, sich auf irgendeinen angebotenen Trost einzulassen. Er mußte sie verlieren, ganz gleich, was er tat, ob er sie zurückschickte oder scheiterte, so oder so. Aber Linden wandte noch der Sonne den Rücken zu, bedeckte ihr Gesicht, als wünsche sie nicht, daß der Morgen sah, wie sie weinte. Mit einer Willensanstrengung zwang sich Covenant zur Erwiderung von Pechnases besorgtem Blick. Der mißgestaltete Riese hielt eine lederne Feldflasche mit *Diamondraught*. Wortlos streckte er sie Covenant entgegen.

Für einen Moment, der einem Augenblick absoluten Wahnsinns ähnelte, sah Covenant vor sich Schaumfolger, so deutlich wie Pechnase. *Manche alten Weisen behaupten,* sagte Schaumfolger mit trockenem Humor, *daß Entbehrungen die Seele verfeinerten. Ich jedoch meine, es ist früh genug, die Seele zu verfeinern, wenn der Leib keine andere Wahl hat.* Da lockerte sich der Knoten in Covenants Innerem ein wenig. Mit einem rauhen Aufseufzen nahm er die Feldflasche und gönnte sich ein paar Schlucke von dem Stärkungstrank.

Der Weg der Hoffnung und des Unheils, dachte er sarkastisch. *Hölle und Verdammnis.* Aber der *Diamondraught* übte auf seine überreizten Nerven, seine verkrampften, müden Muskeln eine wohltuende Wirkung aus. Der Aufstieg zum Gipfel der Insel versprach ihm nichts als Schwindelgefühle; doch er hatte sich schon häufig gegen seine Höhenfurcht durchgesetzt. *Zu tragen, was getragen werden muß. Ach Gott!* Er gab Pechnase die Flasche zurück und stand auf. Dann ging er zu Linden.

Als er ihre Schultern berührte, zuckte sie zusammen, als hätte sie Furcht vor ihm – vor seinen Absichten, die sie zweifellos so deutlich ersehen konnte, als wären sie ihm auf die Stirn geschrieben. Aber sie wich nicht zurück. »Ich muß …«, begann er nach einem Moment des Schweigens. *Ich muß es tun,* hatte er zu sagen gedacht. *Verstehst du das nicht?* Doch er wußte ohnehin, daß sie es nicht verstand. Und er konnte niemandem außer sich selbst etwas vorwerfen. Nie hatte er den Mut gefunden, ihr zu erklären, weshalb er sie unbedingt zurückschicken mußte, wieso sein Leben von Lindens baldmöglichster Rückkehr in ihre Welt abhing. »Ich muß dort hinauf«, sagte er statt dessen.

Sofort drehte sie sich um, als hätte sie vor, ihn mit Einsprüchen, Verwünschungen und Bitten zu bedrängen. Doch ihr Blick war zerstreut, sonstwohin gerichtet, wie Covenant es einmal bei Elena gesehen hatte. Linden sprach, als zwänge sie sich zum Mitleid mit ihm. »Es ist nicht so schlimm, wie's den Eindruck macht. Nicht wirklich tot.« Ihre Hände wiesen ruckhaft landeinwärts. »Nicht so wie die völlig abgestorbene Gegend beim Holzheim Steinmacht. Die Insel steckt voller Kraft … zuviel Kraft, als daß sterbliches Leben es hier aushalten könnte. Aber tot ist die Insel nicht. Sie befindet sich eher in so was wie Schlaf. Nein, das ist auch nicht ganz richtig. Irgendwie …« Einen Moment lang suchte sie nach Worten. »Dieses Ewige schläft nicht. Vielleicht kann man sagen, es ruht. Es ist in einem Zustand tiefer Ruhe. Wie's sich auch verhält, was es auch ist, es wird uns wahrscheinlich nicht bemerken.«

Covenant verengte sich die Kehle. Nun versuchte sie ihn doch zu trösten; sie bot ihm den Beistand ihrer Wahrnehmung, weil sie ihm nichts anderes geben konnte. Oder vielleicht wollte sie noch immer vor allem zurück, legte mehr Wert auf ihr altes Leben als auf ihn. Er mußte einen großen Kloß des Trübsinns schlucken, bevor er sich wieder an die Gefährten zu wenden vermochte. »Dann mal los!«

Die Gefährten musterten ihn mit offensichtlicher Sorge und Hoffnung. Seeträumers Gesicht hatte sich um seine schroffe Narbe zusammengefurcht. Die Erste hielt mit all ihrer Strenge an sich; Pechnase dagegen unterzog sich keiner Mühe, um seine gemischten Gefühle aus Bekümmerung und Erregung zu verbergen. Blankehans' gewaltige Muskeln spannten und entspannten sich, als sei er jedem entgegenzutreten bereit, der seinen Bruder bedrohte. Sie alle standen nun vor dem Ziel, dem Kulminationspunkt der Suche, der Behebung oder Fortdauer der Notsituation, die sie zu einer so weiten Fahrt über die Meere der Welt veranlaßt hatte. Alle außer Hohl. Falls der Dämondim-Abkömmling die vom Stab des Gesetzes übriggebliebenen Hülsen aus irgendeinem konkreten Grund mit sich trug, behielt er ihn für sich; sein schwarzes Gesicht war so undurchschaubar wie die Gedankengänge der Urbösen, die ihn geschaffen hatten.

Covenant kehrte ihnen den Rücken zu. Alle Verantwortung lastete auf ihm. Jeder einzelne von ihnen war seinetwegen hier, infolge seines Selbstmißtrauens, aufgrund seines allem anderen vorrangigen Bedarfs an einer Waffe, die nicht zerstörte, was er liebte, durch Risiken und Widrigkeiten an diesen Ort gebracht worden. *Hoffnung und Unheil.* Mit einem vehementen inneren Ruck machte er sich an den Aufstieg.

Unverzüglich überholten Pechnase und die Erste ihn. Sie waren Riesen, vertraut mit Stein und besser befähigt als er, einen geeigneten Pfad nach oben zu finden. Brinn kam an seine Seite; aber Covenant mißachtete das diskrete Hilfsangebot des Wächters und hielt von ihm einige Schritte Abstand. Cail unterstützte Linden beim Hinaufklettern. Danach folgten Schulter an Schulter Blankehans und Seeträumer. Hohl und Findail bildeten wieder einmal die Nachhut, als wären sie Schatten ihrer jeweiligen Geheimnisse.

Von gewissen Standorten, bestimmten Blickwinkeln aus wirkte der Höhenzug unersteigbar. Die schroffen Abhänge der Insel boten keinerlei natürlichen Aufwärtsweg; und weder Linden noch Covenant waren zum Erklimmen senkrechter Felswände imstande. Covenant konnte das Schwindelgefühl, das an den Rändern seines Bewußtseins zupfte und zerrte, nur dadurch in Schach halten, daß er seine Aufmerksamkeit auf die gerade vor ihm befindlichen Felsklötze konzentrierte. Allem Anschein nach verstanden die Erste und Pechnase aber die Art und Weise, wie sich die Felsen ineinanderfügten, ersahen im Terrain, was es dem geschulten Auge an Erkenntnissen liefern mochte. Die Richtung, die sie nahmen, führte in weitem Bogen hinauf, und den übrigen Gefährten bereitete es keine ernsthaften Schwierigkeiten, ihnen an den Hängen des grob kegelförmigen Bergs zum Gipfel zu folgen.

Dennoch dauerte es nicht lange, bis Covenant dermaßen ins Keuchen geriet, als ob die Luft für ihn zu rein wäre. Das Leben an Bord der Sternfahrers Schatz hatte ihn nicht für derartige Strapazen abgehärtet. Jeder Schritt nach oben fiel ihm schwerer als der vorherige. Die Sonne glühte auf das vielseitige Helldunkelmuster der Felsen herab, bis jeder Schatten einen so scharfen Rand besaß wie eine Messerklinge und jede der Helligkeit ausgesetzte Fläche gleißte. Nach und nach begann Covenant sein Gewand als beträchtlichen Ballast zu empfinden, als hätte er mit der Aufgabe seiner alten Kleidung etwas auf sich genommen, das schwerer war, als er zu tragen vermochte. Nur die Gefühllosigkeit seiner nackten Füße verhinderte, daß er zu hinken begann, anders als es Linden erging, weil das Gestein ihr die Füße mit etlichen kleinen Schrammen und wunden Stellen zermarterte. Vielleicht hätte er vorsichtiger mit sich selbst sein sollen. Aber es gab in seinem Herzen keinen Platz mehr für Leprose oder Selbstschutz. Er folgte der Ersten und Pechnase, so wie er jenem Mann in die Wälder hinter der Haven Farm gefolgt war, zu Joan und dem Feuer.

Der Aufstieg beanspruchte den halben Vormittag. In mühseliger Umständlichkeit gelangten die Gefährten allmählich immer höher über die makellose Weite des Meeresspiegels. Von der Nordseite der Insel aus konnte man die Sternfahrers Schatz ohne weiteres sehen. Am Besanmast hing ein Wimpel und zeigte an, daß alles in Ordnung war. Gelegentlich stachen Spiegelungen auf dem Meer Covenant grell in die Augen, wie um ihn an das weiße Feuer zu erinnern, das ihn durch die gesamte Sandbastei zu Kasreyn hinaufgetrieben hatte. Doch er war hierhergekommen, um der Notwendigkeit, seine Macht anzuwenden, zu entgehen.

Dann kam die Bergkuppe der Insel in Sicht. Die Sonne gloste am wolkenlosen Himmel. Schweiß strömte Covenant übers

Gesicht, der Atem rasselte ihm heiser in der Brust, während er sich den letzten Hang emporquälte.

Droben stand kein Einholzbaum. Bis in seine von Geschlotter heimgesuchten Muskeln hatte Covenant gehofft, auf dem Gipfel der Insel einen Flecken Erde vorzufinden, wo ein Baum wachsen konnte. Aber es gab nichts dergleichen.

Am Rand der Bergkuppe klaffte ein schwarzer Abgrund in der Mitte der Insel. Covenant stöhnte auf, als Linden und Cail ihn einholten. Einen Moment später stießen Blankehans und Seeträumer zu ihnen. Gemeinsam starrten die Gefährten in die lichtlose Tiefe.

Das Loch durchmaß etwa eine Steinwurfweite; die Wände waren senkrecht und fast glatt. Wie ein Brunnenschacht reichte er tiefer in die Erde hinab, als Covenant sehen konnte. Die Luft, die daraus emporquoll, war so schwärzlich-grau und kalt wie eine Ausdünstung der Nacht. Sie wehte einen Geruch herauf, der Covenants Nase mißfiel. Als er sich nach Linden umblickte, um zu schauen, wie sie reagierte, sah er ihre Augen so kraß von roten Rändern umgeben, als wäre die Luft von irgendeiner Kraft so scharf, daß sie ihre Lider schmerzhaft ätzte.

»Da hinunter?« Covenants Stimme krächzte. Er mußte an Brinns Schulter Halt suchen, um sich der Weise zu erwehren, wie das Loch ihm Übelkeit und Schwindel zu verursachen drohte, ihm entgegengähnte.

»Jawohl«, antwortete Pechnase voller Unbehagen. »Kein anderer Ort verbleibt. »Wir haben sorgsam über die Insel ausgespäht und besitzen hinlängliche Sicherheit, daß der Einholzbaum nicht etwa schon hinter uns liegt.«

»Das ist der Weg«, bestätigte Brinn ruhig. Er wirkte durch den nächtlichen Kampf, die Mühe des Aufstiegs nicht im geringsten mitgenommen. Im Vergleich mit ihm erweckte Cail jetzt einen anfälligeren, weniger tüchtigen Eindruck.

Covenant entblößte die Zähne. Gegen den düsteren Luftstrom aus dem Loch mußte er um Atem ringen. »Wie denn? Soll ich vielleicht fliegen?«

»Ich werde dich führen.« Brinn wies an den Rand der großen Grube. Covenant blinzelte hinüber und erkannte in kurzer Entfernung ein Felssims, das ins Loch hinabverlief, sich wie eine behelfsmäßige Treppe steil an der Innenseite entlang nach unten wand. Er starrte es an, und ihm wollte sich der Magen umdrehen. »Doch ich muß mit aller Klarheit darauf verweisen«, ergänzte Brinn, »daß ich dir nicht länger dienen darf. Ich bin *ak-Haru Kenaustin Ardenol,* der Wächter des Einholzbaums. Ich werde mich nicht einmischen.«

»Prachtvoll«, schnob Covenant. Sein Mißmut machte ihn bitter. Als er seinen Ärger zeigte, durchlief ihn ein Züngeln von Feuer, vergleichbar mit dem flüchtigen Aufflackern eines fernen Blitzschlags. Allem zum Trotz, was er fürchtete, beklagte oder unterdrückte, waren seine Nerven geeicht auf wilde Magie. *In was nicht einmischen?* hätte er gerne gefragt. Aber Brinn war zu vollkommen, als daß man ihm hätte Fragen stellen können.

Einen Moment lang beäugte Covenant die Umgebung wie ein ängstliches Tier. Seine Hände fummelten an der um sein Gewand geschlungenen Schärpe. Indem er sich der Unsicherheit seiner gefühllosen Finger widersetzte, seiner Halbhand, zog er sie fest an, als wäre sie eine Rettungsleine.

Linden musterte ihn. Sie vermochte die Nässe nicht aus ihren Augen zu vertreiben. Ihr Gesicht war aus Beunruhigung bleich. Ihre Gesichtszüge wirkten, als wären sie viel zu zierlich, um der Luft aus diesem Loch länger ausgesetzt werden zu dürfen. Mit einem Ruck bewegte er sich von der Stelle und strebte auf das Sims zu. Linden griff nach seinem Arm, als hätte er zu stürzen begonnen. »Covenant …« Sobald sein Blick in ihr Gesicht fiel, verstummte sie. Aber sie ließ sich nicht völlig von seinem Blick abschrecken. »Du siehst aus wie auf dem Kevinsblick«, sagte sie mit mühsamer Stimme, als läge ihr daran, etwas zu äußern, das sich nur schwierig zum Ausdruck bringen ließ. »Als du die Treppe hinuntersteigen mußtest. Ich war alles, was du zur Seite hattest, aber du wolltest dir nicht von mir helfen lassen.«

Covenant entzog ihr seinen Arm. Wenn sie jetzt versuchte, ihn umzustimmen, mußte sie ihm das Herz brechen. »Das ist bloß meine Höhenfurcht«, sagte er barsch. »Ich weiß, wie ich damit zurechtkomme. Ich brauche nur ein Weilchen, um mich wieder drauf einzustellen.«

Lindens Miene machte ihn betroffen wie ein Aufschrei. Einen schrecklichen Augenblick lang rechnete er bang damit, sie werde ihn anfahren: *Nein! Das ist keine Höhenfurcht. Du hast Furcht davor, etwas mit jemandem zu teilen, dir von jemandem helfen zu lassen, du hältst dich für so destruktiv für alles, was du liebst, daß du mich zurückschicken willst!* Fast krümmte er sich zusammen, während er auf ihre Worte wartete. Im Hintergrund ihrer Augäpfel glomm ein Widerschein seiner Erregung. Aber sie verzichtete auf alle Vorwürfe. Ihre Strenge ließ sie alt und von Sorgen zermürbt aussehen. »Du kannst den Stab des Gesetzes«, sagte sie, »nicht ohne mich machen.«

Selbst das war mehr, als er zu hören vertrug. Genausogut hätte sie sagen können: *Ohne mich kannst du das Land nicht retten.* Die Implikationen ihrer Äußerung brachten ihn beinahe um das bißchen Mut, das er noch besaß. War das wirklich wahr? Trieb ihn sein Egoismus tatsächlich so weit, daß er das Land zu verschachern beabsichtigte, um sich das Leben zu erhalten? Nein. Das stimmte nicht. Er wollte kein Leben, das er ohne Linden zu führen gezwungen sein würde. Aber er mußte überleben, *mußte* es, weil er sonst keine Gelegenheit zum Kampf gegen Lord Foul hatte. Eine menschliche Liebe eines Mannes war dafür kein zu hoher Preis.

Doch schon Lindens bloßer Anblick genügte, um sein Gesicht zu einer Grimasse des Sehnens und Verlusts zu verzerren. Mit insgeheimen Flüchen mußte er sich anstacheln, um ausreichende Würde für eine Antwort zusammenraffen zu können. »Ich weiß. Ich zähle auf dich.« Dann wandte er sich an die übrigen Gefährten. »Worauf warten wir noch? Wir wollen's hinter uns bringen!«

Die Riesen wechselten untereinander Blicke. Seeträumers Augen waren gerötet, als wären sie wund; doch er nickte auf die wortlose Frage der Ersten. Pechnase kannte kein Zögern. Blankehans vollführte eine Geste, die seine leeren Hände vorzeigte. Grimmig preßte die Erste die Lippen aufeinander. Sie zückte ihr Schwert und hielt es vor sich wie ein Aushängeschild ihrer Entschlossenheit.

Linden schaute verdrossen in den Abgrund, als wäre er das weite Nichts, in das sie sich gestürzt hatte, um Covenant und die Gefährten vor Kasreyn zu retten.

Mit einer Sicherheit, als hätte er bereits sein ganzes Leben hier zugebracht, näherte sich Brinn dem Felssims. Trotz seiner unregelmäßigen Kanten und des gefährlichen Gefälles war das Sims breit genug für Riesen. Die Erste schloß sich Brinn an, und Pechnase folgte ihr dichtauf. Als nächster kam Covenant, die gefühllosen Hände an Pechnases krummen Rücken geklammert. Ein Blick nach hinten, der ihn sofort aus dem Gleichgewicht zu bringen drohte, verriet Covenant, daß Cail direkt hinter ihm blieb, sich zwischen ihm und Linden befand, um gegebenenfalls beide schützen zu können. Hinter Linden folgten Hohl und Findail. Dann empfand er den Sog des Luftstroms zu stark, die Tiefe rüttelte bedenklich an seiner Geistesklarheit. Mit seinen unzulänglichen Fingern an Pechnases Wams gekrallt, strebte er den stillen Punkt der Ruhe im Zentrum des Schwindelgefühls an.

Doch als sie einen Teil der ersten Windung durchstiegen

hatten, rief Linden leise seinen Namen, lenkte seine Aufmerksamkeit nochmals nach rückwärts. Über die Schulter sah Covenant, daß Blankehans und Seeträumer den Abstieg unterbrochen hatten. Sie standen einander auf dem Sims stumm gegenüber, als seien sie in einer Frage von Leben oder Tod verschiedener Meinung. Seeträumer schüttelte den Kopf, lehnte das ab, was er in Blankehans' Miene las. Einen Moment später gab der Kapitän nach. Er trat beiseite und ließ Seeträumer auf dem Sims den Vortritt.

In dieser veränderten Reihenfolge stiegen die Gefährten langsam auf dem gewundenen Sims in die Dunkelheit hinab. Nach zwei Windungen längs der Innenwand des Lochs blieb der Sonnenschein hinter ihnen zurück. Die Reichweite des Sonnenlichts nahm zu, indem die Sonne sich zum mittäglichen Zenit emporschwang; aber die Gefährten blieben auf ihrem Abwärtsweg schneller. Covenants Augen verweigerten die Anpassung an die Verhältnisse; der Schatten beeinträchtigte seine Sicht. Er wollte nach oben blicken, irgend etwas wieder deutlich und klar sehen; aber er war sicher, er würde abstürzen, wenn er es tat. Das Dunkel sammelte sich um ihn, ehe die Tiefe es hinabsaugte, und es versuchte, ihn mitzuziehen. Der Abgrund war seiner Sache in schwindelerregendem Maße sicher, unabdingbar wie Höhenfurcht oder Verzweiflung. Er fraß an Covenants Herz wie die Säure seiner Sünden. Irgendwo dort unten befand sich der Mittelpunkt dieser Sturzspirale, der ruhige Punkt der Kraft zwischen den Gegensätzen, an dem er einst gestanden und Lord Foul bezwungen hatte; aber anscheinend sollte er ihn nie erreichen. Das Sims war der Weg, auf dem alle Manipulationen Lord Fouls zusammenliefen. *Seeträumer steckt voller Furcht. Ich glaube, er weiß, was Lord Foul treibt.* Ein Fehltritt brachte Covenant dicht an den Schlund der Tiefe und den Rand der Panik. Er warf sich gegen Pechnases Rücken, klammerte sich an, während sein Herz wie rasend hämmerte. Selbst mit seinen stumpfen Sinnen merkte er, daß die Luft von Kraft strotzte.

Als wäre das Gift nicht genug, lauerte hier eine weitere Macht, die auf seine Vernichtung hinwirkte. Die Atmosphäre im Schacht bereitete ihm eine Gänsehaut, und gleichzeitig rann ihm kalter Schweiß an den Schläfen und den Rippen hinab wie ein Ausfluß wilder Magie.

Cail streckte einen Arm aus, um ihn von hinten zu stützen. Pechnase murmelte einige Worte der Ermutigung über die Schulter. Nach einer Weile war Covenant zum Weitergehen imstande. Die Gefährten setzten den Abstieg fort.

Die dicke Wolle seines Gewands kam Covenant zugute; sie allein verhinderte, daß er am ganzen Leibe zitterte. Ihm war, als beträte er ein Reich, das noch nie ein Sonnenstrahl berührt hatte, eine Stätte solcher Finsternis und schlummernder Gewalt, daß ihre uralte Kälte nicht einmal von direktem Sonnenlicht gemildert würde. Womöglich konnte kein vorstellbares Feuer stark genug sein, um die Mitternachtsschwärze aufzuhellen, deren Rachen zu Covenants Füßen klaffte. Vielleicht hatte niemand außer Brinn das Recht, sich hier aufzuhalten. Mit jedem Schritt fühlte Covenant sich kleiner. Die Dunkelheit isolierte ihn. Abgesehen von Pechnase und Cail, vermochte er seine Freunde lediglich am Geräusch ihrer Füße wahrzunehmen. Das leise Aufsetzen und Abrollen ihrer Sohlen erhob sich im Schacht wie das gedämpfte Flattern von Fledermausschwingen.

Covenant hatte keine Möglichkeit, um inmitten dieser Finsternis das Verstreichen der Zeit zu messen, nicht einmal eine zum Zählen der Windungen, die sie durchmaßen. In einem Augenblick verrückten Übermuts schaute er zum kleinen Ausschnitt des Himmels über ihnen empor. Danach mußte er sich von Cail aufrecht halten lassen, während sich alles um ihn zu drehen schien.

Die Luft im Schacht kühlte immer mehr ab, füllte sich zusehends mit kaum vernehmlichem Gesäusel, wurde immer unerträglicher. Aus irgendeinem Grund glaubte Covenant, daß sich der Schacht erweiterte, je tiefer sie ins Erdinnere der Insel eindrangen. Trotz der Stumpfheit seiner Sinne empfand er jede Emanation der Felswand wie eine bedrohlich geballte Faust – und als so geheimnisvoll wie ein Grab ohne Namen. Hinter sich hörte er Linden. Ihre Atmung bebte wie in naher Hysterie. Covenant war zumute, als müsse er an einer Kraft ersticken, die keinen Ursprung und keine konkrete Form besaß. In dieser Luft fühlte er sich, als wäre er von Strängen irrwitzigen Feuers durchzogen. Sie mußte Lindens Nerven fürchterlich zermürben.

Dennoch hätte er sich am liebsten bitter darüber beklagt, daß er nicht spüren konnte, was sie spürte, dazu außerstande blieb, sein Schicksal oder die Konsequenzen des eigenen Handelns einzuschätzen. Seine mangelhafte sinnliche Wahrnehmung war zu einer Gefahr geworden – einer Bedrohung für die Welt, seine Freunde, für Linden.

Dennoch ließ er sich nicht aufhalten. *Es ist ohne Nutzen, danach zu trachten, seinen Fallstricken auszuweichen …* Er tappte abwärts, als zöge er hinab in Hohls schwarzes Herz.

Als der Abstieg ein Ende fand, geschah es, ohne daß Covenant es vorher merkte. »Wir sind da«, sagte urplötzlich die Erste. Ihre Stimme sandte Echos nach oben wie einen Schwarm aufgeschreckter Vögel. Pechnases Rücken veränderte die Haltung. Covenants nächster Schritt trat auf ebenen Stein.

In Reaktion darauf – und vor Kälte – fing Covenant heftig an zu zittern. Aber er hörte Linden in ihrer Kehle halb schluchzen, während sie sich auf ihn zutastete. Er legte seine Arme um sie, drückte sie an sich, als würde er nie mehr eine andere Gelegenheit finden, um Lebewohl zu sagen.

Nur das gepreßte Atmen der übrigen Gefährten bezeugte, daß er und Linden nicht allein waren; sogar die leisen Atemzüge riefen Echos hervor, die dem Erwachen von Verhängnisvollem glichen.

Covenant spähte aufwärts. Zuerst sah er absolut nichts vom Himmel. Der Schacht war so tief, daß seine Öffnung sich von unten nicht erkennen ließ. Einen Moment später jedoch blendete ihn Licht, als sich die Sonne über den Rand des Schachts schob. Plötzlich sah er seine Freunde neben sich, als wären sie auf einmal aus der Dunkelheit hervorgesprungen, aus der greulichen Kälte der Tiefe wiedererschaffen worden.

Die Erste stand mit beiden Fäusten um ihre Entschlossenheit geklammert da. Neben ihr schnitt Pechnase eine Grimasse. Von Blankehans gestützt, biß Seeträumer gegen seine Verzweiflung die Zähne zusammen, schaute weißlichen Blicks rundum. Hohl ähnelte einer Verkörperung der Finsternis des Schachts. Findails cremiges Gewand wirkte hell wie eine Fackel.

Cail stand bei Covenant und Linden; das Sonnenlicht schimmerte in seinen Augen. Brinn dagegen war nirgends zu sehen. Der Wächter des Einholzbaums hatte die Höhle verlassen, seine Ankündigung, sich nicht einzumischen, konsequent bis zum Extrem gehalten. Oder vielleicht mochte er nicht mitansehen müssen, was mit den Menschen geschah, denen er einmal gedient hatte.

Der Sonnenschein, der auf den Boden des Schachts herabfiel, rückte nur langsam vorwärts; aber man konnte beobachten, wie er nach und nach von der westlichen Seite aus, wo die Gefährten standen, zur Mitte weiterwanderte. Covenant verschleierte sich das Blickfeld. Die Helligkeit schien zwischen Verwaschenheit und Schärfe zu schwanken, zwischen Hoffnung und Unheil hin und her zu schillern. Niemand sprach. Die Atmosphäre des Schachts ließ die Gefährten still und reglos verharren.

Übergangslos gelangten hölzerne Spitzen in Sicht, als das Sonnenlicht sie erfaßte. Indem sie über den Köpfen der Freunde glänzten wie ein Geflecht aus Glut, zeigten sich Zweige und Astwerk. Dicke Äste vereinten sich nach unten hin. Im langsamen Abwärtsfließen des Lichts, zu vergleichen mit dem Triefen von erleuchtetem Blut, vereinigten sich sämtliche Äste; und man sah den Stamm des Einholzbaums auf seinen Wurzeln im Boden des Schachts stehen. Vor einem Hintergrund aus Schatten deutlich und in klaren Umrissen erhellt, stand der Baum vor den Gefährten wie der Urahn von allem Holz der Welt.

Offenbar war er von enormer Größe. Der Schacht erweiterte sich unten tatsächlich, bildete für den Baum eine Kaverne von den Ausmaßen einer riesigen Tropfsteinhöhle. Aufgrund der Dunkelheit, die die Wand an der anderen Seite verbarg, konzentrierte sich alle Helligkeit auf die Mitte des Schachtbodens, so daß der Baum mit jeder Länge, jeder Gabelung seiner sonnenbeschienenen Glieder den Hohlraum vollständig beherrschte. Einsam, gewaltig und steinalt war er, gehüllt in dicke, knorrige Rinde, einem Überzug des Alters gleich und unglaublich machtvoll.

Doch er hatte keine Blätter. Vielleicht war er immer ohne Blätter gewesen. Auf dem kahlen Stein unter ihm gab es keine Spur von Moder oder Ablagerungen, wie sie von altem Laub zurückbleiben mochten. Jeder Zweig und Ast des Einholzbaums war gänzlich kahl, von keinerlei Grün geschmückt. Das Astwerk hätte tot gewirkt, wäre es nicht vom Sonnenschein mit solchem Eindruck von Lebendigkeit versehen worden. Die wuchtigen Wurzeln des Baums hatten sich mit gewaltiger Kraft in den harten Untergrund gebohrt, den Felsboden zum Bersten gebracht und in unregelmäßige Brocken zerbrochen, von seinen Wurzelstrünken mit der Innigkeit von Liebhabern umschlungen. Es hatte den Anschein, als bezöge der Baum seine

Kraft, sein laubfreies Beharrungsvermögen aus einem unterirdischen Quell, der so glutvoll war wie Lava und so unerschütterlich fest wie Erdgestein.

Für einen ausgedehnten Moment standen Covenant und seine Begleiter nur da und starrten den Baum an. Covenant bezweifelte, ob er sich wieder würde rühren können. Zu nah war er jetzt dem einen Ziel, das er während der ganzen langen Fahrt über die Weite der Meere herbeigesehnt und gleichzeitig verabscheut hatte. Trotz seiner mit Licht gesäumten Faktizität erweckte der Baum irgendwie einen unwirklichen Eindruck, als müßte er sich, sobald Covenant ihn anrührte, zu Trug und Wahnsinn verflüchtigen.

Doch die Sonne beschrieb weiter ihre Bahn über den Himmel. Ihre Helligkeit durchquerte den Grund des Schachts bedrohlich zügig. Der Einholzbaum lag nun vollständig in ihrem Schein, der bald die östliche Felswand erreichen mußte; dann würde der Baum wieder verdunkelt sein. Schon fiel erneuter Schatten auf die Gruppe der Gefährten. Vielleicht hörte der Baum zu existieren auf, wenn kein Sonnenschein mehr auf seinen Ästen glänzte. Plötzlich befürchtete Covenant, zuwenig Zeit zu haben.

»Wohlan, Riesenfreund«, flüsterte die Erste. »Nun muß es getan sein!« Ehrfurcht machte ihren Ton schwerfällig. »Solange die Helligkeit währt.«

»Ja.« Covenants Stimme erstickte ihm in der Kehle, drang mit einem Räuspern hervor. Seine eigene Absicht flößte ihm Entsetzen ein. Linden war die erste Frau, die er, seit die Prüfung seiner Krankheit über ihn gekommen war, kennengelernt hatte, die die Fähigkeit besaß, ihn zu lieben. Sie jetzt verlieren zu müssen …! *Hoffnung und Unheil,* hatte jedoch Brinn gesagt. *Zu tragen, was getragen werden muß!* Er mußte sterben, falls er nicht handelte, alles vernichten, was er liebte, falls er nun nicht zur Tat schritt. Ruckartig hob er den rechten Arm, deutete auf den Baum. Die zwei winzigen Narben an seinem Unterarm schimmerten schwach. »Dort.« Oberhalb seines knorrigen Stamms war der Baum vielfältig verzweigt, hatte eine außerordentlich ausladende Krone. Aus einem der näheren Glieder ragte ein langer, gerader Ast, so dick wie Covenants Handgelenk. Er endete in einem glatten Stumpf, als wäre der Rest abgesägt worden. »Den nehme ich.«

Spannung wühlte in seinem Innern. Covenant öffnete so etwas wie eine geistige Klappe und ließ einen Strahl von Energie hervorschießen. Eine winzige Flamme lohte aus seinem Ring. Ihre Glut intensivierte sich, bis sie von solcher Schärfe war wie eine Klinge. Covenant bremste den Strom seiner wilden Magie, beließ die Flamme in dieser Stärke, um mit ihr den Ast abzutrennen. Undeutlich bemerkte er durchs Zwielicht, daß Hohl grinste.

»Warte!« Linden schaute Covenant nicht an. Sie blickte überhaupt nichts und niemanden an. Ihre Miene erinnerte an die ohnmächtige Gelähmtheit, die sie angesichts Joans, Gibbons und Marids so hilflos gemacht hatte. Sie wirkte unscheinbar und verirrt, als besäße sie keinerlei Recht, hier zu sein. Ihre Hände vollführten schwächliche, wie flehentliche Bewegungen. Sie schüttelte den Kopf in ratloser Verneinung. »Da ist noch etwas.«

»Linden …«, begann Covenant.

»Spute dich, Auserwählte!« verlangte die Erste. »Die Zeit verrinnt.«

Linden starrte blicklos an den Gefährten und dem Baum vorüber, durchs Licht. »Da ist etwas anderes.« Furcht und erzwungene Selbstbeherrschung drohten sie zu zerrütten. »Beides hängt zusammen … sind aber nicht das gleiche. Ich weiß nicht, was es ist. Es ist zuviel. Niemand kann's anschauen.« Lähmung oder Grauen verlieh ihrer leisen Stimme einen wüsten Klang.

Eindringlich ermahnte Covenant sie nochmals. *»Linden!«*

Ihre Augen wandten sich vom Einholzbaum ab, ihr Blick fiel auf Covenant, und sie fuhr zusammen, als könne sie den Gedanken an das, was er beabsichtigte, nicht verkraften. Ihre Worte schienen, während sie sie sprach, allmählich zu Schweigen zu gerinnen. »Der Baum ist nicht die Ursache, warum hier nichts lebt. Er ist nicht der Grund, weshalb es hier wie am Ende der Welt riecht. So eine Art von Macht hat er nicht. Hier ist noch etwas anderes.« Ihr Blick war nach innen gekehrt, als suche sie, wie die *Elohim,* Antworten in sich selbst. »Es ruht.«

Covenant stockte. Zu viele Emotionen rissen ihn zwischen sich hin und her. Sein Ring brannte wie Gift und potentielle Schändung. Ein Schreien, das er nicht hervorzustoßen vermochte, drückte ihm aufs Herz. *Hilf mir! Ich weiß nicht, was ich tun soll!* Aber er hatte seine Entscheidung längst gefällt. Die einzige ihm mögliche Entscheidung. Weitermachen. Herausfinden, was geschieht. Was wirklich wichtig ist. Wer man ist. Sicherlich konnte Linden das verstehen. Covenant konnte vor der Zwangsläufigkeit seiner Befürchtungen und des Verlusts nicht zurückweichen. Als er die Erste ansah, machte sie eine Geste, die ihn drängte, zum Einholzbaum zu gehen. Covenant gab sich einen inneren Ruck, trat vor.

Im selben Augenblick verließ Seeträumer den Schatten. Begleitet von Blankehans' gedämpftem Aufstöhnen des Einspruchs, überholte der stumme Riese Covenant, versperrte ihm den Weg. Alles Licht, das ihm ins Gesicht fiel, schien sich um seine Narbe zu konzentrieren. Er schüttelte heftig den Kopf, um seine Ablehnung von Covenants Vorgehen zu bekunden. Er hatte die Fäuste an die Schläfen erhoben, als drohe ihm das Hirn zu platzen.

»Nein«, knirschte Covenant eine Warnung des Grimms und Mitgefühls. »Tu mir das nicht an!«

Die Erste stand schon an seiner Seite. »Bist du von Sinnen?«

schnauzte sie Seeträumer an. »Der Riesenfreund muß nun handeln, derweil ihm der Weg offensteht.«

Einen Moment lang führte Seeträumer eine unbegreifliche Pantomime vor. Dann bekam er sich in die Gewalt. Seine Atmung bebte, während er sich zu ruhigen Gebärden zwang, klarzumachen versuchte, worum es ihm ging. Mit Gesten, so eindringlich wie Seelenpein, deutete er an, daß Covenant den Baum nicht anfassen dürfe. Nach seiner Meinung mußte das zu einer Katastrophe führen. Er, Seeträumer, wollte versuchen, den Ast zu beschaffen. Covenant setzte zum Widerspruch an. Doch die Erste hielt ihn zurück. »Riesenfreund, es ist die Erd-Sicht.« Pechnase hatte sich zur Schwertkämpferin gesellt. Er stand da, als wäre er vollauf bereit, Covenant um Seeträumers Wunsch willen gewaltsam aufzuhalten. »In all den langen Zeitaltern, seit es Riesen gibt, hat die Erd-Sicht nie geirrt.«

»Er ist mein Bruder!« schrie Blankehans aus der Dunkelheit. Unterdrückte Tränen ließen seine Stimme breiig klingen. »Willst du ihn in den Tod schicken?«

Die Schwertspitze der Ersten wankte. Pechnase beobachtete sie mit höchster Aufmerksamkeit, wartete auf ihre Entscheidung. Covenants Blick huschte zwischen Blankehans und Seeträumer hin und zurück. Er fühlte sich völlig dazu außerstande, sich auf die Seite eines der beiden zu stellen.

Dann stürmte Seeträumer zum Einholzbaum. *»Nein!«* Der Schrei entrang sich von selber Covenants Brust. *Nicht noch einmal! Nicht noch mehr Opfer in meinem Namen!* Er hastete dem Riesen nach, während Flammen durch seine Adern loderten.

Blankehans raste an ihm vorbei. Mit einem Aufbrüllen folgte er seinem Bruder. Aber Seeträumer bewegte sich mit verzweifelter Zielsicherheit, als habe er alles genau vorausgesehen. Nach drei Sätzen wirbelte er herum, stellte sich Blankehans entgegen. Er stemmte die Füße fest auf den Felsboden;

seine Faust zuckte auf. Der Hieb traf Blankehans so wuchtig wie der Tritt eines Landläufers. Er taumelte rücklings gegen Covenant. Nur Cails augenblickliches Eingreifen verhinderte, daß der Kapitän Covenant unter sich begrub. Der *Haruchai* stieß Blankehans' riesige Gestalt zur einen, Covenant zur anderen Seite.

Covenant erblickte Seeträumer vor dem Baum. Der Befehl der Ersten und Pechnases Ruf ertönten gleichzeitig; aber nichts konnte Seeträumer noch zurückhalten. Im Sonnenlicht deutlich sichtbar, sprang er die zerspellten, von Wurzeln umarmten Felsbrocken empor. Von dort aus befand sich der von Covenant ausgesuchte Ast in müheloser Reichweite seiner Hände. Einen Moment lang regte sich Seeträumer nicht. Er warf den Gefährten einen Blick zu, als stünde er vor einem Opfergang. Gemütsregungen, die er nicht zum Ausdruck bringen konnte, machten seine Miene rings um die Narbe beklommen.

Dann packte er den Ast an dem Ende, wo er aus dem Holz ragte, versuchte ihn abzubrechen.

26
FRUCHT

Für einen wie erstarrten Sekundenbruchteil sah Linden alles auf einmal. Seeträumers Hände umfaßten den Ast. Covenant reckte sich vorwärts, als erkenne er den Tod in Seeträumers Augen so genau wie sie. Cail stützte den Ur-Lord. Die Erste, Pechnase und Blankehans liefen nach vorn; doch ihre Bewegungen wirkten langsam und aussichtslos, als würde die eisige Kraft in der Luft sie hemmen. Der Sonnenschein gab ihnen ein gleichermaßen lebhaftes wie nichtiges Aussehen. Linden stand allein mit Hohl und Findail im westwärtigen Schatten. Widerschein von Helligkeit und Lindens Sinne machten sie ihr nahezu präzise wahrnehmbar. Der Dämondim-Abkömmling grinste wild wie eine Bestie. Findail verströmte Emanationen von Furcht.

Verhängnis lauerte in der Höhle. Das Unheil stand unmittelbar vor dem Zuschlagen. Linden spürte, was geschah – vor ihren Augen begann die Saat sämtlicher Manipulationen Lord Fouls aufzugehen. Die Atmosphäre strotzte von gräßlichem Gedeihen. Aber Linden vermochte sich nicht zu rühren.

Da umschlossen Seeträumers Hände den Ast.

Im selben Augenblick brachte eine Detonation, die einem Wutschrei aus dem tiefsten Innern der Erde selbst glich, die Gefährten ins Torkeln. Die Riesen und Covenant kamen zu Fall. Der Felsboden bäumte sich auf, Linden stürzte vornüber und prallte mit gespreizten Gliedern auf den Stein. Ihr stockte der Atem. Ihr war nicht bewußt, sich den Kopf angeschlagen zu haben, aber ihr ganzer Schädel war inwendig wie betäubt, als wäre er ihr plattgedroschen worden. Sie rang um Atem, doch die Luft war so ungestüm wie ein Blitz. Sie würde ihr die

Lungen in Asche verwandeln. Aber Linden mußte atmen, mußte wissen, was sich abspielte. Krampfhaft atmete sie ein und hob den Kopf. Hohl und Findail waren in ihrer Nähe auf den Beinen geblieben, spiegelten einander in der Düsternis wider wie Antithesen.

Der Schacht war voller Sterne. Ein Ausschnitt von Nachthimmel lag über der Höhle und dem Einholzbaum. Hinter dem Sonnenschein glitzerten Sterne in kalter Wut. Ihre Zwischenräume waren so schwarz wie die abgründige Weite des Alls. Sie waren nicht größer als Lindens Hand, kaum heller als Glanzlichter. Aber jeder besaß die gewaltige Kraft einer Sonne. Gemeinsam waren sie jeder Macht überlegen, die Leben und Zeit hervorbringen mochten. Sie wirbelten umher wie eine in Gärung geratene Galaxis, wühlten die Luft zu einem Gebräu totaler Vernichtung auf.

Rund ein Dutzend von ihnen fuhr auf Seeträumer herab. Sie schienen ihn zu treffen und zu explodieren, ohne ihn zu berühren; aber ihre Kraft entfachte in seinem Fleisch eine Feuersbrunst der Qual. Ein Schrei brach sich aus der Kehle Bahn, die seit dem Entstehen der Erd-Sicht kein Wort geäußert hatte.

Wilde Magie flammte auf, als hätte Seeträumers Schrei all ihre Fesseln gesprengt. Covenant stand mit ausgebreiteten Armen da, wie gekreuzigt, verloderte silberweißes Feuer. Gift und Wahnsinn schossen in ihm empor, als er Seeträumers Tod abzuwenden versuchte. Doch es war bereits zu spät. Seeträumers Hände lösten sich vom Ast. Er sackte gegen den Baumstamm. Indem er mühsam atmete, umklammerte er sein Leben gleichsam mit beiden Fäusten und verwandelte es in einen letzten Ausruf. *»Tu's nicht!«* Im nächsten Moment explodierte ein Übermaß an Energie in seiner Brust. Er stürzte nieder wie zerschmettert, schlug verkrümmt auf den Felsboden.

Blankehans' Geheul erhob sich zwischen die Sterne, ohne eine Wirkung zu haben. Sie strudelten umher, als wollten sie die Gefährten allesamt verschlingen.

Covenants Ausbruch wilder Magie versiegte. Flammen lohten an seiner Gestalt auf und ab wie im Takt seines Pulsschlags, aber offenbar gelang es ihm, sie zu bändigen. Entsetzen verzerrte sein Gesicht, Erkenntnis dessen, dem er entgangen war, was er zugelassen hatte. Mit ihrem Herzen lief Linden auf ihn zu; doch ihr Körper blieb, halb in einen Starrkrampf verfallen, auf dem Stein knien. Sie vermochte nicht den Schlüssel zu finden, der es ihr ermöglicht hätte, ihre inneren Gegensätze zu überwinden. Die Erste und Pechnase hingen an Blankehans' Armen, um ihn von Seeträumer fernzuhalten. Cail stand neben Covenant, als sei er fest entschlossen, den Zweifler vor dem Zorn der Sterne zu beschützen.

Und unvermindert wirbelten die Sterne durch die Höhle, schimmerten vor Fels, Luft und vor dem im Weichen begriffenen Sonnenlicht, fegten von einer zur anderen Seite, immer weiter herab, näherten sich den Köpfen der Gefährten. Urplötzlich schubste Cail den Ur-Lord beiseite, um ihn einer geschwinden Lichtkugel zu entziehen. Die Erste und Pechnase stießen Blankehans in die relativ sichere Nähe der Felswand, sprangen mühsam hinterdrein. Vernichtung schwärmte durch die Höhle, der keine Macht aus Blut und Bein widerstehen konnte.

Findail nahm anscheinend eine Existenzform an, die ihn auch für diese Sterne unnahbar machte. Hohl dagegen verzichtete darauf, der Gefahr auszuweichen. Sein Blick war ins Nichts gerichtet. Er lächelte nur vieldeutig, als eine Lichtkugel gegen seinen rechten Unterarm schoß und explodierte. Erneut erschütterte die Detonation die Höhle. Ebenholzschwarze Glut wallte auf, als werde das Fleisch des Dämondim-Abkömmlings verwüstet. Als sie erlosch, hatte sich sein Unterarm verändert. Vom Handgelenk bis zum Ellbogen waren Haut, Muskeln und

Knochen verschwunden, verwandelt worden in von grober Rinde umgebenes Holz. Beraubt um jeden Nerv, jedes Band, baumelte seine Hand nutzlos am von Eisen umhüllten Handgelenk.

Und weiter schwirrten die Sterne hin und her, trachteten nach Verderben. Die Kraft, die unter den Wurzeln des Einholzbaums geruht hatte, begann sich zu regen. Sämtliche Nerven Lindens schrillten von der Wahrnehmung einer Gewalt, die ausreichte, um die ganze Welt zu zertrümmern. »Wir werden umkommen!« schrie die Erste verzweifelt.

Während ihr Aufschrei noch nachhallte, taumelte Covenant herum, blickte die Erste an, dann Linden. Einen Moment lang wirkte er irrsinnig aus Unentschlossenheit, als glaube er, die Gefahr gehe vom Einholzbaum selbst aus, er müsse den Baum ausmerzen, um seine Freunde zu retten. *Nein!* versuchte Linden ihm zuzurufen. *Er ist es nicht!* Aber Covenant hätte sie ohnehin nicht hören können.

Als er Linden wie gelähmt am Boden knien sah, schwoll seine Gefährlichkeit erneut in ihm empor. Sein Feuer eruptierte von neuem. Die Sonnenstrahlen begannen den Einholzbaum zu verlassen. Ihr Licht schien zunächst an der östlichen Felswand hinaufzukriechen, dann zu huschen, als treibe die Gewalt, die in der Höhle wütete, es aus. Doch die wilde Magie verscheuchte alle Dunkelheit. Covenant loderte, als wäre er drauf und dran, den Fels der Insel selbst in Brand zu setzen.

Ungeheurer Silberglanz blendete Linden halb. Das Trudeln von Sternen erfüllte ihre Sicht wie Leuchtflecken der Benommenheit. In ihrer sonnengleichen Kraft hätten sie jeder Flamme, die Covenants Fleisch zu erzeugen imstande war, überlegen sein müssen. Aber er war nun machtvoll in einem Maß, das alle Grenzen des Vergänglichen niederriß. In leidenschaftlicher Glut buchstäblich entbrannt, gleißte seine Erscheinung, als wäre er die Grundfesten der Erde zu sprengen fähig.

Die Kraft seiner Lohe erfaßte die Gefährten wie die wuchtige Faust eines Sturmwinds, warf sie, Hohl und Findail ausgenommen, gegen die Felswand, stieß Cail von seiner Seite. Pechnase und die Erste lagen auf Blankehans, darauf bedacht, ihn um jeden Preis zu schützen. Linden schob sich am Stein empor, hielt sich aufrecht, als stünde sie noch immer in eisernen Bändern an der Wand von Kasreyns Kerker. Das Gift tobte mit der Wut von Unholden in Covenant. Es entflammte ihn, drängte ihn über alle Zurückhaltung und Wahl hinaus. Die Sterne stürzten auf ihn zu, verschwanden in ihm, als verzehre er sie. Grelle, gelbliche Flämmchen zuckten aus den Narben an seinem Unterarm, den Malen von Marids Schlangenzähnen. Sie züngelten inmitten des immer verheerenderen Chaos wie in diebischem Vergnügen.

Covenant versuchte, sich vorwärtszukämpfen, hinüber zum Einholzbaum. Sein Wille, sein Bewußtsein konzentrierten sich mit jeder einzelnen Faser auf den Ast, den Seeträumer berührt hatte. *Zu gefährlich …*

Allein und unbezwingbar stand er unter der Macht dieser Sterne und schleuderte ihnen wie in Ekstase oder Wahnsinn wilde Magie entgegen. Aber die Sterne waren keineswegs geschlagen.

Neue krafterfüllte Glanzlichter entstanden, ersetzten jene, die Covenants Toben verschlang. Wenn er nicht in Kürze von ihnen abließ, mußten sie ihn bis zum Punkt einer unwiderruflichen, vollständigen Katastrophe treiben. Rings um die Wurzeln des Einholzbaums hatte der Felsboden sich aufzuwerfen und zu verschieben begonnen. In wenigen Augenblicken mußte der unvorstellbare Sturm seiner Kräfte auch seine Gefährten auslöschen. Exaltiert und verdammt durch sein Feuer, wütete er gegen die Sterne, als hätte Gier nach Macht, Oberherrschaft und Triumph jeden anderen Teil seines Ichs hinweggespült. Er war zu nichts anderem als zum Gefäß und zur Verkörperung seines Gifts geworden. *Zu gefährlich, um weiterleben zu dürfen.*

Linden konnte sich noch immer nicht rühren. Nichts in ihrem Leben hatte sie auf so etwas vorbereitet. Sterne kreisten um den Einholzbaum, um Covenant. Der Fels faltete sich aufwärts, als wolle er zu seiner Selbstverteidigung aufspringen, andere Gestalt annehmen. Wilde Magie sengte gegen Lindens verletzliches Fleisch, schlug sie mit Glut, so wie der Gibbon-Wütrich sie mit Schlechtigkeit ausgefüllt hatte. Wie sich von der Stelle bewegen? Linden wußte es nicht.

Dann packten Hände sie, schüttelten sie. Ihr Griff war so unentrinnbar wie seelische Qual. Linden entzog Covenant ihren Blick und schaute in Findails gelbe, von rasereiartigem Schrecken gekennzeichnete Augen. »Du mußt ihm in den Arm fallen!« Die Lippen des *Elohim* bewegten sich nicht. Seine Stimme drang direkt in Lindens Gehirn. »Auf mich wird er nicht hören!« Linden starrte den Ernannten an. In der ganzen Welt gab es keine Worte, um ihrer Panik Ausdruck zu verleihen. »Begreifst du nicht?« gellten seine Worte auf sie ein. »Er ist der Schlange des Weltendes begegnet! Ihr Od schützt den Einholzbaum! Schon hat er sie nahezu aufgeschreckt! Bist du nun am Ende erblindet?« Seine mentale Stimme läutete wie ein Carillon der Marter. »Benutze deine Sinne! Du mußt es *sehen!* Hierfür hat der Verächter seine Bosheit wider euch gerichtet! *Für dies!* Die Schlange ist der Hüter des Einholzbaumes! Hast du ganz und gar nichts gelernt? Hier kann der Verächter nicht scheitern! Wenn die Schlange sich erhebt, wird das der Untergang der Erde sein, und der Verächter wird die Freiheit erhalten, nach welcher er lechzt, um all den Kosmos seine Vergeltung kosten zu lassen. Indem der Ringträger seine Kräfte mit der Schlange mißt, wird er den Bogen der Zeit zerbrechen. Er kann einen solchen Kampf nicht überstehen. Er ist auf Weißgold gebaut, und Weißgold wird ihn niederreißen!

Aus diesem Grund ist dem Ringträger des Verächters Gift aufgezwungen worden!« Findails Gezeter drangsalierte jeden einzelnen Bestandteil von Lindens Wesen. »Um seine Macht zu bestärken, ihn mit solcher Kraft zu erfüllen, daß er den Bogen der Zeit zu zerstören vermag! Das ist die Hilflosigkeit der Macht! *Du mußt ihn hindern!«*

Noch immer reagierte Linden nicht, konnte sie sich nicht bewegen. Aber ihre Sinne glühten, als wäre ein Schleier beiseite gerissen worden, und sie erkannte einen Teil der Wahrheit. Das Aufbäumen des Gesteins rund um den Baum hatte seine Ursache nicht in Covenants Feuer. Es besaß denselben Ursprung wie die Sterne. Einen Ursprung, der tief unterm tiefsten Gebein der Erde lag – und der bislang geruht hatte.

Dies war der Wendepunkt ihres Lebens, der Inbegriff all ihres Unvermögens, über sich selbst hinauszuwachsen. Darum hatte Lord Foul sie auserwählt. Diese Handlungsunfähigkeit war nichts als eine andere Form von Flucht. Dazu außerstande, das Paradoxon ihrer Gier nach Macht und ihres Abscheus vor allem Bösen zu beheben, ihrer Lust an der finsteren Stärke von Wütrichen und ihres Widerwillens dagegen, stak sie in ihrem Dilemma fest, zu keinem Handeln in der Lage. Der Gibbon-Wütrich hatte sie berührt, sie die Wahrheit gelehrt. *Bist du nicht schlecht?* Hinter all ihrem Streben, all ihrer Entschlossenhcit lauerte diese Anklage, leugnete Leben und Liebe. Wenn sie jetzt tatenlos blieb, würde die Verneinung ihrer Menschlichkeit vollkommen sein.

Und es war Covenant, der dafür den Preis zahlen müßte – Covenant, den man dazu verleiten wollte, das zu vernichten, was er liebte. Die unbestreitbare Perfektion von Lord Fouls Machenschaften jagte Linden Entsetzen ein. Mit all seiner Macht war Covenant nicht etwa der Retter, sondern der personifizierte Untergang der Erde. Er, Thomas Covenant – der

Mann, für den sie ihrer Einsamkeit entsagt hatte. Der Mann, der Joan zugelächelt hatte.

Seine Bedrängnis tilgte alle anderen Überlegungen aus. Hier war nichts Schlechtes zugegen. Linden klammerte sich an diese Tatsache, fand daran inneren Halt. Hier waren keine Wütriche. Der Verächter war nicht gegenwärtig. Die Schlange war unbeschreiblich machtvoll – aber sie war nicht schlecht. Covenant war außer sich von Gift und heftiger Leidenschaft; doch schlecht war auch er nicht. Kein Übel erhob sich, um Linden zu beeinflussen, Zwang auf sie auszuüben. Durfte sie es unter diesen Umständen nicht riskieren, ihrem Drang nach Macht freien Lauf zu lassen? Um Covenant zu retten?

Mit einem Schrei entwand sie sich Findail, wankte durch das lichte, pure Strahlen der Silberglut, als wäre es Lava, auf den Zweifler zu. Bei jedem neuen Aufflammen und Ausbrechen wilder Magie, jedem erneuten Umherschwirren von Sternen fühlte sie sich, als werde ihr die Haut von den Gliedern gefetzt; trotzdem ließ sie sich nicht aufhalten. Das Tosen der Energie dröhnte in ihren Ohren. Sie ließ sich davon nicht beeindrucken. »Auserwählte!« brüllte hinter ihr die Stimme eines Riesen. Linden schenkte ihr keine Beachtung. Die Höhle hatte sich in ein Chaos von Echos und Gewalt verwandelt; aber Linden durchquerte das Lärmen und Toben, als wöge ihr Wille schwerer als jeder Laut, jedes Geräusch. Die Ballung von soviel Macht versetzte sie in regelrechte Begeisterung. Instinktiv nutzte sie die entfesselten Kräfte zu ihrem Schutz, ergriff mit ihren Sinnen von ihnen Besitz, so daß die Sterne sie nicht verbrannten, der Sturm von Covenants Macht sie nicht zurückschleuderte. *Macht.* Unfaßbar aufrecht inmitten von Flammen, die die ganze Insel auseinanderzubrechen drohten, stellte sie sich zwischen Covenant und den Einholzbaum.

Sein Feuer umgab ihn in quirlenden Wirbeln und grellem Gleißen. Er sah aus wie eine weiße Verkörperung des Vaters aller Alpträume. Aber er bemerkte Linden. Sein Aufheulen erschütterte die Felsen bis in ihre Grundfesten, als er Linden mit wilder Magie packte und zu sich ins Innere seiner energetischen Abwehr riß. Sie schlang die Arme um ihn, wandte das Gesicht zu ihm auf. Irrwitzige Ekstase entstellte seine Miene. Ähnlich mußte Kevin während des Rituals der Schändung ausgesehen haben. Linden konzentrierte alle Eindringlichkeit ihrer Sinne, ihre Willensstärke und die Kraft ihrer Liebe mit zusammengefaßter Schärfe auf ihn, um ihn aufrütteln zu können. »Du mußt aufhören!« Er war eine Gestalt aus reinem Feuer. Das Strahlen seiner Gliedmaßen übertraf alles Sterbliche. Aber Linden schaffte es, die Glut zu durchdringen. »Zuviel Energie! Du wirst den Bogen der Zeit zerbrechen!« Sie hörte ihn durch das Brausen seiner Lohe schreien. Doch sie klammerte sich an ihn. Ihre Sinneswahrnehmung tastete nach seinem Feuer, sie versuchte zu verhindern, daß er noch mehr wilde Magie freisetzte. »Du machst genau das, was Foul will!«

Verstärkt durch die Kraft, die Linden von ihm selbst bezog, erreichte ihre Stimme ihn. Sie sah seinen Schrecken, als er die Wahrheit erkannte. Das Begreifen verzerrte sein Gesicht in Panik und Entsetzen. Er sah seine grauenvollsten Alpträume in Erfüllung gehen; seine schlimmsten Befürchtungen drohten wahr zu werden. Er selbst befand sich dabei, dem Verächter den endgültigen Sieg zu sichern. Einen furchtbaren Augenblick lang verloderte er ein Flammenmeer, als wolle er in seiner Verzweiflung den Himmel zum Einsturz bringen. Jeder Stern, den er auslöschte, war ein dem Universum verlorenes Licht, ein neuer Flecken Finsternis am Firmament des Alls.

Aber Linden hatte ihm einsichtig gemacht, was geschah. Sein Gesicht verzog sich wie zu einem Kreischen, als hätte er soeben mit eigenen Augen alles untergehen sehen, was ihm lieb war und teuer. Doch dann verkrampften sich seine Gesichtszüge wie eine Faust um einen neuen Zweck zusammen. Die Verzweiflung wich aus ihm. Linden spürte, wie seine Kraftentfaltung sich einer Veränderung unterzog. Er ballte seine Energie um sich, lenkte sie in eine andere Richtung.

Zunächst stellte Linden nicht in Frage, was er tat. Sie ersah nur, daß er die Kontrolle zurückgewann. Er hatte sie gehört. Sie hielt ihn leidenschaftlich umschlungen und spürte, wie sein Wille sich gegen Gift und Verhängnis durchsetzte.

Aber er brachte seine Gewalten nicht zum Erlöschen. Er wandelte sie lediglich um. Plötzlich strömte Linden durch ihre Umarmung wilde Magie zu. Sie erstarrte vor Bestürzung, durchschaute intuitiv seine Absicht, versuchte Widerstand zu leisten. Doch sie bestand aus nichts als Fleisch, Blut und Gefühlen; und Covenant war im Handumdrehen von unbezähmter Heftigkeit zu zielbewußter Meisterung der wilden Magie übergegangen, zu ihrer Inkarnation. Lindens Beherrschung seines Feuers war viel zu unvollständig und von zu großer Unerfahrenheit eingeschränkt, als daß sie ihm hätte widerstehen können.

Seine Macht trug sie davon. Sie berührte Linden nicht körperlich. Sie löste nicht Lindens Arme von ihm, beeinträchtigte ihren Körper in keiner Hinsicht. Dennoch änderte sie alles. Sie durchströmte Linden wie ein Sturzbach und wusch sie aus dem eigenen Innern hinaus, zersetzte sie, wie Brandung einen Sandhügel zerfließen ließ, schleuderte sie zwischen die Sterne.

Nacht brach von allen Seiten über sie herein. Der Himmel drehte sich um Linden, als wäre sie der Angelpunkt seines Schicksals. In alle Richtungen erstreckten sich Abgründe von Einsamkeit wie die Leere vollkommener Trauer, widersprachen der Tatsache, daß sie Covenant noch in ihren Armen spürte, noch das Innere des Schachts sehen konnte. Aber diese Eindrücke begannen sich zu verflüchtigen. Wie in Raserei bemühte sich Linden, an ihnen festzuhalten; doch wilde Magie verbrannten sie in ihr zu Asche, trieben Linden davon. Sie entschwebte in bodenlose Mitternacht.

Covenants Stimme erreichte sie ohne einen Laut, ohne Hoffnung. »Rette mein Leben!«

Linden trudelte auf ein Feuer zu, das immer gelber und bösartiger flackerte, je mehr sie sich ihm näherte. Es beherrschte die Nacht, zog die Dunkelheit um sich zusammen, so daß es ringsherum umgeben war von Schwärze. Dann fing das Feuer sich zu verdüstern an, als hätte es schon den Großteil seines Brennstoffs verbraucht. Während die Flammen herabflackerten, sank Linden auf den Untergrund, lag zuletzt rücklings auf steinigem Boden. Sie befand sich an zwei Orten gleichzeitig. Die wilde Magie floß weiter durch sie, verband sie mit Covenant, der Höhle des Einholzbaums. Zur gleichen Zeit jedoch war sie woanders. In ihrem Kopf pochte es, als hätte sie einen wuchtigen Schlag hinters Ohr erhalten. Als sie sich aufzurichten versuchte, zerriß der Schmerz beinahe den zarten Rest ihrer Verbindung zu Covenant. Mit unheilvoller Langsamkeit klärte sich Lindens Sicht.

Sie lag auf einer rohen Fläche bloßen Erdgesteins, gleich neben den Überbleibseln eines Feuers. Die Gesteinsfläche gehörte zur Sohle einer kahlen, verlassenen Geländemulde. Nichts verwehrte Linden den Blick an den nächtlichen Himmel. Die Sterne waren fern und unerreichbar. Aber an den Rändern der Mulde erspähte sie Büsche, Sträucher und Bäume, die in der Dunkelheit dürr und gespenstisch wirkten.

Linden wußte, wo sie war, sie begriff, was Covenant tat. Sie trotzte dem Schmerz, raffte sich hoch und betrachtete die Gestalt, die neben ihr ausgestreckt lag. Covenants Körper. Er ruhte auf dem Stein wie gekreuzigt. Aber weder Hände, Füße noch seine Seite waren verwundet; die Wunde war in seiner Brust. Das Messer ragte wie in einem Flehen um Hilfe aus der

Stelle zwischen Brustbein und Rippen. Das zähflüssige, so gut wie geronnene Blut bildete eine große Lache, die einem später hinzugefügten Mittelpunkt des Dreiecks ähnelte, das man mit Blut aufs Gestein geschmiert hatte.

Linden ahnte, daß schrecklich viel Zeit verstrichen war, obwohl kaum drei Herzschläge sie von der Höhle des Einholzbaums trennten. Die Verbindung hielt. Covenant ließ ihr weiter wilde Magie zuströmen, versuchte unermüdlich, sie in ihre Welt zurückzubefördern. Und die Verbindung sorgte dafür, daß Lindens übersensitivierte Sinneswahrnehmung bestehenblieb. Sobald sie die Gestalt an ihrer Seite anschaute – das vom nahen Tod verunstaltete Fleisch –, erkannte sie, daß er lebte.

Das Blut, das rings ums Messer hervorsickerte, die inneren Blutungen, der Blutverlust – ihre Wirkung war tödlich; aber noch nicht, noch nicht! Irgendwie hatte die Klinge Covenants Herz verfehlt. Zuckungen von Leben marterten seine Lungen, bebten in den vom Versagen bedrohten Herzmuskeln, die Windungen seines Hirns lechzten nach Leben. Er konnte gerettet werden. Medizinisch gesehen war es noch möglich, sein Leben zu retten.

Doch bevor Lindens eigenes Herz den nächsten Schlag tat, nahm sie etwas anderes wahr, das alles veränderte. Nichts vermochte Covenant am Leben zu erhalten, wenn er nicht auch mit sich selbst das machte, was er gerade mit ihr getan hatte – nicht in seinen zum Tode verurteilten Körper zurückkehrte. Solange sein Geist, der Teil seines Wesens, der zu leben begehrte, abwesend war, konnte sein Fleisch nicht genesen. Sein Körper war von jeder anderen Art der Hilfe zu weit entfernt, selbst zu weit von Lindens Arzttasche. Nur mit der Unterstützung seines Willens gab es eine Möglichkeit, ihm zu helfen. Und sein Wille loderte noch in der Höhle des Einholzbaums, verzehrte sich selbst, um Linden vor dem Verderben zu bewahren. Covenant hatte sie fortgeschickt, so wie Joan von ihm fortgeschickt worden war, so daß er statt ihres sein Leben verwirkte.

Erst ihr Vater. Dann ihre Mutter. Jetzt Covenant. Thomas Covenant, Zweifler und Träger des Weißgolds, Leprotiker und Geliebter, der sie gelehrt hatte, die Gefahren des Menschseins zu schätzen. Er starb vor ihren Augen.

Lindens Herz tat einen Satz. Die Verbindung geriet ins Schwanken. *Nein!* wollte Linden schreien. Aber ehe das Wort aus ihrem Mund kam, wandelte sie es in etwas anderes um. Während sie sich mühselig aufrichtete, tasteten ihre Sinne an dem magisch-energetischen Strang entlang, der sie mit Covenant verband, rasten durch den Strom wilder Magie zu ihm zurück. Die wilde Magie war alles, über was sie verfügte. Sie mußte sie sich zunutze machen, sie Covenant abringen, falls nötig; zu *allem* war sie bereit, wenn es ihr nur gelang, seinen Tod zu verhindern. Indem sie jeden noch so geringen Bruchteil ihrer Kraft aufwendete, schrie sie über die Ferne hinweg nach ihm. *»Thomas!«*

Ihr Schrei sank wie totgeboren in die Wälder. Sie wußte nicht, wie sie erreichen konnte, daß er sie hörte. Sie klammerte sich an die Verbindung, aber die wilde Magie widerstand ihren Bemühungen, sie für ihre Zwecke zu nutzen. Selbst wenn Linden die gesamte Ausstattung und das ganze Personal einer modernen Unfallstation zur unmittelbaren Verfügung gehabt hätte, wäre es ihr unmöglich gewesen, Covenant zu retten. Der Griff, in dem er die wilde Magie hatte, war zu stark. Die Anstrengung, dank der er sie meistern konnte, hatte ihn so stark gemacht. Er war stark aus Verzweiflung. Und Linden hatte noch nie derartige Macht gehandhabt. In einer direkten Auseinandersetzung um die Kontrolle über seine Macht war sie ihm nicht gewachsen.

Aber ihre hypersensitive Wahrnehmung war noch immer

aktiv. Und Linden kannte Covenant genauer, als sie je sich selbst gekannt hatte. Sogar durch die Kluft zwischen den Welten spürte sie seinen tiefen Kummer, seine zum äußersten getriebene Not. Sie wußte … Sie wußte, wie sie ihn erreichen konnte.

Nicht einmal das Bewußtsein dessen, was der Versuch sie kosten mochte, veranlaßte sie zum Zögern. Sie hatte keine Zeit. Wie eine Verrückte warf sie sich in das heruntergebrannte Feuer, als wäre es ihr persönliches *Caamora*. Für den Bruchteil einer Sekunde leckten die gelben Flammen an ihrem Fleisch. Das Anfangsgefühl des Verbranntwerdens schoß an ihren Nerven entlang.

Da bemerkte Covenant die Gefahr. Sofort versuchte er, Linden zurückzuholen. Augenblicklich krallte sich Linden mit jedem Finger ihrer Leidenschaft an die Verbindung. Geleitet von der Wahrnehmung ihrer Sinne, begann sie sich zum Ursprungsort des Bands zurückzukämpfen.

Die Umgebung nahm ein unwirkliches Aussehen an, als ob sie aus Nebel bestünde, dann zerstob sie, als die Winde zwischen den Sternen sie durchfuhren. Der Stein unter Lindens Füßen verschwand im Finstern. Covenants hingestreckte Gestalt verflüchtigte sich, wurde unsichtbar. Linden begann, hell wie ein Komet, in die endlosen Abgründe des Alls zu fallen.

Während sie stürzte, versuchte sie ihm Worte zu übermitteln. *Du mußt mit mir kommen! Das ist der einzige Weg, wie ich dich retten kann!* Doch plötzlich erlosch alle Energie, als wäre Covenant selbst ausgelöscht worden. Lindens psychischer Sturz zwischen die Sterne schien zu einem körperlichen Fallen zu werden, einem Fall aus einer Höhe, wie ihn kein menschlicher Körper überleben konnte. Ihr Herz wollte schreien, doch da war keine Luft, war nie Luft gewesen, ihre Lungen vermochten mit diesem Äther, durch den sie fiel, nichts anzufangen. Sie war über die Wendemarke ihres Schicksals gestolpert. Kein Schrei verblieb, der noch einen Unterschied bedeutet hätte.

Dazu außerstande, sich abzufangen, torkelte sie vornüber und sackte mit dem Gesicht auf den Steinboden der Höhle. Ihr Pulsschlag raste, ihr Herz wummerte. Erinnerungen an das Feuer glühten auf ihrer Haut. Ein längerer Moment verging, ehe sie merkte, daß sie keine Verbrennungen erlitten hatte.

Hände halfen ihr. Sie benötigte ihre Hilfe. Ihr Hirn war umnachtet von überhöhter Furcht. Der Stein schien unter ihr zu rucken und zu beben. Aber die Hände richteten sie auf. Sie erkannte die Natur ihrer Stärke; es handelte sich um die Hände eines *Haruchai,* Cails Hände. Ihr Beistand war ihr willkommen.

Doch Linden war völlig geblendet. Unter ihr zitterte tatsächlich der steinerne Untergrund. Die ganze Insel hatte zu beben begonnen wie vor einem Vulkanausbruch. Kein Licht war vorhanden. Die aus der Aura der Schlange des Weltenendes entstandenen Sterne waren verschwunden. Covenants Feuer war fort. Blind von den verschiedenartigen Energien und von Verzweiflung, verweigerten Lindens Augen die Anpassung. Sämtliche Gefährten blieben ihr unsichtbar. Genausogut hätten sie umgekommen sein können.

Linden wendete alle Mühe auf, deren sie noch fähig war, um das unruhige Umfeld der Schlange mit ihrer Wahrnehmung zu durchdringen; aber als sie an Cail vorüberblinzelte, sah sie nur Seeträumers Leichnam. Er ruhte unter dem Stamm des Einholzbaums in Blankehans' Armen, als wären ihm die Knochen im tapferen Leib zu Schlacke verbrannt worden. Sein Anblick erschütterte Linden. Ankertau Seeträumer, unfreiwilliges Opfer von Erd-Sicht und Stummheit. Er hatte mit seinem Leben nichts anfangen können, als es in dem Versuch hinzugeben, die Menschen zu schützen, die ihm am meisten bedeuteten. Auch an ihm hatte sie versagt.

Aber dann gewahrte sie auch Blankehans und merkte, daß der Kapitän in mühsamen, harschen Seufzern des Grams atmete. Er lebte. Diese Wahrnehmung, so hatte Linden den Eindruck, vervollständigte ihre Rückkehr, versetzte sie vollends wieder in die Mitte ihrer Freunde. Allmählich konnte sie sich, indem ihre Augen sich umstellten, in der Düsternis zurechtfinden.

»Ach, Auserwählte«, sagte Pechnase gedämpft. »Auserwählte.« Kummer ließ seine Stimme dumpf klingen.

Ein kurzes Stück von Blankehans und Seeträumer entfernt saß Covenant mit gespreizten Beinen auf dem Steinboden. Er wirkte, als sei er sich der Gewalt, die unter der Insel anschwoll, nicht bewußt. Er starrte den unnahbaren Einholzbaum an, den Rücken gebeugt, als hätte man ihm die Wirbelsäule gebrochen.

Die Erste und Pechnase standen beieinander, verharrten zwischen Covenant und Blankehans wie versteinert, handlungsunfähig aufgrund ihres Unvermögens, für den Schmerz des einen oder anderen irgendeinen Trost zu finden. Die Erste hielt noch immer ihr Schwert, aber es war nutzlos geworden. Das Gesicht ihres Gatten war voll von lautlosem Weinen.

Ein paar Schritte abseits stand Hohl, zeigte sein schwarzes Lächeln, als schere die hölzerne Verunstaltung seines rechten Unterarms ihn nicht im mindesten. Nur Findail war nirgends zu sehen. Er war vor der Krise von Covenants Magie geflohen. Linden war es gleichgültig, ob er jemals wiederkehrte.

Steifgliedrig schleppte Linden ihre ganze Kläglichkeit zu Covenant. Sie kniete sich zwischen seine Beine, blickte ihn an, versuchte Wörter durch ihre Kehle zu zwängen. *Du mußt zurück!* Aber sie konnte nicht sprechen. Es war zu spät. Sein von Machtfülle gehetzter Blick verriet ihr unmißverständlich, daß er bereits wußte, was sie zu sagen hatte.

»Ich kann's nicht.« Seine Stimme wisperte in die Dunkelheit wie das Rieseln von Asche. »Nicht mal, wenn ich's über mich bringen könnte. Das Land verlassen. Lord Foul machen lassen, was er will.« Sein Gesicht war im Düstern nur ein verwaschener Fleck, ein fahler Klecks, in dem es keinen Funken Hoffnung mehr gab. »Es erfordert zuviel Kraft. Ich würde den Bogen der Zeit zerbrechen.« *Ach, Covenant!* Linden vermochte nichts mehr für ihn zu tun.

27
DER LANGE GRAM

Linden konnte die Gefährten durch die Düsternis kaum erkennen: Blankehans und den toten Seeträumer; die Erste und Pechnase; Hohl und Cail. Sie umstanden sie wie dunklere Schatten inmitten der Dunkelheit. Aber sie achtete nur auf Covenant. Sein Anblick, wie er reglos am Rande des Todes auf der Erde lag, das Messer in der Brust, war ihr noch so deutlich gegenwärtig, als wäre er ihren Augen mit Säure eingeätzt worden. Sie sah das Gesicht – die von Schmerz heftig verzerrten Gesichtszüge, die wie wächserne, fahle Haut – deutlicher vor sich als seine abgehärmte Miene, die sie hier sehen konnte. Die nur verschwommen erkennbaren Umrisse wirkten furchtbar ungenau, als wären die Knochen darunter gebrochen – als wäre Covenant so zerbrochen wie das Land, das Lord Foul ihm zurückgegeben hatte, zerbrochen wie Joan. Alle Gefährlichkeit war aus ihm gewichen.

Doch die Gefährten durften auf keinen Fall bleiben, wo sie sich befanden. Eine stärkere Erschütterung als bisher durchbebte den Fels, als wäre die Schlange des Weltendes nahezu hellwach geworden. Ein Hagel von Steinen löste sich aus den Felswänden, erfüllte die Luft mit hellen Echos. Es blieb nur wenig Zeit. Vielleicht zuwenig. Behutsam beugte Cail sich über Covenant. »Komm, Ur-Lord! Diese Insel mag nicht mehr lange überdauern. Wir müssen uns eilen, um uns zumindest das Leben zu bewahren.«

Linden begriff. Die Schlange beruhigte sich wieder; aber selbst diese unbedeutenden Regungen konnten die Insel praktisch jeden Moment zum Zerbersten bringen. In jeder anderen Beziehung hatte Linden versagt; doch wenigstens Covenants

Not befand sich in ihrer Reichweite. Linden stand auf, streckte Covenant die Hände entgegen, um ihm zu helfen.

Er verweigerte sich ihrem Hilfsangebot. Für einen Moment machte Finsternis seine Miene völlig unkenntlich. Als er sprach, klang seine Stimme vor Niedergeschlagenheit gedämpft. »Ich hätte die Verbindung unterbrechen sollen … ehe du die Gelegenheit erhalten hast, dies alles zu verstehen. Aber ich hatte nicht den Mut, dich einfach gehen zu lassen. Ich könnte es nicht ertragen.« Dennoch rührte er sich nun. Allem zum Trotz nahm er Rücksicht auf die Zwangslage der Gefährten. Gequält und voller latenter Leprose, zog er sich an Cail hoch, bis er aufrecht auf den Beinen stand.

Ein weiterer Erdstoß durchbebte die Höhle. Doch Linden blieb aus eigener Kraft im Gleichgewicht. Die Erste und Pechnase eilten zu Blankehans. Mit fürsorglicher Entschiedenheit drängten sie ihn zum Aufstehen. Er mochte nicht von seinem Bruder lassen. Indem er Seeträumer auf den Armen trug, ließ er sich von den anderen Riesen zum Felssims führen, Covenant und Linden hinterdrein. Schweigsam stapften die Gefährten aus dem Grab, in dem all ihre Träume geendet hatten.

Wiederholt brachten neue Beben sie während des anstrengenden Aufstiegs in Gefahr. Das Felssims zitterte, wie um die Gefährten abzuschütteln und in die Tiefe zurückzustürzen. Unterirdische Schwingungen ließen den Fels schlottern wie wundes Fleisch. Ab und zu lösten sich Gesteinsbrocken aus den Felswänden, verursachten ein scharfes Bersten und Prasseln mit starkem Hall, der durch den Schacht aufwärtsdröhnte wie die Echos von Klagegeheul der Trauer. Aber Linden empfand keine Furcht. Sie nahm die Mühsal des Aufstiegs kaum zur Kenntnis. Ihr war, als könne sie die letzten Blutstropfen zählen, die rings um das Messer in Covenants Brust hervorsickerten.

Als sie die Kuppe des Bergkegels betrat, über die Insel und

die Weite der See ausschaute, empfand sie leichte Überraschung, weil es dem Stand der Sonne zufolge erst gegen Mitte des Nachmittags sein konnte. Mußte ein so unseliger Ausgang der Suche nicht mehr Zeit beansprucht haben? Doch offenbar war nicht mehr vonnöten gewesen. Das Unheil hatte mit der Plötzlichkeit eines Herzinfarkts zugeschlagen, war so unvermittelt eingetreten wie der Zusammenbruch des Alten an der Abfahrt zur Haven Farm.

Langsam, aber unaufhaltsam nahmen die gewaltsamen Bewegungen im Erdgestein zu. Als Linden den Berg hinabzuklettern anfing, sah sie, daß die Hänge zahlreiche frische Bruchstellen aufwiesen, wo Vorsprünge und Felsklötze gelockert worden und schließlich hinabgepoltert waren. Das alte Meer hatte die neuen Trümmer spurlos verschluckt.

Die Insel lag in ihren letzten Zuckungen. Obwohl Linden selbst kaum laufen konnte, ohne fortwährend zu straucheln, hielt sie die anderen Gefährten zur Eile an. Darin fand sie ihre Verantwortung. Covenant war so blind vor Verzweiflung, so zerrüttet vom Gedanken an Schändung, daß er bei jedem Schritt der Länge nach hingefallen wäre, hätte Cail ihn nicht gestützt. Linden hätte auch Beistand gebrauchen können; aber Brinn war fort, die Erste und Pechnase mußten sich um Blankehans kümmern, und Cails Pflicht galt Covenant. Also trug sie ihr Körpergewicht selber, krächzte ihren Gefährten etwas zu, um sie zur Eile zu ermahnen. Unbeholfen wie Versehrte hasteten sie über die Unruhe der Schlange hinweg abwärts. Hohl folgte ihnen, als hätte sich nichts geändert. Aber seine Rechte baumelte am leblosen Holz seines verwandelten Unterarms. Die Hülse vom Stab des Gesetzes, die er am Handgelenk trug, umschloß die Grenze zwischen Fleisch und Holz.

Endlich gelangten die Gefährten zum Langboot. Die herabgestürzten Felsbrocken hatten es verschont. Wie in hellem

Aufruhr warfen sich die Gefährten ins Boot, sprangen hinein. Im gleichen Moment, als die Erste das Fahrzeug vom Ufer abstieß, durchfuhr ein Ruck die gesamte Insel. Ein großes Stück der Bergkuppe zerbröckelte, fiel in den Schacht. Das Meer schlug hohe Wellen, so daß das Langboot zu tanzen und zu schaukeln begann. Doch es durchquerte die aufgewühlten Wogen ohne jede Beeinträchtigung. Die Erste und Pechnase bemächtigten sich der Riemen und ruderten das Gefährt durch den Sonnenschein hinüber zur Sternfahrers Schatz.

Der nächste Erdstoß brachte noch mehr vom Berggipfel zum Einsturz. Ausgedehnte Bereiche der Riffe, die das Eiland umgaben, versanken in den Fluten. Danach bebte die Insel fast unaufhörlich, so daß sich aus ihrem Rachen ein immenser Brodem von Staub erhob, als träte ihr Schaum vors Maul. Zusätzlich beschleunigt durch schweren Seegang erreichte das Langboot die Seite des Riesen-Schiffs ziemlich rasch. Binnen kurzem befanden sich die Gefährten an Deck. Die gesamte Besatzung der *Dromond* sammelte sich längs der Backbordreling, um die Insel des Einholzbaums mit ihrem kegelförmigen Berg im Meer verschwinden zu sehen.

Sie ging mit einem letzten, fürchterlichen Aufbäumen unter. Bruchstücke der Insel schossen wie Flammen empor, als ihre Grundfesten zersplitterten. Dann sackte all ihr Fels und Stein hinab auf die wiedergefundene Ruhe der Schlange; und sofort schloß die See die entstandene Lücke. Die Wasser spritzten in die Höhe wie ein riesiger Geysir, verliefen sich in großen Wellenringen, die die *Dromond* von der einen auf die andere Seite schaukelten. Aber damit war das Ende gekommen. Selbst das Riff war fort. Nichts blieb, um die einstige Position der Insel zu kennzeichnen; nur Luftblasen stiegen auf, durchstießen die Meeresoberfläche; doch zu guter Letzt blieben auch sie aus, und himmelblaue Stille breitete sich über den Ozean.

Langsam widmeten die Zuschauer ihre Aufmerksamkeit

wieder dem Schiff. Als Linden an Hohl vorbei in Covenants Richtung blickte, sah sie Findail bei ihm stehen. Sie hätte es begrüßt, wäre sie auf den *Elohim* wütend gewesen; jede Gefühlsregung wäre ihr recht gewesen, die sie irgendwie aufgerichtet hätte. Aber die Zeit für derartige Dinge war vorüber. Keinerlei Geschrei konnte Covenant noch irgendeine Hoffnung zurückgeben. Die Falten, die das Gesicht des Ernannten zerfurchten, waren so tief wie stets; jetzt jedoch ähnelten sie Malen des Mitleids. »Ich kann deinen Kummer nicht mildern«, sagte Findail; er sprach so leise, daß Linden ihn kaum verstehen konnte. »Das Wagnis ist eingegangen worden, aber der Versuch gescheitert. Einer Sorge allerdings vermag ich dich zu entheben. Der Einholzbaum ist keineswegs vernichtet. Er ist ein Rätsel der Erde. Solange die Erde besteht, wird auf seine Weise auch er Bestand haben. Vielleicht trägst du fürwahr so vielerlei Schuld, wie du wähnst. *Diese* Schuld jedoch kann dich nicht drücken.«

Findails unvermutete Freundlichkeit verschleierte Linden die Augen mit Nässe. Doch die schmerzliche Schlaffheit seiner Schultern und die Düsterkeit seines Blicks bewiesen deutlich genug, daß Covenants Empfänglichkeit für Trost sich endgültig erschöpft hatte. »Du hättest mich warnen können«, entgegnete er mit einer Stimme, die Linden an letzte Blutstropfen erinnerte. »Ich hätte fast …« Die bloße Vorstellung dessen, was beinahe von ihm angerichtet worden war, verschloß ihm die Kehle. Er schluckte, als gedächte er zu fluchen, ohne dafür noch genügend Kraft aufbringen zu können. »Ich bin alle Schuld leid.«

Blankehans blieb an Seeträumers Leichnam kauern. Derbhand und Windsbraut schauten zu ihm hinüber, warteten auf Befehle; aber er reagierte nicht, schenkte ihnen keine Beachtung. Nach einer kurzen Pause des Respekts sagte die Erste dem Ankermeister, was er tun sollte. Gewappnet mit seiner alten, eingefleischten Melancholie, scheuchte Derbhand die Mannschaft an die Arbeit. Man hob die Anker, setzte die Segel. Wenig später drehte die Sternfahrers Schatz vom feuchten Grab der versunkenen Insel ab und segelte nordwärts ins offene Meer hinaus.

Aber Covenant hielt sich nicht mehr lange genug an Deck auf, um die mit der Abfahrt zusammenhängenden Maßnahmen mitzubekommen. Niedergeschmettert in einem Maß, das jede Wiederherstellung ausschloß, wandte er seinen Gefährten den Rücken zu, schlurfte in die Richtung zu seiner Kabine. Er lag mit einem Messer in der Brust im Sterben und hatte keinerlei Mittel und Wege mehr zum Kampf gegen Lord Foul. Linden verstand ihn. Sie warf es Covenant nicht vor, daß er sich von allem zurückzog, auch von ihr.

Schließlich besaß auch sie ihr eigenes Leben – so real für sie, für das, was sie war und werden wollte, wie jenes Dasein, das sie bei der Haven Farm zurückgelassen hatte. *Du wirst nicht scheitern,* hatte dort der Greis, dem sie das Leben gerettet hatte, zu ihr gesagt, *wie arg er dich auch bedrängen mag.* Die Entscheidungen, die sie gefällt hatte, konnten nicht mehr rückgängig gemacht werden.

Und das war nicht alles. Linden fiel ein, was Covenant ihr über seine in Andelain getroffenen Toten erzählt hatte. *Laß dich von des Landes Notstand nicht täuschen,* hatte sein Freund, Hoch-Lord Mhoram, ihm gesagt. *Was du suchst, ist nicht, was es zu sein scheint.* Diese Aussage galt ebensogut für sie. Wie Brinn hatte sie etwas gefunden, das sie nicht gesucht hatte. Nach der Flucht aus *Bhrathairealm* hatte sie gemeinsam mit Covenant ein wenig Licht in die Finsternis ihres Herzens dringen lassen. Und in der Höhle des Einholzbaums war von ihr für den dunklen Teil ihres Ichs ein Nutzen entdeckt worden – eine Nutzanwendung, die keine Verknüpfung mit Schlechtem kannte.

Da Covenant sie gegenwärtig nicht zu tragen vermochte, nahm Linden ihm die Bürde des Hoffens ab. *Du wirst nicht scheitern* … Jedenfalls nicht, solange sie an Covenant glaubte, solange sie wußte, wie sie sich mit ihm verständigen konnte.

Aber sie versuchte die Tränen nicht zu unterdrücken, die ihr in die Augen quollen. Zuviel war verloren worden. Als sie zu Blankehans trat, an seiner Seite verweilte, verschränkte sie die Arme auf ihrem Herzen und ließ den langen Gram der Suche sich in ihren Gliedern zur Ruhe legen.